로잘리 스웨들린(Rosalie Swedlin), 리나 론슨(Rena Ronson),
로먼 폴(Roman Paul), 게르하르트 마이스너(Gerhard Meixner),
남라타 트리파시(Namrata Tripathi), 에이미 베르코베르(Amy Berkower),
크레이그 임마뉴엘(Craig Emanuel)을 비롯한 모든 이들에게
깊은 감사와 진심을 전한다.
특히 쥬네비브 가녜-하스(Genevieve Gagne-Hawes)에게 감사한다.
그녀의 그지없는 도움과 지지로 내 첫 번째 소설이 완성될 수 있었다.

어린
페미니스트

와즈다

하이파 알 만수르 글
김문주 옮김

상수리

더 솔직하고 더 대담하고 더 강인하게

나는 엄청난 잠재력을 가진 훌륭한 소녀들과 함께 자랐다. 하지만 그들은 폐쇄적인 사회에서 억압되고 자기 잠재력을 깨닫지도 못한 채 사그라들었다. 소녀들은 꿈조차 꿀 수 없고 시도조차 할 수 없었다. 그러한 사우디아라비아 여성들의 실제 일상을 '와즈다'를 통해 보여주고 싶었다. 현실에서 변화의 시작점을 찾고 싶었고, 많은 사람들이 함께 보고 듣고 느끼길 바랐다.

사회구조 자체를 비판하는 것이 목적은 아니었다. 사회구조를 바꿀 수 없다는 무력감으로 그냥그냥 살아가는 사람들에게 경종을 울리고 싶었다. 사실 사람들은 오랜 관습과 율법에 눌려 자기 꿈을 실천할 용기를 잃어 버렸다. 그런 면에서 〈와즈다〉를 계기로 사우디아라비아 여성들이 자전거를 탈 수 있게 됐다는 것은 내게 큰 기쁨이었다. '여자는 자전거를 탈 수 없다'고 굳게 믿었던 사람들의 생각을 움직이고, 사회적 담론으로 이끌어낸 것은 기적이다.

〈와즈다〉는 희망에 관한 이야기이다. 부정적 현실을 비판하는 데 그치지 않고, 긍정적인 미래와 우리가 앞으로 나아갈 방향에 관한 이야기이다. 이 이야기가 사우디뿐만 아니라 세계의 모든 여성, 특히 소녀들이 더 나은 미래를 꿈꾸고 실현할 수 있는 용기를 주길 바란다.

답답하고 암울한 현실을 바꾸기 위해서 끊임없이 도전하고 노력하는 것은 참으로 가치 있는 일이다. 미래를 이끌 새로운 세대들은 지금보다 더 솔직하고 더 대담하고 더 강인하게 자기 삶을 만들어갈 것이다. 나의 세대가 상상도 못한 방법으로 어려운 상황을 바꿀 의지와 힘이, 그들에게 충분히 있기 때문이다. 당차게 자기 삶을 만들어갈, 여러분에게 박수와 지지를 보낸다.

–사우디 최초 영화감독, **하이파 알 만수르**(Haifaa Al Mansour)

차별에 대한 도전은 계속되어야 한다

"너는 마음껏 달려 보렴." 여성은 자전거 타는 것이 금지되었던 사우디아라비아에서 와즈다에게 어머니가 자전거를 선사하며 한 말이다. 여성은 크게 목소리를 내는 것조차 금지된 나라에서 바람을 가르며 자전거를 타고 싶은 '와즈다'. 한 소녀가 금지된 꿈을 꾸고 도전하고 이루어내는 이야기는 감동적이다. 여성의 이동권이 없는 나라에서 와즈다는 자유를 쟁취하고 꿈을 실현한다. 그것은 기적이고 희망이다. 실제로 〈와즈다〉 이후 사우디아라비아에서는 천 년 동안 이어온 율법을 바꾸었고, 여성도 자전거를 탈 수 있게 되었다. 또한 운전할 권리도 갖게 되었다. 〈와즈다〉가 사우디 여성 인권 문제 해결의 출발선이 된 것이다. 비단 사우디아라비아뿐만 아니라, 세계 모든 여성의 인권 문제가 더 이상 '문제'가 되지 않고 당연한 권리가 되길 바란다.

〈우리는 모두 페미니스트가 되어야 합니다〉의 작가 치아 만다 응고지 아디치에는 '우리가 어떤 일을 반복하면 결국 그 일이 정상이 됩니다.'라고 말한다. 우리는 그간 여성들이 차린 제사상에 남성들이 제례를 주관하는 것이 너무 당연했고, 여전히 초등학교 출석부 앞 번호는 남학생들이 당연한 시대를 산다. 남성이 주체가 되는 경험들이 쌓여 여전히 기관의 장은 대부분 남성들이 차지한다. 당연한 결과로 '2019년 유리천장 지수(glass-ceiling index)'에서 한국은 OECD 29개 회원국 중 최하위를 기록했다.

인류의 역사는 금지된 것들에 대한 끊임없는 도전으로 쓰였듯이, 여전히 차별인지도 모른 채 반복되는 것들에 대한 도전은 계속되어야 한다. 좌절하지 않고 금기에 도전하는 와즈다에게 응원을 건넨 와즈다 엄마처럼, 우리 현실에서도 수많은 도전과 응원의 말이 필요하다.

머지않아 우리도 초·중·고교 페미니즘 교육이 의무화될 것이다. 청소년들은 사회 곳곳에서 벌어지는 불평등과 차별을 인지하고, 평등 사회로 스스로 바꾸는 용기와 의지를 적극적으로 갖추게 될 것이다. 어린 페미니스트 와즈다처럼.

—서울특별시 교육감 조희연

I

검정 구두를 신은 여학생들이 무대에 완벽하게 줄을 맞춰 섰다. 소녀들은 하나같이 정갈하게 손질된 생머리와 단정한 옷차림, 그리고 자신감 넘치는 자세로 노래를 불렀다. 뒷줄 중앙에서 곱슬머리를 흩날리며 구부정하게 서 있는 와즈다는 단연 눈에 띄었다.

"얘들아, 처음부터 다시!"

누프 선생님이 소리쳤다. 합창 시간은 언제나 지겨웠다. 와즈다는 리듬대로 몸을 흔들며 입만 뻥긋거렸다. 눈은 좀 더 재미있는 일이 벌어지길 바라며 강당 이곳저곳을 살폈다.

강당은 주흐르 기도(무슬림이 하루에 다섯 번 드리는 기도 가운데 정오 기도) 시간이면 학생들을 위한 모스크로 바뀐다. 강당 벽에는 코란 구절이나 마호메트 명언을 담은 포스터가 걸려 있다. 와즈다는 지겹고 심심한 김에 포스터를 하나씩 읽었다.

'무슬림 자매들이여, 남자는 늑대이다. 늑대를 조심하

라. 죽이려 달려드는 그들로부터 자신을 보호하라.'

와즈다는 피식 웃음이 나왔다. 압둘라가 늑대라면 너무 귀여운 늑대이다. 아니, 사실 햄스터라고 하면 더 어울린다.

저만치 강당 문을 열고 상급생 두 명이 들어오는 것이 보였다. 파틴과 파티마였다. 둘은 굳이 멋진 척하지 않아도 멋진 소녀들이었다. 와즈다는 둘을 볼 때마다 저도 모르게 활짝 웃었다. 파틴은 발랄했다. 언제나 웃긴 농담을 하며 받아치거나 대차게 대들었다. 파티마는 겉으로는 차분하고 조용했지만 사실 진정한 주모자였다. 파티마가 정교하게 생각해 낸 장난질은 전설처럼 전해져 내려왔다.

언젠가 파티마는 기도 시간에 모든 선생님의 신발을 한 짝씩 빼내 운동장 곳곳에 숨겨 놨다. 운동화 한 짝을 모래 속에 파묻고, 하이힐은 학생들이 자주 드나드는 공터에 처박아 놨다. 선생님들은 운동장을 빙빙 돌면서 보물 찾는 해적처럼 모래밭을 파헤쳐야 했다. 파티마는 단 한 번도 자백한 적 없지만, 소녀들은 그런 기발한 계획은 파티마만이 생각해 낼 수 있다고 믿었다.

와즈다가 파티마와 파틴을 좋아하는 이유는 또 있다. 이 둘은 절대로 와즈다의 부스스한 머리를 보며 잔소리하지 않았다. 와즈다의 평범치 않은 옷차림이나 학교 가방에 달아 놓은 배지들을 보고 비웃지도 않았다. 파틴은 와즈다가 용돈을 벌려고 만드는 색색 가지 팔찌를 사 주기도 했다.

'언니들은 수업 시간일텐데….'

파틴과 파티마는 오늘도 여느 때처럼 더 재미있는 일을 벌이려고 교실에서 도망쳐 나온 것이 틀림없었다. 파틴은 킬킬 웃으며 파티마의 어깨를 쿡쿡 찔러 댔다. 파티마는 파틴을 조용히 시키며 슬쩍 합창대에 끼어들었다. 파틴은 지도를 들고 파티마는 지구본을 들었다. 몰래 도망친 것이 아니라 선생님 심부름을 가는 척하려는 것이 분명했다.

와즈다는 파틴과 파티마에게 손가락을 살짝 흔들었다. 파틴과 파티마도 와즈다를 보며 살짝 고개를 끄덕였다. 와즈다는 기분이 좋아졌다.

"와즈다!"

누프 선생님이 두 손을 허리에 짚고 와즈다를 노려보았다. 와즈다는 움찔하여 손을 주머니에 쑤셔 넣고 바닥을 내려다봤다. 와즈다의 심장이 쿵쾅거렸다.

"와즈다, 앞으로 나오렴."

와즈다는 입술을 깨물며 미적미적 앞으로 나갔다. 그리고 자신의 캔버스화를 내려다봤다. 와즈다의 운동화는 새것도 아니고 검은색도 아니었다. 그렇다고 지나치게 닳거나 구멍이 난 것도 아니었다. 압둘라와 달음박질하면서 딱 보기 좋게 빛바랜 회색이었다. 회색 운동화 위로 물 빠진 보라색 신발끈이 단단히 묶여 있었다. 다른 소녀들이 신은 검정 구두 사이에서 와즈다의 운동화는 도드라졌다.

와즈다는 땀으로 흠뻑 젖은 손바닥을 옷에 문질렀다. 당장이라도 무대에서 뛰어내려서 어디로든 도망가고 싶었다.

"우리 앞에서 아름다운 목소리로 노래를 들려주렴. 첫 구절부터."

와즈다는 눈앞이 캄캄해졌다. 눈꺼풀이 납덩이처럼 무거워지더니, 바닥에 강력한 자석이라도 달린 것처럼 자꾸 밑으로 향했다.

반 친구들이 킬킬거렸다. 와즈다의 얼굴이 벌겋게 달아올랐다. 얼굴이 너무 새빨개지고 화끈거려서 반 친구들이 모두 알아차릴 것이 분명했다.

'바보 같이 빨개지기는. 이런 바보 같은 노래 때문에.'

와즈다는 속이 상했다.

"다른 친구들에게 네 아름다운 목소리를 들려주고 싶지 않다면…."

누프 선생님은 말을 흐리더니 나가는 문을 가리켰다. 와즈다는 고개를 푹 수그린 채 터덜터덜 강당을 빠져나갔다. 사실 와즈다만 없으면 그 무리는 좀 더 단결되어 보였다. 단정하고 깔끔하게 옷을 차려입은 소녀들이 완벽하게 조화를 이뤘으니까.

누프 선생님은 비로소 만족한 듯 웃었다.

"좋았어, 애들아. 다시 처음부터 불러보자."

와즈다는 운동장 한가운데 우두커니 섰다.

'나 또 교실에서 쫓겨난 거야? 또?'

와즈다는 돌멩이를 발로 걷어찼다. 돌멩이는 포물선을 그리며 하늘로 날아올랐다가 땅 위로 풀썩 떨어졌다.

아침 아홉 시였다. 이제 막 하루가 시작됐을 뿐인데, 태양이 형벌을 내리듯 뜨거웠다. 하늘에는 구름 한 점 없었다. 와즈다 머리 위로 위협하듯 솟아오른 학교 담벼락도 그림자를 만들어 주지 못했다.

땀이 온몸을 타고 흘렀다. 와즈다는 한숨을 쉬면서 바람이 조금이라도 들도록 헐렁한 옷을 손으로 펄럭였다. 그리고 그늘을 찾아 먼지 날리는 운동장을 헤맸다.

와즈다는 운동장으로 여러 번 내쫓겼다. 교장선생님 방으로 불려가기도 했다. 사뿐사뿐 걷는 법과 정숙하게 있는 법을 몰랐기 때문이다. 와즈다는 엄마가 또다시 학교에 불려오지 않기만 바랄 뿐이다.

에어컨에서 흘러나오는 잡음 사이로 강당에서 소녀들이 부르는 노랫소리가 울려 퍼졌다.

"우리 종교가 모욕당할 때 하늘은 우리를 부르고 우리의 운명이 사용되네. 알라후 아크바르(Allahu Akbar, '신은 위대하시다'라는 의미의 아랍어)! 이것이 우리의 노래, 우리의 빛, 그리고 우리가 함께 싸워야 할 불!"

와즈다는 한숨을 내쉬었다. 그늘 찾기를 포기하고 뜨거운 벽에 등을 기대어 섰다. 와즈다의 머리 위로 노랫소리가 쏟아져 내렸다.

2

와즈다는 잠에서 깼다. 카다멈(cardamom, 향신료)과 샤프란(saffron, 향신료)의 따스한 향이 코를 간지럽혔다. 부엌에서 사우디 전통 방식으로 만든 커피가 끓는 소리가 들렸다. 그리고 엄마가 하루를 시작하는 부드러운 소리가 들렸다.

와즈다는 아늑하고 오래된 이 집이 좋았다. 와즈다가 태어난 곳이기도 했다. 물론 집이 완벽하진 않았다. 벽은 너무 얄팍해서 아주 작은 소리조차 집 전체로 울려 퍼졌다. 전기는 시도 때도 없이 나갔다. 엄마가 가끔 전기료를 깜빡하고 내지 않은 때도 있지만, 대부분은 퓨즈가 나가든지 스위치가 고장난 탓이었다. 덕분에 와즈다는 전기 고치는 법을 알았다. 늘상 고쳐야 할 것이 생기고 집 대출금도 나가야 하는 실정이어서, 엄마는 불평이 많았다. 여러 골칫거리를 안겨 주지만, 그래도 이 집은 와즈다를 안전하게 지켜 주는 안식처였다. 엄마와 와즈다가 마음껏 쉬고 행복할 수 있는 유일한 장소였다.

아침 다섯 시, 이른 시간이었지만 와즈다는 이미 회색 교복으로 갈아입었다. 엄마는 꽤 먼 곳에 있는 학교로 학생들을 가르치러 다니기 때문에 새벽부터 서둘렀다. 와즈다는 이 시간을 엄마와 함께 보내는 것이 좋았다. 엄마를 뒷바라지 하며 아무 문제없는지 확인하는 것이 좋았다. 엄마와 똑같은 시간에 일어나는 것은 조용한 응원의 몸짓이었다.

와즈다는 스위치를 딸깍 눌러 라디오를 켰다. 와즈다의 라디오였다. 와즈다는 씩 웃으며 은빛 라디오를 손가락으로 쓰다듬었다. 와즈다는 방에 있는 모든 것 중에 라디오를 가장 사랑했다.

와즈다는 음악을 들으며 꼼지락거리다 일어났다. 슬리퍼를 바닥에 내던지고 박자에 맞춰 엉덩이를 씰룩이며 어깨를 흔들었다. 즐거운 날이 될 것이다.

책상 위에 난 작은 창문 사이로 태양이 이글거렸다. 벽지로 창문을 가렸지만 강렬한 사막의 열기를 다 막지 못했다. 와즈다는 책상 위로 기어 올라가 사진 몇 장을 덧붙였다. 잡지에서 오려 낸 사진들이었다. 잡지는 동부 해안에 있는 석유회사에서 일하는 아빠가 가져다준 것이다.

와즈다는 다시 책상 아래로 내려와 잡지를 펼쳤다. 또래 여자아이의 사진을 찾기 위해서였다. 찾았다! 소녀 두 명이 스케이트보드를 타고 훌쩍 점프를 했다. 다른 소녀는 기타를 쳤다. 몇몇 소년과 소녀는 어깨동무를 하고 바닷가에 앉아 있었다. 와즈다는 소녀들 사진을 오려서 벽지에 꾹꾹 눌러 붙이고 씩 웃었다. 기회가 생긴다면 와즈다가 꼭 하고 싶은 모든 것들을 정리해 놓은 사진들이었다.

라디오에서 DJ가 노래를 설명했다. 와즈다는 카세트 플레이어로 달려가 '그룹러브(Grouplove)'의 새 노래가 시작되자마자 녹음 버튼을 눌렀다. DJ가 이 노래에 대해 뭐라고 하는지 알아들을 수 없다. 물론 무엇에 관한 노래인지도 몰랐다. 그냥 노래가 주는 느낌이 좋았다. 와즈다는 두 팔을 활짝 펴고 빙글빙글 돌았다. 눈을 감고 박자에 몸을 맡겼다. 와즈다는 이 노래가 인기가 많다는 것을 알고 있다. 지난 며칠 간 DJ들이 이 노래를 열두 번도 더 틀었다. 히트송만이 그토록 많은 관심을 얻는 법이다.

와즈다는 음악을 고르는 것에 자신 있었다. 와즈다가 녹음한 열 곡 가운데 아홉 곡은 인기곡이었고, 와즈다가 정성스레 녹음하여 5리얄씩 받고 파는 음악 테이프는 인기가 많았다. 특히 이번 테이프는 너무 좋아서 반 친구들은 웃돈을 주고서라도 사려 할 것이다. 생각이 테이프 파는 데까지 이르자 와즈다는 춤을 추다 멈추었다.

'조심하는 게 좋겠어.'

와즈다는 침대에 걸터앉아 창문으로 연결된 코드를 만지작거렸다. 코드는 지붕까지 이어져 안테나와 연결되었다. 누군가 쓰레기통 옆에 버린 안테나를 와즈다가 가져다 설치한 것이다. 지붕 꼭대기까지 안테나를 올리느라 와즈다는 몇 시간 동안 끙끙대고 땀을 뻘뻘 흘렸다. 물론 보람이 있었다. 안테나는 넓은 세상과 와즈다를 이어 주었다. 안테나가 끌어들인 음악은 와즈다의 방을 은밀한 공간으로 만들어 줬고, 와즈다를 위해 특별한 음악을 들려줬다.

와즈다는 카세트 테이프에 '와즈다의 폼생폼사 음악 테이프 7집'이라는 딱지를 붙였다. 잔뜩 쌓아 올린 카세트테이프 더미 옆에는 와즈다가 만든 팔찌들이 있었다. 음악을 좋아하지 않는 아이들은 장신구에 쏠쏠히 돈을 썼다.

엄마는 와즈다가 친구들한테 물건 파는 것을 싫어했다. 머리를 내저으며 잔소리를 해댔다. 하지만 엄마는 집 때문에 쓰는 돈 말고도 돈이 많이 필요하다는 것을 모르는 것이다. 오랜 실랑이 끝에 와즈다는 엄마와 타협했다. 학교에서 문제를 일으키지 않는 한, 그리고 와즈다가 엄마의 신경을 거스르지 않는 한 괜찮은 것으로 말이다.

오늘 준비한 팔찌와 테이프들을 모두 팔면 50리얄을 벌 수 있다. 엄마와 함께 커다란 피자 한 판과 콜라 두 잔을 시켜서 먹을 만큼 넉넉한 돈이었다.

와즈다는 기분 좋게 방을 나갔다. 엄마가 와즈다를 위해 만든 샌드위치가 식탁에 놓여 있었다. 여러 가지 치즈를 녹여 아랍식 흰 빵으로 돌돌 만 샌드위치는, 와즈다가 가장 좋아하는 음식이었다. 엄마는 차와 따뜻한 우유를 섞어 케르크 차이(kerk chai)도 만들어 줬다. 와즈다는 활짝 웃으며 카다멈과 샤프란이 섞인 풍부한 향을 들이마셨다.

와즈다는 엄마가 머리 말리는 모습을 보았다. 와즈다 눈에 엄마는 세상에서 가장 아름다웠다. 비단결 같은 머리칼은 검은 물결처럼 날씬한 허리께까지 굽이치며 내려왔다. 길고 풍성한 속눈썹은 엄마의 커다랗고 짙은 눈을 감쌌다. 콜(아랍 문화권에서 여성들이 화장을 하기 위해 눈가에 바르는 검은 가루)로 아이라인을 그리면 엄마는 영화배우처럼 매력적이었다.

'엄마는 영화배우가 됐어야 해.'

와즈다는 생각했다. 물론 엄마는 그런 꿈은 꾸지 않았을 것이다. 부적절한 꿈이니까. 그래도 엄마의 몸짓이 우아하고 아름다운 것은 사실이었다.

시계가 오전 5시 30분을 가리켰다. 이제 갈 시간이다. 엄마는 허둥지둥 서둘렀다. 와즈다는 문 옆에서 엄마를 기다렸다. 금색 액자에 넣은 아빠 사진이 눈에 들어왔다. 결혼식 날 찍은 사진이었다. 아빠는 말 그대로 번쩍거렸다. 빳빳하고 하얀 토브(thobe)를 입고 머리에는 구트라(ghutra)를 둘렀다. 그리고 아름다운 갈색 비시트(bisht)를 우아하게 걸쳤다.

비시트는 엄마의 소박한 웨딩드레스보다 더 비쌌을까? 와즈다는 옷장에 걸린 엄마의 드레스를 본 적 있다. 하얀 실크를 손으로 만져 보기도 했지만, 그 드레스를 입은 엄마를 본 적은 없었다. 사진으로도 본 적 없다.

엄마도 와즈다의 시선을 따라 아빠 사진을 보았다. 아빠의 얼굴을 바라보는 엄마는 갑자기 피로해 보였다. 와즈다는 얼굴을 찡그렸다. 뱃속이 꼬이는 것 같았다. 부모님 사이에 무슨 일이 생긴 것 같았지만, 그에 대해 생각하고 싶지 않았다. 생각하면 현실이 될 것 같았다.

바깥에서 차가 빵빵거렸다. 와즈다가 창밖을 내다보며 말했다.

"그 사람이 벌써 온 거 같아요."

엄마 목소리에서 걱정이 묻어났다.

"그래, 나는 시간 맞춰 준비하려고 최선을 다했지."

엄마는 커피를 보온병에 담고 공책들을 집어든 후, 아바야(abaya)와 부르카(burqa)를 뒤집어썼다. 그리고 서둘러 현관으로 나갔다. 와즈다는 마구 뒤섞인 엄마의 소지품들을 그러안고 엄마 뒤를 쫓아갔다.

엄마가 현관에서 열쇠들을 끄집어내는데, 푸른 빛 묵주가 절그럭하고 바닥에 떨어졌다. 아빠의 것이었다. 아빠는 언제나 손에 묵주를 쥐고 있었다. 그리고 이야기를 할 때면 엄지와 검지로 묵주를 돌렸다.

엄마는 잠시 묵주를 손으로 감싸고 만지작거렸다. 와즈다의 뺨을 어루만지는 것처럼 다정하고 조심스럽게.

엄마는 베일로 얼굴을 덮고 매무새를 정리하며 말했다.

"열쇠 잊지 마. 위쪽 자물쇠는 잠그면 안 돼. 아빠가 밤 근무를 하고 집에 올 수도 있으니까."

문 앞에 이끄발이 오래된 봉고차를 세우고 서 있었다. 부서진 전조등을 강력접착테이프로 둘둘 말아 고정한 차였다. 이끄발은 엄마가 고용한 파키스탄인 운전기사였다.

이끄발은 엉터리 아랍어로 거만하게 고함쳤다.

“가야할 길 멉니다, 여사님! 태워요, 다른 선생님들, 아주 멀어. 당신 늦어 맨날. 내가 늦어 아니야!”

와즈다는 허리에 손을 얹고 어깨를 바짝 세웠다. 그리고 소리쳤다.

“엄마 안 늦어! 아저씨 방금 왔어! 나 아저씨 봤어! 아직 5분도 안 됐어!”

와즈다는 강하게 보이기 위해 똑같이 거만한 엉터리 아랍어로 말했다.

“나 아니야, 너한테 말하는 거. 꼬마야, 나는 너 엄마한테 말하는 거야. 엄마 늦었어!”

이끄발은 차에 올라타 문을 쾅 하고 닫았다. 파키스탄 전통 옷을 입은 아이의 사진이 바닥에 떨어졌다. 이끄발은 사진 속 여자아이를 들여다보며 조심조심 닦아 냈다. 와즈다는 메롱 하고 혀를 내밀었다.

이끄발이 다시 경적을 울렸다. 엄마는 와즈다에게 인사하고 부랴부랴 차에 올라탔다. 봉고차는 부르릉 엔진 소리를 내며 흙먼지 속으로 멀어졌다.

와즈다는 집 안으로 들어가 서둘러 가방을 챙겼다. 그리고 학교에 가려고 문을 나서다 거울에 비친 제 모습을 뚫어져라 봤다. 와즈다는 천천히 머리카락을 손으로 쓸어 모아 머리 위로 올려 보았다.

'더 크면 엄마처럼 아름다워질 수 있을까?'

햇살이 와즈다의 얼굴 위를 가로질러 거울에 반사됐다. 와즈다는 한숨을 내쉬며 아바야를 뒤집어썼다. 그리고 거울 속 소녀로부터 몸을 돌렸다.

줄지어 있는 콘크리트 집들 사이사이로 뙤약볕이 내리쬐었다. 각 집마다 앞에는 높은 벽이 있었다. 두터운 먼지가 모든 것을 뒤덮었다. 거대하고 흐릿한 모래색이 저 멀리까지 끝도 없이 펼쳐졌다.

여기저기 소녀들이 무리 지어 학교로 걸어갔다. 검은색 아바야나 베일로 몸을 꽁꽁 감춘 소녀들이었다. 오직 가지각색 배낭이나 안경으로만 누가 누군지를 구분할 수 있었다. 아바야로 온몸을 가린 여자들도 바삐 걸어갔다. 사우디 여성들은 모두 공공장소에서는 똑같이 검정색 옷을 입어야 했다. 머리에는 베일을 두르고 얼굴은 니캅이나 실라로 가려야만 했다. 물론 여성들은 아바야 속에는 될 수 있는 한 정신 사납고 밝은 무늬 옷을 입기 좋아했다.

여자들은 저도 모르게 남자들에게서 멀찍이 떨어져 걸었

다. 길 건너편으로 돌아가든지 남자들이 지나갈 때까지 기다려서 우연이라도 부딪히지 않도록 조심했다.

택시와 봉고차들이 굉음을 내고 뒤꽁무니에 흙먼지를 일으키며 달려갔다. 사우디아라비아에서는 여자가 운전을 할 수 없었다. 따라서 차마다 여자 승객들로 꽉 차 있었다. 모두 검은색 옷을 차려입고 차곡차곡 포개져 차를 탔다.

와즈다는 걸음을 서둘렀다. 짤그랑! 돌멩이 하나가 와즈다 곁을 스쳐지나 굴러다니던 깡통과 부딪혔다. 와즈다는 깜짝 놀라 뒤돌아보았다. 아빠였다. 아빠는 짤막한 검은 머리를 손으로 훑더니 손가락으로 단정한 콧수염을 어루만졌다. 와즈다는 아빠의 수염이 자기 뺨을 부드럽게 간지럽히는 느낌이 떠올랐다. 와즈다는 아빠의 작업복이 햇빛에 바래 회색으로 변해 버린 모습이 좋았다. 약간 닳고 찢어진 모습이 강인해 보였다.

'내 운동화 같네.'

와즈다는 생각했다.

"이것 좀 보렴!"

아빠는 누군가가 담벼락에 버리고 간 패스트푸드점 컵을 향해 돌을 던졌다. 컵은 돌을 맞고 멀리 날아가 뚜껑과 빨대가 서로 반대 방향으로 흩어졌다. 와즈다는 해죽 웃으며 돌멩이 하나를 주워 손으로 무게를 가늠했다.

"그래요? 이것도 보세요!"

와즈다는 가슴을 쫙 펴고 몇 미터 앞에 있는 우유갑을 조준하고 던졌다. 안타깝게도 맞추지 못했다. 와즈다 어깨가 축 내려앉자 아빠가 경쾌하게 말했다.

"거의 할 수 있었어, 우리 딸! 연습을 계속 해 봐. 할 수 있을 거야."

와즈다는 달려가 아빠에게 안겼다.

"어디 갔었어요?"

와즈다는 아빠 가슴께에 팔을 두르고 꽉 껴안았다. 아빠는 대답하지 않았다. 그저 딸을 안고 웃을 뿐이었다.

"이걸 봐."

아빠는 주머니에서 반짝이는 검은 돌을 꺼냈다.

"이건 화산석이야. 엠티 쿼터(Empty Quarter, 사우디아라비아 남동부에 있는 룹알할리 사막)에서 가져왔지. 이 돌은 똑바른 방향으로 빨리 날아가. 네가 목표물을 맞히는 데 도움이 될 거야! 이제 학교 가야지?"

와즈다는 아빠 손에서 돌멩이를 끄집어내며 활짝 웃었다.

아빠가 와즈다의 머리를 쓰다듬었다. 둘은 잠시 나란히 서 있었다. 와즈다는 돌멩이를 만지작거렸다. 아직 학교에 가고 싶지 않았다. 아빠가 엠티 쿼터에서 어떻게 지냈는지 궁금했다. 아빠와 이야기하고 싶었다. 하지만 그럴 수 없었다.

와즈다는 돌멩이를 하늘 높이 던졌다가 받았다. 그리고 한 번 더 던졌다가 받았다. 세 번째 돌을 던져 올린 와즈다는 공중에서 돌을 낚아채고 학교를 향해 달렸다. 와즈다의 운동화 소리가 경쾌하게 울렸다.

와즈다가 아빠를 돌아보며 소리쳤다.

"문은 안 잠가놨어요! 엄마는 일주일 내내 아빠를 기다렸다고요!"

아빠는 손으로 머리를 쓸어내리더니 작업복에 묻은 먼지를 털어 냈다. 그리고 집을 향해 느릿느릿 걸었다.

3

압둘라는 생각했다.

'나 좀 멋져 보이는데! 그래, 멋져!'

압둘라는 커다란 광고판을 세우는 중이다. 압둘하킴 빈 무사이드 삼촌이 시킨 일이다. 그리 중요한 작업은 아니었지만, 압둘라는 우쭐한 마음이 들었다. 삼촌의 선거 캠페인을 돕는 것은 대단한 영광이기 때문이다.

압둘라는 영향력 있는 가문 출신이었다. 압둘라의 마을에서 혈통과 인맥은 권력층에 오를 수 있는 가장 확실한 방법이었다. 그런 면에서 압둘라는 유리한 조건을 지녔다.

모든 사람들은 삼촌을 좋아했다. 삼촌이 전설적인 사막 야영지에서 모래 언덕을 누비며 야생 토끼를 사냥할 때면 자유롭고 멋져 보였다. 삼촌을 특히 더 멋지게 만드는 것은 풍성하고 텁수룩한 콧수염이었다. 콧수염은 능력과 힘을 가장 잘 드러냈다. 광고판 사진 속에서는 삼촌의 콧수염이 거의 1미터쯤 되었다. 압둘라는 광고판을 보며 씩 웃었다. 삼촌이 콧수염을 관리하기 위해 얼마나 많은 노력을 기울이는

지 알고 있었다. 삼촌은 수염을 두텁고 풍성하게 유지하기 위해 온갖 종류의 제품을 다 발랐다.

압둘라는 이마에 흐르는 땀을 손등으로 슥 문질렀다. 오늘 작업을 꽤 잘했다. 머리에 타끼야(tagiyyah)도 단단히 눌러 썼다. 자신감에 찬 압둘라는 드라이버를 하얗고 깨끗한 토브 주머니에 꽂았다. 그리고 더 큰 드라이버를 꺼내 손가락 사이로 경쾌하게 한 바퀴 돌렸다.

'와즈다가 이걸 보면 감탄하겠지?'

압둘라는 와즈다가 감탄하는 것을 한 번도 본 적이 없었다. 돌멩이를 던져서 깡통을 쓰러뜨리는 방법을 가르쳐 줬을 때도, 휘파람 부는 법을 알려 줬을 때도, 와즈다는 감탄하지 않았다. 물론 와즈다가 그런 것들에 고마워한다는 것은 알고 있었다. 와즈다 얼굴에 스치는 장난기 어린 미소나 마지못해 끄덕이는 상냥한 고갯짓을 보면 알 수 있었다. 그러나 와즈다는 감탄 어린 말을 입 밖으로 내지는 않았다. 그만큼 자존심 강한 소녀였다. 하지만 이번만은 감탄할 것이다. 왜냐고? 광고판은 압둘라만큼 크니까!

사실 압둘라는 십분 전에 광고판 작업을 마쳤다. 그러나 마치 할 일이 더 있는 것처럼 이미 꽉 조인 나사들을 한 번씩 더 돌리며 만지작거렸다. 그리고 가끔씩 주변을 두리번거리며 차를 한 모금 마셨다. 포스터 위에 먼지가 쌓이기 시작했다. 바람을 타고 날아오는 작은 모래 알갱이들 때문이었다. 모래는 광고판 한쪽에 기대어 놓은 압둘라의 자전거도 덮어 버렸다.

여전히 와즈다가 나타날 낌새는 보이지 않았다. 군것질거리를 사기 위해 와즈다가 종종 들르는 가게가 저만치 보였다. 압둘라는 시계를 한 번 보고, 어슬렁거리며 흐릿한 공기 사이로 사라져가는 사람들을 눈으로 좇았다.

'와즈다는 어디 있는 거지?'

그때 가게 안쪽에 익숙한 얼굴이 보였다. 압둘라 마음에 행복이 차올랐다. 손을 흔들고 싶었지만 참았다. 멋져 보여야 하니까.

와즈다는 가게 안에서 사탕과 초콜릿을 고르고 있었다. 압둘라는 배시시 웃으며 와즈다를 보았다. 와즈다가 갑자기 고개를 들더니 압둘라를 보고 웃었다. 순간 압둘라는 광고판 뒤로 숨어 버렸다. 멍하니 와즈다를 바라본 마음을 들킨 것 같아서 창피했다. 압둘라는 주머니를 더듬어 공구를 찾았다. 와즈다가 가게 바깥으로 나오기 전에 뭔가 일을 하며 분주한 척해야 했다. 압둘라는 침착하려고 애썼다. 하지만 웃음이 비질비질 새어 나오는 것은 어쩔 수 없었다.

압둘라는 광고판을 손보는 척했다. 광고판 속 삼촌은 왕좌처럼 보이는 의자에 꼿꼿이 앉아 있었고, 그 밑에는 이렇게 써 있었다.

"시의회에서 저를 위해 투표하세요. 당신의 영광스러운 대표가 되겠습니다."

와즈다가 샌드위치를 우물거리며 압둘라에게 다가왔다. 압둘라는 머리를 단정히 넘기고 키가 커 보이도록 어깨를 쫙 펴고 섰다.

와즈다가 포스터를 보더니 웃었다.

"이게 뭐야? 콧수염 관리 제품 광고인가?"

압둘라도 따라 웃을 뻔했다. 그러나 압둘라는 와즈다 앞에서는 어른스러운 척 굴어야 했다. 압둘라는 진지한 얼굴로 말했다.

"저 콧수염이 얼마나 대단한지 알아? 그 위에 매가 앉을 수 있을 정도라고!"

와즈다가 깔깔거리며 웃었다.

"매라고? 비행기도 앉을 수 있다고 말하지 그래?"

압둘라는 대꾸를 하려다 와즈다의 어깨 너머로 무리 지어 다가오는 소년들을 보았다. 압둘라가 공공장소에서 와즈다와 얘기하는 것을 본다면, 소년들은 여자랑 노닥거렸다고 일주일 내내 놀려 댈 것이다. 압둘라는 어떻게 빠져나갈까 고민하다가 와즈다의 손에서 샌드위치를 낚아챘다.

"아침 샌드위치, 고마워!"

압둘라는 소년들이 있는 반대편으로 뛰어갔다. 와즈다가 고함치며 압둘라를 쫓아갔다.

"이 나쁜 놈아! 남의 샌드위치를 훔쳐 가냐!"

압둘라는 아스팔트를 뛰어넘고 인도에 듬성듬성 있는 야자수 주변을 재빨리 돌았다. 차들이 경적을 울려 댔다. 자전거를 탄 외국인 노동자들이 물살을 거슬러 헤엄치는 은빛 물고기들처럼 꽉 막힌 차들 사이를 이리저리 빠져나갔다.

와즈다는 자신이 압둘라보다 빨리 뛴다는 것을 알았다. 압둘라를 잡는 것은 아주 쉬운 일이었다. 압둘라를 거의 따라잡았을 때, 갑자기 바람이 불어와 와즈다의 베일을 낚아챘다. 순간 베일이 머리 뒤편으로 흘러내리고 머리카락이 드러났다. 와즈다는 베일을 끌어당겨 덮으며 머리칼이 드러나는지 다시 확인하며 목에 단단히 둘렀다. 시간을 지체했다. 와즈다는 이마를 찌푸리며 다시 속도를 높여 압둘라 뒤를 쫓았다. 그리고 모래바람을 일으키며 달려가 마침내 압둘라를 따라잡았다. 와즈다는 샌드위치를 다시 빼앗아 들고 승리의 환호성을 질렀다.

"와즈다의 샌드위치를 빼앗을 수는 없지!"

와즈다와 압둘라는 달리기를 멈추고 숨을 헐떡였다. 눈썹 위로 땀방울이 맺혔다. 후넙시근하게 달아오른 사막의 열기가 덮쳤다. 다른 소년들로부터 안전하게 떨어진 곳에서 압둘라는 와즈다에게 미소를 보냈다. 와즈다도 따라 웃었다.

"달리기 시합이라면 언제든지 상대해 주지."

무슨 생각이 났는지 갑자기 압둘라가 오던 길을 거슬러 뛰어갔다. 자전거를 그냥 내버려두고 온 것이다.

4

와즈다는 샌드위치를 몽땅 다 먹어치웠다. 압둘라와 달리기를 하는 통에 등교 시간까지 학교에 도착하기에는 빠듯했다. 와즈다는 남학교를 지나가는 지름길을 택했다. 와즈다의 반 친구들은 절대 가지 않는 길이었다. 부도덕하다는 오해나 비난을 받지 않기 위해서였다. 하지만 와즈다는 그다지 신경 쓰지 않았다.

와즈다가 가장 좋아하는 시간은 거리를 쏘다니며 새로운 가게와 동네를 구석구석 구경하며 보내는 시간이었다. 지난주에는 압둘라의 삼촌이 짓는 새로운 쇼핑센터를 구경했다. 천장이 하늘처럼 높은 쇼핑센터를 보며 와즈다는 세상이 정말 크다고 생각했다. 와즈다는 세상 곳곳을 다 구경하고 싶었다.

와즈다는 엄청나게 크고 넓은 집의 정원에 슬쩍 들어갔다. 그리고 넓고 한적한 땅을 재빨리 지나 뒷문으로 빠져나갔다. 와즈다는 이 특별한 지름길을 사랑했다. 고요한 오솔길은 와즈다만의 세상 같았다. 리야드 사람 그 누구도 알지 못하는 비밀이었다. 압둘라만 빼고.

와즈다는 걸어가면서 오늘 학교에서 팔 물건 가격을 가늠해 보았다. 지난 밤에 만든 팔찌를 반 정도 판다면 20리얄 넘게 벌 수 있다. 와즈다가 음악 테이프를 다 팔면 얼마나 벌 수 있을까 따져 보는데, 누군가 와즈다 베일을 휙 낚아챘다. 와즈다는 베일을 빼앗기지 않기 위해 손으로 재빨리 머리를 감쌌다. 압둘라였다. 압둘라는 와즈다의 베일을 꽉 붙잡고 자전거 페달을 세게 밟았다. 베일이 펄럭거리면서 검은 선을 그렸다. 그런데 베일이 와즈다의 목에 너무 단단히 묶여 있었다. 와즈다는 베일에 끌려 땅에 쿠당탕 넘어졌다.

와즈다는 무릎과 손바닥이 아픈 것도 잊은 채 머리를 더 들었다. 머리카락이 드러났다. 와즈다는 당황하여 손으로 머리를 감쌌다.

압둘라가 자전거를 세웠다. 압둘라는 와즈다를 보며 눈을 깜박였다. 와즈다 머리에 색색깔 머리핀과 리본이 잔뜩 달려 있었다. 압둘라는 와즈다 머리를 가리키며 웃었다.

"와하하하, 그게 다 뭐야?"

와즈다는 벌떡 일어나 압둘라를 똑바로 쳐다봤다. 그리고 베일이 벗겨진 머리를 꼿꼿이 세우고 턱을 치켜들었다.

"이건 패션이라고. 네가 패션에 대해 알 리가 없지!"

압둘라는 와즈다의 말을 귓등으로도 듣지 않았다. 그저 깔깔대며 웃다가 자전거 핸들 위로 고꾸라질 뻔했다. 그러든지 말든지 와즈다는 느슨해진 머리핀을 제자리에 꼽으며 단장했다. 와즈다가 정신을 딴 데 쏟는 사이, 압둘라는 다시 자전거 페달을 밟았다. 와즈다의 베일이 압둘라의 손끝에서 펄럭이며 먼지 속에 끌려다녔다.

"너 내가 잡는다, 이 나쁜 놈아!"

와즈다가 소리치며 압둘라 뒤를 쫓았다. 압둘라는 와즈다가 맹렬히 쫓아오는 걸 보고 속도를 살짝 늦추었다. 와즈다를 너무 화나게 하면 좋을 게 없었다. 장난도 적당히 해야 하는 것이다.

와즈다는 압둘라를 곧 따라잡았다. 그런데 압둘라 손에서 베일을 빼앗으려는 찰라 그만 발을 헛디뎌 넘어지고 말았다. 아까보다 조금 더 세게 말이다.

"아야!"

무릎과 팔꿈치에서 통증이 솟았다. 그러나 더 큰 문제는 와즈다가 진흙 웅덩이에 엎어졌다는 것이다. 건조하고 먼지 투성이인 리야드에서 유일하게 존재하는 이 진흙 웅덩이는,

여학교 스쿨버스가 지나가는 시간에 맞춰 매일 세차하는 한 청년이 만든 것이었다. 청년은 스피커가 터질 것처럼 시끄럽게 음악을 틀고 매일 차를 닦았다. 그 활기 넘치는 음악을 와즈다는 좋아했다. 어제까지는.

얼굴과 옷에 묻은 진흙을 떨어내면서 와즈다는 그 청년을 저주했다. 집을 나설 때만 해도 단정했던 베일이 진흙 속에 푹 잠겨 버렸다.

압둘라가 끽 소리를 내며 멈춰 섰다. 한쪽 발은 페달에 올리고 한쪽 발은 땅을 짚은 채 와즈다를 돌아보던 압둘라는 눈이 휘둥그레졌다. 와즈다는 얼굴 주변에 진흙 범벅이 된 머리카락이 뒤엉켜 무서워 보였다. 와즈다는 몸을 일으켜 이글거리는 눈빛으로 압둘라를 쏘아보았다.

"이 나쁜 놈! 너는 진짜 바보야! 난 이제 학교를 어떻게 가냐고?"

압둘라는 어깨를 축 늘어뜨렸다. 너무 심한 짓을 해 버렸다. 압둘라는 와즈다를 도와주기 위해 자전거에서 내렸다. 그때 다른 소년들이 근처 상점에서 우르르 나왔다. 그중 한 소년이 압둘라를 보았다. 그리고 와즈다를 보았다.

순간 압둘라는 당황했다. 압둘라는 센 척 사뭇 매정한 목소리로 말했다.

"야, 정말 나를 잡을 수 있을 거라 생각한 거야?"

얼떨떨해진 와즈다가 혼란스러운 얼굴로 압둘라를 쳐다봤다. 압둘라는 와즈다를 쳐다보지도 않았다. 와즈다는 얼굴을 잔뜩 일그러뜨리며 맞받아쳤다.

"나는 널 잡았어! 그 바보 같은 자전거를 탄 너보다 빨랐다고!"

소년들은 상점 앞에서 자전거를 타고 장난을 쳤다. 빙글빙글 원을 그리며 서로 잡으려 했다. 압둘라는 소년들한테 끼고 싶으면서도, 다른 한 편으론 와즈다를 돕고 싶었다. 하지만 압둘라에게는 용기가 없었다.

압둘라는 와즈다를 놀리듯이 말했다.

"넌 이제 지각이고, 진흙투성이인 거 같은데? 너한테도 이 '바보 같은' 자전거가 있다면 집에 가서 옷을 갈아입을 텐데, 넌 못하겠네! 너는 자전거를 탈 수 없으니까!"

압둘라는 페달을 힘차게 밟았다. 그리고 금세 다른 소년들과 한 무리가 되었다. 소년들은 계속 페달을 밟았다. 압둘라는 가장 키가 큰 소년의 뒤를 쫓아 원을 그리며 멀어졌다. 단 한 번도 와즈다를 돌아보지 않았다.

압둘라가 떠난 자리에는 흙먼지만 풀풀 일었다. 와즈다는 딱딱하게 굳은 얼굴로 시간이 멈춘 듯 가만히 앉아 있었다. 와즈다는 울지 않았다. 누구한테도 상처 입은 마음을 보이고 싶지 않았다. 와즈다는 먼지를 털며 천천히 일어섰다. 이젠 학교에 갈 시간이다. 물론 와즈다는 지각을 할 것이다. 그것도 지저분한 모습으로.

와즈다는 베일을 질질 끌며 걸었다. 베일은 쇠사슬만큼이나 무겁게 느껴졌다. 와즈다는 베일에서 물을 짜내려 했지만 손과 팔에 더 많은 진흙이 묻을 뿐이었다. 베일을 다시 두르는 것은 상상조차 할 수 없었다.

와즈다는 달렸다. 저만치 소년들이 자전거를 타고 이리저리 자유롭게 누비는 모습이 눈에 들어왔다. 소년들은 마치 새처럼 리야드를 날아다녔다.

"나도 자전거 살 거라고!"

와즈다는 크게 외쳤다. 그 울림은 마치 와즈다 자신에게 던지는 도전장처럼 들렸다.

5

악마에게 이름이 있다면 분명 후사일 것이다. 후사 교장선생님은 늘 샴고양이처럼 살금살금 학교를 뒤지고 다니며 학생들을 못살게 굴었다. 날렵한 하이힐을 신고 우뚝 서서 소녀들을 쏘아보았다.

후사 선생님의 매무새는 강렬했다. 완벽한 메이크업이 돋보이도록 머리를 뒤로 바짝 묶어, 눈빛이 더욱 무자비하고 날카롭게 보였다. 후사 선생님이 걸치는 모든 옷들은 말 그대로 '돈, 돈, 돈'이라고 써 있는 것 같았다. 와즈다는 후사 선생님이 사람이 아니라 화려한 마네킹 같다고 생각했다.

후사 선생님의 카리스마는 거만한 말투로 완성되었다. 후사 선생님은 늘 누군가를 짓밟기 위해 구실을 찾아내고 철저하게 멸시했다.

'오늘 후사 선생님의 밥은 나겠군.'

와즈다는 자신의 지저분한 옷을 살폈다. 그럴 듯하게 둘러댄다면 진흙으로 엉망이 된 교복은 어떻게든 넘어갈지도 모른다. 하지만 베일을 쓰지 않았다는 것은 절대로 용서 받을 수 없었다. 와즈다는 이미 세 번이나 베일로 머리를 제대로 감싸지 않았다고 경고를 받았다.

와즈다는 처벌이 무섭진 않았다. 다만 후사 선생님이 쏟아 낼 비열한 말들이 두려웠다. 후사 선생님의 비난은 불화살이 되어 와즈다의 속을 까맣게 태울 것이다. 그리고 교장한테 짓밟혀 꿈틀거리는 와즈다를 전교생이 구경할 것이다. 후사 선생님은 조금이라도 마음에 안 드는 학생이 있다면 가차 없이 낙인을 찍고, 평생 남을 모욕을 안기고도 모자라 아예 왕따로 만들어 버린다.

"왜 선생님은 그토록 지독하게 구는 거지?"

와즈다는 차마 학교 가까이 가지 못하고 모퉁이에 서서 중얼거렸다. 바람이 대답하듯 휘파람 소리를 내며 불었다.

'후사 선생님의 우월감 때문인가?'

후사 선생님은 지역에서 가장 영향력 있는 지도자의 딸이었다. 와즈다가 상상하는 것 이상으로 돈이 많고 권력을 가지고 있었다. 어린 시절 내내 후사 선생님은 자기 집안이 그 어떤 집안보다 훌륭하다는 얘기를 지겹게 들었을 것이다. 다른 모든 사람들이 하찮게 보일 것이다.

그것이 아니라면, 후사 선생님은 마음의 상처가 있을지도 모른다. 사실 후사 선생님은 아름다웠지만 남편이 없었다. 그리고 모두 그 이유를 알았다. 와즈다도 그 소문을 들었다. 후사 선생님은 어렸을 적 한 소년과 사랑에 빠졌는데, 그 소년은 다른 부족 출신인 데다가 가난했다. 이루어질 수 없는 사랑을 한 것이다. 그러던 어느 날 후사 선생님은 집에서 소년을 만나다가 들켰고, 혼나지 않기 위해 애인을 도둑이라고 우겼다. 물론 그 소문이 진실인지 아닌지는 아무도 몰랐다. 어쨌든 모두 그 이야기를 뒤에서 몰래 했고, 후사 선생님은 여태까지 혼자이다.

"후사 선생님 눈을 피할 방법은 없겠지?"

와즈다는 한숨이 푹 나왔다. 어쨌든 학교 안으로 들어가야 했다. 학교 담을 기어오를 수 있다면 좋을 것이다. 하지만 그것은 바보 같은 생각이었다. 거대한 갈색 콘크리트 장벽은 거의 7미터에 달했다. 와즈다가 스파이더맨으로 변신하기 전에는 불가능한 일이었다.

교실에 들어가야 할 시간을 알리는 마지막 종이 울렸다. 와즈다는 교문을 향해 냅다 뛰었다. 교문이 닫히기 전에 몰려 들어가는 소녀들 사이에 아슬아슬하게 끼었다. 운이 좋다면 키 큰 소녀 옆에 몸을 숨기고 후사 선생님의 예리한 시선을 피할 수 있을 것이다.

와즈다는 정문에 드리운 그림자 사이로 뛰어가면서 앞서 가는 파틴과 파티마를 보았다. 예상했던 대로 후사 선생님도 보였다. 교장선생님은 늘 같은 자리에 서 있었다. 오늘은 아름답게 수놓은 검은 블라우스와 몸에 딱 달라붙는 길고 검은 스커트를 입었다. 선생님은 팔짱을 낀 채 울타리에 비스듬히 기대고 서 있었다.

울타리에는 베일을 완전히 뒤집어쓴 한 여성이 커다랗게 그려져 있었고, 밑에는 이런 글이 쓰여 있었다.

'모든 여학생들은 완벽하게 히잡을 입어야 함.'

학교와 바깥세상을 가로막는 마지막 장벽인 울타리 안쪽에서, 여학생들이 아바야와 베일을 벗는 모습이 와즈다 눈에 들어왔다. 실크로 만든 샤일라(shayla)를 입은 친구들은 그것도 벗었다. 학교에는 오직 여자만 있기 때문에 소녀들은 바깥세상의 남자와 소년들이 보내는 시선으로부터 자신을 지켜 줄 옷을 자유롭게 벗어 버릴 수 있었다.

와즈다는 조금씩 앞으로 갔다. 앞에 있는 소녀들은 즐겁게 아침 인사를 하고 재잘재잘 떠들었다. 머리를 감쌌던 베일을 빼내면서 흐트러진 머리를 빗질했다. 친구들은 즐거워 보였다. 사실 이 어린 저항군 말고 대부분 소녀들은 규정에 맞추고 규칙을 따르는 것에 만족했다. 그리고 '부도덕'하다는 딱지가 붙을 수 있는 모든 상황을 피하려 했다. 오직 와즈다만이 보물을 찾으려는 듯 뒷골목을 누비고 앞둘라 뒤를 쫓아 달음박질했다. 그런 모험을 할 때면 와즈다는 비난을 감수해야 했다.

후사 선생님이 가까이 보였다. 와즈다의 심장이 더욱 빠르게 뛰었다. 후사 선생님은 눈을 가늘게 뜨고 와즈다 앞에 가는 파틴과 파티마를 훑어보았다. 소녀들은 아바야를 접고 건물 안으로 들어가려던 참이었다. 둘은 무엇이 그리 재미있는지 커다랗게 웃었다. 와즈다는 두 소녀 옆으로 바짝 붙어서 걸었다.

"조용히 하거라, 얘들아! 이제 겨우 교문 안으로 들어온 거다. 그렇게 크게 웃어서는 안 돼. 남자들이 너네 웃음소리를 들었으면 좋겠니? 여자 목소리를 들려준다는 것은 벌거벗은 거나 마찬가지야."

파틴은 웃음을 애써 감췄다. 언제나처럼 파티마는 반항기 넘치는 미소를 손으로 가리며 파틴을 쿡 찔렀다. 대답하라는 뜻이었다.

"죄송합니다, 후사 선생님. 다시는 그러지 않겠습니다."

후사 선생님의 고요한 분노가 목표물을 조준하는 동안 와즈다는 재빠르게 움직였다. 발꿈치를 들고 몸을 돌려 자리를 옮겼다. 그리고 소녀들이 베일을 벗는 울타리 안쪽으로 갔다.

와즈다가 탈출에 성공했다고 생각했을 때, 후사 선생님의 목소리가 천둥처럼 울렸다.

"와즈다!"

와즈다는 그 자리에 완전히 얼어붙었다. 온몸이 부들부들 떨렸다. 꼼짝없이 걸린 와즈다는 후사 선생님에게로 몸을 돌렸다.

"네 베일은 어디 있니? 베일을 쓰지 않고 학교에 왔니?"

말 한 마디 한 마디가 공포였다. 후사 선생님이 '와즈다, 네가 사람을 죽였니?'라고 묻는다 해도 이것보다 오싹하게 들리지는 않을 것이다. 다른 소녀들이 구경거리를 보기 위해 모든 동작을 멈췄다.

후사 선생님이 와즈다를 향해 다가왔다. 마치 상처 입은 가젤 주변을 빙빙 도는 사자와 같았다. 한껏 걱정하는 척하며 후사 선생님은 와즈다 머리에 잔뜩 꽂혀 있는 리본과 핀들을 살폈다.

"이 끔찍한 핀들은 누가 꽂아 준 거니? 요란하게 치장한 당나귀 같구나!"

여기저기 키득거리는 소리가 들렸다. 소녀들은 와즈다를 보며 서로 속닥거렸다. 오직 파틴과 파티마만이 와즈다에게 연민의 눈빛을 보냈다. 와즈다의 마음은 분노로 끓어올랐다. 와즈다는 손에 쥔 축축하고 쓸모없는 베일을 쥐어짰다.

6

시계가 째깍거리는 소리가 요란했다. 첫 번째 종교 시간이었다. 마지막 종이 울리기 전에 수업이 네 개나 더 이어질 것이다. 이맘(Imam, 이슬람교 조직의 지도자를 가리키는 말)이 가르치는 상속법과 코란 시간은 끔찍하게 지루하다. 종교적이지 않은 내용을 다루는 수업은 얼마 없었다. 와즈다는 이미 끔찍한 치욕의 시간을 견뎌 냈지만, 앞으로 또 견뎌야 할 기나긴 수업들을 생각하면 책상에 고개를 파묻고 잠들고 싶었다.

반 친구들 대부분 와즈다와 똑같은 심정인 듯했다. 몇몇은 꼿꼿이 앉아 열심히 칠판을 바라보았지만, 대개는 한낮의 열기에 나른해져서 손이나 팔꿈치를 괴고 엎드려 있었다. 학생들 머리 위에 달린 오래된 에어컨은 절절 끓는 바깥 공기를 끌어와 뜨듯한 바람을 뱉어 냈다. 그나마 천장에 달린 선풍기 덕에 참을 만했다.

소녀들은 햇빛이 들지 못하도록 하나밖에 없는 창문을 마분지로 가렸다. 하지만 소용이 없었다. 소녀들이 입은 두꺼운 회색 교복은 땀에 모두 절어 버렸다. 턱을 괸 팔꿈치에는 흠뻑 젖은 옷이 들러붙고, 등줄기를 따라 땀이 흥건하게 흘러내렸다.

수업이 시작되자, 소녀들이 차례로 코란을 꺼내 책상 위에 올려놓았다. 소녀들의 책상 안에는 경전 한 권과 아바야가 들어 있었다. 그뿐이었다. 어린 소녀들에겐 더 이상 아무것도 주어지지 않았다. 선생님 말씀에 따르면, 그 외에 다른 물건들은 모두 위험한 것들이었다. 와즈다는 문득 서글픈 생각이 들었다. 와즈다는 코란 말고도 배우고 싶고 알고 싶은 것이 너무 많았다.

코란을 가르치는 누프 선생님이 칠판 위에 글씨를 썼다. 분필이 끽 소리를 내며 직선과 곡선을 그려 단어를 만들어 냈다.

'종교동아리: 코란 낭송대회'

누프 선생님은 바위 위에서 일광욕하는 도마뱀처럼 움직였다. 느긋하지만 자신감 넘치는 몸짓이었다.

"대회는 5주 쯤 후에 열릴 거란다."

선생님은 학생들을 한 명 한 명 바라보며 말했다.

"정말 중요한 행사야. 알라신에 대한 너희 믿음과 위대한 헌신을 보여 줄 기회지. 신실함과 노력을 보여 준 학생 한 명이 우승하게 된단다."

와즈다는 의자 깊숙이 파묻혔다. 학교는 일 년에 한두 번 이런 행사를 열었다. 그리고 언제나 남들 앞에서 연설하기 좋아하는 소녀들과 외우기를 좋아하는 모범생들 간의 전투로 끝이 났다. 와즈다는 그 어느 쪽에도 속하지 않았다. 강당 뒤편에 앉아 강제 집회가 끝나는 시간을 재는 편이었다. 지금도 마찬가지였다.

"좋은 기회가 될 거예요."

누프 선생님이 지난 번에 1등을 한 누라에게 고개를 끄덕이자, 누라가 반짝이는 미소로 답했다.

"알라의 위대함 속에서 빛날 수 있는 기회예요. 알라가 코란을 통해 우리에게 주신 가르침을 기릴 수 있을 거예요."

선생님은 칠판 쪽으로 돌아서서 그날 배워야 할 코란 구절을 적었다. 와즈다의 눈은 다시 시계로 향했다. 째깍째깍.

학교 일과가 다 끝날 때까지 백년 쯤 걸린 것 같았다. 와즈다는 울타리 뒤에 모인 소녀들 사이에 서 있었다. 바깥세상으로 뛰어들어야 하는 시간이다. 와즈다는 한숨을 내쉬며 흙먼지가 잔뜩 묻고 얼룩진 아바야를 회색 교복 위에 뒤집어썼다. 와즈다 옆에 서 있던 다른 소녀들도 똑같은 동작을 했다. 소녀들의 손놀림에 따라 학교 운동장은 검은색 바다로 바뀌어 갔다. 소녀들의 회색 교복이 너풀거리는 검은 아바야 속에 감춰지고 검은 파도만 일렁였다. 베일을 쓴 소녀들은 그들 위로 우뚝 선 거대한 포스터 속 여성과 똑같이 되었다.

소녀들은 웃고 떠들면서도 무의식적으로 몸을 가렸다. 소녀들의 활기와 열정은 활활 타오르는 태양 아래에서 사그라졌다. 시계는 1시 30분을 가리켰고, 뜨거운 햇살은 점점 더 잔인하게 내리쬐였다. 이미 온도는 섭씨 43도에 달했다. 소녀들의 고함과 웃음소리는 집으로 돌아갈 준비를 하면서 속삭임과 한숨으로 잦아들었다. 끼리끼리 모인 소녀들은 배정 받은 버스에 올라타거나 지정된 운전사가 모는 자동차로 향했다.

후사 선생님은 한결같이 자기 자리에 서서 소녀들이 모두 완전하게 몸을 가렸는지 확인했다. 그리고 언제나처럼 한 명 한 명씩 날카로운 시선으로 소녀들을 훑었다. 얼굴을 제대로 감췄는지, 아바야 소매 안으로 두 손을 제대로 넣었는지, 소녀들이 발과 발목이 드러나지 않도록 양말을 신었는지 철저하게 살폈다. 또한 후사 선생님은 학생들이 출결 카드에 정확한 날짜를 기입했는지 확인했다.

와즈다는 한숨을 내쉬었다. 그리고 자기 앞으로 움직이는 무리를 물끄러미 보았다. 모든 학생들은 출결 카드를 제출해야 했다. 출결 카드에는 그 학생을 보호하며 동행할 가족이나 운전사의 이름이 적혀 있었다. 그리고 집에 어떻게 가는지 보호자에게 승인 받은 통학 방식이 적혀 있었다.

버스를 타는 소녀들이 서두르며 카드를 들어올렸다. 검은 가죽구두의 행렬이 끊임없이 이어지면서 짙은 먼지구름을 일으켰다. 매일 소녀들은 버스 타는 줄 맨 앞에 서려고 경쟁했다. 월드컵 결승전에 나간 축구 선수들도 이 소녀들보다 더 치열하게 달리지 못할 것이다.

개인 승용차가 데리러 오기를 기다리는 소녀들은 울타리 뒤에 붙어 있었다. 소녀들은 남자 운전자들의 신분 확인 카드를 들고 다녀야 했다. 이 카드는 소녀들이 차를 타는 내내 눈에 보이도록 대시보드 위에 잘 놓여 있어야 했다. 여성들의 운전이 금지되어 있기 때문에 이 모든 과정은 엄격하게 지켜졌다. 어떤 소녀도 혼자 다닐 수 없었다.

와즈다는 집에 걸어가는 소녀들 사이에 끼었다. 소녀들은 모두 허가서를 가지고 있었다. 혼자 다니는 것을 허락한다는 부모님의 서명이 있는 허가서였다. 물론 이 소녀들도 남자와 함께 있는 모습이 눈에 띈다면 그 자리에서 제지를 받는다. 그리고 만약 허가서를 지니고 있지 않다면 엄청난 곤란에 빠지게 된다. 다행히 와즈다는 그런 문제가 없을 정도로 가까운 거리에 살았다.

와즈다 앞에 파틴과 파티마가 출결 카드로 부채질하며 운전사를 기다리고 있었다. 둘은 와즈다를 보며 미소를 보냈다. 하지만 와즈다는 미소가 지어지지 않았다. 너무 지쳐 있었다. 베일을 낚아 챈 압둘라에 대한 분노, 그리고 후사 선생님에게 망신당한 것에 대한 분노가 피로로 이어졌다. 머리끝부터 발끝까지 온몸이 욱신거렸다. 와즈다는 그저 집에 가고 싶었다.

파틴과 파티마가 와즈다에게 다가왔다. 파틴은 수상쩍다는 듯 눈썹을 찌푸리더니, 노래하듯 말을 걸어왔다.

"누군가 다시 곤란에 처할 거 같은데."

와즈다가 멀뚱히 쳐다보자, 파틴이 말을 이었다.

"후사 선생님이랑 대화를 나누는 게 즐거운가 보구나. 네 카드는 어디 있니?"

와즈다는 자랑스레 팔짱을 끼며 말했다.

"난 카드 필요 없어. 집에 걸어가거든."

파틴과 파티마는 와즈다의 당당한 대답에 웃음을 터뜨렸다. 짓궂은 웃음이 아니었다.

둘은 몇 킬로미터쯤 끌려 다닌 듯 더러워진 와즈다의 베일을 보며 미소 지었다. 하지만 무슨 일이 있었는지 물어보지는 않았다. 그 정도로 와즈다와 친하지 않았다. 와즈다는 둘이 엄청 궁금해 할 것이라고 생각했다.

'아마도 내가 어마어마한 모험을 했다고 상상하겠지.'

와즈다는 자랑스러움으로 눈을 반짝이며 지저분한 베일 자락을 머리 주변에 단단히 동여맸다. 그리고 학교 밖으로 나갔다.

어쨌든 오늘은 좋은 날이 아니었다. 와즈다는 고개를 푹 숙이고 터덜터덜 걸어갔다. 그때 자전거를 탄 소년들이 신나게 떠들며 휭 지나갔다. 소년들의 하얀 토브에 반사된 강렬한 햇빛 때문에 와즈다는 순간적으로 앞이 보이지 않았다.

문득 와즈다는 과학 시간에 배운 내용이 생각났다. 어두운 색깔은 열을 흡수하고 밝은 색깔은 열을 반사한다고, 선생님은 말하고 또 말했다. 선생님은 이러한 현상은 우주에서 일어나는 기적 가운데 하나라고 설명하며 수업을 마쳤다.

후덥지근한 검은 베일 안에서 와즈다는 입술을 비틀었다. 여자들은 검은색 옷을 입고 남자들은 흰색 옷을 입도록 규범을 정할 때, 사람들은 이러한 과학적 비밀을 알고 있었는지 궁금했다. 찜통 같은 리야드의 오후에 정신을 잃지 않고 집까지 걸어갈 수 있다는 것이야말로, 우주에서 벌어지는 진정한 기적일 것이다.

소년들의 자전거는 쏜살같이 모퉁이를 돌아 사라졌다. 와즈다는 눈을 가느다랗게 뜨고 희뿌연 오후의 거리를 바라보다가 느릿느릿 걸음을 옮겼다. 집으로 가는 내내 아빠가 준 돌멩이로 깡통이든 막대기든 벽돌이든 맞출 수 있는 모든 표적들을 맞췄다. 그리고 우주에서 일어나는 다양한 기적들에 대해 생각했다.

딸그락! 와즈다의 돌멩이가 보도 가장자리를 맞고 튕겨나가 공터로 굴러갔다. 와즈다는 한숨을 내쉬고는 하늘을 올려다보았다. 와즈다의 뺨을 태워버릴 듯 강렬하게 내리쬐는 오후의 뙤약볕 말고는 아무것도 느껴지지 않았다. 와즈다는 돌멩이를 찾기 위해 공터로 터덜터덜 걸었다. 그 돌멩이가 아빠가 준 선물이 아니었다면 아마 포기하고 가 버렸을 것이었다.

와즈다는 쓰레기와 잡초 사이를 뒤졌다. 하지만 돌멩이는 보이지 않았다. 몇 분이 더 지나갔다. 와즈다는 점점 초조해졌다.

'돌멩이를 잃어버린 건가?'

아빠는 와즈다에게 그다지 많은 선물을 주지 않았다. 돌멩이는 몇 안 되는 아빠의 선물이었다. 그리고 이번 선물은 특별하게 느껴졌다. 멀리 떨어져 지내는 몇 주 동안 아빠가 돌팔매질을 좋아하는 딸을 떠올렸다는 증거였다. 와즈다는 사막에 서 있는 아빠의 모습을 상상하며 중얼거렸다.

"적어도 두 번은 나를 생각했을 거야. 돌을 주울 때 한 번, 집으로 챙겨 올 때 한 번."

잎이 뾰족뾰족한 나무 한 그루가 와즈다 눈에 들어왔다. 잎사귀는 햇볕에 타서 갈색으로 변해 버렸고 잔가지마다 노란 먼지가 소복이 덮였다. 와즈다는 나무를 헤치고 드디어 자기 돌멩이를 찾았다. 땀으로 범벅된 와즈다의 얼굴에 미소가 살짝 떠올랐다. 날씨는 여전히 무더웠지만 기분은 한

결 가벼워졌다.

와즈다는 돌멩이를 주워 들고 주위를 두리번거리며 다음에 맞출 표적을 찾았다. 와즈다의 시선은 저 멀리 지평선까지 닿았다. 바로 그 순간, 공터 끄트머리에 세워진 울타리 위로 자전거 한 대가 보였다. 반짝반짝 빛나는 아름다운 초록 자전거가 허공에 떠 있었다.

와즈다는 입을 딱 벌리고 그 자리에 섰다. 자전거가 하늘에 떠 있다니, 놀랍고 믿을 수 없었다. 손가락과 발가락 끝까지 흥분으로 짜릿짜릿했다.

'진짜가 아닐 거야. 그럴 리 없어.'

와즈다는 눈을 깜빡였다. 머리를 절레절레 흔들다가 얼굴이 드러나도록 베일을 뒤로 당겼다. 그리고 눈을 크게 떴다. 여전히 그 자전거는 울타리 위에서 꼼짝도 하지 않고 그대로 공중에 떠 있었다. 누군가 타 주길 기다리는 것처럼.

와즈다는 자전거를 뚫어져라 보았다. 눈을 뗄 수 없었다. 돌멩이도 주머니 속에 슬그머니 들어가 버렸다. 와즈다는 자신이 꿀 수 있는 가장 아름다운 꿈을 꾸는 것만 같았다.

갑자기 자전거가 울타리 위를 따라 미끄러지듯 날기 시작했다. 자전거 페달은 보이지 않는 발이 밟는 것처럼 원을 그리며 천천히 돌아갔다. 자전거는 그대로 하늘을 날더니 울타리가 끝날 때에야 제 모습을 드러냈다. 그 아름다운 초록 자전거는 배달 트럭 위에 묶여 있었다.

와즈다는 자전거에 완전히 마음을 빼앗겼다. 와즈다는 자전거를 쫓아 달렸다. 심장이 마구잡이로 뛰었다. 다음 블록에서 자전거는 거리를 가득 메운 자동차들 사이로 사라졌다. 트럭은 번쩍거리는 빨간 페라리와 군데군데 녹슨 픽업트럭 사이에 슬쩍 끼어들었다. 경적이 빵빵 울리고 엔진이 그르렁댔다. 운전기사들은 갓길로 빠져나가려고 저마다 차 머리를 들이댔다.

와즈다는 트럭을 놓치지 않기 위에 단 일 초도 눈을 떼지 않고 숨도 제대로 쉬지 않고 달렸다. 마침내 트럭을 따라잡았을 때, 그 트럭은 허름한 장난감 가게 앞에 서 있었다. 남자 여럿이 커다란 상자들을 트럭에서 내리고 자전거들도 하나하나 내려 안으로 옮겼다. 자전거들은 보호 비닐로 잘 싸여 있었다. 와즈다는 목을 쭉 빼고 살펴보았다.

'초록 자전거는 어디 있지?'

와즈다는 목이 죄어 오는 듯했다. 아무리 찾아도 초록 자전거가 보이지 않았다. 사라져 버렸다.

길고 하얀 토브와 붉은 격자무늬 구트라를 차려입은 아저씨가 잔뜩 쌓인 물건들을 헤치고 나타났다. 가게 주인 같았다. 와즈다는 아저씨를 눈여겨보았다.

'어쩐지 중요해 보이는 아저씨야.'

아저씨는 어떤 일에도 서두를 것 같지 않은 넉넉한 웃음을 띠며 일꾼들과 이야기 나누었다. 너무나 느긋해 보였다.

마침내 일을 다 끝낸 트럭이 움직였다. 그리고 주인 아저씨는 가게 안으로 사라졌다. 와즈다는 가게로 다가가 햇빛에 달궈진 유리 위로 얼굴을 바짝 댔다. 코가 납작해졌다. 먼지 낀 창문 너머로 주인 아저씨가 물건들을 정리하는 모습이 보였다.

한참 만에 아저씨가 초록 자전거를 들고 밖으로 나왔다. 와즈다는 너무 기뻐서 심장이 터질 것만 같았다. 아저씨는 자전거를 가게 앞에 전시했다. 자전거의 초록색 가로대가 뜨거운 태양 아래에서 에메랄드처럼 반짝였다. 부드러운 바람이 불어와 자전거 핸들에 달린 밝은 색 리본을 날렸다. 초록 자전거는 다른 모든 장난감과 자전거 사이에서 활활 타오르는 횃불 같았다. 아저씨는 흐뭇한 표정으로 자전거를 보았다. 그리고 검은 가죽으로 된 매끈한 안장을 손으로 쓸어내려 먼지를 닦아 냈다. 아저씨는 종이를 한 장 꺼내 글씨를 썼다.

'단돈 800리얄!'

이내 자전거 핸들 위에 가격을 적은 종이가 나풀거렸다. 아저씨는 가게 안으로 들어가 오래된 레코드판을 오래된 전축 위에 올렸다. 낯선 소녀가 문 앞을 서성이며 자전거를 뚫어져라 보는 줄은 꿈에도 몰랐다.

레코드판이 덜컥거리며 돌아갔다. 보드랍고 달콤한 노랫소리가 가게를 가득 채우고 거리로 흘러넘쳤다. 와즈다는 노래를 부르는 가수가 타랄 마다(Talal Maddah)라는 것을 단번에 알아챘다. 사우디아라비아에서 가장 오래된 가수이자 엄마가 가장 좋아하는 가수였다. 와즈다는 가게 주인이 타랄 마다의 노래를 듣는다는 사실이 아주 마음에 들었다.

타랄 마다는 사우디아라비아에서 허용된 몇 안 되는 TV 생방송 프로그램에서 공연을 하다 심장마비로 죽었다. 수백만 팬들 앞에서 노래하다 죽은 것이다. 타랄 마다가 죽은 다음 날, 전국에 있는 모든 이맘들은 그를 저주했다. 이맘들은 타랄 마다가 곧장 지옥으로 떨어져 그 영혼은 영원히 고통 받을 거라고 말했다.

“이맘들은 왜 그렇게 화가 난 거예요?”

어느 날 와즈다는 타랄 마다의 노래를 함께 듣던 엄마에게 물었다.

“타랄 마다는 사람들 간의 사랑에 대해 노래했단다. 그런 음악은 하람(haram)이거든.”

하람이란 금기를 뜻했다. 엄마는 씁쓸한 표정으로 말을 이었다.

“그리고 타악기를 쓰는 건 괜찮지만, 다른 악기를 쓰는 건 허락되지 않았단다.”

사실이었다. 이맘들은 타랄 마다의 노래가 부적절하고 부도덕하다고 비난했다. 종교 지도자들은 대중 앞에서 음악이나 예술을 선보이는 것을 엄청난 죄로 여겼다. 그런데 와즈다가 자전거에 마음을 빼앗긴 바로 이 순간, 타랄 마다의 노래가 흘러나와 와즈다를 흔들었다. 와즈다는 타랄 마다가 어떤 마음으로 노래했는지 이해할 것 같았다.

천천히, 아주 천천히, 와즈다는 자전거의 반짝이는 크롬 핸들로 손을 뻗었다. 널따란 안장은 복고풍의 매력을 풍겼다. 아름다웠다. 견고했다. 이 세상의 것이 아닌 양 멋졌다.

'어? 이건 여자애들 거네.'

초록 자전거는 핸들과 안장을 잇는 가름대 중간이 움푹 들어가 있었다. 와즈다가 잡지에서 본 소녀들처럼 치마를 입어도 탈 수 있게 만들어진 것이다. 와즈다는 놀라움으로 코끝을 찡그렸다.

'아저씨는 왜 여자애들 자전거를 주문했지? 리야드에 사는 소녀는 누구도 자전거를 탈 수 없는데.'

질문이 마음속에 떠오른 순간, 와즈다는 아주 명료하게 답을 알 수 있었다. 이건 바로 와즈다를 위한 자전거였다. 와즈다가 바로 이 자전거를 탈 소녀였다.

이글거리는 태양이 지평선 가까이로 내려오면서 열기가 좀 수그러들었다. 와즈다가 혼자만의 시간을 조금이라도 보내고 싶다면 서둘러 집으로 돌아가야 했다. 그러나 와즈다는 자리를 뜨기가 어려웠다. 다시 가격표를 보았다. 그 불가능해 보이는 숫자를 뚫어져라 쳐다봤다.

그때 갑자기 가게 주인 아저씨가 불쑥 나왔다. 아저씨는 와즈다를 보고 눈이 동그래졌다. 와즈다가 아직도 거기 있으리라 생각지도 못했던 것이다. 잠시 동안 아저씨는 와즈다를 바라보았다. 와즈다도 아저씨를 올려다보았다. 아저씨는 다른 가게 주인들보다 덜 엄해 보였다. 하지만 와즈다를 보는 눈은 달갑지 않았다.

아저씨는 턱으로 가격표를 가리키며 말했다.

"800리얄이란다. 네게는 아무래도 비싸지."

아저씨 얼굴에 따스한 미소가 살짝 번졌다가 사라졌다. 아저씨는 다시 근엄하고도 지친 표정으로 고개를 내저었다. 하루 종일 가게 주변을 기웃거리면서 아무것도 사지 않는 아이들에게 질렸다는 듯.

'아저씨, 두고 보세요!'

싸든 비싸든 초록 자전거는 와즈다의 것이었다. 와즈다는 턱을 치켜세우고 이를 악물었다. 그리고 자전거와 가게 주인을 번갈아 보았다.

와즈다는 눈으로 분명하게 말했다.

'내가 초록 자전거를 살 거예요. 반드시 곧!'

가게 주인의 표정은 변하지 않았다. 와즈다는 천천히 몸을 돌려 집으로 향했다. 타랄 마다의 세레나데가 뒤따랐다.

7

새로운 목표가 생겼다. 와즈다의 머릿속은 온통 초록 자전거뿐이었다. 초록 자전거가 어둑어둑해진 하늘에 둥실 떠올라 눈앞에서 맴돌았다.

와즈다는 리야드에서 가장 호사스러운 주택 단지를 지나고, 쓰레기로 뒤덮인 공터를 가로질렀다. 그리고 매일 새로운 건물이 올라가는 공사장 길을 걸었다.

와즈다는 학교에서 벌어들인 푼돈을 세고 또 세었다. 아무리 열심히 계산해도 고작 25리얄 뿐이었다. 와즈다는 마지막으로 다시 돈을 세어 보았다. 잔돈을 빼먹었을 수도 있으니까. 하지만 25리얄은 변하지 않았다. 와즈다는 불만스럽게 돈을 주머니에 쑤셔 넣었다. 그리고 검은색 돌멩이를 끄집어내어 힘껏 던졌다. 돌멩이는 표적을 빗나갔다. 콜라병을 맞추지 못하고 그만 멀찍한 곳까지 날아가 버렸다. 와즈다는 화가 치밀어 올라 툴툴거렸다.

"나는 자전거가 필요하다고! 자전거만 있다면 압둘라와 다른 녀석들을 따라잡을 수 있단 말야. 그러면 그 녀석들도 나를 부러워할 걸. 내 초록 자전거가 반짝거리는 걸 뒤 꽁무니에서 구경만 해야 할 거라고! 나의 승리야!"

와즈다는 팔찌를 더 많이 만들어서 팔아야겠다고 생각했다. 손이 많이 가긴 하지만 팔찌는 꽤 괜찮은 돈벌이가 되었다. 음악 테이프도 더 많이 만들면 된다.

누군가 와즈다에게 소리쳤다.

"이봐! 돌멩이 좀 던질 줄 아는데?"

반쯤 완성된 호화주택 공사장에서 작업하던 인부들이었다. 어떤 남자는 살와르 카미즈(Shalwar Kameez, 파키스탄과 인도 등 남아시아의 바지)를 입었고, 또 어떤 남자는 얇은 셔츠에 청바지를 입었다. 인부들은 일손을 멈추고 와즈다를 내려다보고 있었다.

어색해진 와즈다는 공사장을 빠져나가기 위해 종종걸음 쳤다. 두 팔로 몸을 감싸고 눈을 땅에 고정시켰다. 자전거 생각만 하다가, 그만 남자들이 위에서 일하는 걸 눈치채지 못한 것이다. 남자들의 시선이 화살처럼 날아와 꽂히는 것만 같았다. 와즈다는 완전히 혼자였다. 등에 식은땀이 흘렀다. 공포로 두 손이 벌벌 떨렸다.

"헤이, 여기 위로 올라와서 우리랑 노는 건 어때?"

한 사람이 소리치자, 옆에 있던 사람이 능글맞게 웃어 댔다. 와즈다는 가슴이 철렁 내려앉았다. 바싹 얼어 버렸지만 애써 못 들은 척했다. 와즈다는 강당에 걸려 있던 포스터를 떠올렸다. 남자는 모두 늑대라고 써 있던 포스터였다. 어쩌면 그 말이 맞을지도 모른다는 생각이 들었다. 그 순간 와즈다는 자신이 황량한 들판을 뛰어가는 토끼처럼 느껴졌다. 굶주린 야수 한 떼가 바싹 뒤를 쫓았다. 배고픔에 으르렁거리면서.

인부들이 하나둘 모여들더니 공사장 옥상 끄트머리에 줄지어 앉아 와즈다를 내려다보았다. 와즈다는 얼굴이 벌겋게 달아올랐다. 수치심과 공포가 교차하며 밀려들었다. 마치 자신이 잘못을 저지른 것만 같았다.

'왜지? 내가 뭘 잘못한 거야?'

와즈다는 이 골목과 공터를 손바닥 들여다보듯 훤히 꿰뚫고 있었다. 와즈다의 세상이었다. 그런데 지금 와즈다는 낯선 땅에 무단 침입한 것처럼 당혹스러웠다. 머리 위로 쏟아지는 남자들의 웃음소리에 눌려 익숙한 길을 걸으면서도 비틀거렸다.

와즈다가 마지막으로 돌멩이를 던졌던 곳으로 서둘러 달

려가는데, 어디선가 압둘라가 나타났다. 압둘라는 돌멩이를 집어 들며 인부들을 무섭게 노려보았다.

건물의 거대한 뼈대가 으스스한 그림자를 드리웠다. 그리고 압둘라와 와즈다보다 훨씬 큰 남자들의 실루엣이 둘을 더욱 왜소해 보이게 만들었다.

와즈다는 압둘라를 보자 온몸의 긴장이 풀려 버렸다. 압둘라한테 안겨 엉엉 울고 싶었다. 아니 둘이 같이 인부들한테 돌팔매질을 하고 싶었다. 인부들을 맞추기 위해서가 아니라 겁을 주기 위해서, 그리고 그런 끔찍한 말들을 함부로 내뱉지 못하도록.

'네가 와 줘서 다행이야.'

와즈다는 무심결에 이 말을 내뱉을 뻔했다. 그러나 와즈다는 아침에 자기가 얼마나 화가 났었는지 떠올랐다. 와즈다의 베일을 망가뜨리고 후사 선생님한테 단단히 망신당하도록 만든 사람이 다름 아닌 압둘라였던 것이다. 와즈다는 압둘라에게 성큼성큼 다가가 돌멩이를 빼앗아 들었다. 그리고 좀 더 거친 돌을 주워 압둘라한테 던졌다.

"이거나 가져라!"

와즈다는 절교를 선언하듯 말을 우르르 쏟아 냈다.

"고만 좀 따라다녀. 나 이제 너랑 놀기 싫다고. 학교에서 베일이 없으면 어떻게 되는지 알아? 오늘 하루 종일 땡볕 아래에서 서 있었단 말이야!"

압둘라는 엉터리로 날아오는 돌멩이를 재빨리 피했다. 그리고 미안한 표정으로 와즈다를 쳐다보았다. 와즈다는 자기 돌멩이를 주머니에 집어넣고 팽 돌아섰다.

"잠깐 기다려."

압둘라는 자기 자전거 뒷자리에서 꾸러미 하나를 가져오더니 와즈다에게 내밀었다. 압둘라의 손이 살짝 떨렸다.

"이거, 너 주려고."

와즈다가 압둘라를 의심스럽게 노려보았다. 압둘라는 풀 죽은 얼굴로 와즈다의 눈치를 보았다.

와즈다는 꾸러미를 받아들고 포장지를 북 뜯었다. 바람이 불어와 검은색 새 베일을 휘날렸다. 와즈다는 숨이 멎는 듯했다. 아름다운 베일이었다. 구슬로 수놓은 노란색 꽃송이가 검은 베일 가장자리에서 피어났다.

잠시 동안 압둘라와 와즈다는 산들바람에 날리는 베일을 지켜봤다. 와즈다는 하마터면 웃을 뻔했다. 하지만 곧 자기가 얼마나 화났는지 떠올리며 베일을 가방에 쑤셔 넣었다.

"이걸로 해결되는 게 아냐."

와즈다는 흘러나오는 웃음을 꿀꺽 삼키며 말했다.

"내가 새 자전거를 타고 너랑 시합할 때, 두고 보자고! 난 널 완전히 눌러 버릴 거야."

압둘라는 사과하던 중이라는 것을 잊고 순간 비웃었다.

"뭐라고? 그게 말이 돼? 여자애들은 자전거를 탈 수 없어, 와즈다!"

와즈다가 두 눈을 가늘게 뜨고 힘주어 말했다.

"그렇다면 내가 널 이겼을 때 너는 훨씬 더 창피하겠네!"

와즈다는 고개를 홱 돌렸다. 압둘라는 와즈다의 화를 풀어 줄 기회를 놓치고 말았다.

그때 트럭 하나가 요란한 소리를 내며 지나갔다. 그리고 어마어마한 흙먼지가 압둘라를 덮쳤다. 와즈다는 먼지와 모래를 잔뜩 뒤집어쓴 압둘라를 보고 웃음을 터뜨렸다. 압둘라는 입속까지 들어간 모래를 내뱉으며 고시랑댔다. 와즈다는 더 크게 웃었다. 와즈다가 웃자 압둘라도 웃었다. 둘은 다시 친구가 되었다. 와즈다는 마음이 한결 가벼워졌다. 그러나 초록 자전거를 반드시 갖고야 말겠다는 결심은 더 단단해졌다.

'압둘라와 시합해서 내가 이길 거야!'

트럭에서 한 사람이 내리더니 인부들에게 화를 냈다. 공사 현장 감독이었다. 감독은 와즈다나 압둘라에게 전혀 신경 쓰지 않았다. 건물 맨 꼭대기에 있던 인부들이 바짝 긴장하여 공사장 입구까지 헐레벌떡 뛰어왔다. 감독은 모질고 비열한 목소리로 소리쳤다.

"하루 종일 겨우 기둥 하나 올렸단 말이야? 내가 다섯 놈한테 돈을 썼는데 저따위로 생긴 기둥 하나를 얻었단 말이지? 완전 날강도들 같으니라고."

감독은 가까이 있는 인부의 뒤통수를 때렸다. 그리고 학교에서 커닝하다 걸린 학생처럼 인부를 질질 끌고 갔다.

"차에 타! 타라고!"

와즈다는 기죽은 인부들이 트럭 뒤에 마구잡이로 실리는 모습을 보며 좀 불쌍하다는 생각이 들었다. 그러면서 마음속으로 외쳤다.

'좀 더 예의를 갖추세요. 어린 소녀에게 화풀이하지 마세요. 우린 모두 같은 곳에 갇혀 있는 약자잖아요.'

트럭은 흙먼지를 일으키며 멀어졌다.

8

숨막힐 듯 뜨거운 오후 열기가 온 집 안을 찜통으로 만들었다. 와즈다의 책상 위에 달린 에어컨이 윙윙 소리를 내며 차가운 공기를 내뱉어도 열기를 이기지 못했다. 햇빛을 막는 보호막이 한 겹 더 필요했다. 와즈다는 얼굴을 찡그리며 책상 위로 기어 올라갔다. 그리고 압정으로 담요를 창문에 꾹꾹 고정시켰다.

'내 콜라주를 덮기는 싫은데.'

와즈다는 담요 한쪽 끝을 들어 올려 가장 좋아하는 사진을 유심히 들여다봤다. 아바야를 꽁꽁 둘러쓴 소녀 네 명이 스케이트장에서 스케이트를 타고 있었다. 아름답게 타원을 이룬 얼음판이 건물 가운데에 박힌 보석 같았다.

예전부터 와즈다는 엄마에게 스케이트를 타고 싶다며 졸랐지만, 엄마는 단호하게 거절했다. 아이스링크가 있는 쇼핑몰은 사우디아라비아에서 사교 생활의 중심이었다. 아이들 뿐 아니라 어른들도 좋아하는 곳이었다. 하지만 사우디 왕국에서 와즈다 또래 소녀들은 혼자 쇼핑센터에 갈 수 없었다. 샤프롱(chaperone, 젊은 여성이 외출을 할 때 따라가서 시중을 드는 사람)이 꼭 필요했고, 운전기사도 필요했다.

와즈다는 얼굴을 찌푸렸다. 그리고 씩씩대며 침대 위로 고꾸라졌다. 엄마는 너무 겁이 많아서 위험을 무릅쓰는 일이라면 절대 하지 않았다. 아주 작은 시도도 하지 않았다. 그것이 화가 났다.

'내 세상은 너무 작아. 꽉 막혔다고.'

물론 엄마가 무엇을 두려워하는지 잘 알고 있었다. 종교경찰은 소녀들이 쇼핑센터에서 스케이트를 타지 못하도록 금지했다. 신문 기사에는 "누구라도 일곱 살 이상 소녀에게 스케이트를 빌려주거나 아이스링크에 들어가도록 하는 경우 처벌 받는다."고 적혀 있었다. 법을 어겼을 경우, 아이스링크는 폐쇄되고 규율을 어긴 이민 노동자는 추방되는 것이다. 그렇다고 소녀들이 아예 스케이트를 탈 수 없는 것은 아니다. 소녀들은 직원들에게 몰래 돈을 찔러주고 스케이트를 탔다. 파틴과 파티마가 그런 방법으로 스케이트를 탔다고 자랑하곤 했다. 용감한 파틴과 파티마를 보고 와즈다는 버킷리스트에 스케이트도 써 넣었다.

와즈다는 침대 위에 지폐와 동전들을 늘어놓았다. 와즈다가 사탕과 테이프, 팔찌를 몰래 팔아서 번 돈이었다. 와즈다는 공책을 한 장 찢어낸 후 큰 글씨로 '800리얄'이라고 썼다. 와즈다의 새로운 목표였다. 새로운 목표 아래에 두껍고 진한 펜으로 표를 하나 그렸다. 목표 달성으로 달려가는 과정을 꼼꼼히 표시해 두는 표였다. 와즈다는 지폐와 동전들을 세었다.

"10리얄, 15리얄, … 23, 24, 25리얄. 말도 안 돼!"

자전거를 사기 위해 800리얄이 필요했다. 그런데 25리얄이라니, 턱없이 부족했다. 전쟁터에 나가는 군인처럼 치열하게 돈을 모을 필요가 있었다. 와즈다는 25라는 숫자를 표에 써넣고 침대에 누웠다. 그리고 앞으로 어떻게 해야 할지 고민했다.

집 안은 조용했다. 들리는 소리라고는 에어컨이 윙윙거리는 소리뿐이었다. 에어컨 바람 때문에 담요 가장자리가 조용히 펄럭였다. 갑자기 피로가 밀려들었다. 슬슬 잠이 쏟아지고 집중력이 흐트러졌다. 늘어지게 낮잠이나 자고 싶다는 생각이 들었다. 그러나 피로 때문에 물러설 수는 없었다. 자전거를 갖고 싶다면 일을 해야 했다.

'팔찌부터 만들자.'

와즈다는 벌떡 일어나 잠을 떨쳐 냈다. 그리고 주문 받은 내용을 정리했다. 소녀들은 자기가 좋아하는 사우디 프로 축구팀 유니폼 색으로 팔찌를 만들어 달라고 주문하곤 했다. 축구팀은 알 히랄이 가장 인기가 많았다. 알 히랄 팀 컬러는 흰색과 파란색이었고, 당연히 흰색과 파란색 실이 가장 많이 필요했다. 알 나스르 역시 인기가 있었다. 팀 컬러는 파란색과 노란색이었다. 와즈다는 순식간에 팔려 나갈 경우를 대비해 여유있게 좀 더 만들기로 했다.

와즈다는 여러 가지 색실을 준비했다. 무릎을 굽히고 앉아 엄지발가락이 서로 맞닿도록 나란히 놓았다. 그리고 발가락에 색실을 걸고 베틀처럼 실을 짰다. 팔찌 매듭 모양이 제대로 나오는지 틈틈이 살폈다. 와즈다의 재빠른 손놀림이 더욱 빨라졌다. 색색깔 실로 복잡한 문양을 만들어 냈다.

작업에 푹 빠진 와즈다는 배고픈 줄도 몰랐다. 한참이 지난 후에야 배에서 꼬르륵 소리가 난다는 것을 깨달았다. 엄마가 전날 만들어 놓은 캅사(kabsa)가 생각났다. 캅사는 카다멈, 계피, 정향, 말린 라임을 넣고 끓인 부드러운 쌀밥 위에 잘 구운 양파, 건포도, 아몬드를 부어서 만든다. 그리고 그 위에 토마토소스를 발라 지글지글 잘 구운 치킨을 올린다.

캅사를 생각하자마자 와즈다의 뱃속이 요동쳤다.

'한 접시 먹어야겠다.'

그때 현관문 열리는 소리가 났다. 와즈다는 황급히 발가락에 걸린 실들을 걷어 내고 쏜살같이 부엌으로 뛰어갔다. 와즈다는 평소 숙제를 하던 자리에 앉아 잽싸게 책을 폈다. 허리를 꼿꼿이 세우고 연필을 든 와즈다는 반에서 제일가는 모범생처럼 보였다.

현관문 닫히는 소리가 들리고 엄마가 한숨을 내뱉는 소리가 들렸다. 엄마는 부엌에 들어오면서 베일을 벗고 손부채질을 했다. 엄마의 얼굴은 붉게 달아올라 퉁퉁 부어 있었다. 머리는 와즈다와 꼭 같았다. 헝클어진 곱슬머리에 리본들이 제멋대로 달렸다.

"에어컨도 없이 거의 세 시간을 차에 갇혀 있었어! 정말 최악이야. 내가 얼마나 더 버틸지 모르겠어. 와즈다, 엄마는 이 짜증나는 선생 일 좀 그만 두고 싶어."

엄마는 의자에 푹 파묻혀 무거운 구두와 검은 양말을 벗어던지고 발을 주물렀다. 그러면서 계속 짜증을 냈다.

"내가 진짜 확신하는데, 이렇게 출근하다가는 내가 죽어 버릴 거야. 차라리 병원에서 과일을 파는 게 낫겠어."

와즈다는 얼른 부엌 에어컨을 틀었다. 엄마는 매일 끔찍한 출퇴근길 때문에 화가 난 채 집으로 돌아왔다. 이끄발은 많은 돈을 받고 출퇴근 차량을 운행하면서도 에어컨을 설치하지 않았다.

와즈다는 엄마의 기분을 풀어 줄 말을 찾았다.

"이끄발은 뜨거운 바람을 좋아하나봐요. 난 차가운 바람이 좋은데."

와즈다는 어깨 너머로 씩 웃었다. 엄마는 함께 웃어 주었다. 와즈다는 엄마가 웃는 게 좋았다.

엄마는 심호흡을 한 번 하고 저녁을 만들기 위해 부엌으로 갔다. 엄마가 야채를 씻고 냉장고에서 캅사를 꺼내는 동안, 와즈다는 싱크대 주변을 서성였다. 둘은 함께 저녁을 준비하기 시작했다.

'초록 자전거를 사는 계획을 언제 말하지? 어떻게 말하는 게 좋을까?'

와즈다는 엄마의 눈치를 살폈다. 엄마가 와즈다의 계획을 어떻게 생각할지 감을 잡을 수 없었다. 초록 자전거를 산다는 계획은 아주 중요해서 망쳐서는 안 됐다. 와즈다는 자연스럽게, 아무 일도 아니란 듯이 이야기를 꺼내고 싶었다. 담담하게 말할수록 엄마한테 잘 통했다.

엄마는 캅사를 데우다가 와즈다를 쳐다봤다. 그리고 와즈다의 표정을 보며 눈을 가느다랗게 떴다.

"나는 우리 딸이 이런 표정을 할 때가 가장 무섭더라. 무슨 일이니?"

와즈다는 엄마에게 이야기를 할까 말까 잠시 망설였다. 얘기를 꺼냈다가 오히려 금지령이 떨어질까 무서웠다. 그러나 와즈다는 참을 수 없었다.

"나는 자전거를 사서 압둘라랑 경주할 거예요! 장사만 잘되면 이 주 안에 살 수 있어요!"

엄마는 쨍그랑하고 싱크대에 접시를 떨어뜨렸다. 엄마의 얼굴이 일그러졌다. 와즈다의 아빠가 며칠 동안이나 친할머니를 만나러 간다고 집을 비웠을 때 보았던 그 표정이었다.

"자전거라고?"

엄마가 되물었다.

"맞아요! 장사가 아주 잘 돼요, 엄마. 오늘도 4리얄 벌었다고요."

"와즈다, 내가 수백 번도 더 말했잖아! 학교에서 물건을 팔면 안 돼. 그건 규칙 위반이야!"

엄마의 모진 말이 와즈다에게 쏟아졌다. 와즈다는 자전거를 타는 자신의 아름다운 모습이 연기처럼 사라지는 것을 보며 눈을 끔뻑거렸다. 엄마의 잔소리는 끝나지 않았다.

"나는 선생님들한테 전화 받는 것도 질렸다고!"

와즈다는 화가 나서 눈을 희번덕거리고 발을 쾅쾅 구르며 방으로 들어갔다. 엄마는 더 큰 목소리로 화를 냈다.

"자전거를 산다는 생각은 집어치워! 정말 말도 안 돼! 자전거라고? 너, 자전거를 타는 여자애를 본 적이나 있니?"

와즈다는 방문을 꽝 닫았다.

'다시 엄마하고 얘기하지 않을 거야! 엄마는 절대 이해 못 해. 이해하려 하지도 않아!'

와즈다는 반쯤 만들어 놓은 팔찌를 집어 들고 다시 작업을 시작했다. 엄마에게 허락 받지 못해도 초록 자전거를 살 것이다. 와즈다의 결심은 더 단단해졌다.

9

다음날 아침, 와즈다는 중요한 임무를 띠고 교실에 들어섰다. 중요한 임무란, 고객을 발굴하는 것이었다. 분주하게 칠판을 닦는 소녀가 보였다. 그 소녀는 쉬운 고객이 아니었다. 다른 두 소녀는 교실 뒷줄에 앉아 서로 숙제를 돕고 있었다. 그중 한 소녀가 와즈다를 보며 모든 아이들에게 들릴 정도로 말했다.

"저기 장사꾼 오시네."

와즈다는 자기 책상으로 가서 아바야를 쑤셔 넣고 교실을 빠져나갔다. 아무래도 교실에는 고객이 없어 보였다.

와즈다는 운동장으로 갔다. 어린 소녀들 가운데 한 명이 통통거리며 뛰어왔다. 소녀는 누가 볼세라 작게 속삭였다.

"저기, 와즈다 언니! 팔찌 다 만들었어요?"

와즈다도 속삭였다.

"아니! 오늘은 열 개밖에 못 가져왔어. 하나 사고 싶으면 2리얄 더 내."

어린 소녀는 얼굴을 찡그렸다. 소녀가 망설이자 와즈다가 한마디 덧붙였다.

"팔찌 만드는 게 얼마나 힘든지 아니? 어제도 늦게까지 작업하느라 고생했단 말야. 너무 힘들어서 언제까지 팔찌를 만들 수 있을지 모르겠어!"

팔찌를 더 이상 살 수 없을지도 모른다는 말에 어린 소녀는 마음을 정했다. 소녀는 고개를 끄덕이며 교복 주머니에서 돈을 꺼냈다. 와즈다는 돈이 한 푼 한 푼 모일 때마다 자전거가 점점 가까이 다가오는 것처럼 느껴졌다.

소녀가 팔찌를 사 가자 몇몇이 더 모여들었다. 팔찌를 건네고 돈을 받으면서 와즈다는 승리의 미소를 지었다. 가벼운 바람이 불어와 와즈다의 곱슬머리를 날렸다.

'좋은 하루가 되겠어.'

아침 일찍 학교에 오는 것은 와즈다의 은밀한 즐거움이었다. 장사를 하는 데 이른 아침이 꽤 안전했기 때문이다. 사랑 노래로 가득한 음악 테이프를 갖고 있다가 걸리기라도 하면 끔찍한 일이 벌어진다. 후사 선생님과 면담을 해야 하는 것이다. 그것은 생각만으로도 등골이 오싹해지는 일이다.

와즈다는 금세 물건을 다 팔았다. 오늘은 수입이 꽤 짭짤했다. 수업이 시작하려면 30분이나 남았다. 와즈다는 기분 좋게 자유 시간을 즐겼다. 운동장을 뛰어다니고 놀이터에서 놀고 모래를 걷어차며, 와즈다는 내내 웃음을 멈출 수 없었다. 와즈다가 달리는 동안 교복 아래로 청바지가 삐죽 튀어나왔다. 청바지와 운동화 덕분에 와즈다는 누구보다 빨리 뛸 수 있었다. 자전거를 타고 거리를 누비는 것만큼 자유롭지는 않지만, 그래도 거의 비슷했다.

운동장 구석에서 한 무리의 소녀들이 돌차기 놀이를 하고 있었다. 그곳은 소녀들이 등교하여 아바야를 벗는 장소와 가까웠다. 한적하고 조용하여 와즈다가 학교에서 가장 좋아하는 곳이기도 했다. 와즈다는 소녀들이 노는 것을 구경하려고 가까이 다가갔다. 때마침 누라 차례였다. 누라는 돌을 놀이판에 던지고 굼뜨게 통과했다. 와즈다가 씩 웃으며 놀이판 앞에 섰다. 와즈다는 주머니에서 행운의 돌을 꺼내 앞쪽으로 던졌다. 그리고 뛰었다. 능숙하게 놀이판을 통과한 와즈다는 돌을 줍기 위해 몸을 구부렸다.

그때 누라가 소리쳤다.

"안으로 피해! 남자들이 우릴 보고 있어!"

소녀들이 순간 얼어 버렸다. 누라가 한 손으로 햇빛을 가리면서 다른 한 손으로 어딘가 가리켰다. 누라의 손가락은 바들바들 떨렸다. 소녀들은 겁 먹은 눈으로 누라의 손끝을 따라 바라보았다. 와즈다도 손으로 햇빛을 가리며 누라가 가리키는 곳을 보았다. 저 멀리 빌딩 꼭대기에 공사장 인부들이 보였다. 와즈다가 어이없는 표정으로 말했다.

"누라! 저 사람들은 몇 킬로미터나 떨어진 곳에 있잖아. 저 멀리서는 우리가 보이지 않아."

누라가 지지않고 대꾸했다.

"우리가 저 사람들을 볼 수 있으면, 저 사람들도 우리를 볼 수 있어."

와즈다는 코웃음 치고는 다시 돌차기 놀이를 했다. 누라는 얼굴이 벌게졌다.

"좋아. 착한 여자애들은 모두 안으로 들어갈 거야. 남자들한테 몸을 보여 주고 싶은 나쁜 애들만 밖에 남아서 끼리끼리 놀라고 하지."

누라는 가까이 있는 소녀들에게 교실로 들어가라고 손짓했다. 소녀들은 한 명 한 명 교실로 돌아갔다. 살마가 마지막이었다. 놀이를 더 하고 싶었지만, 감히 규칙을 어길 용기는 없었다. 살마까지 교실로 들어가 버리자, 누라가 의기양양하게 웃으며 와즈다를 돌아봤다.

와즈다는 혀를 낼름 내밀며 빈정댔다.

"이 셰이카(sheikha, 이슬람교 최고 지식인이나 왕, 종교지도자 등을 뜻하는 셰이크의 부인)야! 넌 돌차기 놀이에서 최악이야."

누라와 다른 소녀들은 대꾸도 없이 안으로 들어가 버렸다. 와즈다는 어깨를 으쓱하고는 돌을 던졌다. 그때 잡지를 읽으며 걸어오는 파틴과 파티마가 보였다. 선생님들의 눈을 피해 학교 뒤편으로 오는 것이었다.

'언니들이네!'

와즈다는 신이 나서 어깨를 흔들었다. 파틴과 파티마는 제 세상인 양 학교를 돌아다녔다. 와즈다가 이 둘을 좋아하지 않았다면 상당히 짜증나거나 질투했을 것이다.

와즈다는 장난기 가득한 목소리로 말했다.

"언니들, 밖에 있으면 안 된대요. 남자들이 볼 거래요!"

와즈다는 아주 멀리서 꼼지락거리는 작은 점들 같은 인부들을 가리켰다. 파틴은 몹시 놀라는 시늉을 하며 얼굴을 손으로 가렸다가 파티마를 바라봤다. 파티마도 겁에 질린 척 눈을 크게 떴다.

"남자라고? 우릴 보고 있다고? 어머, 어떡하니? 남자들이 모든 사람들한테 다 이야기할 거야. 와즈다가 학교 운동장에서 도발적으로 노는 걸 봤다고 말이야! 하하하."

세 명의 소녀는 함께 웃음을 터뜨렸다. 그러다가 선생님들이 혹시 들었을까 걱정하며 입을 막았다.

"와즈다! 가장 신상 테이프가 뭐니?"

파틴이 물었다. 그 옆에서 파티마가 씩 웃으며 고개를 끄덕였다. 와즈다는 가방을 뒤져서 테이프 하나를 꺼냈다.

"여기에 모든 게 다 들어 있어요. 세계 구석구석에서 나온 노래들을 다 녹음했어요!"

와즈다는 테이프를 둘의 눈앞에서 흔들며 말했다.

"미래의 히트곡들을 들으세요! 바로 오늘! 딱 10리얄이면 모든 게 당신 것입니다!"

파틴은 웃음을 터뜨리며 테이프 뒤에 써 있는 노래 목록을 살폈다. 그리고 인정한다는 듯 고개를 끄덕였다.

"요 작은 악마야. 네가 이 노래들을 어디서 찾는지는 몰라도, 나중에 꼭 하나 살게. 팔찌는 없니?"

파틴은 잡지를 펴서 축구선수 사진을 보여 주었다. 키가 크고 햇빛에 그을린 다리 근육이 탄탄해 보이는 선수였다.

"난 이 선수가 뛰는 팀의 팔찌가 필요해. 알 히랄 팀이야."

와즈다는 사진을 찬찬히 들여다보며 눈을 반짝였다.

"문제없어요. 내일 특별 팔찌를 하나 만들어 줄게요."

와즈다는 활짝 웃으며 파틴의 눈을 똑바로 쳐다봤다.

"그런데 팔찌도 10리얄이에요."

파틴이 와즈다의 머리를 쓰다듬으며 잡지를 다시 가져갔다. 옆에서 파티마가 웃고 있었다.

"내일까지다. 이 꼬마 사기꾼아."

와즈다는 즐겁게 머리를 빼냈다.

"머리 망치지 마세요!"

와즈다는 후사 선생님의 목소리를 흉내 내며 말을 이었다.

"이봐, 학교에 잡지를 가져오면 안 돼! 후사 선생님이 언니들을 죽일 거야!"

파틴은 장난기 어린 목소리로 맞받아쳤다.

"이봐, 네 가방이 24시간 편의점인 걸 후사 선생님이 모르나 보지?"

세 명의 소녀는 함께 까르르 웃었다. 파틴과 파티마는 건물 구석에 앉아 매니큐어를 꺼내 엄지발톱을 파란색으로 칠했다. 그 옆에는 잡지가 펼쳐져 있었다.

평화로운 고요가 찾아왔다. 와즈다는 돌차기 놀이판 앞에서 뜀박질을 했다. 와즈다가 놀이판을 반쯤 통과했을 때,

어디선가 후사 선생님이 나타나 학교 정문을 쾅 닫았다.

"와즈다!"

후사 선생님이 소리를 질렀다. 파틴과 파티마는 벌떡 일어나 물건을 정리하고는 재빨리 뒷문으로 내뺐다. 너무 급한 나머지 벤치 옆에 파란색 매니큐어 통을 떨어뜨렸다. 그러나 후사 선생님은 매니큐어 통을 보지 못했다. 그저 저 멀리 지붕 꼭대기에 있는 인부들을 보며 어쩔 줄 몰라 했다. 교장 선생님은 겁을 먹은 듯 잔뜩 움츠렸다.

'남자가 보기만 해도 잡아먹힐 것 같은가 봐. 참 이상해.'

와즈다는 후사 선생님을 이해할 수 없었다. 후사 선생님은 마치 폭풍우 속을 걷는 것처럼 베일을 꼭 잡았다.

"와즈다, 거기서 뭐하니?"

후사 선생님이 와즈다에게 잔소리를 했다.

"너는 남자들이 보고 있는 게 안 보이니? 어서 수업에 들어가! 아니면 벌 받을 거다, 이 골칫덩어리야!"

와즈다는 재빨리 움직였다. 파틴과 파티마가 빠져나간 뒷문을 향해 달려가면서 벤치 아래에 떨어진 파란 매니큐어 통을 집어들었다. 그리고 마치 소중한 보물이라도 주운 듯 손바닥 안에 감췄다.

10

지루한 하루가 마침내 끝이 났다. 와즈다는 빨리 집에 가고 싶어 안달이 났다. 베일을 끌어올려 얼굴을 덮고 배낭을 메고 교문으로 향했다. 그때 누군가 와즈다의 옷자락을 잡아당겼다.

"와즈다!"

상급생 아비르였다. 아비르는 약간 거만하긴 했지만 괜찮은 소녀였다. 와즈다의 물건을 종종 사들였고, 절대로 와즈다를 놀리거나 별명으로 부르지도 않았다. 그래서 와즈다는 아비르를 좋아했다. 아비르는 사람을 꿰뚫어보는 듯한 검은 눈을 가졌고 예쁘기까지 했다. 머리를 하나로 땋아 길게 늘어뜨리고, 앞머리는 자연스럽게 흘러내리도록 내버려뒀다. 그런데 아비르는 후사 선생님의 신경을 건드리는 소녀들 가운데 한 명이었다. 운동장에 작은 손거울을 숨겨 두었다가 쉬는 시간이면 화장이 번지지 않았는지 몰래 몰래 훔쳐보곤 했다.

아바야를 둘러쓴 아비르가 와즈다에게 속삭였다.

"이 종이를 우리 오빠에게 좀 가져다줄래?"

아비르는 은밀한 손놀림으로 종이쪽지를 주머니에서 꺼내 와즈다에게 건넸다. 와즈다는 아비르를 한 번 쳐다본 후 종이쪽지를 의심스럽게 내려다봤다.

"이게 뭐야?"

와즈다는 종이를 펴 보려고 만지작거리면서 물었다.

"쉿!"

아비르가 손가락 하나를 자기 입술에 대며 말했다.

"그건… 나를 하교시키겠다는 허가서야. 아침에 그 종이를 오빠에게 주는 걸 깜빡했어."

아무렇지 않은 듯 말하려 애썼지만, 아비르의 눈동자는 운동장 이곳저곳을 살피느라 바빴다. 아비르는 무척 불안해 보였다.

사우디아라비아에서 남자로 태어나는 행운을 누리지 못한 여자들은 무엇을 하든 보호자로부터 허가서를 받아야만 했다. 허가서가 없다면 어디든 갈 수 없었다. 와즈다가 아는 소녀들은 누구나 한번 쯤 허가서 때문에 어처구니없는 경험을 해야 했다.

와즈다는 한숨을 내쉬며 아비르가 건넨 종이를 작게 접어

손에 쥐었다. 아비르는 와즈다를 향해 눈썹을 찌푸리면서 턱으로 종이를 가리켰다.

"해 주겠다는 거니, 말겠다는 거니?"

와즈다는 교문을 보았다. 검은 옷을 입은 소녀들이 교장 선생님의 감시를 받으며 길게 줄을 서서 걸어갔다. 줄지어 꼬불꼬불 언덕 위로 올라가는 개미떼 같았다. 후사 선생님은 늘 있는 자리에 서서 지나가는 소녀 한 명 한 명을 살폈다. 그러다 영화 〈트와일라잇〉 주인공 사진이 붙은 가방을 멘 소녀를 잡아냈다. 멋진 가방이었다. 와즈다는 자기도 하나쯤 가졌으면 좋겠다고 생각했다. 물론 후사 선생님은 생각이 달랐다. 선생님은 가방을 강제로 벗겨 내 학생의 코앞에서 흔들어 댔다.

"인간과 생물의 사진은 금지돼 있어. 뱀파이어는 말할 것도 없고."

선생님은 가방을 집어던지다시피 소녀에게 돌려줬다.

"조심해라. 서구 세계는 독이 되는 것들로 가득해. 언제나 어린 무슬림들을 타락시키지. 그런 영화들을 봐서는 안 된다고!"

후사 선생님은 와즈다를 수천 번도 더 불러 세워 비슷한 설교를 하곤 했다. 사실 와즈다는 매번 위험을 무릅쓰고 선을 넘는 일을 저지르곤 했다. 지금도 와즈다는 위험한 일을 하려는 것이다.

와즈다는 아비르가 손에 쥐고 있는 지폐를 내려다봤다. 아비르는 와즈다가 돈을 보는 것을 눈치채고는 나지막이 속삭였다.

"날 도와주면 10리얄을 줄게."

와즈다는 후사 선생님을 다시 한번 흘깃 봤다가 아비르를 보았다. 초록 자전기가 와즈다의 머릿속을 지나갔다. 발 아래로 페달을 밟는 느낌이 전해졌고, 자전거 경주를 하며 압둘라를 완전히 따돌리는 모습이 눈에 선했다. 와즈다는 800리얄을 벌어야만 했다. 그래야만 했다. 결심을 한 와즈다가 턱을 들고는 손가락 두 개를 세웠다.

"20리얄."

아비르의 눈썹이 올라갔다. 순간 와즈다는 아비르가 거절할 거라 생각했다. 그러나 아비르는 한숨을 쉬더니 지갑을 뒤적이며 지폐를 셌다. 그리고 구겨진 지폐를 손가락으로 훑어 반듯하게 펴서 와즈다 손 위에 20리얄을 올려놨다.

아비르는 주인이 하인에게 명령하듯 말했다.

"여기, 20리얄! 저 바깥 길모퉁이에 가면 오빠가 있을 거야. 픽업 트럭 옆에 서 있어."

와즈다는 주머니에 돈을 쑤셔 넣으며 고개를 끄덕였다. 살짝 긴장되었다. 어쨌든 이 일을 훌륭히 해내야만 했다. 와즈다는 숨을 깊이 들이마시고 어깨와 팔을 펴고 교문을 향해 걸었다. 아무렇지도 않은 척 자연스럽게 걸어야 하는데 자꾸 걸음이 이상해졌다.

검은 옷을 입은 한 무리의 소녀들이 와즈다를 지나쳐 교문 밖으로 나갔다. 후사 선생님은 아직도 그 자리에 서서 불쌍한 소녀를 야단치고 있었다.

"당장 가방을 바꾸도록 해! 사진은 금지야."

후사 선생님의 끝도 없는 잔소리가 점점 가까워졌다. 슬그머니 빠져나가기 좋은 기회처럼 보였다. 와즈다는 발걸음을 재촉했다. 그때 후사 선생님이 자세를 고쳐 꼿꼿이 서서 팔짱을 꼈다. 설교가 끝났다는 뜻이다. 풀려난 학생은 베일을 머리에 뒤집어쓰고 검은 아바야의 물결에 합류했다.

후사 선생님은 몸을 돌려 와즈다를 똑바로 보았다.

"와즈다!"

후사 선생님은 잠시 멈춰 서서 눈을 가늘게 뜨고 와즈다를 노려봤다. 그리고 와즈다가 어물거리던 구석을 죽 훑어봤다. 아비르가 벽에 찰싹 붙어 있었다. 마치 벽 안으로 녹아들려 하는 것처럼.

교장선생님은 다시 와즈다를 찬찬히 살펴봤다. 와즈다는 심장이 너무 두근거려서 그 소리가 귀에 들릴 지경이었다. 몇 초가 몇 시간처럼 느껴졌다. 와즈다는 선생님을 천천히 올려다봤다. 후사 선생님은 팸플릿을 와즈다 코앞에서 흔들어 댔다.

"내일 이 사진처럼 아바야를 입고 와라. 아니면 네가 맨날 벌서는 땡볕 아래에 또 세워 둘 거야. 자 여기, 어머니께 보여 드려."

와즈다는 팸플릿을 받아들었다. 검은색으로 완전히 뒤덮인 한 모델의 사진이 실려 있었다. 눈도 없고 손도 없고 발도 없었다. 머리끝부터 발끝까지 아바야로 몸을 완전히 덮은 사람은 시커먼 유령처럼 보였다. 와즈다는 그 모델이 여성이라는 것은 알고 있었다. 당연한 사실이었다. 그러나 사진만 봐서는 알 수 없었다.

와즈다는 가슴이 답답했다. 아바야는 베일보다 더 많은 곳을 감추는 옷이었다. 베일보다 훨씬 더 위협적이고 훨씬 더 억압되어 보였다. 와즈다는 아바야를 떠올리는 것만으로도 숨이 막혔다. 하지만 미소를 잃지 않으려고 애쓰며 팸플릿을 받아들었다. 후사 선생님은 얼음장처럼 차가운 얼굴로 와즈다를 내려다봤다. 더 이상 말은 없었다.

아바야 때문이었을까, 아니면 이글거리는 태양 때문이었을까. 와즈다는 몸을 돌리고 나서야 숨을 뱉을 수 있었다. 양쪽 귀가 벌겋게 달아올랐다. 와즈다는 서둘러 움직였다. 해야 할 일이 있었다.

학교 정문 바깥으로 소녀들이 꽉꽉 들어찬 버스 한 대가 그르릉 지나갔다. 버스 창문으로 검은 그림자만 가득했다. 버스가 지나간 자리에 뿌연 먼지 소용돌이가 일었다. 와즈다는 손을 내저으며 거리를 따라 달렸다. 아비르의 '오빠'를 찾아야 했다.

픽업 트럭 옆에 서 있는 잘생긴 젊은이가 눈에 들어왔다. 젊은이는 학교 뒤편 조용한 구석에서 기다리고 있었다. 정성 들여 다림질한 토브가 빳빳했고, 검은 머리가 귀 주변에서 물결처럼 살짝 굽었다. 와즈다는 젊은이를 긴가민가 훑어봤다. 보통 고등학생처럼 보였다. 아비르처럼.

와즈다는 천천히 젊은이에게 다가갔다.

"당신이 아비르의 오빠예요?"

젊은이는 헛기침을 하며 살짝 웃었다. 치아 교정기가 햇빛에 반짝 빛났다.

"맞아요. 제가 아비르 오빠예요. 허가서 가져왔어요?"

와즈다는 가방을 뒤적여 허가서를 내밀었다. 와즈다는 그의 목소리를 고대로 흉내 내면서 말했다.

"그럼요, 맞아요. 아비르가 그러는데 이걸 전해 주면 당신이 20리얄을 준다고 했어요."

아비르의 오빠가 눈썹을 치켜뜨며 물었다.

"진짜예요?"

와즈다는 허가서를 거만하게 흔들며 말했다.

"네, 진짜요!"

젊은이는 웃음을 터뜨렸다.

"좋아, 좋아. 여기 20리얄."

젊은이는 지갑에서 빳빳한 새 지폐를 꺼냈다. 그리고 와즈다 눈앞에서 흔들었다. 와즈다가 아비르의 허가서를 흔들었던 것처럼.

와즈다의 눈은 돈에 꽂혀 있었다. 젊은이한테 또 돈을 받는다는 사실을 믿기 어려웠다. 와즈다는 아비르의 허가서를 건네주고 얼른 20리얄을 챙겼다.

“우와! 돈에서 향수 냄새가 나네! 빨아서 써야겠어요.”

젊은이가 다시 웃음을 터뜨리며 차에 올라탔다. 그리고 손을 흔들며 학교 정문 쪽으로 차를 몰고 갔다. 와즈다는 집으로 가기 위해 발걸음을 옮겼다.

그때 학교 확성기를 통해 방송하는 소리가 들렸다.

“아비르, 정문으로 오렴. 널 데려다줄 차가 도착했다.”

임무는 완수됐다. 곧 아비르와 오빠가 만날 것이다.

와즈다는 곧장 장난감 가게로 달려갔다. 차를 요리조리 피하고 깨진 아스팔트를 뛰어넘으며 쉬지 않고 달렸다.

가게 앞에 초록 자전거가 햇빛을 받으며 아름답게 빛났다. 오늘 자전거는 더 크고 강해 보였다. 와즈다는 곧 자전거를 능숙하게 탈 것이고 더 빠르게 달리는 법을 알게 될 것이다. 어떻게 해서든 초록 자전거를 찜해 놓을 수만 있다면 얼마나 좋을까. 누군가 초록 자전거를 사 간다면 가슴이 찢어질 것 같았다. 와즈다는 손가락에 침을 묻혀 먼지가 소복하게 덮인 자전거에 X라고 표시했다. 아무도 살 수 없다는 뜻이다.

가게 주인이 당황스러운 표정으로 문을 열고 나왔다. 와즈다를 쫓아낼 생각이었다. 와즈다는 가게 주인에게 방긋 웃어 보였다. 그리고 X를 가리키며 당당하게 말했다.

"이거 팔지 마요. 내가 찜했어요!"

가게 주인은 고개를 절레절레 흔들었다.

"그게 무슨 바보 같은 소리냐?"

주인 아저씨는 소매를 걷어붙이고 걸레를 꺼내 X를 깨끗하게 지웠다. 와즈다는 코를 찡그리고는 되받아쳤다.

"내가 살 거예요. 내가 돈 벌어서 살 거라고요!"

주인 아저씨는 살짝 눈을 찌푸리며 와즈다를 내려다봤다. 그때 주흐르 기도를 알리는 방송이 흘러나왔다. 가게 주인은 주섬주섬 가게 문을 닫았다. 퉁명스러운 몸짓으로 가게 앞에 전시된 물건을 길고 검은 막으로 덮어서 가렸다.

와즈다는 검은 천이 하늘로 부풀어 오르다 굽이치며 초록 자전거를 덮는 모습을 지켜봤다. 기도 방송은 계속 거리로 쏟아져 나왔다. 무엣진(muezzin, 이슬람 사원의 기도 시간을 알리는 사람)의 경쾌한 목소리가 건물들 사이사이로 울려 퍼졌다. 남자들이 분주하게 근처 모스크로 향했다. 저만치 압둘라가 자기 아버지와 삼촌 뒤를 쫓아가는 모습이 보였다.

와즈다는 입에다 손가락을 대고 휘파람을 불었다. 압둘라가 가르쳐 준 것이었다. 압둘라가 고개를 돌려 와즈다를 보았다. 와즈다는 검은색 천 아래 삐죽 나온 초록 자전거의 핸들을 가리켰다. 그리고 자기 것이라고 손짓을 했다. 압둘라는 웃으며 고개를 가로저었다. 자전거를 가리키면서 손을 들어 X자를 만들어 보였다. 압둘라의 손짓은 '바보 같기는. 저거 사려면 진짜 돈 많아야 해! 넌, 못 사!'라는 뜻이었다.

와즈다는 주머니에서 40리얄을 꺼내어 부채처럼 펼쳐들었다. 그리고 보란듯이 대담하게 흔들어 댔다. 압둘라는 눈을 동그랗게 뜨고 웃었다. 와즈다는 몸을 돌려 저무는 오후 햇빛을 향해 당당하게 걸었다.

II

와즈다의 엄마가 노래를 불렀다. 부드러운 목소리가 부엌 전체로 퍼졌다.

"나를 믿어 줄래요? 아니면 제가 맹세를 할까요? 그 어떤 말로도 내가 당신을 얼마나 사랑하는지, 당신과 함께 하는 삶이 얼마나 아름다운지 표현할 수 없어, 당신은 황금처럼 고귀한 존재니까."

타랄 마다가 부른 수많은 히트곡 가운데에서도 가장 유명한 노래였다. 엄마가 노래를 흥얼거리는 동안 와즈다는 반죽을 동그랗게 빚었다. 동그란 반죽을 엄마에게 건네면 엄마는 그걸 납작하게 눌렀다.

와즈다와 엄마는 마르구그(margoog)를 만들고 있었다. 고기와 콩, 고구마, 호박을 켜켜이 잘 쌓은 후, 그 위에 지글거리는 토마토소스를 얹고 납작한 통밀 반죽으로 덮어서 부글부글 끓이는 요리였다. 고기 육즙이 듬뿍 배어 나오고 뼈에서 잘 발라질 때까지 끓였다.

와즈다는 마르구그를 좋아하지 않았다. 아빠가 가장 좋아하는 요리이고, 만들기가 가장 복잡한 전통 음식이기도 했다. 준비를 하려면 거의 하루가 꼬박 걸렸다.

'왜 엄마는 몇 분이면 먹어 치울 음식을 만들기 위해 하루 종일 부엌에 있어야만 할까? 정말 말도 안 돼.'

와즈다는 나중에 어른이 되면 마르구그를 만드느라 소중한 시간을 낭비하지 않을 거라고 혼자 다짐했다.

그래도 와즈다는 엄마가 노래를 불러서 기분이 좋았다. 와즈다는 납작하게 편 반죽들이 냄비에 잘 들어맞는지 확인하며 가장자리를 잘라 냈다. 조리대 앞에 서 있던 엄마가 화로 쪽으로 왔다. 엄마의 노랫소리는 쾌활하게 점차 커졌다.

"보세요. 내 심장을 꺼낼래요. 그리고 당신께 바칠게요. 당신은 최고니까요."

엄마의 목소리는 타랄 마다처럼 사랑스러웠다. 와즈다는 감탄에 가득 차서 엄마를 바라봤다. 엄마는 너무 아름다웠다. 엄마가 요리하는 동안 석양의 부드러운 빛이 엄마 눈에 반사되어 반짝였다.

"가수가 되고 싶지 않았어요, 엄마? 엄마 목소리는 세상에서 가장 아름다워요!"

와즈다는 저도 모르게 말을 내뱉고는 얼굴이 빨개졌다.

와즈다는 조리대를 내려다보며 손에 붙은 밀가루 덩어리들을 떼어 냈다. 곁눈질로 보니 엄마는 짐짓 충격을 받은 듯 두 손으로 얼굴을 가리는 시늉을 했다.

"말도 안 돼! 네 말을 들으니 신께 용서를 구해야겠구나!"

엄마는 웃으면서도 단호하게 덧붙였다.

"와즈다, 기억하렴. 여자 목소리는 현관 밖으로 새어 나가서는 안 돼. 절대로 잊어서는 안 된단다."

엄마는 다시 노래를 부르기 시작했다. 리듬에 맞춰 팔을 움직이며 사우디 왕국에서 가장 유명한 여자 가수의 춤을 즐겁게 흉내 냈다.

"야 릴라 다나 라 다나, 사람들은 말하죠. 연인들은 서로를 간절히 그리워하다 심장이 녹아 버린다고. 하지만 우리의 맹세는 사랑과 배려의 천국으로 우리를 데려가죠."

와즈다는 엄마의 노래 위에 자기 목소리를 살짝 얹었다. 와즈다의 목소리는 살짝 떨렸지만 어쨌든 엄마의 목소리와 어우러졌다. 둘은 까르르 웃었다. 둘의 웃음소리는 목소리만큼이나 잘 어우러졌다. 와즈다는 엄마가 기분 좋은 때를 잘 이용하기로 했다.

"저는 벌써 87리얄을 모았어요. 이제 자전거를 사려면

713리얄만 있으…."

와즈다는 말을 다 마치지 못했다.

"세상에! 또 시작이니? 나는 네가 알아들은 줄 알았단다, 와즈다. 이 이야기는 이제 끝이야. 너는 자전거를 살 수 없어. 그건 하람이야! 제발 그만 하렴."

'하람'이라는 말이 망치로 내리치듯 와즈다 위로 쏟아졌다. 와즈다는 고개를 푹 숙이고 혀를 깨물었다. 몇 분간 둘은 말없이 일을 했다. 엄마는 반죽을 납작하게 펴고, 와즈다는 그것을 크기에 맞게 잘랐다.

'내가 이 시간을 망쳐 버렸어. 어떡하지?'

평소 엄마가 행복한 기분을 유지하는 것은 쉽지 않았다. 그런데 며칠 안 되는 엄마의 행복한 날을 지금 와즈다가 망쳐 버렸다. 와즈다는 엄마를 다시 기분 좋게 만들 방법을 찾느라 머리를 쥐어짰다. 그리고 마침내 생각해 냈다.

"후사 선생님이 저보고 어른용 아바야를 입으래요."

"진짜? 우와, 와즈다, 네가 드디어 여자가 되는구나. 이토록 빨리! 음, 그럼 너를 결혼시킬 때가 된 건가? 어떻게 생각하니?"

"헤헤. 그건 별로 재미없어요."

와즈다는 새삼스레 낮에 있었던 일이 떠올라 기분이 나빠졌다.

"후사 선생님은 너무 못되게 굴어요. 문 앞에서 우리를 지켜보다가 성난 고양이처럼 달려든다니까요. 내가 하는 모든 일이 잘못됐대요. 가끔은 후사 선생님이 죽어 버렸으면 좋겠어요."

"와즈다, 그 말은 너무 심하다. 누군가 죽기를 바라서는 안 돼. 사실 후사 선생님의 인생은 평탄치가 않았어."

엄마 목소리에 진심 어린 걱정이 담겨 있었다. 엄마는 냄비에 마지막 반죽 조각을 넣은 후 손을 씻고 와즈다에게 따라오라고 손짓했다. 엄마는 옷장을 열고 아바야 한 벌을 꺼내 들었다. 곱게 접힌 아바야는 끝없이 펼쳐질 것 같았다.

"이걸 한번 입어 보렴."

엄마가 활짝 웃으며 말했다.

"좀 길 수도 있는데, 이런 식으로 입는 거야."

엄마는 손으로 옷을 그러모아 천천히 방 안을 걸어 다녔다. 물웅덩이를 건너기 위해 드레스의 앞자락을 살짝 올려 든 공주 같았다. 와즈다는 지나치게 무겁고 큰 옷을 작고 가느다란 몸 위에 걸쳤다.

"후사 선생님이랑 똑같네!"

와즈다는 옷을 모아 쥐고 교장선생님의 우아한 걸음걸이를 흉내 냈다. 둘은 한바탕 웃어 댔다.

겨우 숨을 고른 후, 와즈다는 방 안 분위기가 바뀌었음을 느꼈다. 엄마는 팔짱을 낀 채 창문 바깥을 쳐다보았다. 저 멀리 어딘가를 응시하고 있었다. 와즈다는 엄마 곁으로 다가섰다. 하지만 엄마는 와즈다에게 눈길도 주지 않고 건성으로 와즈다의 베일을 고쳐 주었다.

"삼촌 결혼식이 다가오고 있어."

엄마는 퉁명스럽게 말했다. 오후 내내 그 생각만 한 듯한 말투였다.

"아주 예쁜 옷을 좀 사야겠어. 그래야 다른 여자들이 누구랑 경쟁하는지 똑똑히 보겠지?"

와즈다는 엄마가 삼촌 결혼식 때문에 극심한 스트레스를 받는다는 것을 알고 있었다. 연민의 감정이 와즈다의 온몸을 훑고 지나갔다. 결혼식 피로연의 긴장된 분위기는 너무나 익숙했다. 어떤 일이 벌어질지 눈에 선했다.

결혼식은 두 개의 분리된 장소에서 열렸다. 하나는 남자들을 위한 곳이고, 또 다른 하나는 여자들을 위한 곳이었다. 두 파티는 완전히 달랐다. 남자들은 그들만의 파티에서 커피와 차를 마시고, 또 무엇을 하는지는 모른다. 와즈다는 남자가 아니니까.

'뭐, 서로를 쳐다보겠지.'

남자들은 어색한 인사를 나눌 것이다. 마치 어항에서 헤엄치는 금붕어같이 뻐끔뻐끔 거품을 뿜어낼 것이다. 와즈다의 경험으로 남자들은 '안녕하세요?' 또는 '어떻게 지내세요?' 정도 말고는 더 이상 말을 하지 않았다.

남자들의 지루한 축제와는 달리 여자들은 파티를 즐길 줄 알았다. 결혼식은 여자들이 유혹적으로 옷을 입을 수 있는 유일한 기회였다. 그리고 여자들은 그 기회를 놓치지 않았다. 여자들은 몸에 딱 달라붙는 드레스를 입었다. 그리고 망측하게 가슴골이 드러나는 옷을 입었다.

'타가가'라 불리는 피로연 가수는 여성들이 얼마나 절실하게 풀어지고 싶은지 잘 알았다. 타가가는 신명나는 노래를 부르며 손바닥으로 다프(daff, 탬버린의 일종)를 힘차게 두드리며 분위기를 격렬하게 이끌었다. 흥겨운 리듬에 맞춰 여성들은 미친 듯이 머리를 흔들고 가슴을 흔들며 춤을 추었다.

여자들은 서로를 관찰했다. 어린 신부 후보들은 우아하고 정숙한 척하면서 댄스장을 누볐다. 그리고 '둘째부인'의 자리로 밀려날 여성들은 자신이 여전히 아름답다는 것을 보여주기 위해 특별한 춤을 췄다.

사실 사우디 왕국에서 남자들이 여러 명의 부인을 거느리는 것은 흔한 일이었다. 둘째부인들은 떳떳이 얼굴을 들고 다녔다. 남편들이 다른 여자와 결혼한다는 사실에 깊이 상처를 받았을 때도 마찬가지였다. 둘째부인들은 음악에 맞춰 거리낌 없이 춤을 추었다. 자신은 강하다고 선언하는 것이다. 그럴수록 그들은 상처 입은 새처럼 보였다. 와즈다는 날아가다가 교실 창문에 부딪힌 비둘기를 떠올렸다. 비둘기는 날개가 부러졌는데도 다시 날기 위해 안간힘을 썼다. 너무 심하게 다쳐서 다시 날 수 없는데도 그 사실을 받아들이지 않았다. 둘째부인들도 마찬가지였다. 상처를 입었지만 자신들의 고통을 인정하기에는 자존심이 너무 강했다. 둘째부인들이 춤을 출 때면 다른 사람들 모두 춤을 멈추고 조용히 구경했다.

와즈다는 엄마와 아빠 사이에 흐르는 이상한 기류에 대해 다시 생각했다. 몸이 부르르 떨렸다. 엄마가 둘째부인의 춤을 추게 하고 싶지 않았다. 아직은. 아니, 영원히.

마치 딸의 생각을 읽기라도 한 듯 엄마가 창문에서 물러나 와즈다를 물끄러미 보았다. 검은 천이 와즈다의 몸을 따라 흘러내려 기름 고인 웅덩이 마냥 바닥으로 퍼졌다. 엄마는 슬프게 웃었다. 바로 눈앞에서 장난꾸러기 꼬마가 여성으로 변하는 모습을 보는 것만 같았다.

전화기가 울렸다. 엄마가 전화를 받기 위해 달려갔다. 와즈다는 엄마를 따라가려다 길게 늘어진 아바야를 밟는 바람에 비틀거렸다.

엄마는 수화기를 들어 한쪽 어깨로 귀에 고정시켰다. 그리고 마르구그가 조리된 냄비의 뚜껑을 열고 국자로 천천히 저었다. 엄마는 친구가 하는 이야기에 귀를 기울였다.

"정말 미안해, 레일라. 알잖아, 이끄발, 그 사람이 얼마나 무례한데! 어제는 에이샤에게 소리를 질렀다니까! 에이샤는 집에 가는 내내 울었어. 세 시간 동안. 상상이 가니?"

대화는 계속됐다. 레일라 아줌마가 기사를 새로 찾고 있었다. 하지만 엄마는 친구를 도울 방법이 없었다. 그저 귀를 기울이며 공감해줄 뿐이었다.

'전화가 길어지겠네.'

와즈다는 아바야를 벗었다. 침대 위로 벗어던진 아바야가 어찌나 큰지, 완전히 펼친다면 거의 이불로 보일 정도였다. 이것을 입고 학교에 간다고 생각하니 정말 끔찍했다.

와즈다는 바닥에 풀썩 주저앉아 새로 생긴 취미를 시작했다. 돈 세기였다.

"45, 46, …, 85, 86, 87리얄."

와즈다는 저절로 웃음이 나왔다. 계획대로 척척 이루어지는 중이다. 와즈다는 기분 좋게 고개를 끄덕이며 새로운 숫자를 표에 썼다.

와즈다는 돈을 입술에 대고 뽀뽀를 퍼부었다. 그리고 양말과 속옷이 차곡차곡 들어 있는 서랍 안쪽 깊숙이 돈을 넣었다. 부엌에서는 여전히 엄마가 통화하는 소리가 들렸다.

"레일라, 다른 차를 알아보는 게 낫겠어. 운이 좋다면 이 끄발보다 나은 기사를 구할 수 있을 거야!"

잠시 침묵이 이어지는 듯하더니 엄마가 한껏 올라간 목소리로 말했다.

"정말? 아비르? 마리암의 딸 말이니? 어떻게 남자랑 차에 같이 있을 수가 있니? 그 남자가 누군데?"

와즈다는 온몸이 얼어붙는 듯했다. 얼음 구덩이에 빠져서 몸 바깥부터 어는 느낌이었다. 와즈다는 손톱이 손바닥에 박히도록 주먹을 꽉 쥐었다.

갑자기 엄마가 웃음을 터뜨렸다.

"걔는 바람둥이야. 아빠랑 똑같다고."

레일라 아줌마가 남자의 이름을 말해 준 모양이었다. 와즈다는 이 끔찍한 사건에 자신이 기여했다는 사실을 떠올리지 않으려 애썼다.

"솔직히 인정해. 걔네 아빠가 잘 생기긴 했잖니."

와즈다는 의자 끄트머리에 걸터앉아 몸을 뒤틀었다. 지금 엄마가 하는 이야기가 와즈다가 아는 아비르와는 전혀 상관없다는 정보를 조금이라도 얻길 바랐다.

"종교 경찰이라고? 어떡하니! 하여튼 예쁜 애들은 가문의 저주야. 아비르를 오래 전에 결혼시켰어야 했어."

와즈다는 공 모양으로 몸을 구부렸다. 점점 더 작아져 아무런 존재도 없이 사라져 버렸으면 좋겠다고 생각했다. 앞으로 어떤 일이 벌어질지 생각하니 가슴이 콱 막히는 것 같았다. 현관문 열리는 소리가 들렸다. 와즈다는 머리를 파묻었다. 현실에서 도망치고 싶었다.

"레일라, 이제 전화 끊어야겠다. 우리 아빠가 집에 왔네!"

와즈다는 부인들이 남편을 '우리 아빠'라고 부르는 것을 알고 있었다.

"아비르에 대해 무슨 얘기 더 들으면 나한테도 알려 줘. 끊을게!"

얼마 후 와즈다의 방문이 열렸다. 엄마가 머리를 빼꼼 들이밀고는 심란한 시선으로 와즈다를 보았다. 엄마는 어느새 요리할 때 쓰는 두건을 벗고 머리를 매만지고 있었다.

책상에 앉은 와즈다는 바쁜 것처럼 보이려고 부산을 떨었다. 그리고 아비르에 대해 생각하지 않으려 애썼다.

엄마는 현관 쪽을 바라보며 말했다.

"엄마가 저녁 준비하는 동안 아빠에게 가서 인사하렴."

엄마는 와즈다가 어색하게 움직이는 것을 보고 뭔가 문제가 생겼음을 눈치챘다. 엄마가 와즈다에게 다가와 물었다.

"와즈다, 괜찮니? 무슨 일이니?"

와즈다는 자동차 헤드라이트 앞에 선 사슴처럼 놀란 표정으로 엄마를 보았다. 엄마는 와즈다의 표정을 살펴보더니 아련한 미소를 지었다. 그리고 윤기 도는 머리카락을 귀 뒤로 가지런히 넘기며 말했다.

"걱정 마, 와즈다! 우리는 널 결혼시키지 않을 거야. 아직은 아니야!"

12

마즐리스(majlis)**는** 엄마가 아빠와 손님들을 위해 마련한 공간이었다. 와즈다의 집과 전혀 어울리지 않는 곳이기도 했다. 와즈다는 마즐리스로 천천히 걸어갔다.

'아빠든 누구든 내가 무슨 짓을 저질렀는지 알아차리는 건 시간 문제야.'

와즈다는 다리에 힘이 쭉 빠졌다. 부들부들 떨렸다. 그만큼 아비르 스캔들은 어마어마한 것이었다.

아빠가 커다란 TV를 앞에 두고 바닥에 앉아 가장 좋아하는 오락 게임을 하고 있었다. 구트라와 이깔(iqal, 구트라를 머리에 고정시키는 끈)은 벗어서 옆에 잘 개어 두었고, 그 위에는 새로 산 핸드폰이 놓여 있었다. 몇 달 사이 벌써 세 번째 바뀐 핸드폰이었다. 아빠의 오른편에는 팔이 닿는 거리에 하늘색 염주가 놓여 있었다. 와즈다는 소파 끄트머리에 가만히 앉았다. 머릿속에는 자기가 아비르의 허가서를 남자한테 가져다줬다는 생각뿐이었다.

'어떻게 그런 바보 같은 짓을 저질렀을까? 40리얄 때문에

모든 걸 망쳐 버렸어.'

아비르를 돕고 싶었을 뿐이라고 변명할 수도 있다. 하지만 문제는 와즈다가 아비르에게 돈을 받았다는 것이다. 게다가 남자한테도 돈을 받았다. 변명거리가 되지 않았다.

아빠가 와즈다를 보며 빙긋이 웃었다. 와즈다는 아빠가 오락하는 것을 구경했다. 지루했다. 언제나처럼 칼을 휘두르고 고함치고 서로를 죽이는 오락이었다. 와즈다는 탁자로 가서 수학 우등상이 들어 있는 액자를 아빠가 잘 볼 수 있도록 돌려놨다.

아빠는 액자를 집어 들며 짓궂게 말했다.

"이건 진짜 우등상이니? 아니면 가짜로 만든 거니?"

와즈다는 아빠 말에 저도 모르게 웃어 버렸다.

"장난하세요? 제가 수학을 얼마나 잘하는데요! 들어보실래요?"

와즈다는 머릿속에서 뒤엉켜 버린 복잡한 이름을 떠올리려고 애썼다.

"피타-고-라-스의 정리? 이건 기적이에요. 각도를 제대로 더하기만 하면 모든 결과가 똑같이 나와요!"

와즈다는 소파에 기대앉아 의기양양하게 팔짱을 꼈다.

"제대로 이해하는 것처럼 들리는구나."

아빠가 와즈다를 향해 웃어 보였다. 그리고 다시 오락에 집중했다. 와즈다는 얼마간 더 기다리면서 오락을 구경했다. TV에서는 칼싸움이 벌어지고 가짜 피가 흩뿌려졌다. 아빠의 전사가 높은 벽돌담을 펄쩍 뛰어넘었다.

와즈다의 인내심이 바닥났다. 와즈다는 숨을 깊게 들이마시고는 용기를 내어 말했다.

"나는 자전거를 사려고 돈을 모으고 있어요!"

아빠는 자신의 전사가 한 바퀴 공중제비를 돌게 만들었다. 그리고 혼잣말로 뭐라고 중얼거렸다.

'아빠가 내 말을 듣기나 한 건가?'

아빠가 와즈다의 말을 들었다면, 듣고도 아무런 말도 하지 않는 것이라면, 와즈다의 말을 아예 인정하지 않기로 마음먹었다는 뜻이다.

게임 종료를 알리는 음악소리가 흘러나왔다. 패배해 버린 아빠는 오락 조종기를 던져 버렸다. 비싼 장난감이 바닥으로 떨어지며 쾅 소리를 냈다.

아빠는 짜증 섞인 얼굴로 말했다.

"마르구그는 어디 있지? 엄마는 아직도 요리를 하니?"

와즈다는 어깨를 으쓱했다. 아빠는 염주를 집어 들고 손가락 사이로 염주알을 하나씩 돌렸다. 와즈다는 하릴없이 쿠션을 무릎 위에 올려놓고 만지작거렸다. 마즐리스에 있는 모든 것은 새것처럼 반짝였다.

한참만에 엄마가 문을 열고 들어왔을 때 와즈다와 아빠는 깜짝 놀랐다. 엄마는 최선을 다해 예쁜 옷을 차려입고, 은접시와 은그릇이 가득한 쟁반을 들고 들어왔다. 그리고 작은 양탄자 위에 보기 좋게 차렸다. 엄마를 보자 아빠는 활기를 되찾은 것 같았다.

'저건 엄마가 가장 좋아하는 자라(Zara) 블라우스네.'

엄마는 부드러운 갈색 바탕에 핑크빛 장미무늬가 들어간 블라우스를 입었다. 그리고 몸에 딱 달라붙는 검은색 바지를 입었다. 엄마의 몸매를 더욱 돋보이게 만드는 바지였다.

"와즈다, 봐라! 영화배우가 나타났구나!"

아빠는 자랑스럽게 웃으며 편안한 자세로 몸을 기댔다.

"나는 엄마처럼 아름다운 여자를 본 적이 없단다. 저 머릿결을 봐. 아름다운 검은색 실크가 폭포처럼 흐르는 것 같지 않니?"

엄마는 머리를 어깨 뒤로 쓸어 넘겼다. 그리고 긴 속눈썹이 드리워진 눈으로 아빠를 올려다봤다. 엄마는 내심 기뻐하고 있었다. 그리고 그 기쁨을 감출 수 없었다.

엄마는 콧방귀를 뀌며 말했다.

"칫, 영화배우라고요? 실없는 소리 말아요."

잠시 어색한 침묵이 흘렀다. 엄마가 먼저 침묵을 깨며 격렬한 목소리로 말했다.

"저는 왜 어머니가 온 마을을 헤집고 다니면서 당신의 새 신부를 찾는지 궁금하네요."

엄마가 쏟아 낸 말들이 공기 중에 그대로 떠도는 것 같았다. 와즈다는 눈을 내리깔고 카펫에 복잡하게 그려진 하얗고 빨간 무늬를 보았다.

아빠는 아무 말 없이 엄마를 쳐다봤다. 엄마는 고통으로 일그러진 표정으로 아빠를 바라봤다. 엄마의 슬픔을 본 와즈다는 마음이 찢어질 것만 같았다. 할머니가 또 다른 아내를 얻으라고 말한 후부터 언제나 긴장감이 온 집 안에 감돌았다. 그리고 지금, 긴장감은 마치 풍선처럼 부풀어 오르더니 와즈다가 숨 쉴 공간도 전혀 남겨놓지 않은 채 온 집에 가득 찼다. 모든 산소를 빼앗아 버린 것 같았다.

아빠가 손을 뻗어 엄마를 어루만졌다. 여전히 무거운 침묵이 흘렀다. 잠시 동안 엄마는 움직이지 않았다. 그러다 화해의 손길을 내밀듯 다정한 눈길로 아빠를 올려다봤다. 엄마는 다시 한번 어깨 뒤로 머리를 쓸어 넘겼다. 아빠는 씩 웃으면서 엄마를 끌어안았다.

와즈다는 안도감을 느꼈다. 양 어깨를 짓누르던 커다란 돌덩이가 사라진 것 같았다. 와즈다는 꽉 움켜쥐고 있던 쿠션을 옆으로 밀어 놓으며 웃었다.

아빠는 장난기 어린 목소리로 말했다.

"어머니가 그렇게 열심히 쑤시고 다니시는지 몰랐네!"

분위기는 한결 가벼워졌다. 아빠는 목소리를 높였다.

"여기 앉아서 나랑 오락이나 하지!"

엄마는 크게 웃더니 어깨를 살짝 흔들며 일어섰다.

"저는 할 줄 모르잖아요. 음식 더 가져올게요."

와즈다가 소파에서 벌떡 일어나 오락 조종기를 잽싸게 집어 들었다.

"내가 해볼래요!"

아빠는 와즈다를 쳐다보더니 웃음을 터뜨렸다.

"정말로 나를 이길 수 있을 거 같니?"

"당연하죠! 깜짝 놀랄 준비나 하세요!"

13

초코바, 음악 테이프, 축구팀 팔찌, 그리고 반짝이는 보석들이 와즈다의 가방에서 쏟아져 나와 후사 선생님의 책상 위에 수북이 쌓였다. 교장선생님은 가방을 마지막으로 한 번 더 흔들었다. 그리고 모욕이라도 당한 양 음악 테이프들과 장신구들을 노려봤다. 살짝 열린 커튼 사이로 햇빛이 들어와 책상 위에 쌓인 부성한 물건들을 환하게 비추었다.

한동안 침묵이 이어졌다. 후사 선생님은 와즈다를 매섭게 쏘아봤다. 와즈다는 의자에 앉아 꾸물대며 시선을 피했다. 아빠가 준 돌멩이 역시 책상 위에 놓여 있었다. 와즈다는 잠시 눈을 감았다. 후사 선생님이 그 모든 것을 다 가져가지 않길 간절히 바랐다.

"역겹구나."

교장선생님은 전염병이 옮기라도 하듯 물건들을 손가락 끝으로 헤집었다. 그러다 음악 테이프 하나를 집어 들고는 의자에 기대앉아 들여다봤다. 선생님은 범죄 현장에서 사용된 살인 도구가 무엇인지 알아내려는 것처럼 매서운 표정이었다.

“사랑 노래만 들어 있는 테이프, 팔찌, 이런 것들은 다….”

선생님은 말을 더 하려다 말고 손으로 책상 위를 쓸어버렸다. 그것은 와즈다가 지금껏 해온 모든 일이 잘못됐다고 재단하는 것처럼 보였다.

“이것들 가운데 아무것도 학교에서 허용되지 않아! 모르겠어?”

선생님은 와즈다를 노려봤다. 두 개의 레이저광선이 와즈다 얼굴에 그대로 꽂혔다. 초침 소리가 째깍째깍 들렸다. 지옥 같은 시간은 영원까지 계속될 것만 같았다.

후사 선생님은 서랍장에서 서류철 하나를 꺼내더니 거친 손놀림으로 서류들에 서명을 했다. 차갑고 고요한 사무실에 펜 긁히는 소리만 날카롭게 들렸다.

“아비르는 언제나 착한 소녀였어.”

순간 와즈다는 아비르가 모든 사실을 다 이야기했다는 것을 깨달았다. 당연한 일이었다. 아비르는 분명 압박을 견디다 못해 실토했을 것이다. 어쩔 수 없었을 것이다. 소녀들 가운데 그 누가 남자와 함께 있다 잡혔을 때 받는 벌을 두려워하지 않을까? 운이 좋은 경우엔 바로 강제 결혼을 하게 되고, 운이 좋지 못한 소녀들은 대중 앞에서 채찍을 맞게 된다. 와즈다는 부르르 떨었다. 후사 선생님은 어디까지 알고 있을까?

교장선생님은 와즈다의 생각을 읽기라도 한 듯 서류에서 눈을 떼고 쳐다봤다.

"아비르가 남자애와 단 둘이 있다가 들킨 얘기를 들었니? 아비르는 규율에 어긋난 행동을 했어. 종교 경찰이 그 애를 잡은 건, 아비르한테도 수치스럽고 우리 학교에도 수치스러운 일이지."

와즈다는 애써 아무렇지도 않은 척 무덤덤한 표정으로 서 있었다. 눈을 깜빡이거나 입술을 씰룩거리거나 어색한 움직임을 보였다가는 죄를 인정하는 셈이 될 것만 같았다.

와즈다가 아무 대답도 하지 않자, 후사 선생님은 다시 서류를 보며 말을 이어갔다. 선생님의 목소리는 냉정했다. 고함을 치는 것보다 더 무서웠다.

"알라신에게 감사하게도 아비르와 결혼할 사람이 나타났단다. 아비르네 가족은 그런 끔찍한 일이 생긴 후에 그 애를 학교로 돌려보낼 수가 없었지."

선생님은 말을 마치고 서류철을 덮었다. 그리고 와즈다를 뚫어져라 보았다. 와즈다는 아무렇지도 않은 것처럼 보이기 위해 최선을 다했다. 정학이나 퇴학, 아니면 그보다 더 심한 처벌을 받을 일을 한 적 없다는 듯 태연하려 애썼다. 그 누구도 와즈다의 표정만 봐서는 심장이 목구멍 밖으로 튀어나올 정도로 세게 뛰고, 머리가 터질 것 같으며, 입술이 바짝 말라 침을 삼킬 수조차 없다는 것을 모를 것이다.

후사 선생님은 꼼짝 않고 와즈다를 보았다.

"네가 아비르와 애인이 만나도록 주선했니?"

선생님이 소리를 빽 내질렀다.

"아뇨, 절대 아니에요!"

대뜸 말이 튀어나왔다. 와즈다는 그냥 아비르 심부름을 한 것 뿐이었다. 아비르가 애인과 만난다는 생각은 해 본 적 없었다.

"거짓말 마라. 네가 이 일에 끼어 있다는 걸 알고 있어. 이제 너를 어떻게 처리해야 할까? 퇴학을 시켜야 하나?"

후사 선생님은 손가락들을 곧추 세워 맞댔다. 와즈다는 아랫입술을 잘근잘근 씹었다. 그때 문이 열리면서 자밀라 선생님이 들어왔다. 자밀라는 후사 선생님의 수행 비서로 일하는 젊은 선생님이었다. 자밀라 선생님을 보자 와즈다는 마음이 놓였다. 와즈다는 자밀라 선생님을 좋아했다. 자밀라 선생님은 무조건 소녀들 편은 아니었지만, 그렇다고 굳이 소녀들을 괴롭히는 사람도 아니었다.

후사 선생님은 눈썹을 치켜세웠다.

"뭐지? 분명 방해하지 말라고 했을 텐데."

자밀라 선생님은 어색하게 웃으며 서류철을 들어 보였다.

"종교 동아리가 주최하는 코란 낭송 대회 제안서입니다.

교장선생님의 서명이 필요해서요."

후사 선생님이 제안서를 받아 들었다. 와즈다는 한숨을 폭 내쉬고 발이 후들거리지 않도록 바닥을 단단히 디뎠다. 운동화 안에서 발가락을 꼼지락거렸다. 마음을 가라앉히는 데 도움이 되었다.

와즈다는 아빠가 준 돌멩이를 쳐다봤다. 와즈다의 공책 위에 덩그러니 놓인 돌멩이는 너무나 외로워 보였다. 그것을 저버릴 수는 없었다. 그 작은 돌멩이에는 많은 것이 담겨 있었다. 아빠와 떨어져 있던 시간들, 아빠와 나누지 못한 이야기들, 함께했던 장난, 예리한 조준력까지, 후사 선생님에게는 그저 돌멩이 하나에 지나지 않지만, 와즈다에게는 중요했다. 절대 빼앗길 수 없었다. 와즈다는 검은 돌을 재빨리 집어 주머니 속에 넣었다.

후사 선생님은 손을 내저으며 문을 가리켰다.

“교실로 돌아가라, 와즈다. 나중에 다시 이야기하자.”

와즈다는 압수당한 물건들 사이에서 공책과 교과서를 골라 가방 속에 넣었다. 팔찌, 테이프, 사탕, 거뜬히 50리얄은 벌었을 물건들이 와즈다에게 구해 달라고 소리치는 것만 같았다. 하지만 이 모든 장사는 영원히 날아가 버렸다. 낯선 꼬마가 초록 자전거를 타고 멀리 달아나는 장면이 마음 속에 떠올랐다. 자전거를 되찾기 위해 와즈다가 할 수 있는 일은 아무 것도 없었다.

와즈다는 가방을 둘러매고 자리에서 일어섰다. 그리고 벽을 따라 서 있는 캐비닛들을 피해 걸어갔다. 검은 대리석 바닥을 걸을 때마다 신발에서 삑삑 소리가 났다. 와즈다는 움찔하며 후사 선생님의 눈치를 보았다. 아니나 다를까 후사 선생님이 소리를 질렀다.

“와즈다! 너도 다른 학생들처럼 평범한 검은 구두를 신도록 해! 이건 명령이야.”

와즈다는 순하게 보이기 위해 눈을 깜박이며 턱을 바짝 당겼다. 그리고 다시 붙잡히지 않도록 서둘러 교장실을 빠져

나갔다. 등 뒤에서 후사 선생님의 목소리가 들렸다.

"와즈다 어머니께 전화 드려. 오늘 학교로 오실 수 있는지 여쭤보도록 해. 마지막으로 저 애를 어떻게 할지 결정해야 하니까."

와즈다의 심장이 뱃속 깊숙한 곳까지 철렁 내려앉았다. 쉬는 시간을 알리는 종이 울리고 소녀들이 복도로 쏟아져 나왔다. 운동장으로 통하는 문으로 우르르 몰려나가는 소녀들 사이에서 와즈다는 밟힐 지경이었다. 와즈다는 우두커니 선 채 스쳐지나가는 검은 빛 소녀들을 바라보았다.

'난 또 선을 넘어 버린 걸까?'

14

시간이 영원히 멈춰버린 것만 같았다. 후사 선생님이 또 와즈다 엄마와 면담을 요청했다. 와즈다는 배가 비비 꼬이는 것 같았다. 책상 아래로 검은 캔버스화가 까딱거리며 초조하게 움직였다.

'새 신발을 마련할 방법을 찾아야 해. 흔해 빠진 검은 신발 말야. 다른 여자애들하고 똑같이.'

와즈다는 의자 깊숙이 앉아서 생각에 빠졌다. 학기가 시작할 때마다 제대로 된 교복과 규정에 맞는 검은 구두를 모두 살 만한 돈이 엄마에게는 없었다. 평소 와즈다는 자기만의 스타일이 있는 것이 특별하게 여겨졌다. 그러나 이제는 특별함을 평범함으로 고쳐야만 했다. 와즈다는 한숨이 절로 나왔다.

칠판에 글씨를 쓰던 누프 선생님이 학생들을 돌아보았다. 선생님은 껌을 씹고 있었다. 학생들에게는 허용되지 않은 일이었다. 선생님 역시 제대로 된 신발을 신고 있지 않았다. 헐렁한 푸른 블라우스와 길고 검은 치마 아래로 샌들이 보였다. 불공평했다. 와즈다는 치밀어 오르는 화를 눌렀다. 누프 선생님한테 화를 내봤자 소용없었다.

와즈다는 공책을 꺼내 맨 뒷장을 폈다. 그리고 자전거를 타고 리야드의 길거리를 달리는 자기 모습을 그렸다. 부드럽게 연필을 움직이며 그림 양쪽에 건물들을 그리고 색칠을 했다. 배시시 웃음이 나왔다.

그때 후사 선생님의 하이힐 소리가 복도를 따라 점차 가까워졌다. 와즈다는 긴장된 표정으로 고개를 들었다. 뒤에서 야스민이 누라에게 속삭이는 말이 들렸다.

"웃기지 않니? 후사 선생님이 아비르에게 벌을 준다는 게. 선생님 집에 도둑 든 이야기를 우린 다 아는데 말이지."

야스민이 킥킥 웃자, 누라가 낮은 목소리로 대꾸했다.

"도둑이 아니지, 애인이잖아! 선생님 아버지가 도둑이라고 생각했던 거지. 그래서 경찰을 부른 거잖아!"

그 소리를 듣고 살마가 발끈했다. 살마는 후사 선생님의 사랑을 독차지하는 학생이었다. 살마는 교장선생님을 완벽한 사람이라 생각했고, 선생님에 대한 어떤 소문도 싫어했다. 살마는 눈살을 찌푸리며 누라와 야스민을 무섭게 노려봤다. 그리고 손가락을 입에 갖다 대며 나직이 말했다.

"닥치라고! 후사 선생님이 도둑이라고 했으면 그건 도둑인 거야!"

누라는 두 눈을 치켜떴다.

"물론 넌 그렇게 생각하겠지, 살마. 너한테 말을 걸 남자가 도둑밖에 더 있겠니?"

살마는 한 대 얻어맞기라도 한 듯 창백해졌다. 와즈다는 살마의 눈에 눈물이 고이는 것을 보았다. 야스민과 누라가 킥킥 웃었다.

교장선생님이 교실에 들어왔다. 소녀들은 허리를 꼿꼿이 세우고 손을 무릎에 단정히 포개 올렸다. 누프 선생님도 똑바로 몸을 펴고 섰다. 그리고 껌을 꿀꺽 삼켜 버렸다.

"얘들아, 교장선생님께서 코란 낭송 대회에 대해 설명하실 거란다. 특별 발표를 한 후, 참가 신청서를 전달할게."

교장선생님이 목을 가다듬더니 학생들을 둘러보았다. 어색한 침묵이 교실을 채웠다. 교장선생님이 입을 뗄 때까지 학생들은 숨도 제대로 쉬지 못했다.

"여러분, 우리는 상금의 액수를 높이기로 했어요. 이제 우승자는 800리얄이 아니라 1,000리얄을 받을 것입니다. 물론 코란에 나오는 모든 수라(sura, 코란의 장[章] 혹은 절[節]을 의미하는 말)를 외워야겠죠."

와즈다는 눈이 휘둥그레졌다. 어마어마한 돈이었다.

'자전거를 사고도 돈이 남잖아!'

와즈다는 책상에 놓인 코란을 훑어보며 몇 장이나 공부해야 하는지 헤아려 보았다. '수라트 알 바카라(Surat al Baqara)'는 첫 4장을 의미했다. 그리고 그 4장은 엄청 길었다.

"모든 구절을 공부하고 제대로 외워야 해요. 그러고 나서 관련된 어휘를 외우고, 우리가 하늘에서 내린 모든 구절을 알아야 하는 이유에 대해 설명할 수 있어야 해요."

후사 선생님은 한 마디 한 마디 힘을 주며 강조했다.

"정확한 목소리와 박자, 그리고 속도가 매우 중요해요."

참가 신청서가 교실에 돌았다. 당연히 살마도 신청했다. 누라와 야스민 역시 이름을 적어 냈다. 와즈다는 슬그머니 공책을 열어 자전거 그림을 봤다.

"여러분의 아름다운 목소리로 코란이 널리 울려 퍼지길 바라요."

참가 신청서가 와즈다 앞에 놓였다.

'좋았어. 해보자.'

와즈다는 자기 이름을 경쟁자들 옆에 또박또박 썼다.

수업이 끝나자마자 와즈다는 재빨리 가방을 챙겨 달려나갔다. 어깨를 반듯하게 펴고 아바야를 겨드랑이에 낀 채 교장실 문을 두드렸다.

"후사 선생님을 잠깐 뵐 수 있을까요?"

자밀라 선생님은 놀란 표정으로 와즈다를 보았다.

"물론이지, 와즈다. 가서 교장선생님이 바쁘신지 볼게."

자밀라 선생님은 삐걱거리는 문을 열고 교장실 안으로 사라졌다. 와즈다 심장이 다시 쿵쿵 뛰었다. 와즈다는 심장을 진정시키기 위해 가슴에 가만히 손을 올렸다.

조금 있다가 자밀라 선생님이 교장실에서 나오며 말했다.

"들어가 보렴, 와즈다."

와즈다는 조심스럽게 들어가 후사 선생님 책상 앞에 섰다. 후사 선생님은 와즈다를 보고 눈썹을 치켜뜨며 물었다.

"무슨 일이지?"

와즈다는 낡은 운동화를 가리려고 애쓰며 말했다.

"선생님이 제게 말씀하신 것들을 생각해 봤어요. 제가 잘못했어요. 저는 바뀔 거예요."

후사 선생님이 양 눈썹을 들어올렸다. 여전히 미심쩍은 표정이 얼굴에 가득했다.

와즈다는 선언하듯 말했다.

"종교 동아리에 가입하고 싶어요!"

와즈다는 목소리를 떨지 않으려고 노력했다. 후사 선생님을 설득하기 위해서는 강하고 확신 있게 들려야 했다.

후사 선생님은 믿을 수 없다는 표정으로 와즈다를 보았다. 지금 상황을 이해하기 위해 이리저리 머리를 굴리는 소리가 들리는 것만 같았다.

"뭐지? 갑자기 셰이카라도 된 거니?"

와즈다는 등을 꼿꼿하게 세우고 말했다.

"제가 달라진 모습을 곧 보게 되실 거예요."

후사 선생님은 의심스러우면서도 흥미로운 눈초리로 와즈다를 봤다.

"그래, 한번 보자꾸나."

15

집으로 돌아오는 뒷골목을 누비면서 와즈다는 하늘을 걷는 것처럼 마음이 들떴다. 마음속에 투지가 불타고 발걸음에 힘이 실렸다. 와즈다가 장난감 가게를 향해 달리자 아바야가 슈퍼맨의 망토처럼 펄럭였다.

초록 자전거는 여전히 와즈다를 기다리고 있었다. 와즈다는 자전거를 똑바로 보았다. 바퀴와 바큇살까지 아름다웠다. 초록 자전거는 앞으로 와즈다와 함께 모험을 할 친구였다. 또한 와즈다가 오래도록 꿈꿔 왔던 모든 곳으로 데려가 줄 문이자 시작이었다.

빵! 지나가는 차가 세차게 경적을 울렸다. 그 소리에 와즈다는 현실로 돌아왔다. 와즈다는 한숨을 내쉬며 가게 문을 열었다. 작은 종소리가 경쾌하게 들렸다. 차곡차곡 쌓인 영수증 더미에 고개를 묻고 있던 가게 주인이 돋보기안경 너머로 와즈다를 보았다. 눈에는 호기심이 가득했다.

와즈다는 먼지를 뒤집어쓴 장난감을 들여다보는 척하면서 흘끔흘끔 주인 아저씨를 보았다. 사우디 전통 커피 주전자가 책상 위에 놓여 있었다. 주인 아저씨는 작은 컵에 커피를 한 잔 따라 마셨다. 그리고 커피와 커피 주전자를 가지런히 놓았다. 주인은 와즈다를 지켜보면서 레코드판 한 장을 전축 위에 올려놨다. 자연스럽고 능숙한 손놀림이었다. 바늘이 끽끽 소리를 내면서 오래된 레코드판의 홈을 따라 움직였다. 이내 음악 소리가 가게 안을 가득 채웠다. 익숙한 선율이 탁탁거리는 소리와 함께 쏟아져 나왔다.

'끔찍한 음질이네!'

와즈다는 귀를 틀어막고 싶은 충동을 가까스로 참았다. 와즈다는 주인 아저씨와 친해질 기회가 바로 지금이라고 생각했다. 자전거를 다른 사람에게 팔지 못하도록 설득하기 위해서는 주인 아저씨를 같은 편으로 만들어야 했다.

"요새 카세트테이프라는 게 있다는 걸 아시죠?"

주인은 코웃음을 쳤다.

"뭘 사려고 하는 거니?"

와즈다는 순진한 미소를 띠었다. 지금까지 주인은 딱히 친절한 태도를 보이지 않았지만 와즈다를 내쫓지도 않았다. 그리고 가끔은 너그러운 눈빛으로 와즈다를 보았다. 와즈다는 거기서 용기를 얻었다.

"아직은 잘 모르겠어요. 뭔가를 사려면 좀 둘러봐야 하지 않나요?"

와즈다는 태연하게 가게를 돌아다녔다. 그리고 인형이나 고무공, 아니면 높이 쌓인 보드게임을 들여다보는 척했다. 그러나 와즈다의 시선은 자꾸 문밖으로 향했다. 멋들어진 초록 자전거는 가게 앞에서 오후 햇살 아래 빛났다.

와즈다는 문득 가게 주인이 자신을 쳐다보는 것을 깨달았다. 주인 아저씨는 안경 너머로 의심쩍다는 듯 와즈다를 유심히 바라보았다. 영수증을 쓸어 모아 정리하면서도 아저씨의 시선은 여전히 와즈다를 떠나지 않았다. 와즈다는 신경이 곤두섰다. 그러면서도 아무렇지 않은 듯 커다란 상자를 집어 들었다. 상자에는 '누구나 할 수 있는 코란 배우기'라는 붉은 글자가 크고 선명하게 박혀 있었다.

'대회에서 일등 하려면 이게 필요할 수도 있겠는데?'

같은 반 소녀들의 얼굴이 스쳐갔다. 살마 같은 최고의 우등생을 꺾으려면, 그리고 누라 같은 최고의 연사를 이기려면 분명 도움이 필요했다.

"거기서는 카세트테이프를 찾을 수 없을 거다. 여긴 최신식 가게야. CD만 팔지."

가게 주인은 와즈다를 보며 소리쳤다. 와즈다는 아저씨를 돌아보았다. 주름진 얼굴 위에 미소가 반짝 떠올랐다.

'좋았어!'

와즈다는 주인 아저씨를 향해 활짝 웃었다. 웃음을 억지로 꾸며 낼 필요가 없었다. 정말 기뻤다. 와즈다 마음속에는 조금의 의심도 없이 확신이 들었다. 주인 아저씨는 와즈다에게 자전거를 팔 것이다.

"고맙습니다."

와즈다는 가볍고 행복한 목소리로 인사했다.

"내일 뵈어요!"

와즈다는 훨씬 더 자주 가게에 올 것이다. 800리얄을 계산대에 놓고 자전거 페달을 밟으며 집으로 가게 되는 그 순간까지.

와즈다는 밖으로 나가 자전거 핸들에 묶인 리본을 만지작거렸다. 조금 있으려니 주인 아저씨가 문밖으로 머리를 빼꼼 내밀고 물었다.

"너 자전거 탈 줄은 아니?"

"타는 거요?"

와즈다는 눈썹을 올리고 기세등등하게 팔짱을 꼈다. 땅

을 단단히 디딘 억센 나무처럼 강해 보이기 위해.

"저는 바람처럼 달릴 수 있어요."

와즈다는 고개를 꼿꼿이 세우고 한 바퀴 빙그르 돌았다. 그러다가 땅에 질질 끌리는 거대한 아바야 자락에 발이 걸려 비틀거렸다. 가게 주인이 너털웃음을 웃었다.

와즈다가 홱 돌아보자 주인은 헛기침을 하며 안으로 들어갔다. 곧 낡은 전축에서 음악이 크게 울려 퍼졌다. 소리를 높인 것 같았다. 와즈다는 웃었다. 가게 주인이 같은 편이란 것을 알았다. 갑자기 자전거를 향한 모험이 훨씬 더 가능성 있게 느껴졌다.

16

쨍그랑! 그릇 하나가 바닥에 떨어져 어마어마한 소리를 내며 산산조각 났다. 작은 파편이 부엌 선반과 식탁 다리에 부딪히면서 더 자잘하게 조각났다. 침실에서 와즈다가 벌떡 일어나 앉았다.

곧이어 엄마가 와즈다를 저주하는 소리가 들렸다.

"도대체 돈 벌려고 학교에 다니는 거야? 규칙은 다 어기고, 거짓말이나 하고!"

아름답고 낮은 엄마의 목소리가 날카롭게 변했다.

"뭐? 자전거를 사겠다고? 내가 맹세하건데 내 눈에 흙이 들어가기 전까진 절대 살 수 없어. 네가 퇴학당할 때까지 내가 팔짱만 끼고 있을 것 같니?"

와즈다는 방문까지 살금살금 걸어가 부엌을 내다봤다. 엄마의 모습이 눈에 들어왔다. 엄마는 외출복을 입고 있었다. 상황이 아주 안 좋다는 의미였다. 엄마는 절대 좋은 블라우스와 치마를 입고 집을 치우지 않았다. 그러기엔 너무 아까웠다. 매일 밤 엄마는 외출복을 조심스레 세탁하고 다림질을 했다. 더 오래 입기 위해서.

짹그랑! 와즈다는 접시 하나가 더 깨지는 소리를 들었다. 와즈다는 귀를 틀어막았다. 그래도 소용이 없다. 와즈다는 방을 가로질러 라디오 전원을 켰다. 음악으로 듣기 싫은 소리를 덮길 바랐다. 와즈다는 볼륨을 끝까지 올렸다. 엄마의 꾸지람을 외면하기 위한 몸부림이었다.

"그 망할 놈의 라디오 꺼 버려! 그런 악마의 노래들을 녹음했다고?"

엄마는 더욱 화가 난 것 같았다.

"넌 아비르보다 나을 게 하나도 없어! 아비르가 어떻게 된 줄 아니? 부모가 결혼시킬 때까지 집에만 있어야 해. 이제 나도 그렇게 할 거다! 내일부터 학교도 못 갈 줄 알아! 넌 이 집 밖으로 절대 못 나가!"

와즈다는 라디오를 끄고 침대 위에 쓰러졌다. 눈물이 폭포처럼 쏟아졌다.

한참 울고 있는데, 갑자기 문밖이 조용해졌다. 와즈다는 부엌을 내다보았다. 지저분한 창문을 통해 달빛이 들어왔다. 달빛에 엄마의 모습이 비쳤다. 엄마는 바닥 여기저기에 흩어진 깨진 유리 조각을 치우고 있었다. 그러다가 부스스하게 헝클어진 머리카락을 가지런히 모았다.

한동안 엄마는 우두커니 서 있었다. 싱크대 수도꼭지에서 물이 쉴 새 없이 흘러나왔다. 엄마는 한참이 지나고 나서야 수도꼭지를 잠갔다. 모든 분노가 엄마의 몸에서 떠나갔다. 이제 엄마는 끔찍하리만치 지쳐 보였다.

엄마는 거실에서 왔다 갔다 서성이며 몇 번을 망설이더니 이내 수화기를 들었다. 수화기 저편에서 울리는 신호음이 조용한 집 안에 울려 퍼졌다. 잠시 후, 엄마가 말을 하기도 전에 불쾌하게 웅얼거리는 소리가 들렸다. 상대방의 목소리는 숨 쉴 틈도 없이 쏟아졌다. 꽥꽥거리는 소리가 계속되고 엄마의 호흡도 점차 빨라졌다. 수화기에서 엉터리 아랍어가 마구 튀어나왔다. 이끄발이었다. 엄마는 수화기를 꼭 쥐고 있었다. 수화기는 엄마의 분노 때문에 부서져 산산조각이 날 것만 같았다.

"알아요, 이끄발. 나도 알아. 맞아요, 오래 기다렸죠. 하지만 우리 딸이 학교에서 문제가 있었다고요."

엄마는 화내지 않기 위해 무척 노력했다.

"내가 일찍 퇴근한다고 말할 시간이 없었어요."

엄마는 작은 원을 그리며 거실을 빙빙 돌았다. 그러다가 귀에서 수화기를 뗐다. 수화기에서 쏟아져 나오는 이끄발의 막말에서 잠시나마 벗어나기 위한 것이었다.

"좋아요. 그렇게 생각하면 내일 오지 마세요."

드디어 엄마도 폭발했다. 이끄발의 목소리가 수화기 저편에서 높아졌다. 와즈다가 알아들을 정도로 큰 목소리로 고래고래 소리를 질렀다. 와즈다의 입이 딱 벌어졌다. 이끄발이 엄마에게 끔찍한 욕을 퍼붓고 있었다. 와즈다는 이끄발의 깡통 같은 봉고차로 뛰어들어가 시원하게 한 대 먹이고 싶었다. 엄마의 얼굴이 분노로 붉게 달아올랐다.

"감히 그런 식으로 내게 말을 하다니! 이 동네에 기사가 당신 하나인 줄 알아? 두고 봐! 다른 기사 찾을 거야!"

엄마는 수화기를 던지듯 내려놓고는 소파에 털썩 주저앉았다. 와즈다는 엄마가 울지 않으려 애쓰며 가슴을 누르는 것을 보았다.

와즈다는 침대 끄트머리에 쪼그리고 앉아 무릎을 턱 밑까지 끌어당겼다. 그리고 검은색 매직으로 신발코와 밑창을 칠하기 시작했다. 하얀 부분이 두텁고 꼼꼼한 까만 선으로 채워졌다. 신발 전체를 검게 칠한 와즈다는 그 위를 몇 번이고 덧칠했다. 될 수 있는 한 색깔을 어둡게 만들었다. 다 칠한 후, 와즈다는 보라색 신발 끈을 빼내고 대신 팔찌 만들 때 쓰던 검은색 끈을 꿰었다. 후사 선생님이 원하는 까만 구두는 아니지만 그래도 까만 신발은 되었다. 현관문 열리는 소리가 들렸다. 아빠가 집에 돌아온 모양이었다. 와즈다는 끈 묶는 일을 서둘러 끝냈다.

이윽고 엄마와 아빠가 싸우는 소리가 귓가를 사정없이 때렸다. 날카로운 소리가 점점 더 커졌다. 곧 엄마와 아빠의 목소리는 집 안을 가득 채우고 바깥까지 흘러넘쳤다. 와즈다는 이웃들이 아무도 듣지 않길 바랐다.

엄마가 소리 지르는 것이 들렸다.

"나는 개인운전사를 쓸 수 없어요! 나를 좀 도와주는 게 어때요? 왜 한 번도 돈을 주지 않는 거예요?"

아빠가 되받아쳤다.

"어떻게 도우라고? 뭘로 도와? 도둑질이라도 해?"

"새 핸드폰을 살 돈은 어디에서 나온 거죠? 지참금은 또 어떻게 마련했대요?"

와즈다는 목구멍이 뜨거워지고 따끔거렸다. 그러나 오늘 밤은 이미 너무 많이 울었다. 와즈다는 입술을 꽉 깨물며 신발을 신었다. 운동화는 언제나처럼 발에 딱 맞았지만 뭔가 잘못되어 보였다. 검은색으로 칠해진 신발은 평범해졌다. 와즈다를 다른 사람들과 똑같아 보이게 만들어 버렸다.

아빠의 목소리는 엄마보다 더 크고 더 화가 나 있었다.

"내가 두 집 살림을 하고 싶겠어? 하지만 내겐 선택권이 없어! 나는 동네에서 웃음거리가 되어 버렸다고! 어쨌든 당신이 낳지 못한 아들이 내겐 필요해!"

서랍장이 거칠게 열렸다 닫히는 소리가 들렸다. 와즈다는 더 힘들게 침을 삼켰다.

"그만 좀 해! 당신이 바가지 긁는 소리가 지긋지긋하다고! 다음 주에 내가 올 거라 기대하지도 마! "

"상관없어! 당신이 결혼할 새 신부에 대해 매일 밤 어머니와 이야기하는 걸 모를 줄 알아?"

엄마의 목소리가 심하게 떨렸다. 와즈다가 한 번도 들어보지 못한 목소리였다. 현관문이 세게 닫혔다. 와즈다 책상 위에 있던 연필이 달그락거릴 정도였다. 그러다가 고요해졌다.

그날 와즈다는 뜬 눈으로 밤을 꼬박 샜다. 뱃속이 무겁고 소화할 수 없는 슬픔으로 그득했다.

'어떻게 해서든 내가 바꿔 놔야만 해.'

17

아침 해는 어김없이 떠올랐다. 뜨거운 햇살이 창문을 가린 마분지를 뚫고 와즈다의 잠을 깨웠다. 와즈다는 오늘 해야 할 일을 생각했다. 외출 금지를 당했거나 말거나, 어쨌든 와즈다는 밖으로 나가야 했다.

와즈다는 조심조심 발끝으로 걸어다니며 침대 시트를 정리했다. 그리고 청바지를 주워 입고 운동화를 신었다. 엄마의 관심을 끌지 않기 위해 소리를 내지 않으려 조심했다.

오늘 같은 날, 와즈다는 하루가 어떻게 흘러가는지 잘 알았다. 엄마는 하루 종일 소파에 파묻혀 TV를 볼 것이다. 아니면 침대에 누워 천장만 보고 있을 것이다. 가끔 엄마는 지붕에 올라가 바람을 쐴지도 모른다. 그러나 곧 다시 소파나 침대에 파묻힐 것이다.

와즈다는 신발 끈을 단단히 맸다. 준비가 됐다. 방문을 살짝 열고 내다보았다. 엄마는 머리를 풀어헤친 채 완전히 지쳐 버린 얼굴로 침대에 기대고 앉아 있었다. 그리고 손가락으로 관자놀이를 문지르며 누군가와 통화하고 있었다.

"병가로 해주실 수 있나요?"

엄마는 잠시 상대방 말이 끝나길 기다렸다가 말했다.

"제가 얼마나 열심히 일하는지 아시잖아요. 그리고 그 운전사만 아니면 오늘 결근을 하지 않았을 거예요! 한 달 동안 휴일 없이 일해야 한다면 그렇게 할 게요. 약속해요."

엄마 목소리가 떨렸다. 얼굴에는 절실함이 드러났다. 잠시 후, 엄마는 긴장이 탁 풀리는 듯하더니 눈을 감고 자분자분 말했다.

"좋아요. 고맙습니다. 정말로 고맙습니다. 내일 뵐게요."

엄마는 전화를 끊고는 머리를 절레절레 흔들었다. 절망을 털어 내고 싶은 몸짓이었다. 그 모습은 와즈다의 심장 한 가운데 와서 박혔다. 엄마는 겨우 하루의 시간을 벌었을 뿐이다. 아직도 운전기사가 없었고 운전기사를 구할 방법도 없었다. 아빠는 가 버렸다. 돈도 모두 떨어졌다. 엄마에게 남은 선택지는 아무것도 없었다. 그리고 내일 출근하지 못한다면 직장을 잃을 것이다.

와즈다는 엄마가 일자리를 구하려 애쓰던 기나긴 몇 달을 기억하고 있었다. 엄마를 써 줄 학교를 찾을 때까지는 거의 영원과도 같은 시간이 걸렸다. 엄마는 불합격 통지서를 손가락으로 접으면서 말했었다.

“지원서가 넘쳐. 대부분 학교는 내 지원서를 받지 않아.”

불합격 통지서를 수십 개쯤 받은 후에야, 엄마는 지금 다니는 학교에서 일하게 되었다. 학교는 집에서 아주 멀었다. 엠티 쿼터 근처 사막 마을에 있어서 황량한 길을 따라 거의 160킬로미터를 가야 했다. 그곳에 가기 위해 엄마는 매일 아침 여섯 명의 선생님들과 함께 봉고차에 끼어 탄 채 두 시간을 가야 했다. 그리고 집에 오기 위해 또 두 시간을 보내야 했다. 출퇴근길이 아무리 끔찍해도 어쩔 수 없었다. 돈을 벌어야 했다. 그런데 지금 더 끔찍한 것은 그 지긋지긋한 이끄발을 다시 붙잡아야 하고, 그러기 위해 엄마가 무슨 일이든 해야 한다는 점이다.

엄마는 침대에 누워서 창문을 향해 몸을 돌렸다. 그리고 머리끝까지 이불을 뒤집어쓰고 세상으로부터 숨어 버렸다. 와즈다는 조심스럽게 방문을 닫았다.

‘어쨌든 나는 모든 걸 다시 제자리로 돌려놔야 해.’

와즈다는 책상으로 가서 라디오를 틀었다. 경쾌한 노래가 흘러나왔다. 그 다음 와즈다는 책상 위 전등을 켰다. 착시현상을 더하기 위해서였다. 와즈다는 오늘 엄마가 자기를 찾지 않을 것임을 알았다. 상황이 나쁠 때 엄마는 자기만의 세상에서 잠을 청했다. 그래도 방이 너무 조용한 건 곤란했다.

와즈다는 방을 슬쩍 빠져나와 옥상으로 이어지는 계단으로 숨어들었다. 심장이 콩닥콩닥 뛰었다. 가슴 속에서 벌새가 날갯짓을 하는 것만 같았다. 옥상에 오르자 햇빛이 와즈다의 얼굴로 쏟아졌다.

리야드 도시 전체가 그림처럼 펼쳐졌다. 누런 안개가 덮인 바탕 위에 펜으로 도시를 그려낸 듯했다. 낮고 오래된 아파트들이 세련된 새 건물들 옆에 옹기종기 모여 있고, 붉은 벽은 뿌연 공기 속에서 칙칙하게 바랬다. 모든 골목은 하나하나가 모두 이야기였고 신비로움이었다.

와즈다는 옥상에 오르는 것을 좋아했다. 행여 누가 볼까 눈치 보지 않고 아무거나 입고 싶은 옷을 입고, 얼굴로 불어오는 바람결을 느끼는 것이 좋았다. 또한 옥상에는 수많은 추억이 담겨 있었다. 대부분 좋은 기억이었다. 겨울밤이면 엄마는 옥상을 청소하곤 했다. 옥상이 마르면 엄마는 매트리스 세 개를 나란히 올려놓았다. 엄마, 아빠, 와즈다, 셋이 나란히 누울 매트리스였다. 옥상에서 야영을 하면서 전속력으로 달리는 차를 구경하기도 했다.

아빠는 와즈다를 품에 안고 옛날 이야기를 들려주곤 했다. 밤바람이 서늘해질 무렵이면 엄마는 생강과 꿀을 담뿍 넣어 끓인 따뜻한 우유로 몸을 녹여 주었다. 셋은 서로를 기분 좋게 끌어안았다. 깊고 깊은 사막의 밤에서 온기가 피어나는 작은 무리였다.

야영의 추억 때문에 옥상은 와즈다에게 특별한 공간이 되었다. 와즈다가 어디론가 탈출하고 싶을 때 숨는 곳이기도 했다. 그리고 지금 와즈다는 여기에서 탈출할 것이다. 와즈다는 아바야를 허리에 둘둘 둘러 묶고 아래를 내려다보았다. 벽면을 따라 길게 설치된 파이프가 보였다.

와즈다는 파이프를 잡고 한발 한발 내려갔다. 그러다 그만 헐거워진 콘크리트 조각을 건드리면서 발이 미끄러졌다. 와즈다는 놀란 가슴을 진정시키며 숨을 골랐다. 다시 발을 단단히 디딜 수 있는 벽면을 찾아 여기저기 두드리며 조금씩 아래로 내려갔다.

와즈다가 거실 창문 아래에 다다랐을 때, 소중한 검은 돌멩이가 주머니에서 빠져나와 마당으로 떨어지더니 소리를 내며 굴러갔다.

와즈다는 숨을 죽이고 창문을 뚫어지게 보았다. 엄마가

소파에서 일어나 담요로 몸을 감싸며 창으로 다가왔다. 와즈다는 놀라서 기절할 지경이었다. 와즈다는 벽에 몸을 바짝 붙이고 꼼짝도 하지 않았다. 엄마는 창가에 서서 블라인드를 내렸다. 다행히 와즈다를 보지는 못했다.

와즈다는 조심조심 땅으로 내려가서 아빠의 돌을 집어 들었다. 그리고 대문을 열어 발로 고정시키고는 껌 한 조각을 입안에 털어 넣었다. 적당히 부드럽고 끈적거릴 때까지 껌을 씹은 다음 그 껌을 자물쇠 부분에 붙였다. 문이 완전히 잠겨서 나중에 집에 들어갈 수 없으면 곤란했다.

와즈다는 아바야와 베일을 둘렀다. 그리고 활에서 발사된 화살처럼 빠르게 달렸다.

18

남학교 정문이 보이는 곳에서 와즈다는 압둘라를 기다렸다. 건물 모서리의 그늘진 벽 뒤에 숨어서 학교 정문만 뚫어지게 보았다. 와즈다는 죄지은 사람처럼 숨어 있는 것이 마음에 안 들었지만, 그렇다고 자신이 남학교 가까이에 있는 모습을 누군가가 보길 원치도 않았다. 물론 평판 때문에 조심하는 것은 아니었다. 와즈다는 학교에서 부도덕한 행실에 대해 부들부들 떨며 울고불고 하는 것을 보면 코웃음이 나왔다. 다만 지금 와즈다에게는 완수해야할 임무가 있었다.

'왜 압둘라는 아직도 나타나지 않는 거지?'

와즈다는 모퉁이 너머로 고개를 쑥 내밀었다. 수많은 사람들이 지나쳐 갔고, 승객을 기다리는 차들이 벽에 바짝 붙어 무질서하게 서 있었다. 그러나 압둘라는 보이지 않았다. 아니 아무도 없었다. 와즈다는 얼굴을 찡그렸다. 리야드의 여학생들은 학교를 드나들기 위해서 군인처럼 줄지어 검문을 받아야 한다. 그런데 남학생들은 제 맘대로 왔다 갔다

할 수 있었다. 마음에 안 들었다.

불현듯 압둘라가 있을만한 곳이 떠올랐다. 압둘라는 남학교 뒤편에 있는 문 닫은 쇼핑센터에서 노는 것을 좋아했다. 깨진 창문에 돌을 던져 넣기도 하고, 공터에서 다른 소년들과 자전거를 타면서 거칠게 놀았다. 와즈다는 베일을 얼굴 가까이로 바짝 끌어올리고 전속력으로 달려 모퉁이를 돌아 길을 건넜다.

그곳에 압둘라가 있었다. 압둘라는 돌 던지기를 하며 친구들과 가벼운 욕지거리를 하는 중이었다. 와즈다는 히죽 웃으며 돌 하나를 집어 압둘라에게 던졌다. 꽤나 잘 조준했지만 아주 훌륭하지는 않았다. 돌멩이는 자전거 바퀴에 부딪혀 튕겨 나왔다. 압둘라는 몸을 빙글 돌려 황량한 주차장 너머를 살폈다. 그리고 와즈다를 보고 충격을 받았다. 압둘라는 불안한 눈초리로 친구들을 돌아보았다. 소년들은 돌멩이를 들고 유리창을 맞추느라 정신이 없었다.

'아직도 겁쟁이로군. 나랑 있는 걸 친구들한테 보이고 싶지 않다 이거지.'

와즈다는 돌을 하나 더 집어 들어 압둘라에게 흔들어 보였다. '너, 이번엔 내가 꼭 맞춘다!' 하고 말하듯이. 압둘라는 눈을 동그랗게 뜨고 와즈다가 숨어 있는 곳까지 자전거를 타고 왔다.

와즈다가 압둘라를 보자마자 물었다.

"너, 아디라에 가는 법 알아?"

압둘라는 당황스러워하며 와즈다를 쳐다봤다. 그리고 타끼야(tagia)를 고쳐 쓰면서 손가락으로 그 위를 꾹꾹 눌러 댔다. 압둘라의 머리 위에 얹힌 타끼야는 아름다웠다. 가장자리에 은색 실까지 둘러 한결 우아했다. 와즈다는 하마터면 압둘라에게 멋지다고 할 뻔했다. 와즈다는 말을 꿀꺽 삼켰다. 어쩐지 어색했다.

압둘라가 고개를 끄덕였다. 그리고 주차장 서쪽 끝을 향해 턱을 삐죽 내밀었다. 둘은 함께 출발했다.

와즈다는 아바야 끝자락을 돌돌 말아 움켜쥐고, 압둘라 자전거에 달린 발 받침대에 올라섰다. 압둘라가 자전거 페달을 밟아 달리는 동안 뒷바퀴에 매달려 균형을 잡았다. 압둘라는 차분하게 자전거를 몰았다. 아주 편안한 방법은 아니었지만, 그래도 걷는 것보다는 빨랐다.

둘은 장난감 가게 앞을 지나쳤다. 와즈다 눈에는 초록 자전거만 보였다. 와즈다는 한숨을 내쉬며 눈을 내리깔았다.

압둘라가 페달을 빠르게 밟는 것이 보였다.

'나도 자전거만 있다면 혼자서 갈 수 있을 텐데. 누군가한테 도움을 받지 않아도 될 텐데.'

리야드의 거리는 사람들로 꽉 찼다. 압둘라는 차들이 늘어선 도로 위를 능숙하게 빠져나가면서 와즈다를 돌아보았다. 압둘라가 뭐라고 말했지만 들리지 않았다.

압둘라는 자동차 엔진소리만큼이나 크게 소리쳐 말했다.

"우리가 아는 사람을 만나면 자전거에서 내려야 돼! 그리고 얼굴 좀 가려. 사람들이 나에 대해 이러쿵저러쿵하는 건 싫단 말야. 나는 네가 내 여동생이라고 말할 거야."

와즈다가 맞받아쳤다.

"흥, 네 말을 아무도 안 믿을 걸. 네 동생이라 하기엔 내가 너무 예쁘잖아!"

"아, 그러시겠지."

압둘라는 시큰둥하게 말을 이었다.

"교장선생님이 너네 엄마한테 전화하는 거 아냐? 넌 학교 빼먹었잖아!"

"오늘 나는 결석이야. 학교에서도 알아."

둘은 복잡한 길로 접어들었다. 압둘라와 와즈다는 자전거에서 내려 나란히 걸었다. 관심을 피하기 위해 와즈다는 평소와 달리 얌전하게 행동하려고 노력했다. 쉽지는 않았다. 베일이 자꾸 흘러내렸다. 베일이 흘러내릴 때마다 압둘라는 걱정스러운 표정을 지어 보였다. 와즈다는 베일을 오백만 번쯤 제자리에 쑤셔 넣으며 무겁게 한숨을 쉬었다.

아디라라는 동네는 와즈다에게 낯설었다. 정돈된 빌라와 두터운 보호벽이 줄줄이 늘어선 리야드와는 전혀 달랐다. 다 헐어 버린 건물들이 여기저기 무너져 내렸다. 건물 지하에는 작은 쉼터들이 있고 좁은 골목길은 사람으로 꽉 차 있었다. 잔혹한 태양을 피하기 위해 고정해 둔 천은 다 해졌다. 아디라는 주로 외국인 노동자들이 많이 사는 곳이었다. 지금 압둘라와 와즈다는 남자들로 가득 찬 동네에 접어든 것이다. 가끔 와즈다를 지켜보는 사람들도 있었다. 그럴 때면 공포가 등뼈를 훑고 지나갔다. 와즈다는 아바야를 단단히 둘러 청바지와 티셔츠를 가렸다. 그리고 앞을 똑바로 보며 걸었다.

'나는 꼭 해내야 해. 엄마는 내가 필요해.'

골목을 따라 내려가자 나이 많은 인도 남자가 작은 가게 앞 계단에 앉아 있었다. 가게 안쪽 선반에 햇빛에 바랜 과자

봉지와 사탕과 끈적해 보이는 음료수 병이 쌓여 있었다. 압둘라는 와즈다에게 눈썹을 올려보이고는 인도 남자를 향해 고개를 까딱였다. 그 남자에게 물어보라는 뜻이었다. 와즈다는 고개를 끄덕여 보이고는 용기를 그러모아 남자에게 다가갔다.

와즈다는 조심스레 말을 걸었다.

"저기, 안녕하세요? 혹시 이끄발이라는 운전사가 어디 사는지 아세요?"

노인은 눈을 끔뻑이며 와즈다를 쳐다봤다. 한참 침묵이 이어졌다. 와즈다는 노인이 아랍어를 조금이라도 할 줄 아는지 의심스러웠다. 더 쉬운 말로 물어봐야 하는 걸까? 이끄발과 말하던 대로 더 단순한 아랍어를 써야할까? 와즈다가 한참 고민하는데, 남자가 엉터리 아랍어로 대답했다.

"꼬마야, 이 근처에 '이끄발이라는 운전사'가 얼마나 많이 사는지 아니?"

와즈다는 어깨를 으쓱해 보이고는 웅얼거렸다.

"고맙습니다."

와즈다는 축 처진 어깨로 압둘라에게 돌아왔다. 둘은 다시 함께 자전거를 타고 나아갔다. 아디라의 뒷골목을 좀 더

탐험해 보기로 했다.

즐거운 탐험은 아니었다. 골목과 골목 사이는 먼지투성이이고 지저분했다. 쓰레기가 여기저기 수북하게 쌓여 있고, 길고양이나 들개가 오래된 음식 통을 뒤지고 있었다. 압둘라와 와즈다는 나란히 붙어서 골목을 하나하나 살폈다. 시간이 많이 흘렀다. 일꾼들 여럿이 커다란 타미즈(tameez) 빵을 옆구리에 끼고 서둘러 지나쳤다.

와즈다는 미소를 지었다. 아빠는 금요일 아침마다 타미즈 빵을 들고 출근했다. 기도 전에 먹기 위해서였다. 아빠는 빵을 토마토와 올리브 오일에 다진 양고기를 넣어 만든 예맨식 글라바(glaba)에 곁들여 가볍게 훔무스(hummus, 병아리콩을 삶아서 으깨 만든 음식)를 얹어 먹는 것을 좋아했다. 와즈다도 마찬가지였다. 그러나 지금 이 순간 와즈다는 음식을 떠올릴 수 없었다. 너무 신경을 써서 배가 아플 뿐이었다.

마침내 와즈다는 다 쓰러져가는 집 옆에 세워진 봉고차 한 대를 발견했다. 헤드라이트를 테이프로 둘둘 감은 봉고차는 눈에 익었다. 와즈다는 오른쪽 범퍼가 크게 찌그러지고 여기저기 긁힌 차를 단숨에 알아볼 수 있었다.

와즈다는 조수석 창으로 걸어가 차 안쪽을 들여다봤다.

차 안쪽 대시보드 위에 어린 여자아이의 사진이 놓여 있었다. 이끄발의 차가 분명했다.

"맞았어!"

와즈다는 빙글빙글 돌면서 압둘라를 향해 엄지손가락 두 개를 치켜들었다. 도시 탐험에 성공했다.

"여기가 이끄발 집이야!"

압둘라가 앞장서려 하자, 와즈다가 질세라 따라붙었다. 둘은 삐걱거리는 나무 문을 함께 밀어젖혔다. 안으로 한 발짝 들어서자 텅 빈 마당이 나타났다. 마당 한 가운데에는 임시로 만든 빨랫대에 해진 작업복들이 주렁주렁 널려 있었다. 그 뒤로 다닥다닥 붙은 문이 죽 보였고, 문 앞에는 남자 신발과 샌들들이 제멋대로 흩어져 있었다.

압둘라가 머뭇거리는 사이에 와즈다는 문 앞을 기웃거리며 신발들을 살펴보았다. 거무칙칙한 주황색 테이프를 둘둘 감은 이끄발의 독특한 샌들이 제일 안쪽 문 앞에 놓여 있었다. 와즈다는 압둘라에게 문을 두드리라고 몸짓을 했다. 하지만 압둘라는 고개를 저었다.

"이건 네 문제잖아, 와즈다! 나는 말도 안 되는 네 계획에 휘말리고 싶지 않아."

와즈다가 뾰로통하게 말했다.

"됐어!"

와즈다는 깊이 숨을 들이쉬고는 문 앞에 서서 노크를 했다. 노크 소리가 생각보다 크게 쾅쾅쾅 울렸다. 대답이 없었다. 와즈다는 압둘라를 돌아보았다. 압둘라는 와즈다를 무시하기로 결정한 것 같았다. 자전거에 구부정하게 기대어 서서 타끼야로 장난치고 있었다. 와즈다는 얼굴을 찌푸리며 나지막하게 쏘아붙였다.

"너, 나를 도와줄 거야, 말 거야?"

압둘라도 지지 않고 말했다.

"어차피 넌 나한테 고마워하지 않잖아, 와즈다. 네가 부를 때면 난 언제나 전속력으로 달려오는데 말이지."

와즈다는 잠시 동안 미안한 마음이 들었다. 사실 압둘라가 아디라까지 함께 와준 것은 고마웠다. 와즈다가 진심어린 말을 꺼내려는데, 압둘라가 먼저 바락바락 말했다.

"이번엔 너 혼자 해!"

와즈다는 그만 입을 굳게 다물었다. 와즈다는 몸을 홱 돌려 다시 이끄발의 문을 두드렸다. 쾅쾅쾅, 더 큰 소리가 났다. 여전히 인기척이 없었다. 아무래도 이끄발이 집에 없는 것 같았다.

와즈다가 한발 물러서서 어깨를 으쓱하고는 돌아가려는데, 문이 활짝 열렸다. 그리고 이끄발이 밖으로 나왔다. 졸린 눈을 비비던 이끄발은 와즈다를 보는 순간 모든 잠이 달아나 버린 듯했다. 이끄발의 눈이 튀어나올 듯이 커졌다. 이끄발이 새된 목소리로 외쳤다. 화가 치민 얼굴이었다.

"너! 뭐 하러 온 거야?"

와즈다도 지지 않고 쏘아붙였다.

"아저씨는 이래서는 안 돼요!"

와즈다는 활활 타오르는 횃불처럼 싸울 준비가 충분히 되어 있었다.

"학기 중간에 느닷없이 우리 엄마를 태워 주는 걸 멈출 수 없다고요!"

이끄발은 거만하게 손을 흔들더니 문을 닫으려 했다. 와즈다는 번개처럼 빠른 속도로 문틈에 발을 끼워 문을 닫지 못하게 했다.

"문 닫지 마세요! 당신은 벌써 돈을 받았잖아요!"

이끄발의 얼굴이 추하게 일그러졌다.

"여기서 나가, 꼬마야! 엄마는 네가 여기 있는 걸 아니?"

와즈다 위로 우뚝 선 이끄발은 평소보다 훨씬 더 무서워 보였다.

"내가 네 엄마를 보러 가야겠다. 가서 네가 무슨 짓을 저질렀는지 말해야겠지?"

순간 와즈다는 어떻게 해야 할지를 몰랐다. 이끄발이 진짜 엄마한테 간다면 아주 곤란한 상황이 벌어질 것이다.

그때 갑자기 압둘라가 나섰다. 압둘라는 와즈다 앞으로 성큼 나오더니 소리쳤다.

"당신 이카마(iqamah)는 어디 있죠?"

이카마, 그러니까 영주권 카드는 모든 외국인들이 꼭 가지고 있어야만 했다. 그 이야기를 듣자마자 딱딱하게 굳어 있던 이끄발의 얼굴이 더욱 굳어졌다. 그의 고약한 눈빛이 압둘라를 쏘아보았다.

"꺼져!"

이끄발이 소리쳤지만 압둘라는 전혀 기죽지 않았다.

"나쁘지 않은 직업이에요. 별 문제도 없고 돈도 많이 벌고…. 그죠?"

압둘라는 거칠게 말하려 애썼다. 와즈다는 눈을 껌뻑이며 압둘라는 보았다. 압둘라는 꼭 어른 같았고 당당했다.

"그 직업을 잃고 싶지 않다면, 그냥 와즈다의 어머니를 태워 주는 일로 돌아가도록 해요. 그럼 우린 이 일을 모두 덮을 수 있겠죠."

이끄발은 코웃음 치며 몸을 돌렸다. 압둘라는 목소리를 한껏 더 높였다.

"우리 삼촌이 누군지 알아요? 압둘하킴 빈 무사이드, 우리 삼촌의 선거 포스터 본 적 있어요? 제 생각에, 삼촌이 당신의 법적 신분문제를 조사하고 싶어할 것 같네요."

압둘라의 말이 마법처럼 효과를 발휘했다. 이끄발은 축 처진 어깨로 압둘라를 돌아보았다. 씁쓸한 표정이 얼굴에 스쳤다. 압둘라는 턱을 치켜든 채 의기양양하게 서 있었다. 그 뒤로 와즈다는 팔짱을 끼고 광대뼈가 솟도록 웃으며 이끄발의 대답을 기다렸다.

우리가 이겼다. 엄마는 이제 살았다.

19

와즈다는 아바야를 뒤로 젖혀 머리칼을 드러내고 공기를 한껏 들이마셨다. 아디라의 지저분한 길거리와 비좁은 뒷골목에서 벗어나자 모든 것이 깨끗하고 넓어 보였다.

압둘라는 자전거를 타고 환호성을 지르며 이리저리 길거리를 누볐다. 와즈다는 큰 소리로 웃으며 압둘라 뒤를 쫓아 뛰었다.

와즈다는 압둘라가 그 어느 때보다 행복해 보인다고 생각했다. 이끄발을 만났던 마당에서 압둘라는 책에 나오는 기사 같았다. 기사도 정신과 용기로 가득 차 있었다.

'흠, 우리 둘 다 용감했지!'

와즈다는 느긋한 마음으로 행복하게 웃어 댔다. 모든 일이 잘 풀렸다. 그리고 와즈다에게는 압둘라라는 진정한 친구가 있었다. 위험을 무릅쓰고 기꺼이 따라와 도와주는 친구였다. 와즈다 마음속에 자랑스러움이 넘실거렸다.

집으로 가는 길은 멀게만 느껴졌다. 와즈다와 압둘라는 나란히 걸었다. 골목길을 지나 주택가로 접어들었다. 집들과 작은 구멍가게들이 빼곡한 동네였다. 압둘라가 저만치 떨어진 곳에 있는 한 집을 가리켰다. 남자들이 현관으로 끊임없이 분주하게 드나들었다. 짧은 콧수염이 달린 남자가 문가에 서 있었다. 그 사람은 남자들이 두건을 고정할 때 쓰는 이깔 없이 하얀 색 구트라만 썼다. 와즈다가 그 남자를 가리키며 입을 뗐다.

"저 복장은?"

남자는 하이아(haya), 그러니까 윤리위원회 남자들이 쓰는 방식으로 구트라를 쓰고 있었다. 정확히 말하자면 '덕의 장려와 악의 방지 위원회(the Commission for the Promotion of Virtue and Prevention of Vice)'였다. 그것은 와즈다와 압둘라가 눈에 띄지 않게 도망쳐야 한다는 뜻이기도 했다. 그 남자는 종교 경찰일 테고, 압둘라와 와즈다가 나란히 거리를 돌아다니는 현장을 본다면 정말 심각한 문제가 생길 것이다.

와즈다가 속삭였다.

"이런…, 도망쳐야 해."

압둘라가 조용히 고개를 내저었다.

"걱정 마. 저 사람은 우리한테 신경쓸 겨를이 없어. 사람들을 마중하는 거 보이지? 가족이 죽었어."

압둘라는 자전거 핸들을 돌리며 멀리 돌아 길을 건너자고 손짓했다.

"이쪽으로 가자."

와즈다는 놀라서 두 눈을 크게 떴다.

"죽었다고? 진짜? 무슨 일인지 너는 알아?"

"아들이 이라크에서 싸우다가 죽었어. 폭탄 때문에."

와즈다의 눈은 더 커졌다.

"아, 너무 가슴 아픈 일이다."

압둘라는 고개를 저으며 와즈다의 말을 고쳐줬다.

"아니야. 알라신을 위해 죽는다면 거의 고통이 없어. 천국에 가서 70명의 여인과 결혼할 수 있어!"

"진짜?"

와즈다는 저도 모르게 키득댔다. 압둘라가 70명의 여자에 대해 말하다니, 웃기는 일이었다.

"정말이야."

와즈다가 웃자, 압둘라는 마음이 상한 듯 자전거 페달을 밟아 앞서 나갔다. 와즈다는 압둘라를 따라잡기 위해 달렸다. 마음속으로 여러 생각이 출렁거렸다.

얼마 가지 않아 압둘라는 자전거를 세워 두고 가게로 들어갔다.

"우리 둘이 먹을 아이스크림 사 올테니까, 넌 내 자전거 잘 지켜. 아무도 훔쳐가지 않게 잘 봐야 해."

"좋아, 좋아."

와즈다는 압둘라의 자전거를 어루만졌다. 차가운 금속 핸들과 살짝 갈라진 가죽 시트 느낌이 좋았다. 와즈다는 훌쩍 올라서 한 번 타봤으면 좋겠다고 생각했다. 하지만 압둘라가 돌아왔을 때 자기 자전거가 저 길거리를 달리고 있다면, 아마도 화를 낼 것이다. 와즈다는 한숨을 쉬며 자전거에 기댔다.

압둘라가 가게에서 나왔다. 손에는 벌써 녹기 시작한 아이스크림을 들고, 압둘라는 환하게 웃었다. 와즈다와 압둘라는 아이스크림을 먹으며 여유롭게 걸었다. 둘은 거의 집 가까이 와서야 서로 갈라졌다.

집으로 가는 길에 와즈다는 낡은 사진 가게 앞에 섰다. 진열장에 티셔츠, 공책, 쿠션, 머그, 그리고 자잘한 장신구들이 즐비했다. 모두 가족 사진을 넣어 만든 것들이었다.

와즈다는 앞쪽에 놓인 쿠션을 보며 웃었다. 쿠션에 새긴 사진 속에서 한 남자가 농촌풍경을 배경으로 서 있었다. 빨간색 가짜 풍차와 가짜 얼룩소, 가짜 잔디, 포토샵으로 그린 알록달록한 나비 한 마리가 하늘을 날고 있었다. 와즈다는 안으로 들어가 다른 물건들도 구경했다. 그러다가 좋은 생각이 떠올랐다. 와즈다는 지갑을 뒤적여 사진 한 장을 꺼냈다. 베일을 쓴 한 여자가 웃는 여자아기를 다정하게 안고 있었다. 여자 얼굴은 감춰져 있었지만 헤나로 장식된 가냘픈 손은 드러나 있었다.

"이 사진을 머그에 새겨줄 수 있나요?"

얼마 후 와즈다는 사진을 새긴 머그잔을 소중히 들고 집으로 향했다. 삐걱거리는 대문을 열고 틈새에서 껌을 떼어 냈다. 찐득찐득한 껌이 늘어나 손가락에 엉망으로 엉겨 붙었다. 우웩. 아즈다는 덩어리를 수풀에 던져 버리고는 손에 붙은 껌을 떼어 냈다.

와즈다는 등 뒤로 대문을 닫고, 고양이처럼 살금살금 창문으로 다가가 안을 들여다보았다. 집 안에는 엄마가 소파에 앉아 여전히 TV를 보고 있었다. 와즈다는 쪼그리고 앉아 지붕을 올려다봤다. 나올 때처럼 파이프를 따라 올라가고 싶었다. 하지만 금세 포기했다. 거꾸로 올라가는 것은 불가능했다.

그래도 상황이 아주 나쁘지는 않았다. 창문을 통해 언뜻 보니, 엄마는 한결 평온해 보였다. 이끄발이 전화를 해서 사과를 했든지, 아니면 적어도 다시 운전을 해주겠다고 말한 것이 분명했다. 와즈다는 웃음이 배시시 흘러나왔다.

'내 승리다!'

와즈다는 창문턱 너머로 다시 한번 들여다봤다. 엄마가 소파에서 일어나더니 위층으로 올라갔다. 옥상에 가려는 것이다. 엄마가 자리에서 일어나자마자 와즈다는 현관을 향해 기어갔다. 그리고 엄마가 옥상에 올라갔다는 확신이 들 때 문고리를 돌렸다. 현관문이 조용히 열렸다. 와즈다는 살금살금 집 안으로 들어갔다. 이끄발과 압둘라를 제외하고, 그 누구도 오늘 와즈다가 어딘가 갔다 왔다는 사실을 알 수 없었다.

와즈다는 자기 방에 들어가 침대에 벌렁 누웠다. 피로가 밀려와 온몸이 매트리스 안으로 가라앉는 것만 같았다. 자랑스러운 마음이 안도감과 함께 솟아났다. 감사한 마음도 들었다. 엄마는 자존심을 상하지 않고 일자리를 보전할 수 있게 됐다. 물론, 이 모든 문제가 어느 정도 와즈다의 잘못이었지만, 결국 와즈다가 잘 풀었다.

와즈다는 돈을 꺼내 한 장 한 장 손가락으로 훑어 주름을 펴며 헤아렸다.

"40, 45, 55, 60리얄…."

그때 방문이 열리고, 엄마가 머리를 불쑥 들이밀었다. 엄마는 짐짓 근엄한 척했지만 행복이 눈빛에서 묻어났다. 와즈다는 웃으려다가 꾹 참았다. 생각해 보니 와즈다는 하루 종일 집에 갇힌 벌을 받는 중이었다. 깊이 뉘우치고 있어야만 했다. 와즈다는 반성하는 표정으로 엄마를 쳐다봤다.

엄마는 온화하게 웃으며 말했다.

"내일은 학교에 갈 수 있어. 하지만 앞으로 학교를 다니는 동안 종교 동아리에 계속 참여해야 한단다, 와즈다. 네가 교장선생님께 말씀 드린 것처럼."

와즈다는 짐짓 슬픈 표정으로 고개를 끄덕였다. 엄마는 미소를 지었다. 딸을 위해 더할 나위 없이 적절한 벌을 찾아냈고, 딸은 깊이 반성한 것처럼 보였다. 엄마는 문을 닫고 복도를 걸어가면서 혼자 조용히 노래를 불렀다.

와즈다는 해죽 웃으며 생각했다.

'종교 동아리 가는 것 쯤이야, 어렵지 않지.'

와즈다는 작게 휘파람을 불었다. 지폐를 다시 꺼내 들고

셈을 계속했다.

"… 58, 59, 60, 61, 62리얄이네."

사진 가게에서 머그를 사는 바람에 돈이 줄었다. 초록 자전거가 더 멀어졌다. 와즈다는 서랍을 열고 혹시나 떨어진 지폐가 있을까 구석구석 뒤졌다. 그러나 아무 것도 찾지 못했다. 마지막 지폐를 맨 위에 올려놓은 후 와즈다는 돈을 툭툭 두들겼다.

와즈다는 새로 산 머그를 꺼내 자세히 들여다봤다. 어떤 부분은 색이 뭉개지기도 했다. 엄마는 검은 덩어리처럼 보였다. 그래도 그 사진에는 누가 뭐래도 사랑이 넘쳐났다. 엄마가 아기 와즈다를 안고 있는 모습, 그리고 아기를 보호하려는 엄마의 손이 만들어 내는 부드러운 곡선은 아름다웠다. 와즈다는 미소를 띠며 머그를 들고 거실로 갔다.

20

텔레비전 화면이 흔들리는데 소리는 들리지 않았다. 조용한 춤사위가 화면을 채웠다. 와즈다는 교과서가 가득 든 무거운 가방을 옆에 던져 놓고 텔레비전 앞에 철퍼덕 앉았다. 숙제를 해야 했다. 이미 하루치 숙제가 밀려 있었다. 밀린 숙제를 생각하는 것만으로도 몹시 피곤했다. 와즈다는 바닥에 누워 활개를 쳤다. 두 팔을 활짝 펴고 몽상을 하며 한동안 누워 있었다.

엄마는 소파에 앉아 누군가에게 전화를 걸면서, 눈짓으로 와즈다에게 숙제를 하라고 재촉했다.

'알았다고요.'

와즈다는 한숨을 쉬며 책을 꺼냈다. 집중하려 했지만 글씨가 잘 읽히지 않았다. 와즈다는 연필을 입에 넣고 끝에 달린 지우개를 질겅질겅 씹었다. 그러다가 포기하고는 등을 대고 누워 버렸다.

엄마는 여전히 수화기를 든 채 왔다 갔다 했다. 신호음이 계속 울렸고, 드디어 누군가가 전화를 받았다. 아빠였다. 엄마는 살짝 웃었다. 달떠 보이기도 했다.

"제발요. 우리가 보고 싶지 않으세요?"

엄마가 전화에 대고 말했다. 엄마의 목소리는 낮고 장난스러웠다.

"벌써 2주가 다 됐어요. 우리한테 벌을 주는 건가요? 아님 새 여자라도 벌써 찾았어요?"

와즈다는 카펫을 내려다보며 엄마 목소리에 귀를 기울였다. 엄마는 우아한 발걸음으로 다른 방으로 조용히 옮겨갔다. 목소리는 더욱 낮췄다.

'바로 지금이야!'

와즈다는 공책 한 장을 쭉 찢고는, 빨간색, 초록색, 파란색, 색연필을 꺼내 유명한 시를 한 편 써내려갔다. 단어마다 다른 색깔을 써 가며 가장 단정한 글씨체로 정성껏.

와즈다는 시를 쓰면서 속삭였다.

"엄마, 믿을 수 없을만치 엄마를 사랑해요. 난 항상 엄마가 그리워요. 엄마 손에 입 맞추고 싶어요. 엄마는 사랑으로 가득하죠. 신이 주신 진정한 선물이에요."

와즈다는 종이를 반듯하게 접어 머그 속에 끼어 넣고 엄마의 탁자 위에 올려놨다. 그러고는 재빨리 숙제하는 자리로 돌아갔다.

잠시 후 엄마가 부엌으로 들어가는 모습이 보였다. 여전히 수화기를 귀에 대고 있었다. 한참 후 엄마는 아빠와 대화를 끝내고, 다른 번호로 전화를 걸었다.

엄마는 아까보다 훨씬 행복하고 편안한 목소리로 말했다.

"레일라, 잘 지내니?"

엄마는 잠시 말을 멈추었다가 대답했다.

"레일라. 이번 자마아에아(jamaaea) 돈을 탈 사람이 바로 너야. 내가 가지고 있으니까, 가져가."

엄마는 잠시 상대방 말을 듣다가 무엇에 놀랐는지 수화기를 떨어뜨릴 뻔했다. 와즈다는 귀를 쫑긋 세우고 엄마 말에 귀를 기울였다.

"정말이야? 길 건너 병원에서 일한다고? 언제부터 그런 거야? 남편이 뭐라 안 해? 네가 남자가 있는 곳에서 일해도 괜찮대?"

엄마는 수화기에 귀를 더 바짝 대고 거실을 빙글빙글 돌았다.

"거긴 우리 집에서 두 블록 떨어진 곳인데. 지금? 아, 그래. 좋아. 지금 집이거든."

엄마는 전화를 끊고 잠시 멍하니 천장을 바라봤다. 그러다 손톱으로 아랫입술을 쥐어뜯었다. 골똘히 생각할 때 나오는 버릇이었다.

잠시 후 엄마는 방에 들어가 화장대 가장 윗서랍을 열어 돈뭉치를 꺼냈다. 와즈다의 눈이 번쩍 뜨였다. 리얄 돈뭉치가 엄마 손에 그득했다.

돈을 모은다는 것은 엄마에게 쉽지 않았다. 엄마 친구들에게도 마찬가지였다. 그래서 엄마 같은 여자들은 함께 자마아에아(jamaaea)를 한다. 자마아에아는 여덟아홉 명의 여자들이 봉급의 일부를 떼어 공동의 통에 넣고 매달 차례대로 그 통을 가져가는 것이다. 억지로 저축을 하게 만드는 창조적인 방식이었다. 이번 달에는 레일라가 그 통을 가져갈 차례였다.

띵동, 초인종 소리가 들리자 엄마가 와즈다에게 말했다.

"누군지 가 보렴."

와즈다가 달려가 문을 열었다. 압둘라가 어깨 위에 전선한 뭉치를 메고 서 있었다. 둘은 잠시 서로를 바라봤다. 와즈다는 압둘라와 헤어진 지 얼마 되지 않아 다시 보니 이상한 기분이 들었다. 어쩐지 수줍어졌다.

와즈다는 현관 기둥에 기대 서서 무심한 척 말을 던졌다.

"안녕? 무슨 일이야?"

압둘라는 발을 비비적대며 뒤를 한번 흘깃 돌아봤다. 누가 쫓아오기라는 하는 것처럼.

"삼촌이 이 조명을 설치하래. 너네 지붕에 달아도 될까?"

수줍은 목소리였다. 그러다가 스스로 자기 목소리가 마음에 안 들었는지 좀 더 자신 있게 말했다.

"어쨌든, 너는 나를 무엇이든 도와줘야 해, 와즈다. 고맙다고 말도 안하는 건 너무 하잖아!"

와즈다는 입을 삐죽거리며 말했다.

"그런 건 다른 데 가서 물어봐. 우리는 너네 삼촌이나 콧수염에는 관심 없으니까."

압둘라는 모욕을 받고 상처 입은 표정이었다. 와즈다는 아랫입술을 깨물었다. 사실 압둘라에게 고맙다고 말하고 싶었다. 그런데 고맙다는 말이 목구멍에서 꽉 막혀서 밖으로 나오지 않았다. 대신 엉뚱한 말이 튀어나왔다.

"도대체 뭘 고마워하란 말이지?"

압둘라는 부루퉁한 얼굴로 말했다.

"너를 아디라까지 데려다 주고 일을 해결해 준 걸 고마워

해야지! 그 기사가 너네 엄마를 다시 태워다 줄 거잖아, 안 그래? 그리고 조명 얘기를 하자면, 딴 집에는 조명을 걸 기둥이 없어. 니네 집 옥상에만 걸 수 있다고."

압둘라는 눈썹을 치켜세웠다. 와즈다는 압둘라 뒤에 있는 자전거를 바라보았다. 자전거는 전구들과 전선, 자잘한 깃발 더미를 싣고 무게에 눌려 넘어져 있었다.

"잠깐 기다려."

압둘라가 대답하기도 전에 와즈다는 현관문을 꽝 닫았다. 압둘라는 안절부절못하며 현관 계단참에 서 있었다. 철삿줄은 질질 흘러내려 어깨를 파고들었다. 압둘라는 와즈다가 전혀 고마워하지 않는 것을 보고 화가 났다. 마지막 수업을 포기했고, 친구들이 자기가 여자애랑 있는 모습을 볼 수 있는 위험도 무릅썼고, 리야드에서 가장 무서운 동네까지 함께 갔다. 그렇게까지 했는데, 와즈다는 아무 일도 없었다는 듯 행동했다. 압둘라는 속이 부글부글 끓었다.

압둘라의 마음을 전혀 알지 못한 채, 와즈다는 엄마 방으로 달려갔다.

"엄마! 압둘라 알 하노피가 우리 집 지붕에 조명을 달고 싶대요. 선거 때문에요. 걔네 삼촌, 그 엄청 큰 콧수염을 단 삼촌 있잖아요. 그 삼촌이 선거에 나간대요."

와즈다는 엄마가 탁자 옆에 서서 머그를 들고 있는 모습을 보았다. 엄마는 와즈다를 보며 환하게 웃었다. 와즈다도 수줍게 웃었다.

"고맙다, 와즈다. 너는 정말 귀여운 아가였지. 그리고 지금도 너무 사랑스러워. 마음만 먹으면 말이지."

엄마가 한 발짝 다가와 와즈다의 턱을 다정하게 만졌다.

"그 남자애한테는 그냥 가라고 말해 주렴. 걔네 삼촌은 우리 부족도 아닌 걸! 우리는 그 사람한테 투표하지 않을 거다. 조명을 설치하라고 허락하지도 않을 거고."

와즈다는 엄마에게 싱긋 웃어 보이고 밖으로 나갔다. 압둘라는 여전히 현관 앞에 서 있었다.

와즈다가 짐짓 새침하게 말했다.

"널 옥상에 올라가게 해 줄게."

와즈다는 말을 덧붙였다.

"네 자전거만 가지고 오면."

시간이 멈춘 듯했다. 와즈다가 압둘라를 매몰찬 눈빛으로 바라봤다. 압둘라도 똑같이 와즈다를 쏘아봤다. 둘은 싸울 듯한 기세로 한동안 눈싸움을 했다. 그러다 요란한 경적 소리에 둘 다 깜짝 놀랐다. 둘은 싸움을 잠시 멈추기로 했다.

외국인들로 가득 찬 미니버스 한 대가 멈춰 섰다. 대부분 간호사들이 앉아 있었다. 미니버스에서 몸을 완전히 감싼 사우디 여자 한 명이 내렸다. 여자는 곧장 와즈다를 향해 뛰어왔다. 압둘라는 자리를 비켜 주려다 그만 부딪히고 말았다. 무거운 철삿줄을 짊어지고 있던 터라 땅으로 굴러떨어질 뻔했다.

여자가 와즈다에게 반갑게 인사했다.

"와즈다! 나야, 레일라 아줌마! 잘 지내니?"

레일라의 목소리는 햇살처럼 밝고 명랑했다. 레일라는 베일을 걷고 활짝 웃는 얼굴을 드러냈다.

"와, 이제 다 컸구나! 예뻐!"

와즈다는 자랑스레 웃어 보였다. 그리고 압둘라가 이 말을 들었는지 확인하려고 슬쩍 봤다. 압둘라는 툴툴거리며 미니버스를 피해 저만치 가 버렸다.

레일라가 와즈다 어깨 너머를 쳐다보며 물었다.

"엄마 좀 불러 줄래? 지금 시간이 없거든. 미안해. 버스가 기다리고 있어서."

와즈다 등 뒤로 달콤한 엄마의 향수 냄새가 났다. 엄마는 베일을 쓰지 않았기 때문에 대문 밖에서 자기 모습이 보이지 않는 자리에 서서 말했다.

"배신자! 나는 네가 그렇게 가까운 데에서 일하는 줄 몰랐잖니. 나한테 말도 안하다니!"

엄마는 마당 깊숙한 곳으로 레일라를 끌고 갔다. 그리고 뺨에 입을 맞췄다. 엄마는 대문을 닫았다.

레일라가 환하게 웃으며 말했다.

"병원에서 일하는 건 참 좋아. 사실 나는 어떨지 확신이 없었거든. 아직 며칠밖에 안 됐는데, 여러모로 좋아. 돈도 더 받고, 차도 운행하고. 매일 몇 시간씩 이끄발 같은 사람들을 참지 않아도 된다고!"

레일라 아줌마는 정말 행복해 보였다. 입가에 고단한 주름이 사라졌고 좀 더 젊어 보였다.

엄마와 레일라는 다른 학교에서 가르쳤지만 지난 4년간 대부분 함께 출퇴근했다. 기나긴 통근 시간 동안 둘은 친해졌고, 밤마다 전화로 끝도 없이 수다를 늘어놓았다.

엄마가 레일라에게 다정하게 말했다.

"이제 너는 이끄발 같은 기사들한테 자유구나!"

레일라는 고개를 절레절레 흔들며 넌더리를 쳤다.

"끔찍한 출근길도, 더위도, 이젠 끝이야."

둘은 씁쓸하게 웃었다.

"여기, 돈!"

엄마가 두툼한 돈뭉치를 레일라의 손에 쥐어 줬다. 레일라는 활짝 웃으며 돈을 지갑에 집어넣었다.

"고마워, 자기야. 네 차례는 언제지?"

와즈다는 돌멩이를 차면서 마당을 돌아다녔다. 이야기를 엿들으면서.

"다음달! 나는 얘네 삼촌 결혼식에 입을 예쁜 드레스를 사고 싶어."

엄마는 아무렇지도 않은 척하려고 애쓰며 덧붙였다.

"모든 부인 후보들이 거기 올 테니까."

레일라가 웃으며 말했다.

"알라신이 선택한 사람이 누군지 보자고! 그날 밤 넌 그 여자 마음을 갈기갈기 찢어 놓을 수 있어!"

대문 바깥쪽에서 미니버스가 경적을 울렸다. 레일라와 엄마는 깜짝 놀라 뒤를 돌아봤다.

"아이고, 난 가야겠다. 잊어버리기 전에 얘기할게. 병원에서 직원을 구한대. 한번 생각해 봐. 학교보다 가깝잖니. 그리고 거기서 일하면 우린 하루 종일 수다도 떨 수 있어."

엄마는 안타까운 듯 고개를 저었다.

"우리 남편이 날 죽일 거야. 질투가 심하거든. 다른 남자가 날 쳐다본다는 생각을 참지 못해."

레일라가 웃으며 말했다.

"너는 모든 걸 남편 탓으로 돌리고 있어. 잘 생각해 봐! 마음 바뀌면 나한테 전화해. 내가 사무실에 네 지원서를 받아 놓을게."

레일라는 엄마 손을 덥석 잡았다. 그리고 한번 꽉 쥐어 보고는 떠났다. 엄마는 눈으로 그 뒤를 좇았다. 여전히 대문 바깥에서 보이지 않도록 조심하며, 엄마는 미니버스가 멀어지는 것을 바라보았다. 와즈다는 엄마 눈에 떠오른 부러움을 보았다.

'엄마는 자기도 레일라처럼 용감했으면 하는 거야. 하지만 엄마는 너무 두려운 게 많아.'

와즈다는 한숨을 쉬며 힘껏 돌멩이를 찼다. 엄마는 병원에서 일하려면 커다란 한 걸음을 떼어야만 했다. 그건 지나치게 큰 걸음을 떼는 일이었다.

21

종교 동아리 시간이 시작되었다. 천장에 달린 선풍기가 천천히 돌아갔다. 너무 조용해서 선풍기 돌아가는 소리가 말도 안 되게 크게 들렸다. 벽에는 '모스크 안에서는'이라고 적힌 커다란 구호 간판과, 어떻게 몸을 씻고 예배에 맞는 기도를 올리는지 설명하는 포스터들이 걸려 있었다.

문가에는 반 친구들이 모스크로 들어오면서 서둘러 벗어 던진 신발들이 수북이 쌓여 있었다. 물론 와즈다가 검게 칠한 운동화도 있었다. 종교 동아리 시간이면 교실은 모스크로 바뀌었다. 신발을 안쪽에서 신을 수 없었고, 머리는 반드시 가려야만 했다. 책상을 치우고 소녀들은 붉은 색 카펫 위에 책상다리를 하고 둥글게 앉았다.

와즈다는 정숙한 학생들 사이에서 어색하게 앉아 있었다. 자기가 있을 곳이 아닌 것 같았다. 양 가죽을 뒤집어쓴 늑대가 된 기분이었다. 하지만 다른 방법이 없었다. 엄마와 후사 선생님이 뜻을 모아 와즈다를 종교 동아리에 집어넣었고, 와즈다는 그저 따라야만 했다.

와즈다는 얌전히 앉아서 누프 선생님 말씀에 집중했다.

“자, 시작하자.”

선생님은 새로 온 학생들을 미심쩍다는 듯 바라봤다. 와즈다 말고도 두 명의 학생이 더 있었다.

“시작하기 전에 규칙 한 가지를 말해 둘게. 나는 너네 중 몇 명이 생리를 시작한 걸 알고 있어. 그런 특별한 기간 중에는 코란을 만져서는 안 돼. 잊으면 안 된다.”

와즈다는 얼굴이 빨개지는 것을 느꼈다. 저런 망측한 이야기를 학교에서 하다니!

“조용히! 타하라(Tahara), 이건 깨끗하고 순수한 상태를 의미하는 말이야. 우리가 공부할 여러 중요한 것들 가운데 하나지. 여자는 생리 기간 동안 ‘타하라’를 갖추지 못한 거야. 그러므로 그 기간 동안에는 절대 코란을 만지면 안 돼. 티슈나 뭐 그런 걸 사용해서 집어야 해. 기억해. 이건 웃을 일이 아니야.”

소녀들은 킥킥대다가 황급히 입을 막았다. 선생님은 학생 한 명 한 명을 노려보며 눈으로 교실 전체를 훑었다.

“이제 너네는 아가씨야. 너네 몸은 망가지기 쉬워. 꽃이랑 똑같지. 위험은 곳곳에 도사리고 있단다. 예를 들어.”

선생님의 눈이 와즈다에게 꽂혔다.

"서구의 이교도들처럼 말을 타거나 자전거를 탔다가는 처녀막을 다칠 수 있어."

와즈다는 불편한 마음에 몸을 꼼지락거렸다. 뺨이 너무 달아올라 꼭 불이 붙은 것처럼 느껴졌다. 소녀들은 계속 키득댔다.

"좋아, 이제 읽어 보자."

누프 선생님이 퉁명스레 말했다. 교실 저편에서 야스민이 티슈로 손을 감싸고 조심스레 코란 책장을 넘기는 모습이 보였다.

"오늘은 열정 넘치는 새 학생부터 시작해 보자. 와즈다, 50쪽을 펴서 첫 구절을 읽어 봐."

누프 선생님은 와즈다에게 미소를 지어 보이고는 손을 흔들었다. 와즈다는 크게 숨을 들이마시고 코란의 책장을 넘겼다. 와즈다는 피할 수만 있다면 절대 수업 중에 소리 내어 책을 읽지 않았다. 학교는 와즈다가 속한 세계가 아니었다. 그러나 이제 와즈다는 노력해야만 했다.

교실 안에 와즈다 목소리가 홀로 울려 퍼졌다. 목소리는 갈라지고 마구 떨렸다. 와즈다는 배가 슬슬 아프고 꼬이는 것 같았다.

"아, 인간이여! 알라신께 복종하라. 알라신은 단 한 사람으로부터 너희를 만들어 냈노라. 그리고…, 그러니까…."

와즈다는 말을 멈췄다. 리듬에 맞춰 정확하게 코란을 읽는 것은 그야말로 투쟁이었다. 특히나 누군가 손으로 목을 조르는 것처럼 느껴질 때는 더욱 그랬다. 누프 선생님이 참지 못하고 뒤편을 읽었다.

"알라신께서 창조하신 사람으로부터."

와즈다는 머뭇거리며 선생님이 불러준 구절을 되풀이했다. 그리고 다음 문장을 읽으려 애썼다. 단어들이 리듬을 맞추지 못하고 입속에서 거북하게 엉켜 버렸다.

"사람으로부터…."

누프 선생님이 화가 나서 숨을 몰아쉬었다.

"그만."

선생님은 더 나은 후보를 찾으려고 교실을 훑어보았다.

"누라가 계속해라."

누라가 코란을 읽어 내려가기 시작했다. 누라의 목소리는 맑고 완벽했다. 낱말 하나하나를 명료하게 발음했다. 혀끝에서 시가 섬세하게 쏟아졌다.

"너희가 너희 권리를 요구하매 알라를 경외하라. 알라는 언제까지나 알라이니. 언제나 너희를 굽어보시노라."

선생님은 칭찬을 아끼지 않았다.

"언제나처럼 아름답구나, 누라."

와즈다는 누라를 쳐다봤다. 부러웠다. 와즈다는 절대로 누라처럼 읽을 수 없을 것이다. 영원히. 그러나 우승하고 싶다면 노력을 해야만 한다.

쉬는 시간이 되었다. 와즈다는 정처 없이 학교 운동장을 헤맸다. 잠시 숨어 있을 조용한 곳이 필요했다. 초록 자전거를 타고 자유롭게 리야드 거리를 누비는 자기 모습을 상상하며 혼자 있고 싶었다. 와즈다를 우습게 여기고, 와즈다가 중간에 나가떨어지거나 끝까지 코란을 제대로 읽을 수 없을 거라 생각하는 친구들로부터 멀리 떨어진 어딘가로 가고 싶었다.

운동장 뒤편으로 가니 파틴과 파티마가 있었다. 둘은 축구 잡지를 들여다보며 발톱을 칠하기 위해 신발을 옆에 벗어 던져 놓았다. 둘은 와즈다를 보고 반갑게 웃었다.

파티마가 파틴에게 물었다.

"매니큐어가 어딨지?"

파틴은 허리를 굽혀 벤치 아래를 손으로 훑었다.

"몰라! 지난번에 여기 떨어뜨린 것 같은데."

와즈다는 언니들이 있는 쪽으로 슬슬 걸어갔다. 자기가 그 보물을 주웠으며, 교장선생님이 보지 못할 곳에 숨겨 놨다고 말해 주려던 참이었다. 그러나 와즈다는 미처 말을 꺼내지도 못하고 숨을 죽이며 뒤로 물러섰다. 후사 선생님이 마녀처럼 두 소녀를 덮친 것이다. 이번만큼은 파틴과 파티마도 소스라치게 놀랐다. 둘은 허둥지둥 맨발을 감추고, 금지된 잡지를 서로의 옷 아래에 숨겼다. 한 권은 파틴이 파티마 등 뒤로 쑤셔 넣었고, 또 한 권은 파티마가 파틴 다리 밑으로 밀어 넣었다.

"여기서 뭐하는 거지?"

후사 선생님이 소리를 지르며 두 소녀를 번갈아 노려봤다.

"왜 네 손이 재 치마 밑에 들어가 있는 거니?"

파틴과 파티마는 바짝 얼어 버렸다. 공포로 인해 돌로 변해 버린 것만 같았다. 와즈다도 숨어서 꼼짝하지 않고 서 있었다.

후사 선생님이 역겹다는 듯 말했다.

"끔찍하구나. 두 학생이 그늘에 숨어서 서로를 손으로 더 듣고 있다니! 이게 무슨 상황인지 설명 좀 해 줄래?"

파틴과 파티마는 굴욕스러운 표정으로 서로에게서 떨어졌다. 후사 선생님은 꼼짝도 않고 서서 둘을 서늘하게 째려봤다.

"난 니네가 정말 지긋지긋하구나. 이번 일은 잘못했다고 해서 끝날 일이 아니야. 교장실로 당장 와!"

와즈다는 무서워서 꼼짝도 할 수가 없었다. 교장선생님이 파틴과 파티마를 앞세워 학교 안으로 들어가는 모습을 보고만 있을 뿐이었다. 자신의 우상들이 잡혀서 모욕을 당하는 모습은 잔혹한 현실이었다. 누군가 얼굴에 얼음처럼 차가운 물을 부어 버린 것 같았다.

마지막 수업 내내 불안하게 앉아 있던 와즈다는 수업이 끝나자마자 총알처럼 튀어 나갔다. 파틴과 파티마가 어떻게 됐는지 알아야 했다. 와즈다는 교실에서 쏟아져 나오는 학생들을 하나하나 훑어보았다.

'없어, 없어. 어딨지?'

그때 저만치 파틴과 파티마가 고개를 푹 숙인 채 걸어오는 것이 보였다. 학교에서 빨리 빠져나가기 위해 발걸음을 서두르는 것이 분명했다. 둘 다 얼굴을 가리기 위해 베일을 뒤집어썼지만, 와즈다는 그들 눈에서 분노를 볼 수 있었다.

소녀들이 와즈다의 양편으로 갈라져 지나갔다. 검은 물결이 끊임없이 이어져 흘렀다. 파틴과 파티마가 파도에 밀려 사라져 버렸다. 둘이 완전히 사라져 버린 후 와즈다는 숨을 '후우' 하고 길게 내쉬었다. 와즈다는 느릿한 손길로 아바야를 뒤집어썼다.

'이런 끔찍한 하루를 떨쳐 버릴 방법이 없을까.'

와즈다는 곧장 장난감 가게로 향했다. 반 친구들의 웃음소리가 자꾸 귓가를 맴돌았다.

'대회에서 모두를 무찌를 거야. 내가 우승하지 못할 거라고 생각한 모든 애들을 짓밟아 버릴 거야.'

와즈다는 스스로 다짐했다. 놀림 받거나 따돌림당하는 리야드의 모든 아이들을 위해 해낼 것이다. 승리를 거둔 후 당당하게 자전거에 올라탈 것이다.

와즈다는 더 빨리 걸었다. 땅을 밟는 발걸음에는 점점 더 힘이 들어갔다. 한 걸음 한 걸음 내디딜 때마다 와즈다는 점차 강해지는 것 같았다. 와즈다는 베일이 흘러내리지 않도록 꼭 붙잡고 뛰었다. 가게가 가까워질수록 와즈다는 웃음이 나왔다.

평소처럼 가게 주인은 오래된 레코드판을 틀고 전통 커피를 홀짝이고 있었다. 아저씨는 와즈다를 보고 고개를 들었다. 오늘 와즈다는 초록 자전거를 구경하지 않았다. 곧장 가게로 들어가 선반 뒤편에서 게임상자 하나를 꺼내 들었다. '누구나 할 수 있는 코란 배우기'였다.

와즈다는 게임 상자를 계산대에 내밀며 물었다.

"이거 얼마예요?"

가게 주인이 상자를 뒤집어서 가격을 확인했다.

"단돈 80리얄이란다. 자전거보다 싸지."

와즈다는 잠시 망설이다가 공손히 말했다.

"62리얄에 주시는 건 어때요?"

와즈다는 떨리는 손으로 그동안 모았던 모든 돈을 계산대 위에 늘어놓았다.

22

무거운 자전거를 지고 옥상까지 오르는 일은 쉽지 않았다. 그러나 압둘라는 절실했다. 임무를 무사히 완수하여 삼촌에게 인정받고 싶었다. 압둘라는 좁은 계단으로 자전거를 밀어 올리면서 헐떡이는 목소리로 물었다.

"내가 작업하는 동안 너한테 자전거를 빌려주는 게 대가란 거지?"

몇 계단 위에 있는 와즈다도 완전히 땀에 젖었다. 둘은 몇 계단 더 자전거를 끌고 올라갔다. 와즈다는 얼굴에 붙은 머리카락을 뒤로 넘기며 압둘라를 내려다보았다. 아디라에 함께 갔던 날 입었던 것과 똑같은 타끼야를 입고 있었다. 마음에 들었다.

드디어 옥상까지 다 올라갔다. 와즈다는 압둘라 자전거에 냉큼 앉았다. 바람이 불었다. 시원한 공기가 뺨을 스치고 지나갔다. 와즈다 눈앞에 리야드가 펼쳐졌다. 건물과 사람, 차와 버스, 그리고 이야기와 비밀들이 조각조각 기워진 도시였다.

압둘라는 조명을 설치할 준비를 하고, 와즈다는 자전거 페달을 밟았다. 하지만 와즈다는 단 몇 초도 균형을 잡지 못하고 발이 땅에 닿았다. 생각보다 쉽지 않았다.

압둘라는 외벽에 고리를 단단히 걸어 매고 있었다. 그러다 조악하게 얼기설기 만들어진 쇳조각들이 가장자리에 걸려 있는 것을 보았다.

압둘라는 묘한 호기심으로 이리저리 살피며 물었다.

"이게 대체 뭐야?"

와즈다가 바닥에 발을 디디며 말했다.

"안테나야! 온 세계에서 오는 전파를 잡지. 내가 음악 테이프를 어떻게 만들 수 있겠냐?"

"사람들이 고래고래 소리 지르는 그런 노래들 말야?"

압둘라가 다시 작업을 하며 점잖게 말했다.

"우리 삼촌은 코란 라디오 방송을 좋아해. 거기서 선거운동에 대해 이야기하고 싶어하지. 그 방송국에선 유명한 성우들만 쓴대. 코란을 정말 아름답게 낭송한다고! 삼촌은 성우들이 사람들 마음을 살살 녹일 거래."

와즈다도 압둘라를 따라 점잖게 말했다.

"너네 삼촌이 우리 엄마 노래하는 걸 들어야 하는데. 마음을 녹인다니까. 엄마야말로 방송국에 있어야 해."

압둘라가 코웃음을 쳤다. 그러든지 말든지 와즈다는 넘어진 자전거를 세우고 가까스로 옥상을 한 바퀴 돌았다. 하지만 와즈다의 발은 주로 바닥에 닿아 있었다. 페달을 밟으려고 할 때마다 불안하게 비틀거려서 중심을 잡아야 했다.

와즈다는 균형을 잡으려고 애쓰며 천천히 원을 그렸다. 그리고 자전거 종을 울렸다. 따르릉! 경쾌한 떨림 음이 당당하게 울려 퍼졌다. 그 소리는 벽에 부딪혀 더욱 크게 들리는 것 같았다.

"이웃 사람들이 다 경적 소리를 듣겠어."

압둘라가 경고했다.

"뭐 어때? 상관없어."

와즈다는 왼쪽 엄지손가락으로 다시 경적을 따르릉 따르릉 울렸다.

"봐봐, 나 진짜 타고 났나봐!"

와즈다는 깔깔대면서 발을 바닥에 디뎠다가 힘껏 찼다. 그러다가 앞바퀴가 크게 돌아가는 바람에 세게 넘어지고 말았다. 압둘라는 걱정이 되어 와즈다 가까이 갔다가, 와즈다가 괜찮은 것을 확인하고 툭을 놓았다.

"타고 났다고? 하도 넘어져서 내 자전거가 망가질 지경이다. 아예 자전거를 탈 줄도 모르면서."

와즈다의 얼굴이 일그러졌다. 압둘라는 와즈다가 입술이 하얘지도록 입을 꽉 다문 것을 보았다. 조금 미안한 마음이 들었다. 못 본 척 외면하고 싶었지만, 그럴 수 없었다. 압둘라는 공구를 던져 버리고 와즈다 뒤에 서서 자전거를 꽉 붙잡았다.

"가 보자."

와즈다는 활짝 웃었다. 압둘라가 물었다.

"준비됐어?"

와즈다가 고개를 끄덕였다. 와즈다가 페달을 밟는 동안 압둘라는 자전거를 밀며 종종걸음 쳤다. 둘은 함께 옥상을 누볐다. 와즈다는 작은 원을 그리며 기쁨에 차서 웃고 비명을 질렀다. 옥상은 와즈다가 자전거를 배울 수 있는 가장 좋은 장소였다. 둘은 자유였다.

늦은 오후 산들바람에 야자수가 춤을 췄다. 태양은 여전히 내리쬐었지만 그 기세는 한풀 꺾여 한결 시원했다. 계절은 한층 더 여물어 갔다.

그날 밤, 와즈다는 라디오를 켜고 주파수를 조정했다. 가장 좋아하는 노래를 찾고 손가락으로 라디오를 톡톡 치면서 흥얼거렸다. 그러다가 자신에게 주어진 임무를 떠올렸다. 와즈다는 다이얼을 차례차례 돌려가며 주파수를 맞추었다. 그리고 압둘라가 말했던 코란 방송을 찾았다.

"지금 여러분은 오직 단 하나의 코란 방송을 듣고 계십니다. 하루 종일, 매일매일, 당신이 좋아하는 성우의 목소리를 듣고 싶다면 주파수를 고정하세요. 이제 알 후다피가 '수라트 알 바카라(Surat al Baqarah)'를 낭송하겠습니다."

와즈다는 편안하게 누워 천장을 올려다봤다. 라디오에서 흘러나오는 목소리가 방 전체를 채웠다.

"자비로우시고 우리를 위해 주시는 알라의 이름으로. 알리프 람 밈(Alif Lam Mim). 이 책은 한 치의 의심도 없이 악에 맞서 싸우려하는 이들을 위한 가르침이 되리니."

와즈다는 책상에서 코란을 가져와 방송에서 읽어 주는 쪽을 폈다. 그리고 따라 읽으려고 애썼다. 그러나 성우가 읽어 내려가는 속도가 너무 빨라서 와즈다는 따라가기 힘들었다. 와즈다는 한숨을 쉬며 코란을 내려놨다. 외워야 할 것이 너무 많았다.

복도를 따라 발소리가 들렸다. 딸깍, 문이 열리더니 엄마가 살짝 고개를 들이밀었다. 살포시 웃던 엄마는 와즈다의 책상에 펼쳐진 코란을 보더니 깜짝 놀라며 얼른 덮었다.

"절대! 절대로 코란을 펼쳐 놔선 안 된다. 악마가 와서 침을 뱉는단 말이야!"

엄마가 야단쳤다. 또 다시 미신 이야기이다. 그러나 이번엔 말대꾸를 하거나 눈을 희번덕거리는 대신 와즈다는 고개를 끄덕였다.

"맞아요, 엄마. 죄송해요."

엄마는 다시 미소를 띠었다.

"착하구나. 이리 와, 나랑 잠시 같이 있자."

와즈다는 기대치 못한 초대에 기분이 좋아졌다. 라디오를 끄고 새로 산 코란 게임을 집어 들고 엄마를 따라갔다.

거실에서 엄마가 소파에 앉아서 우드(oud) 개수를 세고 있었다. 우드는 인도에서 특별히 수입한, 향을 입힌 나뭇조각이었다. 우드는 정말 비쌌다. 겨우 몇 그램을 사기 위해, 초록 자전거를 살 수 있는 만큼의 돈이 필요했다.

우드 덕분에 집 안 전체에서 그윽한 향기가 났다. 짙고 호화로운 안개가 집 안에 흐르다가 숨을 들이마실 때면 콧속을 알싸하게 만들었다. 우드를 태울 때면 와즈다와 엄마는 부잣집에 사는 기분을 낼 수 있었다. 원하는 것이라면 무엇이든 사면서 사치를 부릴 수 있는 사람들인 것처럼.

엄마는 부드럽게 콧노래를 부르며 작은 무브카라(mubkharah)를 탁자 위에 올려놓았다. 무브카라는 진짜 숯을 태우는 작은 버너였다. 와즈다는 깊이 숨을 들이마셨다.

'오늘 특별한 일이 있나? 왜 엄마가 우드를 태우는 거지?'

와즈다는 TV 앞에 앉아 전선을 만지작거렸다. 카펫 위에 뒹굴뒹굴하다가 벌떡 일어나 앉아 한숨을 내쉬었다. 그리고 한 번 더 크게 한숨을 쉬었다.

와즈다는 낙망한 표정으로 엄마에게 말했다.

"엄마, 나는 코란 암송 대회에서 절대 이기지 못할 거예요. 이 게임은 우리 TV로는 실행이 안 돼요. 연습을 할 수 없다고요."

엄마는 난감한 표정으로 와즈다를 바라보았다. 와즈다는 마즐리스 쪽을 쳐다보았다. 그제야 엄마는 와즈다가 무슨 말을 하는지 알아차렸다.

"꿈도 꾸지 마. 네가 아빠 TV를 건드린 걸 알면, 아빠는 무섭게 화를 낼 거야."

와즈다는 한숨을 쉬었다. 아빠는 최근에 엄청나게 큰 평면 TV를 샀다. 거의 50인치쯤 되는 TV로 원하는 오락을 마음대로 했다. 거실에 있는 TV와는 비교가 되지 않았다. 엄마와 와즈다가 사용하는 거실 TV는 면이 거칠고 전파 방해로 생긴 가로선들 때문에 흐릿했다. 비디오 게임은커녕 DVD 플레이어에 맞는 입력단자도 없었다.

와즈다는 TV 뒤편을 좀 더 자세히 보며 생각했다.

'뭔가를 장착하면 될 것 같긴 한데…. 하지만 아빠 TV를 쓰면 훨씬 쉽잖아!'

무엇을 하든 빨리 움직여야 했다. 코란 대회에서 우승하려면 '코란 배우기 게임'을 실행하여 열심히 연습해야 했다. 와즈다는 눈을 감았다.

'뭔가를 알아내야 해, 와즈다.'

23

첫 모임 몇 번은 잘 버텨 냈다. 적응이 좀 되는 것 같았다. 그리고 어쩌면, 정말 어쩌면, 와즈다는 종교 동아리의 의미를 이해할 수 있을 것도 같았다.

와즈다는 매번 모임에 가장 일찍 가서 모임 시간 내내 똑바로 앉아 코란을 보았다. 가끔 선생님이 핏대를 세우며 쏟아 내는 말에 귀 기울이는 척도 했다. 물론 와즈다는 누프 선생님이 정확히 무슨 이야기를 하는지 도무지 이해하지 못했다. 대부분은 사람들이 지옥에 끌려가게 되는 수백만 가지의 이유였다. 이해를 하든 못 하든, 아무튼 와즈다는 똑바로 앉아 있었다.

오늘 와즈다의 가짜 집중력은 딱 걸리고 말았다. 몇 분 동안이나 소리를 지르던 누프 선생님이 갑자기 말을 멈추고는 소녀들을 쳐다봤다.

"와즈다, 어떻게 생각하니?"

선생님은 희미하게나마 관심을 가진 것처럼 보이는 유일한 소녀에게 물었다. 와즈다는 목구멍에 뭔가 묵직한 것이 걸린 듯했다.

"저…, 저는…."

누라가 와즈다를 곁눈질하면서 야스민에게 속살댔다. 와즈다는 뭔가 불끈 솟아오르는 느낌이 들었다. 좁은 어깨를 활짝 폈다.

"이번 대회는 제게 정말 어려울 것 같아요."

와즈다의 당당한 목소리에 누라와 다른 소녀들이 놀라는 표정을 지었다. 그리고 이내 비웃음을 흘렸다. 살마가 옆에 앉은 소녀에게 속닥거렸다. 소녀들 서너 명이 킥킥댔다. 누프 선생님이 학생들을 조용히 시켰다.

"계속 말하렴, 와즈다."

와즈다가 천천히 말했다.

"저는 어제 코란 방송에서 들었어요. 만약 코란을 낭송하는 것이 쉽다면 알라신으로부터 하나의 상만 받는 거예요. 하지만 코란을 읽고 기억하는 게 어렵다면 두 개의 상을 받게 돼요. 하나는 코란을 읽는 데에서 오는 상이고, 다른 하나는 기억하기 위해 애쓰는 노력에 대한 보상이에요.."

선생님의 눈빛이 자랑스러움으로 반짝 빛났다.

"우리에게 그 이야기를 들려줘서 고맙구나."

선생님은 흐뭇하게 말을 이었다.

"얘들아, 너희 모두 와즈다의 말에 귀를 기울이면 좋겠다. 와즈다는 열심히 노력하는 사람, 알라에게 헌신하는 사람으로서 훌륭한 모범이 되고 있어."

누라와 그 패거리들은 어이없는 표정을 지었다. 야스민은 입을 딱 벌리고 있었다. 와즈다가 수줍게 대답했다.

"감사합니다."

와즈다는 겸손한 척 표정을 지으며 주변을 흘긋 보았다. 누라의 표정을 보고 싶었다.

그때 자밀라 선생님이 교실에 들어오더니 누프 선생님께 손짓을 했다.

"잠깐만, 얘들아."

선생님은 복도로 나가 자밀라 선생님과 이야기를 나누었다. 잠시 후 누프 선생님이 와즈다를 불렀다.

"와즈다, 후사 선생님이 부르신다. 교장실로 지금 가렴."

와즈다는 가슴이 철렁 내려앉았다. 입이 바짝 말라서 억지로 침을 삼켰다.

"아, 그리고 와즈다, 내가 자밀라 선생님께 말씀 드렸다.

네가 얼마나 잘하고 있는지 후사 선생님께 전해 드리라고 말야."

누프 선생님이 다시 한번 웃었다. 조금 위로가 되었지만, 정말 조금이었다. 와즈다가 누린 영광은 순식간에 지나가 버렸다. 반 친구들은 다시 킥킥 웃기 시작했다. 그리고 와즈다는 언제나처럼 교장실로 이어지는 복도를 걸어갔다.

'내가 왜 청바지를 입었을까? 하필이면 오늘? 멍청이, 이런 멍청이!'

와즈다는 교장선생님 책상 앞에 서서 안절부절못하며 청바지와 색칠한 신발이 가려지도록 교복을 자꾸 끌어내렸다. 교장실은 너무나 익숙했다. 다만 이번에는 불려온 이유를 알 수 없었다. 이제는 더 이상 물건을 팔지 않았다. 요즘엔 지각도 하지 않았다. 그리고 아바야를 올바르게 입으려고 주의를 기울였다. 와즈다는 후사 선생님을 슬쩍 훔쳐봤다. 선생님은 느긋해 보였다.

후사 선생님이 와즈다를 무뚝뚝하게 불렀다.

"와즈다, 자밀라 선생님한테서 이야기 들었다. 네가 종교 동아리에서 잘하고 있다니, 네가 진심으로 변한 거라면 정말 감동적일 것 같구나."

와즈다가 눈을 끔뻑였다. 선생님이, 설마 웃고 있나? 와즈다는 예의 바른 표정을 지으려 애쓰며 말했다.

“감사합니다, 후사 선생님.”

교장선생님은 일어나서 캐비닛을 훑어보았다. 그리고 서류철을 꺼내며 와즈다를 내려다봤다.

잠시 침묵이 흘렀다. 후사 선생님이 책상 위로 서류를 털썩 던지는 소리에 침묵이 깨졌다. 뭔가 뜻이 담긴 몸짓 같았지만, 와즈다는 아무리 애써도 알 수가 없었다. 후사 선생님은 책상을 톡톡톡 두드리며 말했다.

“믿기지 않겠지만, 나 역시 네 나이 때엔 무모했지. 하지만 지금의 나를 보렴!”

다시 한번 선생님은 서류로 책상을 쳤다. 톡톡톡.

“네가 지금 하는 대로 계속 열심히 노력한다면, 이번 대회에서 우승할 수 있을 거라 믿어.”

선생님은 와즈다에게서 눈을 떼지 않고 인터폰 버튼을 눌렀다.

“자밀라 선생님? 코란 대회 서류를 가져가도록 해요. 모든 문제의 답을 다 써 놨어요.”

선생님은 의자에 몸을 기대고 앉아 서류철을 와즈다가 있는 쪽으로 밀었다. 와즈다는 서류를 들여다보고 눈이 휘둥그레졌다.

"다른 애들이 그 안에 뭐가 있는지 알면 기절할 거다."

그때 노크 소리가 들렸다. 와즈다는 깜짝 놀라 뒤돌아보았다. 후사 선생님은 책상에 꼼짝도 하지 않고 앉아 있었다. 얼굴 역시 평온했다.

"들어와요."

문이 활짝 열렸다. 그리고 파틴과 파티마가 들어왔다. 와즈다의 가슴이 망치로 내리치듯 쿵쾅거렸다.

와즈다는 두 상급생 옆에서 어색하게 서 있었다.

'왜 후사 선생님은 나한테 나가라고 하지 않지?'

와즈다는 발을 바닥에 문질렀다. 대리석 바닥 위에서 운동화 밑창이 삑삑거렸다. 손바닥이 땀으로 흥건해졌다.

후사 선생님은 파틴과 파티마에게 심문하듯 말했다.

"그러니까, 너네는 거기서 아무 것도 안 했다고 계속 우기는 거지? 학교의 감시를 피해서?"

"저희는 그저 잡지를 읽고 있었어요. 그뿐이에요. 선생님이 말씀하신 것 같은 일들은 절대 없었어요!"

파티마는 와즈다를 가리키며 말했다.

"재한테 물어보세요!"

후사 선생님은 와즈다를 바라보며 눈썹을 살짝 올렸다.

"그래?"

와즈다는 움찔하며 파틴과 파티마를 쳐다봤다. 공포가 목을 조르는 듯했다. 파틴과 파티마는 와즈다를 신뢰하는 눈빛으로 쳐다봤다. 둘은 와즈다가 자신들을 지켜줄 것이라고 확신했다.

와즈다는 얼굴을 돌려 후사 선생님을 바라봤다. 그리고 선생님 손에 들린 서류철을 보고 눈을 질끈 감았다.

"잘 모르겠어요. 저는 멀리 떨어져 있었거든요."

파틴과 파티마는 눈을 동그랗게 뜨고 와즈다를 보았다. 파티마의 얼굴은 거의 쓰러질 정도로 창백해졌다. 파틴은 믿지 못하겠다는 듯 와즈다를 노려봤다. 와즈다는 둘의 눈빛을 피해 계속 바닥만 보았다.

후사 선생님이 파틴과 파티마를 돌아보며 말했다.

"그러니까 너희가 저지른 가장 큰 죄가 '발톱 칠하기'인 게 맞는지, 아무도 모르는 거구나. 너네가 오늘 아침에 말했던 것처럼 말이지."

선생님은 능글맞게 웃으며 잠시 말을 멈췄다.

"어리석은 거짓말! 너희는 매니큐어도 갖고 있지 않았어."

한 마디 한 마디가 와즈다의 마음에 와서 박혔다. 교장선생님은 만족스러운 미소를 지으며 말했다.

"와즈다, 교실로 돌아가도 좋다."

후사 선생님은 서류철을 책상에서 집어 올렸다.

"이걸 내 비서에게 가져다주렴."

와즈다는 떨리는 손으로 서류를 받아 들었다. 파틴과 파티마는 와즈다가 나갈 수 있도록 길을 비켜 주었다. 와즈다는 그제야 그 둘이 자기보다 얼마나 큰지 깨달았다. 파틴과 파티마는 두 개의 석상처럼 굳은 표정으로 와즈다가 지나가는 모습을 노려보았다.

아무도 없는 복도에서 와즈다는 가만히 서서 숨을 골랐다. 손에 쥔 서류철이 납덩이처럼 무겁게 느껴졌다. 와즈다는 서류철을 살짝 열어 보았다. 맨 위에 '출제문제'라고 쓰인 종이가 보였다.

교장선생님의 말이 머릿속에 맴돌았다.

'네가 이번 대회에서 우승할 수 있을 거라 믿어.'

와즈다는 첫 장을 활짝 펼쳐 들었다. 출제문제를 막 읽으려 할 때, 교장실에서 들려오는 말소리가 더 커졌다.

"몇 마디 안 하겠다. 거기에 서명해. 그럼 이 추악한 일들을 모두 덮을 수 있어."

파틴이 울먹이는 소리가 들렸다.

"싫어요! 그건 거짓말이에요! 우린 서로의 몸을 더듬지 않았어요!"

와즈다는 벽에 기대어 천장을 올려다봤다. 교장실에서 빠져나왔는데 여전히 제대로 숨을 쉴 수 없었다. 눈물 때문에 목이 멨다.

종이 울렸다. 소녀들이 재잘대며 문을 여닫는 소리가 복도를 채웠다. 와즈다는 서류철을 내려다보다가 다시 교장실로 돌아갔다. 소녀들이 왁자지껄 떠드는 소리가 점점 높아지면서, 교장실 안에서 벌어지는 논쟁 소리는 더 이상 들리지 않았다.

와즈다는 서류철을 덮어 버렸다. 그리고 자밀라 선생님의 책상으로 다가가 서류함 속에 던져 넣었다.

'나는 내 힘으로 이길 거야.'

와즈다는 뒤도 돌아보지 않고 가 버렸다.

24

"**알라후 아크바르** 알라후 아크바르!"

새벽녘 아잔(Adthan)의 경쾌한 가락이 거리에 울려 퍼졌다. 그리고 와즈다의 어두운 침실까지 밀려들어 왔다.

"알 살라투 카이룬 민 알 나움(Al Salatu Khairun Min Al Naum)—기도하는 것이 자는 것보다 중요하다."

엄마는 침대 옆에 앉아 와즈다의 어깨를 부드럽게 흔들며 속삭였다.

"일어나, 이 작은 말썽꾸러기야."

와즈다는 눈을 비비며 고개를 들었다. 전날 밤, 오래 뒤척이고 나서야 잠이 들었다. 너무 많은 생각이 머릿속에 들끓었고 감정을 휘저어 놓았다.

엄마는 와즈다의 머리를 쓰다듬으며 엉킨 머리를 풀었다. 와즈다는 조용히 누운 채 책상 위에 있는 파란 매니큐어 병을 바라보았다.

"엄마, 아비르는 괜찮을까요?"

엄마가 미소 지으며 말했다.

"물론이지, 얘야. 아비르의 약혼식은 최고의 날이었어. 아비르는 운이 아주 좋았지. 더 이상 학교에 가지 않아도 되는데 뭐가 더 문제겠니!"

와즈다는 입술을 깨물었다. 확신이 서지 않았다. 매니큐어 병에서 눈을 뗄 수가 없었다. 그 순간 병은 와즈다를 손가락질하며 비난하는 파란 손가락처럼 보였다.

다시 방송이 울려 퍼졌다. 엄마는 기도 전에 몸을 씻는 행위인 우두(wudu)를 위해 욕실로 갔다. 엄마는 샤워기로 팔을 씻고 세수를 했다.

와즈다도 욕실로 들어가며 말했다.

"엄마, TV에서 자전거 타는 여자애를 봤어요."

와즈다는 세수를 하고 물기를 닦으며 말을 이었다.

"저도 자전거 사게 돈 주세요. 엄마가 돈 많은 걸 알아요. 엄마 서랍장에 있는 걸 봤다고요!"

엄마는 발까지 다 씻은 후 샤워실에서 나와 타일 바닥에 섰다.

"와즈다, 여자애들은 자전거를 타는 게 아냐. 자전거를 타면 임신을 못하게 된다고!"

말도 안 되는 이야기가 또 나왔다. 와즈다가 자전거 이야기를 꺼낼 때마다 엄마는 안 된다고 말하기 위한 바보 같은 이유를 새로 하나씩 만들었다. 불만에 찬 와즈다는 아무 생각 없이 불쑥 말을 내뱉었다.

"엄마는 자전거를 탄 적도 없으면서 더 이상 아이를 못 낳잖아요!"

엄마는 수건을 떨어뜨렸다. 엄마 얼굴에 깊은 괴로움이 차올랐다. 엄마 눈에 그늘이 지고 입가는 일그러졌다. 와즈다는 하얗게 질려 버렸다. 그제야 자기가 해서는 안 될 말을 했다는 사실을 깨달았다. 말을 주워 담기에는 너무 늦었다.

"어떻게 그런 말을 할 수 있니?"

엄마의 목소리가 갈라졌다.

"나는 널 낳느라 거의 죽을 뻔했어!"

엄마는 수건을 선반에 올려놓고는 분노에 차서 문을 꽝 닫고 나가 버렸다. 와즈다는 그대로 무너져 두 팔로 머리를 감쌌다. 엄마에게 상처를 준 자신이 미워 죽을 것 같았다. 화장실 거울에 비친 와즈다 얼굴 위로 물방울이 흐르다가 코끝에서 주르륵 흘렀다. 마치 눈물 같았다.

와즈다는 어깨를 축 늘어뜨린 채 기도하러 갔다. 엄마는 빨간색 옷으로 몸을 감싸고 있었다. 아름다운 천은 몸을 따라 흘러 바닥까지 닿았다. 와즈다는 베일을 밀어 넣으면서 엄마 곁에 섰다.

둘은 말없이 아름답게 장식된 나무 상자에서 기도용 깔개를 꺼냈다. 엄마는 입술을 깨물었다. 나무 상자는 와즈다의 할머니한테 받은 결혼선물이었다. 신성한 메카에서 특별히 가져온 것이었다. 엄마는 이 상자를 팔려다가 할머니와 다투었다. 그날 엄마는 절망스러워 보였다.

"돈이 필요한데 그럼 제가 뭘 할 수 있죠?"

결국 엄마는 상자를 팔지 못했다.

엄마와 와즈다는 기도용 깔개를 나란히 펴고 기도할 준비를 했다. 와즈다는 엄마 곁에 가능한 한 바짝 붙었다. 근처 모스크에서 이맘의 목소리가 울려 퍼졌다.

"카드 카마트 알 살라(Qad qamat al-salah)"

엄마는 양손을 귀 가까이로 올렸다. 와즈다는 바닥을 내려다보다가 엄마의 움직임을 따라했다.

"알라후 아크바르."

엄마가 속삭였다. 와즈다는 엄마를 따라 기도문을 외우며 조용히 입술을 움직였다. 엄마는 조금씩 평안을 되찾아 가는 것처럼 보였다.

기도를 마친 후, 엄마는 서둘러 출근 준비를 했다. 엄마가 짐을 잔뜩 들고 문을 나섰다. 그 뒤를 와즈다가 바짝 쫓았다. 늘 그랬던 것처럼 학교 교재와 서류들을 짊어진 채.

엄마는 베일을 완전히 뒤집어썼다. 검은색으로 온몸을 감싸서 오직 눈만 보였다. 엄마는 종종걸음으로 걸어 나가다가 지붕 위에 붙은 조명을 보고 우뚝 멈춰 섰다.

"아니 저건…."

엄마는 와즈다를 나무라는 눈초리로 쳐다봤다. 와즈다는 고개를 쓰윽 돌렸다.

이끄발이 경적을 요란하게 울리며 창문 밖으로 고개를 내밀었다. 그러나 와즈다를 본 순간 다시 차 안으로 고개를 집어넣었다. 다행히 엄마는 이를 눈치채지 못했다. 엄마는 봉고차의 문을 열고 짐을 자리에 던졌다. 그리고 와즈다 팔에 얹혀 있던 서류들을 받아 들었다.

엄마는 조명을 가리키며 말했다.

"넌 나중에 얘기 좀 하자."

엄마가 봉고차에 타고 문을 닫자마자 차가 출발했다. 배기가스가 쏟아지고, 먼지가 회오리바람처럼 피어올랐다.

25

늘 그랬듯이 학교는 지겹고 평범하고 공허했다. 와즈다는 학교가 끝나자마자 집으로 달려와 가방을 아무렇게나 던져 버렸다.

'코란 대회 준비를 해야 하는데…. 코란 게임을….'

와즈다는 한동안 소파에 누워 뒹굴거리다가 벌떡 일어나 부엌으로 갔다. 그리고 오븐 옆 찬장에 숨겨진 작은 상자에서 열쇠 꾸러미를 꺼냈다. 와즈다는 마즐리스 문에 다가가 열쇠를 하나씩 꽂아 보았다. 마즐리스 문을 열 수 있는 열쇠를 찾기를 바라면서.

열쇠들이 서로 부딪히며 쨍그랑댔다. 열쇠들을 다시 한번 돌려가며 맞춰 봐야겠다고 생각하는 순간, 열쇠 하나가 쑥 들어가더니 문이 딸깍 열렸다. 좋았어! 와즈다는 허공으로 주먹을 한 번 올리고는 씩 웃었다.

와즈다는 게임 상자를 가져와 아빠의 새 TV에 연결했다. 화면은 거대하고 선명하며 깨끗했다. 코란 게임 그래픽이 화면을 채우고, 코란 문제가 시작되었다.

"올바른 답을 구하시오."

첫 번째 질문이 튀어나왔다.

"사비교도(Sabian, 이라크 남부에 사는 민족으로 코란에서 진정한 이슬람 신자로 인정하고 있다)는 누구인가요?"

"뭐라고?"

와즈다가 큰 소리로 말하고선 아무 버튼이나 눌렀다. 순전히 찍은 답이었다.

"틀렸습니다!"

게임이 말했다. 자동으로 나오는 목소리였지만 어쩐지 화가 난 것처럼 들렸다.

"다시 한번 풀어 보세요. 사비교도는 누구인가요?"

여전히 사비교도가 누구인지 몰랐다. 와즈다는 화면에 나타난 보기들을 훑어보며 또 다른 버튼을 눌렀다.

"틀렸습니다! 다시 한번 풀어 보세요."

게임에서 로봇 같은 목소리가 똑같은 문제를 또 말했다.

"사비교도는 누구인가요?"

와즈다는 신경질이 나서 조종기를 던져 버렸다. 조종기는 카펫 위에 나동그라졌다. 와즈다는 TV를 향해 삿대질하며 소리 질렀다.

"내가 어떻게 알아? 몰라. 모른다고!"

그때 초인종이 울렸다. 와즈다는 TV를 한번 더 노려보고는 현관으로 달려갔다. 압둘라가 조명을 달기 위해 찾아왔다. 자전거를 끌고.

와즈다와 압둘라는 함께 자전거를 옥상 위로 올리느라 헐떡거렸다. 거친 숨소리가 계단을 따라 올라갔다.

와즈다는 숨을 몰아쉬며 말했다.

"걔네들이 코란을 다 외워 버린다 해도 상관없어. 나는 너 잘할 수 있어! 내가 다 무찔러 버릴 거야!"

와즈다는 숨을 고르느라 잠시 말을 멈추고 자전거를 벽에 기대어 뒀다. 와즈다의 목소리는 더욱 단호했다.

"진짜야, 나는 가능성이 있다고!"

압둘라는 와즈다가 무슨 말을 하는 건지 정확히 알 수도 없고 말다툼하고 싶지도 않아서 그냥 고개를 끄덕였다. 자전거를 옥상으로 올리는 것만으로도 힘들었다. 자전거 바퀴가 계단마다 통통 부딪혔다.

마침내 옥상에 다다랐다. 압둘라는 여전히 헐떡거리며 조명 작업을 시작했다. 와즈다는 몸을 굽히고 숨을 골랐다. 그러다가 놀라서 눈을 깜빡였다. 자전거가 혼자 서 있었다!

와즈다는 의심스러운 눈초리로 자전거 주위를 돌아봤다. 보조바퀴가 뒷바퀴에 붙어 있었다. 와즈다는 기분 나쁜 표정으로 압둘라를 노려봤다.

"이게 뭐야?"

와즈다는 보조바퀴를 발로 걷어찼다. 압둘라가 와즈다를 흘끗 보며 대답했다.

"네가 배울 수 있게 도와줄 거야. 봐봐, 나는 조명을 고쳐야 해. 하루 종일 네 뒤를 밀어줄 수 없단 말이야."

와즈다가 쿵쿵거리며 압둘라가 일하는 쪽까지 걸어왔다. 손으로 허리를 짚고는 압둘라를 쏘아봤다.

"그러니까 나는 제대로 탈 줄도 모르고, 너만 방해한다는 거지? 난 코란도 제대로 못 읽고, 난… 난…."

와즈다는 더 이상 말을 잇지 못했다. 분을 못 이겨 압둘라의 공구상자를 차 버렸다. 망치와 드라이버가 흩어졌다. 와즈다는 바닥에 주저앉아 팔에 얼굴을 묻고 울었다.

압둘라는 흩어진 공구와 와즈다를 번갈아 보았다. 그리고 말없이 렌치를 집어 들었다. 첫 번째 보조바퀴를 떼어 내고, 두 번째 보조바퀴를 떼어 냈다. 압둘라는 떼어 낸 보조바퀴를 와즈다 옆에 던져 놓았다. 그리고 나서 와즈다 옆에 털썩 주저앉아 시내를 내려다봤다. 오늘은 뿌연 날씨였다. 멀리 있는 건물은 보이지도 않았다. 가장 가까운 건물조차 안개에 가려 흐릿했다.

"바퀴 떼어 냈어."

압둘라가 다정하게 말을 이었다.

"자전거 타는 법을 배울 거야. 그리고 코란도 잘 읽을 수 있을 거야. 그냥 시간이 필요할 뿐이야."

와즈다는 꿈쩍도 하지 않았다. 조용히 훌쩍이는 와즈다의 어깨가 흔들렸다. 압둘라는 주머니를 뒤적거려 구겨진 지폐를 꺼내 들었다.

"울음 그치면 5리얄 줄게."

압둘라는 와즈다에게 돈을 내밀었다. 와즈다는 얼굴을 파묻은 채 손을 뻗어 돈을 냉큼 쥐었다. 그리고 돈을 주머니에 쑤셔 넣고 고개를 들었다.

압둘라의 자전거 핸들에 묶인 리본이 바람 따라 살랑거렸다. 잠시 동안 와즈다는 리본이 흩날리는 모습을 바라봤다. 둘은 오래된 콘크리트 지붕에 나란히 앉아 하늘을 바라보았다. 해질녘 아잔이 시작되고 기도시간을 알렸다. 하루가 끝났다는 의미였다. 둘은 서로를 보며 빙긋 웃었다.

26

이끄발의 고물차가 움푹 팬 구덩이를 거칠게 지나고 과속방지턱 위를 날았다. 뒷자리에는 와즈다와 엄마가 앉아 있었다. 둘 다 아무 말이 없었다. 가끔 엄마는 머리 베일을 단단히 당기며 니캅을 고쳐 썼다. 그러나 차가 흔들릴 때마다 베일은 또다시 흘러내렸다.

차가 장난감 가게 건너편 신호등에 섰다. 와즈다는 초록 자전거를 보기 위해 창문에 바짝 붙었다. 자전거는 그녀를 기다리며 꼭 거기에 있어야 했다. 그런데 한 남자와 아들이 초록 자전거를 바라보며 말하고 있었다. 가게 주인은 자전거 핸들에 손을 올려놓고 안장을 가리켰다. 가게 주인과 남자가 무슨 말을 하는지 들리지는 않았지만, 흥정을 하는 것이 분명했다.

'안 돼, 안 돼, 안 돼!'

와즈다는 더러운 창문에 얼굴을 대고 눈을 가늘게 떴다. 더 자세히 보기 위해서였다. 그 순간 주인이 고개를 들었다가 와즈다와 눈이 마주쳤다. 가게 주인은 와즈다를 보고 눈이 휘둥그레졌다. 그러나 바로 눈길을 돌려 자기 고객과 웃으며 이야기를 계속 나누었다. 남자와 아들은 바스락거릴 듯 빛나는 토브를 입고 있었다.

'저 정도 옷감으로 옷을 해 입다니, 분명 부자일 거야.'

남자의 하얀 구트라와 단정한 검은 이깔은 와즈다의 아빠가 특별한 날 걸치는 것과 비슷해 보였다. 자전거에 달린 800리얄이라는 가격표는 아무것도 아닐 것이다.

차가 다시 출발했다. 와즈다는 문을 열고 뛰어내릴까 생각했다. 그 남자와 그 짜증 나는 아들을 쫓아가고 싶었다. 그리고 가게 주인한테 초록 자전거를 팔지 말라고 고함을 지르고 싶었다. 하지만 그럴 수 없었다. 엄마는 와즈다 기분이 갑자기 나빠진 것을 눈치채고 창문 바깥을 살폈다. 저만치 초록 자전거가 태양 아래서 빛나고 있었다.

차는 모퉁이를 돌아 큰길로 나갔다. 와즈다는 더 이상 장난감 가게를 볼 수 없었다. 와즈다는 씩씩대며 아바야 끝자락을 손에 감았다. 그리고 매듭지어 묶기 시작했다.

이끄발이 언제나처럼 엉터리 아랍어로 말했다.

"여사님, 한 시간이요 딱. 나는 시간 없어요, 당신 기다리는 거. 늦어요. 난 가요. 택시 타요."

"알아요, 이끄발. 그 정도면 돼요."

이끄발과 말하고 싶지 않은 엄마는 전화기를 꺼내 문자를 보내는 척했다. 차는 넓은 사막을 가로지르면서 덜컹거리다가 방향을 틀었다.

마침내 쇼핑센터에 다다랐다. 쇼핑센터는 밝고 멋졌다. 그리고 사람들로 붐볐다. 아치 모양 복도에는 저녁기도 시간이 되기 전에 쇼핑을 마치려고 사람들이 바쁘게 움직였다. 아바야를 뒤집어 쓴 여자 쇼핑객들은 모두 똑같아 보였다. 오직 핸드백의 상표와 크기로만 구분이 가능할 뿐이었다. 남자들도 거의 비슷해 보였다. 모두 하얀색 토브에 빨간 체크무늬 구트라를 썼다.

'거대한 체스판 같네.'

검은색과 하얀색 체스 말들이 너무 빨리 움직였다. 엄마는 와즈다 앞서 걸었다. 주변에서 웃고 떠드는 사람들에게 눈길 한번 주지 않고 신속히 움직였다.

와즈다는 뭉그적대며 쫓아가다가 액세서리와 작은 장신구들을 파는 가게 앞에 멈춰 섰다. 와즈다가 만든 것과 똑같아 보이는 팔찌들이 진열대에 나란히 걸려 있었다. 가격표에는 '단돈 20리얄!'이라고 써 있었다.

"내가 만든 팔찌가 이것보다 훨씬 예뻐요."

와즈다는 손가락으로 팔찌 만드는 시늉을 하며 말했다.

"내가 팔찌 만들어 주면 얼마 주실래요? 한 개 10리얄?"

계산대 뒤에 서 있던 남자가 웃으며 대답했다.

"됐다. 나는 이걸 중국에서 사 온단다, 요 꼬마야. 10리얄이면 천 개쯤 살 수 있지."

와즈다는 기분이 상해서 쏘아붙였다.

"중국에서는 우리나라 국기 색깔을 만들지는 못할 거 아녜요!"

와즈다는 자기 팔에 두른 팔찌를 보며 생각했다.

'내가 만든 팔찌가 훨씬 훌륭해.'

싸구려 노끈을 쓴 중국산 팔찌들은 몇 번 쓰지 않고 색이 바래거나 끊어질 것이다.

그때 엄마 목소리가 들렸다.

"와즈다! 어딨니? 와즈다!"

와즈다는 엄마 목소리가 어느 쪽에서 들리는지 찾으려고 쇼핑센터를 둘러봤다. 엄마 목소리가 다시 한번 들렸다. 와즈다는 고개를 들어 엄마를 보았다. 엄마는 벌써 위층으로 올라가 베일의 작은 틈새로 와즈다를 내려다보고 있었다.

와즈다는 에스컬레이터로 급히 올라갔다.

엄마는 드레스 가게 앞에서 서성였다. 어마어마하게 많은 드레스들이 진열창을 채웠다. 드레스들마다 화려한 색깔을 자랑하고 크리스탈과 구슬로 수놓여 있었다. 엄마는 빨강 드레스를 뚫어지게 보고 있었다.

둘은 안으로 들어갔다. 엄마는 빨강 드레스를 조심스럽게 어루만졌다. 드레스 천이 손가락 사이로 매끄럽게 흘러내렸다. 드레스를 만지는 엄마의 모습 어딘가가 와즈다의 마음을 아프게 했다. 엄마의 눈빛에는 동경이 묻어났다. 화려한 붉은 드레스와 엄마의 특색 없는 검은 아바야가 대비되어 더 그렇게 보였는지도 모른다.

갑자기 꿈에서 깨어난 듯 엄마가 판매원에게 다가갔다.

"저 앞에 걸린 빨간 드레스 좀 볼 수 있을까요?"

엄마는 용기를 내어 낯선 남자에게 말을 건넸다. 엄마의 어깨가 빳빳하게 굳고 대화를 하는 내내 남자 가까이 있지 않으려고 몸을 뒤로 뺐다.

와즈다는 입구에 있는 의자에 털썩 앉았다. 판매원은 진열창에 있던 마네킹에서 빨간 드레스를 벗기고 다른 천으로 재빨리 가렸다. 그리고 엄마의 체형을 가늠하며 꼼꼼히 훑어보았다. 엄마 얼굴이 붉게 달아올랐다.

"아름다운 드레스예요. 하지만 여사님이 입기엔 사이즈가 좀 커 보이네요."

엄마는 손을 얼른 아바야 속에 감췄다. 껍질 속으로 쑥 들어가는 거북 같았다.

"사이즈가 어떻게 되는데요?"

"라지예요."

와즈다의 엄마는 몸집이 작았다.

"괜찮아요. 입어 봐도 되나요?"

엄마는 대화를 빨리 끝내고 싶은 듯 재빨리 말했다.

"당연하죠. 여자 화장실에서 입어 보면 돼요."

판매원이 복도 끝에 있는 공중화장실을 가리켰다.

"사이즈가 너무 크면 우리가 줄여줄 수 있어요. 물론 수선비를 내야지요."

사우디에서는 개인 가게에 탈의실을 갖추어 둘 수 없었다. 음흉한 눈길에서 안전하기 위해 여자들은 공중화장실에서 옷을 갈아입어야 했다.

엄마가 화장실 칸막이 안에 들어가 옷을 갈아입는 동안, 와즈다는 세면대에 걸터앉았다. 그곳은 재래식 화장실이었다. 양쪽에 발을 디디는 받침이 있을 뿐, 그냥 바닥에 구멍이 뚫려 있는 것이나 마찬가지였다. 바닥은 물이 튀어서 흥건했다. 엄마는 발끝으로 서서 옷이 바닥에 닿지 않도록 조심조심 갈아입어야 했다.

엄마는 화장실 안에서 옷을 갈아입으며 말했다.

"이 옷이 비싼 건 나도 알아. 하지만 아빠한테 나보다 나은 여자를 찾을 수 없다는 걸 보여줘야 해."

와즈다가 대답할 필요는 없었다.

'엄마는 나한테 말하는 게 아냐. 그냥 자기 맘이 편하려고 혼자 말하는 거지.'

와즈다는 물비누를 가지고 놀았다. 세면대에 거품이 차오르는 것을 구경했다. 물론 지루했다. 와즈다 머릿속은 자전거에 대한 생각으로 가득 차 있었다.

'그 바보 같은 부잣집 아들은 지금쯤 자전거를 타고 다니겠지? 자전거를 더럽히면서! 난 여기서 물비누나 가지고 놀고.'

와즈다는 생각할수록 화가 났다. 시간이 한참이나 흐르고 나서 엄마는 칸막이 문을 열고 밖으로 나왔다. 엄마는 드레스 입은 모습을 보여 주려고 빙그르 돌았다. 축축하고 냄새 나는 화장실 형광등 아래서도 엄마의 아름다움은 빛났다. 그러나 와즈다는 자전거 생각에 빠져 그저 건성으로 고개만 끄덕였다.

엄마가 빙글빙글 돌며 물었다.

"아빠가 이 옷을 좋아할 것 같니?"

판매원이 말했던 것처럼 드레스는 너무 컸다. 엄마는 허리춤 양쪽을 팽팽하게 당겨 보며 말했다.

"이 드레스를 사자. 수선하면 되지 뭐."

엄마는 와즈다가 제대로 호응해주지 않자 짜증 섞인 목소리로 말했다.

"와즈다, 빨리 가자. 이끄발이 화내며 가 버리기 전에."

엄마는 드레스를 발목까지 올리고 칸막이 안으로 다시 들어갔다. 와즈다는 세면대에서 뛰어내려 아바야를 엄마에게 줬다. 그리고 문 위쪽으로 조심스레 드레스 뭉치를 받았다.

"걱정 마세요. 아저씨는 안 갈 거예요."

27

저녁 노을이 도시를 붉게 물들였다. 구름이 하나하나 불타오르는 불꽃처럼 보였다.

와즈다와 압둘라는 아지트가 되어 버린 옥상에 있었다. 와즈다는 이제 제법 자전거를 잘 탔다. 여전히 서툴고 넘어질 듯 말 듯했지만, 그럴 때마다 뒤에서 압둘라가 자전거를 붙잡아 주었다.

"이제 작업을 다 한 거 같아."

압둘라가 나지막이 말했다. 어쩐지 슬픈 목소리였다. 둘만의 오후 데이트가 이제 끝났다는 뜻이었다. 압둘라는 벽 가장자리를 살피며 조명 줄이 후덥지근한 바람에 흔들리는 모습을 보았다.

와즈다가 위태롭게 자전거의 방향을 틀며 말했다.

"엄마가 조명을 보셨어. 화낼 것처럼 나한테 다시 말하자고 하더니, 까먹으셨나봐."

압둘라가 겁에 질린 목소리로 물었다.

"너네 엄마가 모르셔? 허락을 안 받은 거야? 그럼, 너네 아버지는?"

압둘라가 당황하자 와즈다가 깔깔대며 웃었다.

"엄마, 아빠가 너네 삼촌을 좋아하시는 것 같아. 삼촌이 그 라디오에 나온 다음부터 말이야."

와즈다는 왼쪽으로 자전거 핸들을 틀고 우아하게 회전했다. 압둘라가 와즈다에게 뭔가 말하려는 순간, 날카로운 목소리가 들렸다.

"너희, 여기서 뭐하는 거니!"

산홋빛으로 물든 저녁나절의 평화로움을 갈기갈기 찢어 놓는 목소리는, 와즈다의 엄마였다. 엄마는 출근복을 입은 채 옥상 문 앞에 서 있었다. 와즈다와 압둘라만큼 굳어 버린 얼굴이었다. 와즈다는 너무 놀라 비틀거리다 쿵 넘어졌다. 와즈다의 얼굴이 일그러졌다. 와즈다는 상처 때문에 피투성이가 된 손을 내밀었다.

"피가 나요!"

엄마의 얼굴이 창백해졌다.

"아, 세상에. 신이시여. 너 무슨 짓을 한 거니? 피가 어디서 나는 거야?"

와즈다는 엄마가 왜 그렇게 호들갑을 떠는지 이해할 수 없었다. 고작 무릎이 까졌을 뿐인데.

"무릎에서 피가 난다고요."

엄마는 한숨을 폭 내쉬고는 한 번 더 빽 소리쳤다.

"자전거는 여자애들에게 위험하다고 했잖아!"

엄마는 말을 하다 말고 압둘라를 쏘아보았다. 압둘라는 큰 죄라도 지은 마냥 차려 자세로 서 있었다.

"너! 너는 무슨 생각을 하는 거니? 너를 제대로 가르치라고 삼촌한테 말해야겠다. 여기서 당장 나가!"

압둘라는 허둥지둥 공구를 챙겨 들고 뛰어갔다. 엄마는 벌벌 떨리는 손가락으로 자전거를 가리키며 소리쳤다.

"저 빌어먹을 자전거도 가져 가!"

압둘라는 공구 통을 왼팔 밑에 끼워 넣고 자전거를 오른쪽 어깨에 짊어졌다. 그리고 혼자 자전거를 끌고 계단을 내려갔다. 자전거 무게 때문에 압둘라가 자꾸 앞으로 쏠렸다. 자전거가 압둘라를 계단 위에서 밀치는 것처럼 보였다. 와즈다는 자전거가 사라질 때까지 바라보았다.

엄마가 와즈다를 돌아봤다. 아직도 분노가 목소리에 남아 있었다.

"부끄러운 줄 알아. 아무도 없는 집에 남자애를 옥상까지 끌어들여? 아빠가 알면 어떻게 하시겠니?"

와즈다는 아픈 무릎을 문지르며 딴청을 부렸다. 피는 거의 멈췄다. 와즈다는 옷에 묻은 모래를 털어 내며 물었다.

"엄마는 왜 이렇게 일찍 집에 왔어요?"

와즈다는 말을 돌릴 생각이었다. 하지만 엄마는 넘어가지 않았다.

엄마는 와즈다 얼굴을 똑바로 보며 위협하듯 말했다.

"내 말 잘 들어. 여기에 다시는 그 남자애를 불러들이지 마. 나는 진짜 진지하게 말하는 거야. 알겠니? 나는 그 애 삼촌한테 말할 거고, 그럼 걔가 곤란해질 거야."

와즈다는 시무룩하게 고개를 끄덕였다. 엄마는 한숨을 쉬며 저 멀리 지평선을 바라봤다. 도시 전체가 노을빛 아래 반짝였다. 건물마다 수많은 창문에 반사되어 작디작은 노을이 수천 번 지고 있었다.

잠시 침묵이 흘렀다. 엄마가 먼저 일어나며 검정 스커트 끝자락에 묻은 먼지를 털었다.

"내려가자. 저녁 준비를 해야 해. 오늘 아빠 친구분이 집에 오신대."

엄마는 잠시 말을 멈췄다가 와즈다를 의미심장하게 바라

봤다.

"넌 그게 얼마나 중요한 일인지 알아야 해."

와즈다는 고개를 푹 숙이고 엄마를 따라 부엌으로 내려갔다. 부글부글 냄비 끓는 소리와 후라이팬 위에서 음식이 지글거리는 소리가 부엌에 가득했다. 수증기와 연기가 자욱하고, 맛있는 음식 냄새가 집 안 구석구석 스며들었다.

와즈다는 엄마와 나란히 서서 마즐리스에 있는 남자들에게 내갈 음식을 준비했다. 접시 하나하나를 채워 마즐리스에 들일 때마다, 문 틈 사이로 남자들의 시끄러운 웃음소리가 와다그르르 쏟아졌다.

와즈다는 이마에 송글송글 맺힌 땀방울을 소매로 닦아냈다. 자전거를 옥상까지 끌고 올라갈 때보다 더 힘들었다. 엄마는 엄청 큰 쟁반에 몇 시간 동안 요리한 양 넓적다리를 올려놓았다. 엄마는 긴장된 표정으로 음식을 보았다. 입가에는 주름이 생겨 버렸다. 와즈다는 어떻게 해야 엄마의 긴장을 풀어 줄 수 있을까 고민하다가 좋은 생각이 떠올랐다.

"야 라일라 다나, 라 다나(Ya Laylah Dannah, la Danah)"

와즈다는 엄마가 함께 노래해 주길 바라며 수줍게 노래를 시작했다. 하지만 엄마는 오히려 화난 목소리로 속삭였다.

"쉿! 조용해! 너는 아저씨들이 네 목소리를 들었으면 좋겠니? 자, 여기! 이걸 오븐에 넣어."

엄마는 여러 층으로 쌓은 피타(pita, 이스트로 밀가루를 발효시켜 넓적하고 둥글게 빚은 아랍식 빵)를 와즈다에게 건넸다. 머쓱해진 와즈다는 노래를 멈추고 오븐에 빵을 밀어 넣었다.

와즈다는 몇 시간 동안이나 엄마의 잔소리를 들어야 했다. 이걸 해라, 저걸 해라, 제대로 좀 해라! 빨리 해라! 끊임없는 잔소리는 모래 폭풍만큼이나 견디기 힘들었다.

부엌에서 몇 시간이나 보내고 나서, 엄마는 쌀밥과 고기가 담긴 커다란 접시를 들고 마즐리스 문 앞까지 걸어갔다. 그리고 바닥에 접시를 내려놓고는 머리와 옷을 매만졌다. 엄마가 노크하자 아빠가 몸이 겨우 빠져나올 만큼만 문을 열고 나왔다. 문이 열린 짧은 순간에도 엄마는 행여 누가 볼까 벽에 바짝 붙어 스스로를 숨겼다.

아빠는 쟁반을 들어 재스민 쌀밥과 고기에서 풍기는 냄새를 들이마셨다.

"와, 이 음식들 좀 봐! 친구들이 감동 받을 거야. 난 당신이 정말 자랑스러워."

아빠는 엄마 이마에 입을 맞추었다. 엄마는 조금 슬프게 대답했다.

"자랑스러울 정도는 아니에요."

아빠는 다시 문을 닫고 들어가 버렸다. 엄마는 부엌으로 돌아왔다. 그리고 자리쉬(jarish)를 준비하기 시작했다. 자리쉬는 고깃덩어리 위에 쫄깃한 밀전병을 덮고 향기로운 양파 볶음과 향신료를 뿌린 요리였다. 엄마의 요리는 영원히 끝날 것 같지 않았다.

남자들이 실컷 먹고 마실 나간 후, 와즈다와 엄마는 접시들을 치우러 마즐리스에 들어갔다. 접시들은 바닥 위에 차곡차곡 쌓여 있었다. 와즈다는 접시를 치우다 말고 방을 둘러보았다. 커다란 금테두리 액자가 눈에 들어왔다.

"저건 뭐예요?"

액자에는 커다란 나무처럼 보이는 그림이 담겨 있었다. 가지 끄트머리에는 멋들어진 필기체로 이름이 쓰여 있었다. 엄마는 액자를 흘긋 보더니 시뜻하게 말했다.

"너네 아빠의 잘난 족보란다."

엄마는 소파에 걸터앉아 접시에 남은 고기를 입에 넣고 우물거렸다.

"네 이름은 없을 거야. 남자 이름만 올라가거든."

엄마는 무덤덤한 듯 말했지만 어쩐지 씁쓸함과 분노가 배어 나왔다. 와즈다는 눈을 깜빡거리며 액자를 들여다보았다. 엄마는 자리에서 일어나 접시를 들고 나갔다.

엄마가 없는 틈을 타, 와즈다는 소파 밑에 숨겨 두었던 '누구나 할 수 있는 코란 배우기' 게임 상자를 꺼냈다. 그리고 TV와 연결했다. 얼마 안 있어 엄마가 다시 마즐리스로 들어왔다. 엄마는 와즈다가 무엇을 하는지 알아채고 얼굴을 찡그렸지만 말리지는 않았다.

"다 끝내고 제대로 정리해. 나는 아빠가 우리 때문에 화내는 걸 보고 싶지 않아."

와즈다는 말없이 끄덕였다. 어쨌든 엄마가 허락한 것이다.

와즈다는 게임이 시작되길 기다리다가 다시 가계도를 쳐다보았다.

"칼리드, 만수르, 모하메드, 오마르…"

다른 형제들 이름 뒤에는 아들의 이름이 적힌 잎사귀가 이어져 있었는데, 와즈다의 아빠 이름 뒤에는 아무것도 없었다. 뚝 끊겨 있었다. 와즈다는 가계도를 한참 동안 바라봤다. 그리고 공책 한 장을 뜯어내 커다랗게 '와즈다'라고 쓰고 아빠 이름 밑에 붙였다.

28

소녀들이 살마 주변에 둘러앉아 시끄러운 참새 떼처럼 조잘댔다. 와즈다는 구석진 자리에 앉아 묵묵히 코란을 외웠다. 머릿속에서 낱말들이 뒤죽박죽 섞이지 않게 하려면 누구보다 노력해야 했다.

누프 선생님이 들어오고 종교 동아리 시간이 시작되었다. 와즈다는 무심코 복도를 내다봤다가 움찔 놀랐다. 아바야를 뒤집어 쓴 어른 둘이 지나가고, 그 뒤로 파틴과 파티마가 따라가고 있었다. 엄마들인 것이 분명했다.

와즈다는 가슴이 철렁 내려앉았다. 두 엄마들은 몹시 화나고 또한 불안해 보였다. 파틴이 뭔가 설명하려다, 엄마의 눈빛을 보고 입을 꾹 다물어 버렸다.

교실 가까이에 있던 파티마는 와즈다가 자기를 안타까운 표정으로 바라보는 것을 알았다. 파티마는 웃거나 고개를 끄덕이지 않았다. 그저 씁쓸한 눈빛으로 고개를 돌려 버렸다. 와즈다는 바닥을 내려다봤다. 부끄러움이 온몸을 타고 번져 두 뺨이 붉게 달아올랐다.

그때 누프 선생님이 와즈다를 불렀다.

"와즈다, 읽어 봐. 안 니사(An-Nisa) 3절부터."

와즈다는 코란을 덮으며 말했다.

"보지 않고 외워 볼게요."

와즈다는 진지한 목소리로 최선을 다해 암송했다. 너무 빨리 말을 쏟아 내어 숨 돌릴 틈도 없을 지경이었다.

"만일 너희가 고아들을 공정하게 대할 수 없다면 좋은 여성과 결혼하라. … 세 번 또는 네 빈도 좋으니라."

와즈다는 암송을 마치고는 만족스럽게 숨을 들이마셨다. 와즈다는 하나도 틀리지 않고 완벽하게 외웠다.

"아주 훌륭하구나, 와즈다. 잘 외웠어. 하지만 와즈다, 넌 낭송을 해야 해! 그냥 무턱대고 중얼중얼해서는 안 돼!"

누프 선생님은 살마를 지목하며 말했다.

"살마가 한번 낭송해 볼까? 와즈다, 살마가 하는 걸 잘 들어 봐. 우승하고 싶으면 살마처럼 해야 하는 거야."

살마는 경건한 목소리로 낭송을 했다.

"만일 너희가 고아들을 공정하게 대할 수 없다면 좋은 여성과 결혼하라. … 세 번 또는 네 번도 좋으니라."

낱말들이 살마의 혀끝에서 살포시 떨리다가 우아하게 퍼

졌다. 정말 듣기 좋았다. 와즈다는 저절로 고개가 수그러들었다. 살마를 따라가려면 아직 멀었다.

그때 문득 파틴과 파티마가 생각났다. 하지만 와즈다가 복도를 다시 봤을 땐, 두 소녀는 어디론가 가고 없었다.

와즈다는 지긋지긋한 종교 동아리까지 끝나고 나서야 겨우 학교에서 풀려날 수 있었다. 쨍그랑, 꽝, 땡그랑, 집으로 가는 길에 와즈다는 보이는 것은 무엇이든 돌로 맞추었다. 모든 깡통이 표적이 되고, 모든 간판이 과녁이 됐다. 와즈다가 던진 돌들은 짜증과 분노를 싣고 똑바로 날았다.

와즈다는 장난감 가게 근처에 다다라 눈을 꼭 감았다. 행여라도 초록 자전거가 사라졌을까 걱정스럽고 떨렸다. 와즈다는 심호흡을 하고 천천히 눈을 떴다. 용기가 필요했다. 한 발 한 발 앞으로 나아가 조심스레 가게를 보았다.

자전거가 거기 있었다! 초록 자전거가 가게 앞에서 오후 햇빛을 받으며 반짝였다. 와즈다는 너무 기뻤다. 그러다 문득 화가 치밀었다.

'주인 아저씨는 배신자야. 어떻게 초록 자전거를 팔 생각을 하지? 내 자전거인데!'

와즈다는 가게 안으로 쳐들어갔다. 그리고 다짜고짜 주인 아저씨한테 물었다.

"제 자전거를 두고 아저씨랑 흥정한 사람은 누구예요?"

와즈다는 허리에 손을 짚으며 말을 이었다.

"그때요. 저랑 눈이 마주쳤던 날 말예요!"

주인 아저씨는 더듬더듬 변명하듯 말했다.

"모르겠다. 나는 네가 무슨 얘기를 하는지 모르겠는데."

와즈다는 마치 전사처럼 두 발로 단단히 버티고 섰다.

"저는 아저씨가 제 자전거를 아무에게도 보여 주지 않았으면 좋겠어요."

가게 주인은 고개를 절레절레 흔들었다. 이상하게 돌아가는 이 상황을 믿지 못하겠다는 듯.

와즈다는 주머니에서 음악 테이프 하나를 꺼냈다.

"여기요!"

와즈다는 평화 협상안을 내놓았다.

"제가 아저씨한테 음악 테이프를 만들어 줄게요. 아저씨를 현대 세계로 이끌어 줄 노래들이죠."

가게 주인은 엉겁결에 음악 테이프를 받아 들었다. 아저씨는 표지에 삐뚤빼뚤 써 있는 노래 제목들을 살펴보았다.

"고맙구나. 참 친절하기도 하네."

와즈다는 활짝 웃으며 자전거를 손가락으로 가리켰다. 오늘 협상의 핵심이 무엇인지 강조하는 몸짓이었다. 가게 주인은 너털웃음을 터트렸다. 와즈다는 기분이 한껏 좋아졌다.

집으로 가는 길에 와즈다는 압둘라 삼촌의 선거운동 천막을 보았다. 천막은 와즈다네 집 건너편에 있는 커다란 공터를 몽땅 차지했다. 쓰레기들이 말끔히 치워지고 그 자리에 탁자들이 줄지어 놓였다. 커다란 TV와 프로젝터가 설치되어 있고, 의자들은 반원을 그리며 정렬되어 있었다. 압둘라가 설치한 조명은 늦은 오후 햇살을 받아 빛났다.

압둘라가 말뚝을 따라 플래카드를 꼼꼼하게 묶고 있었다. 플래카드에는 압둘라의 삼촌 이름이 커다랗게 새겨져 있었다. 와즈다는 턱을 쳐들고 성큼성큼 걸어 압둘라를 지나쳐 갔다.

땀 흘리며 일하던 압둘라가 말뚝에 기대어 소리쳤다.

"너네 엄마가 호통치는 바람에 너무 놀래서 계단에서 굴러떨어질 뻔했어. 거의 목이 부러질 뻔했다고!"

와즈다가 무뚝뚝하게 말했다.

"엄마가 이제 너랑 말 섞지 말래. 공부도 해야 하고."

압둘라는 핸들에 걸어 놨던 헬멧을 집어 들고 와즈다에게

다가갔다.

"네가 언제부터 엄마 말을 들었냐? 여기! 네 거, 사 왔어."

압둘라는 별 거 아니라는 듯 헬멧을 툭 던졌다.

"텐트 뒤 공터에서 자전거 탈래? 사람들이 오기 전에 시간이 좀 있어."

와즈다가 신나서 고개를 끄덕였다. 압둘라를 따라 하얀 천막 뒤로 갔다. 그리고 베일 위로 헬멧을 썼다. 와즈다는 자전거를 타고 공터를 빙글빙글 돌았다. 아바야가 슈퍼맨 망토처럼 흩날렸다. 와즈다는 행복하게 웃었다. 머리를 뒤로 젖히고 웃음소리가 세상으로 울려 퍼지도록 놔두었다. 와즈다는 핸들에서 손을 떼고 달렸다. 그리고 하늘을 향해 손을 흔들었다.

"이것 좀 봐!"

압둘라는 씩 웃으며 콘크리트 블록 위에 앉아 와즈다를 보았다.

"바로 그거지!"

자신감을 얻은 와즈다는 쉬지 않고 페달을 밟았다. 양팔을 쭉 펴서 아바야가 날개처럼 휘날리게 만들었다.

압둘라는 머뭇머뭇하다 와즈다의 눈치를 살피며 말했다.

"칼리드와 걔 아빠가 초록 자전거를 사러 갔었나 봐. 근데 가게 주인이 그 자전거는 이미 주인이 있다고 했대."

압둘라는 와즈다가 화를 내며 소리칠 줄 알았다. 그런데 와즈다의 반응은 예상했던 것과 전혀 달랐다. 와즈다는 땅에 발을 딛더니 호탕하게 웃었다.

"좋았어! 아저씨는 분명 나를 위해 자전거를 찜해 놓은 거야. 그 주인이 바로 나거든!"

와즈다는 신이 나서 허공에 주먹을 휘둘렀다. 자기 꿈이 한 걸음 더 가까워졌다는 것을 알았다. 지나가던 사람이 얼떨떨한 표정으로 와즈다를 보았다. 그러든지 말든지 와즈다는 자전거에 걸터앉아 뱃속이 울리도록 우렁차게 고함을 질렀다. 압둘라가 당황하면서 고개를 푹 수그렸다.

와즈다는 다시 자전거를 타고 커다란 원을 그렸다. 헬멧을 쓰니 더 자신 있게 자전거를 탈 수 있었다. 자유로운 공기가 얼굴에 와서 부딪혔다.

'내 자전거로 타면 훨씬 더 즐겁겠지?'

29

그날 밤, 와즈다는 헬멧을 쓴 채 아빠의 마즐리스에 앉아 게임을 했다. 와즈다는 코란 문제를 다 맞추고야 말겠다는 의지로 집중했다. 지금까지는 모든 문제를 다 맞추었다. 마지막 문제가 흘러나왔다.

"알 마흐랍(Al Mahrab)이란 무엇인가요?"

"아, 이거, 나 아는 거다."

와즈다는 자신 있게 말하며 버튼을 눌렀다.

"정답입니다!"

게임기에서 경쾌한 목소리가 흘러나왔다.

"드디어 해냈다!"

와즈다는 소파로 뛰어올라 손을 번쩍 올려 'V'를 만들었다. 모니터에서 '100점!'이 둥실 떠오르더니, 팡파르가 울리고 경쾌한 음악이 흘러나왔다. 와즈다는 음악에 맞춰 빙글빙글 돌며 춤을 추었다.

한참 신나게 춤을 추던 와즈다는 가계도 액자를 보고 얼굴이 굳어 버렸다. 와즈다의 이름이 적혀 있던 종이가 구겨진 채 탁자 구석에 떨어져 있었다. 와즈다는 종이를 집어 들고 천천히 폈다.

그때 엄마가 다른 방에서 전화기에 대고 내지르는 소리가 들렸다.

"당신은 내 말을 안 들으면서, 나는 왜 당신 말을 들어야 하죠?"

와즈다는 자리에서 일어나 문으로 달려갔다. 엄마는 전화기를 탁자 위에 던지듯 내려놓더니, 갑자기 아바야에 몸을 쑤셔 넣고 니캅을 뒤집어썼다.

"와즈다, 준비해. 우린 나가야 해!"

와즈다는 재빨리 자전거 헬멧을 벗었다. 다행히 엄마는 너무 바빠서 와즈다의 헬멧을 보지 못했다. 와즈다는 방에서 아바야를 들고 인간 회오리바람이라도 된 듯 현관을 향해 돌진했다. 엄마는 벌써 집을 나서서 저만치 걸어가고 있었다. 엄마를 쫓아가기 위해 와즈다는 뛰어야만 했다.

거리를 걸으면서 와즈다와 엄마는 아무말 하지 않았다. 와즈다는 슬슬 걱정이 되었다. 평소 엄마는 절대 걸어 다니지 않는다. 그런데 지금 엄마는 걸어서 어디론가 바쁘게 가고 있다. 아주 화난 표정으로.

지나가던 차 한 대가 속도를 줄이더니 와즈다 엄마와 속도를 맞추었다. 그리고 창문을 열고 징그러운 목소리로 엄마에게 말을 걸었다. 와즈다가 알아들을 수 있는 말은, 몇 번씩 되풀이된 '할바, 할바(Helwa, 중동지역에서 간식으로 먹는 달콤한 과자의 일종)' 뿐이었다. 와즈다는 화가 났다. 세상에서 가장 아름다운 엄마에게 할바라니, 역겨웠다.

와즈다는 엄마의 표정을 읽으려고 애썼다. 엄마는 그 남자를 무시하고 그냥 앞만 보고 걸었다. 엄마의 걸음은 점점 빨라졌다. 와즈다도 엄마의 걸음에 맞추려고 안간힘을 쓰며 똑같이 움직였다. 그 남자는 포기하지 않았다. 번득이는 눈으로 엄마의 감춰진 몸매를 뚫어져라 보며 계속 따라왔다. 와즈다와 엄마가 길을 건너자, 남자는 차선까지 바꾸고 다시 따라붙었다.

마침내 엄마가 폭발했다. 엄마는 커다란 돌덩이를 집어 들더니 목청껏 소리 질렀다. 엄마의 연약한 목소리가 거리에 쩌렁거렸다.

"우리를 내버려 두지 않으면 차 전조등을 깨 버릴 거야!"

엄마는 부들부들 떨었다. 누가 봐도 심상치 않았다. 하지만 남자는 재미있다는 듯 웃음을 터뜨렸다. 남자는 종이 한

장을 창문 바깥으로 날렸다. 와즈다 발치에 떨어진 종이에는 전화번호가 쓰여 있었다.

남자가 속도를 내면서 외쳤다.

"마음 바뀌면 전화해!"

엄마는 입을 앙 다물고 걸었다. 와즈다는 조용히 엄마 뒤를 따랐다. 이내 엄마 걸음이 느려졌다. 엄마를 집에서 뛰쳐나오게 만든 분노가 조금 사그라든 것 같았다.

한참을 더 걸어서 목적지에 다다랐다. 와즈다는 눈을 동그랗게 떴다. 도착한 곳은 집에서 한 블록 떨어진 곳에 있는 병원이었다. 와즈다는 엄마를 따라 병원으로 들어가면서 마음이 복잡해졌다.

'누가 아픈가? 누구지?'

불현듯 엄마가 레일라와 나눴던 대화가 떠올랐다.

'혹시 엄마가 여기에 지원서를 내러 온 거야?'

와즈다는 발걸음이 가벼워졌다. 신이 났다. 그런데 정작 엄마는 불안해 보였다. 엄마는 연신 두리번거렸다.

"저기다!"

로비 끝에 레일라가 서 있었다. 레일라는 하얀 가운을 입고 커다란 파일들을 선반에 올려놓고 있었다. 와즈다와 엄마는 레일라가 아바야를 걸치지 않고 오직 히잡만 쓴 모습을 보며 충격을 받았다. 레일라는 얼굴은 물론이고 머리카락 일부까지 밖으로 드러났다. 심지어 레일라는 한 남자 의사와 웃고 떠들며 농담을 주고받았다. 와즈다는 엄마가 긴장하는 것이 느껴졌다.

"여기서 레일라와 함께 일할 거예요?"

와즈다는 엄마의 아바야를 잡아당기며 속삭였다.

"저 가운, 엄청 멋져요. 하얀 색이지만, 매트릭스 영화에 나오는 거랑 똑같아요!"

"쉿!"

엄마가 말을 잘랐다.

"나…, 나는…, 그냥 레일라에게 줄 게 있을 뿐이야. 그게 다야."

그때 레일라가 와즈다와 엄마를 알아보고는 웃으면서 손을 흔들었다.

"자기야! 왔구나. 잘했어."

와즈다는 또 한 번 레일라가 엄청 젊고 행복해 보인다고 생각했다.

"잠깐만 기다려. 지원서 가져다줄게."

엄마는 레일라를 말리며 속삭였다.

"레일라, 무슨 일이야? 왜 얼굴을 다 내놓고 있어?"

레일라는 활짝 웃으며 아무런 말없이 그 질문을 덮어 버렸다. 레일라는 책상 뒤로 가서 서류함을 뒤적였다. 잠시 후 남자 의사가 오더니 와즈다와 엄마가 서 있는 테이블에서 서류를 정리하기 시작했다. 의사는 자기 일에 열중하다가 뒤늦게 와즈다 모녀를 알아채고는 정중하게 인사했다.

"안녕하세요?"

엄마는 고개를 돌리고 아바야 속으로 손을 감췄다. 와즈다는 남자 의사에게 당당하게 인사했다.

"안녕하세요?"

의사가 와즈다를 보고 웃었다. 그리고 엑스레이 사진을 찾아서 가 버렸다. 엄마는 겨우 숨을 내쉬더니 레일라를 불렀다.

"레일라, 그러지 마. 나는 지원서 때문에 온 게 아니야. 그냥 지나가는 길이었어. 그냥…, 그래, 그냥 인사를 해야겠다고 생각했어."

레일라가 미심쩍은 표정으로 와즈다를 보았다. 와즈다는 엄마가 한 거짓말에 어떻게 반응해야 할지 몰라 어깨를 으쓱해 보였다. 엄마는 자기 마음을 들키지 않으려는 듯 빠르게 말했다.

"레일아, 너 바빠 보이던데, 어서 일하러 가. 어서!"

레일라는 와즈다 엄마를 연민 어린 표정으로 바라보며 말했다.

"좋은 일터야. 자리가 금방 찰 거야. 너는 꼭…."

엄마가 레일라의 말을 가로막았다.

"만나서 반가웠어, 레일라. 나중에 전화할게."

엄마는 와즈다의 손을 붙잡고 돌아섰다. 와즈다는 레일라와 엄마를 번갈아 보다가 엄마 소매를 잡아당겼다.

"엄마, 난 엄마가 여기에서 일하…."

"그만!"

엄마는 무엇에 쫓기듯 서둘러 병원문을 박차고 나갔다.

30

특별 조회가 열리고 전교생이 운동장에 모였다. 소녀들은 반별로 모여 길게 줄을 섰다. 선생님들은 그 사이를 걸어 다니며 학생들이 제자리를 찾도록 도와주고, 구부정하게 선 학생들의 어깨를 펴 주었다. 검은 구두를 신었는지, 손톱이 짧고 아무것도 칠하지 않았는지, 일일이 살폈다. 화장이나 장신구는 무조건 금지였다. 와즈다는 오른쪽에 있는 소녀가 슬쩍 팔찌를 끌러서 소매 아래쪽에 숨기는 것을 보았다. 손톱이 긴 몇몇 소녀들은 줄에서 끌려 나가 손톱깎이를 건네받았다. 그리고 선생님들이 지켜보는 가운데 커다란 쓰레기통 앞에서 손톱을 깎았다.

몇 시간처럼 느껴지는 복장 검사 끝에, 후사 선생님이 나타나 조회대 위에 올랐다. 선생님은 정갈하고도 신중한 움직임으로 확성기를 집어 들었다. 순간 완전한 침묵이 운동장을 채웠다.

"여러분, 내 말 잘 들어요."

후사 선생님은 학생들 전체를 훑어보며 카랑카랑한 목소

리로 말했다.

"우리 학교에서 두 학생이 매우 부적절한 행위를 하다가 발각됐어요."

선생님의 목소리가 사방 벽에 부딪혀 메아리쳤다.

"뒤쪽 운동장에서 말이죠. 그 학생들의 이름은 파틴 알리와 파티마 우마르예요."

또 완전한 침묵이 흘렀다. 그 누구도 움직이거나 감히 옷을 바스락거릴 수 없었다. 후사 선생님이 죄인들을 앞으로 끌어냈다. 파틴과 파티마가 천천히 조회대로 올라갔다. 전교생이 두 소녀를 바라보았다. 전교생의 눈이 둘에게 그대로 꽂혔다.

"이 학생들은 회개하기 위해 무대에 섰어요."

와즈다는 지금 눈앞에 벌어진 상황을 믿을 수 없었다. 늘 당당하고 조금은 건방진 미소를 띠며 학교를 자유롭게 돌아다니던 파틴과 파티마가, 지금 구부정하게 움츠리고 있다. 와즈다는 속이 뒤틀리는 것 같았다. 토할 것 같았다.

후사 선생님은 계속 말을 이었다.

"비슷한 문제를 방지하기 위해, 더 이상 학교에서 친구에게 꽃을 줄 수 없어요. 서로 편지나 쪽지도 주고받을 수 없어요. 손도 잡을 수 없고. 무슨 말인지 알겠어요?"

선생님의 목소리는 점점 더 커졌고 운동장 전체에 쩌렁쩌렁 울렸다. 줄지어 선 소녀들이 동시에 고개를 끄덕였다.

"좋아! 이제는 교실로 돌아가도록 해요."

줄이 흐트러지고 학생들은 교실로 우르르 몰려갔다. 파틴과 파티마도 교실로 가기 위해 움직였다. 그러다가 파틴이 실수로 한 하급생과 부딪혔다.

"만지지 마!"

학생이 공포에 질린 목소리로 소리 질렀다. 와즈다는 언제나 대차게 맞받아치던 파틴이 뭔가 말하길 기다렸다. 그러나 파틴은 그렇게 하지 않았다. 입술을 꽉 깨물고 그냥 옆으로 비켜섰다.

와즈다는 파티마를 향해 걸어갔다. 그러나 얼마 가지 못해 걸음을 멈추었다. 후사 선생님이 계단에 서서 와즈다를 지켜보고 있었다. 와즈다는 우두커니 서서 파틴과 파티마를 보았다. 두 소녀는 언제나 와즈다에게 다정했다. 아무도 그렇지 않을 때조차. 하지만 지금 와즈다는 파틴과 파티마로부터 등을 돌려야 했다. 죄책감이 밀려왔다.

31

와즈다는 엄마 침대에 아무렇게나 누워 발을 벽에 올리고 쳐다보았다. 파란색으로 칠한 발톱이 멋져 보였다. 파틴과 파티마의 매니큐어가 발톱 위에서 마르는 동안, 학교 운동장에서 벌어진 사건이 계속 머릿속에서 맴돌았다. 멈출 수 없는 영화 필름처럼.

와즈다의 마음은 죄책감으로 무거웠다. 일상에서 쫓겨나 버린 파틴과 파티마의 얼굴이 자꾸 떠올랐다. 전교생 앞에서 창피를 당하다니 얼마나 끔찍한 일인가.

'언니들 편을 들지 않다니! 언니들 누명을 벗길 수 있는 순간에 도망쳐 버리다니! 난, 진짜 비겁한 바보야!'

엄마는 방 건너편 거울 앞에 앉아 머리카락을 손질하며 노래를 불렀다. 여느 때보다 맑고 강한 목소리였다.

"당신에게 러브레터를 쓰겠어요. 당신이 얼마나 그리운지 얘기해줄래요."

엄마는 헤어아이론으로 머리카락을 편 후, 거울에 바짝 붙어 자기 모습을 찬찬히 살펴보았다.

"머리를 좀 더 짧게 자를 걸 그랬어. 로브나 아브델 아지즈처럼."

로브나 아브델 아지즈(Lobna Abdel Aziz)는 아름다운 이집트 여배우였다. 커다란 눈과 짙은 색깔 고수머리가 특히 세련되고 아름다웠다.

와즈다가 대뜸 말했다.

"그렇게 해요! 정말 예뻐 보일 거예요."

엄마가 와즈다를 보며 웃었다. 와즈다는 눈을 반짝이며 엄마를 마주보았다.

엄마는 씁쓸하게 웃으며 말했다.

"너네 아빠는 내가 머리 기른 걸 좋아한단다."

엄마는 다시 노래를 부르면서 스카프를 꺼내 머리에 둘렀다. 그리고 서랍장을 열었다. 달그락거리는 소리가 들렸다. 뭔가가 서랍 뒤쪽에서 앞으로 굴러오는 소리였다. 엄마는 눈을 깜박이며 짙은 빨강색 립스틱을 꺼내들었다.

"어머, 이게 뭐야!"

엄마는 와즈다를 돌아보고는 수상쩍다는 듯 눈썹을 들어올렸다. 엄마의 목소리는 부드러웠다.

"이거 날 위해서 산 거니?"

와즈다는 자랑스럽게 고개를 끄덕였다. 그토록 사소한 것으로 엄마를 행복하게 해 줄 수 있다는 것이 기뻤다. 엄마는 와즈다에게 부드러운 미소를 지어 보였다. 와즈다는 수줍게 고개를 돌렸다.

"고맙다. 근데 어디서 돈이 났는지 물어보기는 무섭네."

엄마는 웃으며 입술을 따라 립스틱을 발랐다. 와즈다는 히죽히죽 웃으며 어깨를 으쓱했다. 엄마는 립스틱을 서랍에 넣고 다시 머리를 손질했다. 그리고 거울에 비친 자기 모습을 보며 물었다.

"아빠가 내일 아침 일찍 교대근무가 끝난대. 무슨 음식을 할까? 마르구그?"

'어휴. 또 마르구그라고?'

와즈다는 생각만으로 몸서리쳐졌다. 또 그 많은 채소와 고기를 같이 으깨고, 날반죽을 넣고, 몇 시간 동안 부엌에 묶여 있어야 하다니.

"난 마르구그가 싫어요. 근데 아빠는 이번 달에 내 용돈을 주실까요? 아니면 또 건너뛸까요?"

엄마는 와즈다의 질문에 대답하지 않았다. 자기 할 말만 했다.

"아빠는 마르구그를 좋아해. 그러니 아빠를 위해 만들자."

분노가 와즈다의 몸을 타고 흘렀다. 아빠는 원하는 것이면 무엇이든 얻었다. 하는 일은 아무 것도 없으면서 말이다. 아빠는 기분 내키는 대로 왔다가 갔다. 와즈다와 대화조차 하지 않았다. 그저 앉아서 오락이나 할 뿐이었다. 그런데도 엄마는 아빠를 왕처럼 대한다. 이건 정말 불공평하다. 와즈다는 자기도 모르게 퉁명스럽게 말했다.

"엄마는 나한테 캅사나 만들어 주세요. 아빠는 마르구그 먹을 자격이 없다고요! 내 용돈으로 자기 둘째부인 지참금이나 대고 있으면서…."

엄마는 갑자기 온몸이 굳어 버린 것 같았다. 엄마가 고개를 돌리는 바람에 와즈다는 엄마의 표정을 볼 수 없었지만, 엄마가 얼마나 충격을 받았는지는 알 수 있었다.

순간 와즈다는 귀가 화끈 달아오르고 얼굴이 벌게졌다. 엄마를 괴롭게 만든 벌로 마르구그 수백 그릇을 만들라고 해도 기꺼이 만들 정도로 큰 죄책감이 밀려왔다. 더 이상 아무런 대화도 없었다. 아무런 노래도 없었다. 엄마는 머리에 스카프를 두르고 조용히 자리에서 일어나 부엌으로 향했다. 와즈다는 침대에 꼼짝 않고 누워 천장을 올려다봤다.

32

다음날 와즈다는 조용히 집 안을 돌아다녔다. 반성하는 것처럼 눈을 내리깔고 아주 점잖은 목소리를 내려고 노력했다. 딱히 말을 많이 하지도 않았다. 밤에는 저녁을 준비하고 설거지를 도왔다. 감히 엄마에게 말을 걸지는 못했다. 엄마는 와즈다가 사과하고 싶어한다는 것을 알고 있었다.

또 그 다음날 저녁, 와즈다는 거실에 살며시 앉았다. 엄마는 바닥에 앉아 아빠의 토브를 다렸다. 큰 기도용 깔개를 거꾸로 펴놓고 다림판으로 쓰고 있었다. 엄마는 다시 노래를 부르기 시작했다. 와즈다는 마음이 조금 놓였다.

와즈다는 문가에 서서 엄마의 노래를 들었다. 엄마는 고개를 들었다가 와즈다를 보고 놀랐다. 그리고 와즈다가 손에 코란을 들고 있는 것을 보고 더욱 놀랐다. 와즈다가 머뭇거리며 무릎을 꿇고는 엄마 곁에 앉았다. 엄마는 다시 다림질을 시작했다.

와즈다는 바닥에 작은 메모를 늘어놓았다. 와즈다는 몹시 피곤하고 시무룩해 보였다. 엄마는 걱정스런 목소리로 물었다.

"무슨 일이니?"

와즈다는 기다렸다는 듯이 대답했다.

"코란 대회 준비하다가 죽을 거 같아요! 공부하고, 외우고, 낭송하고, 더 이상 못하겠어요! 모두 날 죽이려 해요! 그 바보 같은 후사 선생님도, 그냥 다 질렸어요."

엄마는 격려하듯 미소 지으며 말했다.

"와즈다, 지금, 넌 잘 하고 있어. 네가 대회 준비를 해서 아빠가 얼마나 기뻐하는지 몰라. 널 자랑스럽게 여기시지."

엄마는 딸을 부드럽게 끌어안으며 말을 이었다.

"제발, 와즈다. 아빠를 자랑스럽게 해 주렴."

와즈다는 엄마를 쳐다보았다.

'엄마가 나를 용서해 주는 건가?'

와즈다는 어깨를 똑바로 펴고 허리를 곧추 세우고는 낭송했다.

"그리고 너희 자신들로부터 배필을 창조해 그 배필과 함께 살게 하심도 그분 예증의 하나이며 그분은 또한 너희 사이에 사랑과 자비를 주셨으니."

와즈다는 자기도 모르게 점점 빨리 낭송했다. 단어가 입에서 툭툭 튀어 나오고 구절들이 한꺼번에 뭉개졌다. 와즈다는 분명 코란 구절을 다 외웠지만, 발음이 영 나빠서 코란 낭송처럼 들리지 않았다. 엄마는 와즈다를 사랑스럽다는 듯 바라봤다.

엄마는 다리미 전원을 끄고 조심스레 옆으로 미뤄 뒀다.

"이렇게 목소리를 내 보렴."

엄마는 아름다운 목소리로 구절마다 경쾌하게 리듬을 살렸다. 노래를 부르는 것 같았다.

"그리고 너희 자신들로부터 배필을 창조해 그 배필과 함께 살게 하심도 그분 예증의 하나이며."

엄마는 잠시 멈추고 와즈다를 향해 고갯짓했다.

"해 봐, 한 번."

와즈다는 마른침을 삼키고 숨을 깊이 들이마셨다.

'엄마처럼 할 수 없을 텐데. 엄마가 실망할 텐데.'

와즈다는 눈을 질끈 감았다. 그리고 엄마를 따라하려고 애쓰며 다시 한번 낭송했다. 목소리를 올렸다 내렸다 하며 선율을 만들어 냈다.

"그리고 너희 자신들로부터 배필을 창조해 그 배필과 함께 살게 하심도 그분 예증의 하나이며…."

와즈다는 깜짝 놀라 눈을 깜빡였다. 자기 낭송 소리가 꽤 괜찮게 들렸다.

"그래, 와즈다. 훌륭하게 잘했다!"

엄마가 환하게 웃으며 박수를 쳤다. 엄마는 열정 가득한 선생님처럼 와즈다를 가르쳤다.

"이제 다음 문장은 이렇게 해 봐. '그분은 또한 너희 사이에 사랑과 자비를 주셨으니 실로 그 안에는 생각하는 백성을 위한 예증이 있노라.' 해 봐!"

엄마의 박수에 와즈다는 용기를 얻었다. 와즈다는 어깨를 펴고 다음 문장을 이어갔다. 단어들이 자연스레 입속에서 춤을 추며 굴러다니도록 내버려 뒀다. 와즈다의 목소리는 조금 더 커졌다.

"너희 사이에 사랑과 자비를 주셨으니 실로 그 안에는 생각하는 백성을 위한 예증이 있노라."

와즈다는 낭송을 하고 나서 저도 모르게 두 손을 번쩍 들었다. 자신이 그토록 완벽한 낭송을 할 수 있다는 것이 믿기지 않았다.

"훌륭해!"

둘은 서로를 보며 웃었다. 행복한 기운이 둘 사이에 감돌았다.

엄마가 웃으며 덧붙였다.

"네 목소리는 네 엄마만큼 사랑스럽구나."

와즈다가 쭈뼛거리며 미소를 지었다.

"그래도 부끄러워요. 사람들 앞에서 이렇게 낭송하지 못할 거예요."

"부끄럽다고? 무슨 소리야! 넌, 와즈다잖아! 늘 당당한 와즈다!"

와즈다는 침울한 표정을 지으려다가 그만 웃고 말았다.

어둑한 창문에서 갑자기 빛이 쏟아져 들어왔다. 압둘라가 와즈다네 옥상에서 공터까지 달아놓은 전구들이 하나하나 켜지고 거리를 환하게 밝혔다. 와즈다는 잠시 긴장했다. 엄마가 전구를 아직도 떼지 않았냐고 화낼 것 같았다. 하지만 엄마는 막상 불이 켜지자 불꽃놀이를 보는 어린아이처럼 즐거워했다.

엄마는 벌떡 일어나 와즈다의 손을 꽉 잡으며 말했다.

"열심히 잘 했으니, 우리, 재밌는 구경이나 해볼까?"

엄마와 와즈다는 함께 옥상으로 올라갔다. 둘은 팔짱을 끼고 옥상 난간에 나란히 기대어 섰다. 전구 불빛이 어스름한 초저녁을 밝히며 조명처럼 둘의 얼굴을 비추었다. 와즈다의 얼굴선은 좀 더 부드럽고 동그래 보였다. 눈은 더 커다래 보이고 광대뼈 아래로 살짝 그림자가 졌다. 산들바람이 와즈다의 머리를 부드럽게 날렸다. 그 순간 둘은 누가 보아도 꼭 닮은 모녀 사이였다.

한 무리의 남자들이 공터에 모여 웃으며 떠들고 있었다. 와즈다와 엄마는 길거리에서 벌어지는 쇼를 볼 수 있는 가장 으뜸 자리를 차지했다. 사실 선거에서 누가 이길지, 아니면 시의회가 어떻게 될지는 누구도 관심 없었다. 그런데도 모두 생기 넘치는 분위기였다. 늘 침체되어 있던 거리에 사람들이 이리저리 몰려다니며 웅성거렸다.

와즈다는 엄마와 함께 사람들을 구경하는 이 순간이 즐거웠다. 턱수염을 기른 압둘라의 삼촌이 손님들을 환영하는 모습이 보였다. 압둘라 역시 그곳에 있었다. 길게 늘어선 환영회 줄 끄트머리에서 가장 좋은 토브와 구트라를 격식에 맞게 차려 입고 서 있었다. 와즈다는 압둘라를 보며 씨익 웃었다.

'왜 저렇게 잘생긴 거지? 가수나 연예인처럼 잘생겼네.'

와즈다는 다른 사람들을 훑어보다가 아빠를 발견했다.

아빠 역시 가장 좋은 토브를 차려입고 다른 남자와 함께 웃고 있었다. 와즈다는 엄마를 팔꿈치로 쿡 찌르며 아빠를 가리켰다.

"보세요! 아빠가 저기 있어요. 보이세요?"

엄마는 눈을 가늘게 뜨고 사람들 사이사이를 훑으면서 초조하게 아빠를 찾았다.

"어디? 난 안 보이는데…."

와즈다가 다시 손가락으로 가리켰다.

"바로 저기요!"

엄마의 얼굴이 환하게 빛났다.

"아, 그러네."

엄마는 아빠의 모습을 정신없이 바라보며 말했다.

"아빠 정말 잘생겼지!"

엄마는 아빠한테서 잠시도 눈을 돌리지 않았다. 옥상 은신처에 숨어 있기 때문에 엄마는 마음껏 자유롭게 아빠를 볼 수 있었다.

와즈다는 마냥 즐거웠다. 엄마가 아빠한테 정신 팔려 있는 동안, 와즈다는 자갈돌 하나를 집어 압둘라에게 던졌다. 돌은 압둘라 발 근처에 맞고 튕겼다. 압둘라는 움찔하더니 범인을 잡으려고 두리번거렸다. 그리고 눈을 들어 와즈다를 보았다. 베일을 쓰지 않은 와즈다 얼굴이 조명 아래에서 빛났다. 압둘라는 해죽 웃었다. 그러다가 뒤늦게 구트라를 고쳐 썼다. 압둘라는 자기가 얼마나 어른스럽고 중요한 사람인지 보여주기 위해, 어깨 위로 천을 잘 늘어뜨리고 구겨진 옷을 잘 폈다.

와즈다는 압둘라가 옷 단장하는 것을 보며 킥킥 웃었다. 문득 장난을 치고 싶었다. 와즈다는 압둘라에게 과장된 몸짓으로 뺨 문지르는 시늉을 해 보였다. 그 뜻은 분명했다.

'네 얼굴에 뭐 묻었다!'

압둘라는 창피해서 얼굴이 창백해졌다. 손으로 얼른 뺨을 감싸고 박박 문질렀다. 와즈다는 감쪽같이 속아 넘어간 압둘라를 보며 웃음을 터뜨렸다. 그리고 압둘라에게 손가락질하며 입 모양으로 말했다.

'속았지!'

왼쪽에서 헛기침 소리가 들렸다. 엄마가 눈을 흘기며 와즈다를 보고 있었다. 와즈다는 손을 얼른 내렸다.

아래 공터에선 압둘라 옆에 있던 풍채 좋은 남자가 무슨 일인가 싶어 고개를 들었다. 와즈다와 엄마는 재빨리 난간 아래로 숨었다. 그리고 베일을 쓰지 않고 자유롭게 남자들을 구경할 수 있다는 사실에 한마음으로 통쾌하게 웃었다.

한참을 웃고 나서 와즈다는 옥상에 반듯이 누웠다. 엄마도 누워 두 손을 배에 올리고 밤하늘에 빛나는 별들을 바라봤다. 와즈다는 나란히 누운 엄마를 보았다. 엄마는 여전히 웃고 있었지만 뭔가 깊은 생각을 하는 것처럼 보였다. 엄마는 따스한 손길로 와즈다를 부드럽게 쓰다듬어 주었다. 엄마와 함께 하는 시간은 평화로웠다.

"엄마는 그 사람을 사랑해요?"

엄마가 수줍게 물었다.

"누구? 너네 아빠?"

와즈다가 장난치며 대답했다.

"아뇨, 이웃집 소년이요!"

엄마는 장난스럽게 받아쳤다.

"이웃집 소년을 사랑하는 사람은 내가 아닌 것 같은데."

와즈다는 화들짝 놀라 얼굴이 빨개졌다. 엄마는 짓궂게 웃었다. 와즈다는 엄마 쪽으로 돌아누워 팔꿈치로 몸을 일으켜 세웠다. 그리고 손으로 머리를 괴었다.

"엄마, 아직 대답 안 했어요!"

와즈다는 놀림당한 만큼 갚아 주려는 듯 짓궂게 웃으며 물었다. 엄마는 한숨을 내쉬며 딸의 머리를 쓰다듬었다. 엄마는 다정한 손길로 엉킨 와즈다의 머리카락을 풀어 주며 말했다.

"내가 고등학생일 때 아빠가 청혼했단다. 아빠 사진을 본 친구들은 모두 질투했지! 아빠는 내 첫 남자이자 아마도 마지막 남자겠지. 그리고 아빠는 정말 재미있는 사람이야. 인정할 수밖에 없어."

부드러운 말 속에 어쩐지 씁쓸함이 배어 있었다. 원망이 담겼는지도 모른다. 엄마는 아직도 와즈다의 아빠를 깊이 사랑하고 있었다.

"엄마는 내가 본 그 어떤 여자보다도 예뻐요. 빨간 드레스를 입은 걸 보면 아빠가 심장마비를 일으킬 거예요."

엄마는 한숨을 쉬었다.

"아니야. 엄마를 보지 못할 거야. 남자들 모임에서 바쁠 테니까."

엄마는 체념한 목소리로 말을 이었다.

"아빠는 둘째부인 같은 걸로 내 마음을 아프게 할 사람이 아니었어. 정말이지, 누가 아빠에게 그런 이상한 생각을 불어넣었는지 모르겠다."

엄마는 벌떡 일어나 화제를 바꿨다.

"됐다, 내일 대회를 위해서 한 번 더 연습하자."

와즈다는 순순히 따라 일어났다. 부드러운 바람이 얼굴을 스쳤다. 머리 위로 깨알같이 흩뿌려진 별빛이 밝게 빛났다. 와즈다는 엄마를 기쁘게 하기 위해서 뭐든지 할 준비가 되어 있었다.

"근데, 와즈다, 너, 누구에게도 그 말도 안 되는 자전거 계획은 얘기하지 마라."

엄마가 진지한 목소리로 경고했다.

"네가 자전거 때문에 열심히 하는지 알면, 네가 1등 하도록 내버려 두지 않을 거야. 알겠니? 자, 이제 낭송해 봐."

와즈다의 목소리가 노래처럼 흘러나왔다. 탁 트인 옥상에서 와즈다의 노래가 밤 깊은 곳으로 퍼져 나갔다.

"그리고 너희 자신들로부터 배필을 창조해 그 배필과 함께 살게 하심도 그분 예증의 하나이며 그분은 또한 너희 사이에 사랑과 자비를 주셨으니."

엄마가 혀를 굴려 다시 낭송했다.

"너희 사이에 사랑과 자비를…."

와즈다는 엄마 목소리를 들으며 아침 커피를 떠올렸다. 따뜻하고 달콤한 커피를 한 모금 홀짝이는 기분이었다.

"진심으로 우러나오게 외워 보렴. 주변 사람들은 모두 잊어야 해."

엄마는 다정하게 와즈다의 손을 감쌌다. 그리고 손깍지를 꽉 끼고 가슴에 갖다 댔다. 엄마의 입에서 코란 구절들이 흘러나왔다. 놀라울 정도로 경건하고 열정적인 목소리였다. 엄마의 목소리가 텅 빈 옥상에 울렸다. 머리 위로 조명이 바람에 살며시 흔들렸다. 와즈다는 손가락 사이로 엄마의 심장소리를 느꼈다.

33

결전의 날이 밝았다.

"와즈다, 일어나렴. 엄마, 출근하러 나갈 거야."

와즈다는 어둠 속에서 멍하니 눈을 깜빡이다가, 엄마가 이미 아바야를 입고 출근할 준비가 되어 있는 것을 보고 소스라치게 놀랐다. 그러다 오늘은 엄마가 조금 일찍 출근하는 날이라는 것을 기억해 냈다. 와즈다는 겨우 일어나 잠에서 깨려고 눈을 비볐다. 엄마와 이야기할 시간이 거의 없었다. 더군다나 이렇게 중요한 날에.

엄마가 침대 가장자리에 앉아 와즈다의 머리를 쓰다듬으며 속삭였다.

"오늘, 중요한 날이구나. 무대에 올라가서 떨리면, 기도하렴. '알라신이시여, 저를 도우소서', 알았지?"

바깥에서 차가 경적을 울렸다. 둘은 동시에 소리 나는 쪽을 돌아보았다. 와즈다는 엄마 아바야에 달린 구슬들을 손끝으로 만지작거렸다. 옷자락을 와락 움켜쥐고 엄마를 자기 옆에 붙들어 두고 싶었다. 엄마는 와즈다 이마에 입을 맞추고 출근하기 위해 일어났다.

"나는 오늘이 오길 정말 기다렸단다."

엄마는 니캅으로 입과 코를 가렸다. 여전히 밖으로 드러난 엄마의 눈은 딸에 대한 자랑스러움으로 빛났다.

"엄마는 네가 해낼 걸 알아! 우리 딸, 와즈다!"

엄마는 어스름한 복도로 서둘러 발걸음을 옮겼다. 엄마의 모습은 검은 그림자처럼 지나갔다. 와즈다는 엄마 뒷모습을 보며 숨을 한 번 내쉬고는 다시 침대에 누워 버렸다. 그러다 뒤늦게 뭔가 생각난 듯 손을 머리 위로 뻗었다. 아빠의 염주가 만져졌다. 지난밤 엄마가 머리맡에 두고 간 것이다. 와즈다는 염주를 집어 들고 두 손으로 꽉 쥐었다. 마치 부모님을 자기 곁에 붙잡아 두는 것처럼.

와즈다는 심호흡을 크게 한 후, 벌떡 일어났다. 결전의 날에 지각할 수는 없었다. 와즈다는 후다닥 학교 갈 준비를 마치고 집을 나섰다.

와즈다는 빨리 걸었다. 콘크리트의 갈라진 틈새를 빙 둘러 돌아가고 쓰레기 더미도 피했다. 오늘은 아무 일 없이 무사히 학교에 가야 했다. 마음을 흐트러뜨리지 않고 신경을 집중해야 했다.

와즈다는 카드를 들고 타즈위이드(Tajweed)를 중얼중얼 읽었다. 타즈위이드는 코란에 나오는 단어들을 정확히 이해하도록 도와주는 발음법이었다. 와즈다는 노래 부르듯 낭송하는 법을 잊지 않기 위해 계속 허공에 대고 중얼거렸다.

"만 야자알라, 마이이자알, 에드함 베그후나(Man yajaala, Mayyjaal, edgham beghunah)"

와즈다는 자기 낭송 소리가 듣기 좋았다. 갑자기 자신감이 차올랐다. 학교에 가는 내내 와즈다는 카드를 바꿔 가며 계속 낭송 연습을 했다. 소리 없는 말들이 발걸음에 맞추듯 리듬감 있게 흘러나왔다.

와즈다는 학교에 도착하자마자 강당으로 갔다. 무대 위에는 커다란 글씨로 '코란 낭송 대회'라고 쓰인 현수막이 걸려 있었다. 전교생이 모두 강당에 모였다. 강제로 참여해야 하는 행사였다. 아니었다면 대부분의 학생들은 오지도 않았을 것이다. 많은 소녀들이 지루해 보였다. 교실에서 벗어난 것은 기쁘지만 무대에서 이뤄지는 행사에는 전혀 관심이 없었다. 소녀들은 선생님이 고개를 돌릴 때마다 귓속말을 주고받았다.

오전 내내 대회가 진행되었다. 처음에 참가했던 서른 명의 소녀들은 하나둘 떨어져 나가고, 이제 아홉 명만 남았다. 와즈다는 아홉 명 중의 하나였다.

아홉 명의 소녀는 무대 위에 놓인 의자에 나란히 앉아 있었다. 무대 가장자리에는 후사 선생님이 심사를 위해 서 있었다. 선생님은 팔짱을 끼고 초조해 하는 대회 참가자들을 훑어보았다. 첫 번째 관문의 마지막 문제를 낼 차례였다. 와즈다의 손바닥은 땀으로 흥건했다. 와즈다는 교복 옆 자락에 계속 손을 문댔지만 그다지 도움이 되지 않았다.

후사 선생님이 마이크를 들고 질문을 이어갔다. 선생님에게 질문을 받은 소녀가 자신 없는 목소리로 대답했다.

"음…, 자비…요?"

말끝이 올라가는 것을 보니, 그 대답은 추측일 뿐이었다.

"틀렸어."

후사 선생님이 위엄 있게 말했다.

"수고했다. 제자리로 돌아가렴."

소녀는 무대 아래로 재빨리 내달려 내려갔다. 그리고 관객석에 있는 반 친구들 틈으로 쏙 들어가 버렸다. 무대에서 내려간 것이 오히려 기쁜 듯이.

"다음."

후사 선생님이 다음 참가자를 무대 앞으로 불렀다. 누라였다. 전교생의 시선이 누라에게 쏠렸지만, 누라는 당당하고 편안해 보였다. 누라는 교복 매무새를 가다듬고는 고개를 꼿꼿이 들고 점잖게 걸어 나갔다.

와즈다는 세상의 모든 두려움이 몰려오는 듯한 기분을 감추려 애썼다. 주머니 속에 있는 아빠의 돌멩이를 이리저리 굴리며 손바닥에 원을 그렸다. 돌멩이가 주는 단단한 무게감이 왠지 용기를 줄 것 같았다.

후사 선생님이 딱딱한 목소리로 질문했다.

"사다카토우헨(Sadakatouhen)의 의미는 뭐지?"

"'지참금을 준다'입니다."

누라가 대답했다. 자기 답이 옳다는 자신감이 꽤나 담긴 목소리였다.

"정답."

후사 선생님은 누라가 그 순간의 영광을 누리기도 전에 자리로 돌아가라고 손짓했다. 정답을 맞혀도 박수는 없었다. 박수는 이교도의 풍습으로 여겨졌고, 학교 행사에서는 엄격히 금지되었다. 어린 시절 와즈다는 이교도 아랍인들이 카바(Kaaba) 주변을 돌면서 박수를 친다고 배웠다. 카바는 메카에 있는 알-마시드 알 하람(Al-Masjid al-Haram) 모스크 한가운데에 있는 네모반듯한 건물이었다. 와즈다는 박수를 치는 것은 이슬람에서 가장 신성한 모스크에서도 가장 신성한 구역을 모욕하는 것임을 알고 있었다. 무슬림은 이교도와 정반대로 해야 했다. 그러므로 박수는 금지였다. 물론 무슬림들은 정말로 좋은 일이 생기면 박수 대신 "알라후 아크바르"라고 외칠 수 있었다. 그러나 오늘 관객들은 아무도 그 말을 외칠 정도로 기분 좋진 않았다.

후사 선생님이 살마를 앞으로 불러냈다.

"알 푸르칸(Al-Furqan)이 뭐지?"

살마는 누라보다는 덜 편안해 보였다. 살마는 마이크 앞에서 몸을 구부리고 관객이 아닌 후사 선생님을 바라보며 조용히 대답했다.

"코란이요."

"정답!"

살마가 자리로 돌아가는 동안, 와즈다는 자기 다리가 후들거리는 것을 막으려 애썼다. 재봉틀 페달을 밟는 사람처럼 다리가 떨렸다. 와즈다는 손으로 무릎을 꽉 누르며 두 발이 바닥에 단단히 붙어 있길 바랐다.

"다음, 와즈다!"

와즈다는 침을 꿀꺽 삼키고는 일어나 무대 앞까지 걸어 나갔다. 마이크에 가까이 갈수록 점점 더 속이 불편해졌다. 심장이 너무 세차게 뛰어서 목구멍까지 울림이 전해질 정도였다. 눈썹에 맺힌 땀이 차갑게 식어 또르르 흘러내렸다.

와즈다가 마이크 앞에 서자 후사 선생님의 목소리가 쩌렁쩌렁 울렸다.

"다아브(da'ab)가 뭐지?"

잠시 숨을 고르며 와즈다는 조용히 서 있었다. 누프 선생님과 자밀라 선생님이 눈빛을 교환했다. 이쯤에서 와즈다가 떨어져 나갈 거라고 예상한 듯한 눈빛이었다.

"습관이요."

와즈다가 대답했다. 와즈다의 엄지손가락은 비디오게임을 하는 것처럼 정답 버튼을 찾고 있었다.

"정답."

후사 선생님이 눈을 동그랗게 뜨고 와즈다를 쳐다보았다. 충격을 미처 감추지 못한 얼굴이었다.

"다음 참가자."

다음 소녀가 무대 앞으로 나왔다. 와즈다는 멍하니 앉았다. 심장이 요동쳤다.

'내가 맞았어? 내가 맞았어!'

얼굴로 피가 쏠리고 공기가 폐로 찾아들어 왔다.

'집중만 한다면, 난 할 수 있어.'

와즈다는 지난 몇 주간 오직 이 대회를 위해 준비했다. 조금만 더 집중하면, 꿈을 이룰 수 있을 것만 같았다.

후사 선생님이 야스민에게 물었다.

"하우반 카비란(Hawban Kabiran)이 뭐지?"

야스민은 잠시 생각했다. 1분이 지났다. 또 1분이 지났다. 야스민은 마치 반 친구들 얼굴에 정답이라도 쓰여 있는 것처럼 관객석을 훑어보았다. 그리고 기권의 뜻으로 고개를 가로저었다.

"안됐구나, 야스민. 네 자리로 가렴."

후사 선생님은 무대에 남은 참가자를 헤아려 보았다.

34

와즈다는 결승전에 올랐다. 무대 위에는 세 명의 소녀만이 남았다. 그리고 와즈다는 마지막 낭송 주자였다.

'내가 결승전에 오르다니, 믿을 수가 없어!'

와즈다는 꿈을 꾸는 것만 같았다. 어딘가 저 먼 곳에서 자기 자신을 지켜보는 관찰자가 된 것만 같았다.

"그들은 평화를 심는 사람들이라. 실로 그들은 해악을 퍼뜨리면서도 깨닫지 못하노라."

누라가 낭송하는 목소리에, 와즈다는 다시 현실세계로 돌아왔다. 누라 목소리는 와즈다가 연습할 때 듣던 오디오 녹음처럼 자신감 넘치게 들렸다.

후사 선생님이 흐뭇하게 고개를 끄덕이며 누라에게 미소를 보냈다. 그리고 두 번째 낭송자인 살마를 불렀다. 누라와 살마가 서로 스쳐 지나갈 때, 누라는 살마를 보며 누구도 눈치채지 못하게 고개를 가로저었다. '꿈도 꾸지 마' 하고 말하는 듯한 몸짓이었다.

살마의 자신감을 흔들어 놓으려는 전략이었다면, 성공이

었다. 마이크 앞에 선 살마의 다리가 후들거렸다. 누라는 새침하게 발을 꼬고 앉았다.

후사 선생님이 살마에게 말했다.

"수라트 알 바카라부터 시작하자. 처음부터."

살마는 바닥을 내려다보며 낭송을 시작했다. 살마의 목소리가 떨렸다.

"은혜롭고 자비로우신 알라의 이름으로. 알리프 람 밈(Alif Lam Mim)"

살마는 무대 뒤를 슬쩍 살피다가 차가운 표정의 누라와 눈이 마주쳤다. 누라는 먹이를 노려보는 매서운 눈초리로 살마를 보며 눈을 두 번 깜빡였다.

살마는 갈피를 잃고 말을 더듬었다.

"의심할 바 없이 이 성서는 알라신을 공경하는 자들의 이정표요, 보이지 않는 알라신의 영역을 믿고 예배를 드리며…."

살마의 눈동자가 불안하게 흔들렸다.

"그리고, 사람들, 그러니까…."

살마는 말을 멈췄다. 침묵이 강당을 가득 채웠다.

"그대에게 계시된 것과."

누프 선생님이 나지막이 알려줬다. 살마는 벌벌 떨면서 낭송을 계속하려 애썼다. 눈을 질끈 감고는 심호흡을 두세 차례 했다. 하지만 떨리는 목소리로 낭송을 제대로 이어갈 수 없었다.

"이전에 계시된 것과 또한 내세를 믿는 사람들의…, 사람들…, 음…."

살마는 말을 멈추고 선생님을 맥없이 바라봤다. 후사 선생님이 손을 들었다.

"그만! 그 정도면 됐다, 살마. 수고했어. 그 다음 차례."

이제 시작이다. 와즈다는 주머니에 손을 넣고 아빠가 준 돌을 꽉 쥐었다. 머릿속으로는 아침에 엄마가 속삭여 준 말들을 떠올렸다.

'알라신이시여, 저를 도우소서. 알라신이시여, 저를 도우소서.'

와즈다는 조용히 일어나 무대 앞으로 미끄러지듯 나갔다.

"와즈다. 수라트 알 바카라부터 시작해 봐."

마이크 앞에 서자, 와즈다는 갑자기 말도 안 되게 작은 난쟁이가 된 듯한 기분이 들었다. 와즈다는 숨을 크게 내쉬며 마음을 가라앉히려 애썼다.

그때 관객석에 앉아 있는 파틴과 파티마가 보였다. 파틴과 파티마는 와즈다를 똑바로 쳐다보고 있었다. 순간 와즈다는 부끄러움에 도망가고 싶었지만, 둘의 퀭한 눈과 지친 표정에 담긴 무엇인가가 와즈다의 시선을 잡았다.

와즈다는 둘을 바라보며 입을 열었다. 속 깊은 곳에서부터 코란 구절 하나하나가 떠올라 흘러나왔다. 자전거를 위한, 엄마를 위한, 아빠의 외로운 가계도를 위한 낭송이었다. 그리고 주눅 들고 갈피를 잃어버린 파틴과 파티마를 위한 낭송이었다. 그들 모두를 위한 낭송이자, 와즈다 자신을 위한 낭송이었다. 와즈다가 해내지 못할 거라 생각했던 모든 사람들과 와즈다가 실패하길 기다리는 모든 사람들에게 "네가 틀렸어." 하고 가르치는 낭송이었다.

처음 낭송을 시작할 때 와즈다의 목소리는 부드러웠다. 그러나 구절을 이어가는 박자에 따라 목소리가 오르내리며 강렬해졌다. 와즈다의 낭송은 적절한 박자를 찾았고, 목소리에 담긴 아름다움은 강당 뒤쪽에 앉아 졸던 소녀들조차 의자에 다시 고쳐 앉게 만들었다. 와즈다의 목소리가 낭랑하게 울려 퍼졌다. 와즈다의 진심 어린 목소리는 천장까지 닿았다.

"은혜롭고 자비로우신 알라의 이름으로. 그들의 마음에는 병이 있나니. 따라서 알라신께서 그 병을 더하게 하시매 그들은 고통스러운 벌을 받을 것이라. … 실로 그들은 해악을 퍼뜨리면서도 깨닫지 못하노라."

끝났다. 와즈다는 낭송을 멈추고 눈을 깜빡였다. 강당은 완전히 침묵에 휩싸였다. 어떤 소녀도 킥킥대거나 속삭이지 않았다. 얼어붙은 듯 가만히 앉아 와즈다를 바라봤다. 놀라움으로 가득찬 수많은 눈이 와즈다를 올려다보았다. 와즈다는 해냈다.

후사 선생님이 살짝 웃으며 말했다.

"고맙구나. 아주 잘했다."

35

리야드 전 지역 첨탑에서 기도방송이 흘러나왔다. 기도 소리들이 겹치면서 만들어 내는 울림은 아름답고도 혼란스러웠다.

코란 낭송 대회의 최종 우승자는 아직 발표되지 않았다. 기도가 먼저였다. 강당에 있던 의자들은 전부 앞쪽으로 옮겨지고, 선생님과 소녀들은 기도하기 위해 뒤쪽에 모였다.

소녀들은 자기 아바야를 찾아와 몸에 두르고 귓속말을 주고받으며 서 있었다. 후사 선생님은 다른 참가자들과 함께 맨 앞줄에 서 있었다. 누라가 불만 가득한 표정으로 후사 선생님 옆에 바짝 섰다.

파틴과 파티마는 무리와 떨어져 중간에 서 있었다. 두 소녀는 예배 보는 무리 가운데 작은 섬처럼 고립되어 있었다. 와즈다는 파틴과 파티마에게 주저 없이 다가갔다. 웃는 얼굴로 베일을 제대로 고쳐 쓰고는 파틴 옆에 나란히 섰다. 그리고 기도할 준비를 위해 아바야를 잘 펼쳤다. 와즈다의 아바야가 공중에서 살랑였다.

파틴이 와즈다를 보고는 눈썹을 치세웠다.

"우리 옆에 서도 괜찮겠어?"

파틴은 의심 가득한 눈초리로 와즈다를 바라봤다. 파티마가 싸움을 말리기라도 하듯 파틴의 팔을 잡았다. 그리고 냉담하게 와즈다를 바라봤다.

"축하해."

와즈다는 그 말을 듣고 놀라서 눈을 깜빡였다.

"아직 우승자를 발표하지 않았어."

파틴이 간단히 말했다.

"네가 이겼어. 너는 저 사람들이 가장 좋아하는 전향자잖아. 그러니 어쨌든 모두 네 편을 들 거야."

파틴과 파티마는 패잔병 같은 얼굴로 앞을 보았다. 두 소녀의 눈은 공허했다. 와즈다는 불편한 마음으로 땅만 내려다봤다.

후사 선생님은 학생들이 기도할 준비를 제대로 하는지 살펴보았다. 대부분 소녀들은 기도할 준비를 마치고 무릎을 꿇고 있었다.

교장선생님은 와즈다를 보며 소리쳤다.

"와즈다! 이리 와라. 네 자리는 여기 앞줄이야. 다른 참가

자들과 함께 맨 앞줄에 있어야지."

와즈다가 파틴과 파틴을 돌아봤다. 두 소녀는 다른 곳을 보며 아바야를 고쳐 입고 있었다. 와즈다는 어찌해야 할 바를 모르고 그저 발을 질질 끌며 앞줄로 향했다.

뒤에서 파틴이 나직이 속삭이는 소리가 들렸다.

"배신자."

와즈다는 어깨를 축 늘어뜨린 채 후사 선생님이 가리키는 자리에 무릎을 꿇었다. 와즈다는 가슴이 조이고 불편했다. 무대에 선 것보다 더 힘들었다. 호기심으로 가득한 눈들이 와즈다를 옴짝달싹 못하게 했다.

후사 선생님은 와즈다의 아바야 소매를 잡고 가까이 끌어당겼다. 그리고 귀에 대고 속삭였다.

"훌륭한 무슬림은 서로 바짝 붙어 있는 법이야. 그래야 악마가…."

선생님은 파틴과 파티마를 향해 고갯짓했다.

"그 사이에 끼어들지 못하거든."

후사 선생님은 자기 오른발을 와즈다의 왼발에 붙였다. 전통적으로 무리 지어 기도할 때 취하는 자세였다. 이맘들은 참배자들의 몸과 몸 사이에 간격을 두는 것을 금지했다.

기도 드리는 자들은 반드시 강하고 아무도 뚫을 수 없는 견고한 벽을 만들어야 했다. 그 누구도 그 사이에 끼어들거나 줄을 흩트리는 것을 용납하지 않았다.

후사 선생님의 눈길이 느껴졌지만, 와즈다는 선생님과 눈이 마주치지 않도록 피했다. 기도방송이 모스크 안에 울려 퍼졌다. 이제는 기도할 시간이었다.

맨 앞줄 중간에서 후사 선생님은 이마마(imama, 이맘이 지닌 특별한 영적 권능)를 행했다. 그리고 참배자들이 '알라후 아크바르'를 외치도록 했다. 소녀 한 명 한 명이 내는 소리는 서로 섞여 하나의 목소리를 만들어 냈다. 그 하나의 목소리가 구절을 반복하고 또 반복했다.

기도 시간이 다 끝나고 나서도 한참 동안 우승자가 발표되지 않았다.

'이건 자전거를 사려고 기다리는 것보다 더 최악이야.'

와즈다는 초조하게 발을 꼬았다 풀었다 했다. 몸을 꿈틀대서는 안 된다는 것을 알면서도 불안한 몸놀림을 어찌할 수 없었다. 와즈다 옆에서 누라가 참을성 있게 기다렸다. 언뜻 보기에는 턱을 치켜들고 차분한 표정이었다. 그러나 자세히 보면 누라의 손가락이 안절부절못하며 의자를 두드렸다.

무대 옆쪽에서 심사위원들이 낮은 목소리로 결과를 논의했다. 관중석에서는 소녀들이 지루함을 견디지 못해 몸을 비틀고 웅성거렸다.

마침내 후사 선생님이 자리에서 일어나 무대로 걸어갔다. 선생님은 마이크 전원을 켜고 방송 상태를 시험해 보는 소리를 냈다. 교장선생님은 강당에서 위축되지 않는 단 한 사람이었다.

선생님은 떠드는 소녀들을 훑어보며 말했다.

"조용히 해!"

선생님의 목소리는 차가운 강철 같았다. 소녀들은 즉각 입을 다물고 의자에 똑바로 앉았다.

후사 선생님 얼굴에 미소가 번지더니 말을 시작했다.

"전교생을 대상으로 열렸던 코란 낭송 대회에서 무대에 선 결승 진출자는 셋이었습니다. 두 학생은 표창장을 받고, 오직 한 우승자만이 상금을 받게 됩니다."

누라가 눈을 가늘게 뜨고 와즈다를 노려봤다. 독사처럼 교활한 표정이었다. 와즈다는 아랑곳하지 않고 앞을 똑바로 바라보았다. 누라가 어떻든 상관없었다.

"올해 대회에서 2위는…."

후사 선생님이 잠시 말을 멈췄다. 기다리는 순간이 30분처럼 느껴졌다.

"누라 알 마르쿤입니다."

누라는 비틀어진 입술을 앙다물었다.

"와즈다 알 사판이, 바로 우리의 우승자입니다."

후사 선생님이 평소답지 않게 미소를 띠며 말했다.

"축하합니다!"

와즈나는 눈으로 뜨거운 기운이 올라오는 것 같았다. 눈물이 뺨을 타고 흘러내렸다. 행복의 눈물이었다. 와즈다는 얼굴을 감싸고 뺨을 훔쳤다. 그때 살마가 달려와 와즈다를 두 팔로 와락 껴안았다.

"네가 해냈어!"

살마가 속삭였다. 와즈다는 살마의 행동에 어안이 벙벙했다. "네가 해냈어." 하는 살마의 말이 와즈다의 마음속에 메아리쳤다. "와즈다, 바로 우리의 우승자입니다." 하는 후사 선생님의 말이 또 다른 메아리로 따라붙었다. 불가능할 것만 같았던 일이 이루어졌다. 그동안 와즈다가 연습했던 시간들, 코란 라디오를 듣고, 게임을 하고, 암송을 하던 그 모든 시간들이 보상 받았다.

와즈다는 자리에서 일어나 교장선생님 앞으로 비틀거리며 걸어갔다. 와즈다의 얼굴은 행복으로 빛났고, 두 손은 약간 떨렸다.

후사 선생님은 강당에 모인 학생들을 둘러보며 자랑스럽게 말했다.

"와즈다, 너는 독실함과 인내함으로 이 자리에 섰다. 나는 여기 있는 모든 학생들이 네 모습을 본받길 바란다."

와즈다는 후사 선생님이 상장을 건네자 재빨리 "감사합니다." 하고 고개를 끄덕였다. 와즈다는 얼른 무대에서 내려가 학교를 빠져나가고 싶었다. 기분 좋은 칭찬과 상장도 멋졌지만 그 어느 것도 현금은 아니었다.

"알프 마프러크 빈트 알 사판(Alf Mabruk bint Al Safan)"

후사 선생님이 와즈다를 부족명으로 불렀다. 이것은 엄청난 찬사였다. 와즈다가 가문 전체에 영광을 안겨 주었음을 의미했다. 와즈다 얼굴에 함박웃음이 가득 퍼졌다. 와즈다는 무대에서 상장을 받고 자기 이름이 강당 전체에 울려 퍼지자 자신이 강하고 중요하다고 느껴졌다. 명품 하이힐을 신고 서 있는 후사 선생님보다도 더 크고 중요한 사람 같았다.

"이제, 상금으로 무엇을 할지 계획을 말해주렴!"

와즈다 손에 마이크가 쥐어졌다. 와즈다는 마이크를 불안하게 바라보다 후사 선생님을 보았다. 교장선생님이 기대에 찬 얼굴로 와즈다를 보았다.

와즈다는 숨을 깊이 들이마시고 관객을 살폈다. 와즈다는 관객 속에서 파틴과 파티마를 찾았다. 와즈다는 두 소녀를 똑바로 보았다. 파틴은 여전히 경멸에 찬 표정으로 와즈다를 보고 있었다. 하지만 파티마는 반쯤 웃으며 뭔가 다른 말을 하고 있었다. 파티마는 완고하고 불공평한 체계를 뚫고 당당히 선 와즈다에게 은밀한 박수를 보내듯 고개를 끄덕였다. 고작 몇 초간 눈을 마주친 것이지만 그것으로 충분했다.

후사 선생님이 초조하게 고갯짓했다.

"와즈다? 상금으로 뭘 할 거지?"

와즈다는 마이크를 입에 댔다. 그리고 용기를 끌어모아 자기가 해야 할 일을 했다.

"저는 자전거를 살 거예요!"

와즈다가 후사 선생님에게 반항하듯 선언하자, 여기저기에서 웃음소리가 터져 나왔다.

후사 선생님이 말문이 막혀서 더듬거렸다.

"뭐, 뭐라고?"

와즈다는 파틴과 파티마를 쳐다봤다. 두 소녀는 다른 소녀들처럼 대놓고 웃지는 않았다. 하지만 조회에서 굴욕을 당한 이후 와즈다가 본 중 가장 큰 미소를 지었다.

와즈다가 망설임 없이 다시 말했다.

"저는 자전거를 살 거예요. 보조바퀴가 없는 걸로요. 저는 벌써 자전거 타는 법을 알 거든요."

파틴과 파티마는 이제 다른 소녀들과 함께 소리 내어 웃었다. 유쾌한 웃음소리가 정렬한 학생들 사이를 휩쓸고 강당을 가득 채웠다.

"와즈다!"

선생님이 마음을 가라앉히려는 듯 헛기침하며 말했다.

"팔레스타인에서 전투를 벌이는 우리 형제들을 위해 그 돈을 기부하는 게 낫겠다, 와즈다."

와즈다는 급소를 얻어맞은 기분이었다. 후사 선생님이 '자선'이나 '지역 모스크'라고 말했다면, 와즈다는 어떻게든 빠져나갈 구멍을 만들었을 것이다. 하지만 팔레스타인이라니, 그것은 절대로 거부할 수 없는 복종을 요구하는 마법의 단어였다. 모든 사우디아라비아 무슬림들은 무조건 그 말에 따라야 했다.

와즈다의 마음속에 하고 싶은 말이 메아리쳤다.

'아니에요! 그건 제 돈이에요. 제가 최선을 다해 공정하게 번 거라고요. 저는 그 돈으로 자전거를 살 거라고요!'

와즈다의 말은 감히 입 밖으로 나오지 못했다. 그럴 수는 없었다.

후사 선생님이 와즈다를 내려다봤다. 눈빛이 분노로 활활 타고 있었다. 몹시 화가 났음에도 선생님은 자기 감정을 감추려 애썼다.

"자전거는 여자애들을 위한 장난감이 아니야, 와즈다."

선생님의 한 마디 한 마디가 딱 부러지게 정확했다.

"특히 명예를 지켜야 하는 훌륭한 무슬림 소녀들에게는 더욱 그렇지."

선생님의 말은 와즈다에게 작은 납덩어리들처럼 무겁게 쏟아졌다. 깔깔거리던 관객들은 누군가 정지버튼이라도 누른 듯 웃음을 뚝 그쳤다. 후사 선생님은 와즈다를 무대 위에 꼼짝 못하게 묶어두고 고문하듯 말했다.

"게다가, 나는 너희 가족이 자전거를 허용치 않으리라고 확신한단다."

선생님이 목소리를 더욱 높였다.

"네 이름으로, 그 돈을 팔레스타인에서 싸우는 우리 형제 자매들에게 기부하기로 하자."

격한 분노의 울부짖음이 목구멍까지 차올랐다. 비명을 지르고 주먹을 휘두르며 돈을 달라 요구하고 싶었다. 그러나 와즈다는 꾹꾹 눌러 참아야 했다. 다른 방법이 없었다. 와즈다가 할 수 있는 일은 어이없는 표정으로 후사 선생님을 바라보는 것뿐이었다.

관객들 역시 마찬가지였다. 학생들은 한마음으로 교장선생님을 빤히 쳐다봤다. 눈에는 충격과 분노가 가득했다. 학생들 사이에서 침묵의 연대가 형성됐고, 마음속에 조용히 반항심이 차올랐다. 잠시 동안 소녀들은 하나가 되어 마음속으로 후사 선생님의 절대 권력에 저항했다.

"이제 무대에서 내려가도 좋아."

후사 선생님이 어금니를 꽉 깨물고 와즈다에게 속삭였다.

"학생들은 모두 교실로 돌아가세요."

마이크가 단호하게 '딸깍' 소리를 내며 꺼졌다. 와즈다는 그 자리에 서서 움직이지 않았다. 어찌할 바를 몰랐다. 와즈다는 교문을 뚫고 나가 아바야를 휘날리며 장난감 가게로 곧장 뛰어가 초록 자전거를 사는 것만 생각하고 있었다. 그런데 아무것도 이뤄지지 않았다. 와즈다의 상금은 이제 곧 팔레스타인으로 가게 될 것이다. 와즈다는 그 돈을 보지도 못하고, 손으로 만져 보지도 못하고, 침대 밑에서 돈을 세어 보지도 못할 것이다.

와즈다는 애써 정신을 차리고 무대에서 내려가려고 몸을 돌렸다. 그때 후사 선생님이 와즈다의 어깨를 덥석 잡았다.

"나는 네가 변한 줄 알았다. 하지만 아니었어. 너는 항상 그랬던 것처럼 아직도 똑같은 비열한 작은 악마야. 네 멋대로 행동하면서 사람들이 그걸 눈치채지 못할 거라 생각했니? 틀렸어. 이 일은 너를 영원히 괴롭힐 거다."

애써 참았던 와즈다의 분노가 폭발했다. 와즈다는 몸을 홱 돌려 교장선생님의 손을 떼어 내며 말했다.

"선생님의 그 잘생긴 도둑처럼 말이죠?"

와즈다의 목소리는 크고 우렁찼다. 코란을 낭송할 때 나오던 그 목소리였다. 후사 선생님은 창백해진 얼굴로 뻣뻣하게 서 있었다. 무대 가까이에 있던 소녀들도 한순간 조용해졌다. 와즈다는 무대에서 씩씩하게 내려가 강당을 떠나는 소녀 무리들 사이에 끼었다. 그리고 단 한 번도 뒤를 돌아보지 않았다.

36

압둘라는 여학교 정문 바로 앞에 있는 건물 주변을 서성였다.

'와즈다는 어디 있는 거지? 왜 이렇게 오래 걸리지?'

압둘라는 벌써 15분이나 근처를 서성였다. 좀 위험한 상황이었다. 언제라도 아는 얼굴과 마주칠 수 있었다. 여학교에서 이토록 가까운 곳을 어슬렁거리다가 걸린다면 어마어마한 수치를 당할 것이다.

압둘라는 건물 모퉁이 뒤로 돌아 들어가 타끼야를 매만졌다. 바닥에 아무렇게나 던져 놓은 책가방이 발에 걸렸다. 압둘라는 모래를 발로 찼다. 모래먼지가 풀썩이며 피어올라 가방 위로 한 겹 곱게 내려앉았다. 압둘라는 다시 한번 타끼야를 고쳐 썼다.

그때 와즈다가 나타났다. 분노의 검은 옷자락을 휘날리며 사납게 모퉁이를 돌아섰다. 그리고 압둘라를 쌩하니 지나쳐갔다. 깜짝 놀란 압둘라가 가방과 자전거를 급히 챙겨들고 와즈다 뒤를 쫓았다.

'왜 저렇게 화가 났지? 우승을 못 했나?'

와즈다한테 흐르는 싸늘한 기운에 압둘라는 당황했다.

"무슨 일이야? 1등 못했어?"

와즈다는 잔뜩 화가 난 목소리로 소리쳤다.

"1등 했지!"

"그래? 근데 왜? 돈은 어딨어?"

와즈다는 발걸음을 늦추지 않고 비통하게 쏘아붙였다.

"팔레스타인에!"

압둘라는 어안이 벙벙하여 멍하니 있다가 가까스로 세정신을 차렸다. 압둘라는 급히 와즈다를 뒤쫓으며 눈치를 보았다. 와즈다의 두 눈은 빨갛고 입가는 축 처져 있었다. 압둘라는 와즈다가 겉으로는 분노하지만 사실 마음속 깊은 곳에서 상처 받았음을 알았다.

'동정이나 위로는 안 돼. 차라리 같이 화를 내는 게 낫지.'

압둘라가 와즈다 앞을 가로막으며 물었다.

"무슨 소리야? 팔레스타인이 뭐야? 넌 다른 계획이 있었잖아!"

별 효과가 없었다. 와즈다는 압둘라를 밀치고 달려가 버렸다. 압둘라는 거리에 혼자 남았다. 한쪽 손에는 책가방을 축 늘어뜨리고, 다른 한쪽으로는 자전거를 붙든 채로.

와즈다의 동네에 접어들 때 쯤, 둘은 나란히 걸었다. 와즈다는 너무 슬퍼서 걷기조차 힘들었다. 그 순간 들리는 소리라고는 압둘라가 끌고 가는 자전거 바퀴 소리뿐이었다.

“내 자전거 너 줄게.”

압둘라가 불쑥 말했다. 큰 희생이었다. 하지만 압둘라는 와즈다의 기분을 풀어 주기 위해 더 큰 희생을 할 각오가 되어 있었다.

와즈다는 힘없이 고개를 저으며 말했다.

“그러면 어떻게 너랑 시합을 하니?”

와즈다의 목소리가 슬픔에 잠겨 갈라졌다. 와즈다는 압둘라를 앞질러 집을 향해 뛰었다. 길 건너편에서 한 무리의 인부들이 텐트를 철거하고 선거 파티에서 나온 쓰레기들을 모으고 있었다. 압둘라가 그토록 오랜 시간을 들여 달았던 조명들은 이미 떼어낸 후였다.

압둘라는 생각했다.

‘와즈다 마음을 풀어 줄 방법을 찾아야 해.’

압둘라는 마음속 깊은 곳에서 용기를 끌어내 소리쳤다.

“야, 와즈다!”

와즈다가 압둘라를 돌아봤다. 와즈다의 얼굴은 의기소침하고 슬퍼 보였다.

"우리가 어른이 되면, 나는 너랑 결혼할 거야, 알지?"

와즈다가 압둘라를 보고 슬프게 웃었다. 그리고 아무 말 없이 몸을 돌려 집 안으로 들어가 버렸다. 압둘라는 또 거리에 혼자 남겨졌다.

와즈다는 무거운 문이 저절로 쾅 닫히도록 놔둔 채 거실로 발을 질질 끌며 걸어갔다. 털썩 엎어져 쿠션에 얼굴을 묻고 엉엉 울 생각이었다.

"와, 마침내! 집에 왔구나."

와즈다는 너무 놀라 눈만 끔뻑였다. 아빠가 마치 하루 종일 와즈다를 기다린 것처럼 반갑게 맞았다. 와즈다는 아빠를 의심쩍게 살펴보았다. 밤이 되기 전에 아빠를 집에서 본다는 것은, 리야드 골짜기에서 유니콘을 찾은 것이나 마찬가지였다. 있을 수 없었다.

아빠 헤어스타일이 짧고 세련되게 손질되어 있었다.

"머리 스타일이 바뀌었네요?"

와즈다가 시비 걸 듯 물었지만, 아빠는 자기 할 말만 했다.

"엄마가 내 전화를 받지 않아. 몇 시간 동안이나 해봤거든. 엄마 어딨니?"

이번에는 와즈다가 아빠 말을 무시할 차례였다. 와즈다는 아무 대답 없이 코란 대회 우승 상장을 꺼내 아빠에게 건넸다. 아빠는 좀 당황하더니 상장을 받아들었다. 아빠 얼굴이 당황스러움에서 흥분으로 바뀌었다.

"네가 우승했다고?"

아빠가 소리쳤다.

"믿기 어려운 걸. 대단해. 최고야!"

아빠는 벌떡 일어나 딸을 자랑스럽게 꽉 끌어안았다. 와즈다는 아빠 어깨에 고개를 파묻었다. 참으려 노력했지만 눈물이 흘러나왔다.

아빠가 놀란 표정으로 와즈다를 들여다보며 물었다.

"왜 우니? 네가 우승했어. 넌 행복해야 하는 거야!"

와즈다는 아빠에게 모든 것을 털어놓으려 했다. 돈과 자전거, 파틴과 파티마와 아비르에 대해, 이야기하려 했다. 그런데 와즈다가 입을 떼는 순간 아빠 전화기가 울렸다. 아빠는 와즈다한테 등을 돌리며 전화기를 들고 조용히 대화할 곳을 찾아 복도로 나갔다.

아빠는 통화하는 내내 한 번도 와즈다를 돌아보지 않았

다. 몇 분 후 아빠는 상대방에게 뭐라고 속삭이더니 전화를 끊었다. 그리고 마즐리스로 가서 물건을 챙기고는 와즈다를 쓰다듬으며 말했다.

“내가 엄마를 기다리고 있다고 말해 주렴.”

아빠는 구트라와 이깔을 집어 들었다.

“내가 이야기하고 싶어한다고 전해 줘. 엄마에게 꼭!”

아빠는 손을 뻗어 와즈다의 머리를 즐겁게 헝클어트렸다.

“나는 네가 자랑스럽구나, 우리 작은 챔피언.”

아빠는 현관에서 다시 한번 와즈다를 돌아보았다. 미안한 웃음을 머금은 아빠 얼굴에 저녁 노을이 쏟아졌다.

아빠가 간 후 집은 매우 조용해졌다. 와즈다는 소파 위로 쓰러졌다. 눈물이 뺨으로 흘러내렸다. 와즈다는 화가 난 듯 눈물을 거칠게 닦아 버렸다. 우는 것은 지는 것이다. 울기 싫었다.

전화기가 울렸다. 와즈다는 멍하니 전화기를 보았다. 슬픔에서 깨어나기까지 시간이 조금 걸렸다. 따릉릉 따르릉, 전화벨이 한참 울리다가 끊겼다. 와즈다는 멍하니 전화기를 보았다. 얼마 후 전화벨이 다시 울렸다. 와즈다는 목을 가다듬으며 수화기를 들었다.

"여보세요? 안녕하세요, 레일라 아줌마. 아뇨, 엄마가 어디 있는지 저는 몰라요."

와즈다는 방을 둘러보았다. 혹시 그 사이 엄마가 나타나기라도 한 듯.

"네, 그럴게요. 아줌마가 전화하셨다고 전할 게요."

와즈다는 수화기를 바닥에 던지고는 소파에 털썩 주저앉았다. 와즈다는 째깍거리며 돌아가는 벽시계를 보았다.

'엄마가 어디 갔지? 언제 올까? 하고 싶은 말이 많은데….'

와즈다는 잠들지 않고 엄마를 기다리고 싶었다. 하지만 와즈다는 완전히 지쳐 있었다. 누군가가 행주에서 물을 짜내 버린 듯 탈탈 털린 기분이었다. 와즈다의 눈이 무겁게 내려앉았다. 머리맡에서 째깍째깍 움직이는 시계 소리가 자장가처럼 들렸다. 와즈다는 교복을 입은 채 그대로 소파에서 잠들어 버렸다.

37

와즈다가 눈을 떴을 때 거실은 컴컴했다. 그리고 시계는 아홉 시를 가리키고 있었다.

'아홉 시라고?'

와즈다는 깜짝 놀라 벌떡 일어났다. 머릿속은 멍하고 혼란스러웠다. 와즈다는 주변을 둘러보았다.

'완전 늦었잖아! 왜 엄마는 나를 깨워서 침대로 데려가지 않은 거지?'

와즈다는 눈을 깜빡였다. 어디선가 축포 쏘는 소리와 펑펑 터지는 불꽃놀이 소리가 시끄럽게 창문을 두드렸다. 와즈다는 고개를 갸웃했다. 동네 잔치가 있다는 소리를 들은 적이 없었다. 하지만 이건 분명 동네 어디선가 잔치가 벌어진 소리였다.

집 안은 불빛 하나 없이 컴컴했다. 엄마 방이 있는 아래쪽에서만 가느다란 빛이 새어나왔다. 와즈다는 조심스레 어두운 복도를 더듬어 내려가 엄마 방에 들어갔다. 엄마의 아바야가 침대에 아무렇게나 널부러져 있었다. 보통 때와 같았다. 하지만 그 옆에 있는 물건은 보통 때 보던 것이 아니었다. 하얀색 가운이 투명한 비닐에 담겨 있었다.

'병원 가운?'

와즈다의 심장이 파닥이는 새처럼 뛰었다.

'엄마는 어디 있지?

와즈다는 빠른 걸음으로 욕실을 확인했다. 엄마는 없었다. 와즈다는 욕실 거울에 비친 자기 모습을 보고 한숨을 내쉬었다. 얼굴이 온통 먼지와 눈물로 얼룩덜룩했다. 와즈다는 세수를 하기 위해 세면대에 허리를 굽혔다가 깜짝 놀랐다. 방금 자른 머리카락 뭉치가 세면대에 떨어져 있었다. 와즈다는 비단 같은 머리카락 한 줌을 손가락으로 집어 올렸다. 엄마의 머리카락이었다. 그때 또 다른 축포와 불꽃놀이 소리가 온 집 안을 울렸다.

'엄마가 집에 왔어!'

와즈다는 엄마가 지금 어디에 있는지 알 것 같았다. 와즈다는 곧장 옥상으로 가는 계단을 뛰어올라 갔다. 심장이 덩달아 뛰었다.

와즈다는 조심스레 옥상 문을 열어젖혔다. 옥상은 어두웠다. 암흑의 가장자리를 찰랑대는 도시의 불빛이 둘렀다. 저 멀리 엄마가 앉아 있었다. 와즈다는 조심조심 엄마한테 다가갔다. 조금 삐뚤빼뚤하게 잘린 머리칼이 엄마의 어깨쯤에서 흔들렸다. 바람이 불 때마다 머리카락이 살랑 흩날렸다.

엄마는 먼 곳을 응시하고 있었다. 와즈다는 엄마의 시선을 따라가 보았다. 몇 블록 떨어진 곳에서 큰 잔치가 벌어졌다. 천 개쯤 되어 보이는 조명등이 잔칫집을 환하게 밝혔다. 조명 불빛이 어두운 거리를 은은하게 비추고, 수많은 사람들이 마당으로 들어가고 있었다. 간간이 터지는 축포 소리와 사람들의 즐거운 웃음소리가 파도처럼 넘실거렸다. 몇 분마다 불꽃이 아치를 그리며 올라가 밤하늘을 화려하게 수놓으며 쏟아져 내렸다.

와즈다는 엄마 곁으로 가서 벽에 기대어 섰다. 엄마는 와즈다를 흘깃 보더니 담담하게 말했다.

"소식 들었다."

엄마가 슬픈 미소를 띠었다.

"축하해. 엄마는 네가 정말 자랑스럽다."

와즈다가 어깨를 축 늘어뜨리고 말했다.

"제게 돈을 주지는 않았어요."

자전거를 사는 꿈을 잃어버리고 나니, 와즈다는 몹시 피곤해졌다. 실망감과 공허함이 뱃속 깊숙이 밀려 들어왔다. 아빠가 그랬듯이 엄마도 손을 뻗어 와즈다의 머리카락을 흐트러뜨렸다.

"그냥 잊어버리렴."

엄마의 손길은 부드러웠지만 목소리는 단호했다.

"이제 그 돈은 필요 없어."

와즈다가 눈을 깜빡였다. 엄마가 무슨 말을 하는지 알 수 없었다.

엄마는 잔칫집을 가리키며 말했다.

"엄청난 결혼식이다, 그치?"

와즈다는 거리 아래로 보이는 광경을 다시 살펴보았다.

"어? 저기, 할머니네 집 아니에요? 삼촌 결혼식은 다음 달이잖아요?"

와즈다는 엄마를 올려다봤다.

"저거, 너네 삼촌 결혼식이 아니야."

엄마의 목소리가 파르르 떨리면서 갈라졌다. 와즈다는 다시 한번 잔칫집을 내려다보고 또 엄마를 쳐다봤다. 그제야 엄마 침대에 놓여 있던 빳빳한 병원 작업복이 생각났다. 바람결에 날리는 엄마의 짧은 머리와 세면대에 떨어져 있던 머리카락 뭉치가 생각났다. 그러다 불현듯 현실을 깨달았다. 엄마가 둘째부인의 춤을 추어야 하는 것이다. 와즈다는 엄마를 꽉 껴안았다. 극심한 공포와 괴로움이 수천 개 바늘처럼 쿡쿡 찔렀다. 나의 아름다운 엄마가 연민의 대상이 되다니.

와즈다와 엄마는 오랫동안 서로 끌어안고 있었다. 엄마는 와즈다의 머리와 어깨를 감쌌다. 와즈다는 엄마가 눈물을 참기 위해 바들바들 떨고 있다는 것을 알았다. 와즈다는 주먹을 꽉 쥐었다. 그리고 엄마를 더 꽉 끌어안았다. 엄마 내신 와즈다 눈에서 눈물이 나왔다. 축포와 신나는 함성이 저 멀리서 울렸다.

한참 만에 엄마가 한 발을 뒤로 빼고는 엄지손가락으로 와즈다의 눈물을 닦아 주었다. 그리고 두 손으로 와즈다의 얼굴을 감싸 들었다.

"괜찮아."

엄마가 나지막이 속삭였다.

"아빠는 마음의 결정을 내렸어. 이제는 우리가 결정을 내릴 차례지. 우리는 괜찮을 거야."

와즈다는 엄마를 올려다봤다. 와즈다 눈에 더 많은 눈물이 고였다.

“그 빨간 드레스를 사요. 저기 가서 아빠를 잡아요!”

엄마는 떨리지만 단호한 목소리로 말했다.

“더 이상 빨간 드레스는 필요 없어.”

엄마가 부드럽게 말했다.

“게다가 엄마는 그 돈을 다 써 버렸거든.”

엄마는 옥상 반대쪽에 가서 벽에 달린 전구의 불을 밝혔다. 희미한 불빛이 잠시 깜빡이다 환해졌다. 거기에 초록 자전거가 있었다. 와즈다의 자전거가 작은 빛 아래서 따스하게 빛나고 있었다.

와즈다는 너무 놀라 숨이 턱 막혔다. 자전거를 처음 본 순간 같았다. 와즈다의 꿈, 와즈다가 그토록 열심히 노력했던 이유가 바로 눈앞에 놓여 있었다.

“엄마, 어떻게 이런….”

와즈다는 무슨 말을 해야 할지 몰랐다. 초록 자전거는 그냥 자전거가 아니었다. 엄마가 처음으로 위험을 감수하고, 처음으로 선을 넘어선 순간을 의미했다. 와즈다는 엄마가 다른 사람들처럼 안전한 선 안에 머물기 위해 얼마나 노력하는지 알고 있었다. 그런데 그 모든 것을 버린 것이다.

자전거를 바라보는 동안 시간은 멈춘 듯했다.

'이제 모든 것이 달라질 거야.'

와즈다는 엄마에게 달려가 끌어안았다. 이번에는 슬픈 포옹이 아니었다. 그렇다고 단순한 고마움의 포옹도 아니었다. '엄마를 이해해요. 그리고 사랑해요.' 하는 속삭임이 담긴 포옹이었다.

엄마가 눈물 사이로 속삭였다.

"이게 맞는 거였으면 좋겠네. 가게 주인이 몇 주간이나 어떤 당돌한 꼬마 숙녀를 위해 기다렸다고 하더라."

둘이 서로를 꼭 껴안고 우는 동안, 하늘에서 한바탕 불꽃놀이가 벌어졌다.

38

다음 날 아침 와즈다는 초록 자전거에 휙 올라타고 동네를 내달렸다. 발을 빨리 움직일수록 와즈다의 몸이 빠르게 나아갔다. 와즈다는 태어나서 처음으로 거침없는 움직임이 주는 자유를 느꼈다. 그리고 온전히 자기 힘으로 도시를 누비는 기쁨을 누렸다. 와즈다가 자전거를 타고 거리와 골목을 내달리는 동안 뜨끈한 바람이 베일을 파고들었다.

'이 느낌을 다시는 놓치지 않을 거야.'

와즈다는 페달을 더 세게 밟았다.

할머니 집 앞에서 와즈다는 브레이크를 걸고 미끄러지듯 정지했다. 머리 위에서 아치를 이룬 조명불은 꺼져 있고 길은 한적했다. 색 테이프 몇 가닥과 흩어진 장식들만, 지난 밤 열렸던 결혼식의 흔적으로 남아 있었다.

조용한 집을 바라보는 동안, 와즈다의 마음 속에서 분노가 피어올랐다. 아빠에게 뛰어가 소리를 지르고 싶었다. 아빠한테 목청껏 욕을 퍼부어 주고 싶었다. 아니, 그것만으로는 부족했다. 아빠의 어깨를 붙잡고 흔들어 대고 싶었다. 이런 바보 같은 결정을 하기 전에 보았던, 그 멀쩡한 사람으로 돌아올 때까지 내흔들고 싶었다. 아빠가 와즈다의 아빠였던 시절, 와즈다가 아빠를 세상에서 그 누구보다 사랑했던 그 시절로 돌아갈 때까지.

와즈다는 아랫입술을 꽉 깨물었다. 그리고 페달을 있는 힘껏 밟았다. 바보 같은 결정과 잔인한 현실과 멀어지도록 힘차게.

엄마의 말이 귓가에 맴돌았다.

'아빠는 마음의 결정을 내렸단다.'

'나 역시 결정했어.'

와즈다는 행복해지기로 결정했다. 그 어떤 것이 막아서도 절대 행복을 빼앗기지 않을 것이다. 엄마를 위해, 그리고 와즈다 자신을 위한 결정이었다.

힘차게 페달을 밟으며 모퉁이를 돌아 공터에 다다랐다. 압둘라가 남자아이들과 축구를 하고 있었다. 와즈다는 자전거에서 껑충 뛰어내렸다. 그리고 자전거와 함께 압둘라한테 성큼성큼 다가갔다.

와즈다의 눈빛은 기쁨으로 반짝반짝 빛났고, 입가엔 함박웃음이 피어났다. 그 누가 보아도 와즈다는 세상에서 가장 행복한 소녀였다.

와즈다는 남자아이들 가까이에 서서 당차게 소리쳤다.

"이봐!"

압둘라가 공에서 눈을 떼고 쳐다봤다. 와즈다가 활짝 웃으며 자전거에 올라탔다. 압둘라 입가에 배시시 웃음이 떠올랐다.

압둘라는 다른 친구들에게 먼저 간다고 인사하고는, 공터에 세워진 자기 자전거를 향해 뛰어갔다. 압둘라는 자기와 와즈다가 노는 모습을 다른 소년들이 보아도 더 이상 신경 쓰지 않기로 했다. 와즈다는 압둘라의 친구였다. 최고로 멋진 친구였고, 다른 사람이 그것을 알아도 상관없었다.

압둘라가 자전거에 올라타며 외쳤다.

"가자!"

벌써 저만치 앞선 와즈다를 따라잡기 위해 압둘라는 힘차게 페달을 밟았다. 다른 소년들이 충격을 받은 듯 멍하니 서 있었다. 여자가 자전거를 타다니, 코끼리가 운동장에서 뒷다리로 서서 축구를 한다 해도 이보다 더 놀랍지는 않을 것이다.

와즈다와 압둘라는 거리를 휩쓸며 달렸다. 장난감 가게

앞에서 주인 아저씨가 차를 홀짝이며 친구와 수다를 떨고 있었다. 와즈다와 압둘라가 가게 앞을 지나갈 때, 주인 아저씨는 와즈다를 보고 자랑스레 웃었다. 다른 아저씨들은 압둘라의 친구들처럼 여자애가 자전거를 타는 모습을 보고 충격을 받았다. 혼란에 빠진 듯 입을 딱 벌리고 그저 눈만 끔뻑였다. 와즈다와 압둘라가 언덕 너머로 사라지자, 가게 주인은 어깨를 으쓱해 보이며 빙그레 웃었다.

"새로운 세상이구만."

주인 아저씨는 몇 년 만에 처음으로 과거에 대한 향수가 아닌 미래에 대한 기대감에 부풀었다.

와즈다는 모퉁이를 돌아 골목으로 접어들어 더욱 속도를 냈다. 압둘라가 기를 쓰고 쫓아올수록, 와즈다는 더 힘껏 페달을 밟았다. 압둘라가 앞지르지 못하도록 내내 간격을 확인하며 앞으로 나아갔다.

와즈다가 신나게 소리쳤다.

"잡을 수 있으면 잡아 봐!"

와즈다는 모퉁이에 서 있던 남자 몇 명을 지나쳤다. 남자들은 고개를 돌려가며 와즈다를 못마땅하게 보았다. 하지만 상관없었다. 그냥 쌩 하고 가 버리면 그만이었다.

와즈다는 더더욱 속도를 내며 앞서 갔다. 압둘라는 뒤에서 씩씩거리면서 와즈다를 따라잡기 위해 애썼다. 그러나 와즈다는 너무 멀리 앞서 있었다. 오랜 시간과 노력으로 이루어 낸 꿈을 타고 날아다니는 와즈다를 그 누구도 잡을 수 없었다.

'저기다!'

와즈다는 길 끝에 다다랐다. 고속도로가 시작되는 곳이었다. 와즈다는 자전거를 멈췄다. 그리고 트럭과 자동차들이 우르릉대며 달리는 모습을 지켜봤다. 자유롭게 달려가는 차를 보면서 와즈다는 가슴이 벅차올랐다.

'나도 저렇게 달릴 거야! 꼭!'

물론 그 순간을 위해 감당해야 할 대가가 있다는 것을 와즈다는 잘 알았다. 하지만 대가가 어떤 것이든 분명 가치 있는 일이란 것도 잘 알았다.

차들이 스쳐 지나갔다. 초록 자전거는 와즈다가 원하는 곳이라면 어디든 데려갈 준비를 하며 가만히 기다리고 있었다. 와즈다는 앞을 똑바로 쳐다봤다. 저 멀리 보이는 곳, 또렷하진 않지만 반드시 존재하는 곳, 그 미래를 향해 와즈다는 당당하게 달릴 것이다.

어린 페미니스트

와즈다

글 | 하이파 알 만수르
옮김 | 김문주

초판 1쇄 발행 | 2020년 2월 25일

펴낸이 | 신난향
편집위원 | 박영배
펴낸곳 | (주)맥스교육(상수리)
출판등록 | 2011년 8월 17일(제321-2011-000157호)
주소 | 서울특별시 서초구 마방로 2길 9(보광빌딩 5층)
전화 | 02-589-5133 팩스 | 02-589-5088
블로그 | blog.naver.com/sangsuri_i 홈페이지 | www.maxedu.co.kr

총괄본부장 | 김명신
기획 · 편집 | 신현영
디자인 | 유지현
표지 일러스트 | 오승만
영업 · 마케팅 | 김기식
경영지원 | 장주열

ISBN 979-11-5571-684-7 43840
정가 13,000원

* 이 도서의 국립중앙도서관 출판예정도서목록(CIP)은 e-CIP홈페이지(http://seoji.nl.go.kr)와
국가자료종합목록 구축시스템(http://kolis-net.nl.go.kr)에서 이용하실 수 있습니다.
(CIP제어번호 : CIP 2020006188)

못미더운
악녀
~추궁첩서 교체전~
입니다만
4
Satsuki Nakamura
일러스트 : Kana Yuki
옮김 : 김예진

인물소개

황영림

황가의 추녀. 아름답고 자애롭다.
만인에게 사랑받으며 '전하의 호접'이라 불린다.
병약해서 늘 누워 지낸다.

뒤바뀜

주혜월

주가의 추녀. 주근깨투성이에 화장이 짙다.
'추궁의 시궁쥐'라 불리며 미움받는 존재.
영림을 질투한다.

영요명

황태자.
영림과는 사촌지간.

진우

후궁의 풍기를
단속하는 취관장.

리리

혜월 직속 상급 궁녀.

황동설

영림 직속 필두 궁녀.

황견수

황후.
영림의 백모.

금청가

금가의 추녀.

현가취

현가의 추녀.

남방춘

남가의 추녀.

황경행

영림의 큰오빠.
황가의 무관.

황경창

영림의 작은오빠.
황가의 무관.

운람

남령 작은 읍의 두령.

남임희

방춘의 오빠.
남가의 차남.

《상관도》

서령을 다스리며 금을 관장하는 일족.
상징하는 계절은 '가을', 방향은 '서', 색은 '백'.
나무와 상극이며 또한 물을 낳는다.
현실적이고 상인 기질이 있는 자와
예술가 기질이 있는 자로 나뉜다.
직계일수록 예술가에 가깝고,
아름다움과 철학을 중시한다.
아름다움을 칭송하면서
그것으로 돈을 벌 수도 있는
사람들이 많다.

북령을 다스리며 물을 관장하는 일족.
상징하는 계절은 '겨울', 방향은 '북', 색은 '흑'.
불과 상극이며(이김),
또한 나무를 낳는다(도움).
냉담하고 비인도적인 행위를 태연하게
자행하는 자가 많다.
반면 특정 대상에게는 강하게
집착하는 일도 있다.
무예에 뛰어난 자가 많다.

동령을 다스리며
나무를 관장하는 일족.
상징하는 계절은 '봄',
방향은 '동', 색은 '청'.
흙과 상극이며
또한 불을 낳는다.
평온하고 수동적,
온화한 학자 부류의
인간이 많지만 반면
계산이 빠르고 뱃속이
시커먼 일면도 있다.

직할령을 다스리며 땅을 관장하는 일족.
상징하는 계절은 '환절기', 방향은 '중앙', 색은 '황'.
물과 상극이며 또한 금을 낳는다.
순박하고 솔직하며 남 돌보기 좋아하는 사람들이 많다.
직계일수록 개척정신이 왕성하고,
대지처럼 꿈쩍하지 않는다.
어떠한 천재지변도 '저런' 하고 넘기는 사람들이다.

남령을 다스리며 불을 관장하는 일족.
상징하는 계절은 '여름', 방향은 '남', 색은 '홍'.
금과 상극이며 또한 흙을 낳는다.
과격한 성격이며 화려한 것을 좋아하는 자가 많다.
감정의 기복이 격심하고 이치보다 정을 우선한다.
격렬하게 미워하고 격렬하게 사랑하는 사람들이다.

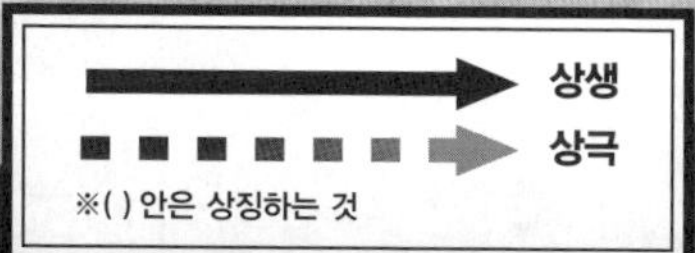

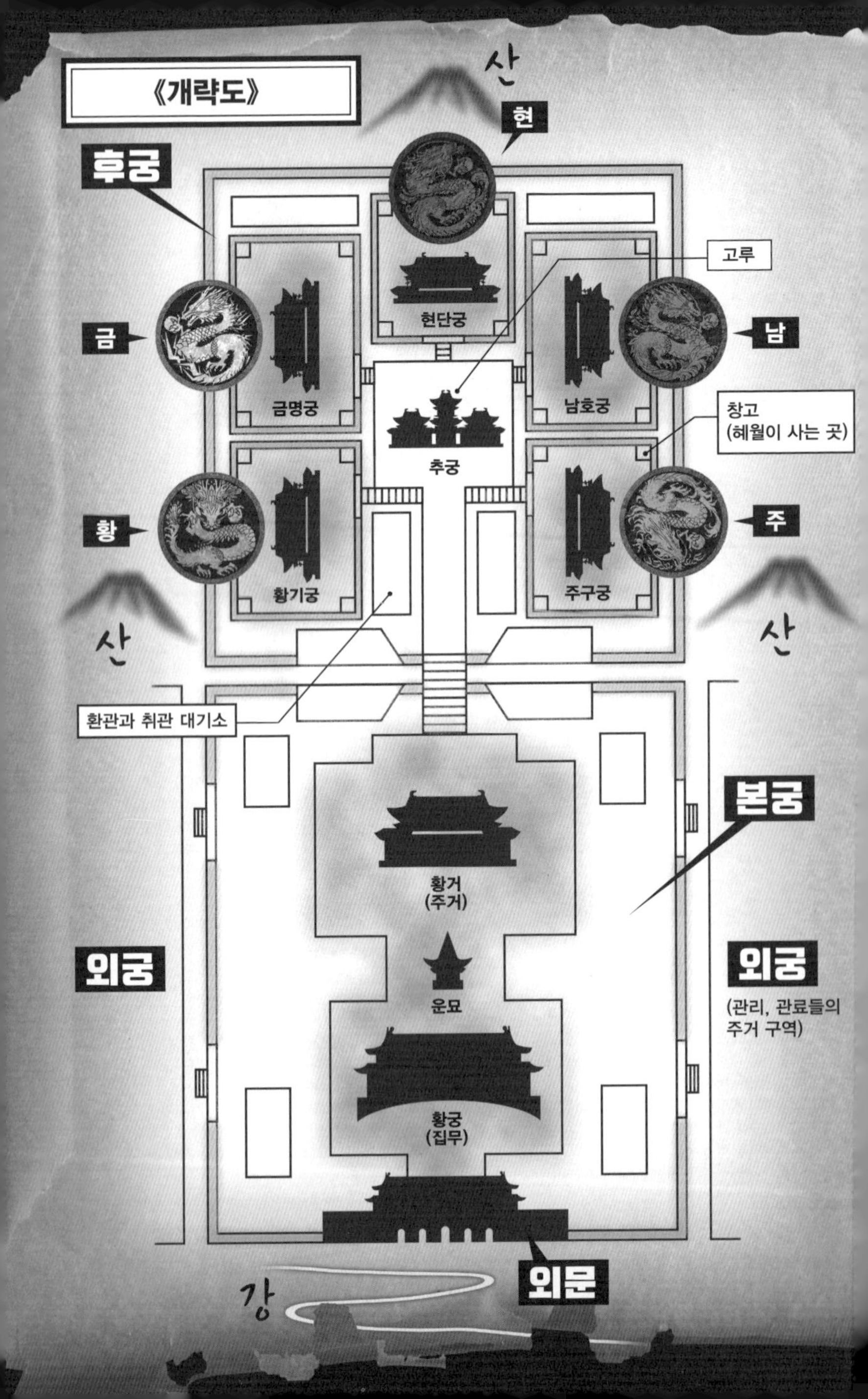
《개략도》
산
현
후궁
고루
금
남
현단궁
금명궁
남호궁
창고
(혜월이 사는 곳)
추궁
황
주
황기궁
주구궁
산
산
환관과 취관 대기소
본궁
황거
(주거)
외궁
외궁
(관리, 관료들의
주거 구역)
운묘
황궁
(집무)
외문
강

목차

지난 권까지의 줄거리

추녀가 되어 처음 치르게 된 '풍년제'. 그 개최지인 주가의 영지 온소로 여행을 떠난 다섯 가문의 추녀와 요명, 진우, 그리고 영림의 오라비인 경행과 경창 일행.

하지만 축제 전날 괴롭힘을 당하는 바람에 혜월의 힘이 폭주하여 다시 영림과 혜월의 몸이 바뀌고 만다. 게다가 영림은 혜월의 모습으로 굶주림에 시달리는 천읍 백성들에게 납치를 당한다. 그런 절박한 상황 속에서도 마음껏 자유를 즐기는 영림의 모습을 보고, 두령인 운람과 읍 사람들의 태도는 차츰 부드러워진다.

그런 가운데 읍에 역병이 만연한다. 그것은 온소의 향장 강 씨와 남방춘의 오빠 남임희의 계략이었다. 영림과 경행, 진우가 필사적으로 사람들을 간병해 간신히 사태가 수습되기는 했으나 운람은 임희의 칼에 찔려 중상을 입게 된다──.

한편 남겨진 혜월은 남가의 추녀 방춘이 수상쩍은 움직임을 보이는 것을 목격하는데…….

프롤로그

이놈이고 저놈이고 하나같이 바보들뿐이다.

남방림(藍芳林)――덕비라 불리는 여인은 둥근 부채 뒤로 슬며시 조소를 머금었다.

사치스럽기 그지없는 추궁의 한구석, 고급 장기판과 탁자가 놓여 있는 휴게실에서 있었던 일이다.

“어떠한가, 덕비여. 그대의 장군은 이미 궁지에 몰렸구나.”

“어머나, 황후 폐하도 참 심술궂으시군요. 이젠 항복하는 수밖에 없겠어요.”

그러나 물론 부채로 가려지지 않은 눈동자와 목소리에서는 경멸의 기색 따윈 손톱만큼도 드러내지 않았다.

아름다움보다 사랑스러움이 더욱 돋보이는 이목구비, 작은 몸집으로 시무룩하게 어깨를 움츠리면 모르는 사람 눈에는 장기를 두다가 열세에 몰려 토라진 솔직한 비로 보일 터였다.

분명 주위의 눈에 비치는 자신의 모습은 지적이지도 않고 승부욕도 없는 가냘픈 여자. 고작 그 정도이리라.

방림은 자신의 인상을 완벽하게 연출하는 데 성공했다는 사실에 매우 만족했다.

황후 견수의 변덕 때문에 열린 대국.

색기밖에 내뿜을 줄 모르는 저 금 숙비도, 사교성이라고는 몽땅 어머니 배 속에 놓아두고 나온 것 같은 현 현비도 각자 자수와 산책을 하러 갔는지 지금은 없다.

자신만이 특별히 황후를 상대하고 있다는 사실은 방림의 우월감을 자극했다.

늘 눈에 띄고 싶어 하는 금 숙비와 달리 방림은 이 후궁에서 아첨해야 할 사람이 단 하나, 황후 견수밖에 없다는 사실을 잘 알고 있었다. 그러니 장기의 승패 따위는 전혀 문제되지 않는다. 그저 '일부러 져주는' 느낌이 들지 않도록 아슬아슬하게 패배해서 황후의 기분을 좋게 만들어 주는 것이 중요하다.

"정말 아쉬워요."

미간을 찌푸리며 부채를 젖히고 입술을 살짝 삐죽거렸다.

천진난만하고 솔직하고 가식이 없다.

늘 새침한 척하는 비빈들 중에서 여동생 같은 위치를 차지하고 있는 영원한 소녀.

그것이 바로 남방림이 사랑해 마지않는 자리였다.

나무 성질이 강한 남가의 인간은 수북한 잎사귀로 나뭇가지를 덮듯 풍부한 언어로 본성을 감추고 그것을 상대에게 쉽게 들키지 않는다. 가지를 스치고 지나가는 바람을 통해 자유자재로 잎사귀를 조종하여 스스로 움직이지 않고 주위를 농락한다.

'다소 어리석어 보이는 것 따위는 전혀 신경 쓰지 않아. 일부러 그렇게 보이게끔 하고 있을 뿐이니까.'

오히려 하찮아 보일수록 자신에게는 더욱 편리하다.

그 누구보다 무력하고 순진한 존재가 사실은 주위를 압도하는 지성을 갖고 있으며 뒤에서 실을 조종하고 있다니——최고가 아닌가.

'아아. 내 몸에 흐르는 남가의 피는 어쩜 이렇게나 짙을까.'

방림은 장기말들을 정리하면서 내심 희열에 빠졌다.

그러나,

"추녀들이 없으니 추궁도 한산하군. 다들 건강하게 잘 지내고 있는지, 원."

의자 팔걸이에 팔꿈치를 짚고 턱을 괸 견수가 그런 말을 하는 바람에 머릿속이 온통 그쪽으로 쏠리고 말았다.

"그러게 말이에요. 외유 기간도 이제 절반이 넘었지요?"

자연스러운 말투를 의식하며 천천히 맞장구를 쳤다.

"영림 님은 건강이 다소 걱정되기는 하지만 분명 추녀로서의 역할을 완벽하게 해내실 거예요. 주최 가문인 혜월 님에게도 손을 내밀어 주시다니…… 정말 훌륭한 분이세요. 비인 제가 추녀인 영림 님을 본받아야겠다고 생각할 정도였어요."

권력자에게 아첨하는 것은 남가의, 아니, 후궁 여자들의 본능이나 다름없다.

사실상 황영림은 몸이 약하다는 사실을 제외하면 동성에게 가차 없는 방림이 보아도 흠 잡을 데 없는 여자였다.

외모가 아름답고 자태도 우아하다. 재능이 넘치며 성품은 온화하고 신중하다. 황태자에게도 이미 총애를 받고 있지만 그것을 이유로 자만하지 않는다.

이런 추녀의 후견인이 된다면 비로서 얼마나 자랑스럽고, 또 편안할까.

하지만 현실은 그렇지 못하기 때문에 방림은 영림의 약점, 즉 허약한 몸을 계속 거론하면서 자신이 갖고 있는 남방춘이라는 패로 싸우는 수밖에 없었다.

"그에 비해 저희 방춘은 항상 내성적인 아이라, 낯선 땅에서 그저 위축되어 있지만 않으면 좋을 텐데 말이에요……."

이 발언은 겸손 반, 진심 반이라 할 수 있었다.

자신과 비슷한 부류인 앳된 느낌이 돋보이는 사랑스러운 얼굴. 보호 본능을 자극하는 자그마한 몸집에 늘 어쩔 줄 몰라 하는 남방춘.

자신과 이렇게까지 닮았으니 분명 남가 특유의 현명함도 갖추었을 거라 생각했는데 뚜껑을 열어 보니 방춘은 단순히 겁 많고 소심한 아이일 뿐이었다.

경전 공부는 제대로 한 모양이고 필체도 그럭저럭 아름답지만 적응력과 기지가 떨어진다. 청탁병탄(清濁竝呑)이라는 것을 모르는지 후궁의 시커먼 뒷사정을 지식으로 배워도 그저 겁을 집어먹고 눈물을 글썽일 뿐이다.

책략을 꾸미는 즐거움도 모르는 데다 사람을 속일 수 있는 지성도 없다.

그 추녀에게는 정말로 실망했다.

'아아, 하지만 **그만큼이나** 자리를 차려 놓았으니 아무리 그 애라도 움직이겠지.'

청초한 동작으로 부채로 입을 가리면서 방림은 히죽 웃었다.

우둔한 것은 아쉽지만 순종적이라고 생각하면 된다.

추녀 스스로 생각할 머리가 없다면 방림이 움직이면 된다. 어차피 추녀 따위는 비의 말에 불과하다.

“무슨 말이냐. 남방춘은 남가가 자랑하는 아주 훌륭한 추녀인 것을.”

“황송하기 그지없습니다. 그래요, 사람이 괴로워하는 모습을 가만히 보고 있지 못하는 마음씨가 고운 아이라는 것은 확실하니까요……. 그런 성품을 언젠가 전하께서 알아봐주실 날이 오리라고, 후견인 비로서는 믿고 있답니다.”

얌전하게 대답하면서 방림은 자꾸 웃음이 나오는 것을 참지 못했다.

이것은 일종의 예언이다. 또는, 예고.

상황이 끝난 뒤, 황후 견수는 나중에 이 대화를 돌이켜 보며 분명 이 발언이 얼마나 적확하게 미래를 예상했는지를 깨닫고 경악하리라.

그리고 그렇게 되었을 때는 이미 황후와 황영림——황기궁의 영화는 종말을 맞이했을 것이다.

여자로서의 자질도 없으면서 간병 따위의 얄팍한 술수로 직급을 훌쩍 뛰어넘어 높은 자리에 올라간 황견수를 같은 방식으로 다른 가문의 여자가 밀쳐내는 것이다.

‘어디 한 번 두고 보라지.’

자꾸만 심술궂은 웃음이 솟아나는 것을 간신히 참았다.

그리고 눈앞에서 아직도 턱을 괴고 앉아 있는 여자를 자연스럽게 응시했다.

미녀――이기는 하다. 그러나 섬세함보다는 관록을 풍기고, 사람을 매료시키기보다는 얼굴을 새파랗게 질리게 만들기만 하는 뻔뻔한 여자.

한 차례 병상에 누워 죽음의 문턱까지 다녀왔는데도 천연덕스러운 얼굴로 황후의 자리에 계속 눌러앉아 꿈쩍도 하지 않는 여자.

추녀 시절, 방림이 세밀하게 짰던 총애 계획을 예상외의 방법으로 무너뜨리고 일약 후궁의 정점을 차지한 여자.

'이젠 아무도 당신에게 칼을 들이밀지 않을 거라고만 생각하고 있겠지? 자기는 무적이라고.'

이놈이고 저놈이고 하나같이 바보들뿐이다.

방림은 소녀다움이 남아 있는 커다란 눈동자를 아주 짧은 한순간 가늘게 떴다.

'쓴맛을 톡톡히 보여주겠어.'

그때 마치 목소리가 들리기라도 한 양 견수가 문득 고개를 드는 바람에 방림은 재빨리 시선을 피하며 토라진 표정을 꾸며냈다.

"아아, 추녀를 키우는 수완도 장기 실력도 폐하께는 통 이길 수가 없네요. 정말 분할 따름이에요. 그럼 오늘은 이만 실례하겠습니다."

"하하, 나만 즐거운 시간을 보내서 미안했다, 덕비."

견수는 태평하게 웃으며 퇴실을 허락했다.

'그래, 맞아. 내가 당신을 일부러 즐겁게 만들어준 거지. 아주 우쭐해져서는, 참 바보 같은 사람이야.'

방림은 마음속으로 가시 돋친 말을 내뱉으며 정중하게 예를 갖춘 뒤 방을 물러나왔다.

하지만 추궁을 나와 남호궁으로 돌아가는 복도를 걸어갈 무렵에는 이미 다시 기분이 좋아져 있었다.

황후는 잘난 척하면 할수록 좋다. 자신감에 차 있으면 있을수록 좋다.

어차피 나중엔 분해서 이를 갈게 될 테니까.

자신이 방춘을 가지고 꾸민 그 '계획'은 대체 어떤 열매를 맺게 될까.

방림은 자꾸만 가슴이 두근거렸다.

"정말, 덕비님도 참……."

견수 직속으로 오래 일한 연배가 있는 등황 궁녀가 방림이 남긴 찻잔을 치우며 어이가 없다는 듯 한숨을 내쉬었다.

"부채로 가리면 웃음이 가려질 줄 아시는 걸까요? 견수 님이 일부러 그 사탕발림에 넘어가 주신다는 것도, 자유롭게 행동하도록 내버려두고 있다는 것도 모르고……."

"후후. 장기판은 곧 됨됨이다. '자, 어서요. 제가 심모원려(深謀遠慮)하여 승리를 양보해 드릴 테니 여기 두세요'라고 적혀 있는 듯한 수였지. 거꾸로 생각하면 오히려 솔직해. 흐뭇한 여인이야."

"나 참, 견수 님이 황제 폐하조차 이길 수 있는 실력자라는 사실을 알고는 있는지 모르겠네요."

등황 궁녀는 불만스러운 듯 미간을 찌푸리더니 목소리를 낮추고 견수에게 물었다.

"덕비님을 이대로 방치해 둬도 괜찮으시겠어요? 그 때문에 대국까지 벌이셨는데."

"음—?"

견수는 치우기 전에 찻잔을 집어 들고 단숨에 내용물을 홀짝 비웠다.

이번에 장기 실력이 그리 뛰어나지 않은——그런데도 본인은 의기양양해하는——덕비 따위에게 대국을 신청한 이유는 덕비의 수상한 움직임을 확인하기 위해서였다.

구체적으로 말하면 금가가 제사용 의상 제작을 맡긴 자수방에 심복을 보내 무언가를 꾸미고 있다는 움직임을.

견수는 소문을 좋아하지 않는다. 그런 것을 굳이 듣지 않아도 자기 스스로 후궁과 본궁에 풀어 놓은 '귀'를 통해 정확하고 정밀한 정보를 손에 넣을 수 있기 때문이다.

금가의 옷. 자수방에 보냈다는 남가의 심복. 그리고,

"'사람이 괴로워하는 모습을 가만히 보고 있지 못하는 마음씨 고운 아이'……란 말이지."

의미심장하게 내뱉은 말.

견수는 눈 깜짝할 사이 차를 다 마셔버린 뒤 찻잔을 대충 내팽개쳤다.

"뭐, 한동안 내버려두어도 되겠지."

"……나중에 귀찮다고 하지 마세요."

"귀찮은 건 아니다. 다만 아무래도 덕비를 보면 자꾸만 다람쥐가 생각나서 말이다."

견수는 의자 등받이에 등을 기대고 허공을 살짝 간질이는 시늉을 했다.

가상의 다람쥐를 쓰다듬는 주인의 모습에 등황 궁녀는 차를 새로 따라 주면서도 요란하게 고개를 가로저었다.

"덕비님이 대체 뭐가 그렇게 사랑스러우시다는 건가요? 옛날에는 저 앳된 얼굴과 말투를 좋아하는 분들도 계셨지만, 마흔 줄에도 그러는 건 좀 아니죠. 저분은 자기가 영원히 10대 추녀라고 생각하시는 거예요."

"가차가 없군. 작은 동물을 예뻐하는 기준은 연령이 아니라 무해하냐 유해하냐에 있지. 자기 분수도 모르고 커다란 먹이를 입안에 가득 집어넣고서 둥지 구멍으로 돌아가는 다람쥐의 모습을 보면 나이와 상관없이 흐뭇한 미소가 나는 법이다."

견수가 싱글싱글 웃자 등황 궁녀는 "가차 없는 게 대체 어느 분이신지 모르겠네" 하고 코웃음을 쳤다.

그러나 견수는 문득 시선을 내려, 새로 채워진 찻잔의 테두리를 손가락으로 어루만졌다.

'무해한 다람쥐는 늙어서 더욱 사랑스러워졌다만.'

턱을 괸 채 찻잔을 살짝 흔들었다.

'유해한 새끼 다람쥐는 과연 어떻게 나올까.'

견수의 손가락이 낳은 파문은 천천히 옅은 빛깔의 수면 전체로 퍼져나갔다.

1. 영림, 치료하다

영림은 마치 바람이 불어서 계속 뒤집히고 또 뒤집히는 나뭇잎처럼 이렇게나 정신없이 길흉의 양상이 바뀌는 나날을 한 번도 겪어 본 적이 없었다.

첫 외유를 나온다며 잔뜩 들떠 있다가 친구가 위기에 빠지고, 앙갚음을 해주려 했더니 이번에는 적의 습격에 편승하여 도망치는 꼴이 되질 않나.

납치되어 온 곳에서는 사람들의 적의에 노출되었지만, 또 두령의 아들과 어찌어찌 흉금을 터놓는 사이가 되었더니 읍이 병으로 뒤덮이질 않나.

활짝 웃어주었던 읍 사람들이 금세 돌을 던지고 욕설을 퍼붓질 않나.

그래도 열심히 간호하는 사이 다시 사람들이 마음을 열고 병도 차츰 낫기 시작했으며 하늘에는 아침이 찾아왔다.

이대로 천천히 겨우 빛이 비쳐들 것이라 생각했는데.

부풀어 오른 희망을 짓눌러 꺼뜨리듯 지금 최악의 사태가 일어나려 하고 있었다.

희미한 햇살이 비쳐 오는 읍의 아침.

그 자리에 털썩 쓰러지고 만 청년, 운람을 보고 영림이 외쳤다.

"운람?! 운람!"

어깨를 붙잡고 늘어졌지만 운람은 꿈쩍도 하지 않았다.

완전히 의식을 잃은 운람의 옆구리에는 단도가 깊숙이 박혀 있었다.

무의식적으로 그것을 건드리려 한 순간 남자의 냉정한 목소리가 귀를 때렸다.

"잠깐, 만지면 안 돼."

오라비이자 호위인 황경행이었다.

경행은 입가에 천을 두른 채 진지한 표정으로 운람의 몸을 살며시 반듯하게 눕히고는 재빨리 훑어보았다.

"……상처가 깊다."

"분명 강 씨 수하의 소행일 거예요."

오라비의 옆에서 자세를 고쳐 앉은 영림이 창백해진 얼굴로 말했다.

"어제 저녁 운람은 산에 약초를 따러 간다고 나갔어요. 하지만 사실은 강 씨의 사자를 만나러 간 게 분명해요. 사자와 교섭해서 약초를 얻으려 했던 거죠……."

──더 좋은 걸 가져올 수 있을지도 몰라.

자신감과 꿍꿍이의 기색이 느껴지던 그 목소리가 떠올랐다.

책임감 강한 운람은 이질 문제 해결을 영림에게만 맡겨 놓지 않고 스스로 상황을 타개하려 했던 것이다.

"그리고…… 거기서 역습을……."

운람은 강 씨를 어떻게 대했을까.

매달리며 애원했을까? 아니, 운람의 성격으로 미루어볼 때 그런 짓은 하지 않았으리라.

협박을 했겠지. 주혜월에게 벌을 내리라는 명령을 역으로 이용했거나, 아니면 병이 얼마나 무서운지를 말했거나.

하지만 향장은 그 때문에 오히려 운람의 입을 막기로 결심했을 것이다. 그래서 칼로 찔렀을 터다. 아니, 나아가 읍 전체를 '처분'하겠다는 뜻도 암암리에 표했다. 그래서 이런 중상을 입고서도 사람들에게 도망치라고 말하러 돌아왔으리라.

영혼을 쥐어짜내듯 내뱉은 '전부, 도망쳐'라는 그 말이 아까부터 머릿속에서 계속 반향을 일으켜 머리가 흔들릴 정도였다.

"나는…… 왜 막지 않았던 걸까……."

사자와의 만남은 이틀에 한 번. 철석같이 그렇게 믿고 있었기에 운람의 무모함을 알아차리지 못했다.

――'목소리 한 번 내고 가자'면서?

결과적으로 장난스럽게 미소 짓던 남자는 지금 얼굴이 온통 흙빛이 된 채 돌아왔다.

영림이 막지 않은 바람에.

"자책은 나중에 해."

험악한 눈빛으로 상처를 들여다보던 경행이 차분하게 말했다.

그러고는 천천히 일어나 영림을, 그리고 곁에 있던 진우를 순서대로 바라보았다.

"일단 상황을 정리해 보자고. 어젯밤부터 운람의 모습이 보이지 않는다 싶었는데 강 씨의 사자를 만나러 간 거였군? 주혜월 처벌 명령을 근거로 강 씨를 협박해서 약초를 얻으려다가 오히려 칼에 찔린 거지. 하지만 간신히 읍으로 돌아왔어."

"네, 아마도……."

새파래진 얼굴로 고개를 끄덕이는 영림의 옆에서 진우가 생각에 잠긴 얼굴로 물었다.

"'전부 도망쳐'라는 게 무슨 뜻이지?"

"은폐 공작에 대해 알려준 게 아닐까? 강 씨는 자신들을 협박한 운람 하나만으로는 부족해서 이 읍을 통째로 '입막음'하려는 거다. 전염병이 퍼졌다는 사실이 알려지면 그것을 구실로 읍 전체를 태워버리려는 거지."

진우의 물음에 경행이 대답했다.

입을 가렸던 천을 풀면서 경행은 저수지 방향을 돌아보았다.

"——아니면 이 병조차 그것을 위한 '사전 공작'이었거나."

저수지의 사당에서는 이곳에 어울리지 않게 호화로운 붉은색 허리띠가 천천히 나부끼고 있었다.

"어디까지가 미리 계획된 일이었는지는 모르겠지만."

팔짱을 낀 진우가 냉정하게 입을 열었다.

"병을 구실 삼아 마을을 불태운다 해도, 현장을 확인하지도 않고 불화살을 쏘는 건 아무리 강 씨라 해도 불가능할 터. 명백히 인도에 어긋나는 짓이다."

"하지만 지금 향에는 전하와 추녀들, '고귀한 분들'이 계시지. 그분들의 안전 확보를 대의명분으로 내걸면 얼마든지 처분을 서두를 수 있어."

경행은 최악의 가능성을 언급한 뒤 분위기를 풀어 보려는 듯

"하지만, 뭐" 하고 어깨를 으쓱했다.

"영명하신 우리의 요명 전하라면 분명 선발대를 보내 확인하지 않고서는 방화를 허락할 수 없다면서 시간을 벌고 계시겠지."

그렇게 결론을 내린 뒤 아직 바닥에 누워 있는 운람에게로 시선을 돌렸다.

"지금은 목숨을 걸고 충고하러 와준 이 친구를 걱정해야 해. ……상처가 정말로 심각하군."

평소에는 웬만하면 명랑한 미소를 짓고 있는 경행의 얼굴이 드물게도 고통스럽게 일그러졌다.

그도 그럴 것이, 상처가 단도로 틀어 막혀 있음에도 붉은 피가 배어나는 데다 그 빛깔로 미루어볼 때 내장까지 영향이 미쳤다는 건 분명하다. 방금 전까지 걸어왔다는 사실이 신기할 정도로 얼굴은 흙빛이었고 숨도 가쁘고 불규칙적이었다. 육체적으로는 진작 한계를 맞이했으리라. 배를 꽉 누른 자세로 전신이 부자연스럽게 굳어 있었다.

"……맑은 물을 길어 와야겠어."

잠시 침묵이 흐른 뒤 진우가 나섰다.

"보아하니 단도를 뽑으면 금세 과다출혈로 죽을 것 같군. 이 지역 풍습은 잘 모르지만 죽기 전에 물 한 모금 정도는 먹이겠지."

표정은 여전히 무뚝뚝했지만 목소리에는 진우 나름대로의 성의가 배어 있었다.

객관적으로 볼 때 운람은 이미 죽은 것이나 다름없었다.

그래서 죽음을 준비하는 것은 진우의 입장에서 운람을 저버리는 잔혹한 처사가 아니었다. 냉정한 판단에 불과했으며 또 호의의 표시이기도 했다.

“묘지가 어디인지 물어보고 오겠다. 구멍 정도는 미리 파 두어야 할 테니까.”

“잠시만요.”

하지만 그때 딱딱한 목소리가 들렸다.

목소리의 주인은 긴장으로 얼굴이 굳은 주가의 추녀——아니, 황영림이었다.

“운람은 아직 살아 있어요. 치료하게 해주세요.”

“냉정을 찾아.”

진우는 무의식중에 연민의 표정을 띠며 여자를 내려다보았다.

“이 상처를 대체 어떻게 고치겠다는 거지? 진흙 인형도 아닌데 금이 간 부분에 진흙을 덧바른다고 원래대로 돌아올 리가 없잖아. 약초를 먹여 보았자 결국 괴로워하는 시간만 늘어날 뿐이다.”

“꿰맬 거예요.”

진우가 타일렀지만 영림은 단호하게 대꾸했다.

“혈관을 좁혀서 피를 멎게 하고, 상처 구멍을 꿰매서 치료할 겁니다.”

“……뭐라고?”

“오——황경행 님.”

당황해서 입을 다문 진우를 제쳐두고 추녀는 그 자리에서 조용히 일어섰다.

그리고 자신보다 머리 하나는 큰 경행을 똑바로 올려다보았다.

"경행 님이시라면 이 사람을 구할 방법을 알고 계시겠지요. 부디 그것을 제게 가르쳐 주세요. 당신께서는 수많은 전장에서 배가 찢어진 병사의 내장을 원래 자리로 되돌려 놓고, 실과 바늘로 상처를 꿰매셨다고 들었습니다. 그 말이 사실인지요."

"뭐, 그랬지."

경행이 너무나도 쉽게 고개를 끄덕였다. 진우는 기겁하며 그를 돌아보았다.

"제정신인가? 살을 꿰매서 죽음으로부터 도망치다니……. 취명신(吹命神)에 대한 모독이야. 게다가 의관 가계도 아니지 않은가?"

"그게 어쨌다는 거지?"

영국의 일반적인 윤리관을 근거로 비난했지만 경행은 꿈쩍도 하지 않았다.

"물론 내 행동은 이 나라에서는 기이하게 보일 테고, 권위나 학문으로 뒷받침될 수 있는 일도 아니었어. 이판사판의 도박 같은 짓을 수도 없이 했을 뿐이야. 하지만 그렇게 해서라도 구하고 싶은 자가 너무나 많았다. 어쩔 수 없었다고."

진우는 천연덕스럽게 어깨를 으쓱하는 경행을 빤히 응시했다.

일단 '내 사람'이 되면 그 후로는 무조건 지킨다. 그러기 위해서라면 그 어떤 행동이라도 불사한다——소박하면서도 대담한 경행의 그 방식은 집착하기로 결심한 상대 외에는 일말의 관심조차 주지 않는 현가의 인간으로서는 도저히 이해할 수가 없었다.

"하지만……."

"하지만이고 나발이고, 본분과 도리를 말하자면 가족도 아니고 운람 본인도 아닌 취관장님에게 치료를 막을 권리가 어디 있지? 거부할 수 있는 건 본인뿐인데."

제지하려 하는 진우를 가로막으며 경행이 눈을 번득였다.

"우리는 이미 이 청년을 '우리 사람'으로 받아들였다."

우리, 라는 말이 누구를 의미하는지는 말할 필요까지도 없다.

황경행과 황영림.

정 많고 용감한 황가 남매는 이미 운람과 이 읍 전체를 지키기로 결심한 것이다.

"사, 운람의 상처를 치료하자는 방침에는 전혀 이의가 없지만 내 치료는 오로지 나만의 방식인 데다 이렇게 큰 상처를 꿰매려 들자면 상당히 처참한 광경이 펼쳐질 거다. 구체적으로 말하자면 출혈 부위를 인두로 지지고, 내장 속에 손을 쑤셔 넣고, 살을 꿰매야 하지."

듣자하니 치료라기보다는 거의 고문에 가까운 공정이었다.

경행은 타인의 얼굴을 한 자신의 여동생을 돌아보더니 시험하는 듯한 눈빛을 보냈다.

"보조가 있으면 물론 좋겠지만 기절해버리면 오히려 민폐야. 수술 중에 정신을 똑바로 차리고 있을 수 있겠느냐?"

"네."

"지금 농담하는 건가, 경행 공?"

계속해서 이야기를 진행하려는 황가 남매를 보고 진우가 드물게도 살짝 언성을 높이며 끼어들었다.

"여인에게 그런 피비린내 나는 일을 시킬 생각이야?"

"아니, 이런. 이 여인의 기개를 얕보아서는 곤란해."

"기개의 문제가 아니야. 유혈과 전투는 무관의 영역. 추녀가 피를 만지게 해서는 안 돼."

그것은 진우 나름대로의 가치관이자 정의감이기도 했다.

보드라운 살결을 지닌 여자라는 생물은 반드시 남자의 두 팔로 지켜야 한다고.

그러나 그 누구보다 고귀하면서도 보호받아야 하는 여자는 자리에서 일어나 진우를 밀어내듯 팔을 만졌다.

"아닙니다, 취관장님."

목소리는 차분했지만 한없이 늠름했다.

여자는 투명하리만치 아름다운 눈동자로 진우를 똑바로 바라보았다. 꿰뚫는 듯한 시선이었다.

"저희 여자들은 이 세상에 태어난 순간부터 피를 흘리고 싸울 숙명을 짊어졌습니다."

가느다란 손가락이 마치 실을 쥐는 듯 움직였다.

희미한 미소를 지으며 여자는 이렇게 덧붙였다.

"생각해 보면 자수가 여인의 미덕이 된 것도, 언젠가 소중한 사람의 상처를 꿰매라는 시조신의 배려가 아니었을까 싶네요."

라고.

우선 수술 장소를 확보해야겠다며 서둘러 자리를 뜨는 추녀를 지켜본 뒤 진우 또한 발걸음을 돌렸다.

"어디 가는 거지, 취관장님? 설마 토라진 건가?"

"그렇게까지 유치하진 않아. 저렇게 되면 그 누구의 말도 듣지 않는다는 사실도 알고 있고."

진우는 운람 옆에 무릎을 꿇으면서 그렇게 묻는 경행을 싸늘하게 흘끗 쳐다보았다.

"향으로 돌아간다. 이 읍의 병이 가라앉고 있다는 사실을 알려서 방화를 막아야 하니까. 어차피 강 씨는 실정과 전혀 다른 보고를 전하께 드렸겠지. 이 납치 사건이 강 씨가 꾸민 일이라는 것과 금 문제, 수상한 옷까지 포함하여 일단 내가 돌아가서 보고하는 편이 좋겠어."

그대로 자리를 뜨려고 한 진우는 경행의 말에 걸음을 멈추었다.

"아—. 음, 직무를 다하려 하는 건 훌륭한 마음가짐이지만, 취관장님. 병의(病衣) 이야기 외에는 이미 전부 보고가 끝났어."

"……뭐라고?"

의아한 표정의 진우 앞에서 경행은 운람의 옆구리와 무릎 밑으로 팔을 집어넣고 "영차" 하면서 안아 올렸다.

"실은 '주혜월'이 이 마을에 도달한 일, 취관장님이 합류한 일, 강 씨가 숲에 금을 숨겨 놓았다는 일까지 전부 전하께서도 알고 계신다."

"뭐?"

"비둘기를 보냈거든."

때때로 사람보다 짐승에 가깝다는 야유를 받는 이 남자는 거기서 입꼬리를 씩 끌어올렸다.

"나는 옛날부터 동물들과 마음이 잘 통했어. 그래서 비둘기를 가르쳐서 전서구로 만들었지. 마지막으로 비둘기를 날린 것도 바로 방금 전이야. 이질이 유행한 것, 이미 가라앉고 있다는 것까지 전부 다 전달했어."

"……왜 말하지 않았지?"

"비밀을 사랑하는 고고한 남자라서 중요한 패는 무심코 감추는 습관이 있거든. 지금 밝혔으니까 용서하라고."

낮게 으르렁거렸으나 경행은 가벼운 말투로 대꾸했다.

지금까지의 행동 전부가 이복형에게 알려져 있었다니. 아니, 그뿐만이 아니라 전부 그들의 손바닥 위에서 놀아나고 있었다니. 그 사실을 안 진우의 가슴속에 무어라 형언하기 힘든 안개가 차올랐다.

하지만 한 박자 늦게 그건 이상하다며 악감정을 꿀꺽 삼켰다.

이쪽 사정이 이미 요명에게 공유되고 있었다면 오히려 수완이 좋고 일처리가 빠르다며 기뻐해야 한다. 자신은 딱히 요명이 알아서 곤란할 일 같은 것은 하나도 하지 않았으니.

이 지역에 독단적으로 머무르고 있는 것도 그것이 합리적이라고 판단했기 때문이다.

——저를 취하시겠다고요?

흔들리는 불길 앞에서 도발적으로 자신을 마주보던 여자의 모습이 떠올랐다.

뺨에 닿았던 가냘픈 손가락과 유혹하던 듯한 손길까지 전부, 진우는 미간을 좁히며 머릿속에서 전부 떨쳐냈다.

"——뭐, 좋아."

"그거 다행이네."

경행은 미안한 기색도 없이 고개를 끄덕이고는 운람의 몸이 흔들리지 않도록 주의하면서 걸어나섰다.

경행은 미간을 찌푸리고 입을 다문 진우의 옆을 스쳐 지나가던 순간 턱만 쓱 내밀며 불렀다.

"그럼, 향에 돌아갈 필요가 없어진 취관장님. 가능하면 그 애를 지켜보다가 혹시 수술 중에 평정심을 잃거들랑 끌고 나가주지 않겠어?"

그러고는 입가를 살짝 비틀며 덧붙였다.

"그 애는 분명 자신의 임종을 맞을 때도 미소 짓고 있겠지만, 타인의 상처를 보는 건 처음일 테니까. 황가의 인간에게는 그것이 더욱 타격이 커."

씁쓸한 미소에는 오라비다운 배려가 가득했다.

***

그로부터 사 반 각 가량, 영림 일행은 정신없이 뛰어다녔다.

우선은 사람이 오지 않는 비축 창고——영림이 일시적으로 몸을 의탁하던 그곳이다——에 최대한 깨끗한 천을 깔고, 경행과 진우가 둘이서 운람을 신중하게 옮겨 왔다.

더운물을 최대한 많이, 청결한 천도 최대한 많이. 납치당했을 때 '주혜월'이 입고 있던 고급 옷을 찢어서 비단실을 확보한 뒤, 빌려 온 바늘과 함께 펄펄 끓였다. 그리고 호룡을 통해 화로와 인두를 입수하여 뜨겁게 달궈 놓았다.

운람이 날뛰지 못하도록 입에 재갈을 물려 놓고 시술자가 몸을 깨끗하게 씻으면 경행이 지시한 '준비'는 완료다.

"치료라기보다는 고문 준비 같군."

벽에 기대어 팔짱을 끼고 선 진우가 새빨갛게 달궈진 인두를 보며 그렇게 중얼거렸다.

"이래서 현가는 무섭다는 거다……라고 말하고 싶지만 뭐, 고통의 정도로 따지면 비슷한 수준일 수도 있겠군."

새 천으로 입을 가린 경행이 어깨를 으쓱하며 대답했다.

"양귀비 액즙이나 사리풀 뿌리라도 있으면 통증을 누그러뜨릴 수 있겠지만……. 지금의 운람에게는 그걸 삼킬 체력도 없고, 연기를 내서 맡게 하려다가는 우리가 혼절하는 수가 있어. 향로도 없고."

"그렇다면 이건 어떨까요?"

잠시 생각한 영림이 그렇게 입을 열었다.

영림이 품에서 꺼낸 것은 대나무 껍질로 싼 작은 솜이었다.

"이게 뭐지?"

"바곳과 만다라화, 그리고 용규(까마중) 줄기에서 짠 즙을 솜에 적셔서 건조시켰던 거예요. 따뜻한 물에 적셔서 코에 넣으면 심신이 차츰 도취되어 통증을 잊을 수 있을지도 몰라요."

줄줄이 늘어놓은 이름들이 하나같이 맹독으로 유명해서인지 진우는 놀란 듯 벽에서 몸을 떼었다.

하지만 경행은 빈사의 부상자에게 독을 먹이자는 제안보다 다른 점이 마음에 걸렸는지 영림을 향해 심각한 표정을 지으며 눈을 가늘게 떴다.

"……이걸, 언제, 어디서 손에 넣었지?"

"전부 재앙의 숲에 나 있었어요. 바곳 종류를 발견하면 이렇게 가공해 두는 게 제 습관이거든요. 몸이 약해졌을 때도 복용할 수 있도록 부담을 극한까지 낮춰 놓으니, 그 점은 안심하세요."

"'습관'이라."

경행이 낮은 목소리로 되뇌었다.

아마 경행은 알아차렸으리라.

육체적 통증이 너무나도 심할 때면 영림이 이런 것에 의지하고 있었다는 사실을.

——그만큼 영림의 몸이 한계에 가까워졌다는 사실도.

"……나중에 얘기 좀 하자."

"네, 나중에."

두 사람은 조용히 대화를 끝냈다.

영림은 경행의 배려에 감사하면서 누워 있는 운람 옆에 무릎을 꿇었다.

지금은 치료에 전념해야 한다.

운람의 코에 솜을 쑤셔 넣고 호흡을 잘 하는지 빈틈없이 확인한 뒤, 상처 주위를 깨끗하게 닦아 나갔다.

경행이 옆에 무릎을 꿇었다.

"우선 지혈을 하자. 피의 색깔과 흐르는 기세로 볼 때 가장 굵은 혈관이 찢어진 건 아닌 것 같다. 기적이지. ──칼 뽑는다."

"네."

경행이 단도를 뽑자 질척한 피가 콸콸 흘러나왔다.

눈 깜짝할 사이 깔개와 멍석을 흠뻑 적시는 피를 보고 영림은 저도 모르게 움찔했다.

마치 생명 그 자체가 흘러나오는 것처럼 보였기 때문이었다.

'……아냐, 절대 그렇게 내버려두지 않겠어.'

하지만 영림은 재빨리 스스로를 타이른 뒤, 입을 딱 한 번 꾹 다물었다.

한 번도 본 적 없는 깊은 상처.

그게 뭐 어떻다는 말인가. 피는 지혈하면 되고 찢이진 살은 꿰매면 그만이다.

무슨 짓을 해서라도 이 청년의 영혼을 몸에 꿰매서 붙들어 놓아야 한다.

"제일 굵은 혈관은 이거로군. 이 양 옆을 실로 묶자. 그리고 인두로 지지는 거야."

"네."

두 사람은 사전에 의논한 대로, 그야말로 담담한 태도로 손을 움직였다.

굵은 혈관은 비단실로 묶어서 출혈을 막고, 가느다란 혈관은 뜨겁게 달군 쇠로 지진다.

운람이 완전히 의식을 잃어서 차라리 행운이라 할 수 있었다.

한동안 비축 창고 안에는 화로 숯이 타는 작은 소리와 실과 가위가 움직이는 소리만이 울려 퍼졌다.

"피는 멎었다. 이젠 찢어진 장기를 꿰매야겠지. 그리고 살을 덮고 마지막으로 피부를 꿰매는 거야. 할 수 있겠니?"

아마 '자신이 없다'고 말하기만 하면 오라비는 자신을 경멸하지 않고 대신 꿰매줄 것이다.

언제든 밖으로 끌고 나갈 수 있게끔 대기하고 있는 건지 등 뒤에서 진우가 대비하는 기척이 느껴졌다.

하지만 영림은 천천히 숨을 내뱉은 뒤 고개를 들었다.

"네."

뜨거운 물과 불로 소독하고 비단실을 끼워 놓았던 바늘을 집어 들었다.

"할 수 있어요."

지켜야 한다고, 영림은 마음속으로 중얼거렸다.

운람의 목숨을, 그와의 약속을.

——제가 반드시 당신을 지켜 드리겠어요.

왜냐하면 영림은 재앙의 숲에서 운람에게 그렇게 맹세했기에.

약속을 어겨서는 안 된다.

절대로.

찌는 듯 더운 여름날 아침, 좁은 공간에 화로까지 들여놓은 비축 창고는 열기로 숨을 쉬는 것조차 갑갑했다.

영림은 관자놀이를 타고 땀이 흐르는 감촉도, 시간이 흐르는 감각도 잊고 정신없이 바늘만 움직였다. 땀이 운람의 몸에 떨어질 뻔하자 경행이 옆에서 닦아 주었다.

정신을 한 올의 실처럼 팽팽하게 긴장시키자 차츰 두통이 느껴졌다.

지끈지끈, 하고 머릿속 그릇 안에서 통증의 구가 굴러다니는 듯한 감각.

그것을 뒤쫓듯 운람의 목소리가, 얼굴이 계속해서 떠올랐다가는 사라져 갔다.

——어쩐지 말이야.

처음으로 맺힌 상은 멧돼지 고기를 둘러싸고 앉은 사람들의 모습을 멍하니 바라보던 운람의 옆얼굴이었다.

식재료가 생기자 싱글싱글 웃기 시작하는 읍 사람들의 간사함에 어이없어서 어깨를 으쓱하면서도 조용히 그들을 바라보던 운람.

——그 사람이 보고 싶던 건 아마 이런 광경이 아니었을까.

나직이 중얼거리는 입술에 희미한 쓴웃음이 맴돌았다.

'그 사람'이라 부를 때의 한결같고도 용서를 구하는 것 같은 씁쓸한 목소리.

——평소 그렇게나 냉정하던 사람이 왜 재앙의 숲 같은 델 들어갔을까, 하고 실은 조금 의문이었거든. 아마 사람들을 기쁘게 해 주고 싶어서…… 그저 도와주고 싶어서, 그게 전부였었나 봐.

이젠 좀 알 것 같아.

누가 듣는 것이 부끄러운 듯 너무나도 작은 목소리로 그렇게 덧붙이던 운람.

고기를 처마에 널어서 말리려고 발돋움을 하던 영림이 저도 모르게 머리를 쓰다듬으려 하자, 운람은 금세 정색을 하고는 '추녀가 뭘 하는 거야'라면서 끈에 묶인 고기를 통째로 빼앗아 들었다.

그것은 배려이기도 했겠지만 동시에 쑥스러움을 감추려는 의도이기도 했으리라.

비아냥과 조소의 가면 밑에 운람은 그토록 소박하고도 따스한 마음을 갖고 있었다.

그런데도 읍 사람들은 운람을 매도하고, 돌을 던지고, 무척이나 상처를 입혔다.

그래도 운람은 금세 고개를 들었지만――그 후 마을에 일어난 변화를 영림은 운람에게 꼭 보여주고 싶었다.

'제발, 운람. 부탁이에요. 가지 말아요.'

바느질을 하고 또 하면서 꿈쩍도 하지 않는 운람을 불렀다.

'호룡 씨가 당신을 「형님의 자식이야」라고 말씀하셨어요. 역시 대단하다고. 언성을 높이던 여성도, 돌을 던지던 소년도 눈물을 글썽이며 사과했어요. 당신의 마음은 이미 사람들에게 전해진 거예요.'

운람은 아직 모른다.

읍 사람들이 자신에게 얼마나 미안하게 생각하는지. 얼마나 감사하고 있는지.

얼마나 그가 마음에 걸려서 견딜 수가 없는지.

'그것도 모르고 보내다니……. 절대, 그럴 수 없어요.'

무의식적으로 힘을 준 어금니에서 둔한 소리가 났다.

따뜻한 장기를 계속해서 꿰매 나갔다.

탄탄한 근육도.

그리고 마지막으로, 표면을 덮은 피부를 정성스럽게 꿰매서 닫으면――.

“바느질 끝났어요.”

영림이 바늘을 내려놓았다.

움직인 것은 손가락뿐이었는데도 격렬한 춤 한 곡을 끝낸 것보다 더 숨이 가쁘고 전신이 뻣뻣했다.

“훌륭해. 확실히 나보다 훨씬 낫군.”

상처를 가만히 들여다본 경행이 천천히 고개를 끄덕였다.

“다음에 내 배가 찢어지면 네가 꿰매줘. 색실을 준비해 둘 테니 화려하게 완성해줘야 한다.”

그런 농담에 어깨 힘이 빠졌다.

울며 웃는 얼굴로 영림은 “어휴…….” 하고 대꾸했다.

“그때는 꽃 자수를 놓을 거예요.”

운람의 상처를, 막았다.

하지만 아직 멀었다. 무사히 의식이 돌아올지 어떨지, 여기서부터가 고비다.

운람은 한동안 물조차 마음껏 먹일 수 없다. 피와 수분을 더 잃지 않고, 열에 정신을 빼앗기지 않고, 일단 오늘 하루를 살아남을 수 있을까.

체력과의 승부였다.

“일단 환기를 시키자. 이대로는 모두 다 쓰러지고 말 거야. 우리도 바깥 공기를 쐬고 오자꾸나.”

“네.”

운람의 간호는 진우에게 맡기고 경행은 문을 활짝 연 뒤 밖으로 나섰다.

나무 그늘에 퍼다 놓았던 통의 물로 손을 깨끗하게 씻고 나서 경행은 천천히 입을 열었다.

"자, 영림."

나직한 목소리로 진짜 이름을 부르는 것은 비밀 대화를 하자는 신호다.

"내가 무슨 질문을 하려는 건지 알고 있겠지?"

"부적이에요."

주어 없는 대화였지만 무엇을 두고 이야기하는지 두 사람 다 알고 있었다.

방금 전 운람에게 준 마취 작용이 있는 독 이야기였다.

영림은 국자 자루에 묻은 피를 닦으며 온화하게 대답했다.

"평상시에 쓰는 건 아니에요. 몸이 먼저 고통을 못 느끼게 되었거든요."

말하다가 문득 '못 느끼게 되었다'는 건 좀 아닌가, 하고 영림은 생각했다.

몸은 항상 고통을 호소하고 있다. 하지만 마음으로 그것을 무시하는 것이다. 온갖 부정적인 감정과 함께 전부 놓아버림으로써.

다만 그것은 혜월과 몸이 바뀌는 사건을 통해 조금씩 바뀌고 있었다.

흔들리는 마음, 떠올린 고통.

그 사랑스러운 변화 너머에 무엇이 기다리고 있을지 생각하는 일이——조금은 무섭다.

그래도 진통제의 독에 빠져 있어서는 안 된다. 지금은, 아직.

영림은 최대한 입술을 끌어올려 평소와 다름없는 미소를 지었다.

"안심하세요, 큰 오라버님. 저는 아직 괜찮아요."

"……."

경행은 작은 한숨을 내쉰 뒤 영림의 팔을 잡고 "물통에 국자를 띄워 보아라" 하고 말했다.

가냘픈 손이 잡고 있던 국자가 물통의 수면에 닿자 여러 개의 파문을 일으켰다.

영림의 팔이 떨리고 있었기 때문이었다.

"영림. 정말로 괜찮은 인간은 이렇게까지 떨지도 않고, 그것을 이런 웃음으로 감추지도 않는다. 익숙한 척 웃기나 하고 말이야."

"아니에요. 이건——."

"영림, 스스로를 책망할 필요는 없어."

변명하려는 영림의 팔을 경행이 더욱 세게 움켜쥐었다.

늘 호쾌하게 웃고만 있던 오라비는 이때 마음 속 깊은 곳까지 꿰뚫어보는 듯 날카롭게 영림의 눈동자를 들여다보았다.

"강 씨가 운람을 습격하도록 내버려두었다고 자책하고 있다면, 그 죄에 대해서는 나도 공범이라고 할 수 있겠지. 나도 막지 못했으니까. 생각지도 못 했어. 설마 운람이 그 정도의 기개를 보여줄 거라고는."

대체 무엇 때문에 그 친구가 그렇게까지 바뀌었을까, 하고 경행이 중얼거렸을 때 숨이 잠시 멎는 기분이었다.

침묵하는 영림 앞에서 경행이 "하지만" 하고 말을 이었다.

"동시에 나는 감탄하고 있다. 운람은 대단한 남자야. 읍을 지키기 위해 자기 목숨까지 걸다니. 나는 운람이 숨기고 있던 왕의 자질을 칭송하겠어. 그러니 너도 걱정하지 말고 자랑스럽게 생각하거라."

힘차고 뚜렷한 목소리였다.

"……."

문득 영림의 팔에서 떨림이 사라졌다.

"영림?"

"――아뇨."

고개를 기울이는 오라비 앞에서 영림은 천천히 눈을 깜박이더니 다시 미소를 지었다.

"역시 큰 오라버님은 대단해요. 덕분에 제대로 정신을 차렸어요."

"영림……?"

"자, 이제 치료 도구를 정리해야겠네요. 큰 오라버님은 잠시 쉬고 계세요. 한숨도 안 주무셨잖아요?"

영림은 재빨리 자리에서 일어나 경행의 대답도 기다리지 않고 비축 창고 쪽으로 발을 돌렸다.

이 오라비에게는 얼굴을 너무 내보여서는 안 되겠다는 생각이 들었다.

간호하고 있던 진우와 교대하면서 '경행이 너무 무리한 것 같으니 눈을 붙이게 해 달라, 내가 말해 봤자 통 듣질 않으니까'라고 부탁했다.

진우가 의심 없이 창고 밖으로 나가는 모습을 지켜본 뒤, 영림은 재빨리 피에 물든 천과 바늘을 정리하기 시작했다.

그러던 중 "윽……." 하는 작은 신음 소리가 들려서 황급히 뒤를 돌아보았다.

하지만 운람이 의식을 되찾은 것은 아닌 모양이었다. 몇 번 질질 끄는 듯한 신음 소리를 흘리더니 다시 깊은 잠에 빠졌다.

영림은 운람의 땀을 닦아주면서 말없이 그 모습을 지켜보았다.

운람의 안색은 아직까지 새파랬다.

입술은 바싹 마른 상태였고, 멍하니 벌어진 입은 숨결이 드나들 때마다 힘없이 쉭쉭거리는 소리가 났다.

창고 안에 가득한 피 냄새. 그 냄새를 맡을 때마다 전신이 묵직해지는 느낌이었다.

생생한 고통의 감촉――손에 잡힐 정도로 뚜렷한 죽음의 기척.

"……'왕의 자질을 자랑스럽게 여겨라'."

이윽고 영림은 젖은 수건을 쟁반에 툭 내려놓았다.

착착 개어서 놓은 것이 아니었기 때문에 수건이 다른 도구에 닿았다. 실이 꿰어져 있던 바늘이 쟁반 밖으로 굴러 떨어졌다.

피에 젖은 바늘을 천천히 들어올리고는 꽉 움켜쥐었다.

부자연스럽게 감정이 차분해지고 주위의 소리가 멀어지는 듯한 감각이 느껴졌다.

분노도, 슬픔도, 조급함도 없는, 고요하기 그지없는 세계.

아아, 하지만 바로 최근까지 자신이 있었던 곳은 이런 장소였는지도 모른다.

“훌륭했어요, 운람.”

영림은 때때로 신음하는 운람의 머리카락을 다른 한 손으로 쓰다듬었다.

“당신은 그 이름이 부끄럽지 않도록, 정말 왕다운 행동을 했어요…….”

경행이 놀랐다. 운람이 이렇게까지 기개가 넘치는, 두령 자리를 잇기에 적합한 남자였느냐고.

하지만 영림은 알고 있었다.

운람이 그런 행동을 한 건 자신과 그런 약속을 했기 때문이다.

──내가 당신을 반드시 지켜줄게요. 그러니까 당신도 왕으로서 이 읍을 지키도록 해요.

머리를 쓰다듬던 손이 멎었다.

“내가 당신에게 왕답기를 강요한 거예요.”

더는 손이 떨리지 않았다.

떨리지조차 않았다.

시커먼 안개 같은 감정이 솟아나더니 금세 엉겨 붙어서 무겁고 갑갑하게 전신을 채우고 몸이 떨릴 틈조차 주지 않았다.

무겁게, 어둡게, 한없이 바닥에 가라앉는 감정만이 존재했다.

“내가…….”

운람의 무모함을 막지 못한 것이 죄라면 자신도 공범이라고 했던 경행. 그럴지도 모른다.

하지만 운람이 그렇게까지 무모하게 행동하도록 만든 장본인은 다름 아닌 영림이었다.

일방적으로 가치관을 강요하여 운람이 일어나서 행동하게끔 등을 떠밀었다.

운람이 숨기고 있던 왕의 자질을 억지로 파헤쳐서 강제로 끌어냈다.

칼에 찔렸을 때, 공연히 산을 넘지 말고 하다못해 그 자리에 주저앉아 구조를 기다렸다면 이렇게까지 상처가 악화되지는 않았을 텐데.

"내가, 당신을 죽음으로, 몰아넣은 거예요."

그 말은 마음, 아니, 영혼 구석구석까지 스며들어 엄중하게 보호되고 있던 가장 부드러운 부분에 날카로운 칼끝을 들이밀었다.

자신 때문에, 사람이 죽는다.

영림의 마음이 유일하게, 그리고 가장 두려워하던 사태.

'고개를…….'

어느 샌가 자신이 고개를 숙이고 있던 것을 깨닫고 영림은 멍하니 생각했다.

'고개를, 들어야 해.'

맹세했다.

다른 사람의 목숨을 짓밟아 가며 얻은 이 삶을 최선을 다해 구가하겠노라고.

목소리를 내고 환하게 웃고 가슴을 펴고 고개를 들고——.

"……."

하지만 들어 올리려던 턱과 시선은 마치 진흙탕에 빠진 것처럼 자꾸만 가라앉았다.

굳세게 부르쥔 주먹 속에서 작은 소리가 툭 울려 퍼졌다.

한계 이상으로 불에 달궈지고 계속해서 혹사당한 바늘이 부러지고 만 소리였다.

2. 혜월, 다과회를 열다

남방춘이 작은 동물 같은 태도로 사라진 후, 혜월은 한동안 멍하니 제자리에 서 있었다.

머릿속에서는 '주혜월'에 대한 묘사가 빙글빙글 소용돌이치고 있었다.

——혜월 님은 늠름한 남자분들을 아주 좋아하신대요.

——미약이라도 한 번 먹여 볼까, 하고 말씀하셨어요.

——욕망에 찬 눈빛으로 예무관들을 바라보셨어요.

"혜월 님."

보다 못한 리리가 작은 소리로 불렀다.

퍼뜩 정신을 차린 혜월은 경창이 복잡한 표정으로 아무 말 없이 서 있는 모습을 보고는 등줄기로 식은땀을 흘렸다.

'설명해야 하는데.'

제일 먼저 느껴진 것은 공포였다.

그렇지 않아도 혜월에 대한 황가의 인상은 최악이다. 요 며칠간의 교류를 통해 경창과는 겨우 위로 비슷한 말도 주고받을 수 있는 사이가 되었는데, 이런 발언이 투하된 상황에서는 그것도 위태로워진다.

필사적으로 발밑을 굳건히 다져 왔는데, 일순간에 그것이 무너져버릴 것만 같은 심경에 혜월은 떨리는 목소리로 외쳤다.

"아, 아니야……."

움츠러든 목소리가 스스로 듣기에도 꼴사나웠다.

사실은 더 논리정연하게, 그래, 황영림처럼 느긋하게 이야기를 하고 싶은데 자꾸만 목소리가 제멋대로 갈라졌다. 혜월은 듣기만 해도 사람들이 미간을 찌푸리는 자신의 이런 말투가 너무나도 싫었다.

"지금 저 계집이 한 말은 전부 거짓말, 거짓말이야."

아아, 틀렸다. 나도 모르게 '계집'이라고 부르고 말았다.

감정적으로 '나는 나쁘지 않다, 저 계집이 거짓말을 한 거다'라고 떨리는 목소리로 말하는 것은 죄를 자백하는 일이나 다름없지 않은가.

그렇지 않아도 선량하고 무해한 남방춘과 시궁쥐에 가해자인 주혜월인데.

사람들이 누굴 믿을지는 불 보듯 뻔한데——.

"나는 맹세코 욕망 같은 건……."

"응? 그 점은 의심한 적도 없는데."

하지만 고개를 든 경창이 마치 '뭐?'라는 듯 고개를 갸웃하는 모습을 보고 혜월은 놀랐다.

이쪽이야말로 '뭐?'라고 내뱉고 싶어진다.

"아니, 잠깐만. 방금 전 방춘 님의 '주혜월은 음란한 여자'라는 발언을 설마 내가 믿을 줄 알았어?"

"으, 음……."

노골적인 한 마디로 정리되는 바람에 혜월은 아까와는 다른 이유로 말문이 막혀버렸다.

“다, 당신 말이야, 요약을 한다고 해도 단어 선택 좀……!”

“거 봐, 금세 그렇게 동요하잖아. 넌 아무 남자한테나 잘 반하고 얼굴도 밝히는 것 같지만 의외로 순정파야. 너무 쉽다고나 할까.”

“쉽다는 건 또 뭔데!”

이 남자는 도대체 말 한 마디 안에 얼마만큼의 굴욕을 짜 넣을 생각인 걸까.

저도 모르게 째지는 소리로 대꾸하자 경창이 유쾌한 듯 “또 그러네” 하며 눈썹을 치켜올렸다.

“하지만, 봐.”

그러고는 이쪽으로 한 걸음 다가왔다.

기겁을 한 혜월이 순간적으로 몸을 뒤로 빼자, 경창은 팔을 뻗어 억지로 혜월의 턱을 잡고 끌어올렸다.

“이렇게만 해도 귀까지 새빨개지잖아.”

“……!”

심장이 너무나도 빨리 뛰는 바람에 목구멍으로 튀어나올 것만 같았다.

아주 살짝 심술궂은 표정을 띠고 있는 늠름한 얼굴, 의외로 힘이 센 손가락의 감촉, 그런 것들이 단숨에 혜월을 덮쳐서 눈앞이 어질어질했다.

“이, 이거, 노, 노, 노, 놔…….”

“노노노놔?”

어떻게든 밀쳐내려 했지만 경창이 한 박자 일찍 웃음을 터뜨리

며 손을 놓았다.

그러고는 리리를 돌아보며 어깨를 으쓱했다.

"이런 여성이 남자한테 미약을 몰래 먹일 수나 있겠어? 분명 마음에 드는 남자가 생겨도 기껏해야 일기 한구석에 자기 이름과 상대방의 이름을 나란히 쓰고서 가만히 들여다보고 있는 게 최선이겠지."

"동감합니다만, 혜월 님이 그렇게 생겼어도 장난감은 아니니 갖고 놀지는 말아 주세요."

"리리! 내 편을 드는 건지 날 놀리는 건지 둘 중 하나만 해! '그렇게 생겼어도'라는 건 또 뭔데?! 더 적극적으로 부정하란 말이야! 이름 쓰고 논 적도 없어!"

그렇고말고. 자신은 유치하지 않으니 좋아하는 남자가 생기면 이름이나 쓰고 노는 게 아니라, 미녀의 몸을 빼앗는 주술을 꾸밀 것이다. 예전에 영림의 몸을 빼앗아 요명에게 안기려는 계획을 짰던 것도 다름 아닌 자신이었다.

그런 점을 주장할 수도 있었겠지만, 그렇게 하면 과거의 악행을 다시 한 번 자백하는 꼴이 되기에 입을 다무는 수밖에 없었다.

"뭐, 그런 시시껄렁한 추궁은 제쳐두고."

"사람을 실컷 놀려 놓고서 '제쳐두고'는 또 뭔데?!"

"문제는 방춘 님이 어떤 의도로 네가 음란하다는 인상을 심어주려 했는지, 그거야."

혜월은 언성을 높일 뻔했으나 경창의 지적이 옳다는 생각에 고개를 끄덕였다.

"그건, 나도 그렇게 생각했어."

늘 얌전하고 마음씨 고운 아이로만 보였던 남방춘.

사실 뒤에서 혜월을 경멸하고 있었다 해도, 금세 동의를 얻을 수 있을 만한 '감정적'이라거나 '재주 없고 무능한 존재'라는 등의 험담이 아니라 거짓말을 하면서까지 굳이 '남자를 밝힌다'는 인상을 주려고 한 이유는 무엇이었을까.

"'황영림'과 당신들 형제는 사이가 좋으니까, 당신들도 말려들 수 있을 정도의 악평을 퍼뜨리면 '황영림'이 동요할 거라고 생각한 걸까?"

"그것도 일리가 있군. 하지만…… 지금까지 전혀 본성을 드러내지 않았던 똑똑한 인물이니 조금 더 명확한 목적이나 노림수가 있을 것 같단 말이지."

으음—, 하고 미간을 찌푸리는 경창을 바라보며 혜월은 문득 생각했다.

지금 경창은 방춘을 두고 '지금까지 전혀 본성을 드러내지 않았다'고 평했다.

즉 아무렇지도 않게 거짓말을 하는 모습이 방춘의 본성이며, 혜월은 무죄라고 믿고 있는 것이다. 지극히 자연스럽게.

고작 그것만으로도 바보처럼 가슴이 뜨거워지는 자신을 느끼고 혜월은 황급히 눈을 깜박거렸다.

'뭐야, 정말. 황가 인간들은 진짜 하나같이 다.'

그때였다.

"서둘러 전하께 연락을! 시동이 왔다고 알려드려라!"

여러 남자들이 급한 발걸음으로 정원에 들어오는 바람에 혜월 일행은 놀라서 뒤를 획 둘러보았다.

보아하니 전원이 활과 검을 들고 있었다.

마치 괴한처럼 얼굴에 검은 천을 두르고 있으나, 그들이 그 천을 벗기도 전에 경창이 정체를 알아차렸다.

"향장의 시동들과——예무관?"

들어온 사람들은 체격이 좋은 시동 여러 명과 그보다 한층 날카로운 생김새의 남자 두 명이었다.

금가 예무관인 금영선(金英旋)과 현가 예무관인 현영창(玄永昌).

요명이 머무르고 있는 방향으로 향하려는 두 예무관 중 그나마 발걸음이 비교적 느린 영선을 경창이 불러세웠다.

"영선 공! 상황이 심상찮아 보이는데 대체 무슨 일이 있었소?"

"오오, 경창 공. 실은 급히 전하께 보고를 드릴 일이 있어서."

멋진 수염을 기르고 중년 남자로서의 매력을 내뿜는 금가의 예무관이 낮고 중후한 목소리로 대답했다.

"그보다 자네는 지금까지 뭘 하고 있었지? 향장 앞으로 괴한의 투서가 와서 지금 난리가 났는데."

"투서?"

생각지 못한 내용에 경창이 되묻자 영선은 목소리를 낮추고 대답했다.

"음. 한 각 전의 일인데, 향장 강 씨에게서 천읍의 편지가 도착했다더군. 글쎄 그들이 주혜월 님을 납치했다는 거야. 읍에 지금 병이 퍼졌는데 약초와 맞바꾸는 조건으로 인질을 잡고 있다고 해.

주혜월 님을 돌려받고 싶으면 비밀리에 마을 경계 숲으로 와서 약과 의관을 놓고 가라는군."

경창과 혜월, 그리고 리리는 너무 놀라서 눈을 부릅뜨고 재빨리 시선을 교환했다.

――천민이 강 씨에게 도움을 요청했다고?

'글을 쓸 수 있는 천민이 있다니, 놀라운데.'

혜월은 한숨을 쉬면서 염술 너머로 보았던 읍 청년의 모습을 떠올렸다.

비천한 백성이지만 왕도의 배우들도 깜짝 놀랄 정도의 미모를 갖고 있던 남자. 두령의 아들이라고 했으니 그 자가 교섭을 하러 왔으리라.

황영림과 취관장, 그리고 새파래진 얼굴로 전염병이 퍼졌다는 소식을 알리러 왔던 남자.

아마도 자신들끼리는 도저히 간병을 다 할 수가 없어 향에 애원하는 방법을 선택했을 것이다. 아니, 편지의 내용으로 미루어볼 때 맞협박을 했거나.

'하지만…… 순서가 이상해.'

병이 퍼진 것은 한창 염술을 하고 있을 때였다. 적어도 '주혜월'이 납치당한 후의 일이다.

그런데 병을 '주혜월' 납치의 원인으로 삼다니.

"향장은 편지를 읽고 도저히 가만히 있을 수가 없어 숲으로 향하려 했는데――."

의아해하는 혜월의 일행 앞에서 영선은 단적으로 설명했다.

애당초 납치 따위가 벌어질 틈을 준 것은 향의 실수였고, 그것을 매우 원통하게 생각하던 강 씨는 비밀리에 교섭할 기회가 주어졌다고 생각해 즉시 숲으로 뛰어가려 했다.

그러나 마침 그때 다급히 준비를 하는 강 씨와 시동의 모습을 저택을 순찰하던 예무관들이 발견했다. 기이하게 여긴 그들은 사정을 캐물어 알아내고는, 자신들도 호위 겸 증인으로 따라가기로 즉시 결심했다. 함정일 가능성도 있었기 때문이었다.

"그때 자네도 부르려고 임희 공이 찾아보았다고 하던데, 자네가 예무관 대기소에 없었다더군. 이 중대한 상황에 대체 뭘 하고 있었던 건지……."

방춘을 돌보고 있었다.

'아하, 그랬군.'

경창과 혜월은 또다시 살짝 고개를 끄덕였다.

즉, 방금 전 방춘이 자신들의 **발을 묶어** 놓았던 것이다.

"이것 참, 중대한 상황에서 하필 자리를 비우다니 부끄러워 식은땀이 다 나는군요. 하지만 이렇게 '중대'한 사건이라면 예무관끼리만 움직일 것이 아니라, 바로 전하께 보고를 드렸어야 하지 않겠습니까? 영선 공."

영선의 비아냥에 경창도 싱글싱글 웃으며 지적했지만 상대는 꿈쩍도 하지 않았다.

"전염병이 사실이라면 전달도 신중하게 해야 해. 전하께서 직접 교섭에 나서겠다고 말씀이라도 하시면 **일**이 커지니까. 또 편지의 내용이 거짓이라면 더더욱 전하께 잘못된 내용을 전달해 드릴 필요가 없지."

심지어 영선은 문득 히죽 웃으며 경창을 질책하듯 마주 똑바로 쏘아보았다.

"게다가 우리는 귀공의 증언과 무대에서 발견된 현가의 조수 때문에 엉뚱한 방향으로 열심히 수사하고 있었지 않았나. 이 이상의 실책을 거듭할 수는 없어. 설마 추녀 납치 사건의 하수인이 주가의 천민이었을 줄이야."

그러더니 마치 재미있어하듯 이미 복도 쪽으로 달려가버린 현영창의 뒷모습을 턱짓으로 가리켰다.

"현가 놈들. 납치범이라는 누명을 쓰는 바람에 지금 화가 잔뜩 났거든. 진범이 자수했다는 이야기를 듣고는 절대 가만히 두지 않겠다고 이를 박박 갈고 있어."

그것은 지극히 자연스러운 반응으로 보였다.

하지만 그런 현영창의 행동까지 전부 계산되어 있다고 생각하는 건 너무 과한 생각일까.

"아무튼 그 덕분에 우리는 상대와 접촉했고, 놈은 납치 및 병의 심각성을 인정했지. 무시무시한 이질이라고 해. 구체적인 교섭은 지금 향장이 하고 있는데 병이 사실이라면 바로 향에서도, 그리고 전하께서도 대책을 짜내야 해. 그래서 나와 영창 공이 교섭 자리에서 이탈하여 먼저 보고를 드리러 온 것이지."

즉, 강 씨 옆에 남아 있는 예무관은 남임희 하나뿐——.

"보고해서 뭘 정하시려는 거죠?"

마른침을 꿀꺽 삼키며 혜월이 대화에 끼어들었다.

"'대응'이라는 게 어떤 건가요?"

그간 천대를 받아왔던 데다 병으로 오염까지 된 읍에 어떻게 대응할지는 몇 가지 방법을 생각할 수 있다.

방치. 봉쇄. 그리고――소각.

최악의 가능성이 머리를 스쳤다. 혜월의 등줄기에 식은땀을 흘러 내렸다.

"읍은…… 그리고 납치된 '주혜월' 님은 어떻게 되는 건가요?"

"그것은 전하께서 결정하실 일이지만……."

영선은 책임 소재를 얼버무리려는 듯 어깨를 으쓱하고는 고개를 살짝 갸웃했다.

"천읍에 적의를 가진 현가에서는 아마 소각을 요청하겠지요."

"하지만 읍에는 추녀가 있는데!"

"그러니 그것은 전하께서 결정하실 일이란 말입니다."

눈앞의 상대가 다른 가문의 추녀마저도 진심으로 걱정하는 '황영림'이라고 생각했기 때문이리라.

영선은 머쓱한 듯 대답하고는 그 이상의 대화를 피하려는지 살짝 고개를 숙인 뒤 몸을 돌렸다.

"그럼 저는 서둘러 보고해야 해서."

혜월은 무관답게 재빨리 복도로 사라지는 영선의 뒷모습을 멍하니 바라보았다.

"당했군……."

남겨진 경창이 씁쓸하게 중얼거렸다.

"납치범에게서 온 편지인지 뭔지의 내용이 사실과 달랐어. 위조

일 거야. 누군가가 정보를 조작한 거지. 강 씨가 직접 했거나 아니면…… 남가가 의심스러워."

경창은 생각을 정리하듯 턱을 어루만졌다.

"임희 공은 나를 찾았다고 했지만 내게 말을 건 사람은 아무도 없어. 방춘 님이 이 늦은 시간에 내 앞에서 쓰러진 것도 우연치고는 너무 과해. 아무래도 남가가 이 사건에 꽤 깊이 관여한 것 같은데……."

오히려 흑막 그 자체일 수도 있겠다고, 이야기를 들은 혜월은 생각했다.

――빈곤한 백성들 뒤에는 향장이. 하지만 향장보다 더욱 뒤에 한 명이 더…….

수사를 교란시키려는 듯이 놓여 있던 조수.

하지만 다섯 가문 중 한 곳인 남가라면 그것도 손쉽게 입수할 수 있다.

"남가가 수상하다고 전하께 말씀드리러 가야 해."

혜월이 경창의 팔에 매달렸다.

"다른 가문의 예무관이 거짓말을 하기 전에, 소각 같은 무서운 제안을 하기 전에!"

보통 추녀가 있는데 읍을 불태운다는 건 말도 안 되는 일이다.

하지만 사건에 휘말린 추녀가 추궁 안에서도 악명 높은 '시궁쥐'라면?

요명은 그 정체가 황영림이라는 사실을 알고 있으니 소각 따위는 허락하지 않으리라. 하지만 만일 주위에서――남가, 현가, 금

가까지 세 가문이, 그리고 추녀를 싫어하는 향장이 '주혜월'을 저버리라고 강력하게 요구한다면 황제가 아닌 황태자만의 권한으로 요명은 어디까지 의견을 관철시킬 수 있을까?

"한시라도 빨리 예무관들이 보고하는 곳으로——."

"아니, 안 돼."

그러나 경창은 고개를 가로저었다. 드물게도 그 얼굴은 고통스럽게 일그러져 있었다.

"대체 무슨 근거로 주장할 거지? 병이 퍼졌다는 건 증언도 동반된 '사실'이야. 그에 비해 투서 내용과 실제 상황이 다르다는 주장은 네 염술 말고는 보증해주는 게 없어. 실마 다른 가문의 예무관들 앞에서 도술을 선보일 생각은 아니겠지? 몸이 바뀌었다는 사실을 자백하겠다고?"

날카로운 물음에 혜월은 말문이 막혔다.

선제 시대부터 도사들은 탄압의 대상이었다. 황가가 인정한 기도사 외에는 점을 치는 일도, 저주하는 일도 인정받지 못한다.

"하지만……."

"전하께 말씀을 드리지 말라는 게 아니야. 다른 가문 앞에서 어설프게 나서지 말란 거지. 전하께서는 물론 읍에 불을 지르는 일 따위 허락하지 않으실 거야. 남가의 수상한 행동은 나중에 내가 전하께 비밀리에 말씀드릴게."

경창의 머릿속에서는 여러 가지 생각이 재빠르게 오가고 있을 터였다.

마침내 경창은 잠시 망설이는 기색을 보이다가 이렇게 말했다.

"내일 다과회 말인데…… 중지하는 게 어때?"

"어……?"

방금 전까지 다과회에 도전해 보라며 열심히 격려해주던 사람이라고는 생각할 수 없는 발언이었다.

혜월이 놀라서 눈을 크게 뜨자 경창이 타이르듯 말을 이었다.

"읍에 이질이 퍼졌다는 사실이 알려지기 전에 선수를 쳐서 '주혜월'의 평판을 지키려는 것이 다과회의 목적이었지. 하지만 각 가문의 무관들이 이미 알아버렸어. 내일 다과회가 열리기 전 추녀들에게도 다 알려질 거야. 당연히 '주혜월'에 대한 공격은 아주 격렬해질 테고."

"……나로서는 제어할 수 없다는 말이야?"

"널 무시하려는 게 아니야. 걱정이 돼서 그래."

혜월이 굳은 목소리로 묻자 경창은 안타깝다는 듯이 몸을 내밀었다.

"잘 들어. 지금까지의 수법을 보니 남가의 남매는 상당히 노회한 사람들로 보여. 자기 손을 더럽히지 않고 다른 사람을 뒤에서 말로 조종해 착실하게 적을 쓰러뜨리는 부류지. 정보전은 틀림없이 그쪽의 특기 분야일 거야. 네게는 어려운 싸움이야."

"……방금 전까지는 그래도 잘 해 보라고 했잖아."

"현가와 금가가 흑막일 가능성도 남아 있었으니까. 하지만 이젠 흑막이 거의 남가로 확정됐어. 하필이면 제일 골치 아픈 남가가!"

개탄스럽다는 말투로 경창이 내뱉은 말이 혜월에게는 다소 의외로 느껴졌다.

혜월은 저도 모르게 몸을 내밀었다.

"왜 골치가 아프다는 거야? 남가는 온화하고 이지적인 나무 성질의 일족이잖아. 영국의 역사를 거슬러 올라가 봐도 남가가 부정이나 배반에 손을 댔다는 기록은 없어. 남방춘처럼 뱃속이 시꺼먼 인간도 있기야 하겠지만, 그래도 양식이 있는 일족인데."

"한 번도 꼬리를 잡힌 적이 없는 무시무시한 일족이란 걸 왜 모르는 거야?"

하지만 언성을 높이는 경창의 말을 듣고 할 말을 잃었다.

그렇구나, 그렇게 생각해야 하는 거였어.

입을 다문 혜월을 보고 경창이 양보하듯이 누그러진 말투로 말했다.

"어쩌면 간사하고 교활한 건 임희 공과 방춘 님뿐이고, 남가의 다른 사람들은 소문대로 온화하고 이지적인 사람들일지도 모르지. 하지만 남가를 적으로 돌리는 일 자체가 지금 이 시기에는 대단히 어려워. 결실의 가을이 이제 곧 찾아오니까."

관습상 가을을 관장하는 곳은 금가로 여겨지고 있으나, 실제로는 가을이라는 계절에 가장 존재감이 커지는 곳은 영국 최대의 곡창지대를 소유한 남가다.

나무 성질의 수호를 받은 남가의 농민들은 농법에 특화되어 있어서 그 생산량은 타 영지의 추종을 불허한다.

만에 하나 황족과 남가가 대립할 경우 영국 전체의 곡창 수급이 흔들리게 된다.

"그래도…… 악행을 저지른 건 남가니까, 황족이 벌을 내린다

해도 크게——.”

“정치의 세계에서는 그렇게 쉽게 풀리지 않아. 물론 남가가 황족의 힘을 능가할 일은 없어. 하지만 남가를 규탄하려면 아주 조심해야 해.”

경창은 아주 살짝 허리를 숙이고 혜월의 눈을 똑바로 들여다보았다.

“전하조차 키를 잡느라 고전하고 계시는 상황에 널 밀어 넣고 싶지 않아. 뒷일은 우리가 알아서 할게.”

무척이나 진지한 목소리였고 혜월을 무시하거나 바보 취급하는 기색은 손톱만큼도 없었다.

“혜월 님. 여기서는 경창 님 말씀대로 해요.”

대화를 지켜보고 있던 리리가 조심스럽게 거들었다.

“저도 솔직히 짐이 너무 무겁다고 생각해요. 그렇게 선량해 보이던 방춘 님이 사실은 저랬을 줄이야……. 그 바닥이 어디까지일지 아무도 모르잖아요. 지금은 일단 얌전히 전하랑 경창 님한테 맡기고——.”

“그건 사양이야.”

혜월이 불현듯 주먹을 불끈 부르쥐더니 경창과 리리를 노려보았다.

“다과회는, 열 거야.”

“그러니까 전하의 명령을 위반하게 되는 게 싫다면 내가 책임지고 말씀드릴 테니까——.”

“그런 게 마음에 걸려서 이러는 게 아니야!”

달래려는 듯 어깨를 두드리려는 경창의 손을 혜월이 세차게 뿌리쳤다.

"왜 공격당한 쪽이 움츠러들어야 하는 건데? 왜 되갚아주지 않아? 그 여자가 '주혜월'을 함정에 빠뜨리고 읍을 통째로 불태우려 하는데. 그런데 왜 손가락이나 빨면서 가만히 쳐다보고 있어야 하냐고!"

자신도 바로 방금 전까지 다과회가 겁이 나 움츠러들어 있었으면서, 어째서인지 지금은 마음속 깊은 곳에서 불길이 훨훨 타올랐다.

마치 며칠 전 춤을 출 때 황영림이 들고 있던 장작처럼.

혜월은 지금 믿고 있었다.

마음속에 타오르는 불꽃만 품고 있다면 그 어떤 적도 제압할 수 있을 거라고.

"계산적인 남가가 무섭다고? 모르겠어, 난 바보니까! 정치에서 키를 잡는 게 어려워? 내 알 바 아냐. 난 정치 따윈 몰라! 하지만 이거 하나만은 알아."

한 마디 한 마디 정확하게 끊어 말하며 혜월은 경창의 가슴에 손가락을 들이밀었다.

"나와 내 몸 안에 있는 황영림이 지금 현재 모욕당하고 함정에 빠지기 직전이라는 거. 이 빚은 반드시 갚아 주겠어."

열에 들뜬 듯 이야기하는 자기 자신의 모습을 어딘가에선 어떻게 저렇게 무모할 수 있느냐며 어이없는 눈길로 스스로를 내려다보고 있었다.

그와 동시에 마음속 한구석에서 이런 속삭임이 들렸다.

'있잖아, 황영림. 네가 그토록 무모하고 물불 가리지 않았던 이유를 이제야 알겠어.'

그랬다. 혜월은 지금 이해했다.

황영림은 사랑받고 있다. 황영림은 보호받고 있다. 이렇게나 자상하고 믿음직스러운 남자들에게 입에 침이 마르도록 칭찬을 받으며 잔뜩 추켜세워지고 있다.

'네가 걱정된다'는 의심할 여지조차 없는 상냥함으로 '황영림'의 존재 전부를 감싸주었다.

'결국 안 믿는 거잖아…….'

혜월은 지금껏 사랑받는 일이 마냥 편안하고 행복하리라고만 생각했다.

염려 받고 보호받는 환경은 무척이나 간질간질하면서도 감미로울 거라고 늘 동경했다. 그래서 지난번에는 그걸 빼앗으려 했다.

하지만 지금 처음으로 누군가의 걱정과 진지한 감정 때문에 움직임이 봉쇄되고 나서야 깨달았다.

싫어. 보호받기만 하는 건 사양이야.

내게도 긍지가 있어. 싸워야 할 이유가 있어. 빼앗아 되찾고 싶은 것이 있어.

제발, 내 발로 걷게 해줘――!

황영림의 몸 속에 들어와 있기 때문일까.

평생 이해할 수 없을 거라 생각했던 흙 성질 특유의 자립심을 혜월은 지금 온몸으로 생생하게 느끼고 있었다.

"잘 들어. 남방춘은 이미 이런 식으로 나, '주혜월'이 악녀라는 평판을 여기저기 퍼뜨리고 다니고 있어. 내가 내일 다과회를 열든, 도망치든, 그 평판은 바뀌지 않아. 아니, 애초에 남방춘이 악평을 퍼뜨리고 다니기 이전에 주혜월은 이미 오래 전부터 추궁 최고의 악녀였어."

넋이 나간 경창과 리리를 향해 혜월은 비아냥거리듯 입꼬리를 끌어올렸다.

"같은 추녀들을 매도하고, 궁녀에게 손을 올리고, 환관을 궁지에 몰아넣었지. 험담을 하고, 권력자에게는 아첨하고, 심지어 황영림을 누각에서 밀쳐 죽일 뻔했고, 몸을 빼앗아 전하께 안기려는 계획까지 꾸몄어. 하지만 적어도 그 모든 일은 내 자신의 몸을 던져 한 일이었다고!"

감정을 이기지 못하고 기껏 경창에게는 숨기고 있던 자신의 죄목을 낱낱이 털어놓았다.

하지만 이젠 아무래도 상관없었다.

마음에 붙은 불이 전신으로 퍼져나가 미친 듯이 활활 타오르고 있었다.

"남방춘이 어쨌다는 거야? 자기 손을 더럽힐 각오도 없는 입만 산 악녀잖아. 나는 재주도 없고 무능한 못 미더운 악녀지만——그래도 내가 한 수 위야. 다과회에서 똑똑히 보여주겠어."

"아니, 악녀에 한 수 위가 있고 아래가 있나……."

어이가 없다는 듯 중얼거리는 리리를 향해 "시끄러워" 하고 노려본 뒤 혜월은 발걸음을 획 돌렸다.

"잠깐…… 혜월 님!"

"난 이미 결심했어. 당신은 예무관들이 보고하는 데 가서 정찰이라도 하고 와."

불러 세우려는 경창에게 단호하게 내뱉은 혜월은 걸음을 서둘러 자신의 방으로 돌아갔다.

"혜월 님!"

등 뒤로 리리가 다급히 따라왔다.

"위세 좋은 건 상관없는데요……. 아니, 저기, 나도 주가의 여자다 보니 공감을 못 하는 건 아닌데, 구체적으로 어떻게 할 생각이에요?"

"바로 얼마 전까지의 나였다면, 글쎄. 째지는 소리를 지르며 남방춘을 밀쳐 넘어뜨리거나, 뺨을 때리거나, 항아리를 깨거나, 남가의 궁녀를 발로 걷어차거나, 돈으로 협박해서 약점을 잡거나 그랬겠지……."

"뭐예요, 그 꼬리에 꼬리를 무는 악행은! 절대 안 돼요! 지금의 당신은 황영림 님이거든요?!"

"알고 있어."

성큼성큼 복도를 걸어가며 필사적으로 머리를 굴렸다.

몸 주인의 평판을 떨어뜨리지 않고 남방춘에게 한 방 먹여줄 수 있는 방법은 대체 무엇이 있을까.

아니, 앙갚음이라기보다는 방춘의 공격을 무효화시킬 방법부터 먼저 찾아내야 한다.

주혜월의 악평을 퍼뜨리려 하는 남방춘. 아마도 그것은 읍에 불을 지를 일을 고려하여 주위에 '주혜월 같은 악녀라면 거기에 말려들어도 어쩔 수 없지'하는 생각을 심으려는 의도이리라.

방춘은 혜월의 평판을 깎아내리기 위해 일부러 '남자를 밝힌다'는 인상을 주는 방법을 선택했다. 분명 거기에도 무슨 의도가 있을 것이다. 다과회에서도 그런 방향성으로 공격하리라.

——미약이라도 한 번 먹어 볼까, 하고 말씀하셨어요.

"……."

입술에 손을 대고 생각에 잠겼다.

대화를 원하는 대로 유도할 수 있을지는 잘 모르겠다.

하지만 지금은 그 가능성에 걸어 보는 수밖에.

"리리, 동설."

혜월은 자기 방에 도착하자마자 리리와 열심히 준비를 하고 있던 동설에게 명령했다.

"지금 당장 황영림의 짐 속을 좀 확인해줘. 준비해줬으면 하는 게 있어."

평소보다 늠름한 그 목소리에 리리와 동설은 퍼뜩 놀라 등을 곧게 펴며 곤혹스러운 표정으로 얼굴을 마주보았다.

＊＊＊

'자, 그럼.'

옅은 햇빛이 비쳐 드는 방.

혜월은 품위 있게 꽃꽂이가 되어 있는 야생화, 탁자 위에 아름답게 차려진 과자와 접시들을 물끄러미 바라보았다.

'시작이야.'

낮이라고 부르기에는 다소 이른 평온한 오전 시간.

웬만해선 밖에 잘 나가지 않는 귀족 여성들은 해가 구름에 가려져 여름다운 상쾌함은 부족하지만 지나치게 덥지 않은 이 정도 날씨를 좋아하는 편이다.

이렇게 적절하게 조정된 '여행의 즐거움'을 맛보며 추녀들끼리의 교류를 다지는 시간——그것이 본래 외유 기간 내에 열리는 다과회의 위치다.

하지만 오늘 이날, 그런 의도를 가지고 이 자리에 찾아오는 추녀는 단 한 명도 없을 것이다.

요명은 '추녀들의 불안을 누그러뜨리기 위해' 다과회를 열어 달라고 했지만, 분명 그 의도 또한 그 누구에게도 통하지 않으리라. 왜냐하면 혜월이 생각하기에 불안이란 적과 함께 차를 마신다고 누그러뜨려지는 감정이 아니기 때문이다.

이제부터 시작될 시간은 서로를 위로하는 척하면서 여자들끼리 서로 발길질하는 싸움, 그리고 뱃속을 살피는 탐색전.

"추녀님들께서 오셨습니다."

문 옆에 선 동설이 엄숙히 말하는 것을 듣고 혜월은 딱 한 번 입술을 꾹 다물었다.

"평안하시온지요, 영림 님."

"평안하신지. 초대해주어서 고맙군."

"안녕하세요. 오늘 이렇게 불러주셔서 감사합니다."

활짝 열린 문을 통해 추녀들이 차례차례 들어왔다.

부드럽게 물결치는 머리칼을 화려하게 묶고 완벽하게 화장한 금청가.

마치 무인처럼 쌀쌀맞게 표정 변화 하나 없이 방으로 들어오는 현가취.

그리고 조심스럽게 입가를 가리고 작은 동물 같은 태도로 들어오는 남방춘.

세 사람은 따라온 시녀들을 벽 앞에 대기시키고 준비된 원탁 앞에 모여 섰다.

"자, 어서 앉으세요."

각오를 다진 혜월이 최대한 다정한 목소리로 말하자 세 사람은 각자 감사 인사를 한 뒤 자리에 앉았다.

다과회의 시작이다.

의자를 끌어당기며 추녀들은 흘끔흘끔 시선을 교차했다.

서로의 눈동자에 깃든 것은 억누르기 힘든 흥분.

틀림없이 그녀들은 이미 **알고 있다**.

납치 사건으로 인해 일어난 생각지도 못한 '자숙'의 나날――기껏 외유를 나왔는데 방에 틀어박혀 지내야만 하고, 연회 하나 열지 못한 채 보내던 나날――이 그녀들에게도 지긋지긋하게 느껴졌으리라.

그때 날아든 괴한의 투서와 돌림병 소식은 분명 단식을 끝내고 먹는 진수성찬처럼 반짝반짝 빛나 보였으리라.

대체 이 정보를 누가, 언제, 어떻게 제일 먼저 꺼낼까.

그야말로 한순간 교차한 시선 속에 그런 계산과 열기가 깃들어 있다는 걸 혜월은 알아보았다.

"저어, 영림 님——."

"점심을 먹기에는 다소 이른 시간에 초대하게 되었네요. 너무 덥지 않을 때가 좋을 것 같아서……. 가벼운 식사를 준비했으니 부디 맛있게 드세요."

혜월은 청가가 입을 열려는 것을 가로막으며 재빨리 그렇게 말했다.

다과회의 주최자는 바로 자신이다.

혜월 본래의 모습으로 상대의 발언을 가로막았다면 청가는 그 아름다운 눈썹을 찌푸렸으리라.

하지만 황영림의 온화한 목소리와 선녀 같은 얼굴로 다정하게 말하니 청가는 오히려 주최자보다 먼저 입을 연 사실을 부끄러워하듯 부채로 입을 가리고 "영광이에요"라고 대답할 뿐이었다.

청가를 향해 미소를 짓자 희미하게 안도한 기색이 느껴졌다.

아아, 이게 바로, 하고 혜월은 마음속으로 중얼거렸다.

'이게 바로「황영림」이구나.'

분명 본인은——태어날 때부터 아름다웠던 황영림은 자신이 타인의 마음을 얼마나 사로잡는지 생각조차 해본 적 없으리라.

그러나 혜월은 알 수 있다.

시궁쥐라고 경멸당하고 줄곧 호접을 노려보기만 하며 지냈던 혜월이기 때문에 알 수 있다.

아름다움은 재능이다. 그저 존재하는 것만으로 사람들의 이목을 끌고 마음을 휘저어 놓는다.

이 입술이 내뱉는 말 한 마디, 눈동자가 향하는 시선 한 번, 그것은 본인이 생각하는 것보다 몇 배는 더 강력하게 타인을 지배한다.

'지금의 나는 황영림이야. 그러니까…… 무조건 괜찮아.'

혜월은 스스로를 타이르며 최대한 '황영림'다운 편안한 미소를 지었다.

"계속 더운 날씨가 이어지고 있으니 식욕도 많이 떨어졌을 테죠. 식전주를 준비했으니 우선 드세요."

"어머나, 이건…… 포도주인가요?"

혜월이 가리킨 곳, 탁자 한가운데에 놓인 백자 사발을 보고 추녀들은 흥미를 느끼며 몸을 내밀었다.

식사나 의식 전 여성이 소량으로 마시는 식전주라 하면 영국의 경우 매실이나 살구로 만든 과일주가 일반적이다.

하지만 지금 음료를 담는 널찍한 사발 안에 담겨 있는 것은 보석처럼 반짝이는 자줏빛 액체였다.

심지어 그 속에는 껍질을 까지 않고 둥글게 자른 감귤과 석류, 포도 등의 생과일이 넉넉히 들어 있어 한층 생생하고 아름답게 빛났다.

잔에 따라 한 모금 입에 마셔 본 추녀들의 눈이 빛났다.

"어머나, 맛있어라!"

입을 모아 칭찬을 늘어놓는 추녀들을, 혜월은 미소의 가면 밑에서 가만히 관찰했다.

'난 지금까지 이런 대화를 굉장히 싫어했고, 무의미하다고 생각했어.'

시 비평, 자수 감상.

그런 건 "정말 멋져요"라는 한 마디로 충분한데도 추녀쯤 되면 교양과 독자적인 감상을 담아 표현해야만 했고, 그 재량에 따라 항상 '여성으로서의 자질'을 평가받곤 했다.

그렇기 때문에 영림이나 청가가 그럴싸한 말을 늘어놓으면 혜월은 질투로 짜증이 났고, 가취나 방춘이 소박한 감상을 말하면 안도와 동시에 비웃곤 했다.

그러나 지금, 그것이 얼마나 유치한 일이었는지 혜월은 알았다.

세련된 말을 할 수 있느냐, 없느냐. 그것은 부차적인 문제였다.

다과회나 시 모임 등의 '정보전'에서 각자의 가문을 짊어진 추녀로서 어떤 위치를 보일지. 자신들이 주위에 어떤 인상을 주려 하는지.

그것을 확인하는 것이 훨씬 중요했다.

"정향, 계피, 팔각, 회향도 들었을까요? 포도주에 과일 외에 여러 가지 향신료가 들어 있군요. 저, 회향의 섬세한 향을 어린 시절부터 참 좋아했답니다."

예컨대 청가의 이 발언은 단순히 날카로운 미각을 자랑하는 것이 아니다.

교역품에 대한 지식이 많으며 고급품이라 불리는 향신료를 어린 시절부터 접할 수 있을 정도의 재력이 금가에 있다는 사실을 주장하고 있는 것이다.

"음. 벌꿀도 들어 있나? 달콤해서 마시기 편하지만 과일주만큼 달기만 한 것은 아니군. 단 것을 싫어하는 현비님도 이 정도면 좋아하시겠어. 선물로 조금 얻어 가고 싶을 정도인걸."

예컨대 가취의 이런 발언도 단순히 소박한 감상이 아니다. 외유의 자리에서도 현비를 생각할 만큼 현가는 추녀와 비의 관계가 양호하다는 사실을 암시하고 있다.

"와아, 정말 맛있어요! 혀가 살살 녹을 것 같아요……."

그리고 양손으로 뺨을 감싸며 사랑스럽게 몸부림치는 남방춘.

"어머나, 추녀님도 참. 체통을 지키셔야죠."

"으…… 미안해. 그치만 정말 너무 맛있는걸. 다들 마셔 봐야 하는데."

궁녀가 키득키득 웃자 눈치를 보며 대꾸하는 방춘을 보고 혜월은 '이거 봐'라고 생각했다.

천진난만하며 궁녀들에게도 사랑받는 남방춘.

방춘이 연기하고 싶은 것은 바로 그런 모습이리라.

지켜보니 다과회 준비를 도우러 온 향의 여자들까지도 순진무구한 방춘을 보고는 흐뭇하다는 듯 웃고 있었다. '주혜월'에게는 그토록 차갑게 대했음에도 불구하고.

'지체 높은 귀족 여자들 중에서 유일하게 친근감이 느껴지고 시중을 들어주고 싶은 추녀'.

상대방에게 소탈함을 요구하는 남령의 여자들은 실로 받아들이기 편한 성격이다.

방춘은 물론 거기까지 계산해서 평소보다 훨씬 어린애처럼 굴고 있으리라. 이번 외유에서 가장 백성들과 거리가 가까웠던 추녀가 남방춘이었다는 인상을 주위에 심어주기 위해.

"방춘 님은 어떤 자리에 있어도 모든 분들께 사랑받으시는군요."

비아냥거린다는 느낌이 들지 않도록 유의하며 방춘에게 화살을 돌리자, 방춘은 얼굴을 붉히더니 작은 양손을 내저었다.

"아뇨, 저, 향 분들이 모두 친절하셔서, 저도 무심코 어리광을 피우게 돼요. 이렇게 쾌적하게 지낼 수 있다니 정말 감사할 따름이에요."

겸손하게 대답하다가 방춘은 문득 지금 막 깨달았다는 듯 퍼뜩 손으로 입가를 가렸다.

"아…… 하지만 죄송해요. '쾌적'하다는 말은……. 혜월 님은 물론이고 영림 언니께서도 오라버니 분들이 사건에 휘말려서 무척 괴로운 나날을 보내고 계실 텐데……."

지극히 자연스럽게 이야기를 '주혜월' 납치 사건으로 돌리는 이 수완을 보라.

기회를 엿보고 있었던 건지 현가취가 금세 그 흐름에 편승했다.

"실은, 영림 님. 이미 들었을지도 모르겠지만, 혜월 님의 납치 사건에 대해 예무관이 속보를 전해주었어."

드물게도 가취가 대화의 주도권을 쥐려 하는 이유는 바로 전날 밤까지 조수 때문에 현가가 납치 사건의 주모자가 아닌가 하는 분위기가 흐르고 있었기 때문이다. 진범이 남령의 천민이었다는 사실을 소리 높여 외침으로써 현가의 나쁜 인상을 불식시키고 싶은 모양이었다.

고지식한 성격 때문인지, 집안에 대한 충성심 때문인지 가취는 현가가 악행을 저질렀다는 의심을 몹시도 우려하는 듯했다. 나지막한 목소리에서도 희미한 초조함이 배어났다.

"어젯밤 천민 쪽에서 투서가 있었다더군. 혜월 님을 납치한 것은 이 향의 백성이었어."

투서의 내용에 따르면 읍에 병이 퍼져 있는데, 치료약이 필요해서 주혜월을 납치했다고 했다.

향장은 증인 겸 호위로서 예무관을 대동하고 즉시 교섭 자리로 향했다.

그런 정보를 가취가 조리 있게 설명해주었다.

"저도 백부님께 들었어요. 교섭 자리에 괴한들의 두령이 나타나서 병이 얼마나 끔찍한지 간절하게 이야기했다더군요. 예무관들이 다급히 전하께 보고하러 달려와, 아직까지도 대응 협의 중이라고 하네요."

금가도 빈틈없이 사정을 파악하고 있다고 주장하기 위해서인지 청가가 재빨리 거들었다.

"저희 오라버니도 예무관으로서 교섭 자리에 다녀오셨는데…… 금가와 현가의 예무관들이 간 후, 괴한이 격노하면서 향장님을 습격할 뻔했다고 해요. 할 수 없이 시동의 손으로 괴한을, 그, 제압했다고 해요. 정말 무서운 일이에요."

마지막으로 방춘이 슬픈 듯 덧붙였다.

입막음을 하려고 해친 거잖아!

혜월은 저도 모르게 고함을 지를 뻔했다. 염술을 통해 진실을 알지 못했다면 아마 방춘의 말을 고분고분 믿었으리라. 나 참, 저 작은 동물 같은 연기가 얼마나 기막힌지.

"설마 혜월 님을 납치한 이유가 병이었을 줄이야……. 납치당한 것만으로도 무서운 일인데, 납치당한 곳에서 환자들에게 둘러싸이다니 대체 얼마나 불안한 심경일까요."

방춘이 소매로 눈을 가리며 떨리는 목소리로 말했다.

"심지어 이질이라잖아요……. 오라버니에게서 들었는데, 이질이 유행하는 땅에서는 더러운 분뇨에 계속 노출된 시체가 지독한 냄새와 함께 부풀어 올라서 폭발하는 일도 있다고 해요. 시체에 벌레가 와글와글 꼬이는 일도 있고요. 그런 광경을 코앞에서 본다면…… 마음 약한 저는 아마 제정신을 잃을 거예요."

방춘의 묘사는 지금까지 '이질'에 대해 추녀들이 막연하게 품고 있던 혐오감을 단숨에 격화시킬 정도로 처참했다.

미(美)를 사랑하고 더러움을 그 무엇보다 꺼리는 청가는 예상대로 그 추악한 묘사와 훌쩍훌쩍 콧물을 흘리는 방춘을 보고는 신경질이 난 기색을 보이기 시작했다.

"식사 자리에서 그런 더러운 이야기는 하지 말아요. 게다가 방춘 님은 자꾸 울음을 터뜨리는 그 습관을 고치는 편이 좋겠어요."

"죄, 죄송해요……. 하, 하지만 전, 혜월 님이 너무나도 불쌍해서……."

방춘은 겁먹은 기색으로 어깨를 떨며 몸을 움츠렸다.

"듣자하니 향 입장에서는 향장이 습격을 당했고, 또 현가도 누명을 썼으니 양쪽 모두 화가 나서 금방이라도 읍을 불태우자며 서

슬이 퍼렇대요. 그 안에는 혜월 님이 아직 계시는데 말이에요. 전하는 우선 선발대를 파견해서 상황을 살피자는 의견이신 것 같은데, 그런 이야기가 나온다는 것만으로도 너, 너무 불쌍해서, 불쌍해서…….”

말을 흐리며 ‘불쌍하다’는 유치한 감상을 반복하는 모습이 청가의 짜증을 더욱 부채질했으리라.

방춘이 ‘주혜월’에게 동정적인 태도를 보이면 보일수록 청가는 거기에 반발하여 혐오하는 태도를 보이는 수밖에 없는 듯했다.

“계속 불쌍하다, 불쌍하다 소리밖에 못 하는 건가요? 어린애도 아니고. 주혜월도 추녀예요. 추녀란 그 무엇보다 고결함을 중요시해야 하는 여자라고요. 더러운 병에 걸릴 바에야 차라리 불에 타 죽는 편이 훨씬 낫지 않겠어요?”

“아니, 불태워 죽인다는 말은――.”

그때 가취가 저도 모르게 그렇게 말하며 몸을 내밀려다가 문득 그런 자신이 부끄러워졌는지 자세를 고쳐 앉았다.

“……그렇군. 충성심이나 명예에 손상이 간다면 차라리 불길에 휩싸여 죽어야겠지. 그것이…… 추녀 된 여자로서 지켜야 할 도리일 테니.”

고개를 숙이고 중얼거리는 모습은 마치 자기 자신을 타이르는 듯했다.

그 절박한 얼굴에 주위에서는 고개를 갸웃했으나, 다시 고개를 들었을 때 가취는 이미 평상시의 담담한 표정을 짓고 있었다.

“혜월 님을 통해 병이 향이나 전하께 미칠지도 모른다는 점이 걱정이야. 천민들이나 혜월 님은 안됐지만 자기 스스로가 병을 퍼뜨리는 원흉이 될지도 모른다는 죄를 생각하면 차라리 눈 딱 감고 타죽는 편이 나을 수도 있어."

현가가 누명에 대한 보복으로 읍을 불태우려 한다는 점을 고려한 모양이었다.

가취는 고결함보다는 향이나 요명의 목숨과 맞바꿀 수도 있다는 점을 들면서 주혜월과 함께 읍을 불태우는 행위의 정당성을 호소하고 있었다.

"현가의 충성심에는 한 점의 티끌도 없고, 천자를 해할 수도 있는 상황을 결코 허락할 수 없다. 만일 이곳이 북령이었다면 현가는 시찰할 유예조차 주지 않고 향장을 시켜 불을 지르게 했겠지. 위정자에게는 냉철함도 필요하니까."

"하지만 아직 **그렇다**고 확정된 것도 아닌데, 불을 지르다니 너무해요……."

"건강하다면 선발대를 만났을 때 뛰어서 도망치면 그만이고, 병에 걸려 움직일 수 없다면 그대로 불길 속에 남겠죠. 수심의 의식과 똑같아요."

방춘이 우물쭈물 반론하자 청가가 쌀쌀맞게 내뱉었다.

"혜월 님이 병에 걸리지 않았다면 좋을 텐데……."

가취가 기도하듯 중얼거렸을 때는 이미 '주혜월이 병에 걸렸다면 불태워 죽일 수밖에 없다'는 분위기가 완벽하게 완성되어 있었다.

'아주 대단하셔, 정말.'

혜월은 둥근 부채를 고쳐 쥐며 내심 그렇게 내뱉었다.

여기까지의 흐름만 보면 방춘은 일관적으로 '주혜월'에게 동정적이다. 하지만 방춘은 그런 태도를 보임으로써 오히려 청가와 가취를 자극해서 자신이 의도하는 방향으로 대화를 이끌어 가고 있었다.

"그래…… 그래요. 혜월 님이 병에 걸리지만 않으시면 돼요……. 혜월 님이라면 분명 괴한들 상대로도 용감하게 맞서서 안전을 확보하셨을 테니까요……."

거기서 그치지 않고 방춘은 자기 자신을 타이르듯 그런 말을 중얼거리기 시작했다.

예상대로 청가가 의아하게 느꼈는지 "무슨 소리예요, 그게" 하면서 코웃음을 쳤다.

"당신, 꽤나 혜월 님을 높이 평가하는군요. 혜월 님이 무언가에 용감하게 맞선 적이라고는 중원절과 전야제 때의 춤을 제외하면 단 한 번도 없었던 것 같은데."

"아아, 그건……. 그게 아니고……."

방춘은 난처한 듯 우물쭈물하다가 흘끔흘끔 혜월——아니, '황영림'의 얼굴을 보았다.

"혜월 님은, 저……."

아아, 그것 말이구나, 하고 혜월은 그제야 방춘의 속셈을 전부 이해했다.

등 뒤에 대기하고 있던 동설과 리리에게서도 살짝 몸이 굳어지는 기척이 났다.

두 사람 역시 왜 어젯밤 방춘이 '황영림'에게 접촉했는지 눈치 챈 모양이었다.

"말씀하세요, 방춘 님."

혜월은 굳이 내릴 필요도 없는 허가를 내리면서까지 이야기를 재촉했다.

"뭔가 하고 싶은 말씀이 있다면, 저는 신경 쓰지 마시고 자유롭게 말씀하세요."

고름을 전부 짜내는 한이 있더라도 방춘의 연기에 편승할 생각이었다.

"저어, 영림 언니께는 어젯밤 말씀드렸지만…… 혜월 님은 아무래도…… 방탕한 성품이신 것 같아요. 그, 남자분들과의 관계, 라는 의미에서 말이에요."

꺼질 듯한 목소리로 내뱉은 것은 역시나 그런 말이었다.

"방탕?"

"무슨 뜻이지?"

청가와 가취가 흥미를 느낀 듯 물었다.

'주혜월'에 대한 악평 중에서 새로운 이야기였기 때문이리라.

방춘은 다시 한 번 망설이는 태도를 보이더니 어디까지나 '청가와 가취가 끈질기게 캐물어서'라는 상황을 만든 뒤 겁먹은 것처럼 눈물을 글썽이며 이야기하기 시작했다.

"혜월 님은 늠름한 남자 분들을 아주 좋아하시나 봐요……. 각 가문의 예무관들을 추파가 담긴 눈길로 자주 쳐다보셨어요."

"뭐야, 그게."

청가가 웃어넘겼다.

"그야 혜월 님이 미목수려한 남자 분들께 약하다는 건 나도 잘 알아요. 전하뿐만 아니라 취관장까지도 자주 눈으로 좇곤 했으니. 하지만 그게 전부잖아요? 그 소심하고 자존심만 바보처럼 센 혜월 님에게 남자 분들을 유혹할 배짱 따윈 없어요."

혜월을 무척이나 얕잡아보는 것 같았지만 동시에 사람을 관찰하는 능력이 매우 빼어나다고 할 수 있는 말이었다.

혜월이 복잡한 심경으로 청가를 바라보고 있는데 방춘이 눈썹을 너욱 축 늘어뜨렸다.

"황홀하게 바라보기만 하는 것이었다면 그럴 수도 있겠죠. 하지만……."

"'하지만', 뭔가요?"

"듣고 말았어요. 혜월 님이…… 주최자라는 입장을 이용해서 미약을 한 번 먹여 볼까, 하고 중얼거리시는 걸."

미약.

너무나도 수상쩍고 또 저속한 그 말은 햇빛이 비쳐드는 한낮의 방 안에 유난히 인상적으로 울려 퍼졌다.

"미약이라니?"

가취가 곤혹스러운 듯 미간을 좁혔다.

"미약 따위는 비속한 도술과 함께 이제는 묻혀버린 전승 같은 것이 아닌가? 그것이 실재한다고?"

"모르겠어요. 그냥…… 소문에 의하면 혜월 님의 아버님은 도사를 지망하던 특이한 분이셨다고 하니까, 어쩌면 거기서부터……."

새빨간 거짓말임에도 일말의 사실을 섞으면 그 순간 그럴싸해진다.

주혜월이 왜 주가 말석의 딸 취급을 받았는지를 떠올린 추녀들은 차츰 방춘의 이야기를 진지하게 음미하기 시작했다.

"미약이 실재한다 해도 왜 그걸 전하가 아니라 예무관에게 먹이는 건데? 말도 안 돼."

"그, 그건, 저도 그렇게 생각하지만, 혜월 님이 그렇게 말씀하셔서……."

"혜월 님이 구체적으로 무어라 말씀하셨지?"

"그러니까…… 주최 가문의 입장을 이용해서 늠름한 예무관들에게 미약이라도 먹여 볼까, 어차피 최하급비가 될 테니 그런 '즐거움'도 용서받을 수 있겠지, 라고……."

어젯밤 '황영림'에게 귀띔했던 이야기를 그대로 되풀이하는 것은 너무 지나치게 거짓말을 했다가 허점이 드러나면 곤란하기 때문이리라. 방탕함의 근거를 미약 하나로 좁혀 두면, 나중에 혜월의 방에 수상쩍은 작은 병이나 하나 집어넣어 두기만 하면 충분하니까.

"혜월 님이 왜 당신에게만 그런 자백을 한 건데?"

"저, 저를, 추녀라고 생각하지 않으시기 때문이어서 그런 게 아닐까 싶어요……."

방춘이 꽉 움켜쥔 두 소매를 가슴에 눌렀다.

"처음에는 우연히 혼잣말을 들었던 건데, 제 존재를 알아차리시고도 혜월 님은 신경 쓰지 않으셨어요. 보시다시피 전 이렇게 소심하고 늘 겁에 질려 우물쭈물하고 있으니, 나중에 어떻게든 대처할 수 있을 거라고 생각하셨나 봐요. 실제로 제가 타일렀어도 이 이야기를 다른 곳에 가서 하지 말라고 협박만 하고는 끝났거든요."

더듬거리며 조심스러운 말투로 늘어놓은 '고백'에 청가와 가취는 복잡한 표정으로 입을 다물었다.

주혜월이 자신보다 한 수 위라 여기는 추녀들을 원한 어린 눈길로 노려보고, 한 수 아래라 여기는 추녀를 비웃는 기질이 있다는 것은 추궁 사람이라면 누구나 다 알고 있었다.

그러니 부친의 유품 속에서 미약을 손에 넣고 자신의 영지라는 안도감 덕분에 자제심도 잊은 채 무력한 남방춘을 경계조차 하지 않고 못된 계획을 자랑하는 혜월의 모습은 충분히 가능하다고 모두 생각할 수가 있었다.

"믿을 수가 없어. 그렇게까지 수치심도 모르는 여자였다니."

"하지만 그럴싸한 이야기야. 세상에, 이럴 수가……."

"남가의 추녀님께 정말 면목이 없네……."

방 한구석에 대기하고 있던 향의 여자들도 소곤소곤 이야기를 나누었다.

주혜월에게 지독하게 적대적인 태도를 보이는 여자들의 모습에 청가와 가취의 의심은 더욱 깊어졌다.

보통 자기 영지의 추녀에게 백성들이 이렇게까지 차가운 눈길을 보내는 일은 없다. 그렇다면 이 여자들은 다른 가문의 자신들이 모르는 어떤 근거가 있기 때문에 혜월을 미워하는지도 모른다.

예컨대 추궁에 들어오기 전의 소행이라거나.

또는 이 외유 중 정말로 미약을 타려 했거나.

"뭐야, 그게……."

청가가 또다시 중얼거렸다.

방금 전과 같은 말이었으나 그 속에 담긴 비난의 화살끝은 방춘에게서 혜월로 옮겨 갔다.

금가 직계는 자긍심을 존중하고 비열함을 미워한다. 추녀이면서 다른 남자와 하룻밤 불장난을 하겠다는 발상도, 미약 등의 수상쩍은 수단에 의지하려 하는 사고방식도 청가는 도무지 받아들일 수가 없었다.

"그것이 사실이라면 주혜월은 정말 경멸스러운 여자네."

"저, 저기, 하지만, 제가 말씀드리고 싶었던 건 그런 말이 아니에요."

그야말로 청가의 노기에 겁먹은 듯한 표정으로 방춘이 어쩔 줄 몰라 하며 말했다.

"농담이었을지도 모르고, 게다가 그런…… 방탕하다고나 할까, 남자 분들에게 익숙한 분이라면 오히려 난폭한 자들에게 잡혀 가도 위축되지 않고, 당당하게 대처하실 수 있을지 모른다는 말이었어요. 차라리 이 경우에는 행운이었다고, 그런 의미에서……!"

혜월 님이 무사하시기를 바랄 뿐이에요, 하고 눈물을 글썽이는 방춘은 너무나 순진하면서도 세상물정 모르는 추녀 그 자체였다.

——그렇기 때문에 '남방춘보다 세상 이치를 잘 안다'고 자부하는 주위에서 이렇게 지적하지 않고는 견딜 수 없으리라.

"설령 무사하다 해도 그것은 정조와 맞바꿔 목숨을 지켰다는 말이 되는 것 아닌가?"

라고.

눈살을 찌푸리며 낮은 목소리로 먼저 그 말을 꺼낸 사람은 가취였다.

"남자에 익숙한 게 유리하게 작용하는 사태란 그런 것일 테지. 몸을 허락할 테니 목숨만 살려 달라, 먹을 것을 달라, 환자에게 가까이 가지 않을 수 있게 해 달라는 교섭…… 또는 미약을 먹여서 침상에서 상대를 자기 마음대로 조종하거나."

"아, 아뇨, 난폭한 자들이 포로가 된 혜월 님에게 어떤 요구를 할지는 아무도 모르는 일이잖아요. 금품을 갈취하는 것만으로 만족할지도 몰라요."

"글쎄, 어떠려나. 굶주림과 병 때문에 사지에 내몰린 자들이 과연 그것으로 만족하리라고는 생각할 수가 없는데."

현가는 전장에서의 냉철한 태도로 유명하며 연민 따위의 감정에 사로잡히지 않는 삶의 방식에 자긍심을 가진 자들이다. 방춘이 입에 발린 말이나 낙관적인 이야기를 늘어놓으면 늘어놓을수록 '냉혹하고 현실적인' 현가에서는 그것을 부정할 수밖에 없다.

"그렇다면 설령 혜월 님이 '무사'하다 하더라도…… 추녀로서는 손쓸 수 없을 정도로 더럽혀졌을지도 모르겠네요."

청가가 억누른 목소리로 말했다.

듣고 있던 혜월이 마음속으로 '아아'하고 탄식했다.

'정말 훌륭한 솜씨야. 이곳저곳에서 대화를 유도해서 결국 여기

까지 끌고 왔구나.'

그렇다. 이질의 무서움을 불어넣고 '병에 걸린 추녀 따위는 불태워 죽이는 편이 낫다'는 인상을 굳힘과 동시에 주혜월이 남자를 밝힌다는 인식을 심어 '설령 생환한다 해도 그것은 괴한들에게 몸을 팔았기 때문'이라고 생각하게 만든다.

병에 걸리든 걸리지 않았든, 어차피 '주혜월은 죽는 편이 낫다'는 분위기를 만들어낸다——이것이 바로 방춘의 노림수였던 것이다.

'화술이 아주 대단해.'

혜월은 다시금 마음속으로 그렇게 내뱉었다.

늘 선량하고 겁 많고 무해해 보이는 남방춘.

이 더듬거리는 말투로, 신중하게 엮어 넣은 최소한의 거짓말로, 방춘은 지금까지 대체 얼마만큼의 대화를 비밀리에 조종해 왔을까.

분명 혜월뿐만 아니라 황영림도 남방춘의 본성을 꿰뚫어보지 못했으리라.

몸이 바뀌지만 않았더라면.

'하지만 안타깝게 됐어.'

현실에서 이 '황영림'의 몸 속에 들어 있는 것은 혜월이다.

주혜월이 어떤 말을 하고 어떤 말을 하지 않았는지 이 '황영림'은 전부 파악하고 있다.

혜월은 천천히 숨을 내쉬어 의식적으로 몸의 힘을 뺀 뒤, 수심 어린 목소리를 자아냈다.

"미약이라 하셨나요."

나직이 중얼거렸다.

단 한 마디.

고작 그것만으로 이 방울 울리는 듯한 목소리는 주위의 주목을 모을 수 있다.

"영림 님?"

"아아, 아뇨……."

순간적으로 돌아보는 다른 가문의 추녀들을 향해 혜월은 살짝 고개를 가로저었다.

그러고는 황영림이 자주 하듯 남방춘을 물끄러미 바라보았다. 촉촉한 검은 눈동자는 그 시선을 돌리기만 해도 금세 상대의 눈을 자신에게로 끌어당긴다.

"방춘 님, 혹시나 해서 여쭙는 것인데, 혜월 님이 미약의 존재를 이야기할 때 혹시 자랑스러워하는 태도를 보이지 않으셨나요?"

"네?"

"실은 저, 방춘 님의 이야기에 짚이는 데가 있거든요. 아아, 혜월 님이라면 그런 이야기를 하실 법하다는 생각이 들더군요."

그러고는 슬픈 듯 눈을 내리깔며 누가 봐도 남방춘의 주장에 동조하는 듯한 발언을 내뱉는다.

지금까지 '황영림'이 주혜월을 비난하는 태도를 취한 적이 없었기 때문인지, 방춘은 가장 영향력이 강한 추녀가 자신의 편이 되는 것을 환영하듯——하지만 그것을 들키지 않으려는 듯 조심스럽게 "네" 하고 고개를 끄덕였다.

"자랑하는 것처럼, 미약 이야기를 하셨어요."

"혹시 '이것만 있으면 괜찮다'거나, '왜 다들 이렇게 하지 않는 걸까'라거나, 그런 말씀을 하지는 않으셨나요? 아주 의기양양하게."

"네……."

방춘은 실제로 존재하지도 않는 사실을 유감스럽다는 듯 긍정했다.

"혜월 님께 양심의 가책은 없어 보였어요."

"최악이네."

청가가 끔찍하다는 표정으로 내뱉었다.

"정말 수치심이라는 걸 모르는구나."

"저도 그 부분이 무섭다고 생각했어요."

기회를 잡는 데 민감한 방춘은 청가의 발언에 잽싸게 편승하기로 한 모양이었다.

"마음이 약한 추녀라면 한 번쯤은 수상쩍은 약에 의지하려 할지도 몰라요. 하지만 혜월 님은 그 점에서 주저하지 않으셨어요. 욕망이 이끄는 대로 주위에 미약을 먹이고 죄책감도 느끼지 않는다니……. 정말 너무나 무서운 분이라고, 저는 그렇게 생각했어요."

'주혜월'이 악녀라는 인상을 야무지게 심어 놓은 뒤, 방춘은 마치 영림에게 매달리듯 이쪽으로 시선을 돌렸다.

"혹시 영림 언니 앞에서도 그런 태도를 보였나요? 그렇다면 정말 두려움을 모르는 분이시네요. 남매 사이가 좋기로 유명한 황가 사람 앞에서, 오라버니 분께 미약을 먹일 수도 있다는 암시를 주다니……."

번역하자면 이것은 '주혜월은 당신이 그토록 사랑하는 오라버니들을 위험에 빠뜨릴 수도 있는 악녀이니 당연히 격렬하게 규탄해 주겠죠?'라는 말일까.

하지만 그때 혜월은 싱긋 웃었다.

"그런가요? 저는 전혀 그렇게 생각하지 않는데요."

"……네?"

아주 짧은, 한순간.

남방춘이 계속 두르고 있던 작은 동물 같은 분위기가 벗겨졌다.

하지만 방춘이 금세 의아한 표정을 가장하고 "무, 무슨 말씀이세요?" 하고 물었기에, 혜월은 틈을 주지 않고 방춘의 의표를 찌르는 발언을 연이어 던졌다.

"후후, 아니…… 미약이란 게 그렇게 나쁜 걸까요?"

"네……?"

몸가짐이 단정하기로 유명한 황영림의 너무나 대담한 발언에 방춘뿐만 아니라 청가와 가취도 눈을 동그랗게 떴다.

"영림 님?"

"혹시 혜월 님을 감싸려는 것인가?"

곤혹스러운 목소리로 가취가 물었다.

"영림 님, 당신이 그 어떤 인물에게서도 장점을 찾아내려 하는 성품이라는 사실은 알고 있어. 하지만 미약까지 동원해서 남자분들을 희롱하려 하는, 그런 행위를 감싸는 데에는 무리가……."

"혜월 님을 감싸려는 게 아니에요. 굳이 따지자면──."

혜월은 뺨을 손으로 감싸고 고개를 살짝 갸웃했다.

"감싸려는 건, 저 자신이에요."

"어?"

"네?"

"뭐라고?"

이 말에는 세 사람 모두 동시에 의문을 표했다.

혜월은 그 시선을 충분히 의식한 뒤, "그게 말이에요" 하고 난처한 듯 미소를 지었다.

"혜월 님께 '미약'을 드린 건――다름 아닌 저였거든요."

말을 잃은 세 사람의 앞에서 혜월은 동설에게 아까의 그 식전주를 새로 가져오라는 지시를 내렸다.

그리고 스스로도 천천히 잔을 집어들며 "아시다시피" 하고 입을 열었다.

"지금의 혜월 님께는 후견인이 되어 주실 비전하가 계시지 않아요. 그런 상황에서 이 풍년제를 주관하다 보니 혜월 님은 눈에 띄게 초췌해지셨죠. 혜월 님이 뭐든지 서투르고 툭하면 궁지에 몰리는 성품이라는 건 여러분 모두 잘 알고 계시잖아요?"

세 사람이 곤혹스러운 표정으로도 금세 고개를 끄덕이는 모습을 보고 혜월은 입꼬리가 살짝 일그러질 뻔했다.

'당신들, 조금은 망설여줄 수도 있는 거 아냐?'

하지만 그런 기색은 손톱만큼도 내비치지 않았다.

"혜월 님은 항상 '내게는 짐이 너무 무거워', '대체 어쩌면 좋아'라고 한탄하셨죠. 그래도 그분은 그 큰 역할을 내팽개치지 않으셨어요. 가문이 다른 제게도 고개를 숙이고 가르침을 구했고, 기예

단련은 물론 수면 시간까지 줄여 가며 풍년제 준비에 전념하셨답니다."

노력을 이야기할 때는 저도 모르게 열정적인 말투가 나왔다. 솔직히 말하면 혜월은 자신의 이 노력을 누군가가 알아주길 바랐고, 노고를 치하 받고 싶었다.

"하지만…… 그분 주위에는 그 노력을 칭송하는 사람은 없고 온통 비웃는 자들뿐이었죠."

거기서 혜월은 얼굴에 수심을 드리웠다. 너무나도 비극적이라는 듯.

"비웃는 자들 중 대부분은 주구궁 궁녀들이었어요. 지금은 계시지 않는 귀비님의 총애에만 의존하던 그들은 귀비님이 추방당하신 후 주구궁을 재건하려는 기개도 보이지 않고 재빨리 궁을 벗어나려 했죠. 하지만 그래서는 외부 사람들에게 나쁜 인상을 주게 되어요. 그래서 일을 그만두는 이유가 어디까지나 후임 추녀——즉 혜월 님을 도저히 견딜 수 없기 때문이라면서 제멋대로 악의를 담은 소문을 퍼뜨린 거예요."

죽은 사람은 말이 없다. 마찬가지로 후궁을 떠난 궁녀들이 진실을 말한다는 건 불가능하다.

혜월은 개인적 원한을 담아서 너무나도 쉽게 주구궁을 버린 궁녀들에게 악평의 책임을 전가했다.

"재주도 없고 무능하며 노력도 하지 않고, 권력자에게 빌붙고, 남자를 밝히고……. 어느 정도는 진실일지도 모르죠. 하지만 또 일부는 명백히 거짓말이에요. 그런데도 그 전부가 진실로 취급되어 이곳저곳으로 퍼져나가서 결국 혜월 님 본인의 귀에까지 들어가게 되었답니다."

궁녀들이 악평을 퍼뜨렸다고 말해 둔 것은 방춘이 이곳 말고 다른 곳에도 '남자를 밝힌다'는 거짓말을 이미 했을 경우를 대비한 방책이었다.

얼마나 많고 다양한 사람들이 '주혜월은 남자를 밝힌다'고 증언하든 말든 그 근원은 단 하나, 주구궁의 궁녀들이다——그렇게 원흉을 정의해 둠으로써 악평의 신빙성을 떨어뜨리려는 의도였다.

"혜월 님은 상처를 받으셨어요. '다들 나를 싫어해', '이렇게 미움받는 자가 주최 가문의 추녀로서 다른 사람들을 접대할 수 있을까'하는 말까지 하시고……. 저는 정말이지 가만히 두고 볼 수가 없었어요. 그래서 제가 혜월 님께 어떤 것을 드렸죠."

거기서 혜월은 잔을 높이 치켜들었다.

"몸을 따스하게 해주고 긴장된 마음을 풀어주는 주정(酒精). 달콤한 맛으로 사람의 마음을 꼬드긴다고들 하는 벌꿀. 풍요의 과일이라 불리는 무화과, 알갱이가 고혹적으로 박혀 있는 석류, 자극적인 수많은 향신료들. 그래요——."

향긋한 과일들이 둥둥 떠 있는 포도주의 자줏빛 표면이 유혹하듯 흔들렸다.

"이 식전주가 바로 '미약'의 정체였던 거예요."

숨을 들이켜는 추녀들 앞에서 혜월은 그저 아름다운 미소만을 지었다.

"그리고 말씀드렸지요. 도저히 친해질 수 없는 사람이 있다면

이 식전주를 먹이면 된다고. 분명 모든 분들의 마음이 풀어져서 당신을 좋아하게 될 테고, 모든 일이 다 잘 풀릴 것이라고 말이에요. 이것은 말하자면 '미약'이나 다름없는 셈이죠, 라고 말씀드렸어요."

"그럼 예무관들에게 미약 운운, 하는 말은……."

"혜월 님은 다른 가문 분들을 어떻게 대접해야 좋을지, 그 부분 때문에 무척 마음고생을 하셨어요. 당연히 연회 자리에서 이것을 나누어 드려서 그분들의 환심을 사려 했죠. 연회에서 타인을 회유하다니 다소 품위가 떨어지는 일이기는 하지만, 최하급비 후보라는 소문이 퍼져 있는 자신이라면 이런 즐거움도 다들 이해해주지 않을까, 하고요."

넋이 나간 청가가 중얼거린 말에 혜월은 순간적으로 그렇게 대답했다.

"참고로 혜월 님이 '미약'을 대접하고 싶었던 상대는 예무관들뿐만이 아니었어요. 알고 계셨나요? 혜월 님이 저희에게도 열렬한 시선을 보내던 것을."

혜월은 이 부분에서 목소리를 낮추고 천천히 말했다.

"혜월 님은 사실——모든 사람들과 마음을 터놓고 싶으셨던 거예요."

자리가 완전히 조용해졌다.

청가와 가취의 눈에 동요와 죄책감의 빛이 퍼졌다.

그도 그럴 터. 지금까지 주혜월의 인상이 혐오로 가득하면 가득할수록 '진실의' 모습이 안타깝게 비칠 테니 말이다.

"그리고."

시야 한구석에서 리리가 흥분한 듯 주먹을 부르쥐고 있었다.

동설 또한 무표정했던 얼굴에 약간의 홍조를 띠고 이쪽을 가만히 응시하고 있었다.

혜월은 두 사람에게 눈짓을 보내지 않도록 주의하면서도 마음 속으로 이렇게 말했다.

'알고 있어. 잘 해낼게.'

여기가 바로 승부처다.

"왜 제가 이 식전주를 '미약'이라 불렀느냐 하면, 그것은――황후 폐하께서 그런 이름을 붙이셨기 때문이에요."

황후.

후궁의 최고 권력자를 가리키는 그 말에 추녀들이 퍼뜩 고개를 들었다.

혜월은 배에 힘을 주고 최대한 천천히 이야기했다.

"저도 예전에 추궁에 막 들어왔을 때 혜월 님과 마찬가지로 여러분과 잘 지낼 수 있을지 무척 걱정이 되었답니다. 그때 폐하께서 주셨던 게 바로 이 식전주였어요. 농담을 좋아하시는 폐하께서는 그것을 '미약'이라 부르시며 저를 깜짝 놀라게 하셨지요."

견수의 그 툭하면 사람을 갖고 노는 성격을 끄집어냈다.

황영림이 식전주를 '미약'이라 부른다는 설명에는 위화감이 있어도, 견수가 그렇게 불렀다면 아무도 의심하지 않는다. 전승이나 저주 따위를 손톱만큼도 믿지 않고 전부 농담으로 취급해버리는 견수의 자세는 이미 유명했으므로.

혜월은 주위를 빙 둘러보고는 난처한 듯 뺨을 손으로 가렸다.

"혜월 님께 드린 것은 바로 지금 여러분께서 모두 드셨던 바로 그 식전주예요. **폐하께 하사받은** 술이었기 때문에 폐하와 마찬가지로 '미약'이라 불렀는데……. 설마 그것이 그런 **오해**를 불러일으키다니, 정말 죄송해요."

사과 형식을 취하기는 했지만 이 발언을 알기 쉽게 풀어 말하자면 이렇다.

너희가 '미약'이라 불렀던 것의 정체는 황후 폐하께서 하사해주신 물품이다.

설마 후궁 최고 권력자의 하사품을, 그 명명을 비난할 리 없겠지──.

동설과 리리가 입을 꾹 다물었다.

긴장이 아니라 승리의 확신이었다.

분명 두 사람은 새벽녘까지 짐을 뒤지고 또 뒤진 고생의 보답을 여기서 전부 받았으리라 생각할 것이다.

그랬다. 어젯밤 남방춘과의 대화를 끝내고 방으로 돌아온 후 혜월이 두 사람에게 준비하도록 명령한 것은 '황후에게서 하사받았으며 미약이라고 주장할 수 있을 만한 것'이었다.

──황후 폐하께서 진귀한 과자와 술을 주셨으니.

혜월은 오는 길에 영림과 나누었던 대화를 똑똑히 기억하고 있었다.

후견인 황후와 몹시 양호한 관계를 쌓은 황영림은 이 외유를 나오기 전에도 당연히 견수에게서 많은 선물을 받았다. 그중에 예컨대 술, 예컨대 신기한 음식, 또는 향, 아니면 정신을 차리게 하는 약이라도 뭐든 다 좋다. 아무튼 '사람을 흥분시킬 수 있을 만한' 그럴싸한 것이 있다면 억지로 미약으로 만들어버리면 된다.

물론 진짜 미약이 아니라 '장난으로 미약이라 부를 수 있는 선물'을 말한다.

혜월이 남자를 밝힌다는 근거로 미약을 든다면, 먼저 '미약'의 존재를 인정하고 나서 농담이었다며 일소에 부치면 그만이다.

다소 어설퍼 보이는 계획이지만 배후에 황후가 있다는 사실을 암시하면 추녀들은 쉽게 '미약'을 비난할 수 없다. 혜월은 거기에 도박을 걸었다.

'분명 황영림이라면 황후 폐하의 위세를 빌리는 짓 따위는 안 하겠지만.'

영림이 자발적인 노력을 사랑하는 성품이라는 사실은 잘 알고 있다.

그래도 상관없다.

혜월은 악녀――권력을 앞세우는 일을 전혀 망설이지 않는 여자니까.

"아……."

방춘의 눈동자에 재빠른 계산의 빛이 스쳤다. 이 상황을 어떻게든 타개해 보려는 모양이었다.

하지만 방춘이 입을 열기보다 먼저 혜월이 "오해라고 해서 말인데" 하고 새로운 공격을 추가했다.

"방춘 님은 이질에 대해 약간 오해하고 계신 것 같아요."

"네?"

"방금 전 시체가 부풀었다는 이야기를 하셨는데, 예전에 이질에 걸리셨던 황제 폐하를 간호하신 경험이 있는 황후 폐하의 말씀에 따르면 그렇게까지 무서운 병은 아니라고 해요."

단호하게 잘라 말했다.

물론 혜월은 견수와 그런 대화를 나눈 일이 없다.

실제로 이질이 어떤 증상인지도 잘 모르니 이 발언은 거의 허세에 가깝다.

하지만 그걸로 충분하다. 이 발언의 요점은 '예전에 황제 폐하도 이질에 걸리신 적이 있다'는 부분이다.

'황제 폐하'라는 단어에 추녀들은 아까보다 더욱 얼굴이 새파래졌다.

"여러분도 지난번 다과회 때 황후 폐하께 이야기를 듣지 않으셨나요? 20여 년 전, 수해를 입은 지역을 시찰하러 가셨다가 이질에 걸린 황제 폐하를 황후 폐하께서 직접 간호하셨다는 이야기 말이에요."

당시에는 몸이 바뀐 상태였고, 심지어 병으로 쓰러져 있던 혜월이었지만 다과회 이후 후궁 전체에 쫙 퍼진 그 일화는 최종적으로 혜월의 귀에까지 들어왔다. 황제의 증상은 고열 쪽이 강조되어 있지만 요컨대 황제가 걸린 병은 더러운 이질이라는 뜻이라고, 불경한 혜월은 생각했다.

"안타깝게도 당시에도 이질의 더러움을 두려워하여 간호를 내팽개친 자들이 많았다고 해요. 더럽다고 여겨지는 병에 갉아 먹히면 그 본인의 고결함이 상처를 입는다고 생각하는 걸까요? 정말이지, 이 얼마나 불경한 태도인지 모르겠네요."

시선을 돌리고 한숨을 내쉰 행동은 눈앞의 추녀들을 책망하는 게 아니라는 표현이었다. 비난의 화살 끝은 어디까지나 '당시 간호를 내팽개친 자'들을 향한다는 의미로.

하지만 실제로는 그 이상으로 추녀들에게 이렇게 힘주어 말하고 있었다.

이질에 걸린 자를 더럽다고 경멸한다면 그것은 주상께 침을 뱉는 행위와 마찬가지이니라——.

황후에 이어 황제의 위세까지 빌리는 작전이었다.

효과는 발군인 듯했다. 청가와 가취, 심지어 방춘까지 입을 다물어버렸다.

'이걸로 충분해.'

미약을 근거로 하던 '주혜월이 남자를 밝힌다'는 설을 부정했다.

이질이 더럽다면서 소각해야 한다고 서두르던 자세도 불경하다고 지적했다.

그렇다면 주혜월을 불태워 죽일 이유는 추녀들에게 없다.

지금이 바로——.

"방금 전 청가 님께서 말씀하셨던 것처럼 방춘 님은 소동을 자꾸만 키우는 경향이 있으신 것 같아요."

혜월이 조용히 자리에서 일어나 천천히 탁자를 한 바퀴 돌았다.

숨을 들이켜며 추이를 지켜보는 청가와 가취를 지나쳐 우아하게 걸어갔다.

그리고 방춘의 등 뒤에서 걸음을 멈추었다.

"눈물을 글썽이면서도 이질의 무서움을 강조하고, 농담에 불과했던 '미약'의 존재를 들어 소동을 피우다니."

혜월은 놓치지 않겠다고 생각했다.

세 치 혀만으로 타인을 조종하고 스스로는 '마음씨 착한 여자'라는 인상을 유지하려 하다니.

그렇게 내버려둘 수는 없다.

"아무래도 방춘 님의 이야기를 들으면 혜월 님이 몹시도 더럽고 방탕한 여성으로밖에 여겨지지 않아서 너무나도 슬퍼지는군요."

청가와 가취에게도 똑똑히 들리도록 천천히 말했다.

동시에 마음속으로는 그 두 사람을 향해 이렇게 외치고 있었다.

생각해 봐. 잘 되짚어 봐.

지금까지의 대화 속에서 각자가 자기 자신의 생각을 주장한다고 생각했겠지만 사실은 누구의 발언 때문에 자꾸 화제의 방향이 바뀌었는지. 누구의 의견에 놀아나고 있었는지.

누구 때문에 '주혜월'의 인상이 바닥에 처박혔는지.

혜월은 손을 대지 않은 잔을 집어 들고 살며시 방춘에게 쥐여 주었다.

"방춘 님은 혹시 혜월 님을 싫어하시는 건가요?"

"아니에요……!"

정말로 위험하다고 생각했는지 방춘은 이쪽을 돌아보며 순간적으로 눈물을 글썽거렸다.

"저, 정말, 죄송해요……. 저, 전 그냥, 혜월 님이 걱정돼서……."

커다란 눈동자에 겁먹은 빛을 띠고 눈물을 지었다. 들고 있던 포도주에 희미한 파문이 생겨났다.

눈앞에 있는 것은 아무리 봐도 섬세하고 정직하며 가련한 소녀일 뿐이었다.

"너무나도 걱정이 돼서 무심코 나쁜 쪽으로, 나쁜 쪽으로 생각이 넘어가요. 소동을 키웠다는 건…… 네, 맞아요. 저, 뭐든지 다 곧이곧대로 받아들여서……. 영림 언니를 이렇게 화나게 하다니, 정말, 죄송……."

"방춘 님, 죄송해요."

방춘은 이번에는 '황영림'을 성격 못된 여자로 만들려는 작전으로 나오려는 듯했다.

방춘이 불쌍한 모습으로 사과의 말을 늘어놓기 전에 혜월이 선수를 쳤다.

"지금 제 발언은 화풀이나 마찬가지였군요."

문득 얼굴을 일그러뜨리며 잔에서 손을 떼었다.

부끄러워하는 것처럼 재빨리 눈꼬리를 문지르고 어색하게 미소를 지으니 그야말로 너무나도 성실하게 눈물을 꾹 참는 미소로 보일 터였다.

"너무나도 걱정이 돼서……. 네, 정말 이해가 돼요. 저도 벌써 며칠 동안이나 혜월 님을, 오라버니를 걱정하느라 잠을 자지 못했거든요……."

청가와 가취가 퍼뜩 놀란 듯 이쪽을 돌아보는 기척이 느껴졌다.

그도 그럴 터였다. 세 사람이야 그냥 다른 가문의 추녀가 납치당했을 뿐이지만, 황영림은 친오라버니까지 사건에 휘말렸으니 말이다.

“두 분 모두 무척이나 힘든 시간을 보내고 계실 테고, 그분들을 찾기 위해 전하와 다른 가문에까지 큰 부담을 지워 드리고 있어요. 그렇지 않아도 고통스러운데 어젯밤에는 질병 소식까지 들려오는 바람에 완전히 동요하고 말았네요.”

계속해서 눈을 깜박이며 눈물을 참는 연기를 한다.

요란하게 펑펑 울어댔다가는 오히려 상대가 어처구니없어한다는 사실을, 혜월은 의도치 않게 지난번에 몸이 바뀌었을 때 배웠다.

“이질이라도 괜찮을 거예요. 그렇게나 노력가인 혜월 님을, 그리고 저희 오라버니를 하늘께서는 결코 버리지 않으실 테니까요. 계속 그렇게 스스로를 타이르고 있는데 병의 무서움을 이야기하시고, ‘미약’이 원인이 되어 혜월 님이 좋지 않은 이야기를 들으시는 게 너무 괴로워서……. 특히 ‘미약’은 저 때문인걸요. 그래서 자꾸 불온한 이야기를 하시는 방춘 님께 저도 모르게 화풀이를 했던 거예요. 여러분께도 정말 죄송해요.”

“영림 님, 사과하실 필요 없어요.”

자기 잘못을 인정할 줄 아는 상대에게 무른 청가가 다급히 자리에서 일어섰다.

그리고 살며시 혜월의 어깨에 손을 뻗어 위로하듯 토닥거렸다.

“저희가 영림 님의 심경을 더 헤아려 드렸어야 했는데. 영림 님이 언제나 다부진 미소를 짓고 계시니까 그렇게까지 마음고생을 하고 계신 줄 모르고……. 불길한 화제를 꺼리는 건 당연한 일이 잖아요."

그러고는 번득이는 시선으로 방춘을 노려보았다.

"그러니까 이런 이야기는 그만두자고 처음에 말했잖아요."

손바닥 뒤집듯 태도를 바꾸는 모습에 혜월은 하마터면 웃음을 터뜨릴 뻔했다.

"영림 님, 미안했어."

반대편 자리에 앉아 있던 가취도 온순해진 표정으로 일어섰다.

"나도 누명을 쓴 현가의 분노에 동조하여 냉정함을 잃었던 것 같군. 겨우 이질 정도의 병에, 그리고 혜월 님의 됨됨이에 대해서도 너무 비관적으로 생각했었어. 부끄러울 따름이야."

가취는 아마 평상시 점잖게 행동하던 황영림이 사람들 앞에서 처음으로 눈물을 보인 모습에 깜짝 놀란 듯했다. 동시에 황제와 황후를 적으로 돌릴 수 없다는 사정도 있다. 자신에게 상당히 동정적인 자세를 취하는 모습을 보고 혜월은 마음속으로 '좋아'하고 주먹을 불끈 쥐었다.

"분명 이 '미약' 때문일 거예요. 저도 여러분도 완전히 감정에 휘말리고 만 걸 보니."

후훗, 하고 머쓱한 미소를 지으며 분위기를 누그러뜨리려 애쓰는 모습을 보인 뒤 혜월은 다시 한 번 방춘을 향해 고개를 살짝 갸웃했다.

"방춘 님도 부디 이 '미약'을 봐서 용서해주시지 않겠어요?"

그러고는 식전주가 담긴 잔을 스윽 들이밀었다.

"물론이고말고요."

방춘은 어디까지나 작은 동물 같은 분위기를 유지하며 조심스럽게 잔을 받아들었다. 그러고는 눈을 꼭 감고 그것을 들이켰다.

"저, 저야말로 무례한 발언을, '미약'을 통해 용서해주신 영림 언니께, 진심으로 사과와 감사의 말씀을 드려요……."

꼴깍 삼키고 평소처럼 살짝 눈치를 보듯 이쪽을 올려다보기까지의 아주 짧은 한순간.

등골에 오싹 소름이 끼칠 정도로 날카로운 빛이 방춘의 눈에 깃드는 모습을 혜월은 보았다.

그 후 식전주가 얼마나 맛있었는지에 대해 다시 한 번 일동이 이야기한 뒤, 화제는 맛있는 식사와 향의 정취, 남령 사람들의 특징 등 이곳저곳을 넘나들었고――마침내 다과회는 끝이 났다.

"초대해주셔서 감사했어요."

"느긋하게 이야기를 나눌 수 있어서 참 좋았다."

"감사합니다, 영림 언니."

추녀들은 생글생글 웃으며, 또는 우아한 태도로 방을 나갔다.

* * *

향의 여자들도 일터로 돌아가고 동설과 리리만이 남은 방 안에서 혜월은 의자 등받이에 기댄 채 주르르 미끄러졌다.

"――……끝났어."

끝났다.

그렇게 생각하니 피로가 갑자기 훅 밀려오면서 손가락 하나 까딱하기 싫어지는 심경이었다.

계속 회전시키고 있던 머릿속에 열기가 솟아나고 어질어질 현기증이 느껴졌다.

이렇게나 팽팽한 긴장 속에서 대화를 나눈 적이 태어나서 한 번이라도 있었을까.

"월병. 월병 좀 줘. 팥소만이라도 좋아. 아니, 차라리 벌꿀을 줘. 그냥 입에다가 그대로 부어줘."

축 늘어진 채 고개를 뒤로 젖힌 상태로 혜월이 멍하니 중얼거리자 머리 위에서 키득키득 웃는 소리가 들렸다.

"혜월 님도 참."

리리였다.

새로 차를 가져와서 공손하게 내민 리리가 평소에 본 적 없는 반짝반짝 빛나는 눈빛으로 이쪽을 바라보고 있었다.

"고생 많으셨어요. 역시 악녀에도 격이라는 게 있다는 게 뚜렷하게 느껴지네요."

"뭐야."

유달리 정중한 말투로 이야기하기에 당연히 비아냥거리는 줄로만 알고 혜월은 미간을 좁혔다.

"그래, 큰소리 뻥뻥 친 것치고는 별로 제대로 한 것도 없네."

몸을 일으킨 혜월이 차를 마시며 생각했다.

이 다과회를 평가한다면 갑을병정 중 어느 정도일까.

일단 '주혜월'에 대한 악평이 퍼지는 것은 막았다——고 생각한다.

혜월을 두고 남자를 밝힌다고 평가하고, 이질을 더럽다고 단정한다면 황제와 황후에 대한 불경죄가 된다고 협박했으니 추녀들도 경솔하게 소각을 주장하지는 못할 것이다.

하지만 방춘에게 호되게 한 방 먹였느냐고 묻는다면 솔직히 애매하다.

사태를 키워서 주혜월을 궁지에 몰아넣고, **저** 황영림에게 상처를 주었다는 인상을 주기야 했겠지만 지금까지 행실이 발랐던 방춘에게 그 정도는 사소한 결점일 뿐이다.

실제로 방춘은 그 작은 동물 같은 연기를 계속 유지했다. 어디까지나 '쉽게 겁을 집어먹는 순진한 성격이 이번에는 나쁘게 작용하고 말았다'는 방향으로 밀어붙일 터였다.

"황제 폐하와 황후 폐하, 게다가 황영림의 눈물이라는 최강의 패까지 전부 동원했는데도 이 정도인가……."

하아, 하고 한숨을 내쉬니 쟁반을 가져오던 동설과 눈이 마주쳤다.

동설은 여전히 담담한 표정으로,

"영림 님은 지금까지 추녀님들 앞에서 눈물을 보이는 등의 감정적인 행동을 결코 하지 않으셨습니다."

라고만 말했다.

"아아, 그래, 그래."

짜증이 난 혜월은 머리를 쓸어올리며 동설의 발언을 앞질러 가로챘다.

"그 소중한 '황영림' 상을 망가뜨려서 참 미안하게 됐네요. 그래, 난 어차피 공격적이고 감정적이야. 타인의 권위를 앞세우지 않으면 싸우지도 못해."

자학적으로 말하다 보니 어젯밤부터 마음속에서 활활 타오르던 '무조건 괜찮아'라는 기묘한 고양감이 옅어지고, 그 대신 초조함과 공포가 가슴속에 차올랐다.

정말 괜찮을까.

그걸로 괜찮았을까.

좌중을 더욱 압도하고 남방춘에게 통렬한 일격을 가하는 더 괜찮은 방법이 있지 않았을까. 춤 하나로 관중을 매료시킨 황영림처럼.

"황영림처럼은, 못 한단 말이야——."

"그러시겠지요. 당신은 영림 님이 아니니까."

짧은 말이 사정없이 가슴을 후벼 팠다.

하지만 툭 하고 작은 소리를 내며 눈앞에 내밀어진 쟁반을 보고 혜월은 눈을 빛냈다.

"……이게 뭐야?"

"팥소를 가득 넣고 꿀을 끼얹은 월병입니다."

얇은 그릇에 담겨 있는 것은 거의 진흙덩어리 같은 거대한 팥소를 위에 얹고, 심지어 벌꿀까지 뚝뚝 떨어지고 있는 월병이었다.

"이번 다과회, 실로 훌륭하셨습니다."

뚝뚝 떨어지는 꿀방울 앞에서 혜월이 경직되어 있는데 동설이 차분하게 입을 열었다.

"영림 님은 주위의 권위에 기대지 않고 의지하지 않으시고 눈물을 보이지도 않으십니다. 그 굳건함이 든든한 한편, 약함을 무기로 삼는 적을 마주하는 순간 악녀라는 비난을 받으실지도 모른다는 생각에 저는 항상 걱정이 되었지요. 남방춘을 상대하는 이번 다과회, 아마 영림 님이었다면 이렇게 해내지 못하셨을 겁니다."

"……."

혜월은 동설을 물끄러미 바라보았다.

혹시, 어쩌면 지금 동설이 자신을 칭찬해준 걸까.

생각지도 못했던 사태가 상상 이상으로 격렬한 기쁨의 파도가 되어 혜월을 덮쳤다.

하지만 혜월은 금방이라도 자신을 집어삼킬 듯한 그 파도가 두려워 그저 어쩔 줄 몰라 하며 손톱 끝만 살짝 담갔다.

"그, 그럴까? 하긴, 그럴 수도 있겠지. 황영림은 비열함이 뭔지 모르니까."

"당신은 약한 분입니다. 남방춘 이상으로 약하고 남방춘 이상으로 눈물을 두려워하지 않으시죠. 그 상황에서 순간적으로 자신을 피해자로 연출하고, 주위의 동정을 사는 행위는 영림 님으로서는 도저히 해낼 수 없는 일입니다. 당신의 행동이 주혜월의 생명과 영림 님의 입장을 지킨 겁니다. 당신밖에 할 수 없는 일이었습니다."

"으…… 으응, 그래?"

제발 그만둬.

항상 영림지상주의를 굽히지 않는 이 여자가, '영림 이상으로'

자신이 잘 해냈다고 칭찬하다니.

황영림의 흉내가 아니라 주혜월 본인의 행동을.

영림으로서는 결코 해낼 수 없는 일이라며 인정해주다니——.

"혜월 님. 당신이 이 다과회를 끝까지 이끌어주신 점, 진심으로 감사드립니다."

"아……. 그, 그래……."

얼버무리려는 듯 얼른 집어먹은 월병은 엄청나게 달콤할 텐데, 전혀 아무 맛이 나지 않았다.

그렇게나 인정받고 싶고 칭찬받고 싶고 노고를 치하 받고 싶었는데. 무척이나 바라마지 않던 일임에도 불구하고 막상 받으니 혜월의 몸은 냅다 어색하게 굳어지고 말았다.

"정말이지, 탁자를 천천히 한 바퀴 돌 때의 그 박력은 엄청났다고요."

리리도 히죽히죽 웃으며 월병 위에 꿀을 더 끼얹어 주었다.

"두 분 폐하의 위세를 끌어와서는 비단으로 목을 조르듯 아주 천천히! 저, 무심코 박수를 칠 뻔했다니까요."

"전혀 칭찬이 아니잖아, 그건."

"역시 격이 다른 악녀!"

"그만해!"

소리를 지르면서도 어째서인지 얼굴에 자꾸 웃음이 났다.

하지만 동설이 진지하게 고개를 끄덕이는 모습을 보고 혜월도 정색을 했다.

"그래요. 황기궁에서는 '상대가 바늘로 찌르면서 공격하면 도끼로 대응하라', '빈정거리지 말고 주먹으로 대답해라'가 철칙이었지만……. 그렇군요, 이런 공격도 상당히 즐겁네요."

"제발 그 이상 무시무시한 취향에 눈을 뜨지 말아줘."

이 궁녀가 심지어 음습한 화술까지 습득하는 순간, 혜월은 도저히 살아남을 수가 없을 것이다.

"그나저나 설마 이렇게 일이 잘 풀릴 줄이야. 영국이 낳은 희대의 음험한 악녀에게 박수!"

"그만해. 자꾸 그러면 정말 화낸다, 리리."

"네, 그 악녀다운 행동은 정말 압권이었습니다. 훌륭해요, 아주 훌륭해."

"진심을 좀 담아서 말할 수 없어, 농설?!"

"아주 만족스럽더군."

"뭘 그렇게 윗사람인 것처럼──."

잘난 척하느냐고 순간적으로 지적하려던 순간, 혜월은 움찔 놀라 뒤를 돌아보았다.

방금 그 목소리는.

"다과회는 무사히 끝난 모양이지?"

"전하!"

낮고 힘찬 목소리와 함께 방으로 들어온 사람은 다름 아닌 요명이었던 것이다.

"이것 참, 꽤나 열심이던걸. 수고했어."

그 등 뒤로는 경창도 따라왔다.

"경창에게서 들었다. 남방춘이 너를 남색을 밝히는 계집인 양

호도하면서 천읍을 통째로 불태워 없애려는 공작을 꾸미는 것 같아서 앞질러 '미약'을 준비해 놓았다지?"

요명은 탁자에 남아 있던 과일이 들어 있는 포도주를 발견하고는 잔에 떠서 맛을 보더니 "그렇군, 실로 맛이 좋은 '미약'이야"라며 웃었다.

그러고는 일어난 채 경직되어 있던 혜월을 돌아보며 이렇게 말했다.

"상황을 교묘하게 잘 이끌어간 모양이군. ——잘했다."

"아……."

저도 모르게 말문이 막혔다.

추궁에 들어온 이후로 혜월을 향하는 표정은 경멸이 담긴 실소, 아니면 어처구니없다는 한숨뿐이었고 이렇게 요명이 자신을 똑바로 바라보며 칭찬해 준 적은 없었다.

"감사, 합니다……."

"만일 건강이 좋지 않다는 구실로 다과회를 중지했다면 '주혜월'의 평판은 악의 있는 자들의 뜻대로 조작되었겠지. 동시에 '황영림'은 마음고생 때문에 금세 다과회를 취소해버리는 허약한 자라는 비판을 받았을 것이다. 두 사태 모두 회피할 수 있게 해주어서 정말 고맙다."

불붙은 듯 뜨거워진 뺨을 양손으로 가리고 있던 혜월은 요명의 그 말에 정신이 퍼뜩 들었다.

자기 자신 생각만 하느라 벅차 이 다과회가 '황영림'에게 어떤 의미를 갖는지까지는 지금까지 생각도 해 보지 못했다.

하지만 듣고 보니 어젯밤 갑자기 다과회를 취소했다면 황영림은 추녀가 되기에 너무나도 심약하고 믿음직스럽지 못하다는 인상을 주위에 주었을지도 모른다.

반대로 결행한 지금은 황영림이 이렇게 유사시에도 추녀로서 다부지게 사람들을 통제할 수 있다는 사실을 보여주었다.

'흥. 어디까지나 황영림을 위한 일이었겠지.'

요명이 혜월 자신만을 걱정한 게 아니었다는 사실을 깨달으니 역시나 흥이 깨지고 말았다.

하지만 동시에 혜월은 자기 자신 또한 황영림을 염려하고 있었다는 사실을 인정하지 않을 수 없었다.

앞뒤 가리지 않고 폭주하는 멧돼지처럼 소란을 피우는 황영림.

병이 퍼져 소각당할 위기에 처한 읍에서 지금 그녀는 무엇을 하고 있을까.

'빨리 읍에 구조대를 보내야 해.'

혜월은 남몰래 주먹을 불끈 쥐며 정신을 바짝 차렸다.

요명의 명령으로 주최한 다과회는 무사히 끝냈다.

그러니 이번에는 혜월이 원하는 바를 말할 차례였다.

"전하. 보시다시피 다과회는 무사히 끝났습니다. 저는 제 역할을 다했으니…… 이번에는 전하의 차례입니다. 전하께서 움직이실 차례란 말입니다."

혜월은 배에 힘을 주고 요명을 올려다보았다.

요명에게 무언가를 요청하다니 평소 같았으면 긴장으로 목소리가 떨릴 상황이겠지만 방금 전 동설과 리리의 칭찬이, 그리고 혀가 녹을 만큼 달콤한 월병이 전신을 든든히 받쳐 주고 있었다.

"전하, 이것은 음모입니다. 저는 이미 확신했습니다. 이 사건 뒤에는 남가가 있습니다. 그들이 향장과 내통하여 '주혜월' 납치를 꾸미고, 입막음을 하기 위해 실제 범죄를 저지른 읍을 통째로 태워버리려 하고 있습니다."

단숨에 핵심을 찌르는 말이라고 생각했으나 요명은 눈썹 하나 까딱하지 않았다.

이미 요명이 이 모든 사실을 파악하고 있다는 뜻일까.

혜월은 몸을 내밀며 말을 이었다.

"가취 님에게서 들었습니다. 예무관들이 천읍을 불태우라고 호소하고 있다면서요? 그것을 전하께서 간신히 막고 계시는 거죠? 하지만 강 씨는 이미 앞질러 뛰쳐 나가서라도 읍을 불태우려 할 것입니다. 그것이 남가가 준비한 계획이니까요. 손가락 빨고 지켜보기만 할 때가 아닙니다."

요명의 서늘한 두 눈이 차분하게 이쪽을 내려다보았다.

머리가 좋고 냉정한 황태자. 황영림의 부정 의혹에 울분이 치밀었을 텐데도 그것을 너무나 손쉽게 억누르는 요명이 혜월은 답답하게 느껴졌다.

"강 씨 일행보다 먼저, 한시라도 빨리 신용할 수 있는 자를 선발대로 삼아 읍으로 보내십시오. 황영림과 경행 님, 취관장님을 비밀리에 구출하고 읍에 약을 주고 소각이 불필요하다고 증명하셔야 합니다."

그것이 혜월이 생각할 수 있는 최선책이었다.

하지만 요명은

“그렇게 할 수는 없다.”

라고 말하며 금세 고개를 가로저었다.

“왜죠?!”

혜월은 울컥하는 마음에 저도 모르게 언성을 높였다.

“어떻게 그렇게까지 엉덩이가 무거우신 겁니까? 전하는 너무 태평하세요. 지난번 감정에 휘말려 실수한 일을 원통하게 여기시는 마음은 알겠습니다만, 신중함이 지나치십니다. 당신의 추녀가, 지금 위기 한복판에 놓여 있단 말입니다! ‘주혜월’도, ‘황영림’도요!”

걸교절에 몸이 바뀌는 소동이 벌어지기 전까지 요명은 강한 지도력을 갖고 있는 만큼, 과격한 성격이 얼핏얼핏 드러나 보이는 남자였다. 그러나 그 후 자세를 바꾸어 황태자로서 행동거지를 엄격하게 자율규제하게 된 것은 분명 훌륭한 일이라 할 수 있으리라.

하지만 혜월의 눈에 지금의 요명은 이빨 빠진 호랑이나 다름없었다.

다섯 가문의 균형을 생각하고 있다고 말하면 듣기는 좋지만, 결국 반감을 사는 게 두려운 것뿐이다. 황족이나 되는 자가 남가의 무엇을 두려워한단 말인가.

혜월이 험악한 표정으로 몸을 들이밀어도 요명은 어깨만 살짝 움츠릴 뿐이었다.

“잘 듣거라, 주혜월. 신뢰할 수 있는 자를 보내라 하지만, 다섯 가문의 입김이 닿지 않은 무관이 대체 얼마나 있을 거라 생각하는 거지? 믿음직스러운 취관도, 유일하게 신뢰할 수 있는 황가의 무관도, 정작 이 상황에서는 그쪽 읍에 있어."

"그런 것쯤이야 배신하지 못하도록 협박을 하거나 돈으로 매수하면——."

"그러므로 **나 자신**이 직접 갈 것이다."

반론을 끝까지 펼치기도 전에 들려온 요명의 말에 혜월은 처음에는 "그러니까!" 하고 외쳤다가 잠시 후 눈살을 찌푸렸다.

"……네?"

"선발대를 편성하지 않겠다는 말이다. 어차피 **놈들**은 무슨 짓을 해서라도 읍에 도착하겠지. 그러니 내가 그들이 불을 지르기 전에 먼저 읍에 가 있겠다는 말이다."

단호하게 잘라 말하자 혜월은, 아니, 동설과 리리까지도 정확히 세 박자 동안 말이 없었다.

"……예에?"

"'황태자는 지나치게 신중하다'. 옳은 말이다. '추녀가 납치당해도 스스로는 움직이지 않는다. 정직하고 감정적인 인물인 줄 알았는데 의외로 엉덩이가 무겁다'."

요명은 혜월이 방금 전까지 하던 생각을 읽어내기라도 한 듯 술술 떠들어대더니, 갑자기 입꼬리를 끌어올렸다.

"그걸로 족해."

등골에 오싹 소름이 끼칠 정도로 박력 있는 미소였다.

멍한 표정의 혜월 앞에서 요명은 머리에 쓴 관으로 손을 뻗더니 호화스러운 그것을 천천히 벗었다.

"이것은 거치적거리니 됐다."

잘 이해되지 않는 말을 중얼거린 뒤, 요명은 등 뒤에 대기하고 있는 경창에게 관을 대충 건넸다.

그리고 보석이 박힌 검과 중후한 부채를 꺼내서는 마찬가지로 "됐어"라면서 경창에게 주었다.

혜월 일행이 눈을 휘둥그렇게 뜨거나 말거나 요명은 담담하게 이야기를 이어갔다.

"내가 기민하게 움직일 경우 그것을 꺼리는 자들의 경계가 강화되겠지. 하지만 반대로 '엉덩이가 무겁다'는 인상을 심어 놓으면 놈들의 움식임도 둔해져. 현재 방금 진까지 소각을 주장하던 강씨와 현가는 선발대 파견을 오늘이 아닌 내일로 결정했다. 충분한 불씨와 기름을 확보하고 산길을 돌아서 가려면 하루는 꼬박 걸린다는 뜻이지."

빼곡하게 자수가 놓인 겉옷, 이것은 "필요하겠군" 하고 중얼거리더니 살짝 개어서 발 밑에 내려놓았다.

용 조각이 되어 있는 패옥(佩玉)은 잠시 고민한 뒤 경창에게 떠넘겼다.

가벼운 차림새가 된 요명은 그제야 혜월을 돌아보았다.

"그러니 나는 오늘 중에 간다."

"앗……."

혜월 일행이 일제히 식은땀을 흘렸다.

"저어, 그, 전하. 어째서, 그…… 의복을 벗으시는지……."

"이렇게 온몸에 치덕치덕 무언가를 두르고 있어서야 강을 건널 수 없지 않겠느냐. 자명한 이치다."

"강……?!"

"산길을 가는 선발대를 앞지르려면 헤엄쳐서 읍으로 가는 수밖에 없다. 무얼 놀라고 있지? 너도 함께 건너는 거다, 주혜월."

"네?!"

완전히 공황에 빠지고 만 혜월 앞에서 요명은 틀어 올린 머리 속에 손을 집어넣더니 아무렇게나 끈을 풀었다.

어깨로 흘러내린 머리카락을 적당히 묶으니 대략 경창과 비슷한 머리 모양이 되었다.

게다가 경창에게서 예무관 외투를 빼앗았다——여기까지 오니 요명이 황경창으로 변장하려 한다는 사실이 뚜렷해졌다.

"네 염술인지 뭔지는 실로 유용하지. 도술이란 편리한 수단이었어. 나와 경창의 몸도 바꿀 수 없는 것이냐?"

무관복을 입은 요명이 고개를 살짝 갸웃했다.

"무…… 무, 무, 무슨……!"

혜월이 입을 뻐끔거리는 모습을 보더니 요명이 키득 웃었다.

"농담이다. 도술로는 용의 기운을 해칠 수 없고, 황족에게 금기의 술법을 사용하는 건 사형에 해당하는 일이지. 하지만 주혜월, 그 어떤 자리에서도 서로의 의사를 소통할 수 있는 네 염술은 향의 동향을 파악하면서 비밀리에 잠입하는 데 불가결한 요소다. 경행이 날리는 비둘기로는 아무래도 몇 각의 시차가 발생하니 말이야."

"비, 비둘기……?"

쉰 목소리로 묻자 요명은 "그 녀석은 동물을 길들이는 게 특기라서 말이지"라며 아무렇지도 않게 고개를 끄덕였다.

"적들의 동향을 파악하기 위해 사로잡힌 영림을 따라간 다음날, 경행은 바로 비둘기를 날렸다. 그 이후 남몰래 대화를 주고받으며 강 씨의 부정행위 증거를 손에 넣었고, 그 뒤도 캤다. 놈들이 웬만해서는 내보이지 않는 꼬리를 잡았으니 이제 겨우 움직일 수 있겠어. '영림'의 다과회도 끝났고."

"부정행위의 증거……. 뒤를…… 꼬리……."

차례차례 충격적인 정보가 날아드는 바람에 어디서부터 반응해야 좋을지 알 수가 없었다.

아니, 황경행이 괴한들을 따라간 게 영림과 혜월의 몸이 바뀌었다는 사실을 감추기 위해서뿐만이 아니라 적의 동향을 캐기 위해서이기도 했단 말인가.

"나도 바로 방금 전 그 이야기를 들었어."

멍하니 서 있는 혜월을 달래듯 경창이 한숨을 내쉬었다.

"전하도 형님도, 하여튼 다들 아주 못됐다니까. 전서구로 대화를 주고받았다는 이야기 정도는 알려주실 수도 있었잖아."

장남들끼리라 그런지 금세 결탁한다니까, 하고 불평하는 경창을 보며 요명은 한쪽 눈썹을 치켜올렸다.

"말 한 번 잘 하는군. 너도 무척이나 즐거운 듯 주혜월에게 연기지도를 하고 내게 비밀을 만들려 했던 주제에."

"즐거웠던 건 부정하지 않겠지만요."

"게다가 너희에게 비둘기의 존재를 알리면 필연적으로 밀담이 늘어난다. 황가와만 친밀하게 지내면 주위에서 경계할 것이야."

자신이 평소 다섯 가문의 균형에 얼마나 신경을 쓰고 있는지를 은근히 암시하며 요명은 혜월을 돌아보았다.

"가장 최근 편지는 방금 전 날아왔다. 이질이 퍼지고 있긴 하지만 다행히도 지사작용을 하는 약초를 처방한 덕분에 이미 환자들의 증상이 낫기 시작했다더군. 한시라도 빨리 도우러 가야 해."

"네? 바, 반대 아닌가요? 증상이 낫기 시작했다면 전하께서 친히 가실 필요까지는 없는 것 같은데……."

혜월이 더듬거리며 반론했다.

"직접 강을 건너 읍으로 가신다니, 그렇게까지 하지는 않으셔도 되지 않을까요……. 상황이 좋아졌다면 황영림도 이젠 안전할 테고……."

방금 전까지와는 주장도, 구도도 정반대가 되어 있었다.

요명은 혜월이 필사적으로 제지하자 흥 하고 코웃음을 쳤다.

"무슨 말이지? 상황이 나아졌다는 말은 곧 영림이 어처구니없을 만큼 무모한 행동을 저질렀다는 말이 된다."

"헉……."

어마어마한 설득력이었다.

혜월은 저도 모르게 눈을 부릅떴다.

'듣고 보니 그런 것 같기도 해…….'

끙끙 앓는 혜월에게 요명이 한 걸음 다가갔다.

"약초는 누가 따 왔을까? 처방은 누가 했을까? 병이 한꺼번에 쫙 퍼졌다는 말은 환자 수가 많다는 뜻이다. 구토하는 그들을 누가 돌봤을까? 경행과 진우까지 숫자에 넣어도 고작 셋이서, 그것도 돌림병을 진정시킬 정도의 간호를 했다면 분명 한숨도 자지 못했겠지."

"……."

"지난번에 너희의 몸이 바뀌었을 때 알았다. 영림은 자기 자신의 역경에는 어처구니없을 정도로 꿈쩍도 하지 않아. 하지만 일단 자기 사람으로 여긴 자가 상처를 입으면 몹시 감정적으로 변하고 무모한 짓도 저지른다. 만에 하나 자기 마음에 든 읍 백성이 병에 걸려 죽어가게 된다면, 영림이 대체 얼마나 궁지에 몰릴지 상상할 수조차 없어."

무모하다는 말에는 동의하지만 솔직히 말해 혜월은 **그** 황영림이 궁지에 몰리는 모습을 도무지 상상도 할 수가 없었다.

언제나 얄미울 정도로 느긋한 태도를 무너뜨리지 않는다——영림은 그런 여자니까.

하지만 또 한 걸음 자신에게 다가오는 요명의 박력 앞에서 반론하는 혜월의 목소리는 무의식적으로 떨렸다.

"하, 하지만…… 그, 저, 저는 필요가 없지 않을까요? 그게, 헤엄을 치지 못하는 저는 거치적거리기만 할 뿐일 텐데."

"몇 번이고 같은 소리를 하게 하지 말아라. 주혜월, 너는 꼭 필요하다."

아아, 미모의 황태자가 자신을 바라보며 이렇게 뜨겁게 속삭이는 모습을 벌써 몇 번이나 꿈꾸었던가.

하지만 지금 그 아름다운 눈동자에 꿰뚫린 채 정열적인 말이 자신에게 쏟아지는데도, 왜 코앞에 악귀가 있는 듯한 공포가 느껴질까.

"괜찮다. 동설은 현가의 핏줄을 물려받았으니 너를 안고 헤엄치는 것쯤이야 별것도 아니야. 너를 대신할 자로는 저 빨간머리의 궁녀, 리리라고 했던가. 저 아이를 두고 가면 된다. 다과회 때문에 지쳐서 방에 틀어박혀 있다고 말하면 아무도 의심하지 않을 것이야."

요명이 흘끔 쳐다보자 동설은 차분한 얼굴로, 리리는 창백해지면서 "예" 하고 고개를 끄덕였다.

불가항력이라고는 하나 요명을 따르기 시작한 궁녀들을 보고 혜월의 얼굴이 더욱 파래졌다.

"아, 아뇨! 너무 무모한 일인 것 같습니다! 맞아요, 그럼 전하 대신 누가 남죠? 여자인 저는 틀어박혀 있으면 된다고 하지만, 다른 분들께 지시를 내려야 하는 전하는 그러실 수도 없잖아요?!"

"아아, 그 점 역시 걱정할 필요 없다."

요명이 느긋하게 웃더니 경창을 돌아보았다.

"알고 있을지도 모르겠지만 황가의 남자들은 재주가 많거든. 그렇지, 경창?"

가벼운 목소리로 부르자 경창은 벌레 씹은 표정을 짓더니 한숨을 내쉬며 입을 열었다.

"『알고 있을지도 모르겠지만 황가의 남자들은 재주가 많거든』."

"……?!"

혜월이 깜짝 놀라 눈을 부릅떴다.

경창이 자아낸 목소리가 **요명의** 목소리와 무척이나 똑같았기 때문이다.

――오라버니들은 무언가를 흉내 내는 일이나 짐승 다루는 재주가 특기거든요.

'무언가를 흉내 낸다는 게…… 그런 거였어?!'

새삼스럽지만 여정 도중에 들었던 영림의 발언을 이제야 올바르게 이해할 수가 있었으나, 아니, 이것은 '재주'라는 영역을 이탈한 것이 아닐까.

"보다시피 목소리만이라면 들키지 않을 수 있다. 병의 기운을 피하기 위한다는 명목을 내세우며 칸막이를 세우고, 경창으로 하여금 그 안에 틀어박힌 채 얼굴을 보이지 않고서 대화만 나누게 하면 되지."

부탁한다, 하고 요명이 흘끗 쳐다보자 경창은 떨떠름한 얼굴로 고개를 끄덕였다.

"알겠습니다."

애초에 황태자의 명령을 거부할 수 있는 신분도 아니다.

"자, 그 외에 또 걱정거리가 있나?"

싱긋 웃으며 자신을 돌아보는 황태자 앞에서 혜월의 얼굴이 일그러졌다.

슬금슬금 뒷걸음질을 치던 혜월은 문득 요명에게서 강렬한 기시감을 느꼈다.

"아뇨, 저…… 그래도 전하께서 직접 가신다는 건 아무래도 경솔한 것 같은…….”

“엉덩이가 무겁다고 야단친 것은 너 자신이 아니었느냐?”

대충 흘려들어도 될 말을 굳이 물고 늘어지는 이 느낌,

“하지만 강을 건넌다니, 전 도저히 못 해요!”

“시험해 본 적도 없으면서 어떻게 알지? 말하지 않았느냐, 나와 동설이 붙잡아 주겠다고.”

마치 울퉁불퉁한 길을 바위가 매끄럽게 굴러가듯 온갖 반론을 아무렇지도 않게 무시하는 이 느낌.

그리고――.

“하지만, 하지만…… 그래요! 전하는 지금까지 줄곧 다섯 가문의 균형을 배려하여 스스로의 행동을 제어하셨잖아요?! 그런데 마지막에 이렇게 사태가 막 수습되려 하는 지금에 와서 추녀를 구하겠다며 개인적인 감정으로 움직이시다니, 그래서는 기껏――.”

“나도 그렇게 생각했다만, 주혜월이여.”

요명이 또 한 걸음 혜월에게 다가오며 더욱 짙은 미소를 지었다.

“이 이상 더 어떻게 참으란 말이냐, 제길.”

“헉――.”

이지적이고 냉정하게 보이다가 갑자기 멧돼지처럼 미친 듯 내달리는 이 느낌.

“그래, 나는 과거의 실수를 원통하게 여겨서 스스로를 억누르며 냉정한 황태자를 지금까지 연기했다. 하지만 인간의 성질이 그리 쉽게 바뀔 수는 없어. 호접이 도망치면 뒤쫓고 싶고, 상처를 입었다면 지켜주고 싶다. 다른 남자가 있다면 두들겨 패고 싶고, 적이

있다면 몰살시키고 싶지. 참는 건 지긋지긋해."

아름다운 얼굴에 맹렬한 미소를 짓는 요명을 보고 혜월은 그제야 이해했다.

'아아, 전하는…….'

영요명과 황영림은 외모가 수려하고 행동거지도 우아하여 실로 잘 어울리는 한 쌍이라는 것이 추궁 전체의 평가였다.

혜월은 처음에는 그것을 질투했지만, 최근 들어서는 황영림이 훨씬 호쾌한 성품이어서 사실은 전혀 안 어울리는 두 사람이 아닐까 하는 생각마저 들었다.

그러나.

'결국은 황영림하고 똑같잖아!'

요명 또한 황가의 피를 물려받았으니, 요명과 영림은 실로 똑 닮은 성품을 지녔다 할 수 있었다.

"자."

요명이 또 한 걸음 다가왔다.

반사적으로 물러난 발이 의자 다리에 툭 부딪혔다. 더는 물러날 곳이 없었다.

기껏 잘생긴 황태자가 정중하게 손을 잡아 주었는데도 혜월은 작은 비명을 질렀다.

"헉……."

닿은 피부로 느껴지는 용의 기운이 마치 폭풍 같았다.

그리고 요명은 혜월의 귀에 입술을 들이대고 사랑의 말을 속삭이는 것처럼 말했다.

"더는 진우와 경행에게만 맡겨 놓을 수가 없다. 강을 건너 영림을 구하러 가자꾸나."

라고.

3. 영림, 눈물을 흘리다

어두컴컴한 비축 창고 안에 첨벙 하고 물통에 손수건을 담그는 소리가 울려 퍼졌다.

"물을 새로 떠 왔어요. 몸을 닦고 마실 물인데, 둘 다 펄펄 끓인 청결한 물이에요."

창으로 비쳐드는 빛은 아침 해에서 흐릿한 저녁노을로 바뀌어 가고 있었다.

운람의 상처를 꿰맨 지 어느덧 한나절이 흘렀다.

"땀을 많이 흘렸군요. 지금 닦아 줄게요."

누워 있는 운람의 머리맡에 무릎을 꿇고 앉은 영림은 조용히 말을 걸며 청결한 천으로 얼굴을 닦아 주었다.

운람은 결국 지금까지 단 한 번도 의식을 찾지 못하고, 물도 마시지 못한 채 이 비축 창고 안에서 계속 잠만 잤다.

열이 오르고 호흡도 가빴으며 입에서는 때때로 고통스러운 신음이 흘러나왔다.

"나중에 물을 좀 마시지 않겠어요? 솜으로 입술을 적셔줄 테니, 그걸 핥기만 하면 돼요."

영림은 피가 배어나는 상처를 두려워하지 않고 차분한 말투로 말을 붙였다.

걱정하는 경행과 진우를 제쳐두고 나서서 간호를 자처할 정도였다.

당연했다. 죽음의 기척에는 익숙했으니.

수많은 죽음의 위기를 넘긴 자신이 이 정도로 동요할 리가 없다. 영림은 계속 스스로를 그렇게 타일렀다.

게다가 조금이라도 차분하지 못한 기색을 보인다면 저 과보호 오라버니와 취관장이 자신을 짊어지고서라도 향으로 데리고 돌아갈 것이라는 사실을 영림은 알고 있었다.

아니, 그러고 보니 향으로 돌아갈 것까지도 없이 이제 곧 이 읍에 향의 사자가 입막음을 하러 온다고 하였던가.

경행과 진우가 대책을 강구하고 있었다. 요명에게 연락해야 한다고.

선발대가 읍의 상태를 확인하러 와 준다면 좋겠지만 만일 병을 구실삼아 강 씨의 수하가 억지로 불을 지르려 한다면 일이 커진다.

영림도 여러 차례 불 앞에 앉아 혜월을 불러 보았으나 무슨 일인지 도통 염술이 통하지 않았다. 다과회를 연다고 들었으니 한창 바쁜지도 모른다.

시시각각 긴급 상황이 다가오고 있었다.

하지만 어째서인지 영림의 마음은 기묘하게도 잔잔했고, 초조하지도 두렵지도 않았다.

이질은 차츰 가라앉았고 환자들도 각자 집으로 돌아가기 시작한 가운데, 향의 방화 대책은 진우와 경행에게 맡기고 영림은 그저 이 비축 창고로 휘적휘적 돌아왔다.

"후후, 물이라고 하니까 말이죠, 호룡 씨는 글쎄, 약이 든 그릇을 건네기만 해도 매번 부들부들 떨어요. '마신다'는 행위가 두렵기라도 한 것처럼. 대체 왜 그럴까요."

뺨에 달라붙은 앞머리를 떼어내고 천으로 땀을 꼼꼼하게 닦아 나갔다.

손톱 사이까지 진흙과 피가 끼어 있는 손도 깨끗하게 닦아준 뒤, 살며시 멍석 위에 올려놓았다.

"당신을 매도하고 돌을 던지던 사람들에게는 전부 찜질을 해줬어요. 몽둥이찜질은 아니고 진짜 찜질이지만. 지금은 다들 이전의 발언을 진심으로 반성하고 있어요. 당신에게 사과하고 싶다고, 모두가 입을 모아 말해요."

다정한 목소리.

자장가를 부르는 어머니 같은 목소리.

영림이 새 물통을 끌어당겨서 거기에 담가 두었던 솜을 조심스럽게 운람의 입가에 들이밀었다.

"그러니까 운람, 눈을 떠주지 않겠어요? 사람들의 사과를 받아줘야죠."

가볍게 짜서 입술 위로 물을 몇 방울 떨어뜨렸다.

하지만 물방울은 입안으로 흘러들어가지 못하고 힘없이 뺨을 타고 멍석으로 떨어져버렸다.

"……."

솜을 쥔 영림의 손에 힘이 들어갔다.

솜에서 뚝뚝 떨어진 물 몇 방울이 바닥을 두드렸다.

"목소리 한 번……."

쉰 목소리의 속삭임이 입술 밖으로 흘러나왔다.

“목소리 한 번, 내고 가죠.”

그것은 영림의 입버릇이었다.

동시에 운람의 말버릇도 되어가고 있던 말.

그러나——아무리 기다려도 운람의 입에서는 신음 섞인 숨소리 외에 다른 말이 나오지 않았다.

“운람. 그렇게, 말했잖아요…….”

순간적으로 영림이 얼굴을 일그러뜨렸다.

격렬한 충동이 가슴속으로 솟구쳤다.

하지만 그것은 몸 어딘가에서 두터운 막 같은 것에 가로막혀 목소리도 눈물도 되지 못하고 이곳저곳에 부딪치며 마구 날뛰다 다시 가라앉을 뿐이었다.

‘내게는 울 자격조차 없어…….’

영림은 숨을 툭 떨어뜨리면서 움츠러드는 목젖과 함께 입을 가렸다.

어떻게 이토록 괴로울 수 있을까.

누군가를 구하려 하는 자에게는 울 시간도 없다고 운람을 타이른 것은 다름 아닌 자신이었는데도.

그 이전에, 운람을 죽음으로 몰아넣은 것은 바로 자신인데도.

관절이 새하얘질 정도의 힘으로 주먹을 부르쥐며 영림은 눈을 꽉 감았다.

새까매진 시야에 사람 모양을 한 그림자가 흐릿하게 떠올랐다.

고독을 막지 못하는 바람에 쓰러지고 말았던 견수.

허약한 몸과 맞바뀌는 바람에 위독해졌던 혜월.

그리고 얼굴도 잘 모르는 어머니는 영림을 낳는 바람에 죽고 말았다.

그녀들 모두가 일제히 고통스럽게 신음하며 바닥에 엎드려 있었다.

그 세 사람을 어린 자신이 내려다보았다.

——…….

앳된 얼굴이 뒤를 돌아본다.

작은 입술이 말한다.

——나 때문이야.

영림은 후우…… 후우…… 하고 털을 거꾸로 세운 고양이처럼 숨을 몰아쉬었다.

'진정하자…….'

심호흡을 해야만 한다.

가슴을 펴고 시야는 앞으로, 목소리를 내서.

그렇게 하면 평소에는 고개를 들 수가 있었는데.

'해야 할 일이, 있을 거야.'

준비해야 한다.

여기서 절망하며 운람을 간호하고만 있지 말고, 향에서 자객이 오지 않았는지 망을 보며 오라버니와 진우와 함께 책략을 짜내야 한다.

견수와 혜월이 쓰러졌을 때 자신은 분명 고개를 들고 싸우는 길을 택했다.

이번에도 똑같이 하면 된다. 운람은 아직 살아 있으므로.

그런데——알고 있는데도 이전과는 비교도 되지 않을 정도로 생생한 죽음의 기운 앞에서 몸이 마치 이 자리에 못 박힌 듯 움직이질 않았다.

나는, 황영림.

천재지변에도 꿈쩍하지 않는 황가의 여자.

수많은 위독한 상황을 이겨내고 살아남아서 죽음의 공포에는 이미 익숙한 자.

'분명 그랬는데…….'

불의 성질이 강한 혜월의 몸 속에 들어 있어서일까.

아무리 억누르고 또 억눌러도 날뛰는 감정의 불길이 전신을 태워 숨조차 쉴 수가 없었다.

"——……으으, 으……."

또다시 짐승 같은 신음 소리가 들려 왔다.

"많이 괴롭군요, 운람."

영림은 저도 모르게 멍석 쪽으로 몸을 내밀었다.

눈가가 타들어갈 것처럼 뜨겁고 목소리가 떨렸다.

"불쌍해라…… 불쌍해라."

괴롭겠지. 두렵겠지. 몹시도 초조하지만 몸 하나 제대로 움직이지 못하고, 바로 코앞까지 살금살금 다가온 죽음의 발소리를 듣고 있다.

어둠으로 뒤덮인 시야, 부자유스러운 호흡, 불타는 통증.

지금까지 젊고 건강했던 운람이 처음으로 접할 죽음의 공포는 도대체 얼마나 클까.

"아프죠?"

양손으로 뺨을 감싸고 살며시 이마끼리 맞댔다.

운람의 뺨으로 영림의 머리카락이 사르르 쏟아졌다. 닿은 피부가 타오르는 것처럼 뜨겁고 비지땀이 배어났다.

"나는…… 아무것도 못 하는 건가요?"

영림은 한동안 그 상태로 운람의 머리를 껴안고 있었다.

신음 소리가 아까부터 점점 약해졌다. 통증이 사그라져서가 아니었다. 신음할 체력조차 고갈되었기 때문이었다.

그래도 가끔 운람은 버르적거렸다. 겁을 먹은 듯, 죽음의 공포에서 필사적으로 도망치려는 것처럼.

견디기 힘든 통증에 시달리며 이젠 자기 자신이 누구인지도 모르고, 그저 고통에서 벗어나려 정신없이 발버둥 친다. 그러나 운람은 곧 죽는다.

피는 멎었다. 화농을 막을 약도 준비해 놓았다.

하지만 운람에게 눈을 뜰 체력이 없다면, 더 이상은 어쩔 도리가 없다.

결국 괴로워하고 아파하다가 죽어갈 뿐.

영림의 눈앞에서, 영림 탓으로.

상처는 다 꿰맸지만 그것은 결국 운람의 고통을 연장한 것에 불과했다.

"하다못해……."

작디작은 독백이 입술을 뚫고 흘러나왔다.

"편하게 죽을 수만 있다면."

입 밖에 낸 순간 머릿속 어딘가에서 '안 돼' 하는 둔탁한 경보음이 울려 퍼졌다.

안 된다, **그것**을 먹이면.

그것은 주위를 슬프게 한다. **그것**을 피하기 위해 자신은 운람의 상처를 꿰맨 것이다.

소중한 사람들이 절망하기를 원치 않았기에 감미로운 유혹을 버티면서 자신은 여기까지 살아 왔다.

'하지만…… 이젠, 안 되겠어.'

손가락 끝에서부터 힘이 빠져나간다.

전신이 진흙탕처럼 바닥으로 가라앉는데 마음만은 마치 상처 입은 짐승처럼 맹렬하게 날뛰고 있었다.

"편하게, 죽을 수 있다면……."

다시 한 번 중얼거린 영림이 운람을 바라보았다.

눈을 돌리고 있었을 뿐, 어린 시절부터 늘 마음속 한구석에 키우던 마음.

——편해지고 싶어.

이렇게나 험난한 길을 계속 걸어야 한다면 차라리 빨리 끝을 맞이하고 싶다.

분명 그곳은 꽃이 흐드러지게 피어 있는 안온한 낙토이리라. 걱정도, 고통도 없는 환하고 따스한 장소.

스르르 잠들듯 그 세계에 갈 수 있다면.

그렇다면, 참 좋을 텐데.

안고 있던 팔을 풀고 몸을 일으켰다.

영림은 옷자락 품속에 손을 집어넣어 천으로 감싼 무언가를 꺼냈다.

말려서 빻아 놓았던 파란 꽃과 그 뿌리.

바곳이라 불리는 독초다.

'또 병문안을 갔나?'

주혜월——아니, 주혜월의 얼굴을 한 황영림이 오두막 안 어디에도 없다는 사실을 알아차린 진우는 모아 놓았던 장작을 내려놓고 조금 떨어진 곳에 있는 비축 창고를 돌아보았다.

하늘은 여전히 옅은 구름에 둘러싸인 태양이 희미하게 붉은 빛을 내뿜으며 저녁노을을 알리고 있었다.

운람이 쓰러진 후 시간이 꽤 흘렀으나 그 사이 황영림은 식사도, 물조차도 마시지 않고 오두막과 비축 창고만을 오갔다.

어젯밤부터 잠깐잠깐 눈을 붙이는 정도의 쪽잠밖에 자지 못했기에 진우조차 피로를 느낄 정도였다.

여자의 몸이라면 더더욱 휴식을 취해야 할 텐데 영림은 고집스럽게 간병을 이어갔다.

진우가 아무리 쉬라고 타일러도, 심지어 노려보며 언성을 높여도 영림은 전혀 말을 듣지 않았다.

오라비 경행은 일찌감치 두 손 들고 "마음이 풀릴 때까지 하라고 해"라며 쓴웃음을 지었지만 진우는 도저히 믿을 수가 없었다.

저 남자는 여동생을 과보호한다기보다는 단순히 여동생이 시키는 대로만 행동할 뿐이다. 정말로 여동생을 걱정한다면 지금의 영림을 뒤에서 붙잡아 결박해서라도 운람 곁에서 끌어내야 할 텐데.

'어차피 그 꼴로는 살아날 수 없어.'

운람의 상처를 돌이켜 생각해 본 진우는 내심 혼잣말을 했다.

영림과 경행의 지혈 처치는 성공적이었으나 전장에서 수많은 사람들의 죽음을 지켜본 진우는 알 수 있었다.

저렇게 된 이상, 결국은 고통스러워하다 죽을 뿐이라는 사실을.

간신히 살아남는다 한들 앞으로는 자유롭게 걸어다니지도 못할 것이다. 굶주림과 싸우며 하루하루 밭을 갈아야 하는 농민들에게 그것은 치명적인 사태다. 만일 운람이 진우의 친구였다면 오히려 친절을 베풀어 죽여주고 싶을 정도로.

그러나 분명 여자란 그런 행위를 결코 용서하지 않는 생물일 터.

진우는 이해하기 힘들었지만, 누군가의 죽음을 눈앞에 둔 여자들은 대부분 그것을 받아들이지 못하고 눈물을 흘린다.

꼴사납게 동요하며 제발 살아나 달라고 어깨를 붙잡아 흔들어댄다. 죽은 후에는 멍하니 제자리에 주저앉는다.

왜 그런 쓸데없는 짓을 할까, 하는 생각도 들었지만 그것이 여자라는 생물이다. 그리고 저 배짱 두둑한 황영림조차 역시 그렇다고 생각하니——조금은 가엾은 기분이 들었다.

아무리 강한 척해도 운람에게 드리워진 죽음의 그림자가 짙어질수록 영림 역시 흐트러진 모습을 보이리라.

'경행 공은 없나?'

다시 한 번 오두막 안을 둘러보았다.

점점 퍼져나갈 줄로만 알았던 질병은 조기에 적확한 간병을 한 덕분에 대부분 가라앉았다. 환자 중 몇 명은 이미 집으로 돌아갔고, 멍석에 누워 있는 사람들도 차츰 통을 붙잡고 구토하는 빈도가 줄어들어 얌전히 탕약을 마시고 있었다.

이 상태라면 경행도 휴식을 취하고 있을지도 모른다.

'아니면 순찰을 돌러 갔나?'

또는 향이 입막음을 하러 올 가능성을 고려하여 읍을 순찰하고 있는지도 모른다. 숲에 불을 지르든, 마을을 습격하든, 커다란 일을 저지르기 전에 반드시 무슨 움직임이 발생할 터였다. 그것을 사전에 막으면 읍을 지킬 수 있다.

또는 특기인 전서구로 요명과 연락을 취하고 있거나.

그러나 진우 입장에서 볼 때 자신들이 그렇게까지 할 필요는 없다.

취관장과 예무관의 역할은 어디까지나 추녀를 지키는 일이다. 개인적 형벌을 가하려 하던 읍 사람들을 지켜 줄 의리는 없다. 처벌을 명령한 읍은 벌을 받아야 한다고 생각하지만, 그것은 황태자의 영역이다.

만일 이 읍이 입막음 때문에 불태워질 위기에 처해 있다면 진우가 지금부터 할 일은 '주혜월'을 납치하여 재빨리 요명에게로 데려가는 일이다.

뉘엿뉘엿 지기 시작한 서쪽 해를 바라보며 진우는 한숨을 내쉬었다.

이젠 때가 되었다.

영림도 이제 꽤나 상처를 받고 슬픔으로 무너져 엉엉 울고 있을 터였다. 그렇다면 이 이상 몸이 바뀐 상황을 못 본 척하며 읍에 계속 체류시킬 이유 따위는 없다. 어차피 이곳은 조만간 심상찮은 사태를 맞이할 것이다.

'그 청년 곁에서 떼어내자.'

그리고 데리고 돌아간다.

가볍게 결심한 진우는 비축 창고로 향했다.

"——어디까지나 상상이지만요."

환기를 시키기 위해, 창고는 이미 문짝을 떼어낸 상태였다.

가녀린 여자의 목소리를 들은 진우는 무심코 습관적으로 발소리를 죽였다.

"낙토에는 분명 여러 가지 꽃이 만발하고 열매가 맺혀 있을 거예요. 어디서인지 모를 곳에서 아름다운 음악 소리가 들려오고, 다 같이 좋아하는 음식을 먹으며 환하게 웃고 있어요. 어때요, 멋지죠?"

멍석 옆에 다리를 뻗고 앉은 추녀가 고통스러워하는 운람의 뺨을 다정하게 쓰다듬어 주고 있었다.

"하지만 그런 꽃밭을 관리하기란 참 힘든 일이겠죠. 그래서 농민들이 상당히 환영을 받지 않을까요? 전 그렇게 생각해서 어린 시절부터 열심히 밭 가는 실력을 쌓았답니다."

여자의 이야기는 어쩌면 그냥 웃어넘길 내용일지도 모른다.

하지만 농담으로 치부하기 어려운 절실함이 담겨 있어서 진우는 저도 모르게 귀를 기울였다.

"운람. 당신은 뛰어난 농부이고 고결한 마음을 지닌 용이에요. 그러니까 낙토에서도 분명 그 누구보다 우대받을 거예요. 하늘나라의 꽃도 부디 아름답게 피워내 줘요."

여자는 울지 않았다.

그 옆얼굴에는 오히려 미소가 떠올라 있었다.

아름답고 온화한——그리고 숨을 들이켤 정도로 위태로운 미소.

"내가 제일 좋아하는 부적 꽃을 줄게요. 그러니까 이걸 선물로 가져가요. 괜찮아요, 하나도 무섭지 않아요."

가냘픈 손가락이 천 속에서 무언가를 끄집어냈다.

"나도 **조만간 그곳으로 갈 테니까**, 잠시만 먼저 가 있어요——."

청년의 입술 위로 가까워지는 불길한 파란색.

그것을 본 순간 진우는 정신없이 뛰쳐나갔다.

"잠깐!"

그리고 추녀를 밀쳐내다시피 몸통 박치기를 했다.

"꺄악……!"

황영림은 운람을 짓누르지 않으려 순간적으로 몸을 뒤틀며 가느다란 비명을 질렀다.

"뭐 하는 거야!"

"취관장, 님……."

바닥에 팔을 짓누르고 손에 들고 있던 것을 빼앗으려 하자 영림이 재빨리 주먹을 쥐었다.

진우가 억지로 펼치려고 해도, 고집스럽게 주먹을 꽉 쥔 채 독초를 놓으려 하지 않았다.
"그걸 이리 내."
"싫어요."
남자 무관에게 깔린 채로도 여자는 고집스럽게 거부했다.
"그렇게 화난 표정으로, 대체 왜 그러시는 거죠? 이건 바곳이에요. 진통제 작용을 하는 약초의 하나라고요."
"그건 열을 가해서 처리했을 때의 이야기겠지. 날것의 꽃과 뿌리는 맹독일 텐데."
재빨리 반론을 막으며 진우는 등골이 오싹한 것을 느꼈다.
여자는 이 청년을 죽이려 했다.
울면서 고함을 지르지도, 흐트러져 정신을 못 차리지도 않고, 그 누구의 손도 빌리지 않고 직접.
청년을 고통에서 해방시켜 주기 위해.
'강한 여자야.'
충격에 온몸이 뒤흔들리는 듯했다.
'그리고 무시무시할 정도로 연약해.'
자신도 이제 곧 그곳으로 가리라는 말이 진우의 귀에서 떨어지질 않았다.
"뭘 하는 거지? 무슨 생각을 하는 거야?"
"아파, 요……."
황영림은 웬만한 여자들과 다르게 강하다.
소중한 사람이 다쳤을 때 한탄하며 슬퍼하기만 하지 않고, 죽여서 편하게 해 줘야겠다는 생각을 할 만큼.

하지만 사람을 해치고도 아무렇지 않게 살아갈 수 있는 사람은 없다.

그러기는커녕 고작 한 명의 비천한 청년을 위해 추녀인 자신의 목숨마저 쉽게 내던지려 하는――그런 여자다.

"이 녀석을 죽이고 뒤따라갈 생각인가!"

"아윽……!"

붉게 자국이 남을 정도의 힘으로 주먹을 억지로 펴자, 결국 여자는 쥐고 있던 것을 떨어뜨렸다.

진우는 그것을 낚아채듯 빼앗아 바닥에 내던졌다.

아니, 내던지려다 다급히 품에 집어넣었다.

두 번 다시 여자의 손에 닿아서는 안 될 물건이었다.

"이건 내가 맡아 두지."

"돌려주세요."

여자가 더한층 절박한 표정으로 날뛰었기에 진우는 강제로 자신의 다리를 끼워 넣어 무릎을 벌리게 하고, 전신을 이용해 상대를 찍어 눌렀다. 옷자락이 흐트러지고 귀족 여성다운 하얀 정강이가 다 드러났다.

양손으로 양손을. 양다리로 양다리를.

사지의 움직임을 완전히 봉쇄당한 여자는 거미줄에 걸린 나비처럼 발버둥 쳤다.

"제발 부탁이에요, 그걸 돌려주세요, 제발."

필사적으로 부르짖는 여자를 보고 진우는 자신이 옳았다는 사실을 깨달았다.

이 여자가, 황영림이 운람을 죽이게 내버려두어서는 안 된다.

영림은 구원해주기 위해서라면 사람마저 죽일 수 있다.

하지만 그런 짓을 저지르면 분명 그녀 자신의 마음이 망가져버릴 것이다.

“부탁이에요. 쓸데없는 생각 같은 건 하지 않았어요. 이 몸에 상처를 입힐 일은 절대로 하지 않을 거예요. 그러니까——.”

“그렇다면 **원래 몸으로** 돌아가서 죽을 작정인가?”

날카롭게 묻자 여자가 숨을 헉 들이켰다.

“취관장님.”

상대가 전부 꿰뚫어보고 있다는 사실을 이해한 모양이었다.

떨리는 목소리로 중얼거린 영림의 전신에서 힘이 빠졌다.

진우는 얌전해진 여자를 가만히 내려다보며 말했다.

“고통에서 해방시키기 위한 살해 행위를 나는 부정하지 않아. 하지만 그것은 추녀가 할 일이 아니다. 구원하기 위해 사람을 해치는 것은 무관의 역할이지.”

여자의 눈이 유난히도 투명해 보였다.

이쪽을 바라보는 것 같으면서도 훨씬 먼 곳까지 내다보는 듯한 여자의 눈동자를, 진우는 기도하는 마음으로 바라보았다.

“네가 원한다면 내가 너의 검이 되어 주지. 이 남자를 내가 죽이겠다. 그러니 너는 독 같은 것을 가지고 다녀서는 안 된다.”

이렇게나 초조해하는 자신이 스스로도 신기하게 느껴졌다.

죽음을 코앞에 두고 미쳐 날뛰는 일은 어리석음의 절정. 괴로워하는 사람이 있다면 죽여줄 수도 있다고 생각했는데 눈앞의 여자가 맹독을 가지고 있다는 사실만으로 형언하기 힘든 불안에 사로잡힌다.

"절대 허락 못 해."

그렇다. 진우는 허락할 수 없었다.

영림이 죽다니, 상처를 입다니.

자신의 눈앞에서 사라지다니——.

그때였다.

"나의 추녀를 덮쳐서 쓰러뜨리다니 참 대담하군그래, 취관장."

문 쪽에서 서늘한 목소리가 들려 왔다. 진우는 깜짝 놀라 뒤를 돌아보았다.

역광 때문에 얼굴이 보이지 않는다.

하지만 남자가 창고 안으로 한 걸음 더 들어오자 그 빼어난 미모가 금세 드러났다.

아니, 얼굴 따위 굳이 보지 않아도 알 수 있다.

무관복을 입고 전신에서 물을 뚝뚝 떨어뜨리고 있는 고결한 자태의 이 남자는 바로.

"전하……!"

황태자, 요명이었다.

진우는 드물게도 숨을 헉 들이켜며 놀랐다.

"어떻게 이곳에——."

그렇게 질문을 던졌지만 먼저 답을 발견했다.

비둘기였다.

경행과의 대화를 통해 읍의 참상을 알게 된 요명이 직접 뛰어온 것이다.

지난번의 진우와 마찬가지로 옷자락에서 물방울을 뚝뚝 흘리는 모습을 보니, 요명이 비밀리에 강을 건너왔다는 사실을 알 수 있었다.

상상치도 못했던 행동에 진우가 말을 잃고 있는데 요명이 젖은 머리칼을 쓸어 올리며 진우의 소리 없는 질문에 답했다.

"내 추녀가 무모한 짓을 저지르고 있는 것 같아 달려왔다만…… 아니, 헤엄쳐 왔다고 해야 하나."

역시 그랬다.

문득 그때 요명의 등 뒤에서 황경행이 말을 걸었다. 경행이 모습을 감춘 것은 황태자를 강 건너편으로 데리러 갔기 때문인 모양이었다.

"전하, **이쪽 추녀**는 어떻게 할까요? 동설이 업고 오긴 했지만, 수영의 공포로 아직도 눈이 빙빙 도는 모양입니다."

"안전한 장소에 눕혀 두도록."

경행은 마찬가지로 흠뻑 젖은 동설을 대신하여 '황영림'——아니, 주혜월의 영혼이 담긴 여자를 업었다.

축 늘어진 추녀를 돌아본 요명이 어깨를 살짝 으쓱했다.

"데려오면 염술을 쓸 수 있을 거라 생각했는데……, 결국 경행의 전서구가 빨랐군."

'염술'이라는 말에 움찔했다.

즉, 요명은 황영림과 주혜월의 몸이 바뀌었다는 사실까지 이미 파악하고 있다는 뜻이었다.

그 순간 가슴속에 솟구친 감정은, 껄끄러움과 비슷했을까.

진우가 경직되어 있는데 요명이 "자, 그럼" 하며 돌아보았다.

"진우, 너는 밖에 나가서 경행에게서 사정을 듣거라. 내가 **그 아이**와 이야기를 할 테니."

"전하."

순간적으로 그렇게 부르기는 했지만 도대체 무슨 말을 해야 좋을지, 진우는 고민이 되었다.

몸이 바뀌었다는 사실을 알면서 '주혜월'의 잔류를 허락한 일을 우선 사과해야 할지도 모른다.

'아니, 그보다…….'

비틀비틀 몸을 일으킨 여자의 옷자락이 완전히 흐트러져 있었다는 사실을 이제야 깨달았다.

아무리 살인을 막기 위해서라고 해도 너무 대담한 행동이며 오해를 부르는 상황이다.

'부정한 행위라고 의심받고 있다면 전부 제쳐두고 그것부터 부정해야 해.'

하지만 요명은 진우에게 짜증 섞인 시선조차 보내지 않았다.

그저 멍하니 일어나 앉는 영림만을 응시하고 있을 뿐이었다.

"그리 긴 시간은 필요치 않다. 그저 잠시 동안 둘이 있게 해다오."

"전하."

진우는 스스로도 정체를 알 수 없는 초조함에 시달렸다.

"제 설명을 들어 주십시오."

"진우."

진우가 몸을 내밀었으나 요명은 짧게 이름을 불러 그것을 가로막았다.

저도 모르게 자세를 반듯하게 고치는 진우를 요명은 돌아보지도 않았다.

"저 아이의 상태가 보이지 않느냐. 지금은 **그런 이야기**를 할 때가 아니야."

그 순간 진우는 옆머리를 얻어맞은 듯한 충격을 느꼈다.

요명은 눈앞의 여성——냉정함을 잃고 눈빛이 멍한, 사랑하는 호접만을 생각하고 있었다.

불쾌함을 표현하기보다는 그저 사랑하는 여성의 마음이 무사하기만을 걱정하고 있었다.

어떻게 구할 것인지, 그것만을 생각하고 있다——.

움직임을 멈춘 진우의 옆을 스쳐 지나간 요명이 실내로 발을 들였다.

멍하니 멍석 옆에 주저앉아 있는 여성에게 손을 내밀며 요명은 말했다.

"그 대화는 거의 다 들었고 경행에게서도 이야기를 들었다. 제반 사정은 어느 정도 파악하고 있으니, 이제 그만 둘이 있게 해다오."

차분하지만 위엄이 깃든 말투였다.

"……예."

진우는 짧게 대답한 뒤 비축 창고를 나왔다.

"자, 그럼."

눈앞에 쪼그려 앉는 요명을 영림이 멍하니 응시했다.

운람을 편하게 해주고 싶다는 생각밖에 없었는데 그 후로 전개된 일이 너무나 정신없어서 지금 대체 어떤 상황인지, 무엇을 해야 좋을지 알 수가 없었다.

이렇게나 머릿속이 정리되지 않는 것은 태어나서 처음일지도 모른다.

"너는 무엇부터 제일 먼저 해야 좋을지, 잘 알고 있겠지."

요명이 장난스럽게 뺨을 손으로 감싸 주자 영림이 작은 소리로 전하, 하고 중얼거렸다.

아아, 그랬다.

결국 요명에게도 몸이 바뀌었다는 사실을 들키고 만 것이다.

그렇다면 명령을 어긴 일을 사과해야만 한다.

"……몸 바꾸기를 금지하셨음에도 불구하고, 명령을 거역하여 실로 송구스럽――."

"아니, 그게 아니지."

하지만 고개를 숙이려 하자 요명이 그것을 막는 바람에 영림은 당황했다.

그러는 바람에 자신의 옷자락이 흐트러졌다는 사실을 뒤늦게 알아차리고 영림은 "아아" 하고 차분하게 눈을 내리깔았다.

살인을 저지하기 위해서였다고는 하나 방금 전에는 진우의 몸 밑에 깔려 있었으니 부정한 행위를 의심받고 있는지도 모른다. 그렇다면 그 상황부터 해명해야 한다.

"……방금 전, 취관장님은 저를 막기 위해서——."

"서로 고함을 지르는 소리를 들었다. 그런 상황에서 설마 나의 추녀와 동생을 의심하겠느냐."

하지만 그 또한 요명은 가볍게 부정했다.

"……제가 쓸데없는 책략을 짜내서 계속 도망쳐 다니기만 하는 바람에 전하께 공연한 수고를 끼쳐 드려……?"

"그것도 아니다. 뭐, 아주 아니라고 할 수는 없지만."

열심히 사과해 보았지만 전부 아니라는 대답에 영림이 곤혹스러운 표정을 짓자, 요명은 결국 한숨을 내쉬었다.

"모르겠느냐, 정말로."

그러고는 이번엔 양손으로 영림의 뺨을 감쌌다.

"얼굴이 아주 엉망이구나."

평소의 영림과 비교하는 듯한 발언이었지만, 지금 자신은 혜월의 얼굴일 터였다.

발언을 어떻게 받아들여야 좋을지 알 수 없어서 영림이 고개를 기울이자 요명의 엄지가 살며시 눈 아래를 쓸었다.

"그늘이 짙군. 눈에도 빛이 없어. 입가에는 항상 미소를 띠고 있었는데."

그러고는 엄지를 내려서 입술 양 옆을 쑥 끌어올렸다.

우스꽝스럽게 웃는 얼굴이 된 영림은 한동안 말없이 남편이 될 남자를 바라보았다.

"……저, 완벽하게 웃고 있었어요."

그러다가 이윽고 입을 열었다.

"그랬군."

"최선을 다해, 울음을 참고…… 침착하게 상황에 대처했어요."

"그랬군."

요명은 고개를 끄덕였으나 금세 영림의 머리까지 덥석 껴안았다.

"어리석기는. 그게 문제라는 거다."

말뜻을 알아들을 수가 없어서 영림은 한동안 굳어 있었다.

물에 젖은 요명의 옷. 축축한 천 너머의 맨살이 뜨거웠다.

"지금까지 이 정도로 좌절한 적이 있었느냐? 자기 힘으로 해내기에 벅찬 상황을 마주한 적도 없었겠지. 그도 그럴 터. 너는 항상 원하는 것조차 포기해 버렸으니까."

"……."

그 낮은 속삭임은 천 너머로 먹먹하게 들리는데도 어째서인지 뾰족한 가시처럼 영림의 마음 속 깊은 곳까지 찌르듯 전해졌다.

"도저히 처치할 수 없는 상처를 보고 절망했겠지. 백성들의 고통스러운 목소리가 두려웠겠지. 스스로를 책망했을 거다. 이 손으로 구할 수 없다니. 아니, 자신의 손이 오히려 상대를 궁지로 몰아넣었다니."

요명이 영림을 껴안은 팔에 힘을 꽉 주었다.

"나도 잘 안다."

감정을 억누른 목소리였다.

요명은 영림의 모습에 왕으로서의 자신을 겹쳐 보았으리라. 어쩌면 예전에 자기 자신이 영림을 상처 입힌 일을 떠올렸는지도 모른다.

스스로는 정리가 잘 되지 않았던 감정을 다독여주는 목소리에 문득 마음이 누그러지는 기분이 들었다.

흐릿한 막이 쳐져 있던 세계가 갑자기 뚜렷한 윤곽을 되찾아서 영림은 눈을 깜박였다.

자신이 요명의 품속에 쓰러져 있었다는 사실이 새삼 느껴졌다.

고개를 숙이는 정도가 아니라 아예 머리를 파묻고 있던 모습에 스스로 깜짝 놀랐다.

'단정치 못하게.'

황급히 가슴 앞으로 손을 밀어 넣고 몸을 일으키려 했지만 요명이 그 팔을 잡았다.

심지어 요명은 영림이 애써 들려고 하던 머리로 손을 뻗어서는 자신의 가슴에 꾹 눌렀다.

"가끔은 아래를 좀 보거라."

머리 위에서 들려 온 목소리에 영림은 저도 모르게 움직임을 멈추었다.

요명이 천천히 머리를 쓰다듬어 주고 있었다.

"사람은 울 때 고개를 숙이는 법이다. 그런데도 너는 항상 어떻게든 위를 올려다보려고만 하지. 하늘을 향해 날아가는 호접의 모습은 아름답지만…… 그대로 사라질 것만 같아서 나는 가끔 불안해지곤 해."

"……."

낮고 온화하게 들려오는 그 목소리가 젖은 옷 속으로 녹아 사라졌다.

영림은 말의 의미를 멍하니 반추하면서 아주 살짝 미간을 찌푸렸다.

왜냐하면——그것은 자신이 목표로 하는 모습과 달랐기 때문이었다.

가슴을 펴야만 한다.

대지를 관장하는 황가의 여인은 땅을 굳건히 밟고, 분연히 고개를 들고, 앞을 똑바로 바라보아야만 한다.

어머니의 목숨을 짓밟고 태어난 자신은 언제나 환하게 웃으며 자신이 얻은 이 생이 '정답'이라는 사실을 표명해야만 한다.

"자, 가끔은 아래를 보아라."

아니, 고개를 들어야 해.

"더 의지하고 몸을 의탁해다오. 눈물도 흘리고."

안 돼, 웃는 얼굴로 버텨야 해.

안긴 머리를 가슴에 문질러대듯 고개를 도리도리 흔들자 가벼운 한숨이 쏟아져 내렸다.

요명은 양손으로 영림의 뺨을 쓸어내리며 얼굴을 마주보았다.

"너는 정말 우는 게 서투르구나."

코앞에서 마주한 요명의 얼굴에는 쓴웃음이 떠올라 있었다.

"**주혜월**. 잘 들어라, 너는 주혜월이다. 감정기복이 격심한 주가의 추녀. 그렇다면 이런 상황에서는 엉엉 울며 소란을 피워야만 하지."

요명이 지금까지 몸이 바뀐 일에 대해 언급하지 않고 영림의 이름을 부르지도 않았던 이유를 그제야 영림은 알 수 있었다.

"주저하지 말고 토해내거라. 너는 주혜월이니까."

이 얼마나 상냥한 거짓말인가.

"그렇지 않으면 내가 의심할 것이다. 어쩌면 내 지시를 어기고, 질리지도 않고 또 몸을 바꾸었느냐며 격노해서 너를 데려가 가두어버릴 것이야."

그 순간 영림은 허락받았다는 느낌을 받았다.

약함을.

한탄을.

고통. 슬픔. 누군가를 꼴사납게 원망하는 일. 무력함을 드러내며 누군가에게 매달리는 일――자신이 포기하고, 또는 봉인했던 온갖 시커먼 감정들을 주혜월의 이름 하에.

"……흑."

그 순간 눈물이 터져 나왔다.

"……저, 는……."

한 박자 늦게 오열이 흘렀다.

닿은 피부로 요명의 체온이 느껴졌다. 그 열기가 간신히 팽팽하게 유지하고 있던 마음을 가볍게 녹여버리는 듯했다.

"운람을, 도와주고 싶었어요……. 펴, 편하게……."

"그래."

요명은 조용히 고개를 끄덕였다.

"계속 말해 보아라."

"편하게, 해주고 싶어서……."

반면 영림은 자꾸만 몇 번이고 말문이 막혔다.

"왜냐하면…… 너무, 불쌍, 하잖아요. 이렇게…… 이렇게 괴롭고, 아프고, 히, 힘든데."

사람 앞에서 우는 게 대체 얼마만일까.

기억이 없다. 어쩌면 처음일지도 모른다.

이보다는 좀 더 멀쩡하게 이야기할 수 있을 거라 생각했는데, 눈물을 흘리면 목소리가 떨린다는 사실을 영림은 지금에야 깨달았다.

"열과 고통에, 시, 시달리고……. 죽음이, 가까워져요. 그건, 정말…… 너무……."

새끼고양이 우는 소리 같은 오열을 터뜨리며 영림이 눈물을 펑펑 흘렸다.

"무서워요."

어린 소녀 같은 중얼거림은 운람의 심경을 대변한다기보다는 자기 자신의 마음이었으리라.

——무서워.

후우, 후우 숨을 토하면서 영림이 말을 이었다.

"요즘…… 제가, 이상해요. 전에는, 그래도…… 그래도 제 분수를, 알았는데."

자신의 진심을, 그 누구에게도 밝힐 생각은 없는데.

감정이 단숨에 솟구치는 바람에 순서대로 설명할 수가 없었다.

이곳저곳으로 마구 흩어지려 하는 말들을 필사적으로 긁어모으며 영림은 말했다.

"너, 너무, 즐겁고, 친한, 친구가 생기고, 마음껏, 돌아다닐 수가, 있어서…… 웃을 수 있어서. 그치만, 그러면, 갑자기…… 무서, 워져서."

언제부터였을까. 열이 나는 밤이 두려워진 것은.

전에는 단련만 똑똑히 해 두면 마음을 텅 비울 수가 있었다. 몸이 좋지 않은 것은 일상의 일부였고, 죽음조차 길들인 맹수에 불과하다고 생각했다. 그 맹렬한 송곳니가 목덜미 바로 앞까지 다가온다 해도 꿈쩍도 하지 않았다. 조용히 최후의 날을 기다렸다.

하지만 몸이 바뀌는 도술을 통해 얻은 나날은 너무나도 눈이 부셨다.

자신의 감정에 솔직한 혜월, 언제나 열심히 일하는 리리. 본심을 보여주게 된 동설. 그런 친구들과 별것 아닌 일로 함께 웃을 수 있는 나날은 보물이라는 말로도 다 표현할 수 없을 만큼, 그 무엇과도 바꿀 수 없는 시간이었다.

그런데 마음과는 반대로 몸은 차츰 약해져 간다. 영림이 시간을 아까워하면 아까워할수록 몸은 심술궂게 열을 내고, 구토를 하며 자꾸만 종말을 암시한다.

전에는 견딜 수 있었던 열을 이제는 견디기가 어려웠다.

밤에 잠이 들 때 가끔 생각하던 '내일 아침에 일어날 수는 있을까' 하는 불안이 더욱 짙어져서 잠조차 제대로 들 수 없을 만큼.

한 번 알아버린 햇살이 무척이나 눈부셔서 밤이 두려워지고 만 것이다.

"죽음을 기다리는 게…… 무서워, 요."

영림은 결국 양손에 얼굴을 묻어버렸다.

"이, 이런 기분을…… 운람이 부디…… 맛보지 않았으면 좋겠다고 생각했어요……."

눈물을 흘리면서 "빨리" 하고 쉰 목소리로 신음하듯 영림이 말을 이었다.

"빨리…… 펴, 편하게, 해주고 싶어요……!"

요명은 펑펑 우는 영림을 덥석 안아들었다.

그리고 한동안 자신의 어깨에 얼굴을 묻게 했다.

뜨거워진 등을 토닥이고 머리카락을 쓸어내리며, 그 눈물을 자신의 옷이 다 빨아들이도록.

"……이제야 겨우 속내를 다 토해냈구나. 달려오는 게 늦어서 미안했다."

이윽고 아직도 고개를 숙이고 있는 영림에게 요명이 말했다.

요명이 처음으로 본 **영림**의 눈물은 가슴이 죄어들 정도로 슬프고, 이런 자리에 어울리지 않을 정도로 아름다웠다.

마치 옥구슬 같은 눈물이었다. 하지만 그 모습을 뚫어져라 쳐다보는 건 분명 영림이 원치 않을 터였다.

그래서 요명은 고개를 숙인 영림을 안아 주면서도 시선은 멍석에 누워 있는 청년에게로 향했다.

"너를 말하는 것은 아니다만, 주혜월."

그러다 조심스럽게 말을 고르며 입을 열었다.

"내가 아는 사람 중에 상당히 병약한 자가 하나 있지. 그 사람은 가끔 이대로 죽어버리는 게 아닐까 싶을 정도의 열에 시달리곤 한다."

"……아무리 얼버무려도 그건……."

영림이 나직이 중얼거렸다.

하지만 그 말 때문에 운람과의 대화가 다시 떠올라서 입술을 깨물었다.

"나는 그 사람을 진심으로 아끼고 있어. 열에 시달리며 신음하는 모습을 보면 도저히 가만히 있을 수가 없어서 마구 비명을 지르고 싶을 정도로. 괴로워하는 모습을 보면서 차라리 편하게 해주고 싶다는 생각도…… 여러 번 했다. 해방시켜 주고 싶다고."

"……."

처음 듣는 요명의 본심에 영림은 눈이 커다래졌다.

어깨에 짓눌려 있던 얼굴을 조심스럽게 들어 보았다.

요명은 여전히 멍석 한구석을 응시하고 있었다.

"하지만 안타깝게도 그자의 괴로움은 그자밖에 모르는 것. 결국은 고통에 대한 공감보다는, 그래도 곁에 있고 싶다는 나 자신의 욕망이 이기는 바람에…… 나는 그자를 내 곁에서 놓아줄 수가 없어. 도망치고 싶다고 굳이 말하지 않기에, 그것을 핑계로 나도 꽉 붙잡고 있다."

부끄러운 듯, 작은 목소리였다.

영림은 요명이 이토록 솔직하게 자신의 약함을 인정하는 모습을 처음 본 기분이었다.

"하지만 그걸로 충분해. 왜 그러면 안 되는 거지? 상대가 자신의 삶을 포기하는 것도 자유라면, 내가 상대의 삶을 바라는 것도 자유다. 상대가 진심으로 이 삶을 내팽개치고 싶다고 고함지르지 않는 한, 결코 내가 먼저 상대를 포기하는 일은 없을 것이야."

문득 요명의 목소리에 힘이 실렸다.

요명은 그때 처음으로 영림을 돌아보며 얼굴을 똑바로 들여다보았다.

"너도 마찬가지다. 아직 포기해서는 안 돼. 이 청년이 언제 비명을 질렀지? 언제 도망치고 싶다고 외쳤지? 이 청년은 전신의 고통을 견디면서도 필사적으로 이 읍까지 돌아오지 않았느냐?"

"그치만……."

영림의 눈동자에 또다시 눈물이 고였다.

영림은 눈을 깜박여 그것을 꾹 참으려 했다.

"그치만, 전하. 운람은 이제 비명조차 지를 수 없는 상황입니다."

목소리가 떨린다. 운람과 자신을 자꾸만 겹쳐 보게 되니 숨도 제대로 쉴 수가 없었다.

"그런 건, 너무, 고통스럽——."

또다시 오열이 터질 것만 같아서 영림은 입술을 꽉 깨물었다.

하지만 그때 영림은 젖은 눈을 깜박거렸다.

자신을 바라보는 요명의 입가에 미소가 떠올라 있었기 때문이었다.

"자, 아래를 바라보아라."

"전하……?"

요명은 영림의 턱을 잡고 고개를 돌려 아래쪽 바닥을 내려다보게 했다.

"……!"

눈앞에 날아든 그 광경에 영림은 커다랗게 숨을 들이켰다.

"보아라."

고개를 돌린 그 너머.

두 사람 바로 옆에 깔린 멍석에 누운 채 축 늘어져 있던 운람이.

"필사적으로 싸우고 있지 않으냐."

미간을 바짝 좁힌 채——눈을 희미하게 떴다.

"운람!"

"……모, …….."

입술에서 흘러나온 것은 단어조차 되지 못한 중얼거림이었다.

하지만 방금 전까지의 신음과 달리, 거기에는 확실한 의지가 깃들어 있었다.

"운람! 운람! 눈을 떴군요, 운람!"

영림이 몸을 돌려 운람의 어깨를 붙잡았다.

"모…… 소리."

"네? 뭐라고요? 운람!"

힘없이 들려오는 목소리를 필사적으로 들으려 애썼다.

귀를 들이대고 숨을 죽인 영림은 뒤이어 들려온 말을 듣고는 움직임을 우뚝 멈추었다.

"모, 소리…… 시, 끄러."

목소리, 시끄러워.

"——……후후."

눈물이 뺨을 타고 주르르 흘러내렸다.

코가 막히는 한편 푸핫 하고 숨이 터져나오는 것을 막을 수가 없었다.

"후후, 아하하."

그렇다. 이 청년은 강하다.

금세 시무룩해져서는 궁지에 몰려버리곤 하지만 그 다음 순간에는 벌떡 일어나 고난을 튕겨낸다.

"정말…… 운람도 참."

운람은 왕이다. 이 읍의 왕.

영림의 일방적인 기대나 체념과는 아무 상관도 없이, 영혼의 뿌리에서부터 고결한 왕.

그런 운람이 약해졌으니까 편하게 해주고 싶다고 생각하다니, 제정신이 아니었다.

영림은 재빨리 손가락으로 눈물을 닦아내고 운람을 향해 활짝 웃었다.

"시끄러울 정도로 목소리를 내야지, 그러지 않으면 어쩌겠어요?"

희망이 솟아난다.

지금이라면 그 무슨 일이라도 다 해낼 수 있을 것만 같았다.

"전하. 다시 한 번 이번에 벌어진 일련의 사건, 진심으로 사죄드립니다."

조용히 이쪽을 바라보고 있던 요명을 향해 자세를 반듯하게 고친 영림이 고개를 깊이 숙였다.

고지식하고 가끔은 서투를 때도 있다. 하지만 역시 자신보다 한참이나 강한 어른인 요명에게 진심으로 경의를 표하고 싶었다.

"그래, 좋다. 딱히 사과를 바란 건 아니니——."

"그러시겠죠."

하지만 요명이 의젓하게 대답하는 것을 가로막고 영림이 몸을 벌떡 일으켰다.

"……응?"

"고작 추녀 하나가 사죄드린다고 사태가 변할 일은 없을 겁니다. 사과는 행동으로 해야죠. 관용적이면서도 건설적인 그 사고방식, 역시 전하는 다르세요."

과연 요명이 그렇게까지 말했던가.

그 비슷한 말을 했던 것 같기는 하다. 아니, 말하지 않았던 것 같기도 하다.

하지만 영림은 아무래도 상관없었다.

반짝반짝 빛나는 희망의 빛이 가슴속에 차례차례 피어올라서 그 격류에 전신이 휘말릴 것만 같았다.

"……음?"

표정이 굳은 요명 앞에서 영림이 심호흡을 했다.

깊이 숨을 들이마시고 시선은 앞으로.

아아, 한 번 고개를 푹 숙인 후 다시 가슴을 편 이 자세가 얼마나 편안한지.

가슴에 양손을 짚고 숨을 휴우 토해냈다. 그리고 지극히 자연스러운 흐름으로 영림이 손가락을 뚜둑 꺾었다.

둔탁한 소리에 요명이 고개를 살짝 숙이자 영림이 장난스럽게 미소를 지었다.

"있잖아요, 전하. 아까 전하께서는 저를 주혜월이라고 부르셨지만, 사실 저는 황영림이랍니다."

"……?"

한편 요명으로 말하자면 이미 뻔히 알고 있는 사실을 새삼 꺼내는 영림을 보고 의아해서 미간을 좁혔다.

그러자 요명의 사랑스러운 호접은 천진난만하게 생긋 미소를 띠었다.

"즉, 전하께서는 또 저희의 몸이 바뀐 사실을 알아차리지 못하신 거죠. 따라서 내기에 지신 거예요. 벌로써 제 부탁을 들어주셔야겠어요."

"……아니, 잠깐만."

"구체적으로는 이번에 몸이 바뀐 사건에 관련된 저와 혜월 님의 모든 언동을 용서해주시고. 또한 이 읍을 구제하기 위한 지혜와 힘을 빌려주세요."

"아니……."

본인도 다 알면서 하는 말이겠지만 정말 욕심이 어마어마하다.

그러나 사랑하는 여자가 눈물을 그치고 생글생글 웃는 모습은 요명에게 짜증보다 안도를 가져다주었고――또한 어이없을 정도로 사랑스러웠다.

"제발 부탁드려요, 전하."

방금 전 연약하게 매달릴 때와는 달랐다.

가냘픈 손가락으로 유혹하듯 어깨를 짚고 살며시 위를 올려다보며 자신의 얼굴을 가만히 바라보는 영림.

"읍의 백성들을 괴롭힌 나쁜 사람들 모두, 눈물이 쏙 빠지게 혼쭐을 내주고 싶어요. 네?"

그 어떤 악녀보다 흉악할 정도로 아름답고 가련하게 속삭이는 여인 앞에서 요명은 아무 말 없이 하늘만 올려다보았다.

4. 혜월, 걱정하다

죽는 줄 알았다.

혜월은 온몸의 기운이 다 빠진 채 내심 그렇게 중얼거렸다.

중요한 일이니 다시 한 번 말하자면.

정말로 죽는 줄 알았다.

물을 잔뜩 머금은 머리카락이 묵직하게 느껴졌다.

강가로 마중 나온 황경행——비둘기로 사전 연락을 취했다고 한다——이 낡은 옷을 가져다주었기에 그 자리에서 옷을 갈아입기는 했지만 이렇게나 장시간 동안 물에 잠겨 본 적이 없었기에 전신이 피로를 호소했다.

원래 물과 궁합이 나쁜 주가다. 따뜻한 물로 목욕을 하는 것조차 그리 편안하게 느껴지지 않는데, 강을 건넌다니 너무나도 무시무시한 일이다. 실제 헤엄을 친 것은 동설이고 혜월은 그 등에 매달려 있었을 뿐이었지만, 언제 물 속에 가라앉을지 몰라서 제정신을 유지할 수가 없었다.

겨우 나무그늘에 자리를 잡고 앉은 혜월은 축 늘어진 채 나무줄기에 몸을 기댔다.

정말이지 이 허약한 몸 하고는. 강기슭에 도달하자마자 빈혈을 일으키지, 방심하면 기절하지, 그야말로 최악이다. 또 현기증이 난다.

'요 몇 각 동안 눈이 빙빙 도는 것 같았어…….'

희미한 저녁노을 속으로 허름한 오두막이 늘어선 일대를 혜월은 비틀거리며 바라보았다.

그중에서도 지금 바로 눈앞에 있는 곳은 두령의 후계자가 산다는 오두막이었다. 그곳에 환자들을 모아 놓았는지 실내에는 남녀할 것 없이 통을 껴안고 누워 있고, 바깥에도 여러 명이 멍석이 누워 있었다.

정말로 이질이 가라앉기는 한 건가, 하고 눈을 의심할 만한 광경이었으나 경행의 말에 따르면 절반은 이미 일상생활로 돌아갈 수 있을 정도의 체력을 회복했다고 한다.

환자 주위를 청결하게 유지했다고는 하나 조금 떨어진 곳에 만들어져 있는 오물 구덩이에서는 지독한 악취가 풍겼다. 돌림병이 절정을 맞이한 순간을 조우하지 않아서 정말 다행이라고 생각하며 혜월은 얼굴을 일그러뜨렸다.

'그 여자, 이런 곳에서 계속 간병을 하고 있었단 말이야?'

나무줄기에 기댄 채 이리저리 둘러보니 아직도 불 위에 걸려 있는 쇠로 된 물통과 막 닦아 놓은 통, 미처 다 마르지 않은 빨랫감 등 이곳저곳에서 간병의 흔적이 보였다.

오두막에서 조금 떨어진 곳에 있는 비축 창고에는 부상을 당했다는 두령의 아들을 눕혀 놓았고 방금 전까지 영림이 그곳에서 간호를 했다고 한다.

'했다고 한다'라고 한 이유는, 요명 일행이 비축 창고에 도착했을 때 혜월은 완전히 어질어질하고 의식이 몽롱해진 상태였기 때문이었다.

흐릿한 시야 건너편에서 멍하니 멍석에 누운 청년과 그 옆에 앉은 '주혜월', 그리고 그녀의 팔을 붙잡은 취관장 진우의 모습을 본 것 같기도 했다.

진우는 금세 자리에서 물러나고 비축 창고 안에는 요명과 영림만이 남아 대화를 한 듯했다.

그리고 오두막 근처에서는 그 진우와 경행, 동설이 심각하게 이야기를 나누고 있었다. 지금까지의 경위를 셋이서 공유하는 모양이었다.

'뭐랄까, 좀 사정이 복잡하긴 하지, 피차…….'

아직도 의식이 반 정도는 몽롱한 채 혜월은 지금까지 알아낸 정보를 돌이켜 보았다.

우선 강을 건너면서 요명에게서 들은 이야기에 따르면 강 씨가 '주혜월' 납치 계획을 꾸민 것은 오랜 세월 저질러 온 악행을 조사받을까 두려워서 저지른 일이라고 했다.

명망이 높기로 유명한 향장은 사실 백성들의 수를 줄여 세금을 착복했던 것이다.

강 씨는 영민들의 관심을 다른 곳으로 돌리기 위해 '주혜월'을 가뭄의 이유로 꾸민 한편, 황태자 일행이 추궁할 것이 두려워 요명을 정중히 대접했다. 게다가 행사 도중에 납치 사건을 일으켜서 황태자와 무관들의 주의를 그쪽으로 끌어 모았다.

하지만 요명은 꽤 이른 시점부터 강 씨의 태도를 수상쩍게 여기고 있었다. 향의 규모에 비해 건축물이 유달리 크고, 들은 인구보다 백성 수가 많아 보였기 때문이었다.

납치 사건이 벌어졌을 때 자신의 심복인 경행을 그 순간 따라 보냄으로써 상대편의 감시를 맡길 수 있었고, 요명 자신은 그 배경――흑막을 캐기로 했다.

강 씨는 요명 스스로가 조사에 가담하는 일을 유난히도 반겼는데, 요명이 직접 무대를 훑어보자마자 현가와 연결되는 증거가 나왔다.

전부터 위화감이 느껴지던 참이었기에 납치 사건이 사실 강 씨의 자작극이라는 사실을 깨닫는 데까지는 그리 긴 시간이 걸리지 않았다.

동시에 일개 향장이 현가의 조수를 어떻게 손에 넣었는지에 대한 의문이 남았다.

은근슬쩍 강 씨를 주의해서 지켜보니 아무래도 남임희와 비밀리에 접촉한 눈치였다.

게다가 우연히 엿들은 염술을 통해 흑막이 현가의 조수 말고 황가의 조수까지도 이용했다는 사실을 알 수 있었다.

이곳 온소와 남가의 동령은 산을 끼고 인접한 위치다.

자연스럽게 의심은 남가를 향했다.

우선 괴한들의 정체가 천민이며 세금 감경을 조건으로 '주혜월' 납치를 명령한 일. '주혜월'이 냉해의 원흉이며 그런 주혜월에게 벌을 내리면 하늘이 맑아질 것이라고 자꾸 꼬드긴 일. 이것은 이미 염술을 통해 혜월도 알고 있었다.

그 외에 '재앙의 숲'이라 불리는 음침한 숲에 대량의 금이 숨겨져 있었던 일도 경행이 혜월을 위해 다시 한 번 설명해주었다. 세금 포탈의 증거였다.

게다가 더욱 중요한 것은 읍에 퍼진 병의 원인이 아무래도 제사용 의상이고, 이른바 '병의(病衣)'라 불리는 전술의 일종이 아닌가 하는 의혹이었다.

누군가가 인위적으로 병의 근원을 그 허리띠에 발라, 그것을 읍으로 가져가게 만듦으로써 병을 퍼뜨린 게 아닐까.

제사용 의상을 준비한 곳은, 금가.

하지만 방식을 볼 때 가장 그런 짓을 할 만하다고 경행이 판단한 곳은——남가였다.

이지적이고 온화한 기질이라고 알려진 남가.

하지만 다과회에서, 그리고 그 전날 밤에 남방춘이 보인 수상쩍은 움직임은 혜월도 잘 알고 있었다.

방춘과 임희의 영리함, 그리고 임기응변 대응을 보면 두 사람이 강 씨의 지시를 받아 행동하고 있다고 생각해도 무방할 듯했다.

하지만 오히려 반대로 남가가 강 씨를 협박해서, 또는 꼬드겨서 사태를 조종하고 있다.

즉, 이 일련의 사건 뒤에 있는 진짜 흑막은 남가다——.

이리하여 읍으로 이동한 경행과 영림, 향에 남은 요명, 그리고 혜월 일행은 거의 동시에 남가의 존재를 알아차리게 된 것이다.

'사태가 너무 꼬여 있어서 두통이 올 것 같아…….'

방금 전까지는 다과회에서 남방춘에게 한 방 먹인 일로 성취감마저 느꼈던 혜월이었으나 아무래도 사태는 아직 소용돌이 한가운데인 듯했다.

만일 이질이 인위적으로 퍼진 병이라면 그것은 입막음을 하기 위해 이 읍을 통째로 태우려는 구실일 터였다. 물론 '괴한이 편지를 던졌다'라거나 '향장을 습격하려 했기에 괴한을 제압했다' 등의 이야기는 전부 강 씨 일행의 자작극이다.

실제로 '향장을 습격하려다 제압당했다'는 그 괴한은 사실 강 씨 일행 때문에 중상을 입고 빈사의 상태가 되었는데도 겨우 읍에 돌아와서 읍이 불태워질 위기에 처했다는 사실을 알렸다.

지금 황영림은 그 청년——운람의 간호에 몰두하고 있다. 그래서 이렇게 자기 혼자만 마중을 나왔노라고, 경행은 살짝 어두운 표정을 지으며 설명을 마무리 지었다.

결과적으로 더욱 걱정이 된 요명은 옷도 갈아입지 않고 이 자리까지 뛰어왔다.

'필연적으로 경행 님도 전력질주를 할 수밖에 없었지. 덕분에 그분 등에 업힌 나는 비축 창고에 도착했을 때 거의 기절할 지경이었어.'

비축 창고에 도착했을 때의 일을 떠올린 혜월은 그때 문득 문 안쪽에 펼쳐져 있던 광경을 함께 반추했다.

'……응?'

방금 전에는 눈이 빙빙 돌아서 '아아, 황영림과 취관장이 있구나' 정도로밖에 생각하지 않았으나——그때 잘못 본 게 아니라면 황영림은 혜월의 몸, 아니, 황영림을 덮치고 있지 않았던가?

'어?'

그 순간 엄청난 기세로 정신이 번쩍 들었다.

'……어? 잠깐, 잠깐만. 내가 지금 멍하니 있을 때가 아닌 것 같은데?'

자신들은 아직 음모의 한복판에 있다고 생각했으나, 아니, 잠깐, 더욱 가까운 곳에 닥친 사태가 눈앞에서 일어나고 있지 않았던가?

'전하는 이미 눈앞의 「주혜월」이 황영림이라는 사실을 알고 계셔. 그리고 그 사랑스러운 호접 때문에 수많은 것들을 꾹꾹 참고 걱정하고 염려하면서 혹시 무모한 짓을 저지르지 않을까 하는 마음으로 달려왔는데——그 사랑하는 여자를 이복동생이 덮치고 있었던 거야!?'

혜월은 숨이 턱 막혔다.

저 황태자가 자신의 본성인 격정을 억누르면 억누를수록 그 후 골치 아픈 반동이 온다는 사실을 지금의 혜월은 알고 있었다.

비축 창고에 들어가는 요명은 냉정해 보였으나 만일 요명이 격노하여 황영림을 몰아세우기라도 한다면.

틀림없이 그 불똥은 자신에게 튈 것이다.

마른침을 꿀꺽 삼킨 혜월이 자리에서 일어섰다.

그들이 무슨 대화를 나누는지 확인해야 했다.

오두막을 흘끔 쳐다보니 경행 일행은 아직 심각한 표정으로 정보 공유를 하고 있었다.

그들은 비축 창고 안에서 무슨 일이 일어나는지 궁금하지도 않을까.

아니, 그러고 보니 그 순간 문 안을 들여다볼 수 있었던 사람은 선두에 선 요명을 제외하면 경행에게 업힌 덕분에 시야가 높아진 혜월뿐이었다. 비축 창고는 바닥이 높아서 무릎을 꿇고 있던 경행과 동설로서는 안을 확인할 수가 없었으리라.

하지만 유난히 가라앉은 진우의 표정을 생각하면 분명 코앞까지 사태가 닥친 상황이었으리라 생각할 수 있었다. 진우는 항상 상주 같은 표정을 짓고 있으니 알아보기 힘들었을 뿐.

혜월은 살금살금 걸어 비축 창고로 다가갔다.

'그 둔감한 여자가 또 시치미를 떼려다가 사태를 악화시키고 있는 건 아니겠지……?!'

문짝을 떼어낸 입구 쪽으로 몸을 들이대고 실내를 향해 귀를 기울인 그때였다.

"——무서워요."

눈물을 꾹 참는 어린아이처럼 가느다란 목소리가 들려 와서 혜월은 저도 모르게 움직임을 멈추었다.

'어?'

어두운 실내를 물끄러미 들여다보며 눈을 비볐다.

목소리의 주인은 틀림없이 '주혜월'의 얼굴을 한 여자——황영림이었다.

"요즘…… 제가, 이상해요. 전에는, 그래도…… 그래도 제 분수를, 알았는데."

드문드문 섞이는 작은 동물의 울음소리 같은 오열.

목소리가 떨리고 흐느낄 때마다 자꾸 쉬는 것을 보니 울면서 이야기하는 데 익숙하지 않은 모양이었다.

이것은 연기가 아니다.

스스로도 감정을 제어할 수 없을 만큼 어쩔 줄 모르는 말투였다.

죽음을 기다리는 것이 두렵다며 마치 목이 졸린 듯한 목소리로 영림이 말했을 때, 혜월은 자기 자신의 목이 졸리기라도 한 것처럼 심장이 움츠러들며 아팠다.

아니——이렇게 연약한 영림을 보는 것은 처음이 아닌가.

'이럴 수가…….'

요명의 어깨 너머로 흘끗 보이는 황영림의 눈은 울어서 퉁퉁 부은 상태였다.

늘 온화하고 웃음기를 머금고 있던 목소리가 지금은 그저 떨리기만 했다.

"빨리…… 펴, 편하게, 해주고 싶어요……!"

신음 같은 외침을 들은 혜월은 순간적으로 숨을 헉 들이켰다.

대체 어찌 된 일인지 그 말은 혜월의 귀에 이렇게 울려 퍼졌다.

——빨리, **편해지고 싶어**.

'뭐야, 그게!'

충격이라고밖에 표현할 도리가 없는 감정이 단숨에 전신을 휩쓸었다.

황영림이 이렇게나 가슴을 꽉 메우는 감정을 숨기고 있었을 줄은 상상조차 하지 못했다.

'넌 항상 태평하게 낙천적으로 웃고만 있었잖아.'

혜월이 본 황영림은 속세의 우울 따위는 전혀 모르는, 그저 하늘하늘 우아하게 날아다니는 호접이었다.

모든 사람에게서 사랑받으며 미모와 재능, 온갖 자질을 타고난 사람. 그 어떤 위기가 닥쳐도 온화하게 웃으며 회피하고, 오히려 어처구니없을 정도로 굳건한 의지를 갖고 반대로 주위를 휘둘러 대는 여자.

병에 갉아 먹혀도, 죽음이 목전에 닥쳐도 천연덕스럽기만 한 태도.

그런 여자라고만 생각했다.

——네가 대체 뭘 알아! 항상 그렇게 태연자약한 태도로!

문득 자신이 며칠 전 내뱉은 발언이 떠올랐다.

혜월은 무의식적으로 입을 꾹 다물었다.

——늘 주위에서 사랑만 받고 보호만 받은 네가, 도대체 내 마음을 어떻게 아는데!

솔직한 심정이자 사실이라고 생각했다.

늘 행복해 보이는 황영림과 늘 구석으로 내몰리기만 하는 비참한 자신.

그것은 신분과 처지, 다섯 가문의 혈통에서 비롯된 불변의 성질이며 자신은 그것을 질투할 수밖에 없다고 늘 생각했다.

하지만 그렇지 않았다.

'황영림이 진심으로 행복한 게 아니었어…….'

사랑을 속삭이는 남자가 있지 않은가. 온갖 외적을 물리쳐주는 민완 무관들도.

충성심 두터운 궁녀와 이상적인 후견인도, 미모와 재능, 부와 권력까지도 전부 갖고 있다.

하지만 그것들이 결코 병을 물리쳐주지는 않는다.

손가락 끝까지 열에 잠식되는 그 공포.

영원히 이어지는 한밤의 어둠이 얼마나 두려운지. 그것은 아무도 대신 겪어주지 않는다.

'항상…… 싸우고 있었던 거야.'

황영림은 언제나 혼자 맞서고 있었다.

방심하면 금방 걷어차여 굴러 떨어지는 추궁에서.

등을 곧게 펴고 미소를 지으며.

"――운람!"

그때 갑자기 영림이 외치는 바람에 혜월은 정신이 퍼뜩 들었다.

"운람! 운람!"

억양도 없이 질러대는 비명에 저도 모르게 귀를 틀어막았다.

지금까지의 흐름으로 미루어볼 때 청년이 드디어 숨을 거둔 모양이었다.

'안 되겠어. 도저히 들을 수가 없어…….'

혜월은 휘청거리며 고개를 푹 숙였다.

황영림의 절망은 대체 어느 정도일까.

지금 시점에서 이미 너덜너덜해질 정도로 좌절한 상황인데, 아끼던 상대가 죽었다면 마음이 결정적으로 망가져 버렸을지도 모른다.

그 순진무구한 미소도 잃고 멍하니 유리구슬 같은 눈동자로 주저앉아 있을 영림을 생각한 혜월은 파르르 떨며 고개를 가로저었다.

'……안 돼, 절대로.'

늘 온화하고 흔들림 없는 황영림이 얄미웠다.

언젠가 그 여자에게서 여유를 빼앗고 필사적으로 버둥대는 모습을 보며 비웃어 주고 싶었다. 요즘도 때때로 몽상에 잠길 만큼.

하지만 실제로 좌절해서 쓰러진 영림이 눈앞에 있으니 자신의 가슴이 무너져 내리는 것 같았다.

"안 돼."

영림은 호접이다.

그 누구보다 아름답고 고결하며 많은 것을 타고난 여자.

결코 진흙탕 속에 빠져들어서는 안 된다——.

"넌 높은 곳에서 늘 실실 웃고 있어야 한단 말이야."

귀를 틀어막고 있던 손으로 주먹을 불끈 쥐었다.

혜월은 문득 고개를 들었다.

'복수.'

날개가 쪼그라들어 진흙탕 속으로 가라앉는 호접 따위는 보고 싶지 않다.

황영림은 언제나 쉼 없이 이 꽃 저 꽃 사이를 날아다니며 사람들의 머리 위에서 우아하게 춤추어야만 한다.

공포와 절망으로 얼어붙어 날개를 펼치지 못하고 있다면, 따스하게 덥혀주면 된다.

가령, 증오의 불꽃에 의지해서라도.

'복수를 희망으로 삼아서라도 고개를 들어야만 해——.'

지금만큼 이 영혼에 깃든 도술의 재능에 감사한 적이 없었다.

자신이 있으면 상식에 사로잡힐 필요 없이 자유롭게 원한을 표출할 수 있다.

인간의 지혜나 법이 미치지 않는 방법으로 상대를 괴롭혀줄 수 있다.

그 여자는 아마 이런 요술에 의지하기 싫겠지만 그런 것은 신경 쓸 바 아니다.

아직 할 일이 있다고, 그 여자를 북돋워줄 수가 있다.

“주저앉아서 징징댈 때가 아니야!”

감정이 잔뜩 고양된 혜월은 기세를 몰아 비축 창고 안으로 돌진했다.

“혜월 님……?!”

아마 위로받고 있었던 모양인지, 요명과 마주앉아 있던 영림이 퍼뜩 놀라 이쪽을 돌아보았다.

그 눈이 안타까울 정도로 퉁퉁 부어 있는 모습을 보고 혜월의 말투가 더욱 사나워졌다.

“너 말이야, 그 몸은 내 거라고. 그 얼굴로 찔찔 짜지 마. 짜증나니까!”

“저…….”

“아끼던 백성이 살해당했다고, 그게 뭐 어쨌단 거야? 비탄에 빠져서 그걸로 끝낼 셈이야? 웃기지 마. 넌 아직 할 일이 있잖아. 빼앗겼다면 그 이상으로 빼앗아 오면 돼!”

영림이 멍한 표정을 지었다.

요명도 눈을 부릅뜨고 이쪽을 돌아보았다.

냉정하게 생각해 보면, 황태자와 추녀 단둘만의 대화에 난입하다니 제정신이라고는 생각할 수 없는 짓거리였다.

하지만 상식도 예의도 다 내다 버린 혜월은 감정적으로 외쳤다.

"지금 당장 일어나, 황영림! 내가 도술이든 뭐든 다 지원해주겠어. 네가 원하는 대로, 아니, 그 이상의 복수를 약속할게!"

정말로 보고 싶지 않았다.

도저히 지켜보고 있을 수가 없다, 이 여자가 비참하게 좌절한 채 의지할 곳 없는 어린애처럼 울면서 쓰러지는 모습 따위는.

"네가 싫다고 해도 내가――."

"역시 혜월 님이세요!"

하지만 상대가 벌떡 일어나 힘차게 혜월의 두 손을 잡는 바람에, 혜월은 제자리에서 앞으로 고꾸라질 뻔했다.

"어?"

"아아, 정말, 이럴 수가. 어쩌면 이렇게 믿음직스럽고 감사한 말일까요. 최고예요! 혜월 님은 이 영국, 아니, 이 대륙에서 가장 용감하고 가장 정 많은, 정말 멋진 분이세요!"

"어?"

어떻게 저렇게 발랄할 수가 있을까.

아니, 기운이 넘치는 건 좋은 일이지만.

그렇지만――조금 더, 뭐랄까, 저항할 줄 알았는데.

영림은 눈을 반짝반짝 빛내며 혜월의 손을 꽉 잡고 있었다. 희색이 만면하다고 표현해도 좋을 그 표정에 혜월은 어째서인지 식은땀이 흘렀다.

"운람이 살아난 이상, 너무 날뛰면 오히려 인륜에 반하는 일이 될지도 모른다는 망설임이 있었어요. 하지만 지금 그 말씀으로 그런 사소한 주저가 다 날아가 버렸어요."

"뭐? 살아나……?"

"눈에는 눈 정도가 아니라 눈에는 오장육부 전체를. 과연 명언이에요. 이 몸이 부르르 떨릴 정도예요."

"어?"

자신이 그런 말을 했던가.

아니, 그 비슷한 말을 한 것 같기는 하지만 그 정도까지는 아니었을 터.

자연스럽게 손을 빼려 했지만 영림은 부동자세를 무너뜨리지 않았다. 그러기는커녕 재빨리 팔을 둘러 혜월을 꽉 껴안았다.

"아아, 혜월 님! 정말 고마워요! **제가 먼저** 부탁하기 전에 힘을 빌려 주겠다고 말씀하시다니! 이 얼마나 마음씨 고운 분이신가요!"

"뭐……? 뭐? 잠깐, 어? 이거 놔……."

왜지?

왜 이렇게 기운이 넘치지?

방금 전까지 눈물을 흘리며 갈라진 목소리로 무섭다고 하지 않았던가?

"——아아, 정말, 이렇게 감사할 수가."

귀 바로 옆에서 속삭이는 그 목소리에 담긴 형언키 어려운 박력에 혜월은 등골이 오싹 얼어붙는 것을 느꼈다.

자신은 적이 아니고 상대방은 용의 기운을 내뿜는 존재도 아닌데, 마치 뱀 앞의 개구리처럼 꼼짝도 할 수가 없었다.

"혜월 님."

영림이 천천히 몸을 일으켰다.

난처할 때 늘 뺨을 감싸던 손으로, 영림은 지금 혜월의 뺨을 어루만지고 있었다.

"부디 나쁜 사람들에게 혼쭐을 내줄 수 있는 힘을 빌려주세요."

"뭐…… 뭐야……? 뭐가 어떻게 된 거야……?"

고개를 살짝 갸웃하며 미소 짓는 표정은 자신의 얼굴인데도 불구하고 사랑스러워 보였다.

그러나 어째서인지 닿은 손끝을 통해 저릿할 정도의 기백이 느껴져서 혜월은 무릎이 부들부들 떨렸다.

"……제 발로 불길 속에 뛰어들다니, 어리석은 주혜월……."

얼굴을 돌리며 그렇게 중얼거린 요명 또한 자신보다 먼저 영림이라는 이름의 불길 속에 뛰어들었다는 사실을——혜월이 알게 된 것은 잠시 후의 일이었다.

＊＊＊

가슴속에 희망이 넘쳐흐르면 시간은 쏜살같이 흐른다.

영림은 그 사실을 재확인하는 기분으로 멍석 위에 옷을 겹쳐 쌓은 게 전부인 간소한 침상을 정돈했다.

"좋아, 다 됐어."

잠자리로 삼기로 결정한 비축 창고의 벽을 뚫어 만든 창 너머로 옅은 구름을 두른 달이 떠 있었다.

완전히 밤이 깊었다.

요명과 혜월이 뛰어 들어온 후로 벌써 몇 각.

힘을 빌려준다는 그들, 그리고 경행과 진우까지 합세해 정보 교환과 작전 회의를 하고 나서 호룡을 비롯한 읍 사람들의 협력을 구하다 보니 눈 깜짝할 사이 시간이 흘렀다. 내일 쓸 힘을 남겨 두어야 했기에 일동은 일찌감치 잠자리에 들기로 했다.

지고한 신분인 요명을 환자들이 있던 오두막에 재울 수는 없었기에, 그들은 이전에 경행이 묶여 있던 비축 창고에서 수면을 취하기로 했다. 호위로서 진우와 경행도 함께였다.

읍의 백성들이 이제 와서 요명을 습격할 것 같지는 않았지만 경행이 있던 비축 창고는 마을 안 건물들 중에서 가장 숲에 가깝다. 강 씨와 남가가 편성한 '선발대'가 만에 하나 야습을 감행하기라도 할 경우 제일 먼저 알아차릴 수 있도록, 이곳에 남자들을 모아 놓았다.

한편 영림은 혜월과 함께 또 하나의 비축 창고——즉 영림이 며칠간 먹고 자며 운람을 치료했던 창고——에서 묵기로 했다.

이 창고라면 청소도 열심히 해 놓았고, 아직도 그곳에 누워 있는 운람을 돌봐줄 수 있기 때문이었다.

호위로는 동설. 성실한 동설은 불침번을 자청해서 입구 바로 바깥에 멍석을 깔고 그곳에 앉아 있었다.

때때로 벌레 소리만이 들려오는 고요한 밤이었다.

그것은 병에 고통 받는 자의 신음 소리도, 오열도 들리지 않는 평안한 밤이라는 뜻이기도 했다. 동시에 다음날 중대한 일을 앞두고 긴장에 부푼 몸을 움츠린 폭풍전야 같은 고요함이기도 했다.

'괜찮아.'

영림은 창 밖을 흘끔 내다보고는 그 너머의 마을에서 자고 있을 백성들을 생각하며 천천히 고개를 끄덕였다.

'분명 잘 될 거야.'

처음 납치할 예정이었던 '주혜월'에다가 황가의 예무관, 취관장, 심지어 다른 가문의 추녀와 황태자까지.

생각보다 훨씬 호화로워진 면면을 보고 읍 사람들은 눈을 희번덕거렸다.

하지만 천읍이 강 씨에게 이용당한 일, 이대로는 입막음으로 전부 타죽을 위험이 있다는 일, 그런 사태를 피하기 위해 황태자에다 주혜월과 친한 황가의 추녀까지 달려왔다는 이야기를 듣고 긴장된 표정으로 최대한의 협력을 맹세했다.

그 온순함과 순종적인 모습은 옆에서 이야기를 듣던 혜월까지 놀랄 정도였다. "대체 저 사람들을 무슨 수로 길들인 거야?" 하고 진심으로 의아해하며 듯 물을 만큼.

아무래도 혜월에게 천민들은 곧 죄인들이라는 인식이 있었는지, 그들이 이렇게나 얌전하게 통제된다는 사실이 꽤나 뜻밖인 모양이었다.

하지만 간병을 할 때 읍 사람들과 나누었던 여러 이야기로 미루어볼 때 그들은 '죄인'이 아니라, 단순히 '죄인의 자손'이라는 것이 영림의 생각이었다.

처음 이 읍에 흘러들어온 사람들은 물론 향에서 죄를 저지른 자들이었으리라. 하지만 그 이후 불어난 지금의 그들은 그저 죄인의 피를 물려받았을 뿐인 무고한 백성들이었다.

그런데도 강 씨는 그 사람들을 모조리 '천민' 취급하며 차별했다. 머리 모양, 입는 옷까지 향민들과 차별을 둠으로써 시각적으로 천함을 강조하고, 더러운 혈통이라는 생각을 읍 사람들 스스로에게 각인시켰다.

개중에는 행 할멈처럼 여러 세대에 걸쳐 경범죄를 저지른 자들도 있다. 하지만 그것은 천한 혈통이어서 그렇다기보다 가난이 범죄자를 재생산한 측면이 더 컸다.

실제 읍 사람들 대부분은 신앙심도 깊고 공격에 익숙하지 않아서 조금만 협박하니 '주혜월' 괴롭히기를 그만두었다.

심지어 다들 정이 많고 의리 있는 영혼의 소유자였다.

그렇기 때문에 그들은 갑자기 황태자가 나타났어도, 갑자기 영림이 협력을 요청해도 어찌어찌 사정을 이해하고 금세 응해주었다.

목숨을 걸고 위기를 알리러 온 운람에게 보답하기 위해.

이번에야말로 일치단결하여 읍을 지키기 위해.

'희망이 넘쳐.'

병은 아직 수습 단계에 있고 주위에서는 당장에라도 읍에 불을 지르려 한다. 꽤나 절박한 상황이었다.

하지만 저녁때와는 다른 이유로 영림은 조급함과 공포가 느껴지지 않았다.

왜냐하면——희망의 불꽃이 모두의 마음속에 피어올랐기 때문이었다.

"오늘 밤은 푹 잘 수 있을 것 같아요."

영림은 차분한 숨소리를 내며 잠든 운람을 바라보다가, 옆에 멍석을 깔고 있는 혜월을 돌아보며 생글생글 웃었다.

"그럴, 리가, 있겠어……?"

하지만 혜월은 멍석에 양손을 짚은 채 고개를 푹 숙이고 있었다.

영림은 퍼뜩 놀라 다급히 혜월에게 손을 뻗었다.

"그, 그렇겠네요! 죄송해요, 강까지 건넜으니 몸이 좋지 않으실 텐데."

자신의 저 허약한 몸으로 장시간을 이동했으니, 경험에 비추어 볼 때 이 시간쯤 되면 오히려 혼절하지 않은 게 기적이라 할 수 있었다.

만져 보니 열은 없지만 평소의 자신과 마찬가지로 기력만 가지고 버티고 있는지도 모른다.

"정말 피곤하실 거예요. 약을 달여 올게요. 평소와 같은 약이라고 할 수는 없지만, 이 읍에도 대용품이 될 만한 약초가 있으니 그걸 넣으면——."

"필요없어, 그런 건."

하지만 고개를 푹 숙인 혜월이 단호하게 거부하는 바람에 영림은 눈만 깜박였다.

"네……? 하지만 심한 구토기가 느껴지지 않나요? 현기증이나 부정맥도 없어요? 숨이 쌕쌕거리진 않아요? 복통은? 이명은? 아, 설마 토혈 쪽……."

"겨우 강을 건넜을 뿐인데 왜 그렇게까지 심각한 증상을 보이는 건데?! 물론 장시간 물에 잠겨 있어서 빈혈을 좀 일으키긴 했지만, 아무리 그래도 한참 지난 지금까지 이어질 리가 없잖아!"

혜월이 그렇게 말했지만, 그것은 영림의 일상이었다.

'혜월 님은 마음이 굳건하시니 나보다 훨씬 더 정신력으로 몸을 제어하는 데 뛰어나다는 뜻인가……?'

그렇다면 실로 훌륭하다 할 수 있겠나. 역시 주혜월이다.

일단 혜월이 고통을 호소하지는 않는 것 같으니 상관은 없겠지──하고 영림은 고개를 끄덕이며 신기한 기분을 애매하게 꿀꺽 삼켰다.

"건강상 문제가 없다면 정말 다행이에요. 하지만 신체적 문제가 아니라면, 잠을 잘 수 없는 원인이 무엇일까요……?"

"아아, 그래. 심란해서 잠이 통 오지 않는다는 현상을 넌 모르겠지. 강철의 정신을 가졌으니까!"

조심스럽게 묻자 혜월은 자포자기한 말투로 내뱉었다.

그러고는 갑자기 몸을 벌떡 일으키더니 덜덜 떨리는 손으로 하나하나 꼽아 나갔다.

"다과회 정보전부터 시작해서 강을 건넜지, 복잡한 남녀관계가 펼쳐지지, 읍에서 숙박하게 됐지! 상상도 못 했던 사태의 연속에! 내 염술이 궁금하다면서 실험으로 마구 혹사시키지!"

향에 남아 있던 경창과 작전을 공유해야 했기에, 혜월은 방금 전까지 요명 일행의 눈앞에서 도술을 계속 선보여야 했다.

요명과 경행은 '이것은 비둘기 이상으로 편리하다'면서 계속 감탄했다. 특히 요명은 흥이 올랐는지 다양한 조건하에서 술법을 사용하도록 지시하며 성이 풀릴 때까지 그 기능을 확인했다. 금기라며 다들 쉬쉬하던 도술을 직접 보는 바람에 지적 탐구심을 자극받은 모양이었다.

"저, 저도 말리지 못해서 정말 죄송해요……. 하지만 다들 혜월님의 도술에 완전히 매료되었던걸요."

"말은 잘 하네. 그냥 이용 가치가 있었던 것뿐이겠지. 덕분에 난 내일은……."

일행이 내일 치를 거사에서 혜월은 중요한 역할을 강제로 떠맡았다.

기질상 중압감에 약한 혜월은 그 때문에 너무나 긴장이 되는 모양이었다.

힘없이 한숨을 내쉬는 혜월을 보고 영림은 미안함을 느꼈다.

"중요할 때 혜월 님에게만 의지하게 되어서 죄송해요."

"……됐어. 애당초 도술을 동원해서라도 복수해 주겠다고 큰소리를 친 건 나니까."

손을 잡고 사과하자 비뚤어진 혜월은 다급히 뿌리쳤다.

"혜월 님, 저…… 그때 당신이 구원의 손을 내밀어주셔서 정말 기뻤답니다."

"……."

혜월은 난처한 듯 손을 내렸다가 금세 턱을 휙 치켜들었다.

"글쎄다. 요명 전하한테 토닥토닥 위로받고는 금세 벌떡 일어났으면서."

생각지 못한 곳에서 튀어나온 요명의 이름에 영림은 눈을 깜박거렸다.

'전하…….'

게다가 요명의 가슴에 안겼을 때의 일도 떠올랐다.

몸을 바꾸고 취관장에게 깔리는 등 추녀로서 해서는 안 될 수많은 일들을 저질렀는데도 단 한 번도 화를 내지 않고 조용히 이야기를 들어 준 요명.

커다란 손으로 머리를 가슴에 꼭 끌어안고――.

'아래를 보라고 하셨어.'

그 말을 생각하니 가슴속 어딘가가 따스하고 편안해지는 느낌이 들었다.

그런 말을 들은 건 처음이었다.

'모두가 손을 내밀어주었어. 다양한 방향에서 이렇게나 많이.'

간질간질한 기분이 깃털처럼 보드랍게 마음을 쓰다듬었다.

새삼 감사의 마음이 짙어진 영림은 아직도 고개를 돌리고 있는 혜월과 억지로 눈을 맞추었다.

"혜월 님. 전하는 분명 제 마음을 구원해 주셨어요. 하지만 그것은 혜월 님도 마찬가지예요. 누가 첫 번째인지, 누구의 비중이 더 큰지, 그런 문제가 아니에요. 제가 다시 일어서는 데 도움을 준 건 모두가 동등해요."

그것은 허세가 아니라 사실이었다.

그때 제일 먼저 영림의 마음을 비추어준 것은 겨우 살아난 운람 자신이었고, 마음을 녹인 것은 눈물을 허락한 요명이었다.

그리고 힘차게 뛰어들어 큰 소리로 고함을 질러준 혜월이 있었기에 영림은 내일에 희망을 걸고 푹 잘 수 있다.

"당신은 언제나 생각지도 못한 시점에 달려들어 마음을 환하게 밝혀주죠. 혜월 님은 역시 제 혜성이에요."

"……."

진심을 담아 말하자 혜월이 윽 하고 목젖을 울리더니 어째서인지 촉촉한 눈동자로 이쪽을 노려보았다.

"아――아, 그래!"

그리다가 결국 난폭한 동작으로 내팽개치다시피 손을 뿌리쳤다.

멍석 위로 벌렁 드러누운 혜월을 보고 영림은 눈썹을 축 늘어뜨렸다.

"저, 저기, 혜월 님. 그렇게까지 싫어하실 것까지는……."

"시끄러워. 빨리 잠이나 자!"

"네? 아까는 잠이 안 온다고 그러셨으면서……. 서운해요."

"시끄럽다고!"

완전히 기분이 상해버렸는지 혜월은 등을 돌렸다.

'왜일까. 진심으로 감사의 마음을 전하면 반드시 상대를 화나게 만드는 모양이야…….'

영림은 풀이 죽어 어깨가 처졌다.

방금 전 우연히 요명과 단둘이 있었을 때도 그랬다.

그 직전, 진우가 비축 창고에서의 무례한 태도를 사과하러 왔었는데 진우가 돌아간 후 그 뒷모습을 보면서 요명이 말을 꺼냈다.

"영림. 진정이 된 것 같으니 말하겠는데——."

"전하. 저, 방금 전 미처 말씀드리지 못한 게 있어요."

하지만 운이 나쁘게도 그때 하필 영림도 동시에 힘차게 입을 열고 말았다.

"일부러 읍까지 달려와주셔서 정말 감사해요. 지금까지는 저 혼자서도 충분하다고만 생각했는데, 사실은 전하가 와주셔서 굉장히 마음이 놓였어요."

"음, 그랬군——."

"네. 제가 제멋대로 굴어도 전혀 책망하지 않으시고, 마치 전하 자신의 일처럼 돌봐주셔서……. 예를 들면 방금 전엔 아무리 사정이 있었다고는 해도 취관장님과의 거리가 너무 가까웠는데, 전하는 그런 건 신경도 쓰지 않으셨죠. 도량이 넓다는 건 바로 이런 모습을 말하는 게 아닐까요. 정말 감복할 따름이랍니다."

"……응."

"전하께서는 백성들의 안녕과 정의를 지키는 데 노심초사하고 계시는데, 저로 말하자면 있지도 않았던 부정한 행위에만 신경을 쓰느라 얼마나 시야가 좁았는지. 정말 반성했답니다. 전하의 관용과 제게 쏟아주시는 무한한 신뢰에 진심으로 감사드려요."

"……."

대체 어째서일까. 열심히 감사와 경의를 표하면 표할수록 요명의 말수가 줄어드는 이유는.

"아, 저만 계속 떠들어서 죄송해요. 전하께서는 방금 무슨 말씀을 하시려고 하셨나요……?"

"아니……."

황급히 물었지만 요명은 결국 멍한 눈빛만 지으며 고개를 홱 돌려 버렸다.

"아무것도 아니다."

분노를 산 것까지는 아닌 듯했지만, 뭔가 요명 입장에서는 듣고 싶지 않았던 발언을 내뱉었다는 사실만은 알 수 있었다.

'어려워. 사람의 마음이란 정말 어려워.'

요 며칠 동안만 해도 벌써 그런 생각을 몇 번 했는지 모른다.

성실하게 마주하기만 해서 다 잘 되는 것도 아니고 금세 해결될 문제도 아니다.

계속 헛발질을 하고, 안타까움에 가슴을 태우고, 그러다가 또 생각지도 못한 곳에서 서로 마음이 통하는 일이 생기기도 하기에 결국 포기하지 못하고 손을 내민다.

지금도 얼굴을 마주쳐주지 않는 혜월에게 자꾸 말을 걸지 않고는 견딜 수가 없다. 영림은 살며시 어깨를 콕 찔렀다.

"저어, 혜월 님. 화나셨어요? 제가 혜성에 너무 의지했나요?"

"……별로. 그냥 이 불결하고 변변찮은 환경이 불쾌할 뿐이야."

"일단 벌레들은 전부 내보냈는데요……. 아, 혹시 식사가 문제였나요? 오늘은 여유가 없었지만 내일은 아주 호화롭게 아침 식사로 뱀 통구이를——."

"됐거든!"

"아, 그럼 침상일까요? 사실 이 멍석 베개, 제 역작이거든요. 둘다 쓰셔도 돼요. 아, 던지는 것도 재미있을 수 있겠네요."

조심스럽게 제안하자 혜월이 힘차게 몸을 뒤척여 이쪽을 올려다보면서 팔만 뻗어서 영림의 뺨을 꼬집었다.

"지금 놀러 온 게 아니잖아!"

"……."

사정없는 공격에 눈물이 고였으나 비명을 꾹 참자, 혜월은 떨떠름한 표정으로 손에서 힘을 뺐다.

"뭐야, 비명 정도는 지르란 말이야. 진짜 귀염성이 없는 여자라니까."

"아뇨, 비명을 지르면 또 취관장님이 출몰하실 것 같아서 제 나름대로 학습을……."

"그 사건에서 네가 학습해야 할 부분은 거기가 아니라고!"

"아하여! 너흐 아하여! 뺨이 찌저지 거 가하여!"

혜월은 영림의 뺨이 거의 찢어질 정도로 세게 잡아당겼다가 갑자기 손을 놓았다.

"……평소에도 눈물이나 비명을 좀 발산하란 말이야."

"네?"

얼얼한 뺨을 감싸자 혜월은 또다시 영림에게 등을 돌려버렸다.

"그렇지 않으면 평소에도 늘 소란을 피워대는 내가 너무 멍청해 보이잖아. 게다가……."

얼굴은 보이지 않았으나 머리카락 속으로 엿보이는 귀가 아주 조금 붉게 물들어 있었다.

"네가 갑자기 울음을 터뜨리면 깜짝 놀라서 어떻게 대응해야 좋을지 모르겠어."

"……."

영림은 넉넉히 다섯 박자 동안 아무 말이 없다가 비틀거리며 가슴을 꾹 눌렀다.

"혜월 님이 너무나도 사랑스러워서 제 심장이 뒤틀리는 것 같아요……."

아니, 어쩌면 이것은, 혹시, 아니, 정말로, 영림의 눈물에 그만큼 동요하고——걱정했다는 고백이 틀림없기에.

"저, 저어, 혜월 님. 방금, 그거 한 번만 더……. 저기, 가슴과 눈에 아로새겨 두고 싶으니까, 얼굴을 마주보고 다시 한 번 그 말씀을……."

"……."

"혜월 님, 네? 혜월 니임."

"……."

하지만 어깨를 아무리 흔들어대도 혜월은 고집스럽게 계속 등을 돌리고 있었다.

영림은 한동안 "혜월 님도 참" 하면서 매달렸으나 결국 포기하고 얼얼하게 부은 느낌이 드는 뺨을 손으로 감쌌다.

아픔은 차츰 사라졌지만 그 대신 간질간질한 느낌이 퍼졌다.

그것은 마침 영림의 마음속 상태와 똑같았다.

'간질간질해.'

아프지만 아프지 않고, 뜨겁지만 너무 뜨겁지 않고 따스하게 몸을 데우는 온기.

그 무엇과도 바꿀 수 없는 감각.

'처음 겪는 일들이 너무 많아.'

마음이 떨린다.

쉽게 흔들리는 감정이 절망과 희망 사이에서 바쁘게 뒤집히는 바람에 현기증이 날 것만 같았다.

하지만 그 빙빙 도는 어질어질한 세계가 영림에게는 참 사랑스러워 보였다.

뚫린 창 밖으로 밤이 차츰 짙어지고 있었다.

영림을 공포로 인도하는 어둠의 기척.

하지만 그 파란 꽃 부적이 없어도——지금은 잠드는 일이 두렵지 않다.

읍을 차츰 뒤덮는, 찌는 것처럼 더운 한밤의 고요함.

영림은 각자 자기 집 지붕 밑에서 잠든 사람들을 생각하며 같은 실내에서 조용히 잠든 운람을 흘끗 쳐다보고는 마지막으로 바로 옆에 누워 있는 혜월을 바라보았다.

'반드시 지켜내겠어. 누구 하나 빠짐없이.'

묵직한 결의가 가슴 가득 퍼져나갔다.

견고한 그것은 내면을 떠받치는 기둥이 되어 영림을 온전히 안정시켜 주었다.

영림은 희미한 미소를 띤 채 혜월 옆의 멍석에 누웠다.

"혜월 님, 정말 고마워요. 달려와주신 것도, 협력하겠다고 나서주신 것도. 저 대신 다과회를 열어주신 것도. 동설에게 다 들었어요. 아주 훌륭한 수완이었다면서요."

혜월은 대답이 없다. 어쩌면 이미 잠들었을지도 모른다.

하지만 상관없었다. 영림은 가슴 앞에서 손깍지를 끼고 혼잣말처럼 중얼거렸다.

"방춘 님이 설마 그럴 줄이야. 정말 놀랐어요. 저였다면 보기 좋게 함정에 빠졌을 거예요. 하지만 당신은 순간적으로 맞서주셨죠. 혜월 님은 언제나 받은 만큼 야무지게 갚아주는, 정말 과감한 분이세요."

운람의 규칙적인 숨소리가 들렸다. 문 밖에는 동설이 조용히 앉아 있다.

이곳은 보호를 받고 있는 장소.

그리고 영림이 지켜내야 할 장소.

"혜월 님은 정말 긍지 높은 분이죠. 격렬한 마음으로 전신을 불태우다시피 자기 주관을 관철하는 분. 거짓이 없고 올곧은 당신이 저를 얼마나 떠받쳐 주시는지 몰라요."

영림의 눈꺼풀도 차츰 내려왔다.

오랜만에 꿈의 세계로 스르르 미끄러져 들어가는 듯 보드라운 느낌이 들었다.

"혜월 님…… 고마워요."

희미하게 중얼거리며 영림은 잠이 들었다.

5. 영림, 때려눕히다

축축한 흙과 나뭇잎이 미끄러웠다.

하마터면 꼴사납게 자빠질 뻔한 강 씨는 걷기 불편한 길을 보며 얼굴을 찌푸렸다.

황태자의 강림을 대비하여 미리 마련해 놓았던 신발도 완전히 진흙투성이가 되어버렸다. 향에서 읍으로 달려가느라 짧은 시간 안에 험난한 산을 올랐다 다시 내려가는 과정은 고령의 강 씨를 매우 피로하게 만들었다.

증인으로서 선발대에 가담한 각 가문의 무관들이 가능하면 앞서 걸어서 길을 터 주었으면 했지만, 다른 영지 사람이 향에서 읍으로 가는 길을 파악하고 있을 리가 없었다.

사실 여기서 조금 벗어난 장소에 가느다란 산길을 터 두기는 했지만, 그들이 실수로라도 그쪽으로 발을 들이지 못하도록 유도해야만 했다.

그 길 너머, 물가 근처의 덤불 속에는 금을 숨겨 놓은 동굴이 있으니 말이다.

강 씨가 무의식적으로 동굴이 있는 방향을 향해 시선을 돌리자 그것을 눈치 챘는지 바로 뒤를 걷던 남자가 귓속말을 했다.

"괜찮아. 동굴에는 내 수하인 남가 사람 몇 명을 보내 망을 보게 해 놓았으니까."

목소리의 주인은 남가의 예무관, 남임희였다.

"당신이 이제 와서 떠올리는 일들은 대부분 나나 내 주군께서 한나절 전에 이미 생각해서 손을 써 놓은 일이니까, 안심해도 좋아."

추녀 방춘의 오라비이기도 한 이 곱상한 남자는 계속 온화한 미소를 띠고 있었다.

하지만 그 속에서 뚜렷한 경멸을 읽은 강 씨는 짜증을 느꼈다.

'이런 고생도 모르는 풋내기가 내 명줄을 잡고 있다니.'

이 나이를 먹도록 아직도 변경의 향장이나 하고 있는 강 씨 입장에서는 젊은 나이에 왕도에서 두각을 드러낸 임희가 얄밉기 짝이 없는 존재일 뿐이었다. 특히 강 씨는 겉으로는 겸손한 인물인 척하고 있으나 사실은 가장 우대받지 않으면 못 견뎌하는 성격이었다.

자신을 가로막는 자 따위는 하나같이 화형에 처해야 한다. 강 씨는 머릿속으로 임희를 열심히 칼로 찌른 뒤에 불 속에 집어던졌다.

그러고 보니 그 건방지게 떠들어대던 두령의 아들. 그 녀석도 활로 쏘기만 하는 것으로는 부족했다.

사실은 활을 쏘아 꼼짝도 못 하게 만든 뒤 병마를 퇴치한다는 명목으로 화형에 처해야 했지만, 임희가 배를 찌르고 만족해버리는 바람에 임희의 체면을 세워주기 위해서 그 이상의 행동은 하지 못했다.

그런 부분에서는 결국 고결한 체하는 귀족 아들일 뿐이라고 강 씨는 생각했다.

'하지만 지금은 이 녀석에게 의지해야 해.'

임희가 뱃속이 시커멓고 준비성이 좋다는 사실은 강 씨도 인정하는 부분이었다.

이렇게 사전에 입막음 준비를 해 놓은 것은 물론, 선발대의 인선과 황태자 설득까지 모두 임희가 도와주지 않았다면 이렇게나 매끄럽게 흘러가지 못했으리라.

특히 읍 소각을 망설이는 황태자에게 선발대 파견 허락을 받아낸 수완은 아주 훌륭했다고 생각된다.

저 엉덩이 무거운 황태자는 읍에 병이 퍼졌다는 사실을 알자마자 감염을 피하기 위해서인지 칸막이를 세우고 그 속에 틀어박혔다. 유일하게 천민과 접촉한 적이 없는 황경창만 전언 담당으로 칸막이 안에 불러들일 뿐, 강 씨 일행과는 얼굴도 마주치지 않는다.

그만큼 병을 무서워하면서 읍을 바로 불태우지는 않겠다니.

강 씨와 예무관들은 짜증을 감추지 못했으나 임희는 인내심이 강했다.

바로 소각하는 것이 아니라 선발대를 보내 판단하게 한다는 답을 준비해 놓고, 황태자 스스로가 그런 결론을 내리게끔 교묘하게 유도한 것이다.

친형이 읍에 있는 황경창은 선발대 파견에도 의문을 표했지만 최종적으로는 요명 자신이 허가를 내렸기 때문에 그 말에 따르지 않을 수 없었다.

임희는 그 내켜하지 않는 태도까지 이용하여 "형님을 저버리실 수 없는 기분은 이해합니다. 판단이 둔해지지 않도록, 경행 공이 병에 걸렸는지 안 걸렸는지는 다른 가문인 저희가 판단하겠습니다"라고 제안했다. 물론 읍에 있는 황경행이 진실을 보고하지 못하게 하기 위해서였다.

사태는 전부 임희와 강 씨의 손바닥 위에서 굴러갔다.

——'칸막이 안에 틀어박힌 황태자'가 사실 경창의 1인 2역이라는 사실을 전혀 모르는 강 씨는 승리의 예감에 도취되어 있었다.

'자, 여기서부터가 승부처다. 본의 아니게 읍을 불태워야만 하는 처지에 놓인 비극의 향장을 열심히 연기해 보자고. 나 참, 그 더러운 읍도 가끔은 도움이 될 때가 있군그래.'

숲이 조금씩 트이고 경사가 완만해졌다.

읍이 나왔다.

깔끔하게 관리된 향과 다르게 볼품없는 오두막이 드문드문 늘어선 광경을 보고 강 씨는 눈을 가늘게 떴다.

불결한 땅이다. 백성들은 하나같이 가난하고 비천하고 배운 것도 없다.

하지만 강 씨는 그 사실이 만족스러웠다.

이렇게나 비루하고 더러운 장소라면 불태운다 한들 아무도 비난하지 않는다.

천민 놈들이 최대한 처절하게 고통받으면 좋겠다고 생각하며 온순한 표정으로 입을 열었다.

"이 너머는 병에 잠식당한 오염된 장소입니다. 게다가 천민들은 권력자에게 적의를 품고 있지요. 부디 여러분 모두 조심하십시오."

각 가문의 예무관들에게 주의를 주는 척하면서 선입견을 심어

주었다.

"이 읍의 병이 더는 손쓸 수 없을 만큼 널리 퍼져 있다면, 저는 위정자로서 읍을 불태워야만 합니다. 하지만 미숙한 탓에 정을 이기지 못하고 저도 모르게 소각을 망설일지도 모릅니다. 여러분은 부디 냉정한 시선으로 사실을 파악하고, 도리를 존중하시고, 필요하다면 저를 올바른 길로 이끌어 주십시오."

일부러 천민들의 역성을 든 이유는 그렇게 하면 그 반동으로 주위에서 천읍을 엄격하게 바라보기 때문이다.

황경창은 여전히 납득이 되지 않는다는 듯 횃불을 든 채 아무 말 없었지만, 천읍에 보복할 생각이 머릿속에 가득한 현가의 영창은 바로 대꾸했다.

"향장에게 정이 있는 건 당연하지. 하지만 안심하도록. 냉정한 판단을 내리기 위해 우리가 온 것이니까."

'냉정하다'는 말은 곧 '냉혹하다'는 의미다.

여유로운 태도를 보이는 금가의 영선도 어깨를 으쓱했다.

"동의합니다. 누구에게든 쉬운 일은 아니겠지요——자기 영지의 추녀가 있는 상황에서 읍을 불태울 결단을 내린다는 것은."

이것은 아마도 두둔하는 척하는 비아냥일 것이다. 강 씨의 실수를 지적하는 의미로.

하지만 강 씨는 일부러 그 말을 고분고분 받아들이고 한층 더 깊이 고개를 숙였다.

"추녀란 영지 내에서 가장 지위가 높은 여성. 그 명예를 지켜내지 못한 것은 제 불찰이니 부끄러울 따름입니다. 하지만 그렇기 때문에 만에 하나의 경우가 벌어질 시 추녀의 명예를 일부라도 지키려는 노력을, 저는 아끼지 않을 생각입니다.”

사실 ‘명예’라는 단어만 살짝 내비치면 남자들이 금세 소각 이야기에 응할 줄 알았다.

그러나 예무관들의 반응은 의외로 둔했다.

추녀들이 다과회를 통해 ‘주혜월이 있는 읍을 통째로 불태우는 일은 너무 경솔하다’는 의사를 서로 확인했기 때문이었다.

추녀들 또한 다섯 가문의 대표이며, 그 의견은 상당한 무게를 지닌다.

하지만 강 씨 입장에서 추녀들의 성명 따위는 그저 여자들의 헛소리에 불과했다.

정사를 움직이는 것은 남자다.

그렇기 때문에 어리석은 여자들이 무슨 수다를 떨었든 상관없이 자신들 선발대가 이곳에 있는 것이다.

‘빨리 해치우고 돌아가자.’

원래 예정되어 있던 풍년제의 본제는 오늘 이날이었다.

주최 가문의 추녀가 ‘부재’ 상태이기에 풍년제고 뭐고 할 것도 없지만, 그래도 오늘 안으로 농작신에게 무슨 의식을 바치는 편이 좋을 터였다.

읍 사람들이 불길에 휩싸이는 모습을 추녀가 봉납하는 무용 대신으로 삼는다. 더러운 진흙 위로 흩뿌려지는 피는 대지에 뿌리는 보물 대신으로 삼으면 될까.

“그럼…….”

그야말로 큰마음 먹은 듯 무거운 말투로 입을 열었다.

"읍의 상황을 둘러보러 가시지요."

강 씨가 선두에 서서 읍으로 첫 걸음을 들였다.

제사용 의상 허리띠를 '병의'로 만들었다고 임희에게서 들었다. 면적이 좁아서 병의 근원을 물들이기 쉽고, 손으로 만지는 빈도가 옷 그 자체보다 높기 때문이다.

그것을 여동생 남방춘이 고급품이라고 계속 강조해 천민들이 훔치도록 유도했다고 한다.

허리띠가 읍에 들어온 지 어느덧 닷새.

토사물과 배설물을 통해 병은 점점 널리 퍼져나가서 지금은 읍 전체의 백성들이 고통에 신음하고 있으리라.

과연 이 너머에서 기다리고 있는 것은 자신들의 오물로 범벅이 된 천민들일까, 아니면 고통과 공포로 누군가를 격렬하게 몰아세우고 있는 현장일까.

분명 끔찍하게 추악하고 비참한 광경이리라――.

하지만 읍 중앙으로 다가감에 따라 형언하기 힘든 위화감을 느낀 강 씨는 미간을 좁혔다.

'뭐지?'

오두막들이 늘어선 곳으로 아무리 접근해도 환자의 모습이 하나도 보이지 않는 것이다.

아니, 마을 가장 안쪽, 두령의 집으로 여겨지는 오두막 부근에는 대량의 멍석과 통이 놓여 있어 간병의 흔적이 엿보였다. 하지만 그것들은 깔끔하게 정리되어 있어서 이 장소가 도저히 전염병 소용돌이의 한가운데였다고는 생각하기 어려웠다.

게다가 이곳저곳에 흩뿌려져 있어야 할 오물들은 그림자도 보이지 않았다. 악취를 각오했는데 공기는 무척이나 맑았다.

무엇보다, 환자들이 없다.

'어디 있지?'

주위를 두리번거리던 강 씨 옆에서 예무관 한 명, 신체 능력이 뛰어난 현가의 영창이 중얼거렸다.

"뭐지, 이 소리는?"

"소리……라기보다는 노래인데."

덩달아 귀를 기울인 금영선이 잠시 후 판단했다.

노래는 오두막 일대에서 조금 떨어진, 논 방향에서 울려 퍼지는 듯했다.

강 씨와 무관들이 의아한 표정으로 걸어갔다가 일제히 숨을 들이켰다.

펄럭…….

화사한 붉은 옷자락이 시선을 빼앗았다.

그 너머, 논두렁길 건너편에서는 제사용 의상을 나부끼며 여자가 춤을 추고 있었다.

"뭐지……?!"

마치 날개옷을 입은 선녀 같았다.

아니면 날개를 활짝 펼친 호접이거나.

인간의 범위를 아득히 뛰어넘은 우아함을 뿜어내는 여자의 얼굴을 보고 남자들이 눈을 의심했다.

'주혜월……?!'

팔다리를 거침없이 뻗으며 춤을 추는 그 여자는 '추궁의 시궁쥐'로 악명이 높은 주혜월이었다.

논과 논 사이에 멍석을 깔아 만든 단출한 무대. 소박하기 짝이 없는 장소인데도 신기하게 아득히 높은 곳에 솟구쳐 있는 듯했다.

어쩌면 그것은 논 하나 건너편 두렁에서 수많은 여자와 아이들이 '무대'를 향해 깊이 고개를 숙이고 있기 때문이었는지도 모른다.

무희――주혜월이 허공에 옷자락을 나부끼자 거기에 맞춰 천읍의 여자들이 고개를 들고 상반신을 일으켰다.

"나오라, 어서 나오라, 황금의 꽃이여."

고개는 들었어도 무릎은 여전히 꿇고 있었다. 양손을 맞잡은 여자들이 모내기 노래를 불렀다.

단순한 선율을 다인원이 합창하듯 노래하니 주술적인 울림이 느껴졌다.

흥분해서인지 눈물을 흘리며 신음하는 자도 많았다. 일대에 퍼진 열기는 숙련된 무관들마저 움츠러들게 할 정도였다.

"열려라, 열리거라, 황금빛 이삭이여."

주혜월이 춤추는 등 뒤에는 작은 사당이 있었다.

돌을 쌓아 만든 소박한 건물이었으나 양 옆에는 이른 벼와 촛대가 바쳐져 있고, 그 앞에 놓인 통에는 공물인지 화려한 허리띠가 담겨 있었다.

정성스럽게 모셔진 사당에서는 독특한 엄숙함이 풍겼다.

"이게 대체……."

강 씨와 무관들이 멍하니 중얼거렸다.

눈앞에 펼쳐진 것은 그들의 상상과는 너무나도 동떨어진 광경이었다.

자세를 갖추어 노래하는 백성들.

선녀처럼 춤추는 주혜월.

그리고 또 하나——키 큰 벼 너머에는.

"황태자 전하……?!"

향에 있어야 할 황태자 요명이 사당 옆에 놓인 소박한 의자에 느긋하게 앉아 있었다.

머리를 묶어줄 시동이 없어서인지 어깨 위로 머리카락을 늘어뜨리고 관도 쓰지 않았다.

하지만 호화로운 옷을 입은 모습에서 배어나는 것은 틀림없는 왕의 품격이었다.

"자, 어서 맞이하자. 논의 신령님을."

백성들이 한층 더 소리 높여 노래를 불렀다.

붉은 웃옷을 벗어던지고 벼이삭을 방불케 하는 황금빛 옷을 드러낸 여자는 노래에 부응하듯 등을 크게 굽히며 이쪽을 향해 화사한 시선을 던졌다.

＊＊＊

"여러분께 협력을 요청할 일이 있어요."

주혜월——의 모습을 한 황영림이 입을 열었을 때 읍 사람들은 일제히 넋이 나갔다.

두령의 오두막 안에서 일어난 일이었다.

이질 증상도 차츰 가라앉고 미열이나 몸이 좀 휘청거리는 느낌은 남았지만 각자 자기 집으로 돌아가서 쉬어도 되지 않을까 하는 이야기가 나왔을 즈음.

비축 창고 쪽에서 환호성이 들려와서 그들은 운람이 눈을 떴다는 사실을 알았다.

지금까지 더러운 일을 잔뜩 떠맡기고 매도했는데도 헌신적으로 읍 사람들을 간병해주고, 마지막에는 목숨을 걸고 위험을 알리러 온 운람. 그런 운람에 대한 죄책감이 가슴속에서 미쳐 날뛰는지, 읍 사람들은 모두 한마음으로 운람이 눈을 떴다는 사실에 가슴을 쓸어내렸다.

그렇다면 비축 창고로 가서 사과 한 마디라도 건넨 뒤에 집에 돌아가자며 사람들이 각자 준비를 시작했을 무렵.

다섯 명쯤 되는 사람들을 이끌고 석양을 등으로 받으며 찾아온 '주혜월'이 그렇게 말을 꺼낸 것이다. 협력해 달라고.

"물론 겨우 병석에서 일어난 여러분이 할 수 있는 범위 내에서 부탁을 드리려 해요. 그러니 부디 여러분의 힘을――."

"아니, 그것보다……."

의욕이 넘치는 추녀의 말을 가로막은 것은 이미 완전히 건강을 되찾은 호룡과 행 할멈, 두 사람이었다.

"댁 뒤에 계시는 분은…… 대체 누구실까."

"왠지 우리 눈으로 보기에는, 엄청나게 고귀한 분인 것 같은 느낌이 드는데."

"아, 황태자 전하세요. 그리고 황가의 추녀님이에요."

가볍게 고개를 끄덕이는 '주혜월'과는 달리 그 자리에 있던 읍 사람 전원이 어깨를 파르르 떨었다.

"허억! 화…… 황태자 전하께, 인사 올립니……."

"되었다. 그보다 추녀의 이야기를 들어다오."

모두가 익숙지 않은 동작으로나마 고개를 숙이려 하자 요명은 쓴웃음을 지으며 말렸다.

"정말 죄송합니다. 소개도 드리지 않다니, 불경한 데도 정도가 있군요. 전하, 이분들이 **저를 납치한** 읍 분들이랍니다. 여러분, 이 분들은 저희를 구해주시기 위해 한달음에 달려온 요명 황태자 전하세요. 그리고 제 친구인 황가의 영림……님과 그 직속 궁녀."

다소 침착해진 영림이 예의바르게 양쪽을 소개해 주었으나, 너무나 단적이면서도 무시무시하기 그지없는 설명에 백성들은 일제히 얼어붙었다.

"저, 저기, 나, 납치, 납치라고나 할까요, 그게, 거기에는 다 사정이……. 아니, 저기……."

태생적으로 소심한 호룡은 벌벌 떨면서 행 할멈에게 매달린 채 변명을 했다.

하지만 납치당한 당사자——영림이 온화하게 그의 말을 가로막았다.

"부디 오해하지 않으셨으면 해요. 전하께서는 결코 여러분을 책망하러 오신 게 아니니까요. 구해주러 오신 거죠. 사실 제 납치 사건이 여러분의 의지로 이루어진 일이 아니라, 향장 강 씨가 꾸민 일이라는 것도 알고 계세요."

단호하게 잘라 말하자 백성들은 안도와 의문이 뒤섞인 표정을 지었다.

웅성거리기 시작한 군중을 향해 영림이 천천히 설명했다.

"강 씨는 백성들의 숫자를 실제보다 적게 보고함으로써 포탈을——적정한 세금을 거두지 않는 부정행위를 저질렀어요. 그렇게 해서 남은 쌀을 금으로 바꾸어, 재앙이 내렸다며 사람들이 가까이 다가오지 못하는 숲 속에 숨겨 두었던 거죠. 왕도에서는 가뭄이 든 지역에 지원을 아끼지 않는데도 이 향에 충분한 죽이 배급되지 못했던 이유는 거기에 있었어요."

행 할멈과 호룡도 숨을 들이켜며 서로 얼굴을 마주보았다.

"강 씨는 오랫동안 향의 불만을 배출할 곳으로써 당신들을 이용했던 거예요. 냉해 위기도, 죽이 부족한 것도 전부 그렇게 해서 극복하려 했죠. 하지만 이번에는 풍년제 때문에 왕도에서 전하가 직접 오셨어요. 세세하게 조사당하면 곤란하기 때문에 풍년제 도중에 주위의 관심을 다른 곳으로 돌릴 필요가 있었답니다. 그래서 주혜월——저를 의식 도중에 납치하게끔 만든 거예요."

백성들이 술렁거리기 전에 영림이 "그리고" 하고 목소리를 낮추었다.

"입막음을 하기 위해 이질을 구실삼아 이 읍 전체를 불태우려 하고 있어요. 당장 내일이라도 이 읍에 선발대라 자칭하는 자들이 찾아올 거예요."

"그럴 수가……!"

"반대로 말하면."

공황 상태에 빠질 뻔한 백성들을 영림이 차분한 말투로 달랬다.

"건강한 모습, 그리고 주혜월과 화기애애하게 지내는 모습을 선발대에게 똑똑히 보여주면 강 씨가 이 읍을 태워버릴 구실도 사라지는 거죠."

뚜벅 하고 발소리를 내며 한 걸음 앞으로 나섰다.

백성들은 모두 숨을 죽이고 영림을 바라보았다.

"함께 연기하도록 해요. 어젯밤 여러 명이 배탈이 나기는 했지만 역병 따위는 돈 적이 없다고. 추녀를 읍으로 끌고 온 것은 사실이지만 해칠 의도는 아니었다고. 이 연기가 여러분을 살릴 거예요."

"하지만…… 그런 짓을 해 봤자……."

완전히 굳어버린 사람들 속에서 호룡이 신음하듯 반론했다.

"강 씨가 결국 불을 지르면 끝인데……."

비관적인 말에 행 할멈도 비통한 표정을 지었다.

자리가 고요해졌으나 영림은 가벼운 소리를 내며 웃었다.

"아이 참, 여러분. 이 자리에 계신 분이 대체 누구라고 생각하는 건가요?"

품위 있고 아름다운 목소리.

하지만 거기에는 악녀의 미소라 평가해도 위화감이 없을 정도의 박력이 담겨 있었다.

"황태자 전하시라니까요."

마치 전가의 보도를 뽑은 무관 같은 박력에 일동이 저도 모르게 마른침을 삼켰다.

살짝 고개를 갸웃하며 주위를 한 바퀴 둘러보는 여자에게서 아무도 눈을 뗄 수가 없었다.

"전하께서 이쪽에 계신 이상 승리는 확정이나 다름없어요. 아주 큰 허세를 부려 보자고요. 거짓말도 좀 하고. 설령 그것이 악행이라 한들, 그러지 않으면 소중한 것을 잃게 되니까요."

그 주장은 도저히 선량하다 할 수는 없었다. 청렴하지도, 순진하지도 않았다.

하지만 기묘한 진지함과 힘이 넘치고——무엇보다 너무나도 아름다웠다.

"행 씨. 당신이 여성 여러분을 이끌어 주었으면 해요."

"헉……."

멍하니 넋이 나가 있던 행 할멈이 정신을 차리고 눈을 껌벅거렸다.

"내가……? 아니, 저 따위가, 말씀이신가요?"

"네. 여성 여러분이 저와 양호한 관계를 맺고 있다는 사실을 선발대에게 똑똑히 보여주는 거예요. 그러면 제가 정조를 잃지 않았다는 인상을 줄 수가 있으니까요. 행 씨는 연장자이시니 이 읍의 여성 여러분을 이끄는 데에는 적임자죠."

"아…… 예에……."

행 할멈은 한동안 아연한 표정을 짓다가 차츰 파르르 떨며 고개를 끄덕이더니 마지막에는 힘차게 그 역할을 맡았다.

"네. 저한테 맡겨주세요. 반드시 읍 여자들 전부가 추녀님의 말씀을 따르게끔 할 테니."

"고마워요. 그리고 호룡 씨."

영림은 온화하게 대답한 뒤 이어서 호룡을 바라보았다.

"남성 여러분——특히 충분히 체력을 회복한 분들께는 다른 역할을 부탁드리고 싶어요. 취관장님의 지휘하에 다소 다른 행동을 취하는 형태가 되겠지만."

그러고는 생긋 짙은 미소를 지었다.

"운람 다음가는 두령 후보였던 호룡 씨잖아요. 당연히 맡아주시겠죠?"

"허억……."

호룡은 미소를 짓는 영림과 무표정한 얼굴의 냉혹한 무관을 교대로 바라보고는 절망한 신음을 흘렸으나 결국 눈을 꽉 감고 자포자기한 듯 대답했다.

"하…… 할게요. 하고말고요. 하겠습니다!"

하지만 그 직후 다시 뜬 눈에는 아마 본인이 생각하는 것 이상으로 강한 의지의 빛이 깃들어 있었다.

"어차피 그것 말고 우리가 살아남을 방법은 없으니까…… 없으니까요!"

"그거 정말 반가운 말씀이네요."

영림이 피어나는 꽃 같은 미소를 지었다.

"저기…… 그래서 우리는 구체적으로 뭘 하면 되나요……?"

행 할멈이 조심스럽게 물었다.

영림은 요명을 흘끗 돌아보고는 요명이 고개를 끄덕이는 모습을 확인한 후 생긋 웃었다.

"천벌을 내리는 일을 도와주세요."

"천벌을…… 도와……?"

"네. 여러분 모두 잘 알고 계시잖아요? 못된 짓을 저지른 사람에게는 천벌이 내린다는 걸."

영림은 곤혹스러워하면서도 고개를 끄덕이는 읍 사람들의 얼굴을 하나하나 찬찬히 바라보았다.

"이 읍을 괴롭힌 자에게, 분명 농작신께서도 화가 나셨을 거예요. 하지만 이곳은 기맥이 흐트러진 장소. 농작신께서 그 힘을 올바르게 발휘하시려면 음양을 정돈해 드려야 해요. 공교롭게도 내일은 길(吉)함이 극에 달한 아주 좋은 날이니——."

넋이 나간 백성들 앞에서 영림은 손뼉을 짝 치며 힘차게 말했다.

"이 땅에서 풍년제를 거행하려 해요."

* * *

나긋나긋한 동작으로 손을 뻗으며 영림은 옷자락을 들고 바람에 펄럭이다가 손에서 놓았다.

한때는 진흙과 오물로 더럽혀지고 추녀들을 위압하는 연출에 사용되었으며 읍 백성에게 도둑맞고 허리띠와 다른 사당에 모셔졌던 붉은 제사용 의상.

정신없이 이리저리 끌려 다닌 끝에 결국은 이 '풍년제'에 제대로 사용되고 있다.

영림은 거기서 하늘의 의지를 느꼈다.

'괜찮아.'

미신을 별로 믿지 않는 편이지만 그래도 지금 세상의 온갖 것들이 한 방향으로 수습되어 가는 느낌이 들었다.

옷이 돌아왔다. 이질 증상이 나았다. 요명 일행이 와주었다. 적대적이었으며 분위기에 쉽게 휩쓸리던 백성들이 반듯하게 다잡은 표정으로 고개를 들고 모두가 한 방향을——무대를 바라보고 있었다.

고개를 숙인 여자들과 자신 사이에 가로놓인 이른 벼가 우거진 논을 영림은 흘끔 쳐다보았다.

키가 꽤 자란 벼를 일부 베어서 만든 작은 공간에 멍석이 깔려 있었다.

벼와 여자들에게 고요히 가려져 있는 보잘것없는 마당.

하지만 그것을 살짝 들추어 보면 모든 희망이 꽉 차 있다.

'무조건 괜찮을 거야.'

영림은 다시 한 번 마음속으로 중얼거렸다.

"나오라, 어서 나오라, 황금의 꽃이여."

여자들의 모내기 노래가 한층 소리 높여 주위에 울려 퍼졌다.

'아…… 다들 왔네.'

바로 그때 선발대의 강 씨와 무관들이 시야에 들어왔다.

하나같이 할 말을 잊고 춤을 멍하니 쳐다보는 모습을 영림은 날카롭게 확인했다.

아니, 횃불을 치켜든 경창만은 장난스럽게 이쪽을 향해 눈짓하고 있었다.

경창이 들고 있는 불길은 염술로 혜월과 '이어져' 있어서 선발대의 동향을 계속 이쪽에 전해주고 있었다. 당사자인 혜월로 말할 것 같으면 영림이 춤을 추는 무대 중앙, 사당 뒤쪽에 몸을 숨기고 있었다. 다른 사람들에게 모습을 보이지 않으면서 영림, 요명과 움직임을 맞추기 위해서는 그곳밖에 없었다.

"선발대가 왔어."

춤을 추면서 사당 앞을 지나가자 혜월이 작은 목소리로 알려주었다.

'네.'

영림은 목소리를 내지 않고 고개를 끄덕인 뒤 더욱 춤에 집중했다.

"열려라, 열리거라, 황금빛 이삭이여."

압도해야 한다. 남자들에게 똑똑히 알려주어야 한다.

무희가 이토록 백성들에게 숭상을 받고 사랑받고 있다고. 추녀와 읍 여자은 예의바르면서도 고결한 인연으로 맺어져 있어서 적의가 끼어들 틈 따위는 없을 만큼 단결하고 있다고.

그리고 이것은 엄숙한 의식의 일부이기도 했다.

영림은 일단 눈을 감고 잡념을 털어낸 뒤, 오로지 이 땅의 풍요만을 빌었다.

음양이 흐트러져 있는 모습을 떠올린 뒤 그 다음으로는 눈부신 햇살을 머릿속으로 그렸다. 올바른 균형, 막힘없이 순환하는 기, 그리고 솟아나는 아름다운 이삭.

빛이 비쳐드는 방향으로. 부디 이 땅에 풍요를.

"열매여, 맺히라."

하늘을 향해 손을 내밀면서 작은 속삭임과 함께 춤을 마치자 여자들이 감격한 얼굴로 제자리에서 엎드려 고개를 숙였다. 연기가 아니라 진짜 열기가 느껴졌다.

선발대 남자들은 아연실색한 채 얼어붙어 있었다.

눈앞의 광경에 완전히 혼란에 빠진 모양이었다.

"아니, 이럴 수가! 주혜월 님께서 훌륭한 봉납무를 선보이고 계시는 자리를 우연히 보게 되다니! 게다가 읍 백성들이 이렇게나 건강한 상태로, 심지어 공손하게 받들어 모시고 있다니! 강 씨가 말했던 이질과 적대적인 천민들은 혹시 **거짓이었던 건가**?!"

경창이 주위 사람들을 이해시키려는 듯, 유난히 설명조로 외쳤다.

무관들이 움찔하며 숨을 들이켰다. 그 모습을 본 요명이 의자에서 천천히 몸을 일으켰다.

"——이런. 풍년제의 무희에게 예를 갖추지도 않는 것이냐?"

진흙 바닥에 이마를 비비다시피 엎드린 여자들을 요명이 흘끔 쳐다보았다.

"읍 여자들이 훨씬 더 예의를 잘 아는 것처럼 보이는구나."

"……!"

무관들이 다급히 제자리에 무릎을 꿇었다.

하지만 강 씨만은 도저히 의문을 삭일 수가 없는 모양이었다.

무릎을 꿇으면서도 저도 모르게 중얼거렸다.

"하, 하지만, 전하……. 어떻게 이 자리에……?!"

향에 있을 텐데. 병이 퍼졌다는 읍에 제발로 찾아오다니 너무 경솔하지 않은가.

비난의 빛을 띤 발언에 요명은 실로 호쾌하게 대꾸했다.

"나는 황태자다. 무슨 불만이라도 있느냐?"

그것은 남자들에게서 온갖 반론의 말을 빼앗고, 온갖 행위를 정당화하며, 또 온갖 설명을 생략하는 최강의 한 마디였다.

필요하다면 신분을 들먹여서라도 일격에 상대를 제압한다. 이런 방식에서는 황후 견수의 피가 뚜렷하게 느껴졌다.

완전히 할 말을 잃어버리고 입만 뻐끔거리는 강 씨를 보고 요명이 쓴웃음을 지었다.

"조금 더 보충해주지. 거기 있는 황경행에게서 소식을 들었다."

"……?!"

손가락으로 가리키는 곳을 보니, 어느 틈엔가 자신들의 바로 옆에 황경행이 무릎을 꿇고 있었다.

어째서인지 어깨에 비둘기가 앉아 있는 그 남자는 "여어" 하고 가볍게 한 손을 들며 싱긋 웃었다.

"주혜월과 함께 납치된 직후 경행이 비둘기에 편지를 묶어 내게 보냈지. '사정이 있어 보여서 일부러 따라와 보니 아무래도 읍의 백성들이 **자신들의 의지에 반해** 추녀를 납치하지 않으면 안 될 정도로 곤궁한 처지에 빠져 있는 것 같다. 자비로운 추녀 주혜월은 소란한 민심과 흐트러진 기를 달래기 위해 며칠간의 체류를 결심했다. 따라서 나도 그 곁에 있겠다. 부디 비밀로 하고, 못 본 체 해 달라'고 말이야."

주혜월의 판단은 백성들의 안녕을 걱정하는 추녀로서 정당했다. 그리고 자기 영지 내의 불화를 다른 가문에 알리지 않으려는 의도 또한 이해할 수 있다. 따라서 자신은 한동안 이 사실을 마음 속에만 담아 두고 조용히 탐색을 지켜보았다. 하지만 무시무시한 병이 퍼졌다는 소식을 듣고 도저히 가만히 있을 수가 없어서 달려왔다――.

남자들이 멍하니 있는 상황을 이용하여 요명은 조리 있게 설명했다.

거짓말도 섞인 설명이었으나 요명의 당당한 말투에는 이야기를 납득할 수밖에 없는 설득력이 있었다.

"하지만 보다시피 병이라고는 그림자도 보이지 않았다. 이미 수습이 끝난 모양이더군. 주혜월의 헌신적인 간병은 읍 백성들의 경의를 샀고, 지금은 여자들과 함께 농작신께 기예를 바치고 있다. 추녀가 농작신의 마음을 위무해 드렸으니, 기도를 올려 음양의 균형을 되찾는 일은 황태자인 내 역할이지."

요명은 천천히 사당 쪽을 돌아보았다.

그리고 우아한 움직임으로 살짝 눈인사를 건넸다.

그러고는 찰랑찰랑 차오른 물에 공물인 허리띠가 담겨 있는, 얼핏 보기에도 묵직해 보이는 통을 양손으로 들어올렸다.

"따라서 이제부터 풍년제를 집행하겠다."

"예……?!"

남자들은 당황했지만 한 박자 늦게 그 환경이 이미 조성되어 있음을 깨달았다.

오늘은 가장 길하다는 본제 날이다. 게다가 여기에는 농작신을 모시는 사당과 공물이 있고 무대가 있으며, 기예를 바칠 추녀가 있고 무릎을 꿇을 백성과 의식을 집행할 황태자도 있다.

유일하게 기도와 제식으로 의식을 도울 다른 가문의 추녀들이 없다면 없다고 할 수 있겠으나——아니, 그러고 보니 어제 추녀들은 '주혜월의 무사를 빌며' '모여서' '식사를 한' 셈이니, 그 요건조차 완전히 갖춰졌다고 보아야 한다.

요명은 통을 하늘 높이 치켜들고 옆에 무릎을 꿇은 추녀에게 명했다.

"우선 재계(齋戒)를."

"예."

조용히 내려놓은 통 속에 추녀가 국자를 담갔다.

정규 의식에서는 제단에 바쳐진 정결한 물, 즉 장식품과 옷 등의 공물을 담가 농작신의 가호를 받은 물이 참가자들에게 배분된다.

이 자리에서는 유일하게 손에 넣을 수 있었던 제사용 의상의 허리띠를 통에 담가 그 대신으로 삼았다.

추녀는 엄숙한 동작으로 한 방울도 흘리지 않고 물을 떴다.

그리고 양손으로 국자를 치켜들고 말했다.

"이것은 금가에서 바친 화려한 허리띠를 담그고 기도를 올린 맑은 물입니다. 이미 읍 사람들이 이 물을 마시고, 기도를 마쳤습니다. 여러분도 이 물로 그 몸과 마음을 깨끗하게 씻어 주십시오."

막힘없는 말을 들으니 원래 그런 것처럼 느껴졌다.

당황하면서도 무관들은 순서대로 양손을 내밀어 맑은 물을 받아들고 그것을 입에 머금었다.

그러나——.

“어머나, 왜 그러시나요?”

강 씨, 그리고 남가의 무관 남임희.

이 두 사람만은 손을 내밀지 않고 굳은 표정을 짓고 있었다.

“신성한 재계의 물을 마실 수 없다는 건가요?”

국자를 든 여자가 고개를 갸웃했다.

“설마 이 땅에서 지금 풍년제를 집행하시겠다는 전하의 명령에 반기를 드는 것은 아니겠지요?”

“……아닙니다.”

“그럼 읍의 여자들이 최선을 다해 마련한 맑은 물은 마실 가치가 없다는 건가요?”

“아닙니다…….”

온화한 그 말은 두 사람의 퇴로를 착실히 막아 나갔다.

‘그건 절대 마실 수가 없겠지.’

거북한 듯 눈을 내리까는 남자들을 바라보며 추녀——영림은 그렇게 생각했다.

병의 전법을 동원한 그들은 허리띠를 담근 이 물이 위험하다는 사실을 알고 있으므로.

실제로 허리띠는 펄펄 끓는 물에 여러 번 삶아서 소독했고, 만에 하나의 사태를 대비하여 약초도 이미 달여 놓았지만 그런 사실을 알려줄 의리는 없다.

'역시 범인은 이 두 사람이었어.'

영림은 살짝 몸을 내밀고 말했다.

"그렇다면 어째서 마실 수 없다는 건가요? 혹시 그것이――."

하지만 영림이 입을 연 순간, 살짝 고개를 숙이고 있던 임희가 숨을 토해내는 모습이 보였다.

그리고 강 씨를 뒤에 남긴 채 슥 하고 크게 걸음을 떼었다.

'응?'

눈을 깜박이는 영림의 앞에서 임희는 뜻밖의 행동을 취했다.

"제가 이제부터 말씀드릴 무례를 용서하여 주십시오."

제자리에 무릎을 꿇고 고개를 깊이 숙인 것이다.

"마시기를 주저한 이유는 병이 퍼졌다고 들은 땅에서 생수를 보고 겁을 먹었기 때문입니다. 전장의 경험을 통해 위생과 병에 대한 지식을 남들보다 풍부하게 갖고 있었던 터라."

이지적인 풍모에 어울리는, 막힘없는 대답이었다.

영림이 대꾸하기 전에 임희는 매끄러운 동작으로 일어나 양손을 내밀었다.

"허나 신성한 의식 앞에서 상식은 곧 겁에 불과합니다. ――한심한 일면을 보여드린 어리석은 제게도, 재계의 물을 허락해 주시겠습니까?"

이것은 곧 자신의 소심함을 부끄러워하는 척하면서 실제로는 '상식도 없이' 더러운 물을 나누어 주는 추녀를 비난하고 있는 셈이었다.

도발에 응해야 하나, 응하지 말아야 하나.

적어도 여기서 물러난다는 발상은 영림에게는 없었다.

"물론이지요."

내민 손바닥에 맑은 물을 가득 부어주었다.

"황송합니다."

허세를 부렸을 가능성도 있지만 임희는 도발적으로 이쪽을 노려보며 천천히 물을 다 마셨다.

'그에 상응하는 각오를 한 모양이네.'

아니면 하수인이 해독약을 갖고 있을지도 모른다.

그러나 또 한 명, 강 씨로 말하자면 임희의 행위를 보고 눈을 까뒤집을 정도로 동요했다.

"임희 공?! 제, 제정신입니까——?!"

"물론 제정신이지요. 향장님은 왜 그렇게 동요하십니까?"

어깨를 파르르 떠는 강 씨를 보고 임희는 무척이나 당황스럽다는 태도를 취하며 살짝 뒤로 물러났다.

"이 물을 그토록 고집스럽게 거부할 만한 사정이라도?"

"예……?!"

강 씨는 노골적으로 당혹스러워하며 말문이 막히는 눈치였다.

그도 그럴 터였다. 지금까지 완벽하게 보폭을 맞춰 걸었던 상대가 갑자기 자신을 저버리려 하고 있으니.

"그, 그건……."

예상치 못한 상황에 약한 모양인지, 강 씨는 영림과 임희의 얼굴을 교대로 노려볼 뿐이었다. 순간적으로 임희를 흉내 내서 물을 마시면 될 일이지만 그러기에는 너무나도 겁이 많았다. 그 소심한 성격이 지금 강 씨를 궁지로 몰아넣었다.

"요 며칠간 향장님의 태도가…… 아무래도 이상하단 말이지요."

뻔뻔하면서도 의미심장하게 임희가 입을 열었다.

이미 물을 다 마셨기에 취할 수 있는 당당한 태도로 임희는 강 씨의 수상함을 지적했다.

"솔직히 천민에게서 투서가 들어왔을 때쯤부터 뭔가 이상하다고 생각했습니다. 글도 못 쓰는 천민이 어떻게 편지를 보냈는지, 왜 우리 같은 예무관만을 의지했는지."

"아니……!"

강 씨가 분노한 표정을 지었다. 그러나 그것은 배반당했기 때문인지, 아니면 의표를 찔렸기 때문인지 한눈에 봐서는 알 수가 없었다.

임희가 차분한 표정으로 말을 이었다.

"확증도 없이 사람을 의심해서는 안 된다는 생각에 입 밖에 내기를 망설였습니다만…… 투서의 필적은 당신이 제단에 바친 천자문의 필적과 상당히 비슷하더군요."

청산유수로 늘어놓는 그 말은 강 씨에게 반론할 틈을 주지 않았다.

"게다가 당신은 괴한들과 교섭할 때 내가 제지했음에도 불구하고 곤궁을 호소하는 두령의 아들을 이야기 중간에 죽여버렸죠. 향에 병을 끌고 들어와서는 안 된다고 당신은 주장했고, 나도 그 말에 따랐습니다만……. 사실은 그 청년이 쓸데없는 말을 하기 전에 입을 막은 것 아닙니까?"

강 씨가 입을 여는 것을 가로막듯 임희는 갑자기 뒤를 휙 돌아보며 허리띠가 담긴 통을 가리켰다.

"물 마시기를 이렇게까지 주저하는 것도 수상쩍군요. 마치 저 허리띠가 담긴 물이 무슨 독이라도 되는 것처럼 꺼려하는 것 같은데요?"

의미심장한 지적에 금가와 현가의 예무관들이 뭔가를 깨달은 듯 숨을 들이켰다.

"허리띠의…… 독."

"설마 병의를 이용한 건가?"

임희는 아무 말 없이 어깨를 으쓱하며 단언을 피했다.

하지만 무관들의 의심이 가득한 눈초리가 강 씨를 향했다.

그렇다면 고집스럽게 물을 피한 이유도 납득이 된다——.

"무, 무슨…… 무슨……."

일방적으로 공격당한 강 씨가 쏘는 듯한 눈길로 임희를 노려보았다.

하지만 '전부 당신이 시킨 일이잖아!' 하고 대꾸할 수는 없는 모양이었다.

그도 그럴 것이, 그런 말을 내뱉었다가는 자신이 이 사건을 사주했다고 인정하는 꼴이 되어버리니 말이다.

이대로는 자신이 모든 누명을 뒤집어쓰게 된다.

그 사실을 깨달은 강 씨는 순간적으로 '주혜월'을 돌아보며 발밑에 요란하게 무릎을 꿇었다.

"저자의 말은 전부 거짓입니다! 부디 믿지 말아 주십시오. 애당초 그저 물마시기를 주저했을 뿐인데 이 선량하고 가엾은 노복을 그렇게까지 의심하실 필요가 있겠습니까!"

침을 튀기며 옷자락을 붙잡고 매달리는 강 씨는 필사적이었다.

"이곳은 오염된 읍입니다. 더러운 병, 끔찍한 자들의 분뇨로 물들었을지 모르는 물입니다. 마시기를 망설이는 것은 자연스러운 일이 아니겠습니까? 겨우 그 이유뿐입니다!"

"……."

"믿어 주십시오. 저는 전하와 추녀님들께 충성을 맹세한 몸. 그렇기 때문에 고귀한 분들께서 만에 하나라도 더러움에 노출되지 않도록, 한시라도 빨리 지저분한 쥐들을 정화시켜야 한다는 생각에 이렇게 몸이 가루가 되도록 일하고 있지 않습니까. 예?!"

방금 전까지 애써 '천읍의 백성들에게도 정을 갖고 있는 향장'을 연기했는데, 이제는 그럴 여유조차 없는 모양이었다.

격노하는 강 씨를 주혜월――의 모습을 한 영림이 가만히 응시했다.

"쥐, 쥐라고 한 건가."

저도 모르게 입 밖으로 그런 말이 흘러나왔다.

진흙과 오물로 옷이 더럽혀지는 바람에 울고 있던 혜월. 불순물이라는 소리를 듣고 눈물을 흘리던 운람. 천민이라는 딱지가 붙어서 늘 주먹만 부르쥐고 살던 읍 백성들.

그들의 얼굴이 차례차례 머릿속에 떠올랐고 목구멍까지 뜨거운 응어리가 솟구치는 감각이 느껴졌다.

심장이 불타는 것처럼 날뛰는 감정.

분노.

'안 돼, 여기서 휩쓸리지 말자.'

처음 느낀 강렬한 분노는 내성이 없는 만큼 어마어마한 기세로 영림의 내면에서 폭주했다.

'머리를 식혀야 해.'

냉정하게, 냉정하게.

스스로를 그렇게 타이르던 영림은 국자로 뜬 물을 좌악 뿌려버렸다.

——강 씨의 머리를 향해.

"아, 실수했네요."

"허억!"

강 씨는 얼굴이 새파래져서는 다급히 얼굴을 닦았다.

'역시 안 되겠어. 억제할 수가 없어.'

영림은 일찌감치 자제를 포기하고 국자를 집어던졌다.

흙의 기질이 강한 자신은 더 온화한 성격일 거라고 생각했는데 그렇지도 않았던 모양이다.

"상당히 당황하는군요. 뭐, 하지만 고령의 당신에게 이질은 상당히 힘든 병이겠지요."

한 걸음 뚜벅 다가가자 강 씨는 눈에 띄게 움찔했다.

그러는 바람에 요란하게 기침을 하는 상대를 영림은 강렬한 눈빛으로 응시하며 내뱉었다.

"그래요. 여러분 모두가 아셨겠지만 읍에 이질이 퍼진 원인은 이 허리띠였습니다. 어떤 인물이 병의 근원을 진흙과 함께 허리띠에 묻히고 백성을 꼬드겨서 이것을 읍으로 가져가게 만들었어요. 이것은 병의입니다."

예무관들이 숨을 들이켰다.

"허리띠는 금가에서 준비했을 텐데. 그렇다면 금가가……?"

"어리석은 소리. 우리가 왜 남령의 읍 따위를 습격할 필요가 있지? 게다가 만일 금가의 책략이라면 강 씨가 그렇게까지 숨길 이유도 없을 텐데."

"그건 그렇지만……. 그렇다면 강 씨가? 왜 자기 영지의 백성들에게 병을 퍼뜨린 거지?"

현영창과 금영선이 재빨리 대화를 주고받는 옆에서 남임희가 "어쩌면" 하고 말을 꺼냈다.

"말로는 내키지 않는 척하면서 사실 방화에 대해 제일 많이 언급한 건 향장님이었죠. 혹시 읍에 병을 퍼뜨리는 것보다 읍을 불태우는 게 진짜 목적이었던 것 아닐까요?"

강 씨의 탈세를 밝혀서 그의 죄를 확정지으려는 꿍꿍이인 모양이었다.

아마 임희는 지금까지 교묘하게 증거를 없앴거나 또는 최종적으로 모든 증거가 강 씨를 가리키도록 꾸몄으리라. 그렇기 때문에 규탄을 당할지도 모르는 상황에서 이렇게까지 당당하게 행동할 수 있는 것이다.

"……그래요. 저희도 백성 여러분에게서 이야기를 듣고 같은 결론에 도달했습니다. 강 씨가 이 읍을 불태우고 사람들의 입을 막으려 하는 것이 아닐까, 하고."

영림이 임희를 바라보았다.

안전권 밖으로 나오지 않고 강 건너 불구경하는 태도를 일관하는 남임희의 얄미울 정도로 성실한 얼굴을.

"백성 여러분의 증언도 있었습니다. 이번 납치 사건은 강 씨에게 명령받은 행위라고 말이죠. 증거가 될 문서도 있어요."

"……!"

강 씨가 한층 더 요란하게 기침을 했다. 임희는 태연한 태도를 유지했다.

증거 문서를 들이밀어 보았자 밝혀질 것이라고는 강 씨의 죄뿐이기 때문이었다.

"실제로 한 번 보실까요?"

영림은 임희에게서 시선을 돌리고 한 걸음 앞으로 나섰다.

압도당한 예무관들 옆을 빠져나가 여자들이 있는 논두렁 앞——이른 벼가 우거진 논으로 내려갔다.

등 뒤에서 임희가 회심의 미소를 짓는 듯했다.

'그래요, 남임희 님. 당신은 남을 부추길 대로 잔뜩 부추겨 놓고 증거 하나 남기지 않았죠.'

강 씨를 협박하는 일도, 읍과의 교섭도 전부 홀로 맡아서 했으며 임희의 얼굴까지 아는 읍 사람은 운람 한 명뿐.

그런 운람만 죽이면 임희가 관여했다는 사실을 아는 사람은 아무도 없다.

아무리 강 씨가 '남임희에게 조종당했다'고 주장해도 주위에서는 그것을 변명이라고 해석하리라.

그 때문에 임희는 황가와 현가의 조수를 여기저기 던져 놓고, 금가의 허리띠를 이용하는 등 이쪽저쪽에 의심의 씨앗을 뿌려 놓았던 것이다.

막상 자신이 의심을 받게 되더라도 '**다음에는** 남가가 누명을 썼나' 하는 인식을 주위에 심어주기 위해.

'하지만.'

영림은 이른 벼를 헤치고 어느 지점에 도달한 뒤 그 자리에 주저앉았다.

"아아, 증거 문서뿐만 아니라 증인도 데려오는 편이 좋겠군요."

숨기다시피 깔려 있던 멍석 한 장을 조심스럽게 들추었다.

"자——이제 일어나세요, 운람."

그리고 그곳에 누워 있던 **운람을** 조심스럽게 안아 올렸다.

"……!"

논두렁에 남아 있던 임희와 시선이 마주쳤다.

눈물점이 인상적인 임희의 눈에 처음으로 동요가 스치는 것이 보였다.

영림은 먹잇감을 사냥하는 짐승처럼 진지하게 임희를 응시했다.

증거를 남기지 않은 남임희.

하지만 증인이 살아 있다면?

"소개하겠습니다. 읍 대표로 이 납치 사건에 관여한 운람입니다."

"여기, 에……."

운람은 배를 꾹 누르며 천천히 몸을 일으켰다.

그리고 떨리는 손으로 흙과 피 범벅이 된 서류를 꺼냈다.

어제오늘 사이에 벌어진 일이다 보니 역시 그런 동작 하나조차 힘겨운 모양이었다.

하지만 운람의 눈에는 의지의 빛이 똑똑하게 깃들어 있었다.

"증거 문서가, 있어."

고개를 들고.

목소리를 내서.

아직까지 안색이 나쁘고 목소리도 쉬었지만, 운람은 증거 문서를 사람들 앞에 똑바로 들이밀었다.

"향장이…… 주혜월을, 처벌하라고, 명령했어."

악력이 들어가지 않는 운람의 손을 영림이 꽉 쥐고, 증거 문서를 받아들었다.

그리고 자리에서 일어나 사람들을 향해 그것을 펼쳐 보였다.

"『향장 강덕승이 읍장의 아들 운람에게 명한다. 재주 없고 무능하여 하늘의 분노를 사 남령에 재앙을 가져온 악녀 주혜월에게 벌을 내리도록 하라. 처벌이 성공하면 올 가을의 세금을 면제한다』. 어머나, 말이 너무 심하시군요."

낭랑한 목소리로 내용을 읽은 영림은 그야말로 악녀 그 자체의 미소를 지으며 강 씨를 바라보았다.

"이렇게 해서――당신은 읍의 백성을 시켜 나를 체포하게 한 뒤, 입막음까지 하려고 한 거죠."

"전부 새빨간 거짓말이야!"

궁지에 몰린 향장이 큰 소리로 고함을 지른 뒤, 요명에게 매달리듯 제자리에 엎드려 땅바닥에 이마를 쿵 짓눌렀다.

"전하, 부디 속지 마십시오. 전부 근거 없는 허황된 이야기입니다. 아니, 도대체 추녀님은 왜 천민 따위의 망언을 저토록 철석같이 믿으시는지!"

그러더니 상반신을 일으켜서는 무릎걸음으로 전진하여 요명에게 양 팔을 내밀었다.

"저들은 더럽고 천한 백성입니다. 은혜를 원수로 갚는 축생들이죠. 기껏 온정을 베풀어 살려주었는데 오히려 제게 원한을 품고, 저지르지도 않은 죄를 뒤집어씌우려 합니다. 증거 문서도 위조라고요. 저 문서에는 도장이 없지 않습니까? 가짜입니다. 저들이 꾸며낸 겁니다!"

그 말을 들은 읍 사람들이 일제히 살기를 내뿜었다.

표면상이라고는 해도 지금까지 천민들에게도 온화한 태도로 대했던 향장 강 씨.

그런 강 씨가 지금껏 감추고 있던 추악한 차별 의식을 눈앞에서 똑똑히 보았기 때문이었다.

강 씨는 읍 사람들의 지식이 부족하다는 점을 이용하여 증거 문서에 도장조차 찍어 주지 않았다. 만에 하나 읍 측에서 증거 문서를 들이밀 경우 이곳 백성들의 비천함을 구실로 도망칠 생각이었으리라.

"애초에 아무리 추녀가 재능이 없어서 원망스럽다 한들, 일개 향장이 어떻게 처벌을 내린다는 말입니까? 황태자 전하께서 한마디 진언하시면 그것으로 끝날 이야기를, 왜 제가 일부러 죄를 저지르면서까지 처벌한다는 겁니까? 영지의 추녀를 납치할 동기

같은 건 저한테는 없단 말입니다!"

"——동기라면 이곳에 있다만."

그때였다.

소란스럽게 떠들어 대는 강 씨의 말을 가로막고 낮은 목소리가 울려 퍼졌다.

일동이 깜짝 놀라 뒤를 돌아보니 놀랍게도 그곳에 있는 사람은 취관장 진우였다.

아니, 진우뿐만 아니라 그 등 뒤에는 숨을 헐떡이는 읍의 남자들도 서 있었다.

어째서인지 전신이 흙투성이가 된 그들은 잔뜩 피로한 기색이었지만 눈을 번들번들 빛내며 서로의 등을 떠받쳐주고 있었다.

남자들을 대표하듯 진우가 성큼성큼 요명 앞으로 걸어나와 무릎을 꿇었다.

"전하께 보고 드립니다."

"기다리고 있었다. ——허락하마."

요명이 의젓하게 고개를 끄덕였다.

그러자 진우가 남자들을 돌아보면서 그중 한 명에게 앞으로 나오라 불렀다.

"호룡."

"아, 예에!"

호룡은 비틀거리는 발걸음으로, 무너지다시피 요명의 안전으로 나섰다.

그는 품 속에 지저분한 옷과 어울리지 않는 옻칠 상자를 안고 있었다.

진우가 가볍게 고개를 끄덕이고 나서 요명을 돌아보며 고개를 숙였다.

"말씀드리겠습니다. 이 읍과 향을 가로막는 산의 일부에는 '재앙의 숲'이라 불리는 숲이 있는데, 발을 들이기만 해도 재앙이 일어난다며 백성들은 그곳에 가까이 가지 않으려 했습니다. 그러나 이번 병에 잘 듣는 약초가 그곳에 많다는 사실을 알고 읍의 남자들을 이끌고 일부러 들어가 보니, 물웅덩이 너머 동굴 속에서 대량의 금이 발견되었습니다."

진우가 담담하게 말하자 호룡이 엎드려 절하며 상자의 뚜껑을 열었다.

상자 속에는 둥근 모양으로 가공된 금이 빼곡하게 들어 있었다.

"금이 든 상자가 도합 60개. 또한 동굴에는 금을 지키기 위한 제법 실력이 좋은 파수꾼들이 배치되어 있었습니다."

진우가 뒤도 돌아보지 않고 말하자 등 뒤의 남자들이 무리 사이에서 남자 몇 명을 끄집어내서는 앞으로 밀쳤다. 모두 재갈이 물린 채 축 늘어져 있었다.

취관장의 몸이 흙투성이인 이유는 몸싸움을 벌였기 때문인 듯했다.

강 씨 이하 그 자리에 있던 모든 남자들은 그제야 깨달았다.

여자들이 춤을 봉납하는 의식을 집행한 이유가 시간 벌기였다는 사실을.

그러는 사이 읍의 남자들이 숲에서 금을——부정행위의 증거를 찾고 있었던 것이다.

"이것은 보충입니다만, 길은 동굴에서 향 방향으로 나 있었습니다. 파수꾼들도 강 씨의 지시를 받았다고 자백했습니다. 따라서 온소의 향장 강 씨는 탈세의 죄를 저지르고 있었다고 여겨집니다."

"아니야……."

악행의 증거가 줄줄이 나타나자 강 씨는 신음하며 고개를 흔들었다.

"아니야, 아니야, 아니야……."

핏기가 싹 가신 얼굴로 파수꾼들과 임희를 노려보았다.

그들이 자신을 저버리려 한다는 사실을 깨달은 강 씨는 이를 빠득 갈았으나――동시에 그 머리는 궁지에서 벗어나기 위해 정신없이 회전하고 있었다.

남임희가 진범임을 밝히고 놈을 황천길 동무로 끌고 갈까?

아니, 공멸을 목표로 해 봤자 아무 소용없는 일이다. 자신의 완벽한 무죄를 증명해야 한다.

애당초 저 계산적인 남임희라면 자신이 어떻게 규탄하든 쉽게 빠져나갈 게 뻔하다. 여기서 임희의 탓을 하는 것은 악수(惡手)다.

그렇다면――.

"두령의 짓입니다……."

궁지에 몰린 강 씨는 결국 늘 쓰던 수단을 선택했다.

강력한 적에게 맞서기보다는, 무엇을 어떻게 해도 결코 반론 따위 하지 못하는 약한 자를 원흉으로 내세우는 것이다.

지금 그 제물로 내놓을 것은 이미 죽은 읍의 두령, 태룡이었다.

"제가 아니라, 그 금은 이 읍의 두령이 빼앗은 겁니다!"

표정이 사라진 읍 사람들 쪽은 거들떠보지도 않고 강 씨가 목소리를 높였다.

"그 남자, 태룡은 아주 천박한 품성의 소유자였습니다. 제가 이 읍을 보호하기 위해 매년 마련했던 금을, 그자가 몰래 전부 긁어모아서 숲에 훔쳐 둔 게 분명합니다. 어쩐지 돌봐주면 돌봐줄수록 읍이 자꾸 가난해져 가기만 하더군요. 저는 지금이야말로 그 남자의 죄상을 밝히고 금을 이 읍에 제대로 나누어주고 싶습니다."

승산은 있었다.

선대 두령이 재앙의 숲에 들어가는 바람에 읍 전체에서 미움을 받게 되었다는 사실을 강 씨도 알고 있었다.

그 미움 받는 자에게 죄를 뒤집어씌우기만 해도 대량의 금을 손에 넣을 수 있다. 어리석은 백성들은 잽싸게 동의할 것이다. 강 씨는 남령 백성들의 그 감정적이면서도 쉽게 남 탓을 하는 성격을 이용하여 지금까지 잘해 왔기에.

"백성들이여, 그대들도 그 자를 원망하고 있겠지? 그자가 얼마나 사악했는지, 현명한 그대들은 뼈저리게 느꼈을 것이야. 재앙의 숲에 발을 들인 어리석은 자…… 그래, 그 자가 그렇게까지 숲에 들어가려 했던 건 금을 감추기 위해서였다."

따돌림 받던 자의 수상한 행동을 지적하면 혐오를 연료 삼아 의혹이 단숨에 불타오른다.

그러면 죄를 뒤집어씌우기란 매우 쉬워진다.

천민들의 편협함이 지금의 강 씨를 구한다――.

"그래서 그 남자에게 천벌이 내려진 것이지."

"헛소리 마."

그러나 낭랑하게 시작된 강 씨의 연설은 난폭하고 탁한 목소리에 가로막혔다.

"형님은 말이야…… 우리 두령은 네놈 같은 지저분하고 더러운 놈과는 달라! 기분 나쁘게 나불대는 그 주둥이, 당장 닥쳐!"

목소리의 주인은 두령의 동생이자 운람의 삼촌인 호룡이었다.

호룡은 예의를 무시하고 자리에서 벌떡 일어나 안고 있던 옻칠 상자를 바닥에 내팽개쳤다.

"누가 그 얄팍한 거짓말 따위에 속겠냐! 우리의 두령은 그 누구보다도 고결한 이 읍의 왕이었어! 금 따위에 눈이 돌아갈 리가 없다고!"

너무 화가 난 나머지 드문드문 목소리가 갈라질 정도였다.

그 말에 동조하듯 호룡의 뒤에 있던 남자들도 목소리를 높였다.

"맞아! 두령은 금 따위가 아니라 고기를 찾으러 재앙의 숲에 들어간 거야!"

"우리를 위해 위험을 무릅썼어! 그런 훌륭한 사람이었다고! 당신이 그걸 망가뜨린 거잖아, 안 그래?!"

"재앙의 숲도, 재앙을 부르는 악녀도 전부 네놈이 멋대로 꾸며낸 소리지?!"

사람들 모두가 호룡과 마찬가지로 상자를 품에 안고 있었다.

그들은 일제히 상자 뚜껑을 열어 내용물을 허공에 뿌렸다.

"돈 때문에 우리를――두령을 그렇게까지 업신여기다니!"

대량의 금덩어리가 흐릿한 햇살을 반사하며 묵직한 소리와 함께 바닥에 팽개쳐졌다.

"……."

논에서 그것을 지켜보던 운람이 말없이 입술을 꼭 깨물었다.

"운람, 정말 고생했어요."

옆에 무릎을 꿇고 운람의 몸을 지탱해주던 영림이 살며시 등을 쓰다듬어 주었다.

"……응."

운람은 조용히 고개를 끄덕였다.

눈물이 약간 고인 채로 운람이 나직이 중얼거렸다.

――아버지.

태룡이 억울하게 뒤집어쓴 오명을, 지금 읍 사람들 스스로의 손으로 씻어 준 것이다.

"갚은 걸까, 조금이라도."

운람은 누구에게라고 할 것 없이 물었다.

목적어가 없는 질문에 영림이 힘차게 긍정했다.

"그럼요."

그리고 일치단결하여 강 씨를 몰아세우는 읍 사람들을 바라보며 덧붙였다.

"아버님도 당신도 사람들에게서 존경받는 훌륭한 왕이에요."

운람은 상처가 아프지 않도록 조심해서 코를 훌쩍이다가 문득 입가에 미소를 띠었다.

"이 비겁한 놈!"

"'현명한 그대들'은 무슨! 우릴 실컷 이용해 먹고서!"

한편 분노가 폭발한 읍 남자들은 감정을 주체하지 못하며 금을 움켜쥐고 돌멩이 대신 강 씨를 향해 마구 던졌다.

아니, 남자들뿐만 아니라 여자들까지도 일어나 손가락질을 하며 강 씨를 비난했다.

"당신이 금을 지키려고 만들어낸 '재앙의 숲' 미신 때문에 우리가 얼마나 두려워하고 쩔쩔매며 살았는지 알아?! 얼마나 굶주렸는지 알기나 하냐고!"

"재앙은 당신 자신이 재앙이야!"

호화찬란한 '무기'가 비처럼 쏟아지는 바람에 강 씨는 굴욕으로 얼굴을 시뻘겋게 붉히며 몸을 움츠렸다.

"어리석은 놈들! 두령의 죄를 인정하면 그대들도 쾌적한 삶을 살 수 있다는 것을 모른단 말이냐!"

"알지만 필요 없다고 말하고 있는 거다! 이 망할 자식!"

주위에서 한층 더 화난 목소리와 금이 마구 날아들어서 더는 수습할 수가 없었다.

살기를 띤 남자들이 강 씨에게 달려가 마침내 난투극이 벌어지기 일보직전이 된, 그때.

"거기까지, 그만."

서늘한 목소리가 귓가에 날아들었다. 사람들은 순식간에 조용해졌다.

고작 한 마디로 모든 사람들을 제지한 것은 역시나 요명이었다.

"이제 충분하다."

금을 들고 휘두르려는 남자들을 타이르듯 요명은 팔을 슥 들어 올렸다.

황태자가 자신을 감싸 주었다고 생각한 강 씨는 노골적으로 환한 표정을 지었다.

"감사합니다……. 감사합니다, 전하!"

자신이 유리하다고 판단했는지, 강 씨는 의기양양한 얼굴로 요명을 향해 몸을 들이밀었다.

"역시 도리를 아끼는 차기 명군이십니다. 정말이지, 선악 판단도 하지 못하고 연상자에게 폭력을 휘두르다니 그야말로 비열한 천민들입니다. 이놈들에게는 즉시 제가 벌을——."

"뭔가 착각하고 있는 모양인데."

그러나 희희낙락하는 강 씨의 발언을 요명이 가볍게 가로막았다.

"나는 살보(撒宝)는 그쯤 해 두면 충분하다고 말했을 뿐이다."

"살보……."

그것은 풍년제에서 대지에 금과 보물을 뿌리며 농작신을 칭송하는 의식을 말한다.

"의식이 모두 끝난 모양이군."

"예……?"

당황하는 강 씨 앞을 요명이 천천히 스쳐 지나갔다.

건너편에는 방금 전까지 추녀가 춤을 추던 사당의 정면이 있었다.

요명은 마치 그 너머에 있는 누군가와 의사소통을 하는 듯 가만히 사당을 응시했다.

"추녀와 여자들이 기예를 바치고, 공물을 담근 물로 몸을 정결케 하고, 흩어져 있던 남자들이 모여들었다. 대지에 보물을 뿌려 풍년의 흉내를 내고, 그 땅의 우두머리가 몸을 씻고 땅에 엎드려 절했지. 실로 완벽하군."

향장의 몸에 뿌려진 물. 내던져진 금.

강 씨가 몸을 감싸기 위해 몸을 움츠린 일까지 포함하여 자신들이 '풍년제'의 순서에 따라 행동했다는 사실을 일동은 그제야 이해했다.

"추녀의 춤 덕분에 농작신의 마음은 이미 위로를 받았을 것이다. 남은 것은 황태자인 내가 풍년의 기도를 드리는 일뿐."

요명은 그렇게 선언한 뒤 사당에 바쳐져 있던 이른 벼 다발을 집어 들었다.

사당 앞을 가로지르지 않도록 비스듬하게 이동한 뒤, 아직 새파란 벼 다발을 하늘을 향해 높이 치켜들었다.

"하늘에 계신 농작의 신이여, 대지에 내려온 용의 후예가 고하노니."

춤을 추지도 않고 무릎을 꿇지도 않는다.

그저 요명이 낭랑하게 기도의 말을 읊기만 했는데도 주변 일대가 신성한 분위기로 가득 차올랐다.

"하늘 아래 가득한 백성들에게 풍요의 빛을 내려 주소서. 신의 옥좌를 향해 깊이 고개 숙여 절하는 백성들을 따라, 남령의 벼 역시 무겁게 고개를 숙이게 해주소서."

그때까지 흐릿하고 미지근하게 구름이 꽉 끼어 있던 하늘에서 다소 센 바람이 불었다.

바람에 나부끼는 요명의 긴 머리가 호화로운 자수가 놓인 어깨 위로 펄럭거렸다.

심상찮은 분위기를 감지한 백성들과 무관들은 입에 거품을 물고 제자리에 엎드려 고개를 숙였다.

"천지의 도리에 따라 음양의 균형을 되찾아 주소서. 겹겹이 뒤덮여 하늘을 가린 음의 기운을 어서 당장 한 곳으로 모아 양의 기운으로 바꾸어 주소서."

이마를 땅바닥에 비비다 앞머리 틈으로 조심스럽게 하늘을 올려다보니, 마치 황태자의 말에 따르기라도 하는 듯 요명의 머리 위로 점점 먹구름이 모여들고 있었다.

뚝, 뚝, 희미한 빗방울이 등을 때린다 싶었던 다음 순간, 물통을 뒤집어엎은 듯한 장대비가 쏟아지기 시작하는 바람에 사람들이 숨을 헉 들이켰다.

황태자 요명이 막대한 용의 기운을 타고나, 태어난 그 순간 온 도성 내에 상서로운 기운이 나타났다는 이야기는 변경 백성들도 알고 있는 사실이었다.

하지만 소문으로 들었던 용의 기운이라는 것이 이렇게나 어마어마한 힘일 줄은 아무도 상상하지 못했다.

날씨마저 자유자재로 바꿀 수 있는 힘.

영국의 건국 시조가 가지고 있었다던 그 힘을 지닌 황태자는 그야말로 신이나 다름없었다.

"죄여, 탁함이여, 더러움이여. 재앙의 근원은 음의 기운으로 모여들어 양의 기운으로 바뀌어——."

번쩍, 하고 암운 사이로 번개가 번득였다.

쿠르릉쿠르릉 둔한 소리로 울려 퍼지던 천둥이 금세 요란한 소리로 바뀌어 폭포수 같은 비 사이로 섬광과 굉음이 내달렸다.

"허억……!"

흠뻑 젖은 백성들이 공포로 비명을 질렀다.

지극히 자연스럽게 요명은 등 뒤의 사당 쪽을 흘끔 쳐다보았다.

이제부터 발휘될 것은 대의명분이 있는 힘이어야만 했다.

그 순간은 완전히 일치해야만 한다.

요명은 한층 목소리를 높여 이렇게 외쳤다.

"백성들로부터 모든 수심을 거두어 가거라!"

——쿵……!

빛기둥이 똑바로 지상을 강타하고 콰르르릉! 하는 어마어마한 굉음이 일대에 울려 퍼졌다.

대지가 흔들린 듯한 충격에 백성들이 비명을 지르며 벌떡 일어났다가 문득 어떤 사실을 깨닫고 조심스럽게 하늘을 올려다보았다.

비가 뚝 그쳤다.

"어……?"

방금 전까지 시커먼 구름이 그렇게나 두텁게 하늘을 가로막고 있었는데.

지금은 구름이 흔적도 없고, 눈이 아플 정도로 새파란 하늘이 시야 가득 펼쳐져 있었다.

하얗고 힘차게 타오르는 태양.

오랜만의 햇살이었다.

"날이 갰다……!"

"하늘이 맑아졌어!"

백성들이 눈물을 흘리며 차례차례 자리에서 일어섰다.

흠뻑 젖고 진흙투성이가 되어 있던 옷도, 발 밑에 가득한 물웅덩이도 전혀 신경 쓰지 않고 어른들마저도 천진난만하게 웃으며 하늘을 올려다보았다.

"으…… 으아아아아아!"

하지만 그것과는 정반대로 한구석에서 추하게 일그러진 비명소리가 울려 퍼졌다.

사람들이 돌아보니 목소리의 주인은 향장 강 씨였다.

어째서인지 배에서 엄청난 피를 흘리며 주저앉아 있었다.

대신 방금 전 명석에서 통 일어나지 못하던 청년——운람이 멍한 얼굴로 일어섰다.

"아니, 설마……."

떨리는 손으로 자신의 옆구리를 더듬더니 둘둘 감겨 있던 천을 벗겼다.

"정말로 이런 일이 일어나다니……."

배에 뚜렷하게 나 있던 찢어진 상처가 사라져 있었다.

"으…… 으윽, 으아아……!"

배를 붙잡고 신음하는 강 씨와 깨끗한 배를 쓸어내리는 운람.

두 사람 사이에서 상처만이 자리를 **바꾼** 것이다.

만일 이것이 평상시에 일어난 일이었다면 으스스해 보일 수도 있는 현상이었다. 저주나 **못된 술법**이 아닐까, 하고 사람들이 혐오감을 느꼈을지도 모른다.

하지만 추녀가 마치 이 세상 사람 같지 않은 춤을 선보이고, 용의 기운을 띤 황태자가 기도를 올려서 벼락이 떨어진 순간 일어난 일이었기에 사람들은 당연히 그것이 하늘의 계시라고 이해했다.

농작신이 악인에게 벌을 내린 것이다.

마치 이야기 속 상황 같은 모습에 읍 백성들은 "기적이다!" 하고 외치며 감격스러운 듯 고개를 가로젓더니 더욱 소리 높여 고함을 질렀다.

"농작신께 감사를!"

"황태자 전하 만세!"

사람들은 양손을 하늘로 치켜들고 쾌재를 불렀다.

"말했잖아요, 운람? 하늘은 반드시 보답해 준다고."

아직도 멍하니 서 있는 운람의 귀에 방울 울리는 듯한 목소리가 들려왔다.

목소리의 주인은 영림이었다.

영림은 질척한 논을 빠져나간 뒤, 땅바닥을 뒹굴며 발버둥치는 강 씨 옆에 무릎을 꿇고 요명을 향해 깊이 고개를 숙였다.

"풍년제를 완벽하게 집행하여 주신 점, 백성들을 대신하여 깊이 감사드립니다."

"농작신의 비호 하에 남령에는 복이 내릴 것이다."

요명이 의젓하게 고개를 끄덕였다.

여전히 논에 우두커니 서 있던 운람을 향해 훗 미소를 지은 요명은 들떠서 소란을 피우는 백성들을 돌아보며 늠름하게 목소리를 높였다.

"읍의 백성들에게 고한다. 강 씨는 세금을 속이고 자비를 베풀어야 할 백성들을 괴롭히는 비열한 사내였다. 따라서 향장 직위를 박탈하고, 왕도에서 지정하는 자를 새로운 장으로 삼겠다. 강 씨가 지정한 근거 없는 세금과 읍을 차별하는 악법은 전부 폐지한다. 너희를 '천민'이라 부르는 자들은 용서하지 않겠다. 가슴에 새겨 두도록."

미모의 황태자가 내뱉는 말에 백성들은 한동안 눈을 껌벅거렸다.

"높은 세금을, 철폐……?"

"향장을, 해임……?"

한 명, 또 한 명, 사람들이 믿을 수 없다는 표정으로 내용을 반추하기 시작했다.

"천민이, 아니야."

마지막으로 운람이 나직이 중얼거렸다.

충격이 흥분으로. 흥분이 환희로.

열기가 원을 그리며 퍼져나가더니 사람들이 와아아! 하고 환성을 질렀다.

"황태자 전하, 만세!"

"우리는 천민이 아니야!"

"자유롭게 향을 오가도 된다는 뜻인가?"

"아아, 갰다! 날이 갰어!"

남자도 여자도, 늙은이도 젊은이도 어깨동무를 하고 손을 맞잡으며 기뻐했다.

논에 우두커니 서 있던 운람의 곁으로 호룡과 행 할멈이 뛰어가 논두렁 위로 끌어올렸다. 이제 상처도 사라진 운람은 힘차게 흙을 밟으며 나아갔다.

지극히 자연스럽게 사람들의 중심에 선 운람을 보고 영림은 희미한 미소를 지었다.

그러나 강렬한 시선을 느끼고 돌아보았다.

시선의 주인은 남임희였다.

눈물점이 인상적이고 서늘했던 눈가. 그것이 지금은 험악하게 가늘어져 있었다.

진우의 푸른 두 눈동자와는 또 다른, 등골이 서늘해질 정도의 싸늘함을 띤 시선이었으나 영림은 그것을 미소로 받아냈다.

여유의 가면을 벗겼다면 훌륭한 성과다.

영림은 임희를 향해 걸어나서려 했으나 옆에서 "잠깐" 하고 말리는 소리가 들렸다.

"내가 이야기하지."

요명이었다.

임희의 처우 결정은 누가 봐도 추녀보다는 황태자의 영역이었기에 영림은 고분고분 물러섰다. 그리고 자리를 요명에게 양보하고 자신은 어떤 장소로 이동했다.

지금 이야기를 나누러 가는 상대는 사당 뒤편에 있었다.

"자, 그럼."

영림을 배웅한 요명은 다른 예무관들에게 강 씨를 연행시킨 뒤, 새삼 임희를 돌아보았다.

큰비에 젖은 머리카락을 유유한 손놀림으로 쓸어올리면서.

"놀랐다. 늘 온화하던 네가 미소 외의 다른 표정을 짓는 걸 처음 봐서."

"그야 저도 동요 정도는 합니다. 향에 계신 줄로만 알았던 전하가 갑자기 읍에 나타나서 향장을 단죄하고, 하늘이 갑자기 맑아지고, 상처가 옮겨 가는 걸 보았으니 말입니다."

흠뻑 젖은 임희는 간신히 가벼운 말투로 대꾸하기는 했으나 숨길 수 없는 공포를 띤 눈동자로 요명을 바라보고 있었다.

"……용의 기운으로 상처를 자유롭게 옮기실 수도 있는 겁니까?"

"글쎄, 어떨지."

살짝 어깨를 으쓱하는 동작은 오히려 요명의 힘이 얼마나 무시무시한지를 강조하는 것만 같아서 임희의 표정이 더욱 굳었다.

남가 출신들은 이해력이 뛰어나고 그 어떤 복잡한 사정도 쉽게 알아듣는다고 한다.

하지만 그만큼 이해의 범주를 한없이 뛰어넘는 사태를 조우하면 강한 거부감을 보이는 모양이었다.

'상당히 유쾌하군.'

계산이 빠르고 늘 꼬리를 보이지 않는 남자가 처음으로 내보인 곤혹스러운 표정을, 요명은 호기심어린 기분으로 바라보았다.

남가의 인간들은 모두 똑똑하다.

제아무리 많은 증거를 긁어모아 규탄해도 반드시 빠져나갈 구멍을 찾아내서 스르르 피한다.

분명 이번에 정공법으로 임희의 죄를 질책했다면 반드시 처벌을 피할 방법을 즉석에서 찾아냈으리라.

하지만 천벌이라면 대책이 없다.

정밀하게 짠 작전, 몇 십 가지나 준비했을 선택지. 꼼꼼하게 고민한 계획을 천벌이라는 비상식적이고 황당한 도구로 무너뜨리는 일에서는 배덕적인 상쾌함이 느껴졌다.

'비겁하다고 할 수도 있겠지만——태평하게 절차를 다 밟다가는 이쪽에서 원하는 벌을 도저히 내릴 수가 없었겠지.'

달변은 남가의 무기다. 법을 이용해 처벌하면 처벌할수록, 토론하면 할수록 정신을 차리고 보면 남가가 원하는 방향으로 사태가 흘러간다.

요명과 영림은 그것을 도저히 용서할 수가 없었다.

예상 밖의 전개 앞에서 탈출구를 찾지 못하는 임희를 바라보며 요명이 입꼬리를 치켜올렸다.

"아무래도 겁을 먹은 것 같군. 천벌이 두려울 이유라도 있느냐?"

"——아닙니다."

도발했지만 적 또한 보통내기는 아니었기 때문에 임희는 옅은 미소를 지었다.

"천벌은 이미 강 씨에게——강 씨**에게만** 내려졌습니다."

즉, 하고 임희는 고개를 들어 요명을 마주보았다.

"하늘은 저를 벌하지 않는다는 뜻이지요."

대담한 발언이었다.

여기서 말하는 하늘은 신앙의 대상인 신을 가리키는 것이 아니라, 이곳 영국을 통치하는 천자——황제를 뜻한다.

임희는 잘 알고 있으리라. 영국에서 남가가 얼마나 중요한지를.

영국의 위장을 배불려 주는 광대한 농지, 총명하기로 유명한 두뇌, 그리고 겸손한 자세로 그것을 내미는 남가의 가치를.

다섯 가문의 균형을 신중하게 고려하는 현 황제는 분명 남가의 영식이 변경의 향을 조금 가지고 놀았다고 그것을 벌하지는 않을 것이다. 추녀가 말려들었다면 보통은 집안에서 항의하겠지만 주가의 경우 오히려 기꺼이 주혜월을 저버릴 터. 애당초 운람이 임희가 관여했다고 증언해 보았자 천민의 말이 어디까지 통할까.

그것을 전부 감안하여 임희는 확신했을 터였다.

자신은 완벽하게 안전한 장소에 있노라고.

요명은 한동안 눈앞의 곱상한 남자를 응시했다.

남임희가 불손함을 감추지 않게 된 것은 어떤 의미에서는 여유의 가면이 벗겨진 결과라고도 할 수 있다.

그러나 그것이 우스꽝스럽다고 생각할 만큼 요명은 관대한 인간이 아니었다.

"남임희."

따라서 요명은 살짝 상체를 내밀고 이렇게 말했다.

“너도 강 씨와 마찬가지로 뭔가 착각하고 있는 모양이다만.”

“……그게 무슨 말씀이십니까?”

임희가 신경질적으로 눈썹을 살짝 찌푸렸다.

“하늘이 너를 용서한 것이 아니다. 단순히 네 쪽을 쳐다보지도 않았을 뿐.”

요명은 상대방의 귓가에 독을 주입하듯 그렇게 속삭인 뒤, 동시에 어젯밤 비축 창고에서 나누었던 그 대화를 떠올렸다.

“하늘은 말이에요.”

차분하게 운람에게 말을 건 사람은 영림——아직도 ‘주혜월’의 몸속에 들어 있는 영림이었다.

요명과 혜월을 만나 적에게 되갚아주기로 결심한 영림은 작전의 골자만을 제안하고는, 누워 있는 운람 옆에 다시 주저앉았다.

얕은 수면과 각성을 되풀이하는 운람에게 영림은 솜에 묻힌 물을 먹여 주며 다정하게 말을 걸었다.

“반드시 보답해 주거든요. 절실하게 기도를 올리는 사람을 반드시 구해줘요. 난 재앙이나 저주를 믿지 않는 편이지만 최근에는 이렇게 생각해요. 기적은 일어난다고.”

“응…….”

“그건 분명 소원이 울려 퍼지기 때문일 거예요. 누군가가 간절한 소망을 품으면 그것이 다른 사람에게 전해지면서 반향을 일으키죠. 그러다 마침내 별처럼 반짝이고, 하늘처럼 힘찬 영혼을 지닌 누군가에게 도달하면 구원의 손길이 내게 다가오는 거예요. 그 만남을 기적이라고 부르는 게 아닐까요?"

"응……."

반쯤 잠들어 있기 때문인지 운람의 맞장구가 짧았다.

하지만 자장가를 듣는 어린아이처럼 완벽하게 안심한 목소리였다.

제대로 대답이 들려왔기에 영림은 기쁜 미소를 지었다.

"그러니까 운람, 당신도 분명 그 별과 하늘이 도와줄 거예요."

멍석 옆에 아무렇게나 뻗어 있던 손을 영림이 양손으로 꼭 잡았다.

그러고는 신중하게 물었다.

"하지만 말이죠, 천벌의 벼락은 너무나도 날카로워서 단 한 명의 악인밖에 내리칠 수가 없어요. 만일 별과 하늘이 소원을 이루어 준다면——천벌을 내려 준다면 운람, 당신은 누가 벌을 받길 원하나요?"

이것은 중요한 질문이었다.

영림 일행이 짜게 될 작전은 이 대답 여하에 따라 크게 달라진다.

운람이 입은 상처를 상대에게 옮긴다.

영림이 떠올린 그 술책은 법에 의지하지 않고 확실하게 상대에게 복수할 수 있지만 단 한 명밖에 벌할 수 없다.

"이 읍을 착취하고 당신들을 짓밟았던 향장, 그리고 등 뒤에서 그러도록 사주하고 당신을 찌른 남자. 솔직히 말해 나는 두 사람에게 너무나 화가 나요."

아까 맨 처음 의식을 되찾았을 때 영림은 운람에게 대략적인 이야기를 해주었다.

강 씨가 오랫동안 탈세를 저지르고 있었다는 일. 읍이 그 방패막이로 이용당하고, 이번에는 입막음을 하기 위해 불을 질러 다 태워 버리려 한다는 일. 그리고 거기에 남가가 관여하고 있었다는 일까지.

운람도 아직 더듬거리기는 했지만 산기슭에서 있었던 일을 이야기하여 영림 일행의 이야기를 뒷받침해 주었다.

특히 '사자인 줄 알았던 그 임이라는 남자를, 강 씨는 어째서인지 임희라고 부르며 무릎을 꿇었다'는 증언은 남임희의 관여를 확신하기에 충분하고도 남았다.

역시 향장의 비열한 성품을 남가가 이용해 뒤에서 조종하고 있었던 것이다.

강 씨는 사리사욕 때문에 읍을 이용한 구제불능의 인간이지만 그것을 이용한 남임희는 더한층 용서하기 어려웠다. 운람에게 치명상을 입힌 것까지 포함하여 영림은 남가에게 더욱 큰 분노를 불태우고 있었다.

하지만 운람의 대답은 그런 영림의 예상과는 조금 달랐다.

"……당연히."

운람은 아직도 또렷하지 못한 말투로, 하지만 망설임 없이 이렇게 대답했다.

"강 씨를 벌해야지."

"……그런가요?"

"아니, 그 자식은, 읍을, 괴롭혔어. 몇 십 년이나, 그놈 때문에, 우리가 얼마나 차별을 받고, 숲에도 들어가지 못하고, 굶주렸는데. 아버지도…… 거슬러 올라가면, 어머니도, 그놈 때문에……. 강 씨는 절대 남가에 복종을 강요당한 게 아닐 거야. 애당초 이용당할 만큼의 나쁜 짓을 저질렀던 거지."

운람은 잡혀 있지 않은 손을 뻗어 배의 상처를 살며시 어루만졌다.

"나를 찌른 놈한테는, 언젠가, 내가 복수하면 돼. 나는, 지금, 살아 있으니까. 하지만…… 강 씨에게 이용당하고, 죽어간 읍 사람들은, 두 번 다시 살아날 수 없어. 그러니까."

아직 긴 이야기를 하기에는 체력이 부족한 모양이었다.

운람의 눈꺼풀이 다시 천천히 감겼다.

"그런 사람들을 위해서…… 천벌이 내렸으면 좋겠어……."

말꼬리가 흐릿해지더니 운람은 온화한 잠 속으로 빠져들었다.

영림과 벽 쪽으로 물러나 있던 요명, 그리고 혜월은 시선을 마주치며 고개를 끄덕였다.

"너는 말이다, 임희. 네가 그토록 얕보고 장기짝으로밖에 여기지 않았던 '천민'에게서 **눈길도 못 받은 것**이다. 입만 산 남자 따위는 큰 해가 될 것 같지 않으니 그냥 버리고 가자는."

"……."

운람의 대답은 결국 읍 백성의 시야 좁은 견해라고 볼 수도 있으리라. 진정으로 거대한 악을 미처 보지 못하고, 코앞의 하수인만 벌해 보았자 사태가 근본적으로 해결되지는 않으니.

하지만 요명 일행은 이렇게 받아들였다.

운람은 자신을 찌른 자에게 복수하기보다 읍을 괴롭힌 자를 처단하는 쪽을 선택한 것이다.

이 읍의 왕으로서.

"네가 채 죽이지 못한 그 남자――운람은 일개 읍민이지만 너보다 훨씬 고결한 인간이다."

온화해 보이지만 남들보다 훨씬 자존심이 센 남임희.

그 성격을 꿰뚫어 본 요명은 일부러 임희가 가장 싫어할 만한 말을 골라서 내뱉었다.

"'천한' 백성에게서 눈길조차 받지 못하다니 **꼴사납구나**, 남임희."

임희의 수려한 얼굴이 그 한순간 지독하게 일그러지고, 젖은 머리카락에서 물방울이 뚝 떨어졌다.

요명은 아주 조금 속이 후련한 기분이었다.

강 씨와 남가의 계획 때문에 자신은 요 며칠간 손가락 하나 까딱하지 못했다.

어울리지도 않게 인내하는 사이 사랑하는 호접은 점점 더 무모한 짓을 저지르지, 냉담한 줄 알았던 이복동생이 그녀에게 자꾸 접근하지.

불만이 온몸에 가득 차오를 정도였으나 그때는 영림이 너무 절망한 상태여서 진우를 때릴 때가 아니었고, 그 후에도 허세를 부리는 바람에 영림에게 짜증을 털어놓을 기회를 계속 놓치고 말았다.

스스로 생각해도 멋진 척이나 할 상황이 아니라고 여겨졌으나, 바로 얼마 전 하마터면 영림을 죽일 뻔한 자신에게는 더 이상 손톱만큼의 실점도 허락되지 않는다.

게다가 조금이나마 의지해 주었으면 하는 마음에 영림 앞에서는 여유로운 성인 남자의 모습을 유지하려 했다.

그러니 이제 이 분노는 흑막들에게 내뿜는 수밖에 없다.

뭐, 화풀이가 아니라 정당한 의분의 발로인 것을.

"아, 그렇지. 눈길도 받지 못한 네가 너무 불쌍해서 남가 당주에게 파발마를 보내 네가 직접 해명하기 전에 내가 대략적인 상황을 전달해 놓았다. 고향에 돌아가면 분명 경애해 마지않는 아버님께서 널 주목해주실 것이야. 참 잘 되었지."

"아니……."

남가의 후계자 다툼에 대해서는 요명도 잘 알았다.

차남이지만 정실부인의 아들인 장남조차 뛰어넘을 만큼 유망주로 여겨지는 남임희.

황족도 마음대로 좌우할 수 있다며 잘난 척하는 임희가 유일하게 동향을 신경 쓰는 상대가 있다면 그것은 부친인 남가 당주였다.

"점수를 아주 크게 잃었겠지. 축하한다. 그 잘 돌아가는 머리를 높이 사고 있었을 텐데, 장래에 곁에서 모실 수가 없게 되어 안타깝군그래."

초록은 동색이라고, 황제의 위광과 법의 힘으로도 남가를 굴복

시킬 수 없다면 그런 남가 안에서 임희를 처분하도록 만들면 된다.

총명하고 결코 꼬리를 보이지 않는 남가. 무심코 꼬리를 잡히고만 추태를 보인 어리석은 자를 그들은 아주 쉽게 밀쳐낼 것이다.

'우선 한 명.'

굴욕감에 부들부들 떠는 임희를 요명은 싸늘하게 응시했다.

이 나라에서 황태자의 권한은 너무나도 작다. 지고의 신분이 주어진 것 같지만 사실은 모두가 황태자를 신중하게 분쟁과 재앙에서 멀리 떨어뜨려 놓는다. 자기 감정에 솔직하게 움직이고 싶어도 다섯 가문에 대한 배려, 전례, 관습——온갖 족쇄가 황태자를 옭아맨다.

그래도 요명은 이렇게 힘을 키워 나가는 수밖에 없다.

꼼짝도 못 하는 상황에서도 신용할 수 있는 얼마 안 되는 자들의 눈을 이용하고 수족으로 삼아 조금씩 나쁜 종양을 떼어내면서.

'이번엔 결코 실수하지 않아.'

습관적으로 관을 고쳐 쓰려 머리 위로 손을 뻗고 말았다.

커다란 장신구는 모두 향에 놓아 두고 왔기 때문에 손끝에는 젖은 머리카락이 스쳤을 뿐이었다.

하지만 그래도 '관'은 항상 그 자리에 있다.

때로는 너무나 무거워서 요명을 숨 막히게 하고 걸음걸이를 가로막는 그것.

하지만 그 정도는 가볍게 짊어지고 다니지 않으면 요명이 진심으로 아끼는 존재를 지킬 수가 없다.

주먹을 불끈 쥔 채 입을 다문 임희를 내버려두고 요명은 그 자리를 뜨려다가 "그렇지" 하고 뒤를 돌아보았다.

"방금 전 질문에 대한 대답이 애매했군. 강 씨에게 상처를 옮긴 것은 내가 지닌 용의 기운이 아니다. 그 점은 명확히 해 두지."

"……남령을 지키는 농작신의 의지라고 말씀하시려는 겁니까?"

임희가 신음하듯 물었다.

요명은 눈을 가볍게 깜박거리다 입가에 가벼운 미소를 띠었다.

"상당히 그럴싸한 말이군."

주혜월은 남령을 수호하는 존재라고도 할 수 있는데, 그런 주혜월이 지금 들어가 있는 황영림의 몸은 대지를 관장하는 황가, 즉 농직신과 관련된 존재다.

그런 두 여인을 화나게 만들어 이런 일이 벌어졌으니 임희의 발언은 당사자가 생각하는 것 이상으로 정확하다고 할 수도 있겠다.

"농작신을 화나게 해서는 안 돼."

요명은 유쾌한 기분으로 사당 쪽을 흘끔 쳐다보았다.

***

"하아…… 하아……."

혜월은 사당 뒤편에서 숨을 헐떡이고 있었다.

'황영림'의 미모는 읍 처녀 분장으로 숨겨져 있었다. 게다가 복잡한 도술을 사용한 후 찾아오는, 전신이 납처럼 무거워지는 피로감에 그 얼굴은 잔뜩 일그러진 상태였다.

"고생 많으셨습니다."

옆에서 대기하던 동설이 드물게도 안타까운 표정으로 등을 쓸어내려 주었다.

게다가 그 자리에,

“혜월 님!”

하고 목소리를 억누르며 부르는 소리가 울려 퍼지더니 여자 한 명이 재빨리 뛰어왔다.

당연히 ‘주혜월’의 얼굴을 한 황영림이었다.

“혜월 님, 무사하신가요? 정말 고생이 많으셨어요. 얼굴을 닦아 드릴게요. 아아, 옷도 이렇게나 젖다니. 앗, 먼저 갈아입을 옷과 물을 가져올——.”

“됐어.”

다급한 얼굴로 열심히 자신을 돌보려 하는 영림을 혜월이 짧은 말로 가로막았다.

“내버려둬. 동설도, 괜찮아. 섬세한 술법을 막 쓴 후라서 난 좀 쉬고 싶어.”

그렇다. 방금 전 요명이 내뿜는 용의 기운이 벼락을 떨어뜨림과 동시에 운람의 상처를 강 씨의 멀쩡한 신체 부위와 ‘뒤바꾼’ 것은 물론 혜월이 한 일이었다.

——대상자의 몸을 직접 만지지 않으면 술법이 몸 전체에 작용하지 않는다고 혜월 님이 말씀하셨죠. 그것을 반대로 이용하여 운람의 배에 난 상처만을 강 씨에게 옮길 수는 없을까요?

그것이 바로 협력을 자청한 혜월에게 영림이 부탁한 복수였다.

물론 혜월이 전면에 나서서 도술을 사용하면 백성들이 두려워하고 혜월도 위험해진다. '황영림'이 도술을 사용한다는 인상을 줄지도 모른다.

그래서 풍년제 집행으로 음양의 균형을 되찾는 과정에서 어디까지나 황태자 요명의 용의 기운 때문에, 또는 축제에 만족한 농작신의 의지에 의해 '천벌'이 내린 것으로 한다.

그러면 백성들은 신의 위광 앞에 엎드릴 테고 요명 또한 황태자의 독단적 행동이라는 비난을 피하면서 복수를 끝낼 수가 있다.

——심의도 거치지 않고 시비를 가리지도 않고 벌을 내리게 되겠지만, 하늘이 하시는 일이니 어쩔 수 없겠지요?

고개를 갸웃하며 뻔뻔하게 신과 황태자를 이용하려는 영림을 보고 혜월은 경악했다.

——잠깐 기다려. 내가 언제 상처를 뒤바꾸는 술법을 쓸 수 있다고 했는데?

——어머, 말씀하셨잖아요. 떨어진 상태에서 술법을 쓰려 하면 멍이나 손목처럼 일부만 바뀌게 된다고. 실제로 팔이 고양이가 된 적도 있다고 말이에요.

생긋 웃으며 영림이 대꾸하자 혜월은 그제야 염술로 나누었던 대화가 인용되고 있다는 사실을 이해했다.

설마 아무 생각 없이 이야기했던 실패 사례를 활용할 줄이야.

'뭘 어떻게 이용당할지 진짜 알 수가 없네……!'

혜월은 자신의 경솔함을 원망했다.

이전에 주아미에게 고독을 이용당했을 때도 그랬는데, 왜 자신은 교훈을 얻지 못했을까.

일반적으로 영국에서 도술은 삿된 술법으로 취급된다.

박해당하지 않으려 도술 재능을 감추고 살았던 만큼, 자신을 차별하지 않는 존재 앞에서는 어디까지 이야기해도 좋을지 기준을 알 수가 없었기에 오히려 너무 많이 말해버린 모양이었다.

――물론 그런 말을 하기는 했지만…… 그건 폭주한 상태였다고 했잖아?! 우연이야. 이렇게 기맥이 흐트러진 장소에서 상처만을 딱 노려서 뒤바꾼다는 건 불가능해.

혜월이 필사적으로 주장했으나 황영림은 물러서지 않았다.

――괜찮아요. 저희가 음양을 정돈할게요.

풍년제를 집행하여 추녀가 농작신에게 춤을 바치면 음양이 갖춰진다.

게다가 요명이 비를 내리게 하면 과잉이었던 불의 기운도 자연스럽게 줄어들어, 한층 더 술법이 안정될 것이라는 말이 영림의 주장이었다.

문외한인 주제에, 그 말은 혜월이 들어도 상당히 적확한 지적이었다.

즉, 승산이 있기는 했다.

다만 염술을 사용하여 경창이나 진우와 끊임없이 연락을 취하면서 그것까지 행한다는 부분은 혜월에게 너무나 부담이 큰 작전이었다.

"이쪽에서도 저쪽에서도 도술, 도술, 도술. 너 말이야, 날 너무 혹사시키는 거 아냐?!"

"그렇군요……. 정말 그래요……."

"내가 무슨 편리한 도구야? 중요한 부분은 전부 나한테 맡겨 놓고, 대체 뭘 어쩌려는 거야? 애당초 상처를 뒤바꾸는 건 그냥 저주잖아. 그런 발상을 하는 것 자체가, 너도 제정신이 아니야."

"네……. 저는 정말 제정신이 아니에요……."

켕기는 데가 있어서인지 영림은 고분고분 고개만 끄덕였다.

혜월의 호흡이 차분해지기를 기다렸다가 영림은 깊이 고개를 숙였다.

"힘을 빌려주셔서 정말 감사했습니다. 그리고 혜월 님께만 부담을 지워 드려서 정말 죄송해요."

진지한 목소리로 말한 뒤 영림은 몸을 일으켰다.

그러고는 기쁜 얼굴로 한껏 자랑스럽게 혜월을 바라보았다.

"하지만 전 혜월 님이라면 반드시 도술을 성공시키실 거라고 믿었어요. 왜냐하면 당신은 소원을 이루어주는 혜성이니까요."

경애가 담긴 올곧은 시선이 간질간질하게 느껴졌다.

혜월은 저도 모르게 입을 다물어버렸다.

"역시 남령의 추녀님이세요. 당신은 그 힘으로 다른 누구도 흉내 낼 수 없는 방법으로 백성들을 구해주신 거예요."

표정과 목소리는 한결같았고, 가식의 빛은 전혀 보이지 않았다. 그저 순수한 칭송만이 그 안에 담겨 있었다.

"……흥, 상처 바꾸기 같은 짓을 안 해도 부정행위의 증거만 들이밀면 강 씨를 단죄하는 일 자체는 할 수 있었잖아. 내 비위를 맞춰 주려고 하는 말이라는 것쯤은 나도 알아."

순수한 감사를 있는 그대로 받아들이기가 버거워, 혜월은 고개를 홱 돌렸다.

그러자 사당 건너편에서 아직도 하늘을 올려다보고 있는 백성들이 보였다. 감격해서 눈물을 흘리는 여자가 있는가 하면, 잔뜩 들떠서 이리저리 뛰어다니는 아이들과 큰 소리로 노래를 부르는 남자들도 있었다.

교류가 거의 없었던 자기 영지의 백성들.

하지만 전신으로 환희를 표현하는 그들을 보고 있자니 신기하게도 혜월의 눈꼬리에 잔잔한 미소가 피어났다.

구름을 걷어낸 것은 요명이지만 눈에 띄는 형태로 강 씨를 벌하고, 백성들을 해방시켜 준 것은——자신이었다.

'내가, 구원했어. 남령의 백성들을…… 추녀로서.'

문득 물웅덩이에 비친 자신의 모습을 바라보았다.

헌옷을 입고 있는데도 속눈썹 끄트머리까지 섬세하고 아름다운 '황영림'의 얼굴. 하지만 그 안에 담겨 있는 것은 늘 시궁쥐라 불리던 재주 없고 무능한 여자였다.

후견인도 잃고, 인간관계에도 서투르고, 학문과 굳센 의지로 말하자면 다른 추녀들의 발꿈치도 따라갈 수가 없다. 몸이 뒤바뀌는 바람에 결국 풍년제 의식도 전부 황영림에게만 떠맡겨버렸다.

하지만 그런 자신도 이 난국을 헤쳐나갈 수 있었다. 다과회에서 적을 견제하고, 강을 건너 타인의 궁지를 구해주기 위해 달려왔고, 도술을 이용해 악인을 처단했다.

전부 혜월이 아니면 할 수 없었던 일이었다.

'뭐야, 진짜 대활약했잖아.'

마음속 깊은 곳에서 작은 거품이 퐁 솟아났다.

그것은 늘 탁하게 고여 있던 혜월의 마음속에서 둥실둥실 올라와 수면에 도달하자 톡 터지며 옅은 불길을 내뿜었다.

몇 개의 거품이 톡, 톡, 터질 때마다 가슴속 깊은 곳이 간질간질하고 자꾸만 입꼬리에 웃음이 날 것 같았다.

나쁘지 않다는 느낌이 들었다.

황영림이 의지하는 주혜월.

황태자도 다룰 줄 모르는 도술로 백성들을 구하는 주혜월.

내면에서 빛을 내뿜는 눈부신 그 감정을 혜월은 처음으로 손에 넣었다. 그것은 보드랍고, 풍성하고, 따스하고, 매끈매끈했다.

사람들을 구한 것은 혜월이고, 그 때문에 체력 소모가 격심했지만 신기하게도 오히려 자신이 구원을 받은 기분이었다. 마음이 너무나 충만했다.

한심하게 자꾸 웃음이 날 것 같아서 혜월은 근육에 힘을 주고 얼굴을 억지로 찌푸렸다.

"저어, 혜월 님. 저, 딱히 아첨하려는 게 아니에요. 정말로, 진심으로 당신에게 감사하고 있어요."

그러자 무슨 오해를 했는지 영림이 다급히 몸을 내밀었다.

그러더니 무언가 짚이는 데가 있는지 헉, 하고 눈을 부릅뜨고는 조심스럽게 제안했다.

"아…… 하지만 저 혼자 감사를 드려 봤자 한참이나 부족하겠죠. 역시 지금 당장이라도 '바로 내가 도술을 사용하는 하늘의 사자다!'라고 화려하게 백성들 앞에 등장해서 이번 사건의 주인공으로서 백성들에게서 칭송을――.”

“갑자기 ‘황영림’이 튀어나오는 흐름은 아무리 생각해 봐도 이상하지 않아?! 아니, 도술을 쓸 줄 안다는 사실이 알려지면 곤란하거든!”

“그렇죠……. 그럼 시간이 좀 걸리긴 하겠지만 읍에 혜월 님의 동상을 만들까요? 아니면 하다못해 오늘 이날에 ‘혜월절’이라는 이름을 붙이고 읍의 기념일로…….”

“동설, 지금 당장 이 폭주녀를 좀 말려.”

혜월이 심각한 표정으로 동설을 돌아보았으나 대화를 조용히 지켜보던 필두 궁녀는 무표정하게 대답할 뿐이었다.

“불가능합니다.”

노력을 너무 빨리 포기하는 것 아닐까.

“저기, 잠깐만.”

그때 문득 사당 건너편에서 누군가가 조심스럽게 말을 걸었다. 세 사람은 깜짝 놀라 뒤를 돌아보았다.

그쪽을 보니 방금 전까지 친구들과 함께 환희에 찬 함성을 지르던 운람이 있었다.

“무슨 일인가요?”

“있잖아…….”

문제라도 있나 싶어 영림이 황급히 자리에서 일어나자 운람은 입꼬리를 비틀며 망설였다.

운람치고는 드문 태도였다.

“혹시 아직 몸이 아픈가요?”

"아니, 몸은 완전히 건강해졌어."

운람은 상처가 있었던 부위를 쓸어내리며 "정말 이런 일이 일어나는구나" 하고 당황스러운 얼굴로 중얼거렸다. 거의 죽을 뻔한 중상이었는데 통증까지 포함하여 전부 깨끗이 지워졌다는 사실을 아직까지 믿을 수가 없는 모양이었다.

"그럼 강 씨와 남임희 님이 질리지도 않고 계속 반론을 늘어놓고 있나요?"

"아니, 강 씨는 무관들한테 끌려갔고 임 그 자식은 지금 전하 앞에서 꼼짝도 못 하고 있는데……. 뭐, 그. 저기."

운람은 우물쭈물 혼자 중얼거리다 각오를 다진 듯 입을 열었다.

"읍을 대표해서 당신한테 감사 인사를 하고 싶어. 잠깐 둘이서만 이야기할 수 없을까?"

"어머나, 하지만……."

영림은 눈을 깜박거렸다.

마음은 기쁘지만 읍의 구름을 걷어낸 것은 요명이 내뿜은 용의 기운이었고, 상처를 뒤바꾼 사람은 혜월이었다.

'내가 인사를 받을 처지가 아닌데…….'

오히려 이 경우에는 혜월에게 감사 인사를 하라고 재촉하는 편이 좋지 않을까.

하지만 영림이 뒤를 돌아보자 혜월은 거기서 도망치려는 듯 고개를 홱 돌리며 요란하게 한숨을 내쉬었다.

"하아, 피곤해. 이런 진흙투성이 땅바닥 말고 어딘가 청결한 실내에서 쉬고 싶어."

아무래도 혜월은 자신의 선행, 아니 도술을 사용했다는 사실을 백성들에게 들키고 싶지 않은 눈치였다.

혜월은 안내해 달라고 동설의 팔을 잡아당기면서 재빨리 사당 뒤를 벗어났다.

뒤에 남겨진 영림을 운람이 "따라와"라고 하면서 팔을 붙잡고 데려갔다.

아직까지 환호성을 지르는 사람들 쪽은 본체만체하고 논과 집들을 벗어나 한동안 묵묵히 걸어갔다.

도달한 곳은 읍을 내려다볼 수 있는 야트막한 언덕――이곳저곳에 바위가 놓여 있는 묘지였다.

그 한 귀퉁이. 작은 돌로 만들어진 태룡의 무덤을 보고 영림은 저도 모르게 눈을 커다랗게 떴다.

"무덤이……."

전에는 풀로 뒤덮여 있던 묘비가 깨끗하게 닦여 있는 데다 들꽃까지 바쳐져 있었다.

"금을 찾으러 재앙의 숲으로 들어가기 전에 남자들끼리 모여서 묘지를 청소하고 가자고, 삼촌이 그러더라. 나중에 상황이 정리되고 나면 더 큰 바위를 가져와서 무덤을 다시 만들자고 말이야. ……참 우습지."

운람이 가볍게 미소 지으며 묘 앞에 쪼그려 앉았다.

비아냥거리는 말투이긴 했지만 옆얼굴에 배어나는 기쁨은 다 감출 수가 없었다.

운람은 품에서 아까 강 씨에게 들이밀었던 증거 문서를 꺼내,

정성스러운 손놀림으로 묘 앞에 내려놓았다.

"……저기, 이 문서 덕분에 읍을 구했어."

마치 돌 너머에 상대방이 있기라도 한 듯, 운람은 천천히 말을 걸었다.

"당신이 가르쳐준 글 덕분에 읍을 구할 수 있었어, 아버지."

태룡을 망설임없이 '아버지'라 부르게 된 운람 옆에 영림이 조심스럽게 무릎을 꿇었다.

운람의 기도를 방해하지 않기 위해 말없이 눈을 감고 두 손을 모았다.

성묘라기보다는 알현의 방식에 가까웠으나 읍의 왕에게 바치는 인사로서는 오히려 그쪽이 어울릴 듯했다.

다정하게 맞장구를 치는 듯 평온한 바람이 쏴아 불어왔다.

풀잎에 맺힌 이슬의 잔해를, 빛을 머금은 바람이 반짝거리며 다 튕겨냈을 무렵 운람이 멍하니 영림을 돌아보았다.

"아까 사람들하고 이야기해서, 내가 이 읍의 두령 자리를 정식으로 물려받기로 했어. 선대 두령, 그리고 차기 두령인 내가 읍을 대표해서 당신에게 감사 인사를 하려고 해."

진지한 목소리로 그렇게 말하는 운람을 영림은 한동안 마주보았다.

자신은 감사 인사를 받을 자격이 없다.

이 땅의 비구름을 몰아낸 것은 황태자의 힘이었고, 운람을 부상에서 구해 준 것은 혜월의 도술이었다.

오히려 영림은 운람을 몰아붙여서 무모한 짓을 저지르게 했고,

멋대로 절망해서 운람의 목숨을 빼앗으려 한 악녀일 뿐이다.

"감사 인사라면 전부 황태자 전하와, 그리고, 혜…… 농작신에게 드리도록 해요. 그리고 단결해서 맞선 읍 사람들 모두에게도 감사해야죠."

반성의 마음을 곱씹으며 영림이 말하자 그 순간 운람이 "그게 뭐야" 하고 중얼거렸다.

그 사납고 잘생긴 얼굴에 '감사 인사 정도는 고분고분 받으란 말이야'라는 듯 토라진 표정이 떠올랐기에, 거기에 등을 떠밀린 영림은 이렇게 덧붙였다.

"그러고 나서 제게도 꼭 감사 인사를 해야 한다면, '주혜월'이 백성들을 위해 최선을 다해 노력했다는 사실만——그 사실만 부디 기억해주기 바라요."

"당연하지."

그러자 운람이 즉시 고개를 끄덕였다.

"잊지 않을 거야."

살짝 붉은 기가 감도는 갈색 눈동자가 영림의 눈동자를 꿰뚫었다.

운람은 무릎을 꿇은 채 몸을 살짝 내밀고 뜨겁게 이쪽을 응시했다.

"주혜월……님께서 이 읍을 구해주신 일을, 나는 앞으로 결코 잊지 않겠어."

늘 '당신'이라고만 부르던 운람이 똑똑히 이름을 불러준 것은 처음이었다.

"절대로."

운람의 머릿속에서는 지금 요 며칠 사이에 벌어진 일들이 정신없이 되살아나고 있었다.

처음부터 허를 찌르는 행동만 하며 온 읍 전체를 휘젓고 돌아다닌 '주혜월'.

취관장이 천민을 매도하자 덤벼들어 반론하고, 산에서 자신을 덮친 운람을 단순히 용서해주는 정도를 넘어 아버지와의 응어리까지도 풀어주었다.

오물을 토하며 괴로워하는 백성들에게 망설임 없이 구원의 손을 내밀어 주었다. 공포와 분노의 배출구를 찾아 헤매는 백성들을 다독이고, 운람에게 두령으로서 살아갈 방식을 가르치고 타일렀다.

그리고 치명상을 입은 운람을 구해서 되살려내고, 복수를 하고, 두터운 구름과 비열한 향장, 부조리한 차별 등――이 읍을 뒤덮고 있던 온갖 시름을 해소해주었다.

아마 평소였다면 운람도 비아냥거리듯 웃으면서 놀리는 말투로 감사 인사를 했으리라.

하지만 지금은 드물게도 자꾸만 솟아오르는 감정을 말로 다 표현할 수가 없어서 운람은 어린아이처럼 같은 말만 반복했다.

"절대로."

추녀와 백성.

이 외유가 아니었다면 절대 만날 일이 없었던 사이이고, 외유 자체도 1년에 한 번 있을까말까 하는 일이며 같은 장소를 두 번 방문하는 일은 없다.

두 사람이 이렇게 이야기를 나누는 것도 아마 지금이 마지막일

것이다.

그래서 운람의 입은 '잊지 않겠어'외에 다른 말을 할 수가 없다.

'고마워'는 결별의 말. 그 말을 내뱉는 순간 이 사건은 마무리되고 인연에도 종지부가 찍히고 만다. 운람은 무의식적으로 연결고리를 갈구하고 있었다.

잊지 않겠다. 설령 멀리 떨어져 있어도, 앞으로 두 사람의 인생이 교차할 일이 없다 하더라도 운람은, 이 읍은 '주혜월'에게 감사하는 마음을 늘 가슴속에 품고 살아가리라——.

"네."

그 절실한 마음을 어디까지 헤아려준 건지, 눈앞의 추녀 또한 고맙다는 말 대신 조용히 고개만 끄덕였다.

운람은 입을 꾹 다물고는 머뭇거리며 품속에서 어떤 물건을 꺼냈다.

"이런 걸 받아 봤자 곤란하기만 할 수도 있겠지만……."

그것은 깨진 돌이었다.

검게 변색되고 얇게 갈라진 날붙이 같은 돌.

예전에 운람의 아버지가 굽고, '주혜월'과 운람의 목숨을 지켜준 자연의 방패였다.

"받아 주지 않겠어? 감사의 마음이야. 이 읍이 추녀에게 충성을 맹세하는 증표로."

내밀고 나서 돌이 너무나도 하찮아 보여 민망했던 건지 운람이 빠른 말투로 말을 늘어놓았다.

"그런 거 있잖아. 왜. 가신이 가보를 바치며 충성을 맹세하는 그런 거. 하지만 이 읍에는 보물 같은 것도 없고 그나마 제일 이득이 되어 보인달까, 영험해 보여서 말이야."

그러고는 눈을 커다랗게 뜬 상대에게 돌을 억지로 쥐여주었다.

"적어도 이건 두 명의 목숨을 구했으니까 부적으로 쓸 정도의 힘은 담겨 있겠지. 아니면 부싯돌로 쓸 수도 있고, 알다시피 휴대용 칼도 되고——."

"운람."

하지만 여자는 살며시 그것을 밀어냈다.

"받을 수 없어요."

보드라운 목소리에 실린 의연한 거절에 운람은 입을 다물었다.

잠시 후,

"……뭐, 그야 그렇겠지."

하고 초연하게 중얼거렸다.

"'부싯돌이나 무기로도 쓸 수 있을 겁니다'하면서 돌을 건넨다고 기쁘게 받는 추녀가 어디 있겠어?"

"그런 게 아니에요. 정말 기뻐요, 꼭 갖고 싶어요."

운람이 자학적으로 어깨를 움츠리자 추녀는 황급히 말했다.

"뭐?"

저도 모르게 의아한 표정으로 돌아보자 추녀는 "아니, 그렇지만" 하고 운람의 등 뒤를 가리켰다.

"운람, 만일 당신이 우리 사이의 인연을 이어줄 연결고리를 원한다면 소중한 유품을 굳이 건네지 않아도 그보다 더 좋은 게 있어요."

가냘픈 손가락이 가리키는 곳에는 사람이 두 명.

"오, 여기 있었군. 영…… 주혜월 님."

"슬슬 향으로 돌아가야 해. 준비해야지."

황가의 예무관 황경행과 황경창이었다.

한 명은 어깨에 비둘기를 얹고, 또 한 명은 한 손을 번쩍 들며 다가왔다. 여자는 자리에서 일어나 두 사람을 맞이했다.

"마침 딱 좋을 때 와주셨네요."

그러고는 생긋 웃으며 마치 추녀의 귀감 같은 우아한 동작으로 인사를 건넸다.

"황가 예무관, 경행 님과 경창 님. 요 며칠간 소란스러운 나날이 이어졌음에도 불구하고 끝까지 제 힘이 되어주셔서 정말 감사했습니다."

그야말로 남처럼 서먹서먹하게 '주혜월'로서 인사를 건네자 황가 형제는 서로 얼굴을 마주보았다.

하지만 추녀가 **경행의 어깨**를 물끄러미 쳐다보고 있다는 사실을 깨닫고, 금세 납득이 간 표정을 지으며 무관다운 동작으로 무릎을 꿇었다.

"과분한 말씀입니다."

"오히려 당신의 납치를 막지 못한 점으로 말하자면 엎드려 사죄를 드려도 부족할 지경이지요."

"어머나, 정말 겸손하시네요."

세 사람은 완벽한 호흡을 자랑하는 대화를 나눈 뒤 점점 본론으로 다가갔다.

"아뇨, 겸손이 아니라 이것은 본심입니다. 고귀한 여성을 이렇게까지 엄청난 위기에 노출시키다니, 예무관으로서 어떻게 사죄를 드려야 좋을지 계속 골머리를 앓고 있었습니다."

"어머나, 세상에."

"가능하다면 저희가 가지고 있는 모든 것을 다 바치고서라도 용서를 구하고 싶습니다만."

"어머나, 어머나."

무관들을 무릎 꿇린 추녀——영림은 뺨을 손으로 감싸며 한숨을 휴 내쉬었다.

"그렇게까지 말씀하신다면 뭐라도 받아서 두 분의 마음을 편하게 해 드려야겠네요."

영림은 두 오라비를 일으켜 세운 뒤, 다소 아첨하는 듯한 눈빛으로 경행을 올려다보았다.

"그럼 당신이 소중하게 키운 그 비둘기를 제게 주시겠어요?"

"물론입니다."

경행은 대범하게 고개를 끄덕인 뒤 거창한 동작으로 어깨에 앉아 있던 비둘기를 손바닥에 올렸다.

"지금 이 순간부터 전서구는 당신의 것입니다. 구워 드시든 삶아 드시든 양도하시든, 원하는 대로 하십시오."

"그럼 이 비둘기는 운람에게."

영림은 양손으로 비둘기를 받아 안아서는 가볍게 운람에게 건넸다.

"자요."

"자요?"

놀란 것은 운람이었다.

날개를 퍼덕이는 비둘기를 순간적으로 받아들기는 했지만, 적갈색 눈동자는 곤혹의 빛을 감추지 못했다.

"운람. 이것은 큰…… 경행 님이 특별히 훈련시킨 비둘기예요. 계속 훈련을 시키면 이 읍과 왕도 사이의 거리쯤은 충분히 왕복할 수 있답니다. 편지를 묶어 보내면 답장을 쓸 수도 있고요."

"……!"

청년이 눈을 부릅떴다. 영림은 기분 좋게 상대를 바라보며 말했다.

"아버님의 돌은 부디 당신이 소중하게 갖고 있도록 해요. 선대 두령의 마음을 가슴에 품고 이 읍을 올바르게 이끌며——글도 열심히 공부하세요. 내가 첨삭해 줄 테니."

이것이 바로 유품인 돌 대신 영림이 생각한 '인연'이었다.

영림 옆에서 경행도 "음. 나도 운람에게는 가능성이 있다고 생각했지. 비둘기를 통해 계속해서 훈련을 시킬 수 있겠어"라며 아끼던 새를 건네고도 흡족한 표정을 지었다.

"……."

운람은 한동안 영림의 말을 곱씹듯 입을 다물었다.

하지만 비둘기의 매끄러운 있는 날개를 쓰다듬으며 천천히 고개를 끄덕였다.

"알았어."

그리고 솟아나는 기쁨을 감추려는 듯 푸핫 하고 파안했다.

"그나저나, 비둘기 훈련은 어떻게 시키는 거야?"

날카로운 눈빛을 짓는 일이 많았던 눈동자가 유쾌한 듯 반짝반짝 빛났다.

돌멩이 조각보다 따스한 '인연'을 손에 넣은 운람은 눈부시다는 표정을 짓더니 새삼 자세를 고쳤다.

"저기, 정말 고마워——."

이번에야말로 솔직하게 감사의 말을 입에 담으려는 순간.

"안 돼요."

운람은 말을 끝맺지 못하고 입을 다물고 말았다.

영림이 운람의 입술에 손가락을 대고 말하지 못하게 했기 때문이었다.

"……뭔데, 아직도 겸손을 떨려는 거야?"

"뭐, 그것도 있긴 있지만, 그 이상으로 말이죠——."

운람이 뚱한 표정으로 손가락을 밀어내고 묻자, 영림은 자신의 뺨을 손으로 감싸며 대답했다.

"아직 남은 일이 있거든요."

"뭐?"

"으음——. 운람의 심경과는 더 이상 관련이 없는 일이긴 하지만……."

멍한 표정의 운람 앞에서 영림이 조용히 한숨을 내쉬었다.

살짝 내리깐 눈동자 안쪽에서 여러 가지 생각들이 재빠르게 교차했다.

"빈곤한 백성들 뒤에는 향장이. 그 뒤에 한 명이 더. 그리고 뒤에 있던 남임희 님에게는 공범자가 있었을 거예요. 말로만 떠들어대며 이곳저곳을 휘젓고 다니는 또 한 명이.”

자신은 안전권에 있다고 확신하며 방심하던 남임희도, 결국 남가에서는 도마뱀 꼬리처럼 잘라서 내버릴 것이다. 냉철한 남가라면 임희를 두 번 다시 공공연한 무대에 세우지 않으리라.

그렇다면 정말로 사건의 최후까지 진정한 안전권에 있던 사람은 도대체 누구일까.

영림의 머릿속에는 어떤 인물의 모습이 떠올랐다.

——이호가 없다면 다른 기예로 대체하면 되지 않을까요……?

늘 어쩔 줄 모르는 발투로 이야기하며 선량한 척하던 추녀.

작은 동물처럼 사랑스러운 남가의 추녀.

남방춘.

전야제 자리에서 이호를 잃어버리고 당황하던 혜월에게 재빨리 다른 기예를 바치는 게 어떻겠느냐고 제안했다.

결과적으로 그때 춤을 권한 사람은 가취였으나, 그것은 방춘의 발언 때문에 떠오른 생각이 틀림없었다. 방춘은 그런 식으로 자신의 발언을 마중물 삼아 주위의 언동을 조종해 온 것이다.

——제전 본행사용으로 금가에서 보낸 호화로운 의상이 방에 준비되어 있잖아요.

방춘은 혜월이 방으로 돌아가 옷을 확인하도록 유도했다.

——화려한 금실과 은실 자수는 그것만으로도 만금의 가치가 있죠.

주위에, 특히 잠입해 있던 행 할멈의 관심을 끌기 위해 계속 목소리 높여 의상의 가치를 강조하면서.

아마 이호가 망가진 일조차 계획의 일부였으리라.

남방춘은 틀림없이 이 계획에 처음부터 가담했다.

혜월의 옷을 더럽히고 정신적으로 궁지에 몰아넣었으며 납치까지 시켰다. 추후 입막음을 할 일까지 내다보고 행 할멈이 병의를 훔치도록 유도하여 읍을 이질로 고통 받게 했고, 추녀들에게 혜월의 나쁜 평판을 심어 놓고, 읍을 통째로 불태우려 했다.

'……맨 처음 이 계획을 생각한 게 도대체 누구일까.'

납치를 저지른 읍 백성이 있고, 그것을 조장한 향장이 있다.

그 등 뒤에는 향장을 조종한 임희와 그에 편승한 방춘이 있다.

법으로 어디까지 처벌할 수 있을까.

정치적 속박과 굴레 때문에 아마 공식적으로 방춘을 벌할 수는 없을 것이다.

그래도.

"내 소중한 친구들을 괴롭힌 나쁜 사람들 **전원**, 톡톡히 대가를 치르게 할 거예요."

후훗, 하고 웃으며 고개를 드는 영림을 보고 운람이 "응……?" 하며 얼굴을 일그러뜨렸다.

두 오라비도 당황한 기색을 감추지 못하고 입을 모아 영림을 불렀다.

"아── 그, 뭐냐. 날도 갰고 병도 물러갔으니, 읍도 대단원을 맞이하는 분위기잖아? 상대는 여자고 죄를 묻기에도 애매한 행위니까, 그, 온건하게 가자꾸나……?"

"아니, 이 모든 사후처리를 해야 하는 입장에서는 솔직히 이 자리에서 더 이상의 사건을 일으키는 건 참아주길 바라는데……."

투지가 넘치는 웃음에 압도되었는지 드물게도 어쩔 줄 몰라 하는 오라비들의 말을 영림은 가볍게 받아 넘겼다.

"괜찮아요. 이 다음은 왕도로 돌아가서 할게요."

그러고는 시야 아래로 펼쳐진 읍 앞에서 숨을 크게 들이마셨다.

편안한 바람. 풍요로운 대지와 녹색 자연의 내음. 맑은 하늘.

환희하는 읍 사람들에게 찾아올 것이 황금빛 이삭뿐이었으면 좋겠다.

아주 희미하게 남아 있는 불온한 뿌리는 자신이 왕도로 돌아가 처리하리라.

자, 하고 영림이 생글생글 웃으며 주먹을 불끈 쥐었다.

"이제 마지막 한 걸음 남았어요. 목소리 한 번 내고 갈까요?"

에필로그

"이젠 지긋지긋해……."

늦은 오후의 추궁.

최근 들어 선선한 가을바람이 불어오게 된 정자에서 전혀 선선하지 않은 목소리가 들려왔다.

목소리의 주인은 장기판 앞에서 고개를 숙이고 있는 주가의 추녀——주혜월.

혜월은 한동안 어깨를 푸들푸들 떠는가 싶더니 고개를 홱 치켜들고 맞은편 자리에 앉은 황가의 추녀——황영림에게 손가락을 들이밀었다.

"지도대국이라고 했잖아! 지도대국! 네가 생각하는 지도라는 건 도전자의 정신을 지근지근 밟아 놓는 행위를 말하는 거야?!"

"어머나, 그럴 리가요. 저, 혜월 님이 고작 열 판 연속 지셨다는 이유로 좌절할 만큼 약한 분이라고 얕본 적은 한 번도 없어요."

"보통 사람은 좌절한다고! 제발 부탁이니 그 부분에서는 날 좀 얕보란 말이야."

혜월이 일그러진 표정으로 말하자 옆에서 지켜보던 리리가 "와아……." 하고 중얼거렸다.

"이번에는 꽤 초반에 무너졌네요. 문외한도 알겠어요, 이 참패한 느낌은."

"그치만 방금 전에 '종반까지 이길 수 있을지도 모르겠다는 기대감을 품게 해 놓고서 막판에 죽어라 죽어라 하면서 때리지 말란 말이야'라고 야단치셔서, 그 반성을 살려보려고……."

"반성을 살린 결과 상대를 더욱 궁지로 몰아넣게 되다니, 역시 영림 님이시네요."

리리가 마른 웃음을 짓자 옆에서 차를 새로 내 온 동설이 자랑스러운 얼굴로 고개를 끄덕였다.

"역시 영림 님이십니다."

"아니, 칭찬으로 한 말이 아닌데."

얼어붙은 표정의 리리를 보고는 영림이 쓴웃음을 지으며 혜월을 돌아보았다.

"죄송해요, 혜월 님. 아무래도 오늘의 저는 공격의 기세를 늦출 수가 없네요. 불쾌하시다면 오늘은 여기서 이만 끝낼까요?"

하지만 그 말을 들은 혜월이 흥! 하고 코웃음을 쳤다.

"네가 공격적인 건 어제오늘 일이 아닌데 뭐. 됐어, 계속해. 자, 빨리 말을 늘어놓으란 말이야."

"……그만 돌아가셔도 되는데."

"안 갈 거야. 네가 남방춘을 습격하지 않는다는 확신이 들 때까지는."

영림이 작은 소리로 반론했으나 혜월은 고압적으로 그것을 튕겨내며 의자에 털썩 하고 자세를 고쳐 앉았다.

가늘게 뜬 눈으로 가을의 정원을 한 바퀴 돌아보고는 그 시선이 다시 맞은편의 영림을 향했다.

"다 들었어. 너, 강 씨와 남임희를 처벌하는 것만으로는 성이 차지 않아서 그 과보호 형제 앞에서 남방춘에게 복수하겠다고 선언했다며? 덕분에 무모한 짓을 저지를까봐 걱정이 된 경창 님이 어째서인지 나한테 감시하라고 명령했단 말이야."

"혜월 님도 참, 언제부터 그렇게 작은 오라버님이랑 친해지셨는지……."

"친해진 거 아니거든! 이용당하고 있는 거야, 보면 몰라?!"

영림이 나직하게 지적하자 혜월은 오기를 부리며 부정하더니 한층 더 험악한 표정을 지었다.

"남방춘이 매일 오후에 정원을 산책한다는 사실은 나도 알아. 그래서 정자에서 휴식을 취하는 척하면서 우연을 가장해 잠복하고 있는 거잖아. 나 참, **요양**이 끝나자마자 이 모양이라니. 네 그 집요함과 행동력에는 정말 두 손 들었어."

지긋지긋하다는 혜월의 말을 영림은 크게 부정하지 않고 어깨만 살짝 으쓱했다.

"딱히 방춘 님을 덮칠 생각은 없어요. 그저 이야기를 좀 하고 싶은 것뿐이에요. 그런데 오라버니들 이하, 수많은 여러분들이 이렇게까지 경계하시다니. 귀…… 슬퍼요."

"저기, 너 방금 귀찮다는 말을 하려고 했지?"

혜월이 어이없다는 얼굴로 지적했지만 영림은 청초한 미소로만 답할 뿐이었다.

외유에서 돌아온 지 어느덧 이레가 흘렀다.

그 사이 납치당한 '주혜월'과 오라비가 사건에 말려든 '황영림'은 마음고생이 심했으리라는 이유로 황태자가 친히 이레간의 요양을 허락했다. 정말이지 사려 깊은 행동이었다.

하지만 진짜 목적은 따로 있었다.

하나는 왕도에 돌아와 원래 몸을 되찾고 완전히 지쳐버린 혜월을 숨기기 위해.

그리고 또 하나는 자신의 육체로 돌아가 원래의 권력을 손에 쥔 영림이 그 순간 남가에 쳐들어가는 일을 방지하기 위해서였다.

실질적으로 이 이레는 요양이라는 이름의 냉각 기간, 더 정확히 말하자면 발을 묶어 놓은 시간이라 할 수 있었다.

"오라버니들도 전하도 너무하세요. 이렇게 온화한 저를 날뛰는 멧돼지처럼 취급하다니. 취관장님도 전하의 명령이라며 매일같이 '무모한 짓은 할 생각도 마라'라면서 감시하고 계시잖아요. 나 참, 제게 '무모'라는 요소는 전혀 없거든요."

"오히려 왜 없다고 생각하는 거야?"

미소를 지으면서도 스멀스멀 짜증의 기색을 내보이는 영림의 모습을 보고 혜월은 저도 모르게 쏘아붙였다.

일개 읍 백성이라 해도 소중한 상대가 상처를 입는다면 금기의 비술에 발을 들이고, 또 자기 스스로 복수에 나설 수도 있는 여자.

그 이전에 도주를 위해서라면 자발적으로 납치당하러 갈 수도 있고, 쇠락한 마을의 진흙탕을 첨벙첨벙 밟고 들어가 농사일을 거들고, 산을 타넘고, 짐승을 사냥하고, 밤새 간호를 하고, 고통에서 구해주기 위해 살해까지 검토하는 여자다. 무모한 요소가 없다니, 그냥 무모의 화신이 아닌가.

혜월이 볼 때 요명이 팔다리를 묶어서 황기궁에 감금시키지 않는 것 자체가 지나치게 인정 많은 처우라고 생각될 정도였다.

“잘 들어. 우리가 요양을 하는 사이 사건은 이미 황제 폐하께 보고되었고 폐하께서 심판을 내리셨어. 죄인은 처벌을 받았으니 이 사건은 이제 해결된 거야.”

영림을 타이르듯 혜월이 말했다.

요명이 파발마를 보내 왕도에 사전 연락을 한 덕분에 일행이 외유에서 귀환하자마자 사건은 신속하게 조사되어 심판이 내려졌다.

우선 탈세를 저지르고 사건을 주도한 강 씨는 향장 신분을 박탈하고 전 재산을 몰수한 뒤 유형을 보냈다. 큰 부상을 입은 상태에서 이런 판결이 내려졌으니 사실상 사형이나 다름없었다.

한편 납치를 거든 읍 사람들은 강 씨에게서 협박을 받은 일, 자신들의 손으로 강 씨의 음모를 밝혀낸 일, 무엇보다 ‘주혜월’ 본인이 처벌을 원치 않은 일 덕분에 방면되었다.

동시에 황태자 요명의 선언대로 읍을 차별적으로 대우하던 조례는 전부 철폐되어 사람들이 크게 감사했다고 한다.

그리고 수상쩍게 행동한 남임희에게는 육형이나 유형 등의 실질적인 처벌이 내려지지는 않았으나 그렇다고 완전히 무죄방면이 된 것은 아니었다.

사태를 무겁게 본 남가 당주가 임희가 사건에 관여했다는 사실은 부정하면서도 ‘의심받을 짓을 한 것 자체가 청렴을 중히 여기는 남가에는 어울리지 않는다’면서 직함을 빼앗았기 때문이었다.

임희는 출세가도라 불리는 군의 부관 자리에서 쫓겨나 동령의 요양지에서 근신하게 되었다. 기간은 정해져 있지 않으니, 아마 임희가 정치의 무대로 돌아올 일은 없을 것이다.

실제 임희가 왕도를 떠나는 날 남가 사람은 단 한 명도 배웅을 나오지 않았다고 한다.

당주의 눈에 들었던 임희는 이복형인 장남을 밀어내고 왕도의 저택에서 살고 있었지만, 나중에 남가 사람이 물건 정리를 하러 와 봤더니 깔끔하게 정돈되어 있던 실내가 임희의 손으로 엉망진창 어지럽혀져 있었다고 했다.

그러니 남가 사람들은 그것을 바로 청소하고 아무렇지도 않게 장남을 들여보내 살게 했다.

소문이 퍼진 것은 그 한순간뿐이었고 그 후로 '남임희'라는 이름은 전혀 들려오지 않았다.

즉, 남가란 원래 그런 가문이라는 뜻이다.

"아무리 남임희라도 왕도에서 멀리 떨어진 시골에서는 아무 짓도 못 하겠지. 남방춘은 어찌어찌 도망치긴 했어도 함께할 짝패가 없으니 이젠 아무것도 할 수 없어. 이미 뱃속이 시커먼 남가 남매는 무력화되었다는 뜻이야."

혜월이 콧김을 내뿜으며 잘라 말했지만 영림은 탁자 한쪽에 놓여 있던 향로를 바라보며 희미한 미소만 지었다.

"그렇다면 좋을 텐데 말이에요."

의미심장한 맞장구에 혜월이 미간을 좁혔다.

"진짜 한 번 결심하면 엄청 집요해지는구나, 넌. 당사자 중 하나인 내가 '다 끝났다'고 하니까 이제 된 거 아냐? 아무튼 이 이상 무슨 짓을 더 하겠다는 묘한 꿍꿍이는 그만 집어치우고 얌전히 있어. 기습, 특공, 야습, 방화, 전부 금지야. 알았어?"

"어머나, 혜월 님도 참. 사람을 그렇게 이성 잃은 짐승처럼 표현하시다니……."

"비슷하잖아!"

영림이 슬프게 반론했으나 혜월은 단호하게 대꾸했다. 옆에서 리리가 열심히 고개를 끄덕이고 있었다.

"공격 태세로 돌아선 영림 님은 정말 가차 없으시니까요."

"그래, 맞아. 그리고 네가 무모한 짓을 저지르면 무슨 일이 일어나는지 알고 있어? 어째서인지 귀찮은 일이 다 나한테 쏟아진단 말이야!"

장기판 위의 말들이 흐트러지거나 말거나 혜월은 탁자 위로 털썩 엎드렸다.

"물이 높은 곳에서 낮은 곳으로 흐르는 것처럼, 어째서인지 네가 쏟아내는 재앙들이 전부 나한테 흘러온다고. 걸교절 때도 그렇고 이번에도 그랬어. 이건 그냥 일종의 저주야. 그러니까 너, 절대 무모한 짓하지 마."

이것은 단순한 비아냥이나 빈정거림이 아니다. 황영림이 무모하게 굴면 당황한 보호자들에게 추궁을 당하거나, 영림 대신 그녀의 역할을 맡게 되는 등 어째서인지 혜월에게 그 불똥이 다 튀었다.

"애당초 목극토(木剋土)라고 하잖아. 나무 성질인 남방춘은 흙 성질인 네게 골치 아픈 상대야. 저렇게 뱃속 시커멓고 연약한 척하는 여자는 머릿속이 온통 근육으로 꽉 찬 네가 상대할 수가 없어. 피하는 게 이기는 거——."

"말씀드리기 어려운 일이지만요, 혜월 님."

그러나 혜월의 웅변을 영림의 부드러운 목소리가 가로막았다.

"이미, 조금 늦어버린 것 같아요."

영림이 태평하게 가리키는 손가락 너머를 보고 혜월의 입꼬리가 얼어붙었다.

"평안하시온지요. 영림 언니, 혜월 님."

조금 떨어진 곳에서 이쪽을 향해 인사를 건네는 남방춘이 보였기 때문이었다.

"평안하시온지요, 방춘 님."

영림이 생긋 웃자 방춘이 기쁜 듯 활짝 웃으며 조심스러운 걸음걸이로 다가왔다. 봄을 관장하는 남가의 추녀답게 아주 옅은 연둣빛 의상을 입었다. 작은 보폭으로 걸을 때마다 작은 꽃 모양의 비녀가 찰랑찰랑 흔들리는 모습이 너무나 사랑스러웠다.

방춘은 예의바르게 정자 앞에 멈춰 서서는 대화에 끼기를 망설이는 태도를 보였다.

"저, 죄송해요. 대국 중이셨나요? 제가 방해한 것 같아서……."

"아니에요. 마침 한 국을 끝내고 휴식하려던 참이었답니다. 괜찮으시다면 들어오세요, 정자에서 같이 쉬지 않겠어요?"

"어머나……! 그래도 될까요?"

영림이 생글생글 웃으며 손을 내밀자 방춘은 얼굴을 확 붉혔다.

그때 영림이 재빨리 이렇게 말했다.

"아아, 차를 준비하는 편이 좋겠네요. 동설, 차 좀 가져다줄래? 리리도 미안하지만 주방에서 과자를 가져다줬으면 해. 괜찮으시겠죠, 혜월 님?"

동설과 리리, 그리고 혜월이 재빨리 얼굴을 마주보았다.

주위 사람을 전부 내보내려는 것이다.

"안 돼, 혼자 뭘 제멋대로——."

영림이 냅다 남방춘과 독대하려 한다는 사실을 알아차린 혜월이 재빨리 그 말을 거부하려 했으나 그보다 먼저 방춘이 손뼉을 짝 쳤다.

"어머나, 정말 기뻐요. 아참, 제 방에도 덕비님께 받은 과자가 있어요. 명명(明明), 가져다 주겠어요? 영림 언니께 대접만 받을 수는 없잖아요."

방춘 역시 옅은 남색 옷의 상급 궁녀를 내보내려고 했다.

——도발에 응한 것이다.

그것을 알아차린 세 사람은 순간적으로 숨을 들이켰다.

"자, 동설, 리리. 부탁할게."

영림이 다시 한 번 재촉했다.

리리는 망설이듯 미간을 좁혔으나 동설이 "예" 하고 물러났기에 결국 그 뒤를 따를 수밖에 없었다.

'제발 저 사람이 쓸데없는 짓을 못 하게 해주세요!'

하고 계속 뒤를 돌아보며 혜월에게 눈짓하면서.

'나보고 어쩌라고!'

남겨진 혜월은 마음속으로 머리를 부둥켜안았다.

그러는 동안에도 황가의 추녀와 남가의 추녀는 모르는 사람 눈으로 보기에는 화기애애한 대화를 나누고 있었다.

"두 분 다 오늘로 요양이 끝나셨군요. 저기, 새삼스럽지만 이번에 정말 고생 많으셨어요. 무사히 돌아오시고, 또 몸이 다 회복되어서 진심으로 기뻐요."

"고마워요. 방춘 님께 걱정을 끼치다니 정말 괴로운 일이네요."

"아뇨……라고 말씀드리고 싶지만, 솔직히 말해 영림 언니께서 선발대를 제치고 읍으로 먼저 달려가셨다는 사실을 알았을 때는 심장이 찢어지는 줄 알았어요. 언니는 가끔 그렇게 말도 안 되게 무모한 행동을 하시네요."

"후후, 황가 사람들은 대체로 피붙이의 위기를 결코 그냥 넘기지 못하는 성격이랍니다. 놀라게 해서 미안해요."

한쪽은 걱정스러운 듯 입술을 삐죽이고, 한쪽은 온화한 얼굴로 쓴웃음을 짓고 있다. 얼핏 보기에는 마음이 따스해지는 광경이다.

그러나 두 사람의 본성, 그리고 그 내면에 숨어 있을 어마어마한 분노를 알고 있는 혜월 입장에서는 아까부터 오한이 느껴질 뿐이었다.

'그러니까 이 말은 「추녀가 천읍으로 뛰어가다니 제정신이야?」 「네가 내 피붙이를 위기에 몰아넣었잖아」라는 대화인 거지……?'

최근 들어 기능이 쑥쑥 좋아진 번역 기술을 이용해 혜월은 영림과 방춘의 대화를 해석했다.

정말이지 이 두 사람, 서로 적이라고 판단한 사이이면서 어떻게 이렇게 생글생글 웃고 있을 수가 있을까.

“제 친구인 혜월 님, 그리고 오라버니께서 만에 하나라도 읍과 함께 불에 탈 수도 있다는 생각이 들자 도저히 가만히 있을 수가 없었어요. 한탄하고 있었더니 전하께서 비밀리에 절 데리고 나가 주셨답니다. 정말 든든하고 인정 많은 분이세요.”

번역하자면 ‘읍에 간 것은 황태자의 결정. 그것을 비난할 생각이야?’라는 뜻이 될까.

“그렇군요. 그 후 요양까지 명령하시고……. 전하는 정말로 영림 언니를 아끼시나 봐요.”

방춘의 이 말은 분명 ‘그 후에 근신 처분을 받은 주제에’라는 의미이겠지.

영림이 난처한 듯 뺨을 손으로 감싸며 더욱 짙은 쓴웃음을 지었다.

“네. 요양 기간 동안에도 매일같이 황기궁에 병문안을 와주셨어요. 전하께 이렇게까지 걱정을 끼쳐 드리다니, 정말 부끄러울 따름이에요.”

근신이라는 인상을 단숨에 날려버리는, ‘나는 총애를 받고 있다’는 주장이다.

방춘은 미소를 지으며 “멋져요” 하고 중얼거렸지만, 혜월은 이렇게 평범하면서도 등골이 서늘해지는 맞장구를 태어나서 처음 들었다.

‘이제 그만 좀 봐줘…….’

혜월이 남몰래 가슴을 꾹 눌렀다. 듣고 있다가는 심장이 짜부라들 것만 같은 대화였다.

황영림은 '나라면 방춘 님의 함정에 빠졌을지도'라고 말했지만 그럴 리가 없다. 충분히 대등하게 맞서고 있지 않은가. 아니, 방춘이 의식적으로 적의를 감추고 있는 데 반해 영림은 어디까지나 자연스러운 태도로 보이는 것이 더 무섭다. 이 여자, 어디까지 의도적으로 발언하고 있는 걸까.

전초전은 이 정도로 끝내도 되겠다고 생각했는지 영림은 방춘을 정자 안으로 들여서 자리를 권했다.

장기판을 탁자 한구석으로 밀어 놓은 뒤, 그 대신 섬세한 문양의 향로를 방춘 앞에 가져다놓았다. 차 준비가 끝날 때까지 향을 맡으며 즐기라는 의미이리라.

향로에서 고급스러운 침향 향기가 풍겼다.

"향이 너무 좋아요……. 마음이 편해지네요. 이러고 있으면 파란만장했던 나날에서 귀환했다는 느낌이 들어서 왠지 안심이 돼요."

방춘이 기쁜 듯 환한 미소를 지었다. 조심스럽게 마음을 열기 시작한 작은 동물처럼, 사랑스러우면서도 보호본능을 자극하는 태도였다.

이미 본성을 다 들켰다는 걸 알고 있을 텐데도 초지일관 연기를 유지하는 방춘의 모습을 보니 짜증이 나서 혜월이 입을 열었다.

"그러게. 이번 사건은 정말 모두가 다 힘들었어. 나는 납치당했지, 황영림은 가족이 말려들었지, 그리고 너도 오라버니가 처분을 당했잖아. 안 그래?"

남의 일처럼 이야기하고 있지만 가해자는 너희 남가잖아.

혜월로서는 그렇게 쏘아붙일 심산이었으나, 방춘은 여전히 조심스러운 태도를 전혀 무너뜨리지 않으며 "저……." 하고 눈썹을 축 늘어뜨렸다.

"두 분을 뵐 기회가 통 없었는데, 사실 이번 일에 대해 저도 제대로 설명을 드리고 싶어서요……."

작은 양손으로 주먹을 꽉 쥐고 방춘은 탁자 위로 몸을 내밀었다.

"오라버니…… 남임희는 분명 강 씨라는 사람과 접촉이 있었다고 해요. 하지만 그것은 강 씨가 주장한 것처럼 혜월 님을 납치하라고 강요하기 위해서가 아니었어요. 세금 포탈 의혹이 있으니 신변을 조심하는 편이 좋을 거라고…… 옆 영지라는 정이 있어서, 충고했던 거예요."

방춘은 커다란 눈동자에 눈물이 가득 고인 채 슬픈 듯 입술을 깨물었다.

"하지만 그 때문에 강 씨가 궁지에 내몰렸고 폭로당할 것이 두려워서 납치와 입막음 등의 악행을 저지르고 말았어요. 그렇다면 그 재앙의 책임 중 일부는 물론 오라버니에게도 있어요. 그래서 남가는 법적 책임은 아니어도, 도의적으로 오라버니에게 변경의 땅에서 근신하라는 처분을 내린 거죠."

그렇군, 그런 식으로 나온다 이거지. 혜월의 마음이 싸늘해졌다.

죄 자체는 어디까지나 부정하면서 '자율적으로' 더욱 엄격한 처분을 내렸노라고.

그런 태도라면 개중에는 임희를 동정하는 자도 있으리라. 그것을 알고 있기에 남가에서는 이 그럴싸한 줄거리를 주위에 떠들고 다니는 것이다. 이것이 진실이라고 세간에 침투시키기 위해.

"자상하고 총명하고 늘 예절이 바르던 오라버니였어요. 그런데 어느 날 갑자기 아무 연고도 없는, 궁벽한 땅으로 쫓겨나 분명 무척 고생하고 계실 거예요. 책임을 지기 위해서라고는 하지만 고통스러운 하루하루를 보내고 계실 오라버니를 생각하면 저도 가슴이 무너지는 것 같아요. 부디 세상 사람들이 이 이상 돌을 던지지 않기만을, 바랄 뿐이에요……."

돌은 무슨 돌, 하고 혜월은 생각했다.

이쪽 입장으로는 남령을 온통 헤집어놓고 다닌 남임희를 근신 정도로 봐 준 셈인데, 뻔뻔하게도 동정을 구하려 들다니.

'적으로 돌리고 싶지도, 너무 끈질기게 물고 늘어지고 싶지도 않지만 막상 이렇게 뻔뻔한 꼴을 보니 화가 치미네.'

이렇게 된 이상 '제대로 갚아줘야' 한다는 황영림의 자세에 찬동할 수밖에 없다.

아니, 안 된다. 여기서 영림에게 동조했다가는 더 무서운 사태에 말려들고 만다.

남가를 너무 내몰지도, 또 너무 동정하지도 않는다. 이것이 가장 평화적인 해결법이다.

애당초 자신이 감정에 휩쓸리기 쉽다는 자각이 있는 혜월은 스스로를 그렇게 타일렀다.

"어머나…… 그건 방춘 님도 정말 힘드시겠어요."

하지만 옆에서 황영림이 방춘에게 손을 내미는 모습을 보고 혜월은 깜짝 놀랐다.

"저도 오라버니가 있는 몸이니까요. 심정은 잘 알아요. 가슴이 터질 것 같고, 정말 괴롭죠."

"영림 오라버니……."

방춘은 뻔뻔하게도 눈물을 흘리며 고개를 끄덕였다.

"네, 계속 오라버니가 마음에 걸려요……. 하지만 세상을 소란스럽게 만든 건 오라버니 자신이고, 특히 피해자이신 혜월 님과 영림 언니께 이런 마음을 터놓는 건 너무나도 망설여지는 일이어서……."

"아니에요. 부디 저희에게 솔직한 마음을 이야기해 주세요."

영림이 선녀처럼 아름다운 미소를 지으며 다정하게 말하자, 혜월은 당황스러워졌다.

'무슨 생각이야……?'

설마 이 뱃속 시커먼 다람쥐의 연기에 정말로 깜빡 속아넘어가는 것은 아니겠지.

말도 안 된다고 생각하는 한편, 황가의 여자들이 특히 이런 작고 귀여운 생물을 좋아한다는 사실을 혜월은 잘 알고 있었다.

특히 황영림은 애벌레까지도 귀여워하는 괴짜이기 때문에, 사랑스러우면서도 추악한 남방춘이라는 생물이 영림의 그 기묘한 취향을 자극했을 가능성도 있었다.

"참, 그렇지. 방춘 님, 갑갑한 나날이 괴로우시다면 이번의 긴 휴식 기간 동안 조금이나마 날개를 펼치러 나가 보지 않으시겠어요? 자기 영지로 귀성하는 것 정도는 허락받을 수 있을 거예요."

"밖으로? 저어…… 황가의 영지로, 가자는 말씀이신가요?"

"네. 정말 멋진 요양지가 있답니다. 별장도 준비되어 있어요.

다른 추녀님들에게는 아직 비밀이지만, 방춘 님만 특별히 초대할 게요."

"어머나……."

감동한 것처럼 고개를 드는 방춘의 양손을 영림이 살며시 감싸 쥐었다.

'뭐야, 그게.'

옆에서 보고 있던 혜월이 얼굴을 찌푸렸다.

별장이 있다는 이야기는 들어 본 적도 없고 요양지 같은 곳에 초대받은 적도 없다.

딱히 무엇이든 제일 먼저 혜월에게 보고할 의리는 없다는 사실을 알고 있지만 이렇게나 함께 행동했는데, 수많은 감사를 담아 친구를 초대한다면 역시 제일 먼저 이 주혜월을 불러야 하는 것이 아닌가——.

하지만 그 불쾌한 마음은 영림이 다음으로 내뱉은 한 마디에 완전히 날아가고 말았다.

"정말 멋진 곳이에요. 유운(柳雲)이라는 장소인데요."

"——……."

아니, 엄밀히 말하자면 영림의 발언이라기보다는 방춘의 안색 때문에 날아갔다고 해야 할까.

"방금, 뭐라고 하셨어요?"

방춘의 미소가 드물게도 굳어 있었다.

"유운이라는 곳이에요. 위치는, 그렇군요. 영국에서도 상당히 동쪽이고요."

"아시겠지만 동령은 저희 남가의 관할이에요."

곤혹스러운 표정으로 지적하는 방춘의 두 손을 놓고 영림은 "어머" 하면서 자신의 뺨을 손으로 감쌌다.

"이미 알고 계신 줄 알았어요, 방춘 님. 남가 동령에 속하던 요양지 유운은 이번에 황가 직할령의 일부가 되었답니다."

희미하게 빛깔을 띤 입술에 천천히 미소가 떠올랐다.

말을 잃은 방춘 앞에서 영림은 우아하게 탁자 한구석에 놓여 있던 옻칠 상자를 집어들었다.

"이것이 고권장(沽券状)이랍니다. 원래 주민을 내쫓을 생각은 없으니 토지와 건물, 그리고 사람까지도 **일절 이동시키지 않고** 그대로 유지한다는 내용이 적혀 있어요."

향 도구가 들어 있는 줄로만 알았던 그것은 사실 편지 상자였고, 뚜껑을 열어 보니 유운의 고권장——토지 양도시 주고받는 계약서가 들어 있었다.

즉, 하고 영림이 말을 이었다.

"임희 님은 황가의 땅에서 요양을 하게 되신 거죠."

그렇다. 임희가 몸을 숨긴 동령의 변경은 바로 유운이었다.

동서남북 위치가 고정되어 있는 네 가문의 영지와 달리 개국 당시 황족 직할령을 그대로 물려받은 황가는 왕도 주위의 땅 외에도 국내에 띄엄띄엄 다양한 땅을 소유하고 있었다.

남가 동령 내에 있던 유운도 이번에 그 띄엄띄엄한 땅에 포함되었다는 이야기였다.

"……정말 특이한 일이군요. 동령의 땅 중에서도 가장 궁벽한,

왕도에서 한참이나 떨어진 땅을 원하시다니."

"그럴까요? 일견 왕도에서 멀어 보이기는 하지만 내륙에 자잘한 운하가 파여 있으니 조각배만 있으면 신속하게 오갈 수가 있죠. 전쟁 물자를 조달하기는 힘들겠지만, 편지를 주고받는 일쯤이야 쉬울 거예요."

온화한 목소리로 지적하자 혜월이 움찔했다.

그렇다면 역시 남임희는 얌전히 있을 생각이 전혀 없다는 뜻이 된다. 물론 남방춘도.

입을 다문 방춘을 향해 영림이 살며시 편지 상자를 내밀었다.

"이번 외유가 정말 즐거워서, 황후 폐하께 **추억 이야기**를 자세히 들려 드리면서 저도 요양지가 필요하다고 떼를 썼답니다. 폐하께서 덕비님께 이야기를 전해주셨고, 덕비님도 무척 재미있게 이야기를 들으시고는 흔쾌히 풍광이 아름다운 땅을 양보해주신 거예요."

진상을 전부 황후에게 알렸고, 황후가 덕비를 협박해 땅을 빼앗았다는 이야기였다.

방춘은 양 옷소매로 조심스럽게 입을 가리는 익숙한 자세를 취하고 있었다.

겁이 많고 어쩌면 수줍음도 많아 보이는 자세지만 그렇게 하면 자연스럽게 표정을 가릴 수 있다는 사실을 혜월은 그제야 알았다.

지금 소매 뒤의 방춘은 무슨 표정을 짓고 있을까.

"있잖아요, 방춘 님."

영림이 고개를 살짝 갸웃하며 유혹하는 듯 달콤한 목소리로 말했다.

"방춘 님은 정말로 다람쥐 같은 분이세요. 얼굴은 사랑스러운데 도망치는 발은 재빠르고, 생각보다 사나워서 자신보다 큰 짐승도 쓰러뜨릴 수가 있죠. 기둥을 갉아서 집을 무너뜨리고 밭을 파헤쳐 작물을 못 쓰게 만드는, 아주 골치 아픈 분이에요."

작은 동물에 대한 묘사라고는 생각할 수 없을 만큼 적의로 찬 말투였다.

리리가 가끔 말하는 '진딧물을 쳐다볼 때의 미소'란 이런 상태를 가리키는 것이 아닐까 하는 생각이 들었다. 곁눈질로 영림을 훔쳐보던 혜월은 식은땀을 흘렸다.

"그런데 소 등에 올라탄 쥐처럼 늘 큰 짐승 뒤에만 숨어 있으니 누구를 조종하려 했는지 전혀 몰랐던 모양이에요."

"……."

"전야제 때 당신은 직접 대화를 주도했죠. 그럴 필요가 있을 때는 우리 오라버니 경창의 발도 묶어 놓았고, 다과회 자리에서 여론을 이끌면서 당신은 언제나 임기응변으로 행동했어요. 임희 님에게 명령받은 게 아니라 즉석에서 능동적으로."

영림은 방춘을 똑바로 바라보았다.

"운람——읍의 두령이 임희 님에게는 명령을 내리는 주군이 있다고 증언했어요. 그것은 당신을 말하는 게 아닌가요?"

방춘은 고개를 숙이고 아무 말이 없었다.

하지만 침묵은 곧 대답이었다.

마른침을 꿀꺽 삼키는 혜월의 옆에서 영림이 천천히 방춘에게 두 손을 내밀었다.

“황기궁에 연금되어 있는 이 기간 동안, 나는 줄곧 당신 생각을 했답니다. 당신의 행동을 막으려면 어떻게 해야 좋을까. 당신이 무엇을 싫어하고, 무엇에 고통스러워하고, 무엇 때문에 가장 화를 낼까…….”

하얀 손끝이 소맷자락에 가려진 방춘의 얼굴에 닿았다.

“그래서 생각한 거예요. 당신은 분명 자존심이 무척 세고 오만한 분. 얕보이고 계획이 흐트러지는 상황에서 가장 화가 나는 분이겠죠. 그러니 당신이 나를 화나게 할 때마다 나 역시 당신을 화나게 만들겠어요.”

턱을 억지로 잡고 끌어올린 영림이 상대의 눈동자를 똑바로 들여다보았다.

“당신의 계획을 짓밟고 땅을 빼앗을 거예요. 그리고.”

아름다운 입술이 말을 이었다.

“그것은 당신이 쓸데없는 짓을 했기 때문이라고 주위에 알려서——남방춘을 ‘역사상 가장 어리석은 추녀’로 만들어 드리겠어요.”

“…….”

억지로 턱을 잡혀 고개를 든 방춘이 영림을 가만히 마주 응시했다.

“……그건, 싫은데요.”

그러더니 마침내 앳된 목소리로 중얼거렸다.

“정말, 너어무 싫어요.”

후후, 하고 조용히 시작된 웃음소리는 금세 목젖을 큭큭 울리는 소리로 바뀌더니 결국 방춘은 얼굴을 뒤로 젖힌 채 폭소를 터뜨렸다.

"아아, 정말 최악이야!"

난폭한 손짓으로 영림의 손을 뿌리친 방춘이 의자에 털썩 주저앉아 등을 기댔다.

"멍청한 오라버니의 뒷감당을 하는 사이에 설마 고모님 쪽을 공격당할 줄이야."

방춘은 얼굴을 찌푸리고는 작은 꽃 모양 비녀를 아무렇게나 뽑았다.

경박하고 상스럽다고 표현해도 좋을 남방춘의 언동을 보고 혜월은 얼이 빠졌다.

"누구야, 이 여자는……."

"어머나, 세상에. '방춘 님은 내성적인 것 같지만 친해지면 달라질 것'이라는 제 예상이 아주 크게 들어맞았네요."

"변하는 데도 정도가 있지! 뭘 의기양양한 표정으로 그런 소리를 하고 있어!"

그런데도 영림은 태평하게 그런 말이나 늘어놓고 있으니, 혜월은 저도 모르게 고함을 지를 수밖에 없었다.

그 순간 방춘이 "아, 시끄러워——." 하고 싫다는 듯 한숨을 내쉬었다.

"혜월 님의 그 째지는 목소리가 귀에 얼마나 부담이 되는지 알아요? 큰 소리 좀 내지 말아 주실래요——? 그 천박한 입, 벌리지 말아요. 숨도 쉬지 말고."

"뭐…… 뭐라고? 지금 나보고 죽으라는 소리야?!"

"그것 말고 어떻게 해석할 수 있는데요—?"

얼굴이 새빨개져서 고함치는 혜월에게 그렇게 대꾸한 방춘이 턱을 괴었다.

나른한 태도를 감추지도 않고 방춘은 영림을 올려다보았다.

"그래서요? 영림 언니는 고모님을 협박해 땅을 빼앗고 지금 아주 득의만면한 상태인 거죠? 전 뭘 어떻게 하면 되나요?"

아직 1인칭이 '저'인데다 간신히 존대를 쓰고는 있지만, 말투와 표정에서 배어나는 뻔뻔함은 정말이지 독살스러울 정도였다.

'이것이 남방춘……!'

혜월은 완전히 압도당했지만 영림은 냉정했다.

"설명해줘요."

영림은 편지 상자로 손을 뻗어서 이목을 끌려는 듯 그 테두리를 어루만졌다.

"폐하께서 이야기를 꺼내셨을 때 덕비님이 이상하게 당황한 태도로 반론도 하지 않고 놀라시지도 않고 땅을 바치며 애원하셨다고 해요. 아무래도 그분께는 원래 수상한 구석이 있었던 모양이에요. 한 마디로——덕비님도 이 음모에 가담하신 거죠?"

"……."

"물론 고가의 조수와 병의를 비밀리에 준비하기에는 추녀보다 비가 더 편할 거예요. 그렇다면 덕비님이 진정한 흑막이라는 말이 되는데……. 하지만 그렇다고 하기에 덕비님은 너무나 무방비하셨어요. 방춘 님보다도 훨씬."

완곡한 표현이기는 하지만 그 말은 곧 남 덕비가 방춘보다도 다루기 쉽고 어리석은 자라는 뜻이 된다.

말의 의미를 이해한 방춘이 턱을 괸 채 픽 비웃었다.

"그렇겠죠. 그 아줌만 바보니까."

"그래서 저는 알고 싶어요. 이번 사건에 누가 얼마만큼, 어떻게 개입했는지."

"모든 사건의 주동자가 고모님이라고 주장하면 제가 받을 처벌은 가벼워지나요—?"

"모든 사건의 주동자를 덕비님으로 만들어 버린다면, 당신은 덕비님보다 못한 지성의 소유자가 되는 셈이죠."

영림이 온화하게 말하자 방춘이 익살스럽게 두 눈썹을 치켜올렸다.

"최고의 도발이네!"

방춘은 턱에서 손을 떼고 다시 의자에 등을 기댔다.

그리고 이번에는 자신의 머리카락을 한 움큼 쥐더니 "어디서부터 이야기해야 하나" 하고 머리카락 끝을 응시하기 시작했다.

"……계기는 황후 폐하의 추억 이야기였어요. 영림 언니의 병문안 다과회에서 들은 그 이야기."

"저요?"

"아, 당사자는 모르겠네요. 황제 폐하께서 외유를 나가셨다가 병에 걸렸고, 그것을 간병한 덕분에 현비 확정이라고들 하던 황후 폐하께서 단숨에 서열이 쭉 올라갔다는 이야기예요."

방춘의 이야기는 짤막했지만 또 악의적이기도 했다.

"그 말을 듣고 단순한 고모님은 생각했던 거예요. 외유처에 병의를 숨겨 놓고 20년 전의 일을 재현하는 게 어떨까 하고. 단, 이번에 간병을 통해 서열이 올라가는 역할을 맡는 건 바로 저, 남방춘이죠."

방춘이 킥킥 웃으며 만지작거리던 머리카락을 놓았다.

"개최지가 내정된 순간, 의기양양해진 고모님에게 불려간 제 기분을 아시겠어요—? 머리도 별로 좋지 않은 주제에 책략가인 척하면서 '얘, 방춘. 아무리 시간이 지나도 영 눈에 띄지 않는 너를 위해 이번 풍년제에서는 내가 두 팔 걷고 나서줄게'라지 뭐예요."

넉비는 방춘에게 아주 신이 나서 그런 이야기를 했다고 한다.

풍년제가 남령에서 열릴 것이 확정되었다. 주최 가문의 주혜월이 기예를 선보일 테고, 저 끔찍한 금가에서는 틀림없이 의식에서 가장 눈에 띄는 의상을 공물로 준비하리라.

그러니 거기에 손을 쓰는 것이다. 더러운 병의 근원을 집어넣어 주혜월이 병에 걸리도록 하고, 약해진 주구궁까지도 함께 숨통을 끊어 놓는다.

그리고 그때 방춘이 간병을 한다. '아무도 돌봐주지 않는 추녀를 구한 상냥하고 총명한 추녀'로서 남방춘이 일약 주목을 모으도록.

——춤 실력도 자수도 그리 대단치 않고, 나처럼 책략을 짜낼 줄도 모르는 너는 이런 역할이 아니면 빛날 수가 없지 않니?

그 무해한 용모를 살려서 선량함을 연출하려무나, 라며 덕비는 웃었다.

병의라는 사실을 들켜도 문제는 없다. 그 경우 재빨리 금가에

죄를 뒤집어씌우면 된다. 사태를 유도하기 위해 방춘의 예무관으로는 기민한 임희를 붙인다. 아아, 저 거만한 금 숙비가 누명을 쓰고 추락하는 모습을 생각하면 웃음이 그치질 않는다――.

"바보 아냐? 하는 생각이 들었어요―. 진심으로."

방춘은 깊은 한숨을 내쉬면서 멍하니 정자의 천장을 올려다보았다.

"병의? 풍년제 본제에서 입을 옷에? 본제에서는 전하와 추녀가 나란히 있어야 한다고요. 서로 맞닿을지도 모르는데 전하가 감염되시면 어쩌려고? 미움 받는 존재인 혜월 님이야 죽든 말든 알 바 아니지만 전하가 병으로 쓰러지시면――만에 하나 그게 인위적인 사건이라는 사실이 들통 나면 모반이나 다름없잖아요."

게다가, 하고 방춘이 갑자기 자세를 고치며 차분하게 덧붙였다.

"전 남의 토사물이나 대소변을 치우는 거, 정말이지 딱 질색이에요."

얌전히 귀를 기울이던 영림이 저도 모르게 눈을 빛냈다.

'그랬구나?'

왠지 영림의 귀에는 이것이 가장 중요한 동기인 것처럼 들렸다.

간병을 딱히 힘들게 생각하지 않는 영림에게는 꽤나 참신한 이유였다. 사람의 가치관이란 정말이지 십인십색이다.

아무튼 그래서 방춘은 '이 아줌마의 책략에 편승하면 안 되겠어'라고 판단한 모양이었다.

방춘은 그 직후 마찬가지로 작전에 휘말린 남임희와 접촉했다.

곱상한 임희는 덕비의 눈에 든 모양이었으나, 본인 입장에서는 우둔한 비보다 친동생이 훨씬 마음에 들었던 듯했다. 똑똑한 상대에게 끌리는 것은 남가의 습성이다. 두 사람은 바로 덕비의 작전에 가담하는 척하면서 독자적인 계획을 세우기 시작했다.

"전하까지 병이 옮으면 큰일이니까, 병의는 진흙을 발라서 더럽히기로 했어요. 그러면 도저히 입을 수가 없잖아요? 하지만 혜월 님을 이 기회에 철저히 때려눕히려는 고모님의 의사도 다른 형태로나마 실현시켜야겠다는 생각이 들었던 거죠—."

"……오히려 그 부분이야말로 삭제해야 할 곳이 아니었나요? 인간으로서."

"왜요?"

영림이 저도 모르게 중얼거리자 방춘은 탁자 한구석에 놓인 장기짝을 손가락으로 튕겼다.

"장기판에 다 죽어가는 약한 말이 있다면, 일단 그것부터 잡지 않아요?"

인간을 붉은 피가 흐르는 사람이 아니라 조종해야 할 말로밖에 보지 않는다.

그 사실이 뚜렷하게 느껴지는 발언이었다.

"그래서 혜월 님은 제가 생각하는 방식으로 몰락시켜 드리기로 했어요. 아무래도 추녀한테 제일 곤란한 건, 오줌을 싸는 것보다도 순결을 잃는 게 더 크지 않겠어요?"

방춘은 혜월을 향해 앳된 미소를 띠었다.

"그래서 오라버니를 통해 강 씨의 약점을 잡고는 천민을 시켜 혜월 님을 납치하게 한 거죠."

"뭐……?"

"겸사겸사 천민이 병의를 훔치게 유도해서 병을 퍼뜨려 놓으면 입막음도 되고 일석이조죠. 제게서 멀리 떨어진 장소에 있으니까 혜월 님이나 비천한 백성들이 아무리 병으로 괴로워하든 말든 상관없잖아요."

양손을 모으고 고개를 살짝 갸웃하는 모습은 정말이지 사랑스러웠다.

"넌…… 인간도 아냐……."

혜월이 목소리와 주먹을 부들부들 떨며 자리에서 일어서자, 방춘도 탁자에 손을 짚고 일어나서는 고개를 갸웃하며 상대의 얼굴을 올려다보았다.

"그런가요—? 저는 단순히 선택지를 제시했을 뿐인데요. 이 전개를 선택한 건 다름아닌 당신들이잖아요."

"뭐?"

"아니, 강 씨가 정말로 청렴결백했다면 저희가 파고들 여지 따위는 없었을 거예요. 당신이 정말로 백성들에게 사랑받는 추녀였다면 납치당할 일도 없었겠죠. 천민 할머니가 그렇게 욕심을 부리지 않았다면 그 정도 유도로 진흙투성이 의상을 훔치진 않았을 테고요."

말을 잃은 혜월을 향해 방춘은 요염하다고밖에 표현할 수 없는 미소를 지었다.

"하지만 그렇지 않았잖아요? 강 씨는 자백보다 은폐를 선택했어요. 백성들은 자제보다 복수를 원했고, 천민 할머니는 자기 의지로 옷을 훔쳤답니다. 그렇지 않았다면 그냥 옷 한 벌 더럽혀지고 끝날 이야기였는데. 꼬드김에 넘어가는 사람이 나쁜 것 아닌가요?"

"방춘 님."

완전히 압도되고 만 혜월을 대신해 영림이 목소리를 높였다.

영림은 탁자에 놓여 있던 편지 상자를 집어들고 우아하게 일어섰다.

손수건까지 꺼내 내용물을 조심스럽게 감싼 뒤 방춘에게 내밀었다.

"이 고권장, 괜찮으시다면 드릴게요."

"뭐 하는 거야, 황영림?!"

기겁하는 혜월은 본체만체하고 영림이 방춘을 향해 쓴웃음을 지었다.

"뭐랄까…… 아까부터 당신의 이야기가 통 이해가 되지 않아서 솔직한 감상을 말씀드리자면…… 그, 너무 역겹다고나 할까, 당신의 오라버니가 살고 계시는 토지를 황가의 영지로 삼는 것 자체가 찝찝하게 느껴져서요……."

"영림 언니, 의외로 할 말을 다 하는 성격이네요?"

방춘은 어이없다는 듯 지적했으나 금세 유쾌한 표정으로 돌아와서 "받을 수 있다면 받아갈게요" 하고 야무지게 손을 내밀었다.

"——아, 그렇지."

그러나.

"그 고권장을 쓴 먹은 말이죠, 특별한 물을 넣고 갈았답니다. 병의가 담겨 있던 진흙탕 물이에요."

"……?!"

이어지는 영림의 말을 들은 순간, 방춘은 편지에서 손을 뗐다.

"정자 안에 향을 피워서 아마 몰랐던 것 같지만 먹 냄새를 잘 맡아 보면 비료 같은 냄새가 나니 알 수 있을 거예요. 손수건으로 싸는 편이 좋겠죠? 자."

"싫어……."

영림이 편지를 감싼 손수건을 들이대자 방춘이 몸을 뒤틀며 피했다.

――쨍그랑!

들어 올린 손이 탁자에 놓여 있던 향로에 부딪혔다. 그 섬세한 도기 병은 바닥에 떨어진 고권장 바로 위로 요란한 소리를 내며 낙하했다.

"어머나, 큰일 났네."

영림은 조심스럽게 쪼그려 앉아 향로에서 흘러나온 재에 다정하게 숨을 불어넣었다.

바람이 불자 숯이 희미하게 불꽃을 피우며 고권장을 조용히 집어삼켰다.

"고권장이 불타 버렸네요. 이 서류를 파손하는 자는 금 1천 냥으로 배상해야 한다는 말도 적혀 있었는데."

"무슨……."

"하지만 방춘 님 스스로 손을 떼었고 향로를 떨어뜨렸죠. 꼬드김에 넘어가는 사람이 잘못된 거니까 어쩔 수 없군요."

영림은 차츰 재로 변해 가는 고권장을 집어들고 일어섰다.

"당신의 말은 곧 이런 뜻 아닌가요? 방춘 님. 병의 근원을 집어넣었다는 이야기도, 그렇게 하면 불리해진다는 이야기도 해주지 않고 그저 그 사람이 행동했다는 이유로 책임을 뒤집어씌운 거죠."

불길에 휩싸인 부분에서 재가 툭툭 떨어져 내렸다.

마지막 한 조각을 집어삼킨 순간 영림은 손을 떼었다.

"아아, 이걸로 남가는 유운을 두 번 다시 되찾을 수 없게 되었네요. 방춘 님 때문에."

"윽……."

빠득 하고 무언가가 갈리는 소리가 들렸다.

어금니를 간 방춘에게 영림이 한 걸음 다가가 달콤한 목소리로 속삭였다.

"전 당신이 정말 싫어요, 방춘 님."

방춘이 고개를 홱 들었다. 겁을 먹었다기보다는 너무 솔직한 말에 놀란 모양이었다.

그도 그럴 거라고 영림은 생각했다. 자신이 타인에게 이토록 격렬한 적의를 품는 날이 오리라고는 본인조차 생각해본 적 없었기 때문이었다.

'마음속 불길이 미친 듯이 타올라서 어쩔 줄을 모르겠어.'

강렬한 감정이었다.

소중한 사람이 상처를 입었다는 분노. 그것을 허락하고 만 자기 자신에 대한 분노. 이해하기 힘든 동기를 듣고서 깜짝 놀란 마음과 혐오감.

흐릿하면서 늘 온화하기만 했던 세계에 강렬한 빛이 비쳐들어 뚜렷한 윤곽을 내보이는 듯했다. 무슨 일이 있어도 지키고 싶은 사람과 절대 용서할 수 없는 사람. 뒤섞여 있던 그것들이 분리되어 양극단으로 갈라진다.

영림은 지금 남방춘을 뚜렷하게 적으로 인식했다.

"물론 당신의 행동은 수동적이고 운에 맡기는 부분도 있었죠. 법으로 죄를 묻기는 어려울 거예요. 그렇다면 제가 사적으로 당신을 궁지에 몰아넣겠어요. 설령 질서에 반하고 감정적인 행동을 취하게 되더라도, 반드시."

"——……어머나, 이렇게 무서울 수가."

코앞에서 눈을 똑바로 들여다보자 방춘은 그것을 피하려는 듯 두 소매로 눈까지 가렸다.

"품행이 방정한 '전하의 호접'이 설마 그런 말씀을 하시다니."

"후후, 품행이 방정하다고요?"

영림은 천천히 입꼬리를 끌어올리더니 방춘의 소매를 밀쳐내고 억지로 얼굴을 들어올렸다.

"저, 아직 못 미덥긴 하지만 악녀랍니다."

"악녀……."

턱을 잡힌 방춘이 한동안 얼빠진 얼굴로 영림을 마주보았다.

그러나 이윽고 그 얼굴에 차츰 조금씩 기쁨의 빛이 배어났다.

방춘은 점차 키득키득 웃기 시작했다.

"아이참, 영림 언니도. 정말 최고예요."

"……방춘 님?"

갑자기 분위기가 바뀌는 바람에 영림은 미간을 좁혔다.

그러자 방춘은 기쁜 듯 입가를 가리며 고개를 갸웃했다.

“언니는 참 신기한 분이에요. 완전무결, 품행방정. 그만큼 재미없는 우등생인가 했는데……. 요즘 들어 언니는 가끔 사람이 바뀌기라도 한 듯 감정적인 모습을 보이시네요.”

‘사람이 바뀌기라도 한 듯’이라는 말에 혜월이 조용히 숨을 들이켰다.

하지만 방춘은 그것을 눈치채지 못하고 영림만 물끄러미 바라보았다.

“다과회 때는 정말이지 깜짝 놀랐어요. 읍에 달려갔다는 이야기를 들었을 때도, 지금도. 차분한데 맹렬하고, 냉정한데 감정적이죠. 만날 때마다 인상이 바뀌어요……. 어느 것이 진짜 영림 언니인가요?”

커다란 눈동자가 호기심으로 반짝거렸다.

기저에 있는 것은 두뇌를 자랑하는 남가다운, 탐구를 사랑하는 마음이리라.

그들은 평범함을 싫어하고 지성을 숭상한다.

수수께끼와 어울려 놀고 난해함을 즐기고 미지의 것을 ‘이해’라는 이름의 우리에 집어넣는 것을 즐긴다.

“영림 언니가 말씀하신 것처럼, 저는 바보들에게 계획을 저지당하는 것도, 바보와 동급 취급을 당하는 것도 아주 싫어해요. 하지만 더욱 싫은 건 바보들에게 둘러싸여서 지루한 시간을 보내는 거예요.”

아무런 죄책감도 느끼지 못하는 얼굴로 방춘이 시원시원하게 내뱉었다.

"저 멍청한 고모님 밑에서 추녀 노릇을 계속해야만 한다면 차라리 덕비를 추방하거나 저 자신이 추궁에서 나오는 편이 낫겠다고 생각했는데…… 생각이 바뀌었어요."

천진난만하기 그지없는 얼굴로 남가의 추녀는 양손을 가슴에 얹었다.

"저, 영림 언니가 정말 너무 좋아졌어요."

"네?"

"네? 뭔가요, 그 벼멸구를 발견한 농부 같은 표정은. 황가 분들은 연하가 자길 잘 따르면 좋아하지 않나요—?"

영림이 진심으로 싫다는 듯 턱을 뒤로 젖혀도 방춘은 생글생글 웃으며 받아넘겼다.

그리고 바닥에 떨어진 잿더미를 보고는 안타깝다는 듯 눈썹을 축 늘어뜨렸으나 금세 어깨를 으쓱했다.

"유운을 빼앗긴 것은 분하지만 비싼 교훈을 얻었다고 생각할게요. 영림 언니가 상대해 주신다면 추궁에서 총애를 두고 다투는 재미없는 유희도 분명 즐거워질 거예요."

마침 그때 정자 건너편에서 "오래 기다리셨습니다, 방춘 님" 하고 쟁반을 든 궁녀가 다가왔다.

과자를 들고 먼저 돌아온 사람은 방춘 직속의 남색 옷 궁녀였다.

"방춘 님, 꽃떡을 가져왔습니다."

"와아, 고마워요……."

그 순간 방춘은 평소의 어쩔 줄 몰라 하는 말투로 돌아오더니 작은 동물 같은 태도로 뒤를 돌아보았다.

"그런데, 정말 미안해요. 제가 영림 언니의 향로를 떨어뜨리고 말았어요……. 과자는 되었으니 청소하는 자를 불러와줄 수 있을까요?"

"어머나! 영림 님, 혜월 님, 정말 죄송합니다."

궁녀는 얼굴이 새파래져서 금세 둘에게 사과했지만 방춘을 책망하지는 않았다.

"방춘 님은 다치신 곳이……?! 아아, 옷자락이 재로 더럽혀졌네요. 어서 갈아입을 옷을 가져올게요."

"정말 미안해요……. 하지만 그보다 먼저 영림 언니께 사과를 드려야……."

"물론이지요. 황기궁과 주구궁에 정식으로 사과의 선물을 보내겠습니다. 하지만 방춘 님도 파편에 손이 베이기라도 하면 큰일이에요."

조급한 표정으로 그렇게 말한 궁녀는 마치 과보호하는 어머니가 자식을 지키는 것처럼 방춘의 등에 손을 짚고 정자에서 데리고 나갔다.

방춘은 뒤를 돌아보며 "먼저 가게 되어서 죄송해요" 하고 깊이 고개를 숙여 인사한 뒤, 살짝 눈치를 보면서 이렇게 덧붙였다.

"부디 용서해주시고…… 앞으로도 잘 부탁드려요."

그리고 청초한 걸음걸이로 정자를 벗어났다.

작은 등이 시야에서 완전히 사라지자 영림은 그제야 한숨을 내쉬었다.

“……참 많이 꼬인 분이네요, 방춘 님은.”

“그렇게 재미없는 단어로 표현할 만한 성격이 아니지 않아, 저건?!”

그때까지 대화에 완전히 압도되어 있던 혜월이 그제야 버럭 소리를 질렀다.

“뭐야, 저게! 완전히 인격파탄자잖아! 머리가 이상해, 쟤!”

“그렇군요……. 세상엔 저렇게 특이한 분도 계셨네요. 저, 정말 깜짝 놀랐어요.”

“아니, 네가 그렇게 말할 처지도 아닌 것 같긴 하지만.”

“네?”

곰곰이 생각에 잠겨 동의하고 있는데 갑자기 상대가 손바닥을 뒤집는 바람에 영림은 깜짝 놀랐다.

상심한 표정을 짓자 혜월은 머쓱한 듯 콧등에 주름을 잡았다.

“뭐, 남방춘은 사악하고 위험한 여자지만 넌 인정이 있는 위험한 멧돼지니까. 그래도 네가 조금 나으니까 안심해.”

“별로 안심할 만한 요소가 없는 발언인데요…….”

작은 소리로 중얼거린 영림은 더욱 복잡한 심경으로 미간을 찌푸렸다.

“‘사악하고 위험한’ 분이 제가 마음에 든대요.”

“어쩔 거야?”

“어떻게 하죠?”

드물게도 영림이 당황한 눈치였다.

"일단 땅을 빼앗았고 못도 박아 놓았으니 해결된 걸로 해요. 분명 방춘 님은 이제 다른 누군가에게 손을 대려고 하지는 않을 테니까요."

남방춘에게 타인을 함정에 빠뜨리는 일은 유희다.

지루하다고 손을 뻗고 빈틈이 있으니 '무심코' 공격하게 된다.

방춘이 영림을 '재미있다'고 판단한 이상 앞으로 그 표적은 영림 한 명을 향할 것이다——불행하게도.

하지만 소중한 상대가 다치는 일에 비하면 오히려 나은 상황이 되었을지도 모른다.

"뭐…… 정진하는 수밖에 없겠어요."

쪼그려 앉아 바닥에 흩어진 향로 파편을 치우며 영림은 온갖 사태를 노력과 근성으로 해결하려 하는 황가다운 결론을 내렸다.

"근성이 비뚤어진 분과 대치하기 위해서는 저도 악녀로서의 수행을 더욱 쌓아야겠죠."

"악녀 수행이란 건 또 뭐야?"

혜월로 말할 것 같으면 팔짱을 끼고 어이없다는 표정을 짓고 있었다.

"아뇨, 제겐 아직 명확한 목적은 없지만, 그…… 새끼손가락 하나로 성을 기울이거나 주위를 휘두르거나, 하는 걸까요……?"

"물리적으로?"

애매한 말투에 혜월이 저도 모르게 내뱉고 있는데 정자 건너편에서 "다녀왔습니다!" 하는 목소리가 들렸다.

남가의 궁녀보다 조금 늦게 돌아온 동설과 리리였다.

"어머, 상당히 늦었——."

하지만 말을 끝맺기 전, 영림과 혜월은 왜 두 사람이 남가의 궁녀보다 늦었는지 이해했다.

동설과 리리 모두 과자나 차 따위는 들고 있지 않았고 그 대신 등 뒤에 사람 여럿이 따라온 것이다.

"영림! 오늘은 귀환 이레째이니 아직 요양기간 중일 텐데, 왜 정원에 나와 있지?"

"영림 님, 보시다시피 전하의 안전이니 온건한 방식으로 보복을 검토해 주십시오."

동쪽, 동설의 등 뒤에서 나타난 요명.

"서두르지 마라. 마음을 굳게 먹어야 해."

"저, 유혈사태가 일어날 경우 전문가 분께 맡기는 편이 좋겠다고 생각해서 모셔 왔어요!"

서쪽, 리리의 옆에서 험악한 표정으로 다가온 진우.

"나 참, 혜월 님. 이럴 때는 혜월 님이 뒤에서 붙잡고 늘어져서라도 영림을 막아야지."

"핫핫핫, 진정해라, 영림. 오늘 아침에 운람에게서도 비둘기를 통해 '저희 때문에 싸우지 마세요'라고 탄원하는 편지가 왔단다."

심지어 황후 견수의 문안을 가던 중이었는지 영림의 오라비들까지 나타났다.

경창은 혜월을 향해 상쾌한 얼굴로 말도 안 되는 요구를 했고 경행의 어깨에는 비둘기가 앉아 있다.

여러 방향에서 나타난 남자들, 그리고 심복 궁녀가 와글와글 모여들어 “진정해, 서두르지 마, 할 거면 냉정하게”라고 외쳐대는 모습에 영림은 곤혹스러워져서 미간을 좁혔다.

“아니, 제가 무슨 식인귀나 맹수도 아니고…….”

호접이라 불리는 것도 간질간질하지만 악귀나 멧돼지 취급을 받고 싶었느냐고 하면 그 또한 미묘한 심경이 든다.

뺨을 손으로 감싼 영림의 옆에서는,

“새끼손가락 하나 움직이지 않아도 주위를 실컷 농락하고 있잖아, 이 엄청난 악녀야.”

혜월이 퀭한 얼굴로 그렇게 투덜거렸다.

***

“기분이 좋으신가 봅니다, 황후 폐하.”

탁자 옆에서 먹을 갈고 있던 등황 궁녀가 그렇게 말을 걸자 견수는 문득 고개를 들었다.

“그렇게 보이느냐?”

“예. 오늘의 필적이 평소보다 훨씬 더 시원시원하게 뻗어나가십니다.”

나이든 궁녀가 조용히 미소를 지으며 책상에 펼쳐 놓은 서류를 가리켰다.

견수는 고권장 한 통을 막 완성한 참이었다.

남 덕비가 남긴 ‘유운의 땅을 주민과 함께 양도한다’는 내용에 ‘이 고권장을 파손한 자는 반드시 배상한다’는 제약 사항을 추가한 것이다.

"뭐, 귀여운 조카딸의 부탁이니 기합도 들어갈 수밖에."

견수는 히죽 웃으며 붓을 벼루 위에 올려놓았다.

웬만해서는 후견인의 권력에 의지하려 하지 않는 영림이 처음으로 말한 '부탁'.

조카를 지극히 사랑하는 백모로서는 팔을 걷어붙이고 나서지 않을 수 없다. 붓도, 종이도 최고급품으로 준비하고 먹을 갈 물까지 일부러 맑은 강물을 떠 오도록 했다.

"후후, 덧붙인 이 한 마디를 대체 무슨 생각으로 추가하게 한 것일까."

벌금의 액수가 꽤 크다는 사실을 제외하면 딱히 특이할 것 없는 제약이다. 그렇기 때문에 덕비도 경계하지 않고 한 줄을 추가하는 일을 승낙했으나——과연 영림은 이것을 어떻게 이용하려는 걸까.

덕비를 통해 땅을 빼앗아 달라고 부탁할 때의 조카를 떠올린 견수는 미소를 지었다.

"무서워라, 무서워."

외유처에서 벌어진 일은 전부 들었다. 호방한 성격의 견수도 '저런, 세상에'라는 생각이 들 정도로 파란만장한 날들이었던 듯하지만, 그 경험이 영림의 정신을 강하게 자극한 모양이었다.

영림은 절망을 알고 분노를 깨닫고 사람을 싫어하는 법과 복수하는 법을 배웠다.

일반적인 도리에 비추어 보면 영림의 정신이 악의 구렁텅이로 빠져드는 것처럼 보이기는 하지만——견수는 그것이 기뻤다.

'분노와 복수심을 모르면 이빨 빠진 짐승이나 다름없지.'

자기 자신과 소중한 사람을 지키기 위해 분노는 존재한다. 원한에 삼켜져서도 안 되지만 적을 싫어하는 일을 두려워하면 곤란하다.

무력하고 무해하고 선량하며 섬세한 생물. 그것은 애완용으로 두기에는 더할 나위 없는 미덕이지만——견수는 조카가 한 명의 인간으로서, 확고한 자아를 가진 인간으로서 살아가기를 바랐다.

"점점 더 눈을 뗄 수가 없게 되어 가는군."

아름답기만 했던 종이인형에 숨을 불어넣어 몸에 피가 흐르는 인간이 된 것처럼.

온화한 미소뿐만이 아니라 비통한 절망도, 격렬한 분노도 알고 있는 영림이기에 더욱 아름답다.

"……점점 널 닮아 가는구나, 정수."

견수는 마지막 한 획을 그은 뒤 실내 벽에 붙어 있는 장식 선반을 응시했다.

영림이 만들어 준 향주머니, 편지, 자수가 들어간 손수건.

전체적으로 물건이 그리 많지 않은 실내인데 선반에만 그렇게 자잘한 물건들이 가득 진열되어 있었다.

"최고야, 네 딸은."

선반을 향해 나직이 중얼거린 뒤 견수는 시선을 낮추고 작은 소리로 무어라 덧붙였다.

"——그리고, 최악이다."

딸그랑, 하고 집어던진 붓이 낸 소리에 그 목소리는 무척이나 쉽게 삼켜졌다.

"죄송합니다, 폐하. 방금 뭐라고 하셨나요?"

"아니."

주인의 말을 미처 듣지 못한 등황이 다급히 몸을 내밀었으나 견수는 옅은 미소로 고개를 가로저었다.

"아무것도 아니다. 자, 고권장이 완성되었으니 이것을 영림에게 가져다주어라."

서류를 팔랑팔랑 흔들어 말린 뒤 궁녀에게 건넸다.

궁녀가 부복하고 받아들자 견수는 기지개를 켜면서 창 쪽을 돌아보았다.

정원에서는 가을 꽃들이 하늘하늘 흔들리고 있었다.

계산된 화원의 아름다움을 해치지 않기 위해 주위를 철저히 관리하여 해로운 짐승이나 해충 한 마리 보이지 않는다. 동물과 벌레를 좋아하는 견수는 조금 쓸쓸하기도 했다.

'뭐, 후궁 안은 해로운 짐승과 괴물로 가득하니 자극이 부족할 일은 없지만.'

예의도 잊고 창턱에 팔꿈치를 짚고 턱을 괴었다.

잔잔한 산들바람이 뺨을 쓸고 지나가는 가운데, 견수는 '새끼다람쥐'라 평했던 남방춘을 생각했다.

'상당히 제멋대로 군 모양인데. 이래서야 덕비에게도 뱃속이 시꺼멓다는 걸 들키겠는걸.'

지금까지 덕비는 남방춘을 '내성적이고 쓸모없는 추녀'라고만 생각한 모양이었지만 방춘이 이만큼이나 독단적인 행동을 했다는 사실을 알면 인식이 달라질 터였다.

한편 방춘은 또 방춘대로 덕비를 '생각이 짧은 아줌마'라고 생각하며 깔본 모양이었으나, 방림 역시 후궁 안에서 살아남은 만만찮은 비다. 나이를 먹으며 강해지고, 또 강렬해진 여자를 너무 얕보면 곤란하다.

'남방춘은 숨겨진 야심가인 듯하고, 금청가도 숙비를 경멸하는 눈치를 감추지도 않았지……. 나 참, 이번 대의 추녀들은 하나같이 보통내기들이 아니야.'

견수는 후견인 비를 깔보는 추녀들의 미숙함이 싫지 않았다.

실제로 남 덕비는 얄팍하고 금 숙비는 저속하다.

하지만 당사자인 비들 입장에서는 자신들이 '데려다 키운' 추녀들에게 얕보이다니 전혀 이해할 수가 없으리라.

추녀들이 너무 건방지게 굴면 비들도 슬슬 '서열 정리'를 하기 위해 행동에 나설 가능성이 있다.

'너무 쓴맛을 당하지 않으면 좋으련만.'

멍하니 정원을 바라보며 견수는 그런 생각을 했다.

"폐하, 휴식을 취할 여유가 있으시다면 죄송하지만 이 서류를 좀 훑어봐 주십시오. '찬앙례(鑽仰礼)'의 내용을 슬슬 정해야 합니다."

그때 고권장을 가지고 나간 궁녀와 엇갈리듯 또 다른 등황이 대량의 서간을 안고 들어왔다.

사정없이 탁자 위로 와르르 쌓이는 일거리를 보고 단숨에 현실로 끌려온 견수가 얼굴을 찌푸렸다.

"찬앙례의 내용? 바로 얼마 전 기안서를 정리하지 않았더냐?"

"황송하옵니다만 폐하, '천하제일 무투회', '음료 많이 마시기 대회', '폭포 수련', '경서 필사 천 권', '사흘 밤샘 밭갈이' 등의 내용은 단 하나도 찬앙례와 어울리지 않습니다. 추녀의 자질을 중간 심사하는 행사가 아닌가요?"

견수를 다루는 데 익숙한 등황은 꿈쩍도 하지 않았다.

"왜지? 영림이라면 분명 눈을 빛내며 뛰어들 텐데. 너희도 싫지는 않을 터."

"저희에게 솔깃한 내용이란 곧, 다른 가문에서는 언어도단이라는 말입니다. 이런 찬앙례라면 다른 가문의 비전하들께서 맹렬하게 반대하실 겁니다."

역시 양식을 갖춘 상급 등황이었다.

물론 견수 스스로도 그런 농담 반 진담 반으로 쓴 내용이 정말 통과될 것이라 생각한 적은 없었기에 내용을 고치기로 했다.

"이런, 이런. 노래나 춤을 겨루는 뻔한 행사는 재미없다고 생각했다만."

"그것을 재미있게 꾸미는 것이 폐하의 실력을 보여주실 부분 아닙니까? 기합으로 그럴싸한 행사를 만들어 보시는 겁니다."

"네에, 네에."

황후답지 않은 말투로 투덜거리며 다시 탁자에 앉았다.

아쉬운 듯 한 번 더 창 밖을 돌아본 견수는 정원에서 불어드는 서늘한 바람에 문득 눈을 가늘게 떴다.

"——폭풍이 가깝군."

온화한 햇살 속에서 한들한들 흔들리는 가을 꽃.

하지만 그 정적 너머에는 이미 폭풍우의 기척이 숨어들었다.

특별편 | 미소와 예언

황영림은 황가의 보물.

늙은이도 젊은이도 영림을 사랑하고, 곁에서 놓아주려 하지 않는다고 사람들은 말한다.

개중에서도 영림과 피가 이어진 친오라비들은 영림이 이 세상에 태어난 그 순간부터 남들 눈도 신경 쓰지 않고 활짝 웃으면서 영림을 시극히 사랑했다고 하지만――경창으로 한정하자면 꼭 그렇지만도 않았다.

영림의 바로 위 오라비, 황가의 차남인 황경창은 적어도 열 살 때까지는 여동생을 싫어했기 때문이었다.

열 살 생일을 맞이한 그날, 경창은 뚱하게 자기 방 창밖을 내다보고 있었다.

어젯밤까지 내린 비로 먼지가 다 씻겨나갔는지 하늘이 새파랗게 빛났다.

경창의 생일을 축하하듯 맑은 하늘 아래, 원래 이 시각이라면 친구와 친척들을 초대해 연회가 열리고 있어야 했다.

원래는.

그렇다. 여동생 영림이 장마 때문에 건강이 나빠져서 앓아눕지만 않았다면.

"뭐야, 진짜."

턱을 괸 채 경창은 아직 변성기가 오지 않은 작은 목소리로 투덜거렸다.

"진짜 뭐냐고, 걔는."

짜증나, 그 망할 계집애, 라는 말은 입 밖으로 내지 않는다.

그런 폭언을 내뱉는 일은 '나쁜 짓'이라고 교육받았기 때문이다. 경창 스스로도 '착한 아이'에서 이탈하는 행위를 좋아하지 않았다. 난폭하고 성질 급한 형과 달리 자신은 말귀를 잘 알아듣고 도리를 아는 동생이라는 것이 오랜 세월 경창의 자부심이었기 때문에.

황가의 아들치고 드물게 이지적이라는 평을 받는 황경창은 겸손하며 주위의 말을 잘 듣고, 얼굴에서 늘 웃음이 끊이지 않아 황가 사람들에게서 그 누구보다 사랑받았다.

――여동생 영림이 태어나기 전까지는 말이다.

만지면 녹아내리는 옅은 눈송이 같은 섬세한 미모와 가냘픔을 지닌 여동생은 약한 첫울음을 울린 그 순간 이미 경창을 제외한 황가 모든 사람들을 포로로 만들었다. 영림이 태어나자마자 금세 어머니가 세상을 떠났다는 연민도 물론 있었다.

사람들은 영림이 숨을 쉬는 것만으로도 기적이라고 생각하며 눈물샘을 꾹 눌렀다. 영림이 눈썹을 축 늘어뜨리면 다급히 쫓아가고, 미소를 지으면 황홀하게 도취되었다.

그렇지 않아도 황가는 온통 다른 누군가를 돌봐주고 싶어 하는 사람들로 가득하다. 무언가를 키우는 일을 좋아하는 주제에, 아니, 오히려 그렇기에 자기 자신이 '사랑받는' 측이 되는 것을 즐기지 않고 늘 자애를 베풀 대상을 찾아다닌다.

누구나가 '챙겨주고 싶어, 귀여워하고 싶어'라는 욕구를 풀 곳을 찾지 못하던 상황에서 갓 태어난 새끼고양이처럼 무력하고 무구한 존재가 나타났으니 끔찍이 사랑하는 것도 당연한 일이다.

영림에게 막내 자리를 빼앗긴 경창조차 그 여동생을 앞에 두면 '참 사랑스러워' 하고 감탄하게 된다. 분명 영림에게는 사람의 보호본능을 자극하는 무언가가 있을 것이다.

하지만 주위의 칭찬과 따스한 시선, 사소한 선물과 좋은 대우 등을 전부 빼앗기고도 여동생을 계속 사랑할 수 있느냐 하면, 대답은 '아니오'였다.

특히 오늘 영림 때문에 연기된 연회는 경창의 열 살 생일이라는 중요한 날을 축하하는 행사였다. 원래 경창은 어머니가 지어준 새 옷을 입고, 아버지에게서는 검이나 붓 등 자식의 적성에 맞춘 선물을 받았어야 했다.

영림이 태어난 후로 경창 혼자만의 기념일을 축하받는 일은 눈에 띄게 줄었다. 말귀를 잘 알아듣는 오라비를 연기하고 싶은 마음에 사람들 앞에서는 신경 안 쓴다며 허세를 부렸으나, 사실은 무척이나, 정말 무척이나 오늘 이날을 기다렸는데.

"——기껏 날씨도 이렇게 좋은데."

그때 문득 창 밖에 있는 잔뜩 우거진 식물 너머에서 실망한 목소리가 들려 왔다.

높은 목소리로 미루어볼 때 자신 또래의 소년이다. 사람을 여러

명 이끌고 정원을 산책하는 모양이었다.

"일부러 본가까지 왔는데 정작 연회가 연기라니 말이야."

"하지만 뭐, 영림 님의 건강이 우선이라는 건 이해해. 그렇게 귀여운 아이가 연회에서 혼자 기침을 하고 있다면 너무 불쌍하지 않겠어? 그렇지, 지강(志强)?"

"응. 본가에 놀러올 구실이 늘었다고 생각하면 되겠지. 영림 님과도 다시 만날 수 있고."

덤불 너머여서 얼굴이 보이지 않지만 대화 중에 나온 이름과 문맥을 통해 분가의 소년들이라는 사실을 알 수 있었다.

먼 곳에 사는 그들은 오늘 연회를 위해 일부러 며칠 전부터 본가에 와서 체류하고 있었다.

한순간 기껏 모였는데 연회를 열지 않아서 미안한 마음이 스쳤지만, 그들은 너무나도 쉽게 그 사실을 받아들이고 영림의 역성을 들고 있었다. 그 사실에 경창은 욱하는 기분이 들었다.

적장자가 아니라고는 하나 경창 역시 본가의 아들이다. 그런 경창의 열 살 생일 연회가 연기되었는데, 그것보다 허약한 소녀를 더 걱정하다니.

"영림 님의 미소는 말이야, 바라보고 있으면 마음이 확— 밝아진단 말이지. 우리에게는 갑갑한 연회에 참가하는 것보다 영림 님이 건강하게 생글생글 웃고 계시는 게 훨씬 더 중요해."

그 태평한 발언에 경창은 저도 모르게 얼굴을 찌푸렸다.

물론 영림은 늘 웃고 있다. 하지만 경창은 그것을 보고 '마음이 확—' 하는 기분을 느껴 본 적이 없었다. 건강 상태가 좋지 않아 여러 가지 일정이 계속 바뀔 때도, 경창이 비아냥거릴 때도 실실 웃고만 있으니 오히려 머리 회전이 둔한 게 아닌가 하는 생각마저 들었다.

웃음으로 모든 것을 해결할 수 있다고 생각한다면 그건 너무나도 태만하고 거만한 일이다.

황가 사람들 대부분이 그렇듯 경창 또한 얼버무리는 것을 싫어하고, 노력과 성실함을 사랑하는 인간이었다.

"게다가 말이야."

하지만 영림의 미소 운운하는 발언보다 그 뒤로 이어진 말에 경창의 안색은 완전히 바뀌었다.

"솔직히…… 연회는 차라리 취소되는 게 나을지도 몰라. 경행 님 때에 비하면 경창 님이 불쌍하잖아."

한 명이 목소리를 낮춰 말하자 다른 두 명도 차례차례 동의했다.

"맞아. 경행 님 열 살 탄신일에는 어머님도 아직 건강하셨고, 춤도 보여주셨잖아. 정말 아름다웠지. 난 그때 다섯 살이었는데도 아직 기억하고 있어."

"게다가 자수의 명인이셨던 만큼 경행 님께 지어주신 옷도 아주 호화로웠지. 우리까지 자수가 들어간 향주머니를 선물받았고. 지금도 집에 장식해 놓았어."

그들은 서로 마주보며 고개를 끄덕이고는 동시에 말했다.

"하지만, 이젠 안 계시니까."

경창은 턱을 괴고 있던 손을 내리고 주먹을 부르쥐었다.

덤불 너머의 존재를 알아차리지 못한 소녀들이 태평하게 걸어간 뒤에도 경창은 한동안 제자리에서 어깨를 떨었다.

——당대 최고의 무희라 칭송받고 자수의 명인이라는 평판도 있었던 경창의 어머니는 이제 없다.

영림의 출산과 함께 목숨을 잃었기 때문에.

"저……."

그때, 조심스러운 목소리와 함께 등 뒤에서 문이 열렸다.

"작은 오라버님, 지금, 잠시, 괜찮으실까요?"

다소 혀가 짧은 느낌이 남은 말투로 물으며 머뭇머뭇 방 안에 들어온 사람은 영림이었다.

"저, 작은 오라버님이랑 얘기하고 싶어요."

몸집이 작은 영림에게는 어울리지 않을 만큼 등 뒤로는 수많은 시녀들이 줄줄이 따라 들어왔다. 병약한 여동생은 평소에도 경창의 몇 배는 되는 시녀들을 이끌고 다녔다.

평소 같았으면 신경 쓰지 않을 일인 데다 애초에 수많은 사람들이 자신에게 달라붙어 자꾸 돌봐주려 하는 것을 귀찮게 여겼는데, 이상하게 오늘따라 그런 사소한 일이 전부 비위에 거슬렸다.

방 앞에 서 있는 시녀들이 일제히 걱정스러운 표정으로 안을 들여다보고 있는 것도 이유 중 하나일지 모른다.

"——무슨 일이야?"

경창은 최대한 평소처럼 '온화하고 사리분별 잘 하는 오라버니'의 목소리로 물었다.

하지만 그러면 그럴수록 마음속에서 분노가 부글부글 끓어올랐다.

이 아이가. 이 아이 때문에.

연기된 연회, 아쉬운 듯한 소년의 목소리, 형에 비하면 많이 초라해진 자신의 생일빔. 차례차례 머릿속으로 떠오르는 그것들을 간신히 삭이고 있는데 영림이 얌전하게 고개를 숙였다.

"이번에, 저 때문에 작은 오라버님께 폐를 끼치게 되어서 정말 죄송해요."

다섯 살짜리치고는 꽤나 그럴싸한 사과에 경창도 조금은 짜증이 누그러졌다.

여기서 분노를 쏟아낼 만큼 분별력이 없지는 않았다.

"……괜찮아. 네 건강이 최우선이니까. 그래, 이제는 좀 괜찮아졌어?"

"네, 덕분에요."

하지만 고개를 든 영림이 생긋 웃는 모습을 보니 기껏 억누른 분노가 다시 불붙고 말았다.

"무척 건강해요."

뭐야, 그게.

경창의 솔직한 기분은 딱 그 한 마디였다.

그렇게 금방 회복될 거라면 왜 하필 고르고 골라 오늘 쓰러진 거야.

애초에, 어떻게 그렇게 미안한 줄도 모르고 웃을 수 있는 거지? 누가 봐도 '내가 건강해서 기쁘지?'라고 말하는 듯한 얼굴. 이만큼이나 주위에 민폐를 끼쳐 놓았으니 조금 더 괴로워하고, 침울한 표정을 지어야 하는 것 아니야?

"……흐음."

아마 평소였다면 참을 수 있었으리라.

오늘이 아니었다면, 소년들의 말을 들은 후가 아니었다면.

하지만 그때 막 열 살이 된 경창의 가슴속에는 비참함과 분함, 그리고 쓸쓸함이 숨막힐 정도로 격렬하게 소용돌이치고 있었다.

"그래서, 작은 오라버님께, 어떻게든 사과드리고 싶어서……."

사과는 무슨 사과야. 자기가 짓밟은 게 내게 얼마나 큰 것인지 알지도 못하면서.

"됐어, 괜찮아."

"아뇨, 그럴 순 없어요. 사과하고 싶어요. 저, 뭐든 다 할게요."

아무리 밀쳐내도 자꾸 매달리는 여동생이 더욱 짜증스럽게 느껴졌다.

'사과? 바보 같은 소리. 뭘 할 수 있는데?'

경창이 원하는 것을 영림은 결코 줄 수 없다.

주위의 기대. 간질간질하지만 부드러운 미소. 성대한 연회. 동경 어린 눈빛. 호화로운 자수. 자신만을 위해 선보인 춤.

그리고,

――축하한다, 경창. 정말 많이 컸구나.

경창의 열 살 생일을 그 무엇보다 기뻐해줄 어머니의 말 한 마디.

"……."

목젖까지 차오른 열기를 간신히 꿀꺽 삼킨 경창은 눈꼬리로 무언가가 흘러나올 것만 같아서 순간적으로 등을 돌렸다.

그 대신 입 밖으로 튀어나온 것은 스스로도 깜짝 놀랄 만큼 싸늘한 말이었다.

"그럼 너 때문에 돌아가신 어머님을 살려내."

그 순간 주변 분위기가 완전히 얼어붙은 것이 느껴졌다.

"경창 님——."

"농담이야."

얼굴이 새파래져서 몸을 내미는 시녀들을 보며 경창은 재빨리 얼버무렸다.

"이런 말을 들으면 난감하지? '뭐든 다 할게요'라는 말을 그렇게 가볍게 내뱉어서는 안 돼. 이제 됐으니까 그만 방으로 돌아가."

스스로도 제어할 수 없는 적대감에 경창 자신이 가장 동요했다. 심장이 시끄러울 정도로 뛰었다.

이렇게까지 말할 생각은 없었다. 여동생이 혹시 울음을 터뜨리지는 않을까——.

"네."

하지만 영림은 깊이 고개를 숙인 뒤, 야무진 동작으로 고개를 들었다.

앳되지만 아름다운 얼굴에는 평소와 다름없는 미소가 떠올라 있었다.

"그럼 실례하겠어요."

생글생글 웃으며 발걸음을 돌리는 영림을 보고 시녀들이 남몰래 안도의 한숨을 내쉬는 것이 느껴졌다.

경창도 안도했다. 아니, 굳이 따지자면 맥이 빠졌다.

'뭐야.'

역시 영림은 아둔하다.

주위에서 꽤나 응석을 받아주고 있으니 자신에게 누군가가 적의를 내보일 가능성은 상상도 하지 못할 것이다. 아니면 단순히 아직 어리거나. 그래서 저렇게 실실 웃을 수 있는 것이다.

'뭐야, 진짜…….'

경창은 살짝 한숨을 내쉬었다. 그 후로 이 대화를 떠올리는 일도 없었으나──.

열흘쯤 후, 영림이 다시 쓰러졌다.

영림이 쓰러지자 집안은 위아래로 난리가 났다.

열이 나서 앓아눕거나 기절하는 일은 일상다반사였지만, 이번에는 비틀거린 장소가 문제였다. 계단에서 발을 헛디디는 바람에 팔에 부상을 입고 말았던 것이다. 글쎄 어머니의 사당에 가던 도중 벌어진 일이라고 했다.

아마 오라비들이었다면 골절을 입어도 "좋아, 뼈가 굵어질 기회다!"라며 웃어넘길 황가였으나 영림의 가녀린 팔에 상처가 났다면 이야기가 다르다.

온 저택 안에 진통제 효과가 있는 향을 피우고 야단스럽게 명의와 기도사들을 불러왔으며, 집안 사람들은 와글와글 산에 가서 증혈(增血) 작용을 하는 약초를 따 왔다.

모두가 정신없이 돌아다니는 가운데 경창만 홀로 자기 방에 틀어박혀 지냈다.

그때 쾅! 하는 요란한 소리와 함께 문이 열리고 힘차게 누군가가 뛰어 들어왔다.

"야! 경창!"

그 인물——형 경행은 우당탕탕 뛰어와서는 있는 힘껏 경창의 뺨을 때렸다.

"이 멍청한 자식아!"

"무……!"

무슨 짓이야, 하는 말은 일그러진 비명이 되어 구타 소리에 섞여 버렸다.

갑작스러운 폭력에 경창은 낙법을 취할 틈도 없이 바닥에 데굴데굴 굴렀다.

이 난폭한 형과 드잡이질을 한 적은 여러 번 있었으나, 지금까지는 상당히 봐준 것이었다는 사실이 느껴질 정도로 주먹의 무게가 달랐다. 얻어맞은 부위가 심상찮은 열기를 띠고 퉁퉁 부어오르는 것이 느껴졌다.

하지만 형은 바닥에 뻗어 버린 경창을 일으켜 세우지도 않고 오히려 몸 위로 올라타서는 멱살을 잡고 얼굴을 들이밀었다.

"너, 당장 영림한테 가서 사과해."

그리고 코앞에서 을러댔다.

"뭐?"

"한 번 내뱉은 말은 두 번 다시 돌아오지 않는다. 하지만 네 입으로 빈정거린 그 최악의 발언을 바닥에 이마를 찧으면서 사과하고 와!"

분노에 찬 고함에 방 안 공기가 파르르 떨릴 정도였다.

호방뇌락한 형이 이토록 격렬하게 화를 내는 모습은 처음 보았기에 경창도 잠깐 얼이 빠졌다.

잠시 생각한 후 '네 입으로 빈정거린 최악의 발언'이 혹시 며칠 전 대화의 일부를 가리키는 게 아닐까 하는 생각이 들자 곤혹은 차츰 짜증으로 바뀌었다.

"……왜?"

"뭐?!"

"왜 내가 사과해야 하는데? 아파, 이거 놔."

아무리 생각해도 부조리하기 짝이 없었다.

지난번 대화는 어디까지나 경창과 영림 사이의 문제일 뿐, 경행이 그것을 야단칠 이유는 없다.

백 보 양보해서 경창이 심각하게 큰 실수를 저질렀다면 경행이 형으로서 그것을 타이르는 것은 이해가 되지만, 그 발언은 어디까지나 '농담'으로 처리되었고 영림 자신도 신경 쓰지 않았다. 영림은 그저 태평하게 웃고만 있었다.

경창이 몸을 일으켜 아픈 뺨을 쓸어내리고 있는데 경행이 으르렁거리듯 말했다.

"……네가 영림을 얼마나 궁지로 몰아넣었는지 알기는 해?"

"몰아넣어? 난 몰아넣은 기억도 없고 그 애한테 그런 감수성은 없어. 내내 웃고만 있잖아. 그보다 너무 아프다고. 왜 내가 이런 어처구니없는 꼴을——."

난폭한 큰형에게 화를 내자 경행은 거의 소리가 날 정도로 날카로운 눈빛으로 이쪽을 노려보았다.

"웃어."

"뭐?"

"지금 당장 웃어 봐, 어서."

뿐만 아니라 퉁퉁 부은 경창의 뺨을 꼬집으며 옆으로 마구 잡아 당겼다.

"아야! 아프다니까!"

"부조리하게 얻어맞고 그 상태로도 계속 웃는 게 얼마나 힘든 일인지 느껴 봐!"

그 말에 경창은 저도 모르게 숨을 들이켰다.

형은 평소보다 심각한 표정으로 자신을 노려보고 있었다.

"경창, 영림이 어디서 쓰러졌는지 알아?"

"그건, 사당에서……."

"왜 사당에 있었을 것 같아?"

"하루하루 기도를 드리려고……."

"아냐. 어머님을 살리러 간 거야."

생각지도 못한 답변에 경창은 깜짝 놀랐다.

"뭐라고?"

"밤에 몰래 방을 빠져나가서 기도하고 있었대. 천자문을 쓰려고 했던 거야. '어머님, 작은 오라버님을 위해 되살아나 주세요. 제발'이라고. 매일 몇 십 장이나, 잠도 안 자고!"

이게 증거라는 듯 경행이 품에서 꺼낸 한 장의 종이를 보고 경창은 머릿속이 새하얘질 정도의 충격을 받았다.

거기에는 이제 막 배운 서투른 글씨가 빼곡하게 적혀 있었다.
"되살린다니, 그건 불가능하잖아……."
쓴웃음을 지었지만 잘 되지 않았다.
너무 어려서 현실과 공상을 구별할 수 없었던 걸까.
아니면——말도 안 되는 가능성에 매달릴 정도로 필사적이었던 걸까.
"말도 안 돼……. 아니, 영림은 그때 웃었……."
"웃지 않으면 주위 시녀들이 난리를 피우면서 너를 질책했겠지. 그 애의 웃음은 대체로 허세야. '건강해요'라는 말은 '고통스러워요'라는 의미라고. 그래도 그 애는 웃고 있어. 그렇지 않으면 주위에서 걱정하니까!"
말을 잃은 경창을 향해 경행이 계속 퍼부었다.
"잘 들어. 영림이 왜 사당에서 넘어진 줄 알아? 기도를 끝내고 춤 연습을 했기 때문이야. 혼자가 될 수 있는 장소가 거기밖에 없었던 거지. 단련을 하면 주위에서 자꾸 걱정하니까. 영림은 사당에서 몰래 자수 연습도 하고 있었어. 그 이유가 뭔지…… 너라면 알겠지?"
당연히 금세 알았다.
당대 최고의 무희라 칭송받으며 자수의 명인이라는 평판도 있었던 어머니.
——어머님을 돌려줘.
입을 다문 동생을 경행이 찌르는 듯한 눈빛으로 노려보았다.
"춤 연습 도중에 계단에서 넘어진 영림은 바닥에 놓여 있던 재봉가위 때문에 팔이 찢어져서 열이 났다. 만일 이 일 때문에 영림이 죽고 내가 '네 탓이다, 영림을 살려내'라고 했을 때 넌 어떻게 할 건데?"

"……."

"얼른 웃으라니까."

뺨을 꼬집던 손은 이미 떨어져 있었다. 그런데도 아까보다 훨씬 더 뺨이 아팠다.

부조리하게 매도당하고 스스로도 어쩔 줄 모르는 죄책감에 시달리는데도 아무 변명도 하지 않고, 울지도 않고, 돌이킬 수도 없다. 주위에서 걱정한다며 계속 웃을 뿐.

"그런 상태에서 네가 웃으면 내가 '실실 웃지 마. 넌 그럴 감수성도 없잖아' 하고 말해주지."

심지어 웃었더니 그런 식으로 질책을 들었다.

고개를 숙인 동생을 보고 경행의 말투가 다소 부드러워졌다.

"분한 마음, 쓸쓸한 마음, 다 잘 안다. 하지만 영림은 그 이상으로 고통 받고 있어. 아무 악의도 없이 '어머니 몫까지 네가 살아가야 한다'이라고 말하는 인간이 썩을 만큼 넘쳐나거든."

형은 "그렇기 때문에"라고 차분하게 말을 이었다.

"가족인 우리만큼은 절대로 어머님이 돌아가신 책임을 그 녀석에게 짊어지워선 안 돼."

"——나……."

끝까지 말을 듣지도 않고 경창이 걸어나섰다.

"사과하고 올게."

이미 다리는 방을 뛰쳐나가고 있었다.

빠른 걸음이 느린 달리기로, 그리고 금세 전력질주로 바뀌었다.

긴 복도를 내달려 동생의 방 앞에 도착한 경창은 거의 몸통박치기를 할 기세로 문을 열고 뛰어들었다.

"영림!"

"작은 오라버님?"

시녀들은 전부 물과 갈아입을 옷 등을 가지러 나간 모양인지, 드물게도 영림이 혼자 몽롱한 얼굴로 침대에 누워 있었다. 열이 높은 건지 촉촉하게 젖은 눈동자가 안쓰러웠다.

하지만 영림은 경창의 모습을 보고는 금세 긴장한 표정을 지으며 침대에 반듯하게 일어나 앉았다.

그러고는 입을 열려는 경창을 제지하듯 뱃속 깊은 곳에서 우러난 목소리로 외쳤다.

"정말, 죄송합니다!"

환자라고는 생각할 수 없는, 박력이 넘치는 사죄였다.

"……어?"

"짧은 기간 안에, 또 쓰러지고 말았습니다! 걱정에 이어, 또 걱정! 민폐에 이어, 또 민폐! 한심함이란 바로 이런 모습을 말하는 거겠죠. 쥐구멍이라도 있다면, 들어가고 싶습니다!"

시원시원한 말투로 외쳤지만 고개를 숙이려던 순간 몸이 휘청거렸다.

경창이 순간적으로 손을 뻗었으나 영림은 그 손길에 의지하지 않고 자기 힘으로 자세를 반듯하게 고쳤다. 침대에 손을 짚고 숨을 내쉰 뒤 다시 고개를 들었을 때는 이미 평상시의 또렷한 분위기로 돌아가 있었다.

그 모습을 본 경창은 '아아' 하고 생각했다.

'보이지 않으려고 애쓰는 거였구나.'

비틀거리는 몸을. 괴로워하는 얼굴과 눈물을. 약한 모습을.

하지만 한번 가빠진 숨을 금세 고르기는 어려웠는지, 자세히 보니 얄팍한 가슴이 헉, 헉 하고 위아래로 오르내리고 있었다.

그런데도 영림은 옅은 미소를 지으며 경창에게 말했다.

"하지만…… 단련 덕분에 어느 정도의 무용은 이미 몸에 익혔어요. 자수는, 아직 멀었지만, 똑바로 꿰맬 수는 있게, 되었어요."

그런 말을 하며 머리맡에 있는 천을 더듬어 끌어 왔다.

그리고 내민 비단에는 단 두 글자, '경창'이라는 글자가 수 놓여 있었다.

"저, 더 노력할 수 있어요. 더, 더 잘하게 될 거예요."

놀랄 정도로 정교했다. 천이 한 부분도 뒤틀리지 않고, 실도 같은 간격으로 정확히 꿰맸다.

"사실은 어머님을 되살릴 수 있다면 좋았겠지만, 아무래도 제게, 주술의 재능은 없는 것 같아요."

멍하니 천을 바라보던 경창 앞에서 영림이 시무룩하게 어깨를 축 늘어뜨렸다. 하지만 금세 다시 고개를 들고는 비단을 움켜쥔 작은 주먹에 힘을 꽉 주었다.

"그만큼 무용과 자수를 열심히 할게요. 그래서 언젠가 어머님을 뛰어넘는 실력을 갖추어서, 어머님처럼, 자수랑, 다정한 말을, 많이 할 수 있게 되면, 그러면……."

거기서 영림은 조심스럽게 경창을 바라보았다.

"저를, 용서해 주시겠어요?"

부조리한 일들을 전부 수용하는 그 미소를 앞두자 경창의 눈에서 눈물이 주르륵 흘러내렸다.

시녀가 얼굴을 찌푸렸을 때보다, 형에게 얻어맞았을 때보다, 경창은 그 어느 때보다 바로 지금 자신의 발언을 후회했다.

"자, 작은 오라버님?! 왜 그러세요?! 어머, 뺨이 부었……."

"나는……."

목구멍이 뜨거웠다. 코가 시큰거렸다.

황가 안에서 꽤 달변인 편인데도 솟구치는 감정 중 무엇 하나 제대로 표현할 수가 없었다. 경창은 감정이 이끄는 대로 침대 옆에 놓여 있던 대야를 움켜잡았다.

"나는 바보였어!"

――촤아아!

그리고 힘차게 그 내용물을 자신의 머리 위로 쏟아부었다.

"작은 오라버님?!"

"한심하다는 건 바로 이런 걸 말하는 거야! 쥐구멍이라도 있으면 들어가고 싶어! 머리를 식히고 싶어!"

텅 빈 대야를 집어던진 뒤, 경창은 흠뻑 젖은 상태로 고함을 질렀다.

"지금, 조금 식었어! 그리고…… 영림! 정말 미안했다!"

경창은 침대 밑에 무릎을 털썩 꿇었다.

바닥에 이마를 쿵 찧자 영림이 놀라서 침대 밑으로 내려왔다.

"작은 오라버님……? 왜 그러세요? 우시는 거예요?"

"부끄러워서 사과하는 중이야! 그리고 이건, 눈물이 아니고 물이야!"

"어…… 하지만, 지금, 눈물……."

"물이라고!"

물방울을 뚝뚝 흘리며 경창은 오기가 나서 고함을 질렀다.

영림이 어쩔 줄 몰라 하며 손을 내밀자 얼굴을 보이기 싫었던 경창은 여동생을 세차게 껴안았다.

"미안! 영림, 정말 미안해."

어떻게 해야 좋을까.

속죄 같은 건 하지 않아도 된다고. 대가를 치르지 않아도 살아서 사랑받기만 하면 된다고, 대체 어떻게 해야 이 동생에게 알려줄 수 있을까.

자수도, 무용도 연습하지 않아도 된다고 말하면 될까.

아니, 분명 경창이 내뱉은 그 저주에 가까운 말을 영림은 이미 수많은 사람들에게서 잔뜩 들었을 것이다. 그렇다면 아무리 경창이 막아 봤자 영림은 이 절실하면서도 과잉된 노력을 그만두지 않으리라. 총명한 영림은 주위에서 생각하는 것보다 몇 배는 민감하게 사람들의 이기적인 기대와 부조리한 적의를 읽어낼 테니까.

──한 번 내뱉은 말은 두 번 다시 돌아오지 않는다.

그랬다. 그 말이 맞았다. 자신은 그만큼의 말을 내뱉었다.

너 때문이란 건 거짓말이야. 노력 같은 건 안 해도 돼. 그렇게 타일러도 분명 영림은 납득하지 않을 테고, 영림의 절망을 메워 주지도 못할 것이다.

"작은 오라버님……?"

"영림, 미안해. 영림 너는…… 너는, 내 소중한 동생이야."

결국 경창의 떨리는 입술 밖으로 나온 것은 그런 말이었다.

"소중해. 널 정말 사랑해. 넌 세상에서 가장 다정하고…… 노력가에 근성이 있는, 소중한, 정말 소중한 내 동생이야. 넌 굉장한 아이야. 다섯 살에 벌써 이렇게나 춤도, 붓글씨도, 자수도 할 수 있는 아이는 세상에 없어……."

궁지에 몰린 영림이 노력을 거듭하여 존재를 허락받으려 하는 행위를 경창이 막을 수는 없다. 그렇다면 하다못해 영림의 노력을 칭찬하고 인정해서 안심시켜 주는 편이 낫지 않을까.

괜찮아. 잘 하고 있어. 그러니까 괜찮아.

넌 사랑받고 있고 그 누구에게 사과하지 않아도 돼.

"작은 오라버님……."

"미안해, 영림. 널 정말 좋아해. 넌 소중한 동생이야. 세상에서 제일 멋진 내 동생이야."

경창은 물방울을 뚝뚝 흘리며 열이 난 동생의 몸을 꼭 끌어안았다.

이날을 계기로 황경창은 사람들 앞에서도 망설이지 않고 동생을 입에 침이 마르도록 칭찬하는, 형인 경행 못지않은 '동생 바보'

로 변모했다.

***

“진짜 숨 막혀. 당신들 황가 남자들은 정말 숨이 막힌다고. 그렇게 자기 피붙이를 칭찬하는 게 부끄럽지도 않은 거야?”

“전혀.”

외유처에서 있었던 일이다.

여러 가지 사정이 있어서 여동생의 몸에 들어간 다른 가문의 추녀――주혜월이 얼굴을 찌푸리며 중얼거렸으나 경창은 가볍게 받아넘겼다.

“왜냐하면 영림은 실제로 사랑스럽고, 아름답고, 귀엽고, 세상에서 제일 착하고 노력파에 아주 멋진 내 동생이니까. 너와 다르게 말이야.”

“자기 친동생을 그렇게 창피한 줄도 모르고 칭찬하는 신경줄, 나는 도저히 이해가 안 되거든.”

독설을 내뱉으며 혜월은 끊임없이 촛대 쪽을 쳐다보았다.

염술인지 뭔지로 읍에 있는 ‘주혜월’――아니, 영림과 연락을 취할 수 없을지 계속 신경을 쓰고 있는 모양이었다.

만난 지 얼마 안 되었을 때는 혜월도 나름대로 위축되어 있었지만 접촉 시간이 늘어감에 따라 거침없이 굴었다. 또는 영림과 연락을 취하지 못하는 시간이 길어짐에 따라, 라고 해야 할까.

불안과 짜증에 시달린 혜월은 시종 잔소리를 늘어놓으며 계속 손톱을 깨물었다.

여동생의 얼굴이 망설임 없이 감정을 노골적으로 드러내는 모습은 실로 신선했다.

"내가 보기엔 그 애가 거만한 거야. 너무 뻔뻔해. 태평하고. 왜 염술에 응하지 않는 거야? 바보 아냐? 위기감이나 초조함이나 그런 걸 못 느끼는 거야? 남한테 이렇게 민폐를 끼쳐 놓고."

혜월은 예전에 영림을 질투하여 몸을 빼앗았다고 한다.

지금도 '딱히 완전히 마음을 터놓은 건 아닌' 모양이고, 이번에 몸이 바뀐 일도 혜월의 말을 빌리자면 '엄청 민폐라서 굉장히 화가 났고 짜증도 난' 상태라고 한다.

경창이 보기에는 친구가 걱정이 되어서 어쩔 줄 모르는 모습으로밖에 보이지 않지만.

"넌 영림을 참 좋아하는구나."

"어딜 보면 그렇게 되는데?! 내가 그 애를 좋아한다니, 그럴 리가 없잖아!"

경창이 감상에 젖어서 그렇게 중얼거리자 혜월이 금세 송곳니를 드러냈다.

"잘 들어, 내가 그 애에게 느끼는 감정을 제일 잘 표현하는 말은 '얄밉다'야. 그 실실 웃는 태평한 태도를 보면 가끔 진심으로 뺨을 꼬집어주고 싶어진다고……!"

"넌 말이야……."

왠지 날 닮았어.

경창은 저도 모르게 그런 말을 내뱉을 뻔했다.

상대가 모든 것을 갖고 있다고만 생각하면서 부러워하고, 질투하고, 그 감정을 눌러 죽이려 했지만 잘 되지 않는다.

'하지만 언젠가 그 애가 품고 있는 슬픔을 알게 되면 압도당하겠지.'

그러면 결국 일직선으로 내달릴 수밖에 없다.

분명 뛰어가서 손을 내밀며 조금이라도 상대의 도움이 되려고 발버둥을 치게 되리라.

"'넌 말이야'…… 다음엔 뭔데?"

"아냐. 넌 분명——영림을 무척이나 좋아하게 될 거야. 금방이라도."

싱긋 웃으며 단언하자 혜월은 있는 힘껏 얼굴을 찡그렸다. 정말로 감정이 풍부한 인물이다.

뭘 아는 척이야, 하고 신음하는 혜월을 보며 경창은 조용히 미소를 지었다.

"나는 잘 알거든."

하고.

후기

안녕하세요, 나카무라 사츠키입니다. 4권을 구입해주셔서 감사합니다.

3권에서 그렇게 끝났던 터라 제 입장에서도 빨리 다음 권을 보여드리고 싶은 마음에……. 응? 이 문장, 기시감이 느껴지는데? 이제 '두 권으로 1막'이라는 전개, 그리고 매번 후기 분량이 한 페이지밖에 안 남는 빡빡한 분량은 독자 여러분께서도 익숙해지셨으리라 생각합니다. 응석을 부려서 죄송해요.

자, 그렇게 관대한 독자님들 덕분에 글쎄 이 '못 미더운 악녀'가 계속 이어지게 되었습니다.

다음 권에서는 무대가 추궁으로 돌아와 다른 가문의 비나 추녀들까지 말려드는 동시에 영림과 혜월이 우정 때문에 안달복달하다가 크게 싸우는 전개가 된다면 좋겠다고 생각하고 있습니다. 이번 권에서 미리 예고해 둘게요. 아마 5권 한 권으로 끝나지 않을 겁니다(큰 글자)! 하지만 함께해주시면 감사하겠습니다.

처음에는 유성처럼 눈 깜짝할 사이에 끝낼 예정이었던 이야기였는데, 이렇게 여러분의 성원에 힘입어 등장인물도 늘어나고 분량도 많아지면서 조금씩 모두 함께 성장하는 모습을 그릴 수 있게 되어 정말 기쁩니다.

새삼스럽지만, 이 이야기를 계속 쓸 수 있게 해주셔서 정말 감사합니다.

열심히 함께 달려주시는 편집자님, 멋진 일러스트로 언제나 제 마음을 뒤흔들어 주시는 유키카나 선생님, 디자이너님, 코미컬라이즈라는 이름의 일용할 양식을 주신 오히츠지 에이 선생님, 진심으로 감사드립니다.

부디 5권에서 다시 만날 수 있기를.

2022년 4월 나카무라 사츠키

못 미더운 악녀입니다만

~추궁접서 교체전~

4

2023년 8월 25일 제1판 제1쇄 인쇄
2023년 8월 30일 제1판 제1쇄 발행

지음 | Satsuki Nakamura
일러스트 | Kana Yuki
번역 | 김예진

발행인 | 오태엽
편집팀장 | 이수춘
편집담당 | 이예솔
표지 디자인 | Design Plus
라이츠사업팀 | 이은선, 조은지, 정선주, 신주은
출판영업팀 | 김정훈, 이강희
제작담당 | 박석주

발행처 | (주)서울미디어코믹스
등록일 | 2018년 3월 12일
등록번호 | 제 2018-000021
주소 | 서울특별시 용산구 한강대로 43길 5

인쇄처 | 코리아 피앤피